AS COISAS QUE GUARDAMOS EM SEGREDO

AS COISAS QUE GUARDAMOS EM SEGREDO

LUCY SCORE

TRADUÇÃO DE LETÍCIA CARVALHO

ALTA BOOKS
GRUPO EDITORIAL
Rio de Janeiro, 2023

As Coisas que Guardamos em Segredo

ISBN: 978-85-508-2177-1

Translated from original Things We Hide from the Light. Copyright © 2023 by Lucy Score. ISBN 9781728276113. This translation is published and sold by permission of Bloom Books, the owner of all rights to publish and sell the same. PORTUGUESE language edition published by Starlin Alta Editora e Consultoria Eireli, Copyright © 2023 by Starlin Alta Editora e Consultoria Eireli.

Impresso no Brasil — 1ª Edição, 2023 — Edição revisada conforme o Acordo Ortográfico da Língua Portuguesa de 2009.

Dados Internacionais de Catalogação na Publicação (CIP) de acordo com ISBD

S423c Score, Lucy

As Coisas que Guardamos em Segredo / Lucy Score ; traduzido por Letícia Carvalho. - Rio de Janeiro : Alta Books, 2023.
544 p. ; 15,7cm x 23cm.

Tradução de: Things We Hide From The Light
ISBN: 978-85-508-2177-1

1. Literatura americana. 2. Romance. I. Carvalho, Letícia. II. Título.

2023-1850 CDD 813.5
CDU 821.111(73)-31

Elaborado por Vagner Rodolfo da Silva - CRB-8/9410

Índice para catálogo sistemático:
1. Literatura americana : Romance 813.5
2. Literatura americana : Romance 821.111(73)-31

Atuaram na edição desta obra:

Tradução
Letícia Carvalho

Copidesque
Beatriz Guterman

Revisão Gramatical
Ana Beatriz Omuro

Diagramação
Joyce Matos

Editora **afiliada à:**

Rua Viúva Cláudio, 291 — Bairro Industrial do Jacaré
CEP: 20.970-031 — Rio de Janeiro (RJ)
Tels.: (21) 3278-8069 / 3278-8419
www.altabooks.com.br — altabooks@altabooks.com.br
Ouvidoria: ouvidoria@altabooks.com.br

Em memória de Chris Waller, o marido leitor que entrou em contato e me pediu que incluísse "forro de reforço" em um livro apenas para que pudesse ganhar uma aposta com a esposa. Kate, espero que sorria quando reencontrar essas palavras aqui dentro.

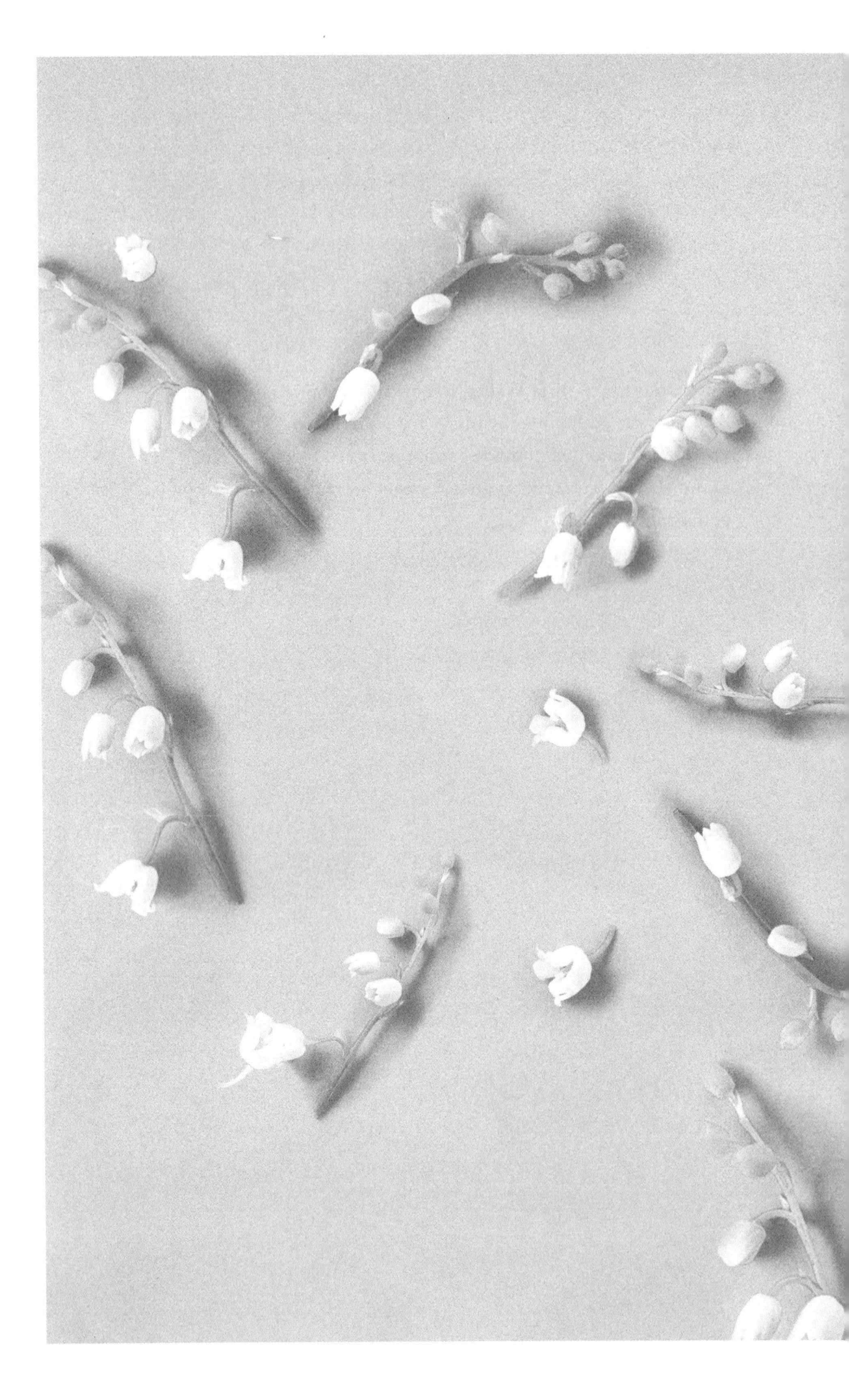

UM
BRASAS MINÚSCULAS

Nash

Os agentes federais no meu gabinete tinham sorte por duas razões. Primeiro, o meu gancho de esquerda não era mais o mesmo de antes de eu ser baleado.

E, segundo, eu não tinha conseguido forçar quaisquer sentimento que me fizesse considerar fazer algo estúpido, muito menos raiva

— O departamento entende que você tem um interesse pessoal em encontrar Duncan Hugo — disse a agente especial Sonal Idler do outro lado da minha mesa, onde estava sentada com a coluna ereta. Ela desviou o olhar para a mancha de café na minha camisa.

Sonal era uma mulher severa vestindo um terninho que lhe dava a impressão de que se alimentava de trâmites no café da manhã. O homem ao lado dela, delegado federal Nolan Graham, tinha bigode e a aparência de um homem que estava sendo forçado a algo que não queria nem de longe fazer. E parecia me culpar por isso.

Eu queria conseguir me sentir bravo. Queria sentir algo diferente do grande vazio que me sugava, inevitável como a maré. Mas não havia nada. Só eu e o vazio.

— Mas não dá para você e seu pessoal ficarem zanzando por aí bagunçando minha investigação — continuou Idler.

Do outro lado da parede de vidro, o sargento Grave Hopper despejava um litro de açúcar no café e fulminava os dois federais com os olhos. Atrás dele, o restante do escritório zumbia com a energia habitual de um departamento de polícia de cidade pequena.

Telefones tocavam. Teclados eram digitados. Policiais serviam. E o café era uma porcaria. Todos estavam vivos e respirando. Todos menos eu.

Eu estava apenas fingindo.

Cruzei os braços e ignorei a pontada no meu ombro.

— Agradeço a cortesia profissional. Mas por que o interesse especial? Não sou o único policial a levar bala enquanto cumpre o dever.

— Também não era o único nome naquela lista — disse Graham, falando pela primeira vez. Tensionei a mandíbula. A lista tinha sido o princípio deste pesadelo.

— Mas você foi o primeiro alvo — disse Idler. — Seu nome estava na lista de agentes da polícia e informantes. Mas isso vai além de um tiroteio. Esta é a primeira vez que temos algo que pode ser ligado a Anthony Hugo.

Foi a primeira vez que ouvi qualquer tipo de emoção em sua voz. A agente especial Idler tinha sua própria motivação, e era colocar o chefe do crime, Anthony Hugo, na reta.

— Preciso que este caso seja solucionado — continuou ela. — É por isso que não dá para ter cidadãos tentando agir por conta própria. Mesmo que tenham distintivos. O bem maior sempre vem com um preço.

Esfreguei a mão na mandíbula e fiquei surpreso ao encontrar mais do que uma barba rala ali. Barbear-me não andava no topo da minha lista de prioridades nos últimos tempos.

Ela presumiu que eu vinha investigando. Uma suposição razoável, dadas as circunstâncias. Mas ela não sabia o meu segredinho. Ninguém sabia. Podia estar me curando por fora. Podia vestir o meu uniforme e aparecer na delegacia todos os dias. Mas, por dentro, não tinha sobrado nada. Nem mesmo o desejo de encontrar o homem responsável por isso.

— O que espera que o meu departamento faça se Duncan Hugo voltar aqui querendo meter bala em mais alguns dos seus cidadãos? Feche os olhos? — falei com a voz arrastada.

Os federais trocaram olhares.

— Espero que nos mantenha informados de quaisquer acontecimentos locais que possam estar ligados ao nosso caso — disse Idler com firmeza. — Temos mais recursos à nossa disposição do que o seu departamento. E nenhuma motivação pessoal.

Senti um lampejo de algo em meio ao nada. *Vergonha*.

Eu deveria ter uma motivação pessoal. Deveria estar lá fora caçando o cara. Se não por mim, então por Naomi e Waylay. Ele tinha agredido a noiva do meu irmão e a sobrinha dela de uma outra forma, raptando-as e aterrorizando-as por causa da lista que me rendeu dois tiros.

Mas parte de mim tinha morrido naquela vala naquela noite, e não parecia valer a pena lutar pelo que restou.

— O delegado Graham aqui ficará por perto por um tempo. Ficará de olho nas coisas — continuou Idler.

O bigodudo não parecia mais feliz com isso do que eu.

— Alguma coisa específica? — perguntei.

— Todos os alvos restantes da lista estão recebendo proteção federal até que comprovemos que a ameaça não é mais iminente — explicou Idler.

Senhor. A cidade inteirinha ficaria em polvorosa se descobrisse que agentes federais estavam por aí à espera de alguém infringir a lei. E eu não tinha energia para um alvoroço.

— Não preciso de proteção — falei. — Se o tico e o teco de Duncan Hugo estiverem funcionando, ele não dará sopa por aqui. Ele já desapareceu há muito tempo.

Pelo menos era o que eu dizia a mim mesmo tarde da noite, quando não conseguia pregar os olhos.

— Com todo o respeito, chefe, foi você quem levou um tiro. Tem sorte de ainda estar aqui — disse Graham com uma contração presunçosa no bigode.

— E a noiva e a sobrinha do meu irmão? Hugo as raptou. Elas vão receber proteção?

— Não temos motivos para acreditar que Naomi e Waylay Witt estejam em perigo neste momento — afirmou ela.

A pontada no meu ombro progrediu para um latejamento que se igualava ao na minha cabeça. Eu estava sem disposição e paciência e, se não tirasse aquelas duas malas sem alça do meu gabinete, não sei se poderia manter as coisas civilizadas.

Reunindo o máximo de charme sulista que pude, levantei-me de trás da minha mesa.

— Entendido. Agora, se me dão licença, tenho uma cidade para servir.

Os agentes se levantaram e trocamos apertos de mão superficiais.

— Eu agradeceria se me mantivessem informado. Já que eu tenho um "interesse pessoal" e tal — falei quando eles chegaram à porta.

— Vamos nos certificar de compartilhar o que pudermos — disse Idler. — Também aguardaremos uma ligação sua assim que você se lembrar de algo do atentado.

— Pode deixar — falei com os dentes cerrados. Entre a tríade de feridas físicas, perda de memória e entorpecimento, eu era uma sombra do homem que tinha sido.

— A gente se vê — disse Graham. Parecia uma ameaça.

Esperei darem o fora da minha sala antes de tirar o casaco do cabideiro. O buraco no meu ombro protestou quando enfiei o braço na manga. O buraco no meu torso não ficou para trás.

— Tudo certinho, chefe? — perguntou Grave quando saí para o escritório aberto.

Em circunstâncias normais, meu sargento teria insistido num relato detalhado da reunião, seguido de uma hora de falatório sobre merdas jurisdicionais. Porém, desde que eu levei um tiro e quase morri, todo mundo estava fazendo o possível para me tratar com a maior delicadeza.

Talvez eu não estivesse escondendo as coisas tão bem como pensava.

— Sim — falei, mais severo do que pretendia.

— Vai sair? — instigou.

— Vou.

A nova e entusiasmada policial da patrulha levantou da cadeira como se o assento estivesse cheio de formigas.

— Se quiser almoçar, posso pegar algo para o senhor na Dino's, chefe — ofereceu.

Nascida e criada em Knockemout, Tashi Bannerjee era recém-formada na academia de polícia. Agora, seus sapatos brilhavam e seu cabelo escuro estava preso em um coque perfeito de acordo com os regulamentos. Porém, quatro anos atrás, ela foi multada no ensino médio por andar a cavalo pelo drive-thru de um fast food. A maior parte do departamento tinha pisado

na bola em algum momento da juventude, o que tornava mais significativo optarmos por defender a lei em vez de burlá-la.

— Posso comprar a porcaria do meu próprio almoço — vociferei.

Seu semblante entristeceu por apenas um segundo antes de se recuperar, dando-me a sensação de ter acabado de chutar um filhotinho. *Porra.* Eu estava virando o meu irmão.

— Agradeço a oferta — acrescentei em um tom um pouco menos hostil.

Ótimo. Agora eu tinha que fazer algo gentil. Outra vez. Mais um gesto de "desculpa por ser um babaca" para o qual não tinha energia. Até agora, esta semana, eu tinha trazido café, rosquinhas e — após um ataque de fúria particularmente constrangedor por causa do termostato do escritório — barras de chocolate do posto de gasolina.

— Vou para a fisio. Volto em uma hora.

Com isso, saí para o corredor e caminhei em direção à saída como se tivesse coisas para resolver, caso alguém tentasse puxar conversa.

Esvaziei minha mente e tentei me concentrar no que estava acontecendo bem na minha frente.

Fui atingido com força total pelo outono da Virgínia do Norte quando atravessei as portas de vidro do Prédio Municipal Knox Morgan. O sol brilhava num céu tão azul que machucava os olhos. As árvores ao longo da rua estavam fazendo um espetáculo com suas folhas que foram de verdes a avermelhadas, amarelas e laranjas. Abóboras e fardos de feno dominavam as vitrines do centro da cidade.

Levantei a vista com o barulho de uma motocicleta e vi Harvey Lithgow passar. Havia chifres de diabo em seu capacete e um esqueleto de plástico amarrado ao assento atrás dele na posição vertical.

Ele levantou a mão em cumprimento antes de ribombar estrada afora a pelo menos quinze quilômetros por hora acima do limite de velocidade afixado. Sempre desafiando os limites da lei.

O outono sempre fora a minha época preferida. Novos começos. Garotas bonitas em suéteres macios. Temporada de futebol. Volta às aulas. Noites frias aquecidas por bourbon e fogueiras.

Mas agora tudo estava diferente. *Eu* estava diferente.

Por ter mentido sobre a fisioterapia, eu não podia ser visto almoçando no centro da cidade, por isso fui para casa.

Faria um sanduíche que não tinha vontade de comer, me sentaria em solidão e tentaria encontrar uma maneira de sobreviver ao resto do dia sem ser muito escroto.

Eu precisava entrar no eixo. Não era tão difícil lidar com papeladas e aparecer algumas vezes como o responsável inútil que eu era agora.

— Bom dia, chefe — cumprimentou-me Tallulah St. John, nossa mecânica local e sócia do Café Rev, enquanto atravessava fora da faixa bem na minha frente. Suas longas tranças pretas estavam sobre o ombro de seu macacão. Ela estava com uma sacola de supermercado numa mão e um café, provavelmente feito pelo marido, na outra.

— Bom dia, Tallulah.

O passatempo favorito de Knockemout era ignorar a lei. Enquanto eu me apegava ao preto e branco, às vezes parecia que as demais pessoas ao meu redor viviam inteiramente no cinza. Fundada por rebeldes sem lei, a minha cidade não simpatizava muito com regras e regulamentos. O chefe de polícia anterior tinha ficado feliz em deixar os cidadãos se defenderem sozinhos enquanto ele exibia o distintivo como um símbolo de status e usava sua posição para ganho pessoal por mais de 20 anos.

Eu já era chefe havia quase cinco anos. Esta cidade era a minha casa, os cidadãos eram a minha família. Claramente eu havia falhado em ensiná-los a respeitar a lei. E agora era apenas uma questão de tempo até que todos percebessem que eu já não era capaz de protegê-los.

Meu telefone tocou no bolso, e estendi a mão esquerda para pegá-lo antes de lembrar que não o carregava mais daquele lado. Xingando baixo, consegui tirá-lo.

Knox: Diga aos federais que deixem de encher o seu saco, o meu saco e, aproveitando, o saco da cidade toda.

Claro que o meu irmão sabia dos federais. Um alerta foi provavelmente emitido no segundo em que o sedan chegou à via principal. Mas eu não estava disposto a discutir isso. Eu não estava disposto a nada.

O telefone tocou na minha mão.

Naomi.

Até pouco tempo atrás eu estaria bem animado para atender a essa ligação. Eu tinha uma queda pela garçonete nova na cidade que enfrentava uma onda de azar. Mas ela tinha, inexplicavelmente, se apaixonado pelo meu ir-

mão ranzinza. Eu tinha desistido da paixonite — foi mais fácil do que eu pensava —, mas tinha gostado da irritação de Knox sempre que a sua futura esposa ia ver como eu estava.

Agora, porém, parecia mais uma responsabilidade com a qual eu simplesmente não conseguia lidar. Enviei a ligação para o correio de voz enquanto virava a esquina da minha rua.

— Bom dia, chefe — bradou Neecey, arrastando o cavalete de anúncio da pizzaria enquanto atravessava a porta. A Dino's abria às 11h, sete dias por semana. O que significava que eu só tinha trabalhado por quatro horas antes de meter o pé. Um novo recorde.

— Bom dia, Neece — falei sem entusiasmo.

Eu queria ir para casa e fechar a porta. Isolar-me do mundo e afundar na escuridão. Não queria parar a cada dois metros para bater papo.

— Ouvi dizer que aquele policial federal com bigode ficará por aqui. Acha que ele vai gostar da estadia na pousada? — perguntou com um brilho perverso nos olhos.

A mulher era uma fofoqueira de óculos que mastigava chicletes e conversava com metade da cidade em todos os turnos. Mas ela tinha razão. A pousada de Knockemout era o sonho erótico da vigilância sanitária. Tinha violações em todas as páginas do manual. Alguém precisava comprar aquela porcaria e demoli-la.

— Desculpa, Neece. Preciso atender — menti, levando o telefone ao ouvido, fingindo que tinha recebido uma ligação.

No segundo em que ela voltou para dentro, guardei o telefone e corri o resto do caminho até a entrada do meu apartamento.

Meu alívio durou pouco. A porta da escada, toda em madeira entalhada e vidro grosso, estava aberta com uma caixa escrita *Arquivos* em uma caligrafia elegante.

Ainda encarando a caixa, entrei.

— Filha da puta! — A voz de uma mulher que não pertencia à minha vizinha idosa ecoou do alto.

Olhei para cima enquanto uma mochila preta rolava as escadas em minha direção, parecendo uma bola-de-feno de grife. No meio do degrau, um par de pernas longas e magras chamou minha atenção.

Elas estavam cobertas por uma elegante calça legging da cor de musgo, e a vista continuava melhorando. O suéter cinza felpudo era curto e permitia ver a pele lisinha e bronzeada sobre o músculo firme, enquanto destacava curvas sutis. Mas era o rosto que mais chamava atenção. Maçãs do rosto esculpidas. Olhos grandes e escuros. Lábios carnudos franzidos de aborrecimento.

O cabelo dela — tão escuro que era quase preto — estava curtinho e repicado e parecia que alguém tinha acabado de enfiar os dedos nele. Meus dedos flexionaram ao meu lado.

Angelina Solavita, mais conhecida como Lina ou ex-namorada do meu irmão havia muito tempo, era uma gata. E estava na minha escada.

Isso não era bom.

Inclinei-me e peguei a bolsa aos meus pés.

— Desculpe por atirar minha bagagem em você — falou ela enquanto lutava para subir os últimos degraus com uma grande mala de rodinhas.

Eu não tinha do que reclamar com a visão, mas tinha sérias preocupações quanto a sobreviver a papos-furados.

O segundo andar abrigava três apartamentos: o meu, o da Sra. Tweedy e um vazio ao lado do meu.

Eu estava de saco cheio de morar do outro lado do corredor de uma viúva idosa que não tinha muito respeito pela privacidade e pelo espaço pessoal. Eu não tinha interesse em aumentar minhas distrações em casa. Nem mesmo quando elas tinham a aparência da Lina.

— Vai se mudar para cá? — questionei quando ela reapareceu no topo da escada. As palavras soaram forçadas e minha voz, tensa.

Ela abriu um daqueles sorrisinhos sensuais.

— Sim. O que tem para o jantar?

Observei-a descer as escadas correndo, com velocidade e graça.

— Acho que você pode arranjar algo melhor do que o que eu tenho para oferecer. — Não ia ao mercado havia... Beleza, eu não me lembrava da última vez em que havia entrado na Grover's Groceries para comprar comida. Estava vivendo às custas de comida para viagem quando me lembrava de comer.

Lina parou no último degrau, deixando-nos olho no olho, e me olhou de cima a baixo lentamente. O sorriso se alargou.

— Não se menospreze, seu convencido.

Ela me chamou disso pela primeira vez havia algumas semanas, quando deu um jeito na burrice que fiz com meus pontos ao tirar meu irmão de uma enrascada. Na ocasião, eu deveria ter pensado na avalanche de papelada com que teria de lidar graças a um sequestro e ao tiroteio que se seguiu. Em vez disso, sentei-me encostado na parede, distraído pelas mãos calmas e competentes de Lina, pelo seu perfume refrescante e doce.

— Você está flertando comigo? — Eu não tinha intenção de deixar escapar, mas eu estava de pé por pura força de vontade.

Pelo menos não tinha dito que gostava do cheiro do amaciante que exalava de sua roupa.

Ela arqueou uma sobrancelha.

— Você é o meu novo vizinho gato, o chefe de polícia e o irmão do meu namorado da faculdade.

Ela se aproximou alguns centímetros, e uma única faísca de algo cálido se agitou em minha barriga. Eu queria me agarrar a essa faísca, pegá-la nas mãos até que o meu sangue gélido descongelasse.

— Eu *adoro* ideias ruins. E você? — Seu sorriso era perigoso agora.

O Velho Eu teria ativado o charme. Teria gostado de um bom flerte. Teria apreciado a atração mútua. Mas eu já não era esse homem.

Levantei sua mala pela correia. Seus dedos se enroscaram nos meus quando ela a pegou. Nossos olhares se encontraram e se detiveram. A centelha se multiplicou numa dúzia de brasas minúsculas, quase o suficiente para me lembrar de como era sentir alguma coisa.

Quase.

Ela estava me observando atentamente. Aqueles olhos castanhos da cor de uísque me encaravam como se eu fosse um livro aberto.

Retirei os dedos dos dela.

— Com o que você disse que trabalhava? — perguntei. Ela havia mencionado brevemente, falado que era chato pra dedéu e mudou de assunto. Mas ela tinha olhos que não perdiam nada, e eu estava curioso para saber que trabalho a permitia ficar onde Judas perdeu as botas, na Virgínia, por semanas seguidas.

— Seguros — disse ela, jogando a mochila sobre um ombro.

Nenhum de nós dois recuou. Eu, porque as brasas eram a única coisa boa que eu sentia em semanas.

— Que tipo de seguros?

— Por quê? Está atrás de um novo? — brincou ela conforme começava a se afastar.

Mas eu queria que ela ficasse por perto. Precisava que ela acendesse aquelas faíscas fracas para ver se havia algo dentro de mim que valesse a pena queimar.

— Quer que eu carregue? — ofereci, apontando para a caixa de arquivos encostada na porta. O sorriso desapareceu.

— Eu dou conta — disse ela rapidamente, movimentando-se para passar por mim.

Bloqueei seu caminho.

— A Sra. Tweedy arrancaria meu couro se descobrisse que a fiz subir a escada com aquela caixa — insisti.

— Sra. Tweedy?

Apontei para cima.

— 2C. Ela saiu com o grupo de musculação. Mas logo você a conhecerá. Ela vai se certificar disso.

— Se saiu, ela não saberá que você preferiu se preocupar com os seus ferimentos em vez de insistir em carregar uma caixa por um lance de escadas — salientou Lina. — Como anda a cicatrização?

— Bem — menti.

Ela fez "hum" e ergueu a sobrancelha outra vez.

— É mesmo?

Ela não acreditou em mim. Mas meu desejo por aqueles pequenos fragmentos de sentimento era tão forte, tão desesperado, que eu não me importei.

— Novinho em folha — insisti.

Ouvi um toque baixo e vi o lampejo de aborrecimento quando Lina pegou o telefone de algum bolso escondido no cós de sua calça legging. Foi apenas um vislumbre, mas visualizei "Mãe" na tela antes de ela clicar em Ignorar. Parecia que nós dois estávamos evitando a família.

Arrisquei-me e aproveitei a distração para pegar a caixa, fazendo questão de usar o meu braço esquerdo. Meu ombro latejou, e uma gota fria de suor percorreu minhas costas. Porém, assim que nossos olhares se cruzaram de novo, as faíscas voltaram.

Não sabia o que era, só que eu precisava disso.

— Vejo que a teimosia dos Morgan é tão forte em você quanto no seu irmão — observou ela, enfiando o telefone de volta no bolso. Ela me olhou de cima a baixo outra vez antes de se virar e começar a subir as escadas.

— Falando no Knox — eu disse, lutando para manter minha voz natural — presumo que você esteja no 2B?

Meu irmão era o dono do edifício, que incluía o bar e a barbearia no térreo.

— Agora estou. Eu estava hospedada na pousada — afirmou ela.

Fiz uma oração de agradecimento por ela subir as escadas mais devagar do que desceu.

— Acredito que não tenha durado muito tempo lá.

— Essa manhã vi um rato trocar tapas com uma barata do tamanho do rato. Foi o fim da picada — disse ela.

— Poderia ter ficado com o Knox e a Naomi — falei, forçando as palavras antes que eu estivesse esbaforido demais para falar. Eu estava fora de forma, e a bunda dela bem torneada naquela calça legging não ajudava em nada a minha resistência cardiovascular.

— Gosto de ter meu próprio espaço — disse ela.

Chegamos ao topo da escada, e eu a segui até a porta aberta ao lado da minha, enquanto um rio de suor gelado serpenteava pelas minhas costas. Eu precisava urgentemente voltar para a academia. Já que eu ia ser um cadáver ambulante pelo resto da vida, pelo menos seria alguém capaz de lidar com uma conversa num lance de escadas.

Lina largou a mochila dentro do apartamento antes de se virar para pegar a caixa de mim.

Mais uma vez, os nossos dedos se tocaram.

Mais uma vez, senti algo. E não foi apenas a dor no ombro e o vazio no peito.

— Valeu pela ajuda — disse ela ao pegar a caixa.

— Se precisar de alguma coisa, estou bem ao lado.

Aqueles lábios se curvaram levemente.

— É bom saber. Nos vemos por aí, seu convencido.

Fiquei plantado no local mesmo após ela fechar a porta, esperando até que cada uma daquelas brasas se apagassem.

DOIS
TÁTICAS DE EVASÃO

Lina

Fechei minha nova porta na cara de um ferido e taciturno Nash Morgan de 1,86 metro.

— Nem pense nisso — murmurei para mim mesma.

Geralmente eu não estava nem aí para correr riscos, brincar com um pouco de fogo. E era exatamente isso que seria conhecer o Sr. Certinho, como as mulheres de Knockemout o apelidaram. Mas eu tinha coisas mais urgentes a fazer do que flertar para afastar a tristeza que envolvia o Nash.

Ferido e taciturno, pensei novamente enquanto carregava os meus arquivos para o outro lado da sala.

Não me surpreendia eu me sentir atraída. Embora eu preferisse o estilo de vida curtir e vazar, não havia nada que eu amasse mais do que um desafio. E ver por trás da fachada, desenterrar o que ocasionou aquelas sombras em seu triste olhar de herói seria exatamente isso.

Mas Nash tinha cara de quem gostava de relacionamentos duradouros, e eu era alérgica a relacionamentos.

Uma vez que você mostra interesse em alguém, a pessoa começa a pensar que isso lhe dá o direito de te dizer o que fazer e como fazê-lo, duas coisas que não suporto. Eu gostava de curtir, de sentir a emoção de flertar. Eu gostava de brincar com as peças de um quebra-cabeça até ter a imagem completa e, em seguida, passar para o próximo. E, nos entremeios, eu gostava de entrar na minha casa, cheia de coisas minhas, e pedir a comida que eu gosto sem ter que discutir com ninguém sobre o que assistir na TV.

Joguei a caixa na mesinha da sala de jantar e avaliei minha nova esfera.

O apartamento tinha potencial. Compreendi porque Knox tinha investido no edifício. Ele nunca foi de perder o potencial oculto de um desastre. Tetos altos, pisos de madeira desgastados, janelas grandes com vista para a rua.

A sala de estar era decorada com um sofá floral desbotado de frente para uma parede de tijolos vazia, uma pequena, mas robusta mesa de jantar redonda com três cadeiras e algum tipo de estante construída com caixotes antigos sob as janelas da frente.

A cozinha, que era um cubículo feito com paredes de drywall, estava cerca de duas décadas desatualizada.

O que não me afetava, já que não cozinho. Os balcões eram um laminado amarelo berrante que sobreviveu aos seus dias de glória, se é que um dia os teve. Mas havia um micro-ondas e uma geladeira grande o suficiente para armazenar comida para viagem e seis garrafas de cerveja, e por isso serviria muito bem para mim.

O quarto estava vazio, mas tinha um armário até grandinho, que ao contrário da cozinha *era* uma exigência para mim e as minhas roupas sensuais. O banheiro privativo era encantadoramente vintage, com uma banheira com pés e uma pia de coluna absolutamente inútil que acomodaria zero por cento da minha coleção de maquiagem e cuidados com a pele.

Suspirei. Dependendo do conforto do sofá, eu poderia adiar ou não a compra de uma cama. Não sabia por quanto tempo ficaria aqui, quanto tempo levaria para encontrar o que procurava.

Restava apenas torcer para que não demorasse demais.

Eu me joguei no sofá, rezando para que fosse confortável. Não era.

— Por que você está me punindo? — perguntei ao teto. — Não sou uma pessoa horrível. Eu paro para os pedestres. Faço doações para aquele Farm Sanctuary. Como verduras. O que mais você quer?

O universo não respondeu.

Suspirei e pensei na minha casa em Atlanta. Eu estava acostumada a passar apertos no trabalho.

Voltar de uma estadia prolongada em uma pousada duas estrelas sempre me fazia apreciar meus lençóis caros, meu sofá confortável de grife e meu guarda-roupa meticulosamente organizado.

Esta estadia prolongada em particular, no entanto, estava ficando ridícula.

E quanto mais tempo eu passava na cidade sem uma pausa ou uma pista ou uma luz no fim do túnel, mais impaciente eu ficava. Na teoria, talvez eu parecesse uma criança impulsiva e impetuosa. Na realidade, eu estava simplesmente seguindo o plano que tinha feito havia muito tempo. Eu era paciente e racional, e os riscos que tomava eram — quase sempre — calculados.

Mas semanas a fio em uma cidadezinha a 38 minutos da Sephora mais próxima, sem a menor indicação de estar no caminho certo, estavam começando a me aborrecer. Daí a conversa com o teto.

Eu estava entediada e frustrada, uma combinação perigosa, porque tornava impossível ignorar a dúvida mesquinha na minha cabeça de que talvez eu não gostasse desta profissão tanto quanto antes. A dúvida que surgira magicamente quando as coisas deram errado no último trabalho. Outra coisa em que não queria pensar.

— Tá, universo — repeti ao teto. — Preciso que *uma coisa* saia do meu jeito. Só uma. Como uma liquidação de sapatos ou, sei lá, que tal uma pausa neste caso antes de eu perder as estribeiras?

Desta vez, o universo me respondeu com uma ligação. O universo era sacana.

— Oi, mãe — falei, tanto com aborrecimento quanto com carinho.

— Até que enfim! Estava preocupada.

Bonnie Solavita não é uma pessoa preocupada por natureza, mas aceitou o fardo que lhe foi conferido com uma dedicação entusiástica ao papel.

Incapaz de ficar parada durante essas conversas diárias, saí do sofá irregular e fui para a mesa.

— Eu estava carregando algo pela escada — expliquei.

— Você não está exagerando, né?

— Era uma mala e um lance de escadas — falei, retirando a tampa da caixa de arquivos. — O que vocês estão aprontando? — O redirecionamento era o que mantinha a minha relação com meus pais intacta.

— Estou a caminho de uma reunião de marketing, e seu pai está em algum lugar sob o capô daquele carro maldito — disse ela.

Minha mãe tinha dado um tempo mais longo do que o necessário em seu trabalho como executiva de marketing para poder me mimar até eu me mudar para fazer faculdade a três estados de distância. Desde então, ela se reinseriu no mercado de trabalho e subiu na hierarquia como executiva em uma organização nacional de saúde.

Meu pai, Hector, está aposentado há seis meses da carreira de encanador. "Aquele carro maldito" era a necessidade desesperada de atenção e carinho de um Mustang Fastback de 1968 com que eu o surpreendera no seu aniversário havia dois anos, cortesia de uma grande bonificação do trabalho. Ele teve um quando era um jovem solteiro e bonitão em Illinois até que o negociou em troca de uma picape de luxo para impressionar a filha de um fazendeiro. Meu pai se casou com a filha do fazendeiro — minha mãe — e passou as décadas seguintes sentindo falta do carro.

— Ele já conseguiu fazer funcionar? — perguntei.

— Ainda não. Ele me matou de tédio com uma palestra de 20 minutos sobre carburadores durante o jantar de ontem à noite. Aí eu retribuí com uma explicação sobre como estamos mudando nossas mensagens publicitárias com base na demografia da expansão suburbana da Costa Leste — explicou mamãe, presunçosa.

Desatei a rir. Os meus pais tinham um daqueles relacionamentos que, por mais diferentes que fossem um do outro, por mais tempo que estivessem casados, continuavam a ser os maiores incentivadores do outro... e as maiores pertubações.

— Isso é a cara de vocês — falei.

— Consistência é fundamental — cantarolou minha mãe.

Ouvi alguém lhe fazer uma pergunta rápida.

— Use a segunda apresentação de slides. Fiz alguns ajustes ontem à noite. Ah, e me traz uma água Pellegrino antes de entrar, pode ser? Grata. — Mamãe limpou a garganta. — Desculpe por isso, amorzinho.

A diferença entre sua voz de chefe e a voz de mãe era uma fonte de entretenimento sem fim para mim.

— Tranquilo. A senhora é uma chefona ocupada.

Mas não ocupada demais para verificar como a filha está nos dias estabelecidos.

Sim. Entre o itinerário ferrenho da minha mãe e o desejo dos meus pais de se certificarem de que eu estava sempre bem, eu falava quase todos os dias com um deles. Se eu os evitasse por muito tempo, eles apareceriam à minha porta sem qualquer aviso.

— Você ainda está em D.C., né? — perguntou.

Estremeci, sabendo o que estava por vir.

— Mais ou menos. É uma cidadezinha ao norte de D.C.

— Cidadezinhas são onde as mulheres profissionais ocupadas são seduzidas por empresários locais meio brutos. Aah! Ou um xerife. Já conheceu o xerife?

Uma colega de trabalho havia viciado minha mãe em romances fazia alguns anos. Elas tiravam férias anuais juntas, que sempre se alinhavam com sessões de autógrafos em algum lugar. Agora mamãe esperava que minha vida se transformasse no enredo de uma comédia romântica a qualquer momento.

— Chefe de polícia — corrigi. — E na verdade ele mora ao lado.

— Saber que você tem um policial ao lado faz com que eu me sinta mil vezes melhor. Eles são treinados em RCP.

— E em uma variedade de outras habilidades especiais — falei secamente, tentando não ficar incomodada.

— Ele é solteiro? Bonito? Levanta sinais de alerta?

— Acho que sim. Sem sombra de dúvida. E não o conheci bem o suficiente para identificar. É irmão do Knox.

— Ah.

Mamãe conseguiu expressar muito em uma única sílaba. Meus pais nunca conheceram o Knox. Eles só sabiam que tínhamos namorado — muito brevemente — quando eu estava na faculdade e tínhamos permanecido amigos desde então. Mamãe o culpava erroneamente por sua filha de 37 anos ainda estar solteira e ser festeira.

Não era que ela estivesse desesperada por um casamento e netos. Era que meus pais não relaxariam até que eu tivesse alguém na minha vida que assumisse o papel de protetor preocupado. Não importava o quanto eu me

tornasse autossuficiente. Para minha mãe e meu pai, eu ainda tinha 15 anos e estava numa cama de hospital.

— Sabe, seu pai e eu estávamos falando em dar uma escapadinha de fim de semana. Podíamos embarcar num voo e passar o fim de semana aí.

A última coisa que eu precisava era de um dos meus pais na minha cola pela cidade enquanto eu tentava trabalhar.

— Não sei quanto tempo passarei na cidade — falei, diplomática. — Pode ser que eu volte para casa qualquer dia desses.

Improvável, a menos que eu encontre algo que conduza o caso a uma nova direção. Mas pelo menos não era uma mentira deslavada.

— Não entendo como organizar treinamentos corporativos pode ter uma duração tão indeterminada — ponderou minha mãe.

Felizmente, antes de eu precisar elaborar uma resposta plausível, ouvi outro comentário abafado do seu lado da linha.

— Preciso ir, amorzinho. A reunião vai começar. Me avise quando voltar para Atlanta. Vamos fazer uma visita antes de você vir para casa no feriado de Ação de Graças. Se coordenarmos bem, podemos acompanhá-la à consulta.

Sim. Porque eu iria a uma consulta médica com os meus pais. Claro.

— Falamos disso mais tarde — eu disse.

— Eu te amo, amorzinho.

— Também te amo.

Desliguei a chamada e soltei um suspiro que terminou num gemido. Mesmo a centenas de quilômetros de distância, minha mãe ainda conseguia passar a sensação de estar me sufocando com um travesseiro no rosto.

Houve uma batida na minha porta, e eu a encarei desconfiada, perguntando-me se minha mãe estava do outro lado para me fazer uma surpresa.

Mas então veio um baque que soou como uma bota irritada na base da porta. Foi seguido por um rude:

— Abre, Lina. Esta tralha é pesada.

Atravessei a sala e, ao abrir a porta, encontrei Knox Morgan, sua linda noiva, Naomi, e a sobrinha de Naomi, Waylay, de pé no corredor.

Naomi estava sorrindo e segurando um vaso de plantas. Knox estava com a cara amarrada e carregando o que pareciam ser 45 quilos de roupa de cama. Waylay parecia entediada segurando dois travesseiros.

— Então é isso que acontece quando eu saio da pousada chinfrim? As pessoas começam a aparecer sem avisar? — questionei.

— Sai da frente. — Knox usou seus músculos para abrir passagem debaixo de um edredom branco.

— Desculpe invadir assim, mas queríamos entregar seus presentes de casa nova — disse Naomi. Ela era uma morena alta cujo estilo de roupa tendia para menininha. Tudo nela era delicado: seu bob ondulado, a malha jersey do vestido de manga longa sobre suas curvas generosas, a maneira como ela apreciava a bela bunda do noivo, que estava indo em direção ao meu quarto.

Bundas belas estavam nos genes da família Morgan. De acordo com a mãe da Naomi, Amanda, a bunda do Nash nas calças do uniforme era um tesouro local.

Waylay passou pela porta. Seu cabelo loiro estava amarrado em um rabo de cavalo que exibia mechas azuis temporárias.

— Aqui — disse ela, empurrando os travesseiros para mim.

— Obrigada, mas não estou *me mudando* de verdade — salientei, jogando-os no sofá.

— Knockemout tem o dom de se transformar em lar — disse Naomi, entregando-me a planta.

Naomi que o diga. Ela havia chegado fazia alguns meses achando que estava ajudando a irmã gêmea a sair de uma enrascada e acabou se metendo em uma. No espaço de algumas semanas, Naomi se tornou guardiã da sobrinha, arrumou dois empregos, foi sequestrada e fez o Knox "eu não tenho relacionamento sérios" Morgan se apaixonar por ela.

Agora, eles viviam em uma casa grande nos arredores da cidade, cercados por cães e familiares, e estavam planejando um casamento. Fiz um lembrete mental de um dia apresentar minha mãe à Naomi. Ela enlouqueceria com o felizes para sempre da vida real.

Knox voltou do quarto de mãos vazias.

— Feliz casa nova. A cama chega hoje à tarde.

Pisquei os olhos.

— Você arranjou uma cama para mim?

— Supere — disse ele, colocando um braço em volta dos ombros da Naomi e puxando-a para seu lado. Naomi o acotovelou no estômago.

— Seja educado.

— Não — resmungou ele.

Eles formavam um casal e tanto. O mal humorado alto, tatuado e barbudo e a morena curvilínea e radiante.

— O que o viking quer dizer é que estamos felizes por você estar na cidade e pensamos que uma cama tornaria a sua estadia mais confortável — traduziu Naomi.

Waylay se jogou em cima dos travesseiros no sofá.

— Onde está a TV? — perguntou.

— Ainda não tenho uma. Mas, quando tiver, te chamo para me ajudar a ligá-la.

— Quinze dólares — disse ela, colocando as mãos atrás da cabeça. A garota era um gênio dos aparelhos eletrônicos e não se acanhava em ganhar alguns dólares com seus talentos.

— Waylay — disse Naomi, exasperada.

— Quê? Estou dando o desconto para amigos e familiares.

Tentei lembrar se alguma vez fui próxima o bastante de alguém para ganhar um desconto para familiares e amigos antes.

Knox piscou para Waylay, depois puxou Naomi para mais perto de novo.

— Preciso trocar umas ideias com o Nash sobre uma coisa — disse ele, indicando a porta com o polegar. — Avise se precisar de mais alguma coisa, Leens.

— Ei, já fico feliz por não ter que lutar pelo banheiro contra um exército de baratas. Obrigada por me deixar morar aqui por uns tempos.

Ele fez uma saudação e deu um meio sorriso enquanto se dirigia para a porta. Naomi estremeceu.

— Aquela pousada é um atentado contra a saúde.

— Pelo menos tinha TV — disse Waylay do meu quarto vazio.

— Waylay! O que está fazendo? — exigiu saber sua tia.

— Bisbilhotando — respondeu a menina de 12 anos, aparecendo na porta com as mãos nos bolsos cravejados de pedrinhas da calça jeans. — De boa. Ela ainda não tem nada aqui.

Um barulho alto soou do corredor.

— Abre, babaca — resmungou Knox.

Naomi revirou os olhos.

— Peço desculpas pela minha família. Aparentemente, todos foram criados por lobos.

— Os incivilizados têm seu próprio charme — ressaltei. Percebendo que eu ainda estava segurando a planta, levei-a para a janela e coloquei-a em cima de uma das caixas vazias. Ela tinha folhas verdes e lustrosas.

— É um lírio-do-vale. Não florescerá até a primavera, mas simboliza a felicidade — explicou Naomi.

Claro que sim. Naomi era atenciosa em um nível especializado.

— O outro motivo pelo qual estamos a transtornando assim é que queríamos convidá-la para jantar no domingo à noite — continuou.

— Faremos frango grelhado, mas provavelmente haverá umas cem verduras — alertou Waylay enquanto caminhava até a janela da frente para espiar.

Um jantar que não tive de pedir e a oportunidade de desfrutar do Knox domesticado? Não ia deixar esse convite passar.

— Claro. O que posso levar?

— Só você mesma. Sendo sincera, juntando meus pais, Stef e eu, teremos um banquete — assegurou-me Naomi.

— E o álcool? — ofereci.

— Nós nunca o recusaremos — admitiu ela.

— E uma garrafa de Yellow Lightning — disse Waylay. Naomi encarou Waylay com um olhar de advertência parental.

— Por favor — emendou a menina.

— Se quiser uma garrafa inteira desse refrigerante que apodrece os dentes, vai comer salada com a pizza no almoço de hoje *e* brócolis com o jantar esta noite — insistiu Naomi.

Waylay revirou os olhos para mim enquanto se aproximava da mesa.

— A tia Naomi é obcecada por verduras.

— Acredite em mim, há obsessões piores — falei a ela.

Ela olhou para a minha caixa de arquivos, e eu lamentei não ter recolocado a tampa quando seus dedos rápidos puxaram uma pasta.

— Valeu a tentativa, Snoop Doggy Dogg — falei, arrancando-a dela com um floreio.

— Waylay! — repreendeu Naomi. — Lina trabalha com seguros. Deve ser informação confidencial.

Ela não fazia a menor ideia.

Peguei a tampa e coloquei-a de volta na caixa.

A batida ao lado continuou.

— Nash? Tá aí?

Parecia que eu não era a única me escondendo da família.

— Vamos, Way. Antes que o Knox derrube o prédio — disse Naomi, estendendo o braço para a sobrinha. Waylay foi para o lado da tia, aceitando o carinho oferecido.

— Obrigada pela planta... e pela cama... e pelo lugar para ficar — agradeci.

— Estou tão feliz por tê-la aqui por mais um tempo — disse Naomi enquanto caminhávamos até a porta. Éramos duas.

Knox estava parado em frente à porta de Nash, vasculhando seu molho de chaves.

— Acho que ele não está em casa — falei rápido. O que quer que estivesse rolando com Nash, eu duvidava que ele quisesse que o irmão invadisse seu apartamento.

Knox levantou a vista.

— Ouvi dizer que ele saiu do trabalho e veio para cá.

— Tecnicamente, ouvimos que ele deixou o trabalho e foi para a fisioterapia, mas Neecey, da Dino's, o viu aqui em frente — disse Naomi.

As fofocas de cidades pequenas viajavam mais rápido que relâmpagos.

— Ele provavelmente veio e saiu. Fiz uma barulhada arrastando minhas coisas para cá e não o vi.

Knox guardou as chaves.

— Se o vir, diga a ele que o estou procurando.

— Eu também — acrescentou Naomi. — Tentei ligar para convidá-lo para o jantar de domingo, mas caiu direto no correio de voz.

— Aproveitando, diga a ele que o estou procurando também — disse Waylay.

— Por que o está procurando? — quis saber Knox.

Waylay encolheu os ombros em seu suéter rosa.

— Sei lá. Me senti excluída.

Knox a puxou para uma chave de braço e bagunçou seu cabelo.

— Urgh! É por isso que tenho de usar spray de cabelo industrial! — reclamou Waylay, mas eu vi a curva ascendente de sua boca quando meu amigo tatuado e mal-humorado deu um beijo no topo de sua cabeça.

Naomi e Waylay fizeram o impossível e transformaram Knox Morgan num coração de manteiga. E eu podia assistir a tudo de camarote.

— A cama chega às 15h de hoje. O jantar é no domingo às 18h — disse Knox.

— Mas você pode chegar cedo. Especialmente se levar vinho — disse Naomi com uma piscadela

— E Yellow Lightning — acrescentou Waylay.

— Até lá então.

Os três se dirigiram para a escada, Knox no meio com os braços em volta das meninas.

— Obrigada por me deixarem ficar aqui — gritei para as costas deles.

Knox levantou a mão em reconhecimento.

Observei-os sair e depois fechei a porta. O verde lustroso da planta chamou minha atenção. Um item caseiro solitário numa lousa em branco.

Nunca havia tido uma planta antes. Nenhuma planta. Nenhum animal de estimação. Nada que não pudesse sobreviver dias ou semanas sem mim.

Esperava não a matar antes de terminar o que tinha para fazer aqui. Com um suspiro, peguei a pasta que Waylay havia tirado e a abri.

O rosto de Duncan Hugo me fitou.

— Você não pode se esconder para sempre — eu disse à foto.

Ouvi a porta de Nash se abrir e fechar suavemente ao lado.

TRÊS
MORTO NUMA VALA

Nash

O sol subiu acima do arvoredo, transformando as folhas da grama em diamantes brilhantes enquanto eu estacionava meu SUV no acostamento. Ignorei as batidas aceleradas do meu coração, as palmas das mãos suadas, o aperto no peito.

A maior parte dos moradores de Knockemout ainda estaria em suas camas. Em geral, éramos mais uma cidade de bebedores noturnos do que de madrugadores. O que significava que as probabilidades de encontrar alguém aqui neste momento eram baixas.

Eu não queria que a cidade toda comentasse como o chefe Morgan foi baleado e depois enlouqueceu tentando recuperar a memória.

Knox e Lucian se envolveriam, enfiando os narizes civis onde não foram chamados. Naomi lançaria olhares solidários na minha direção enquanto ela e os pais me sufocariam com comida e roupa limpa. Liza J fingiria que nada tinha acontecido, o que, como um Morgan, era a única reação com a qual eu me sentia remotamente confortável. Mais cedo ou mais tarde, eu seria pressionado a sair de licença. E aí como seriam meus dias?

Pelo menos com o trabalho, eu tinha um motivo para agir normalmente. Eu tinha um motivo para sair da cama — ou do sofá — todas as manhãs.

E já que eu saía do sofá e vestia o uniforme todos os dias, eu podia muito bem fazer algo útil.

Coloquei o veículo em ponto morto e desliguei o motor. Apertando as chaves na mão, abri a porta e saí para o acostamento de cascalho.

Era uma manhã fresca e brilhante. Não estava tão úmida e um breu como naquela noite. Pelo menos dessa parte eu me lembrava.

A ansiedade era uma bola de pavor alojada no meu âmago.

Parei para me acalmar. Inspirar por quatro segundos. Segurar por sete. Expirar por oito.

Eu tinha receio. Receio de nunca lembrar. Receio de lembrar. Eu não sabia o que seria pior.

Do outro lado da estrada, estava o emaranhado interminável da proliferação de ervas daninhas de um imóvel hipotecado esquecido.

Eu me concentrei no metal áspero das chaves enquanto elas espetavam minha pele, no ruído de cascalho sob minhas botas. Caminhei lentamente em direção ao carro que não estava lá. O carro do qual não conseguia me lembrar.

O aperto em meu peito se intensificou dolorosamente. Meu progresso foi interrompido. Talvez meu cérebro não se lembrasse, mas algo em mim, sim.

— Continue respirando, idiota — lembrei-me.

Quatro. Sete. Oito.

Quatro. Sete. Oito.

Meus pés finalmente atenderam à minha vontade e avançaram outra vez.

Eu tinha me aproximado do carro, um sedã escuro de quatro portas, por trás. Não que eu me recordasse de ter feito isso. Tinha visto as imagens do incidente registradas pela câmera de segurança do carro cerca de mil vezes, esperando que isso despertasse alguma memória. Mas sempre parecia que eu estava vendo outra pessoa caminhar em direção à própria experiência de quase morte.

Nove passos de distância da minha porta até o para-choque traseiro do sedan.

Eu tinha passado o polegar na lanterna traseira. Após anos de serviço, começou a parecer um ritual inocente, até ser minha a digital que identificou aquele carro após ele ter sido encontrado.

O suor frio escorria livremente pelas minhas costas.

Por que eu não conseguia me lembrar?

Será que um dia me lembraria?

Será que o Hugo passaria despercebido por mim se voltasse para terminar o serviço?

Será que eu não preveria seu ataque?

Será que eu me importaria o suficiente para detê-lo?

— Ninguém gosta de um otário patético e chorão — murmurei em voz alta.

Com um suspiro trêmulo, dei mais três passos, ficando rente ao que teria sido a porta do motorista. Antes, havia sangue aqui. Na primeira vez que voltei, não consegui me forçar a sair do carro. Sentei-me ao volante e encarei o cascalho enferrujado.

Já tinha desaparecido. Fora apagado pela natureza. Mas eu ainda conseguia visualizá-lo ali.

Ainda podia ouvir o eco de um som. Algo entre um chiado e um estalo. Assombrava os meus sonhos. Eu não sabia o que era, mas parecia importante e desesperador.

— Caralho — murmurei baixinho.

Coloquei o polegar entre as sobrancelhas e as esfreguei.

Eu tinha sacado a arma tarde demais. Não me recordava da dor das balas no corpo. Dos dois tiros rápidos. Da queda no chão. Ou de Duncan Hugo saindo do carro e pairando sobre mim. Não me recordava do que ele falou quando pisou no pulso da minha mão armada. Não me recordava dele apontando a própria arma para a minha cabeça uma última vez. Não me recordava do que ele disse.

Tudo o que sabia era que eu teria morrido.

Devia ter morrido.

Se não fosse pelos faróis.

Sorte. Nada além de sorte havia ficado entre mim e aquela bala final.

Hugo tinha se mandado. Vinte segundos depois, uma enfermeira atrasada para o seu turno no serviço de emergência me avistou e imediatamente começou a agir. Sem hesitação. Sem pânico. Apenas habilidade pura. Mais seis minutos até a ajuda chegar. Os socorristas, homens e mulheres que eu conheci por boa parte da minha vida, seguiram o procedimento, fazendo seu

trabalho com eficiência hábil. Eles não se esqueceram de sua formação. Não pisaram na bola nem reagiram tarde demais.

Tudo isso enquanto eu estava quase sem vida na beira da estrada.

Eu não me recordava da enfermeira usando meu próprio rádio para pedir ajuda enquanto pressionava a ferida. Não me recordava de Grave sussurrando ajoelhado ao meu lado enquanto os paramédicos cortavam minha camisa para tirá-la. Não me recordava de ter sido colocado numa maca e levado para o hospital.

Uma parte de mim tinha morrido bem aqui neste local.

Talvez o resto de mim devesse ter ido junto.

Chutei uma pedra, errei e meti o dedo do pé no chão.

— Ai! Cacete — murmurei.

Todo esse chafurdar estava realmente começando a me irritar, mas eu não sabia como parar. Não sabia se conseguiria.

Eu não tinha me salvado naquela noite.

Não tinha abatido o bandido. Nem mesmo arrancado um pedaço dele.

Era pura sorte eu ainda estar aqui. Sorte de o sobrinho com autismo da enfermeira ter tido uma crise antes de dormir, enquanto sua tia devia estar se preparando para o trabalho. Sorte de ela ter ajudado a irmã a acalmá-lo antes de sair.

Fechei os olhos e respirei fundo outra vez, lutando contra a pressão no peito. Um arrepio subiu pela minha espinha enquanto a brisa da manhã evaporava o suor frio que encharcava meu corpo.

— Controle-se. Pense em outra coisa. Qualquer merda que não te faça se odiar ainda mais.

Lina.

Surpreendi-me com o rumo da minha mente. Mas lá estava ela. De pé nos degraus do meu apartamento, com olhos cintilantes. Agachada ao meu lado naquele armazém sujo, sua boca curvada achando graça. Toda paqueradora e confiante. Fechei os olhos e me agarrei à imagem. Àquele corpo atlético exposto por roupas coladas. A toda aquela pele bronzeada e lisinha. Aos olhos castanhos que não perdiam nada.

Podia sentir o cheiro fresco do seu amaciante e concentrei minha atenção naqueles lábios cheios e rosados, como se só eles pudessem me ancorar neste mundo.

Algo se agitou dentro de mim. Um eco das brasas de ontem.

Um barulho à minha direita me tirou da fantasia bizarra à beira da estrada.

Minha mão voou para a coronha da arma.

Um gemido. Ou talvez fosse um choro. Os nervos e a adrenalina intensificaram o zumbido nos meus ouvidos.

Era uma alucinação? Uma memória? Um esquilo raivoso se aproximando para arrancar minha cara com uma mordida?

— Tem alguém aí? — gritei.

A quietude foi a minha única resposta.

O terreno paralelo à estrada descia alguns metros em direção a uma vala de drenagem. Mais à frente, havia um matagal de espinhos, ervas daninhas e sumagre que se transformava em um bosque. Do outro lado estava a fazenda dos Hessler, que rendia uma bolada com seu labirinto de milho e plantação de abóboras anuais.

Escutei com atenção, tentando acalmar meu coração e minha respiração.

Meus instintos eram aguçados. Pelo menos, achei que fossem. Crescer como filho de um viciado me ensinara a avaliar humores, a observar sinais de que tudo estava prestes a virar um inferno. A minha formação policial se baseou nisso, ensinando-me a ler situações e pessoas melhor do que a maioria.

Mas isso foi antes. Agora meus sentidos estavam anestesiados, meus instintos estavam entorpecidos pelo bramido baixo de pânico que fervia logo abaixo da superfície. Pelo ruído incessante e sem sentido que ouvia repetidamente na minha cabeça.

— Qualquer esquilo selvagem que estiver aí, é melhor seguir seu rumo — anunciei ao campo vazio. Então eu ouvi.

O som tênue de metal contra metal.

Não era um esquilo.

Sacando minha arma de serviço, caminhei pelo declive suave. Amassei a grama congelada sob meus pés. Cada respiração pesada se tornava visível numa nuvem branca. Eu podia escutar meu coração nos ouvidos.

— Polícia de Knockemout — gritei, verificando a área com os olhos e a arma.

Uma brisa fria agitou as folhas, fazendo a floresta sussurrar e o suor congelar na minha pele. Eu estava sozinho aqui. Eu era um fantasma.

Sentindo-me um pateta, enfiei a arma no coldre.

Passei o antebraço sobre a testa encharcada de suor.

— Isto é ridículo.

Eu queria voltar para o meu carro e ir embora. Eu queria fingir que este lugar não existia, fingir que *eu* não existia.

— Beleza, esquilo. Você ganhou desta vez — resmunguei.

Mas não fui embora. Não havia barulho ou borrão de rabo de esquilo selvagem correndo na minha direção. Apenas um sinal de pare invisível ordenando que eu ficasse na minha.

Por capricho, levei os dedos à boca e dei um assobio curto e estridente.

Desta vez, não havia como confundir o ganido queixoso e o som de metal raspando contra metal. Ora, ora. Talvez os meus instintos não estivessem tão discutíveis assim.

Assobiei outra vez e segui o barulho até a entrada do tubo de drenagem. Agachei-me e lá, a um metro e meio de profundidade, o encontrei. Um cão sujo e enlameado sentado numa cama de folhas e detritos. Era de porte pequeno e poderia já ter sido branco, mas agora era um marrom manchado e lamacento com tufos encaracolados de pelo emaranhado.

Alívio percorreu meu corpo. Não estava louco, caralho. E não era a porra de um esquilo selvagem.

— Olá, amigão. O que está fazendo aqui?

O cão inclinou a cabeça e agitou a ponta da cauda imunda de forma hesitante.

— Vou só ligar minha lanterna para te ver melhor, tá?

Com movimentos lentos e cuidadosos, tirei a lanterna do cinto e lancei o feixe de luz no cão.

Ele estremeceu com tristeza.

— Você ficou bem preso, hein? — observei. Havia uma pequena corrente enferrujada que parecia estar amarrada a um galho retorcido.

O cão soltou outro gemido e ergueu a pata dianteira.

— Vou me aproximar de você bem devagar e com cuidado. Está bem? Você pode rastejar para cá se quiser. Sou um cara bacana. Juro. — Fiquei de bruços na relva e passei os ombros pela entrada do tubo. Era desconfortavelmente apertado e estava um breu agora, exceto pelo feixe da lanterna.

O cão choramingou e recuou.

— Eu entendo. Também não gosto muito de espaços apertados e escuridão. Mas você precisa ser corajoso e vir para cá. — Dei um tapinha no metal corrugado e lamacento. — Vem cá. Vem cá, amigão.

Ele estava de quatro agora, bom, três, ainda levantando a pata dianteira.

— Que cão fedorento mais bonzinho. Venha aqui e eu te dou um hambúrguer — prometi.

Suas unhas grotescamente longas fizeram uma batida animada no chão enquanto o cão tentava se mexer, mas não saía do lugar.

— Que tal uns nuggets de frango? Compro uma caixa inteira.

Desta vez, a cabeça se inclinou para o lado oposto.

— Olha, amigão. Não estou a fim de dirigir para a cidade, pegar um gancho, e voltar aqui para te dar um baita susto. Seria bem mais fácil se você trouxesse esse seu traseiro descuidado de mansinho para cá.

A coisinha de pelos emaranhados olhou para mim, perplexa. Em seguida, deu um passo hesitante para frente.

— Que cão bonzinho.

— Nash!

Ouvi meu nome uma fração de segundo antes de algo quente e sólido se chocar contra meu torso. O impacto fez com que eu me levantasse, batendo a cabeça na parte superior do tubo.

— Ai! Cacete!

O cão, agora completamente aterrorizado, saltou para trás para se esconder em seu ninho de imundície.

Saí do tubo com a cabeça e o ombro latejando. Agindo por instinto, apoiei uma mão no atacante e usei meu impulso para prendê-lo no chão.

Prendê-*la*.

Lina estava quente e macia debaixo de mim. Seus olhos estavam arregalados de surpresa, suas mãos segurando minha camisa com os punhos cerrados. Ela estava suada e usava fones de ouvido.

— O que é que você está fazendo? — exigi saber, arrancando um de seus fones de ouvido.

— Eu? O que é que você está fazendo deitado à beira da estrada?

Ela me empurrou com os punhos e o quadril, mas, mesmo com o peso que eu tinha perdido, não conseguiu me mover.

Foi nesse momento que percebi a posição em que estava. Nossos peitos e barrigas se tocavam. Minha virilha estava posicionada bem no meio de suas pernas longas e bem torneadas. Eu podia sentir o calor de seu sexo como se estivesse de bruços em uma fornalha.

Meu corpo reagiu, e fiquei duro que nem pedra encostado nela.

Fiquei aliviado e horrorizado. Horrorizado por razões respeitosas e obviamente legais. O fato de o meu equipamento estar aparentemente funcionando era uma boa notícia, visto que não o tinha levado para um test drive desde o tiroteio. Tantas coisas em mim estavam agora danificadas, que eu não quis ter que adicionar meu pau à lista.

Lina estava ofegante debaixo de mim e eu podia ver sua pulsação naquele pescoço esbelto e gracioso. A pulsação na minha ereção se intensificou. Eu tinha a esperança de que um milagre a impedisse de senti-la.

— Achei que você estava morto numa vala!

— Escuto muito isso — falei com os dentes cerrados.

Ela me bateu no peito.

— Muito engraçado, seu imbecil.

Seu quadril mudou de posição quase imperceptivelmente. Meu pau notou de imediato, e não havia profissionalismo nem educação neste mundo que pudesse impedir minha mente de se encher de imagens do que eu queria fazer com ela.

Eu queria me mover, entrar naquele calor, usar seu corpo para me trazer de volta à vida. Eu queria ver seus lábios se separarem, seus olhos se fecharem enquanto eu a penetrava. Queria senti-la me apertar, ouvi-la sussurrar o meu nome com aquela voz rouca e embebida em sexo.

Eu queria me enterrar tão profundamente dentro dela que, quando ela gozasse, eu gozaria também, envolto em todo aquele calor.

Isso era mais do que uma paixonite, uma atração banal. O que eu sentia tendia para o desejo incontrolável.

Os elementos visuais que passaram pela minha cabeça foram suficientes para me colocar em risco de uma situação ainda mais humilhante. Tomei as rédeas desgastadas do meu controle e me recuperei da beira do abismo.

— Foda-se — murmurei baixinho.

— Aqui?

Meus olhos se abriram e se concentraram nos dela. A profundeza daqueles olhos castanhos tinha indícios de diversão e algo mais. Algo perigoso.

— É brincadeira, seu convencido. Na maior parte.

Ela se moveu embaixo de mim novamente e travei minha mandíbula. Meus pulmões arderam, lembrando-me de respirar. Não havia nada de frio no meu suor agora.

— Sua arma está me cutucando.

— Não é a minha arma — falei com os dentes cerrados. Sua boca se curvou com maldade.

— Eu sei.

— Então pare de se mexer.

Levei mais 30 segundos, mas consegui sair de cima dela. Fiquei de pé, depois me abaixei para ajudá-la a se levantar. Constrangido, puxei-a com mais força do que o necessário e a fiz bater no meu peito.

— Opa, grandalhão.

— Desculpe — falei, colocando minhas mãos em seus ombros e, em seguida, dando um passo muito deliberado para trás.

— Não peça desculpa. Só pediria que se desculpasse se você *não* tivesse uma reação biológica muito saudável a me agarrar no chão.

— De nada?

Ao que parecia, ela tinha saído para uma corrida. Estava com uma roupa de ginástica e uma blusa leve de manga comprida, ambas coladas como uma segunda pele. Seu sutiã esportivo era turquesa e seus tênis eram cor de laranja. O telefone estava atado a um braço e uma pequena lata de spray de pimenta estava enfiada em um coldre na cintura.

Ela inclinou a cabeça e devolveu o meu silêncio. Senti seu olhar como se fosse uma carícia. Boas notícias para o meu interior morto. Más notícias para a ereção que eu estava tentando apaziguar.

Nós ficamos assim, mais perto do que deveríamos, olhando para tudo que é lado e com a respiração tensa, por um instante longo e cálido.

Aquelas faíscas no meu interior tinham ganhado vida e se espalhado, aquecendo-me de dentro para fora. Eu queria voltar a tocá-la. Eu precisava. Porém, assim que levantei a mão, um bipe estridente atravessou minha consciência.

Lina saltou para trás, batendo a mão no pulso.

— O que foi isso? — perguntei.

— Nada. Só... um alerta — disse ela, atrapalhando-se com o relógio.

Ela estava mentindo. Eu tinha certeza disso. Porém, antes que eu pudesse exigir respostas, um choramingo triste ecoou do tubo.

As sobrancelhas de Lina se ergueram.

— O que foi *isso*?

— Um cachorro. Pelo menos acho que é um cachorro — disse-lhe.

— Era *isso* que estava fazendo? — perguntou enquanto me contornava e se dirigia para o tubo.

— Não. Eu me enfio em tubos de drenagem duas ou três vezes por semana. Faz parte do trabalho

— Você é um cara engraçado, convencido. — falou Lina por cima do ombro enquanto ficava de quatro na frente do tubo.

Cutuquei a pele entre minhas sobrancelhas e tentei não prestar atenção à sua posição provocativa, tendo em conta como minha excitação já estava numa situação crítica.

— Vai estragar suas roupas — avisei-a, olhando para o céu azul e não para ela enquanto ela se arrastava para frente de quatro.

— É para isso que as lavanderias e shoppings servem — disse ela, enfiando a cabeça na abertura.

Olhei para a minha ereção, que estava cutucando meu zíper e o cinto.

— Oi, amorzinho. O que acha de sair daí para eu fazer você se sentir melhor?

Ela estava falando — cantarolando — com o cachorro. Eu sabia disso. Mas algo estúpido e desesperado dentro de mim respondeu ao seu tom calmante e gutural.

— Deixa que eu cuido disso — falei, em grande parte para sua bunda bem torneada na calça cinza-ardósia.

— Que bom menino ou menina — disse Lina antes de sair. Ela tinha manchas de sujeira na bochecha e nas mangas. — Tem alguma comida no seu carro, convencido?

Por que não pensei nisso?

— Tenho carne seca no porta-luvas.

— Se importa de dividir o seu lanche com o nosso novo amigo? Acho que consigo usar algo tentador para chegar perto o suficiente dele ou dela.

Ela era algo tentador. Eu me arrastaria de bruços pela lama congelada só para vê-la melhor, mas aí seria eu, e não um vira-lata quase congelado.

Voltei para o meu SUV, querendo que o sangue saísse da minha virilha. Encontrei a carne seca e peguei mais alguns itens no kit de emergência no porta-malas, incluindo uma coleira, uma tigela para cães e uma garrafa d'água.

Quando voltei com a pilha, Lina tinha entrado mais no tubo, deitada de bruços, visível apenas da cintura para baixo. Agachei-me ao lado dela e espiei lá dentro. Minha bolinha de pelos imunda tinha se aproximado e estava a pouca distância de uma lambida ou mordida.

— Cuidado — avisei-a. Visões de esquilos selvagens surgiram em minha mente.

— Essa bebezinha não vai me atacar. Ela vai estragar esta blusa bonita quando eu a pegar. Mas vai valer a pena. Não é, princesa?

A ansiedade estava aumentando no meu peito. Nem esquentei tentando descobrir o que a tinha desencadeado. Tudo parecia fazer isso hoje em dia.

— Lina, é sério. Isto é assunto de polícia. Deixa que eu cuido disso — falei com firmeza.

— *Não* acredito que você deu a cartada de policial por causa de uma vira-lata se tremendo toda. — Sua voz ecoou assustadoramente.

— Eu não quero que você se machuque.

— Não vou me machucar, e, se acontecer, a escolha foi minha e a gente se vira depois. Além disso, esses seus ombros largos e heroicos nunca caberiam aqui.

Eu devia ter ligado para o controle de animais do condado. Skinny Deke caberia de boa.

Eu não conseguia ver muito bem, mas o cão parecia se aproximar um pouco mais para cheirar delicadamente a mão estendida de Lina.

— Passa a carne, Nash — disse Lina. Ela estendeu o braço oposto para trás e mexeu os dedos.

Não estava nada fácil para o meu pau semiereto ignorar como aquela calça legging abraçava sua bunda. Mas consegui abrir o saco de carne seca e entregar algumas para ela.

Lina pegou a carne e estendeu a mão em direção ao cachorro.

— Toma, fofura.

A pequena e lamacenta bolinha de pelo rastejou com hesitação em direção à sua mão.

Cães pequenos também mordiam. Lina seria incapaz de se defender. Fora as infecções que poderia ter. Sabe-se lá quais parasitas haviam na lama semicongelada. E se ela pegasse uma infecção ou precisasse de cirurgia reconstrutiva facial? Tudo sob os meus cuidados.

Lina continuou fazendo barulhos de beijo e o cachorro se aproximou conforme meu coração ameaçava sair pela boca.

— Olha só. Um pedação de carne seca. É todo seu — disse ela, balançando a carne tentadoramente na frente do cachorro.

Coloquei as mãos nos quadris da Lina e preparei-me para puxá-la.

— Não, o homem simpático está apenas me abraçando por trás. Ele não está te assustando nem um pouco com a *vibe* assustadora dele — continuou ela.

— Eu não tenho uma *vibe* assustadora — reclamei.

— Nash, se seus dedos me apertarem mais, vou ficar com hematomas. E não vai ser dos bons — disse ela. Olhei para baixo e vi que meus dedos estavam brancos nas curvas do seu quadril. Aliviei a pressão.

— Boa menina! — disse Lina. Eu me inclinei, tentando ver o que estava acontecendo. Mas meu ombro me impediu e a bunda bem definida dela obstruiu a visão.

— Nossa garotinha já está toda aconchegada na minha mão — relatou Lina. — Só tem um problema.

— Qual?

— Não posso me mexer e segurá-la ao mesmo tempo. Você vai ter que me tirar.

Olhei para o traseiro dela outra vez. Eu teria que ser bem cuidadoso ao escrever o relatório deste incidente ou Grave se divertiria horrores com ele.

— Qual é, chefe. Não vou arrancar pedaço. Me tire deste pântano nojento antes que eu comece a pensar em raiva e pulgas.

Eu tinha duas opções. Poderia me levantar e arrastá-la pelos tornozelos, ou poderia puxá-la pelo quadril em direção à minha virilha.

— Para a sua informação, escolherei a opção que causará menos danos à sua lombar.

— Basta pegar com vontade e puxar.

— Beleza. Mas se ficar desconfortável ou se o cão começar a surtar me avise que eu paro.

— Minha nossa, Nash, você tem meu consentimento para me tirar deste tubo de drenagem pela bunda. Vai logo!

Perguntando-me como um breve exercício para a saúde mental me trouxe aqui, agarrei seu quadril e puxei-o em direção à minha virilha. Mal consegui conter um gemido quando o torso de Lina saiu da drenagem.

— Está tudo bem? — perguntei com os dentes cerrados.

— Tudo tranquilo. Ela é um docinho. Cheira a saco de adubo, mas é amigável.

Agarrei seu quadril com mais firmeza.

— Como sabe que é fêmea?

— Pela coleira rosa embaixo de toda aquela sujeira.

Torci para que o que eu estava ouvindo não fosse um motor de carro.

— Juro por Deus que se alguém passar… — murmurei.

— Vamos, convencido. Mostre do que você é capaz — encorajou Lina. A cadela soltou um ganido animado como se concordasse com sua heroína.

Recuei de joelhos, depois puxei o quadril dela. Mais uma vez, as curvas perfeitas se encaixaram exatamente no lugar certo. Mas, desta vez, a cabeça, os braços e a cadela saíram para a relva congelada. Lina estava de quatro, com a bunda encostada na minha virilha. O meu coração ficou três vezes mais acelerado e me senti tonto por razões que, pela primeira vez, não tinham relação com ansiedade.

Um pequeno SUV Porsche atravessou a rua e parou atrás do meu veículo.

— Precisa de ajuda, chefe? — O melhor amigo da Naomi, Stefan Liao, sorriu de dentro do carro.

Olhei para Lina, que levantou a sobrancelha para mim por cima do ombro. Parecia que eu estava trepando com ela à beira da estrada.

— Já cuidamos de tudo, Stef — respondeu ela.

Stef fez uma saudação breve e sorriu com malícia.

— Bom, vou embora contar a todos que sei como o chefe Morgan começa o sábado.

— Vou prendê-lo por ser um pé no saco — avisei-o.

— Parece que disso você entende, chefe — disse Stef. Com uma piscadela e um aceno, ele partiu em direção à cidade.

— Nash?

— Quê? — perguntei, mordaz.

— Será que dá para você me soltar? Estou começando a ter ideias que deixariam nossa nova amiga aqui envergonhada.

Xingando baixinho, afastei minhas mãos — e a virilha — dela. Em seguida, coloquei a coleira no pescoço magro da cachorrinha. Ela estava mesmo com uma coleira rosa e suja sem plaquinha de identificação. A cachorrinha parecia ter participado de uma maratona na lama usando a coleira.

Eu não sabia se levantava a mulher ou a cachorrinha, então optei pelo mais seguro: a cachorrinha. Ela estremeceu em meus braços sem parar e bateu a cauda esfarrapada na minha barriga, nervosa. Lina se levantou.

— Parabéns, papai. É uma menina — disse Lina. Ela pegou o telefone e tirou uma foto minha.

— Para — pedi com um tom bem sério.

— Fica tranquilo. Deixei sua cintura de fora para não descobrirem como você anda armado — brincou, aproximando-se de mim e tirando uma selfie de nós três. Fiz uma careta e ela riu.

A cadela subiu mais no meu peito, tremendo em meus braços.

— Lina, juro por Deus...

Ela colocou uma mão em meu peito e a inquietação dentro de mim se acalmou.

— Relaxa, Nash. — Seu tom de voz foi delicado, como se ela estivesse falando outra vez com a cachorrinha enlameada. — Só estou te zoando. Você está bem. Eu estou bem. Está tudo bem.

— Acho inadequado. Fui inadequado — insisti.

— Está determinado a se crucificar, não é?

A cadela enfiou a cabeça debaixo do meu queixo como se eu fosse protegê-la.

— Que tal assim? — disse Lina, acariciando a cadela com a outra mão para acalmá-la. — Vou parar de te provocar... por enquanto. Se você admitir que há coisas piores do que fazer com que eu me sinta fisicamente atraente, mesmo quando estou suada e coberta de lama. Combinado?

A vira-lata fedorenta escolheu aquele momento para me lamber da mandíbula ao olho.

— Acho que ela gosta de você — observou Lina.

— Ela cheira a estação de esgoto — reclamei. Mas os olhos da cadelinha se fixaram em mim e senti algo. Não as chamas que atacavam toda vez que Lina estava ao alcance das minhas mãos, mas outra coisa. Algo mais doce, mais triste.

— E aí, qual é o plano, chefe? — perguntou Lina.

— Plano? — repeti, ainda encarando aqueles olhos castanhos e comoventes.

QUATRO
COMPLETAMENTE IMUNDA

Lina

Com a nossa resgatada sujinha alimentada, hidratada e enrolada numa camiseta limpa, subi no banco do passageiro vestindo o moletom do chefe da polícia. Não era bem assim que eu tinha imaginado que seria a manhã. Achei que uma corrida longa arejaria minha mente, não que acabaria no "estilo cachorrinho" com Nash Morgan.

O homem de autocontrole impressionante fechou minha porta, contornou o capô e sentou-se ao volante. Assim ficou por um instante. Exaustão e tensão emanavam dele enquanto olhava pelo para-brisa.

— Foi aqui que aconteceu? — perguntei. Eu tinha lido as notícias e os relatórios sobre a abordagem no trânsito que virou uma armadilha.

— Onde o que aconteceu? — esquivou-se ele, fingindo inocência enquanto colocava o cinto de segurança.

— Ah, então é assim que vamos agir? Tá bem. Você estava por acaso passando de carro pelo local onde foi baleado e, em seguida, com a sua visão de raio-X, viu que havia uma cachorrinha presa num tubo de águas pluviais.

— Não — disse ele, depois ligou o motor e o aquecedor. — Foi a minha superaudição, não a minha visão de raio-X.

Mordi o lábio e continuei.

— É verdade que não se lembra?

Ele grunhiu, deu meia-volta com o veículo e foi em direção à cidade.

Tudo bem, então.

NASH ESTACIONOU AO lado do meu carro Charger vermelho-cereja nos fundos do nosso prédio. O estacionamento do Honky Tonk, o bar de motoqueiros caipiras do Knox, estava deserto, exceto pelos carros deixados pelos clientes responsáveis da noite passada.

Encaramos o pacotinho de pelos e folhas fedorento em meus braços, depois Nash fixou o olhar em mim. Aqueles olhos azuis da cor de jeans estavam perturbados e senti o desejo muito feminino e muito irritante de fazê-lo se sentir melhor.

— Valeu pela ajuda — disse ele, enfim.

— Imagina. Espero que você não tenha ficado muito escandalizado — brinquei.

Ele desviou o olhar e esfregou o espaço entre as sobrancelhas, denunciando o nervosismo.

— Não se atreva a pedir desculpas de novo — avisei.

Ele voltou a fixar os olhos em mim, com um sorriso nos lábios.

— O que você quer que eu diga? — perguntou.

— Que tal "vamos dar banho nesta bolinha de pelo"? — sugeri e abri minha porta.

Ele também desceu do carro.

— Não precisa fazer isso. Posso assumir a partir daqui.

— Não vou cair fora. Além disso, já estou toda suja. E, se minhas lembranças de infância estiverem certas, quatro mãos são melhores do que duas quando se trata de dar banho em cães.

Dirigi-me para a porta que dava para a escada dos fundos e escondi o sorriso quando o ouvi xingar baixinho antes de me seguir.

Ele me alcançou, andando um pouco mais perto do que o necessário, depois segurou a porta para eu passar. A cachorrinha colocou a cabeça para fora da camiseta e senti sua cauda desmazelada balançar na altura do meu estômago.

Subi as escadas mais devagar do que de que costume, consciente do que eu estava carregando e do homem ao meu lado.

— Tudo bem se a gente usar sua casa para dar banho nela? — perguntei conforme subíamos as escadas. Havia uma caixa de arquivos que era a última coisa que eu queria que Nash visse na minha mesa.

— Sim, claro — disse ele após um instante.

Chegamos ao andar de cima e seu ombro roçou o meu quando ele foi procurar as chaves no bolso. Senti de novo. A *faísca* de reconhecimento que surgia toda vez que nos tocávamos. Coisa que não devia acontecer. Eu não gostava de toques físicos. Sempre fui muito cautelosa com isso. Mas com Nash parecia... diferente.

Ele destrancou e abriu a porta, recuando para que eu pudesse entrar primeiro.

Pisquei os olhos. Seu apartamento era um espelho do meu; nossos quartos e banheiros compartilhavam uma parede. Mas enquanto o meu era uma tela em branco antiga, o apartamento de Nash havia sido reformado em algum momento desta década. Também tinha virado um lixo.

Nada em Nash transparecia desleixo, mas a evidência estava inegavelmente espalhada por toda parte.

As persianas das janelas da frente estavam fechadas, tapando a luz e a vista da rua. Havia um monte de roupa parcialmente dobrada na mesa de centro. Parecia que ele tinha desistido de dobrá-las e estava pegando as roupas limpas do bolo havia um tempo. O chão estava cheio de roupas sujas, faixas de resistência — acredito que da fisioterapia — e cartões desejando uma boa recuperação. No sofá, havia um cobertor amarrotado e um travesseiro.

A cozinha tinha eletrodomésticos novos e balcões de granito e era aberta para a sala de estar, o que me deu uma visão desobstruída de pratos sujos, embalagens antigas de comida para viagem e pelo menos quatro buquês de flores mortas. A mesa de jantar, assim como a minha, estava cheia de arquivos e mais correspondências fechadas.

O lugar cheirava a mofo, como se tivesse estado fechado e sem uso. Como se não houvesse vida nele.

— É... hã... geralmente não é tão bagunçado. Ando ocupado — disse ele, parecendo envergonhado.

Agora eu tinha um milhão por cento de certeza de que suas feridas eram mais profundas do que ele demonstrava.

— Banheiro? — perguntei.

— Por ali — disse ele, apontando na direção do quarto e parecendo um pouco acanhado.

O quarto não estava um caos tão grande quanto o resto do lugar. Na verdade, parecia um quarto de hotel vazio. Os móveis — uma cama, uma cômoda e duas mesinhas de cabeceira — combinavam. Acima da cama bem arrumada, havia uma coleção emoldurada de gravuras de música country. Frascos de remédios estavam alinhados em uma das mesinhas de cabeceira parecendo uma fileira de soldadinhos. Havia uma camada fina de poeira na superfície.

Ele sem dúvida alguma dormia no sofá.

O banheiro era típico de um solteirão. Poucos produtos e absolutamente nenhuma tentativa de estilo. Valha-me Deus, a cortina de chuveiro e as toalhas eram beges.

Minha banheira era melhor, vitoriana, enquanto a dele era mais moderna com azulejos ao redor. Havia uma pilha de roupa suja no chão ao lado de um cesto em ótimas condições. Se o cara não estivesse obviamente lutando contra algum tipo de demônio, sua gostosura teria decaído vários pontos por essa infração.

— Pode fechar a porta? — perguntei.

Ele ainda parecia um pouco atarantado. Havia algo no Nash Morgan ferido que me atraía. E a tentação de ceder era quase esmagadora.

— Nash? — Estendi a mão e apertei seu braço.

Ele se assustou, depois balançou levemente a cabeça.

— Oi. Perdão. Quê?

— Pode fechar a porta para que a nossa amiguinha fedorenta não fuja?

— Claro. — Ele fechou a porta suavemente, depois esfregou outra vez o espaço entre as sobrancelhas. — Perdão pela bagunça.

Ele parecia tão perdido que tive que lutar contra o desejo de atacá-lo e beijá-lo até ele melhorar. Em vez disso, coloquei a cadelinha no seu campo de visão.

— A única baguncinha que me preocupa é esta.

Coloquei-a no chão e desenrolei a camiseta. Ela imediatamente encostou o nariz no ladrilho e começou a farejar. Uma garota corajosa explorando sua casa nova.

Nash entrou em ação como um boneco de madeira que se transformou num menino de verdade. Ele se inclinou e abriu a torneira da banheira. A cidade não estava enganada em relação àquela bunda esplêndida, decidi enquanto tirava seu moletom por cima da minha cabeça.

Levantei a camiseta que foi suja pela cadela.

— Acho que vai ter que queimar isso.

— Acho que vou ter que queimar este banheiro. — Ele indicou a cachorrinha com a cabeça, que estava deixando pegadas pequeninas e lamacentas por toda parte.

Tirei minha blusa manchada e adicionei-a à controversa pilha de roupa para lavar.

Nash deu uma longa encarada no meu top esportivo e, em seguida, quase se molhou virando para testar a temperatura da água com a mão e fechando desnecessariamente a cortina do chuveiro.

Fofo e cavalheiresco.

Sem dúvida não é o meu tipo. Mas eu tinha que admitir: eu gostava de vê-lo exasperado.

Ainda evitando olhar diretamente para mim, Nash pegou uma pilha de toalhas do armário e largou duas dobradas no chão ao lado da banheira antes de colocar uma terceira sobre a pia.

— Melhor tirar a camisa, convencido — aconselhei.

Ele olhou para a camisa social de seu uniforme cheia de manchas de lama e grama. Fazendo uma careta, ele abriu os botões e tirou-a, largando-a no cesto. Em seguida, pegou a pilha de roupa suja do chão e adicionou-a ao cesto.

Por baixo, ele usava uma camiseta branca colada ao peito. Uma tira da fita adesiva colorida que os atletas usavam nas lesões estava visível sob a manga esquerda.

— Por que você não pega um copo grande ou algo parecido na cozinha? Não quero usar o chuveirinho se isso for assustá-la — sugeriu.

— Claro. — Saí de lá e comecei a procurar um recipiente para lavar a cachorrinha.

Ao dar uma olhada rápida em seus armários vi que quase todos os pratos que ele possuía estavam na pia ou na máquina de lavar louça transbordante que, a julgar pelo cheiro, não havia sido usada recentemente. Taquei deter-

gente na máquina de lavar louça, iniciei o ciclo e lavei à mão um copo grande de plástico da Dino's Pizza.

Só senti uma leve culpa quando passei por sua mesa para examinar os arquivos.

Estava a caminho do banheiro, não era como se eu tivesse feito de propósito. Além disso, eu tinha um trabalho a fazer. E não era culpa *minha* ele os ter deixado à vista, raciocinei.

Levei menos de trinta segundos para encontrar três pastas.

HUGO, DUNCAN.

WITT, TINA.

217.

O número era um código policial para agressão com tentativa de homicídio. Não era preciso ser um gênio para adivinhar que devia se tratar do relatório da polícia sobre o tiroteio que envolveu Nash. Sem sombra de dúvida, eu estava curiosa. Mas eu só tinha tempo para dar uma conferida rápida, o que significava que era necessário priorizar algum. Olhando na direção do quarto, abri o arquivo sobre Hugo com um dedo. A pasta estava arenosa e eu percebi que, assim como a mesa de cabeceira em seu quarto, estava coberta por uma camada fina de poeira.

Eu mal tinha olhado para o papel de cima, uma foto pouco lisonjeira de alguns anos atrás, quando ouvi:

— Encontrou alguma coisa?

Assustada, derrubei a pasta fechada, com meu coração disparando em velocidade alta, antes de perceber que Nash estava falando do banheiro.

Afastei-me um passo da mesa e soltei um suspiro.

— Já vou — gritei de volta, sem força.

Quando retornei ao banheiro, meu coração quase saiu pela boca. Nash estava agora de tronco nu, a camiseta molhada no chão ao lado da banheira. E ele sorria. Um sorriso completamente típico de gostosões.

Entre o nu frontal parcial e o sorriso, congelei e apreciei a vista.

— Se não parar de espalhar água para todo canto, você vai inundar a barbearia — advertiu Nash à cadelinha conforme ela corria de uma extremidade à outra da banheira. Ele jogou água da torneira nela e ela soltou uma série de latidos roucos, mas maravilhados.

Dei uma gargalhada. Tanto o homem como a cachorrinha se viraram para me olhar.

— Achei melhor a colocar na banheira para ter certeza de que ela não viraria um *gremlin* — disse Nash.

A vida do cara podia estar juntando poeira, mas o heroísmo era profundo. A fagulha de culpa se transformou em algo maior, mais nítido, e agradeci aos céus por ele não ter me pegado bisbilhotando.

Havia uma linha tênue entre o risco necessário e a estupidez.

Juntei-me a ele no chão, ajoelhada em cima de uma das toalhas dobradas, e entreguei o copo.

— Vocês parecem estar se divertindo — falei, tentando soar como uma mulher que não tinha acabado de invadir a privacidade de Nash.

A pequena *gremlin* encharcada colocou as patas dianteiras na borda da banheira e nos encarou com adoração. Sua cauda de vira-lata era um borrão de felicidade, espalhando gotículas de água suja para todo lado.

— Tente segurá-la enquanto eu a molho — sugeriu Nash, enchendo o copo com água limpa.

— Venha aqui, pequena sereia peluda.

Trabalhamos lado a lado, esfregando, ensaboando, enxaguando e rindo.

Toda vez que o braço nu de Nash roçava o meu, arrepios explodiam na minha pele. Toda vez que eu sentia o desejo de me aproximar em vez de me distanciar, eu questionava o que diabos havia de errado comigo. Eu estava perto o suficiente para ver cada estremecimento seu quando ele movia o ombro de uma forma que machucava os músculos danificados. Mas ele não reclamou nenhuma vez

Foram necessárias quatro trocas de água e meia hora para a cachorrinha enfim ficar limpa.

Seu pelo ralo era em sua maioria branco, com manchas escuras espalhadas nas pernas. Ela tinha uma orelha com pintinhas e outra marrom e preta.

— Qual será o nome dela? — perguntei enquanto Nash tirava a cachorrinha da banheira. Ela lambeu o rosto dele com exuberância.

— Eu que escolho? — Ele manobrou a cabeça para longe da língua rosada. — Pare de me lamber.

— Não posso culpá-la. Você tem um rosto que dá vontade de lamber mesmo.

Ele me lançou um daqueles olhares ardentes antes de colocá-la delicadamente no chão. Ela se sacudiu, molhando um raio de dois metros.

Peguei a toalha e cobri-a.

— Você a encontrou. Tem o direito de dar um nome.

— Ela estava com coleira. Já deve ter um nome.

Ela se mexeu sob minhas mãos enquanto eu secava seu corpinho peludo.

— Talvez ela mereça um novo. Um nome novo para um começo novo.

Ele me encarou por um longo instante até que eu tive vontade de me contorcer sob sua análise minuciosa. Então ele disse:

— Está com fome?

— SCOUT? SORTE?

Olhei para a cachorrinha agora limpa enquanto programava a máquina de café.

Nash levantou a vista da panela de ovos que estava mexendo.

— Scrappy?

— Não. Nenhuma reação. Lula? — Sentei-me no chão e bati palmas. Ela se aproximou de mim e aceitou alegremente meu carinho.

— Gizmo? Splinter?

— Splinter? — zombei.

— As Tartarugas Ninja — disse Nash, aquele sorriso leve visível outra vez.

— Splinter era um rato de esgoto.

— Um rato de esgoto com habilidades em artes marciais — salientou ele.

— Esta jovem precisa de um nome de dama — insisti. — Tipo Poppy ou Jennifer.

Não houve reação do animalzinho, mas o homem na sala abriu um sorriso largo, achando graça.

— Que tal Buffy?

Sorri para o pelo da cadela.

— A caçadora de vampiros?

Ele apontou a espátula para mim.

— Essa mesma.

— *Eu* gosto, mas ela parece um pouco incerta quanto a Buffy — observei.

Eu poderia ter ido para minha casa trocar de roupa enquanto Nash fazia o café da manhã, mas decidi vestir o moletom outra vez e ficar por ali. Ele — infelizmente — tinha trocado de roupa, colocado uma camisa limpa e calça jeans.

Agora nós estávamos performando algum tipo de cena doméstica e agradável na cozinha. O café estava sendo preparado, um homem lindo e descalço fazia coisas deliciosas no fogão, e a cachorrinha leal dançava aos nossos pés.

Nash colocou uma porção dos ovos em um dos três pratos de papel que ele havia alinhado e deixou-a separada. A cachorrinha saltou do meu colo para bater a pata na perna do Nash.

— Calminha aí. Deixa esfriar primeiro — aconselhou-a. Seu latido rouco transpareceu que ela não estava interessada em ter calma nenhuma.

Levantei-me e lavei as mãos. Nash jogou a toalha de mão que estava no seu ombro em minha direção, depois começou a polvilhar queijo sobre os ovos. Sentindo-me à vontade, encontrei duas canecas sujas no balcão e as lavei.

Dois pedaços de pão bem dourados saíram da torradeira, assim que servi a primeira xícara de café.

— Nós a encontramos em um tubo de água. Que tal Bica? — sugeriu Nash de repente.

A cachorrinha se animou, depois se sentou, virando a cabeça.

— Ela gosta desse — observei. — Não é, Bica?

Ela balançou o pequeno traseiro como resposta.

— Acho que chegamos a uma escolha — concordou Nash.

Servi a segunda caneca, observando-o depositar o prato com ovos no chão.

— Venha comer, Bica.

A cachorrinha atacou, e as patas dianteiras pousaram no prato enquanto ela devorava o café da manhã.

— Ela vai precisar de outro banho — falei com uma risada.

Nash colocou uma torrada em cada um dos pratos restantes, então desajeitadamente usou a mão direita para cobri-las com a mistura de ovos com queijo.

— E mais café da manhã — observou ele, entregando-me um prato.

Um dia, Nash Morgan faria de alguém uma mulher de sorte.

Comemos de pé na cozinha, o que me parecia mais seguro e menos doméstico do que arranjar um lugar à mesa. Embora eu não fosse me importar em dar outra olhada naqueles arquivos.

Eu estava aqui para fazer um serviço, não complicar as coisas, ficando confortável com um vizinho injustamente gato.

Mesmo que ele fizesse ovos com queijo excelentes. E ficasse gostoso com a camisa limpa e olhos profundamente magoados. Toda vez que nossos olhares se cruzavam, eu sentia... algo. Como se o espaço entre nós estivesse carregado com uma energia que continuava a se intensificar.

— O que te faz se sentir viva? — perguntou ele repentinamente.

— Hã? — Foi minha resposta sagaz, com a boca abarrotada de torrada.

Ele estava segurando a caneca e me encarando, metade de seu café da manhã abandonado no prato.

Ele precisava comer. O corpo precisava de combustível para se curar.

— Para mim, costumava ser entrar na delegacia. Todas as manhãs, sem saber como seria o dia, mas sentindo que estava pronto para qualquer coisa — disse ele quase que para si mesmo.

— Você não se sente mais assim? — perguntei.

Ele deu de ombros, mas a maneira como seus olhos se fixaram em mim era qualquer coisa, menos descontraída.

— E você?

— Dirigir rápido. Ouvir música alta. Encontrar os sapatos perfeitos em promoção. Dançar. Correr. Paquerar. Transar com vontade até ficar toda suada.

Seu olhar se aqueceu e a temperatura na sala pareceu subir vários graus. *Necessidade.* Foi a única palavra em que pude pensar para descrever o que vi naqueles seus olhos azuis, e isso ainda não lhe fazia justiça.

Ele deu um passo em minha direção e minha respiração ficou presa na garganta graças a uma mistura selvagem de antecipação, adrenalina e medo. *Uau. Uau. Uau.*

Meu coração estava prestes a explodir para fora do meu peito. Mas no bom sentido, desta vez. Eu precisava me controlar. Eu não estava evitando ser impulsiva?

Antes que qualquer um de nós pudesse dizer ou — santo Deus — *fazer* alguma coisa, meu telefone tocou estridente, afastando-me de qualquer má ideia em que eu estava prestes a embarcar.

— Eu, hã, preciso atender — falei a ele, mostrando o celular.

Seu olhar ainda estava travado em mim, de uma forma que fazia o meu interior se sentir meio desesperado.

Tá, ok. *Bem* desesperado. E com um calor de um milhão de graus.

— Sim — disse ele por fim. — Valeu pela ajuda.

— Sempre às ordens, convencido — consegui dizer fracamente enquanto tentava não correr para a porta. — Oi, Daley — falei, atendendo à ligação enquanto fechava a porta de Nash.

— Lina — cumprimentou minha chefe. Daley Matterhorn era uma mulher eficiente que não usava duas palavras quando uma bastava. Aos 52 anos, ela supervisionava uma equipe de uma dúzia de investigadores, era faixa preta em karatê e participava de triatlos para se divertir.

— O que houve? — Nossa profissão não respeitava o expediente das 9h às 17h de segunda a sexta-feira, então não era preocupante ela ter me ligado em uma manhã de sábado.

— Sei que você está no meio de uma investigação, mas eu gostaria que você desse uma pausa nisso. Precisamos da sua ajuda em Miami. Ronald rastreou a pintura desaparecida de Renaux até a casa de um chefão das drogas preso recentemente. Precisamos de alguém que lidere uma equipe de resgate amanhã à noite, antes que algum agente da polícia decida que o quadro é uma prova ou um bem a ser congelado. Há poucos seguranças no local. Deve ser moleza para você.

Senti a aceleração familiar do meu pulso, a excitação aumentando com a ideia de estar avançando para outra vitória.

Mas montar uma operação em 24 horas não era apenas arriscado, era extremamente perigoso. E Daley sabia disso.

Droga.

— Você está pedindo que eu lidere uma equipe depois do que aconteceu no último trabalho?

— Você concluiu o trabalho. O cliente ficou radiante. E não ouvi uma reclamação sua quando recebeu o bônus.

— Uma pessoa saiu ferida — lembrei-a. *Eu* fiz alguém sair ferido.

— Lewis sabia dos riscos. Nós não estamos vendendo apólices de seguro de vida e lidando com burocracia aqui. Este trabalho acarreta um certo risco e qualquer pessoa que não tenha peito para encará-lo é bem-vinda a procurar emprego noutro lugar.

— Eu não posso fazer isso. — Não sei qual de nós ficou mais surpresa quando as palavras saíram da minha boca. — Estou progredindo aqui e agora não é um bom momento para sair.

— Você está basicamente fazendo pesquisa de campo. Posso enviar outra pessoa para fazer perguntas e procurar registros de imóveis. Literalmente qualquer outra pessoa.

— Mas eu prefiro cuidar disso — falei, defendendo minha posição.

— Sabe, vai abrir uma vaga no setor de Patrimônios Líquidos Elevados — disse Daley, casualmente balançando meu emprego dos sonhos na minha frente como se fosse um par de sapatos Jimmy Choo brilhantes.

— Chegou aos meus ouvidos — falei, meu coração batendo um pouco mais rápido.

O departamento de Patrimônios Líquidos Elevados significava mais viagens, serviços de maior duração, disfarces mais aprofundados e bônus maiores. Também significava mais missões individuais. Era o meu grande e assustador objetivo e agora ele estava ao meu alcance.

— Algo a levar em conta. Preciso de alguém com garra, alguém que não fique intimidado com situações perigosas, alguém que não tenha medo de ser o melhor.

— Eu entendo — falei.

— Bom. Se mudar de ideia amanhã, me liga.

— Pode deixar. — Desliguei e enfiei as mãos no bolso da frente do casaco do Nash.

Parte de mim queria dizer sim. Embarcar num avião, investigar as informações e encontrar uma forma de entrar. Mas a parte maior e mais alta de mim sabia que eu não estava pronta para liderar uma equipe. Eu tinha provado isso de forma retumbante.

E havia outra parte menor, quase inaudível, que estava se cansando de pousadas de merda e horas de vigilância intermináveis. Aquela que carregava o manto da culpa e da frustração por uma operação que deu errado. Aquela que podia estar perdendo o jeito.

CINCO

O QUE ACONTECE NO CHUVEIRO FICA NO CHUVEIRO

Nash

Para de comer as roupas, Bica — falei sentado no chão da cozinha, cansado. Estava enfiado até os joelhos em pétalas de flores mortas da meia dúzia de arranjos florais de "sinto muito por você ter sido baleado" que as pessoas enviaram durante a minha recuperação. Eles me lembravam vagamente do funeral da minha mãe.

A maldita cachorrinha deu a volta na ilha e desapareceu com uma das minhas meias limpas pendurada na boca. Eu estava exausto e no limite.

Eu tinha ligado para o resgate em Lawlerville para ver se poderia deixar Bica com eles, mas disseram que não tinham espaço por alocarem vários animais de estimação desabrigados por um furacão no Texas. Sugeriram que eu tentasse outro abrigo em D.C., mas, após mais algumas ligações, as respostas que recebi foram "Desculpe, está lotado" ou alertas de que cães com problemas médicos ou que não eram adotados rápido o bastante corriam o risco de serem sacrificados.

Então aqui estava eu, o pai adotivo relutante de uma vira-lata magrela e ansiosa.

Eu mal conseguia cuidar de mim mesmo. Como diabos cuidaria de uma cachorrinha?

Fomos ao veterinário fazer um check-up e Bica se encolheu atrás de mim durante a consulta como se a veterinária simpática com petiscos fosse o capeta. Depois do atestado de saúde, procuramos a loja de animais de Knockemout para comprar alguns produtos básicos. Mas o dono e vendedor astuto, Gael, aproveitou-se da minha estupidez. Um olhar para o rostinho feliz da Bica quando ela encontrou um corredor inteiro de bichos de pelúcia e Gael teve que colocar a placa de VOLTO EM 15 MIN na janela para me ajudar a transportar todas as compras para casa.

Alimentos saudáveis sofisticados, guloseimas gourmet, guias com coleiras combinando, brinquedos, uma cama para cachorro ortopédica mais confortável que meu próprio colchão. Ele até me empurrou um suéter que aqueceria a "Princesa Bica" durante os passeios.

Bica trotou e soltou um latido abafado pela meia e pelo cordeiro de pelúcia que conseguiu enfiar na boca.

— Quê? Não sei o que você quer.

Ela soltou o cordeiro em cima da pilha de flores murchas.

Esfreguei as mãos na cara. Não estava preparado para isso. O problema era meu apartamento.

Parecia o quarto do Knox quando adolescente. Tinha o mesmo cheiro também. Eu não tinha percebido isso até que eu vi Lina e, em seguida, Gael notarem.

Então, em vez de me desgastar com a papelada na delegacia como tinha planejado, coloquei num jogo de futebol na TV, abri as malditas cortinas e comecei a faxina.

A máquina de lavar louça estava na sua terceira e última lavagem. Eu tinha um monte Everest de roupa limpa para guardar — se eu conseguisse fazer a cachorrinha parar de atrapalhar. Ataquei as camadas de poeira e as marcas de bebida nos móveis, joguei fora semanas de comida mofada e até consegui pedir algumas coisas da mercearia.

Bica me fez companhia enquanto eu lavava, esfregava, separava, limpava e guardava. Ela não ligou muito para o aspirador. Mas então eu percebi que ela não tinha do que reclamar, porque, até aquela manhã, estava morando em um tubo de esgoto.

Ela inclinou a cabeça e se balançou, as unhas dos pés recém-aparadas batendo no piso de madeira.

Soltando um palavrão, joguei o cordeiro na direção da sala de estar e observei a cachorrinha correr atrás dele com prazer.

Meu ombro doía. Minha cabeça latejava. O cansaço dava a sensação de que meus ossos estavam frágeis, como se eu estivesse com um caso de gripe permanente. Será que dava para ficar sentado aqui no chão pelo resto do tempo que sobrava?

Ouvi um *baque* alto do cabo da vassoura batendo no chão, seguido de um ganido lastimoso e do ruído de unhas no chão. Bica reapareceu sem a meia ou o cordeiro e se jogou no meu colo, tremendo.

— Cacete — murmurei. — Você acha que eu consigo te proteger de alguma coisa? Não consigo nem me proteger.

Isso não pareceu preocupar a cachorrinha, pois ela estava muito ocupada se enterrando na minha virilha. Suspirei.

— Tá, cabulosa. Vamos. Vou te salvar da vassoura malvada.

Enfiei-a debaixo do braço e me levantei fazendo estalos, o que me deu a sensação de ter 100 anos. Joguei o resto das flores murchas na lata de lixo transbordante, peguei o último cesto de roupa limpa e entrei no quarto.

— Pronto. Feliz? — perguntei, colocando Bica e o cesto na cama.

Ela trotou para o meu travesseiro na cabeceira da cama e, em seguida, enrolou-se toda, com a cauda sobre o nariz, e deu uma bufada.

— Não se acostume. Acabei de desembolsar 86 dólares numa caminha para você, sem contar que, assim que encontrar uma família adotiva, você vai sair daqui.

Ela fechou os olhos e me ignorou.

— Beleza. Fica com a cama.

Não era como se eu a estivesse usando para dormir. Estava acampado no sofá, deixando o som dos apresentadores da rede de televisão QVC me acalmar até cair num sono onde eu era assombrado até acordar novamente com a nuvem escura que nunca deixava a luz entrar.

Era um ciclo divertido e produtivo.

A montanha de roupa dobrada — quase todo o meu guarda-roupa — estava ali, desafiando-me a ignorá-la.

— Senhor.

Quantas camisetas cinzas eu precisava ter? E por que é que nunca saía um número par de meias da secadora? Apenas mais um dos grandes mistérios da vida que nunca seriam resolvidos. Como qual era o sentido de tudo isso e por que os coelhos esperavam você ganhar velocidade antes de se lançarem na sua frente?

Os frascos de comprimidos na mesa de cabeceira chamaram minha atenção.

Não tomei nenhum dos analgésicos. Mas os outros, para depressão e ansiedade, ajudaram no início. Até eu decidir abraçar aquele vazio frio e escuro. Chafurdar nele. Ver por quanto tempo eu conseguiria sobreviver em suas profundezas turvas.

Coloquei os frascos na gaveta e fechei-a.

A cachorrinha soltou um ronco alto e percebi que estava escuro lá fora. Eu tinha sobrevivido a mais um dia.

Eu tinha comido. Tinha faxinado.

Tinha me comunicado com as pessoas com mais do que apenas grunhidos mal-humorados.

E não tinha deixado ninguém ver o abismo do vazio instalado no meu peito.

Se eu conseguisse encaixar um banho e fazer a barba, seria o suficiente.

As pernas da Bica ficaram tensas e ela soltou um ganido sonolento. Ela estava sonhando. Será que era um sonho agradável ou um pesadelo? Com cuidado para não a acordar, coloquei o cordeiro ao seu lado para afastar o mal e fui para o banheiro.

Liguei o chuveiro do box agora limpo e aumentei a temperatura da água antes de tirar a roupa. As cicatrizes enrugadas cor-de-rosa atraíram minha atenção no espelho. Uma no ombro, outra na parte inferior do abdômen, causada pela bala que o atravessou.

Meu corpo estava se curando, pelo menos do lado de fora. Mas era a minha mente que me preocupava.

Perder a cabeça e ir de mal a pior, infelizmente, era mal de família.

Só era possível fugir até certo ponto daquilo que estava em seu DNA.

O vapor me convidou para o chuveiro. Fiquei embaixo da água, relaxando os músculos tensos com seu calor. Bati as palmas das mãos no azulejo frio e coloquei a cabeça debaixo da ducha.

Lina.

Uma imagem dela rindo em um top esportivo úmido de suor e pouco além disso veio à tona, seguida rapidamente pelo resto da manhã juntos. Lina de olhos arregalados e preocupada. Lina de quatro enquanto eu a arrastava de costas, colada em mim. Lina sorrindo para mim no banco do passageiro enquanto eu nos levava para casa.

Meu pau ficou pesado entre as pernas, ganhando vida conforme lembranças dela se transformavam em fantasias.

Era um tipo de anseio depravado. Um que me dava grande satisfação porque sentir alguma coisa, qualquer coisa, era melhor do que nada. E porque essa necessidade escrota me dera algo que eu temia ter perdido.

Eu não ficava duro desde que fui baleado. Não até esta manhã... com *ela*.

Meu pau engrossou quando a excitação aumentou dentro de mim.

Eu não tinha me permitido pensar nisso. Afinal, que tipo de idiota colocava o funcionamento do pau acima de sua saúde mental? Então deixei de lado a preocupação e fingi que tudo abaixo da cintura estava apenas cansado ou entediado ou o que quer que fosse.

Mas coloquei Lina Solavita de joelhos à minha frente e minhas fantasias ganharam vida. Pensei na sensação de seu quadril sob minhas mãos. Na curva de sua bunda enquanto a puxava de encontro a mim. O desejo me agarrou pelo pescoço e pelas bolas. Ele estava me tirando da escuridão e me levando em direção ao fogo. Em direção a ela.

Não pude resistir. Eu precisava de mais.

Apoiando uma mão no ladrilho, agarrei meu membro inchado e contive um palavrão. O contato foi tanto um alívio quanto uma decepção. Eu queria que fosse a mão e a boca de Lina em mim. Minha mão em seu cabelo a guiando enquanto ela se ajoelhava para mim e me tornava humano novamente.

Sua rendição faria com que eu me sentisse poderoso, forte, *vivo*.

Eu me sentiria culpado pela fantasia mais tarde, prometi a mim mesmo. Só me tocaria um pouco para me certificar de que eu ainda estava inteiro, que tudo ainda funcionava. Só um pouco mais e eu mudaria a ducha para fria.

Imaginando aqueles lábios carnudos se abrindo, me acolhendo por dentro, arrastei minha mão até a ponta enquanto a água batia na parte de trás da

minha cabeça. Meu toque forçou a umidade a sair da fenda. Imaginando-a passar sua língua ansiosa para provar, acariciei quase até a base.

— Caralho — murmurei, cerrando a mão livre na cerâmica.

Isso era errado. Mas era *bom pra caralho* e eu precisava de algo bom.

Encurralado, imaginei-me abaixando aquele suéter curto e a encontrando sem sutiã, seus mamilos duros implorando por minha atenção, enquanto ela chupava meu pau.

Meu quadril se projetou para a frente, como se tivesse vontade própria, em direção ao meu punho.

— Mais uma. — Só mais uma carícia e eu pararia.

Exceto que, na minha fantasia, Lina já não estava de joelhos. Ela estava em cima de mim. Aquele calor molhadinho do seu sexo protegido apenas por uma tira de seda inútil. Minha boca estava no seio dela. Engoli com força, imaginando-me passar os lábios por aqueles bicos rosa-escuro e chupá-los.

Minha mão tinha esquecido o limite de carícias e estava subindo e descendo pelo meu pau com rapidez e vigor. Com o quadril no mesmo ritmo, senti um peso nas bolas que eu sabia que não passaria só com minha mão. Mas esse desejo obscuro era melhor do que o vazio.

Imaginei-me afastando sua calcinha de seda, segurando seu quadril e entrando em casa.

— Caralho, é isso aí, Angel.

Eu quase podia ouvi-la inspirar conforme eu a penetrava. Bati meu outro punho na cerâmica. Uma, duas vezes.

Já tinha passado da hora de parar agora, meu punho era um borrão enquanto ele deixava meu pau feliz.

Eu lambia e chupava seu outro mamilo até ele ficar enrugado enquanto eu subia e descia seu quadril no meu membro. Enquanto ela se agarrava a mim por dentro e por fora. Enquanto ela precisava que eu a fizesse gozar.

— *Nash.*

Eu quase podia ouvi-la sussurrar meu nome à medida que o orgasmo crescia entre nós. À medida que seu sexo me apertava mais e mais.

Eu podia ver aqueles olhos castanhos ficarem vidrados, podia sentir o pico aveludado de seu mamilo contra minha língua, podia sentir o aperto

doloroso enquanto seus músculos pequenos e gananciosos agarravam cada centímetro do meu membro.

— Angel. — Soquei a parede outra vez.

Ela teria gozado com força e por um tempo prolongado. O tipo de orgasmo que a deixaria mole o suficiente para eu pegá-la e levá-la para a cama depois. Do tipo que não me daria outra escolha senão acompanhá-la, esvaziando-me dentro dela. Marcando-a como minha.

Mas, em vez de gozar, o resultado foi outro.

Minha visão ficou comprometida e o som do chuveiro ficou abafado quando o sangue tampou meus ouvidos. Meu coração batia descontroladamente enquanto o aperto em meu peito se intensificava. Larguei meu pau e soltei um suspiro trêmulo, lutando contra a pressão, lutando contra a onda de terror que me abatia.

— Porra. Porra — murmurei. — Caramba.

Meus joelhos se dobraram e consegui me abaixar na banheira.

Ainda duro. Ainda com tesão. Ainda com medo. Coloquei as mãos na cabeça e ajoelhei-me sob a corrente de água até ela ficar fria.

SEIS

NO MEIO DE UMA MARCAÇÃO DE TERRITÓRIO

Lina

A Biblioteca Pública de Knockemout ficava de frente para a delegacia no Prédio Municipal Knox Morgan, um nome que era fonte de entretenimento sem fim para mim.

Tirei uma foto do letreiro dourado e chamativo e a enviei em uma mensagem de texto para o cara, o mal-humorado, a lenda em pessoa.

A resposta de Knox foi imediata. Um emoji de dedo do meio. Com um sorriso, guardei o celular e entrei.

O prédio foi em grande parte financiado por uma "doação" considerável advinda dos ganhos do Knox na loteria que ele tinha tentado forçar Nash a aceitar. Era, na minha opinião, um nível avançado de "vá se lascar".

Aparentemente, também tinha causado uma rixa entre os irmãos, reforçada pela teimosia herdada e pela precária comunicação familiar.

Não que Knox e eu tivéssemos tido alguma conversa aberta em todos os nossos anos de amizade. Mantínhamos as coisas leves, não nos sobrecarregávamos com coisas pesadas. Não tentávamos trazer as coisas à tona para fazer uma análise inútil.

E era assim, senhoras e senhores, que se fazia uma relação durar. Sem fardos. Sem bagagem emocional.

Mantenha as necessidades em níveis baixos e tenha mais diversão.

Com isso em mente, fiz questão de *não* olhar a delegacia pela janela de vidro. Eu não estava preparada para conversar com o chefe da polícia poucas horas depois de ouvi-lo ter um orgasmo através da parede do chuveiro sem isolamento acústico.

Só de pensar nisso, minhas bochechas enrubesceram e minha parte íntima palpitou. Nunca passei tanto tempo escovando os dentes na minha vida.

Uma coisa era certa, o chefe Morgan era uma bomba-relógio. E quem quer que fosse essa Angel, esperava não ter de a odiar.

Fui para a biblioteca. Estava mais agitada e barulhenta do que eu esperava. Graças à Hora da História com Drag Queens, a seção infantil parecia uma sala do jardim de infância na hora do intervalo. Crianças e adultos ouviam com muita atenção à leitura de Cherry Poppa e Martha Stewhot sobre famílias diversificadas e adoção de animais.

Permaneci e ouvi um livro inteiro antes de lembrar que estava em uma missão.

Encontrei Sloane Walton, uma bibliotecária extraordinária, entre as estantes do segundo andar, discutindo algo relacionado a livros com o idoso, mas estiloso, Hinkel McCord.

Sloane era diferente das bibliotecárias que eu conhecia. Ela era baixinha e temperamental com cabelo loiro platinado cor de lavanda. Vestia-se como uma adolescente descolada, dirigia um Jeep Wrangler e organizava um Happy Hour de Birita e Livros mensal. Segundo o que eu havia descoberto, ela tinha, sozinha, transformado a Biblioteca Pública falida no coração da comunidade com coragem, determinação e uma série de subsídios.

Havia algo nela que lembrava as meninas legais e descoladas do ensino médio. Já fui membro desse clube exclusivo.

— Só estou dizendo para dar uma chance à Octavia Butler. E depois voltar com flores e tequila como pedido de desculpas porque você está muito enganado — disse ela ao senhor.

Hinkel balançou a cabeça.

— Vou dar uma chance. Mas, quando eu odiar, você terá que comprar um desses pães com tomate seco para mim.

Sloane estendeu a mão.

— Feito. Tequila boa. Não daquelas tequilas que se rouba do armário de bebidas dos pais para levar a uma festa da escola.

Hinkel fez que sim com astúcia e apertou a mão dela.

— Feito.

— Você sempre suborna os clientes com pães e bolos? — perguntei.

Hinkel mostrou seu sorriso Colgate e tirou o chapéu de palha.

— Senhorita Lina, se não se importa que eu o diga, sua beleza não se compara à das folhas de outono.

Tirei um livro da prateleira e me abanei.

— Meu bom senhor, você certamente sabe como encantar uma dama — falei, adotando o sotaque de uma beldade do Sul.

Sloane cruzou os braços, fingindo irritação.

— Com *licença*, Sr. McCord. Achei que *eu* fosse o seu flerte de domingo de manhã.

Ele gesticulou para seu terno listrado e gravata borboleta.

— Há Hinkel mais do que o suficiente para todas. Agora, se as damas me permitem, vou lá embaixo flertar com uma ou duas drags.

Observamos o Matusalém se dirigir às escadas, com a bengala numa mão e o livro na outra.

— Knockemout com toda certeza os deixa charmosos — observei.

— Sem sombra de dúvida — concordou Sloane, gesticulando para que eu a seguisse.

Entramos numa sala de conferências espaçosa onde Sloane se dirigiu diretamente para o quadro branco e começou a apagar vários desenhos toscos de pênis.

— Adolescentes? — adivinhei.

Ela fez que não, balançando seu rabo de cavalo alto.

— Urologistas da Virgínia do Norte. Tiveram a reunião trimestral aqui ontem. Achei melhor destruir as provas antes do término da hora da leitura.

— Por essa eu não esperava.

Sloane sorriu para mim.

— Espera só a ProVN organizar seu encontro em janeiro.

As possibilidades passaram pela minha cabeça.

— Proctologistas da Virgínia do Norte?

— Bunda *pra todo lado.* — Sloane largou o apagador e começou a organizar os marcadores por cor. — O que a traz ao meu excelente estabelecimento hoje?

Fiz-me útil e comecei a recolher e jogar os folhetos com pênis na lata de reciclagem.

— Estou atrás de algumas recomendações de livros.

E algumas informações, acrescentei silenciosamente.

— Veio ao lugar certo. Do que você gosta? Suspense? Viagem no tempo? Autobiografia? Poesia? Policial? Fantasia? Autoajuda? Romance de cidade pequena picante o bastante para fazer você corar?

Pensei em Nash no banho na noite anterior. O golpe de um punho contra o azulejo molhado. O palavrão abafado. Fiquei um pouco tonta.

— Algo com homicídios — decidi. — Também queria saber se existe algum tipo de banco de dados do condado que eu possa usar para pesquisar propriedades.

— Quer tornar a sua visita permanente?

— Não — falei rápido. — Tenho um amigo que mora em D.C. que quer sair da cidade e abrir um negócio.

Era uma mentira esfarrapada. Mas Sloane era uma bibliotecária ocupada e as pessoas por aqui eram excêntricas. Ela não ia perder tempo pescando buracos na minha história.

— Que tipo de negócio?

Droga.

— Oficina de customização de automóveis? Digo, acho que é uma espécie de oficina de customização de automóveis.

Sloane empurrou os óculos no nariz.

— Tenho certeza de que seu amigo sabe como usar os sites comuns de listagem de propriedades.

— Ele... ela, er, sabe. Mas e se a propriedade não estiver à venda? A pessoa tem muita grana e tem a fama de fazer ofertas difíceis de recusar.

Tecnicamente, essa parte não era mentira. Exatamente.

Ela me encarou com curiosidade. Eu costumava desenrolar bem melhor esses contos da carochinha. Toda aquela situação com o Nash no chuveiro devia ter me desnorteado. Nota mental: evitar homens que a deixam burra.

— Neste caso, você poderia ver um banco de dados de avaliação do condado. A maioria tem mapas GIS das propriedades, seus registros e avaliações fiscais. Posso lhe dar os links.

VINTE MINUTOS DEPOIS, fiz o possível para passar na ponta dos pés pela Hora da História com Drag Queens com a minha pilha contendo: um livro de assassinato nada sexy, um livro sobre vencer tendências autodestrutivas e notas adesivas coloridas com os nomes de três bases de dados de propriedades do condado.

Consegui passar pela porta e entrar no corredor quando uma voz familiar me parou.

— Investigadora Lina Solavita.

Congelei. Em seguida, girei lentamente nos saltos das minhas botas.

Um fantasma do passado sorriu para mim conforme a porta da delegacia se fechava atrás dele. Ele agora tinha bigode e uns cinco quilos a mais, mas combinava com ele.

— Delegado Nolan Graham. O que está fazendo... — Não precisei terminar a pergunta. Havia apenas um caso local que exigiria a presença de um delegado federal.

— Peguei um caso. — Ele tirou o livro de cima da minha pilha e olhou embaixo das notas adesivas na capa. — Você não vai gostar deste.

— Um fim de semana, há uns cinco anos, e acha que conhece o meu gosto literário?

Ele sorriu.

— O que posso dizer? Você é marcante.

Nolan era um babaca arrogante. Mas ele era bom no trabalho, não era um idiota misógino e, se minha memória era boa, também era um dançarino excelente.

— Gostaria de poder dizer o mesmo. Aliás, bigode bacana — provoquei.

Ele passou o dedo e o polegar nele.

— Quer dar uma volta mais tarde?

— Vejo que ainda é um panaca incurável.

— Chama-se confiança. E baseia-se em anos de experiência com mulheres satisfeitas.

Abri um sorriso.

— Você é péssimo.

— Pois é. Eu sei. O que está fazendo aqui? Alguém roubou a *Mona Lisa*?

— Estou visitando amigos na cidade. Colocando a leitura em dia. — Levantei a pilha de livros.

Seus olhos se estreitaram.

— Conta outra. Você não tira férias. O que a maioral anda procurando aqui?

— Não sei do que você está falando.

— Corta essa. Vai, conta para mim. Estou basicamente de babá de um chefe de polícia da roça esperando um zé mané tentar terminar o serviço.

— Acha que Duncan Hugo vai tentar de novo? Tem informações sobre isso?

— Olha só como estamos a par do acontecido!

Revirei os olhos.

— É uma cidade pequena. Todo mundo está a par do acontecido.

— Então não precisa que eu junte as peças.

— Fala sério. Hugo estava tentando impressionar o paizinho, mas estragou tudo. Até onde sei, ele estava à solta. Não tem motivos para voltar e terminar o serviço.

— A menos que o Chefe Amnésia de repente se lembre do tiroteio. Tudo o que temos é a palavra de uma ex-namorada gêmea malvada, chata e de miolo mole trancafiada na prisão. E o testemunho de uma criança de 12 anos. Nenhuma das provas físicas se sustentaria. Carro roubado. Arma não registrada. Nenhuma impressão digital.

Duncan Hugo havia se juntado à irmã gêmea de Naomi, Tina, para enganar, trapacear e roubar pela Virgínia do Norte antes de cometer o erro medonho de atirar em Nash.

— E as imagens da câmera do carro? — insisti.

Nolan deu de ombros.

— Estão escuras. O cara estava com capuz e luvas. Mal deu para traçar um perfil. Qualquer advogado medíocre argumentaria que podia ser qualquer outra pessoa.

— E veja só. Por que te mandaram ficar de babá? O Hugo é peixe pequeno, não é?

Nolan levantou uma sobrancelha.

— Ahhh. Os federais estão atrás do pai.

Anthony Hugo era um chefão do crime cujo território incluía Washington, D.C., e Baltimore. Enquanto seu filho se interessava por eletrônicos e carros roubados, o querido paizinho tinha uma péssima reputação de extorsão, drogas e tráfico sexual.

— Não tenho permissão para dizer — respondeu ele, fazendo as moedas tilintarem no bolso. — Agora, desembucha. De qual tesourinho bonito você está atrás?

Abri um sorriso debochado.

— Não tenho permissão para dizer.

Nolan apoiou a mão na parede atrás de mim e se inclinou como um *quarterback* do ensino médio com a líder de torcida.

— Vamos, Lina. A gente podia trabalhar junto, que tal?

Mas eu não era uma líder de torcida espevitada. Nem uma jogadora.

— Foi mal, delegado. Estou de férias. E, tal como o trabalho, também faço isso sozinha. — Era mais seguro assim.

Ele balançou a cabeça.

— As melhores sempre dão a alma ao diabo pela solteirice.

Levantei a cabeça para observá-lo. Com o terno preto e a gravata, ele parecia o melhor vendedor de Bíblia do distrito.

— Você não tinha se casado? — perguntei.

Ele ergueu a mão esquerda sem aliança.

— Não durou.

Sob a bravata, vi a pontinha de tristeza.

— O trabalho? — adivinhei.

Ele deu de ombros.

— O que posso dizer? Nem todo mundo aguenta.

Eu sabia na pele como era. As viagens. As longas semanas de obsessão. A adrenalina quando um caso surgia. Nem todo mundo que vê de fora saberia lidar com isso.

Enruguei o nariz em simpatia.

— Sinto muito por não ter dado certo.

— Pois é. Eu também. Você pode me dar uma animada. Jantar? Bebidas? Ouvi falar de um lugar chamado Honky Tonk a poucos quarteirões com uísque decente. Podíamos tomar uma pelos velhos tempos.

Eu só conseguia imaginar a reação do Knox se eu entrasse no bar com um delegado federal no encalço.

Enquanto seu irmão era um fã da lei e da ordem, Knox tinha uma tendência rebelde quando se tratava de regras.

— Humm. — Eu precisava parar para pensar. Precisava de um plano, uma estratégia.

A porta da delegacia se abriu, salvando-me de ter de formular uma resposta. Em seguida, a carranca no rosto de Nash tirou quaisquer possíveis palavras da minha boca.

— Está perdido, delegado? — perguntou Nash. Sua voz era enganosamente amena, com o sotaque sulista mais acentuado que o habitual. Ele estava usando seu uniforme, uma camisa de botão e uma calça cargo, que pareciam ter sido lavados e passados a ferro. Que *também* eram cinquenta milhões de vezes mais atraentes do que o terno do Nolan.

Malditas sejam, paredes de chuveiro finas. Malditas sejam.

Minha garganta ficou seca e meu cérebro começou a embestar, repetindo na minha cabeça o gemido baixo de Nash na noite anterior.

Se o ferido e taciturno Nash era sexy, o chefe Morgan mandão era um pedaço de mau caminho. Seu olhar se voltou para mim, depois me percorreu da cabeça aos pés.

Nolan manteve a mão acima da minha cabeça, mas se virou para poder encarar Nash.

— Estou pondo a conversa em dia com uma velha amiga, chefe. Teve o prazer de conhecer a investigadora Solavita?

Agora eu devia ao Nolan uma joelhada nas bolas.

— Investigadora? — repetiu Nash.

— Investigadora de seguros — falei rapidamente antes de desferir um olhar para Nolan. — O chefe Morgan e eu nos conhecemos.

Normalmente eu era boa sob pressão. Não. Não apenas boa. Eu era *ótima* sob pressão. Eu era paciente, esperta e astuta quando necessário. Mas o olhar atento e autoritário de Nash, como se quisesse me arrastar para uma sala de entrevistas e gritar comigo por uma hora, com toda certeza estava afetando meu equilíbrio.

— Imagino que não tão bem quanto você e eu nos conhecemos — disse-me Nolan com uma piscadela.

— Sério? — questionei. — Vira a página.

— Angel e eu somos próximos — disse Nash sem desviar o olhar de mim.

Angel? *Eu* era a Angel da fantasia do Nash no chuveiro? O meu cérebro se lançou numa repetição gráfica do que ouvi ontem à noite. Dei uma sacudida na mente e decidi tratar dessa informação mais tarde.

— Nós dividimos uma parede — falei, sem saber por que senti a necessidade de explicar. O meu passado com Nolan não era da conta do Nash. O meu presente com Nash não era da conta do Nolan.

— Também compartilhamos um banho ontem — disse Nash.

Meu queixo caiu, e um som como o de um acordeão sendo esmagado saiu de mim. Os dois homens olharam para mim. Fechei a boca com um estalo forte.

Eu ia dar uma joelhada nas bolas do Nolan e empurrar Nash escada abaixo, decidi.

— Ela sempre teve um fraquinho por policiais — disse Nolan, balançando-se nos calcanhares e parecendo estar se divertindo.

Eu estava furiosa, mas, antes que eu pudesse fazer os dois idiotas e surtados com testosterona pagarem, a porta da biblioteca se abriu. Nash se moveu para segurá-la.

— Senhora — disse ele a Cherry Poppa quando ela saiu.

— Que galã — cantarolou ela.

Nolan se curvou.

— Está mesmo uma delícia aqui fora — observou a drag queen enquanto se dirigia para a porta.

— Bem, isso foi *divertido* — falei brava para os idiotas congestionando o corredor antes de seguir a bela drag queen.

— Sabe o que ninguém conta sobre estar no meio de dois machos marcando território? — perguntou-me Cherry, jogando os cachos loiros para trás.

— O quê? — perguntei.

— É você quem acaba cheirando a xixi.

SETE
NÃO ESTÁVAMOS NOS PEGANDO

Lina

Eu ainda estava justificadamente possessa quando entrei no meu carro e fui para a casa de Knox e Naomi para jantar. Claro. Que mulher já não teve um devaneio com dois homens brigando por ela? Mas não era tão sexy quando a briga, na verdade, era uma competição por território e eu era apenas um peão.

Pisei no acelerador e meu Charger super-rápido rugiu no trecho aberto da estrada. Eu adorava motores grandes e carros velozes. Havia algo na estrada aberta e no barulho de um V8 que fazia com que eu me sentisse livre.

Desacelerei para os 15 quilômetros por hora acima do limite de velocidade de costume. O suficiente para me divertir um pouco, mas trabalheira demais para fazer a polícia me parar.

Uma música furiosa e arrasadora em voz feminina saiu do sistema de som e o vento agitou meu cabelo.

Antes do que eu queria, diminuí a velocidade para fazer a curva para a pista de cascalho que atravessava o bosque. Parte de mim ficou tentada a continuar. A dirigir rápido e cantar alto até que todas as frustrações que vinham crescendo voassem pela janela.

Porém, por mais furiosa que eu estivesse, uma viagem pelas rodovias do país talvez não fosse suficiente para espairecer. Então optei pela coisa irritante e responsável e manobrei.

Mesmo zangada, eu ainda podia apreciar o espetáculo do outono. Os bosques ganhavam vida devido às cores. Folhas vermelhas, douradas e laranjas presas aos galhos cobriam a entrada da garagem. Eu tinha sentimentos contraditórios em relação ao outono. O que antes representava reunião com amigos e começo de novas aventuras passou a significar ter nenhum dos dois.

— Cara, estou muito chata esta noite — resmunguei para Carrie Underwood enquanto ela arranhava a lateral da caminhonete do ex com uma chave.

Abaixei o volume do aparelho de som e deixei o sussurro do riacho através das árvores entrar no carro.

Avistei a casa de Knox e Naomi na curva seguinte. Aos poucos a casa de madeira e vidro surgia entre as árvores como se fosse parte da floresta. Estacionei atrás do SUV da Naomi e saí antes que pudesse me convencer a ficar sentada e remoendo. Quanto mais cedo eu entrasse, mais cedo eu poderia ir embora e ir para casa ser chata sozinha.

Dirigi-me para a passagem de pedra que serpenteava através de arbustos baixos e flores do fim da estação até os degraus largos da varanda da frente.

Havia uma bicicleta infantil no gramado e almofadas listradas nas cadeiras de balanço. Samambaias em vasos pendiam das vigas da varanda. Um trio de lanternas de abóbora esculpidas à mão estava agrupado do lado de fora da porta da frente.

Eu apostaria que a abóbora do Knox era a terrível e macabra vomitando as próprias entranhas. A sorridente, precisamente esculpida e cheia de dentes deveria ser a da Naomi. E a da Waylay a impaciente, irregular, de sorriso torto e com sobrancelhas assustadoras.

O lugar inteiro gritava "família". O que era meigo e divertido quando eu pensava no Knox que sempre conheci.

Do outro lado da porta de tela veio um uivo animado imediatamente seguido por uma cacofonia de latidos e gritos. Cães de todas as formas e tamanhos surgiram na varanda e desceram os degraus, rodeando-me num frenesi amigável.

Inclinei-me para cumprimentá-los.

Os cães da avó de Knox eram uma pequena pitbull cega de um olho chamada Kitty e um beagle indisciplinado chamado Fogoso. Os pais de Naomi,

que agora residiam na cabana da propriedade, trouxeram sua cadela, Beeper, uma vira-lata resgatada que parecia um tijolo despenteado com patas.

O cão de Knox, um basset hound atarracado chamado Waylon, pousou as patas dianteiras rechonchudas em minhas coxas para se elevar acima do alvoroço e receber sua devida atenção.

— Waylon! Pare com isso — ladrou Knox da varanda enquanto empurrava a porta de tela. Havia um pano de prato jogado por cima do seu ombro, um pegador de churrasco na mão e algo próximo de um sorriso no rosto bonito.

— Estou arrumando a mesa como você mandou! — A criança de 12 anos gritara de forma queixosa de dentro da casa.

— Way*lon*, não Way*lay* — gritou Knox.

— Então por que não disse logo? — berrou Waylay.

Abri um sorriso.

— A vida em família combina com você — falei, atravessando os cães e indo até a varanda da frente.

Ele balançou a cabeça.

— Passei uma hora pesquisando matemática do sétimo ano ontem à noite e uma semana ouvindo as mulheres decidirem sobre arranjos de flores. — Um coro de risos ressoou da casa. — Não existe silêncio. Há sempre pessoas por todo lado.

Ele poderia estar reclamando, mas era mais do que evidente que Knox Morgan estava mais feliz do que nunca.

— Parece que você merece um desses — falei, mostrando o engradado de cerveja que eu trouxe.

— Vamos beber no quintal antes que alguém nos encontre e peça que eu conserte a ventilação da secadora ou assista a outro "vídeo hilário do TikTok" — disse ele. Enfiou o pegador no bolso de trás, pegou duas cervejas e, em seguida, as abriu no guarda-corpo da varanda. Me entregou uma. — Última chance de sair correndo — ofereceu.

— Ah, não perco por nada o show do Knox domesticado — disse a ele.

Ele bufou.

— Domesticado?

— Estou tirando onda. Combina com você.

Ele encostou os antebraços no guarda-corpo.

— O quê?

Apontei o gargalo da garrafa para a porta da frente.

— Aquelas duas mulheres precisaram de você. Você as ajudou e agora os três estão brilhando tanto de felicidade que a gente não consegue nem olhar diretamente para vocês.

— Acha que elas estão felizes? — perguntou Knox.

Mais gargalhada veio de dentro da casa. Os cães correram pelo quintal, com o focinho no chão em busca de outra aventura.

— Tenho plena certeza — falei.

Ele limpou a garganta.

— Quero perguntar algo a você, e não quero que você faça um estardalhaço por causa disso.

— Fiquei curiosa.

— Quero que você seja meu padrinho ou algo do tipo.

Pisquei os olhos.

— Eu?

Exceto pelo casamento de minha tia Shirley com minha tia Janey — eu fiquei um arraso de fada colorida cheia de glitter aos oito anos —, nunca fiz parte de um casamento. Nunca fui próxima o bastante de alguém para receber o convite.

— Naomi convidou Sloane, Stef, Fi e Way. Meus padrinhos são Nash, Luce e Jer. Pelo menos serão quando eu os convidar. E você.

Nash. Apenas a menção do nome de seu irmão me deixou ainda mais irritada. Mas a irritação foi atenuada por um clarão intenso no meu peito.

— Você quer que eu use smoking?

— Estou pouco me lixando se você vai usar moletom manchado de cerveja. Mas acredito que a Daisy fará alguns comentários. Basta estar lá. — Ele deu um gole na cerveja. — E não me deixar ferrar tudo.

Abri um sorriso.

— Eu ficaria honrada em ser seu padrinho... ou algo assim?

— Naomi chama você de padrinha, mas não vou dizer essa merda em público. Stef é um madrinho e eu vou espalhar isso para os quatro ventos.

Nós dois sorrimos conforme o anoitecer tomava conta do quintal.

— Obrigada pelo convite — falei, enfim. — Mesmo que você não tenha perguntado.

— Se você disser às pessoas o que quer, em vez de pedir, é mais provável que consiga o que deseja — disse ele.

— Knox, o filósofo domesticado.

— Cale a boca ou farei você usar tafetá na cor tangerina.

— Estou surpresa que você conheça qualquer uma dessas palavras.

— O casamento é daqui a três semanas. Estou aprendendo tudo quanto é palavra.

— Três *semanas*?

Ele sorriu devagar.

— Sinto como se eu tivesse esperado pela Daisy e pela Way minha vida inteira. Eu iria ao cartório hoje mesmo se conseguisse as convencer.

— Bom, se eu não estiver mais na cidade até lá, voltarei para o casório — prometi.

Ele assentiu.

— Um aviso. Vai ter uma porrada de abraços.

Fiz uma careta.

— Estou fora.

Afeto físico estava em um patamar próximo a ficar aguardando na linha com a empresa de TV a cabo e fazer tratamento de canal. Houve uma época na vida em que o meu corpo pertencia mais à equipe médica do que a mim mesma. Desde então, prefiro evitar qualquer toque inesperado, a não ser que seja eu a iniciá-lo. O que apenas tornou a minha reação Àquele Que Não Deve Ser Nomeado ainda mais confusa.

— Já tenho uma solução — disse ele. — Vou colocar *nada de abraços* ao lado do seu nome na programação.

Eu ainda estava rindo quando faróis atravessaram as árvores que alinhavam a pista. A caminhonete de Nash, uma Nissan azul, parou ao lado do meu carro.

Mau-humor se espalhou por mim, juntamente com a preocupação de que ele fizesse perguntas sobre o comentário de eu ser investigadora. A última coisa que eu queria era que ele saísse espalhando isso.

— Eu não sabia que ele vinha — falei.

Knox me olhou pelo canto do olho.

— Tem algo contra o meu irmão?

— Na verdade, sim. Você tem algo contra eu ser contra?

Seus lábios se curvaram.

— Não. Já era hora de alguém além de mim ficar puto com ele. Só não deixe isso ferrar com o casamento ou vai chatear a Naomi. E ninguém chateia a Naomi além de mim.

Os cães cercaram o veículo com entusiasmo.

Meu olhar inflamado encontrou o olhar frio de Nash através do para-brisa. Ele não parecia muito feliz com a ideia de sair do carro. *Ótimo.*

— Acho que vou entrar. Ver se há algo com que eu possa ajudar — decidi.

Knox pegou uma terceira cerveja e me passou o pegador.

— Dá uma olhada no frango na grelha, caso Lou ainda não tenha começado a ficar de olho — disse ele e, em seguida, foi na direção do irmão.

Dar uma olhada no frango? O meu conhecimento no preparo de aves se limitava ao que aparecia no meu prato em restaurantes. Entrei e segui o barulho.

A casa era uma beleza acidentada e rústica, mas com toques caseiros que faziam a pessoa querer se sentar, levantar os pés e desfrutar do caos.

Fotos de família que remontavam a várias gerações decoravam as paredes e tapetes coloridos suavizavam os pisos de madeira com marcas.

Encontrei grande parte do barulho e das pessoas na cozinha. A avó de Knox e Nash, Liza J — que tinha morado ali antes de se mudar para a casa de campo —, supervisionava a mãe de Naomi, Amanda, conforme ela montava uma tábua de frios.

Lou, o pai de Naomi, já estava — felizmente — no deque, olhando sob a tampa da churrasqueira e cutucando o frango com seu próprio pegador.

Naomi e seu melhor amigo, o lindo e elegante Stefan Liao, estavam discutindo enquanto ele abria o vinho e ela mexia algo com cheiro maravilhoso no fogão.

— Fala para ele, Lina — disse Naomi como se eu tivesse estado lá o tempo todo.

— Falar o que a quem? — perguntei, encontrando um lugar na geladeira para o restante do engradado de cerveja e os dois litros do refrigerante da Waylay que deixava os dentes podres.

— Fala para o Stef que ele deveria chamar o Jeremiah para sair — disse ela.

Jeremiah era sócio do Knox no Whiskey Clipper, a barbearia/salão da cidade que ficava abaixo do meu apartamento. Assim como todos os homens solteiros desta cidade, ele também era muito, *muito* bonito.

— Witty está fazendo aquela coisa de mulher presunçosa, quase casada, na qual tenta juntar todos os amigos para que eles possam ser uns palhaços presunçosos quase casados também — reclamou Stef. Ele usava caxemira e veludo cotelê e parecia ter saído das páginas de uma revista de moda masculina.

— Você *quer* ser um palhaço presunçoso e quase casado? — perguntei a ele.

— Eu nem moro oficialmente na cidade — disse ele, agitando os braços de forma expressiva sem derramar uma gota do vinho Shiraz. — Como é que eu vou saber se quero ser um palhaço, porra?

— Ótimo. São mais três dólares para o pote de palavrões — lamentou Waylay em voz alta da sala de jantar.

— Ponha na minha conta — gritou Stef.

O pote de palavrões era um frasco grande de picles que ficava no balcão da cozinha. Estava sempre transbordando de notas graças ao vocabulário animado do Knox. O dinheiro era destinado à compra de hortifrúti. A única maneira de Naomi conseguir que Waylay desse o braço a torcer e diminuísse os palavrões era entupindo a família de salada.

— Ah, vá — zombou Naomi. — Você passa mais tempo em Knockemout do que na sua casa em Nova York *ou* com os seus pais. Sei que você não está aqui só porque ama o caos canino.

No mesmo momento, os quatro cães correram para a cozinha e, em seguida, foram em direção à porta da sala de jantar, assim que Waylay apareceu lá. Ela saltou da frente, o que os deixou mais eufóricos.

— Fora! — berrou Amanda, abrindo a porta do deque e expulsando o borrão de pelos. Waylay entrou na cozinha e pegou um pedaço de calabresa da tábua de frios.

— A mesa está posta — disse ela.

Naomi estreitou os olhos, pegou um pedaço de brócolis da bandeja de vegetais e enfiou-o na boca da sobrinha.

Waylay lutou valentemente, mas sua tia determinada venceu com um abraço sufocante.

— Por que você é tão obcecada por coisas verdes, tia Naomi? — resmungou Waylay.

— Sou obcecada pela sua saúde e bem-estar — disse Naomi, bagunçando o cabelo da sobrinha.

Waylay revirou os olhos.

— Você é tão esquisita.

— Eu sou esquisita do tanto de amor que tenho por você.

— Vamos voltar a pegar no pé do tio Stef por ser frouxo demais para chamar o Jeremiah para sair — sugeriu Waylay.

— Boa ideia — concordou Naomi.

— Um rapaz como ele não vai ficar solteiro por muito tempo — advertiu Liza J, enquanto passava uma fatia de salame para Waylay.

— Ele é *muito* bonito — concordou Amanda.

Todo mundo se virou para me encarar com expectativa.

— Ele é lindo — concordei. — Mas só se você estiver a fim de um relacionamento e de monogamia.

— O que eu não estou — insistiu Stef.

— Knox também não estava — salientei. — Mas olha só ele agora. Está tão feliz que enjoa.

Naomi passou o braço por cima do meu ombro e eu mal consegui esconder o estremecimento com o toque inesperado. O anel de noivado em seu dedo brilhava na luz.

— Está vendo, Stef? Você também pode ser tão feliz que enjoa.

— Acho que prefiro vomitar.

Saí do abraço carinhoso da Naomi e fui em direção à bandeja de carne.

Waylay enfiou um salame roubado na boca quando Naomi não estava olhando. Eu quase podia ouvir a voz da minha mãe na cabeça.

"Você ainda está evitando carnes processadas, não é, Lina?"

"Você realmente acha que é uma boa ideia beber álcool com sua condição?"

Tomei um gole desafiador da cerveja, aproximei-me da Waylay e peguei um pedaço de mortadela.

— Quê? Eu sou gato e gay, então namorar o barbeiro gato e bissexual é uma conclusão lógica? Gays e bis têm que ter mais em comum do que apenas serem gay e bi — bufou Stef.

— Achei que você tinha dito que ele era o homem mais atraente do planeta e que tinha uma voz de sorvete derretido que fazia você querer arrancar as roupas e ouvi-lo recitar a lista de compras? — gracejou Naomi.

— E você também não disse que ele ser empreendedor de uma empresa pequena era interessante porque você está cansado de namorar modelos fitness? — acrescentou Amanda.

— E vocês dois não são grandes fãs de marcas de moda de luxo, Luke Bryan e soluções ecologicamente corretas de energia? — incitei.

— Odeio vocês.

— Não o namore porque ele é bissexual, Stef. Namore porque ele é perfeito para você — disse Naomi.

Knox e Nash entraram, ambos parecendo vagamente irritados. Para ser justa, era assim que eles costumavam ficar após conversarem. Nash também parecia cansado. E gato em sua calça jeans e camisa de flanela... delícia!

Droga. Esqueci que não o acharia atraente.

Concentrei-me no fato de que ele tinha feito o possível para me humilhar em frente ao Nolan e aceitei a minha raiva feminina interior.

Havia uma cerveja numa de suas mãos e Bica se tremendo na outra. Ela usava um suéter ridículo com estampa de abóbora. Parecia que este era o último lugar na Terra em que os dois queriam estar.

— Boa noite — disse ele à sala, mas seus olhos azuis pousaram em mim. Olhei para ele. Ele me olhou também.

Uma nova onda de pandemônio eclodiu quando as mulheres correram para Nash a fim de ver Bica melhor.

Knox passou pelo grupo e beijou Naomi na bochecha antes de ir direto para a bandeja de carne.

— Olá, menina bonita — disse Naomi, cumprimentando gentilmente a cachorrinha. — Gostei do seu suéter.

— Quem é essa coisinha fofa? — falou Amanda com voz de bebê, acariciando suavemente a cabeça da Bica.

Ao sentirem um novo amigo em potencial, os cães que estavam do lado de fora pressionaram o nariz contra a porta do deque e choramingaram.

— Esta é a Bica. Encontrei ela ontem num bueiro fora da cidade. Quem quer adotá-la? — disse Nash, ainda olhando com irritação na minha direção.

Ignorei-o enfaticamente.

— Não é o que parecia que vocês estavam fazendo — disse Stef em um tom de *sei de algo que vocês não sabem*. Nash e eu voltamos nossos olhares para a direção dele.

Stef sorriu com malícia.

— Desculpa, crianças. Tenho de jogar outra pessoa na fogueira ou ela nunca mais se apagará.

— O que parecia que eles estavam fazendo? — quis saber Liza J.

— Dada a posição comprometedora...

— Por que não guardamos essa história para mais tarde? — disse Naomi em voz alta, olhando na direção de Waylay.

— Vocês estavam fazendo o quê? — exigiu saber Knox, entrando na conversa.

— Estou achando que a sua falta de você-sabe-o-que esteja fazendo você alucinar, Stef. Talvez você *devesse* chamar o Jeremiah para sair — sugeri.

— *Touché*, Pernocas. *Touché* — disse ele.

Nash nos ignorou e colocou a cachorrinha trêmula no chão. Ela tentou se esconder atrás das pernas dele, depois me viu quando espiou por trás de suas botas.

Acenei e ela deu um passo hesitante na minha direção. Eu me agachei e dei um tapinha no chão à minha frente.

Bica saiu de trás das botas do Nash e correu destrambelhada em minha direção.

Levantei-a e me submeti ao banho de língua.

— Está bem mais cheirosa do que antes — falei a ela.

— Own! Ela gosta de você — observou Naomi.

— Vamos voltar àquela posição comprometedora — sugeriu Amanda.

Stef encheu a taça de vinho vazia que Liza J balançou para ele.

— Então, eu estava voltando para a cidade ontem de manhã cedo, e o que eu vejo na beira da estrada?

Knox tapou as orelhas da Waylay com as mãos.

— Um urso? — tentou adivinhar Liza J.

— Melhor. Vi o chefe da Polícia de Knockemout de joelhos na grama, digamos que numa "posição de penetração", atrás da b-u-n-d-a curvilínea da Srta. Solavita.

Nash parecia estar pensando seriamente em correr para a porta da frente.

— Mas que p...orcaria? — vociferou Knox.

Suspirei.

— Sério, Stef? Você fala penetração, mas soletra bunda?

— Penetração não é palavrão — disse Waylay com conhecimento de causa.

— Ei! Tampe melhor os ouvidos dela — instruiu Naomi.

Knox obedeceu, girando a garota e envolvendo-a em um abraço de urso na altura da cabeça.

— Não consigo respirar! — O grito dela foi abafado pelo peito de Knox.

— Consegue, sim, se ainda está reclamando — insistiu Knox.

— Seus músculos ridículos estão quebrando meu nariz! — choramingou Waylay. Knox a soltou e bagunçou o cabelo dela.

— Waylay, por que você não vai ver em que pé está o vovô na preparação do frango? — sugeriu Naomi.

— Você só está se livrando de mim para poder falar de coisas nojentas de adultos.

— Sim — disse Stef. — Agora saia daqui para podermos chegar à parte nojenta.

Knox colocou a mão na cabeça da Waylay e a dirigiu para a porta dos fundos.

— Vamos, pequena. Nem eu, nem você precisamos ouvir isto.

Juntos, eles se dirigiram ao deque e fecharam a porta.

— De volta à penetração — insistiu Amanda. Ela pulou em um banquinho e se abanou.

— Eu parei, como bom samaritano e tal — continuou Stef.

— É assim que se chama hoje em dia? — disse Nash num tom seco.

— Ofereci ajuda, mas a Lina das bochechas rosadas me assegurou que não precisavam de ajuda na pegação deles.

— Não estávamos nos pegando! — insisti.

— Aposto que você poderia ser preso por isso — refletiu Liza J com mais do que apenas uma pitada de orgulho.

Joguei uma cenoura da bandeja de vegetais no Stef e ela bateu na sua testa.

— Ai!

— Estávamos totalmente vestidos e puxando uma cachorrinha, esta cachorrinha, de dentro do tubo de drenagem pluvial, idiota.

Levantei Bica para a multidão tal qual em *Rei Leão*.

— Falando nisso, quem vai adotá-la até o resgate encontrar um lar para ela? — perguntou Nash.

— Nunca pensei que uma história de resgate de cães me desapontaria — anunciou Amanda após um momento de silêncio.

— Vamos voltar para o fato de o Stef ser um arregão — sugeri.

Um pedaço de couve-flor bateu na minha bochecha e caiu no chão.

Lou abriu a porta e a enxurrada de cães entrou correndo. Kitty, o pitbull de Liza J, sentou-se aos meus pés e olhou para a cachorrinha com suéter de abóbora em meus braços. Waylon devorou a couve-flor no chão, enquanto Beeper se balançava aos pés de Lou.

— O frango está pronto — anunciou ele. — O que eu perdi?

— Nada — dissemos Nash e eu ao mesmo tempo.

OITO
FEIJÕES-VERDES E MENTIRAS

Nash

O jantar foi tão caótico quanto uma reunião da família Morgan costumava ser. Mas o que antes eu achava agradável agora era simplesmente exaustivo.

As conversas rolavam na grande mesa de jantar, com música country tocando ao fundo. Eram rápidas demais para eu acompanhar, quem dirá participar, mesmo que estivesse no clima, o que eu não estava. Havia passado o dia todo na delegacia acompanhado de um delegado federal que parecia ter enorme prazer em me irritar.

Eu estava morto de cansaço. Mas tinha vindo aqui por uma razão, que era obter respostas de Lina "Seguro é Chato pra Dedéu" Solavita. Ela tinha mentido para mim e minha família, e eu descobriria o motivo.

Trouxe a Bica como companhia. A cachorrinha parecia tão cansada quanto eu. Ela estava apagada, toda encolhidinha e apoiada na Kitty em uma cama de cachorro no canto. O restante da turma canina não havia se comportado bem o suficiente para se juntar à festa e tinha sido banida para o lado de fora.

A comida era passada e os copos de bebidas preenchidos, por vezes sem nem ser necessário pedir. Mantive-me em uma única cerveja e me obriguei a comer apenas o suficiente para não chamar a atenção de ninguém. Nós, Morgan, éramos péssimos em falar de sentimentos, o que significava que eu receberia um passe livre do meu irmão e da minha avó. Mas Naomi e seus pais eram do tipo que detectava um problema e conversava até o ouvido cair enquanto fazia o possível para resolvê-lo.

Quando recebi alta do hospital, dei de cara com um apartamento limpo, roupa lavada e geladeira abastecida com refeições. Os Witt haviam deixado claro que não só tinham adotado Knox e Waylay, como a mim também.

Após uma vida inteira acostumado com a disfunção familiar dos Morgan, foi mais do que um pouco desconcertante.

Metade da mesa explodiu em gargalhadas com algo em que não prestei atenção. Levei um susto com a movimentação súbita. Pelo jeito, Bica também. Ela soltou um ganido preocupado. Despreocupada, Kitty colocou sua cabeça grande no corpo de Bica e em segundos ambas estavam dormindo outra vez.

Esta casa velha não via tanta agitação desde a minha infância, era mais do que eu podia lidar. Eu estava preparado para fazer o que tinha aprendido a fazer: aguentar firme até acabar. Mas a presença de Lina à minha esquerda emaranhou meus sentimentos e os atou no meio do vazio que agora vivia no meu peito em tempo integral. Esta forte atração que eu não compreendia ainda estava lá, junto com uma parcela de culpa por usá-la para atingir aquele babaca do Nolan. Mas, mais do que tudo, eu estava zangado.

Ela enganou a todos em relação ao seu emprego de propósito. E isso era praticamente mentira para mim. Eu não tolerava mentiras e mentirosos.

Nossa conversa esta manhã havia me deixado cheio de perguntas.

Eu havia dado uma pesquisada enquanto cuidava de uma papelada e ajudava a Guarda Ambiental a capturar um dos cavalos fugitivos irritantes do Bacon Stables após o animal cagar por toda a Second Street.

Mas a mesa de jantar não era o lugar certo para começar o interrogatório. Então, dei tempo ao tempo e tentei limitar o número de vezes que olhei em sua direção.

Ela usava calça jeans justa e um cardigã cinza que parecia macio como uma nuvem. Fiquei com vontade de estender a mão e tocá-lo, de esfregar meu rosto no tecido. De...

Opa, esquisitão. Contenha-se. Você está deprimido e irritado. Não é um zé cheira-suéter tarado.

Recuperei-me e fiz um esforço fraco de me juntar à conversa.

— Lou, como anda o golfe? — perguntei.

À minha direita, Amanda me deu um pontapé debaixo da mesa. Naomi se engasgou com o café do jantar.

Na ponta da mesa, Lou apontou o garfo na minha direção.

— Deixa eu te dizer uma coisa. Nunquinha que o Buraco Nove é um par três.

— E agora todos nós vamos ter que sofrer — sussurrou Amanda enquanto o marido discorria sobre suas provações e tribulações no campo.

Fiz um esforço para desviar a minha atenção de Lina enquanto Lou citava todas as suas dez razões principais pelas quais o buraco nove tinha sido rotulado incorretamente.

Bica estava roncando com aquele assobio estranhamente alto que me assustou duas vezes na noite passada. A ponta de sua cauda sacudiu algumas vezes como se seus sonhos fossem bons. Pelo menos a batida se sobrepunha ao outro barulho, aquele que existia apenas na minha cabeça.

Os olhos de Naomi brilharam quando Knox deslizou a mão para a nuca dela e sussurrou algo em seu ouvido. Waylay esperou até ter certeza de que seus responsáveis estavam ocupados antes de colocar dois feijões-verdes no guardanapo. Ela me pegou olhando e fingiu inocência.

O outro lado das janelas já estava em escuridão total, fazendo a floresta e o riacho desaparecerem. No interior, as luzes estavam baixas e o bruxulear das velas o tornava ainda mais aconchegante.

— Passa o frango, Nash — pediu Liza J da ponta da mesa. Peguei o prato e o passei para a esquerda. Os dedos da Lina se enroscaram com os meus e quase largamos o prato.

Nossos olhos se encontraram. Havia uma centelha de mau-humor naqueles olhos castanhos frios, muito provavelmente causados pelo nosso desentendimento naquela manhã. Mas, na contagem geral, eu tinha mais motivos do que ela para estar zangado.

Ela tinha passado maquiagem e estilizado o cabelo de maneira diferente. Parecia um corte *pixie* estiloso. Seus brincos eram pequenos sinos que balançavam provocativamente em seus lóbulos. Eles tilintavam toda vez que ela ria. Mas ela não estava rindo agora.

— É para hoje — disse Liza J incisivamente.

Consegui entregar o prato sem derrubá-lo. Meus dedos ficaram quentes com o toque dela, então fechei a mão em punho no colo para reter o calor.

— Sua cara está péssima — anunciou Knox para mim.

— Knox! — reclamou Naomi, exasperada.

— Quê? Se vai deixar a barba crescer, deixe a maldita barba crescer ou tenha a decência de marcar um horário e se sentar na porra da minha cadeira. Seja como for, decida-se. Não ande pela cidade com uma barba malfeita e meia-boca. É má publicidade para o Whiskey Clipper — queixou-se meu irmão.

Waylay apoiou a cabeça nas mãos e murmurou algo sobre pote e legumes. Esfreguei a mão na mandíbula. Eu tinha me esquecido de fazer a barba mais uma vez.

— Coma mais feijão-verde, Nash — insistiu Amanda à minha direita, acrescentando uma colher à porção que eu ainda não havia tocado.

Waylay chamou minha atenção do outro lado da mesa.

— Esta família é obcecada por coisas verdes.

Minha boca se curvou. A garota ainda estava se acostumando com toda a história de "família" após conviver com uma má influência.

— Waylay, há algo que queira perguntar a Knox e Nash? — motivou Naomi.

A menina encarou seu prato por um segundo antes de encolher os ombros em aborrecimento pré-adolescente.

— É só uma coisa boba. Vocês não precisam fazer isso.

Ela espetou dramaticamente um feijão-verde e franziu o rosto quando deu a menor mordida possível.

— Você pode se surpreender. Nós gostamos de coisas bobas — falei a ela.

— Bom, há um desafio de pai e filha no TikTok, em que os pais deixam as filhas os maquiarem. E pintar as unhas. E alguns arrumam o cabelo também — começou ela.

Knox e eu trocamos olhares paralisados de terror.

Nós faríamos.

Odiaríamos cada segundo. Mas faríamos se fosse a vontade da Waylay.

Knox engoliu.

— Tá. E? — Parecia que ele estava sendo estrangulado.

Naomi suspirou.

— Waylay Witt!

A garota sorriu diabolicamente.

— Quê? Eu estava apenas os preparando com algo pior para que dissessem sim para o que eu realmente queria.

Relaxei enquanto a ameaça de batom e cílios postiços se dissipava.

Knox balançou para trás na cadeira, revirando os olhos para o teto.

— Que porra eu vou fazer quando ela tiver 16 anos?

— Ah, cara! — reclamou Waylay.

— Pote! — disse Stef.

— Se você parasse de encher as frases com essa palavra, a gente comeria batata frita e pepperoni em vez de feijão-verde — queixou-se Waylay.

Os brincos de Lina tilintaram enquanto ela tentava segurar o riso.

— O que você realmente quer que a gente faça? — perguntei.

— Tá. Então, a minha escola está fazendo essa baboseira de Dia das Profissões e achei que talvez não fosse a coisa mais horrível do mundo se você e Knox fossem falar com a minha turma sobre o trabalho de vocês e tal. Vocês podem dizer não — acrescentou ela rapidamente.

— Você quer que eu e o seu tio Nash falemos com a sua turma? — perguntou Knox.

Esfreguei a testa e tentei afugentar todos os "nem ferrando" que ecoavam na minha mente.

Relações comunitárias eram uma parte importante do meu trabalho, mas eu evitava os eventos públicos desde... antes.

— Sim. Mas só se forem fazer um bom trabalho, porque a mãe da Ellison Frako é juíza do tribunal distrital e ela vai fazer meio que uma simulação de julgamento. Então, não apareçam para falar sobre papelada e extratos bancários.

Sorri. Papelada e extratos bancários eram 90 por cento do trabalho do meu irmão.

Waylay olhou para mim.

— Achei que talvez você pudesse fazer algo legal, tipo atirar em um dos garotos irritantes com uma arma de choque.

Lina se engasgou com uma risada e um pouco de cerveja ao meu lado. Sem falar nada, entreguei-lhe um guardanapo.

Naomi me olhou com cara de súplica.

Como se eu não soubesse como era difícil para a Waylay pedir o que queria.

— Pode ser que não dê para usar arma na sala de aula, mas acho que consigo pensar em algo — falei. Uma gota fria de suor serpenteava pelas minhas costas. Mas a expressão alegremente chocada no rosto de Waylay fez valer a pena.

— Sério?

— Sim. Sério. Mas aviso logo que meu trabalho é bem mais legal que o do Knox.

Knox bufou.

— Ah, espere só para ver.

— O que você vai fazer? Reencenar ganhar na loteria? — brinquei.

Ele atirou um pedaço de batata asterix em mim por cima da mesa. Retribuí disparando uma colher de feijão-verde.

— Meninos — advertiu Amanda.

Waylay me olhou com um daqueles sorrisinhos que eu valorizava tanto. Uma coisa era fazer uma criança feliz sorrir, mas arrancar um sorriso da menina que tinha muitas razões para não o fazer era como ganhar uma medalha de ouro.

— Sério agora. Quem quer levar a Bica para casa? — perguntei mais uma vez.

— Puxa, Nash. Você sabe que isso não seria justo com aquela menininha fofa. Ela já está tão apegada a você — apontou Amanda.

Após a torta e o café, a reunião terminou com uma música de Patsy Cline, uma das favoritas da minha mãe.

Knox começou a lavar a louça enquanto Naomi foi para o andar de cima supervisionar o dever de casa da Waylay. Lou e Amanda se ofereceram para levar Liza J para casa. Bica choramingou de forma comovente na porta da frente quando Kitty desapareceu noite afora.

Eu também queria desaparecer, mas as boas maneiras não me deixavam ir embora sem, pelo menos, dar uma mãozinha. Voltei para a sala de jantar e encontrei Lina recolhendo os pratos de sobremesa vazios.

— Passa pra cá — falei. — Você junta os talheres.

Ela colocou os pratos sobre a mesa em vez de os entregar a mim.

— Então, você e o delegado Graham pareciam bem amigáveis esta manhã.

Foi a coisa errada a dizer.

Os garfos e facas recolhidos retiniram quando ela os largou num prato vazio.

— É sério? — Seus olhos faiscaram quando ela cruzou os braços. — O que você tem contra o Nolan?

O que eu tinha contra era que ele era Nolan para ela, não delegado Graham.

— O que tenho contra o seu amigo *Nolan* é que ele não larga da minha cola. Ele me seguiu até aqui. Caramba, ele deve estar estacionado lá fora na garagem agora mesmo.

Ela tamborilou unhas vermelho-escuro nas mangas do suéter. Duras e afiadas contra o tecido macio.

— Ele não é meu *amigo*. E você podia tê-lo convidado para entrar pelo menos.

O caralho que eu podia.

Houve um barulho de algo quebrando na cozinha seguido de meio minuto de palavrões.

— Por que caralhos os pratos ficam tão escorregadios quando estão molhados? Onde é que guardamos a porra da vassoura? — resmungou Knox com raiva.

— Encha o pote duas vezes — gritou Naomi do andar de cima.

— Sente-se — eu disse.

Os olhos da Lina se estreitaram.

— Como é?

Puxei uma cadeira e apontei para ela.

— Falei para se sentar.

Waylon trotou para dentro da sala, colocou a bunda no tapete aos meus pés e olhou em volta esperando um petisco. Bica se juntou a ele, parecendo esperançosa.

— Agora você conseguiu — disse Lina.

Murmurando baixinho, tirei dois dos petiscos que tinha no bolso e dei um para cada cão. Depois, puxei outra cadeira e me sentei.

— Por favor, s-e-n-t-a — falei, gesticulando para a cadeira vazia.

Ela levou um bom tempo para fazer isso, mas se sentou.

— Esta não é uma sala de interrogatório, convencido. E não sou uma suspeita. Qualquer relação passada ou presente entre mim e Nolan não é da sua conta.

— É aí que está errada, Angelina. Não acredito em coincidências, especialmente quando há muita confusão. Você nunca visitou o meu irmão na cidade natal dele. De repente, você decide surpreendê-lo com uma visita de tempo indeterminado. Improvável, mas tudo bem. Você também aparece depois de eu ser baleado e logo antes de Naomi e Waylay serem sequestradas. Mais uma vez, pode ser apenas uma coincidência.

— Mas não é o que você acha — disse ela, cruzando os braços.

— Então, por acaso, você tem um passado com o delegado encarregado de ser um pé no meu saco.

Lina entrelaçou os dedos na mesa e se inclinou para a frente.

— Nolan e eu tivemos um caso suado e pelado de 48 horas num motel em Memphis há cinco ou seis anos.

— Isso foi bem na época em que você recuperou US$ 150 mil em joias roubadas para seus chefes em Pritzger, não foi? E essas pessoas foram objeto de investigação do FBI, não foram?

Ela me encarou por um bom tempo.

— Onde você conseguiu essa informação?

— A operação teve uma grande cobertura da mídia. Ganhou manchetes.

— Meu nome não foi mencionado em nenhuma delas — disse ela friamente.

— Ah. Mas foi mencionado no relatório do incidente feito pela polícia local.

Beleza, eu dei mais do que uma *pesquisada* discreta hoje.

Ela soprou o ar pelos dentes.

— O que você quer?

— Por que você está aqui? E não me venha com a palhaçada de estar com saudade do seu velho amigo Knox — avisei quando ela abriu a boca. — Eu quero a verdade.

Eu precisava da verdade.

— Vou dizer isso bem devagar para que você consiga entender tudo de primeira. Nada na minha vida lhe diz respeito. Minha vida, incluindo com quem sou ou fui "amigável", a minha profissão e por que estou na cidade, também não é da sua conta.

Inclinei-me mais para perto até que nossos joelhos roçaram debaixo da mesa.

— Com todo o respeito, Angelina? Sou eu que tenho buracos no corpo. E, se você está aqui por algum motivo relacionado a isso, então é claramente da minha conta.

Seu celular tocou e o identificador de chamadas na tela mostrou "Pai".

Ela apertou com tudo o botão de ignorar e afastou o celular, com tensão em cada movimento.

— Desembucha. Agora — falei.

Ela mostrou os dentes, os olhos ficando escuros e perigosos. Por um segundo, achei que ela ia me atacar, e eu saboreei a ideia da sua raiva crescer até se encontrar com a minha, inflamando-a e atiçando-a em um fogo abrasador.

Mas o fogo abrasador foi interrompido por um sinal sonoro estridente.

Lina deu um tapa no relógio em seu pulso, mas não antes de eu ver o número na tela ao lado do coração vermelho.

— Isso é um alerta de frequência cardíaca? — perguntei.

Ela saiu da cadeira tão abruptamente que assustou os cães. Fiquei de pé.

— Isso, como tudo o mais que me envolve, não é da sua conta, chefe — disse ela, então começou a se dirigir para a porta.

Ela quase conseguiu, mas nós dois subestimamos o meu nível de irritação. Eu a alcancei, com minha mão segurando seu pulso, e trouxe-a para trás.

Ela girou. Eu fui para a frente. E foi assim que me vi encostado em seu corpo, com ela de costas para a parede.

Nós dois estávamos com a respiração pesada, com nossos peitos se movendo um contra o outro a cada inspiração. Ela era uma mulher alta, de pernas longas, mas eu ainda tinha centímetros a mais o suficiente para que ela tivesse de inclinar a cabeça para olhar para mim. Eu podia ver a pulsação na base da garganta dela.

Sim, sussurrou meu sangue. Quanto mais me aproximava dela, mais alto o sussurro ficava.

Com controle, passei a mão pelo braço oposto dela até o pulso e o levantei. Ela me observou sem se afastar. Quebrei o contato visual para ver seu relógio.

— É uma frequência cardíaca bem alta para alguém que só estava sentada conversando — observei.

Ela tentou se libertar, mas eu a segurei.

— Eu não estava só sentada conversando. Estava sentada tentando não quebrar o nariz de um policial.

A mão dela ainda estava na minha. Sua outra mão estava fechada na minha camisa. Mas não para me afastar. Para me manter ali.

— Vamos nos acalmar — falei de forma branda.

— Nos acalmar? Você quer que *eu* me acalme? Caramba. Por que não pensei nisso?

Eu tinha escalado o vulcão e agora estava encarando a lava pura e derretida abaixo. Tudo o que eu queria fazer era saltar para aquele calor glorioso.

— Me diga com o que estamos lidando aqui — insisti. — Você precisa de um médico?

— Ai, Meu Deus, Nash. Se não me soltar agora, nenhum júri na Terra me responsabilizará pelos danos que meus joelhos vão causar aos seus testículos.

Essa ameaça, junto com a maneira como ela estava se movendo contra mim, fez-me ir de um estado semiduro para um estado totalmente excitado de bandeira hasteada, tenda armada e pronto para o jogo.

Porra.

Então nós dois nos movemos.

Eu a prensei contra a parede, com uma mão na cintura logo abaixo do seio e a outra espalmada na parede ao lado de sua cabeça. Enquanto isso, suas mãos estavam brancas na minha camisa, mantendo-me colado a ela.

Eu podia acompanhar sua respiração enquanto ela inspirava, expandindo seu peito, antes que a expiração aquecesse meu rosto e pescoço. Inspirei seu cheiro e me movi de encontro a ela.

Eu precisava me afastar. Não só era uma ideia péssima me envolver com uma mulher que eu sabia que estava mentindo para mim, como havia o fato de a minha cabeça estar afetando meu pau.

— Você quer que eu me afaste? — perguntei, passando o nariz por sua mandíbula.

— Sim — sibilou ela. Mas suas mãos me puxaram com mais força em sua direção.

— Quer que eu pare de tocar em você, Angel?

Rezei a todas as divindades religiosas em que pude pensar, e depois acrescentei algumas celebridades e músicos por via das dúvidas. *Querida Dolly Parton, por favor, não a deixe dizer sim.*

Seus cílios tremeram. Surpresa e algo mais despertou naqueles belos olhos castanhos.

— Não. — Foi um sussurro. Um pedido fumegante que fez meu sangue ferver.

Nossos olhares se encontraram e assim permaneceram enquanto eu deslizava minha mão um centímetro mais para cima até que meus dedos roçaram a parte inferior de seu seio. Meu pau latejava dolorosamente atrás do zíper. Chamas pequenas aqueciam meus músculos.

Lina soltou um gemido sexy e, juro por Dolly, quase gozei ali mesmo. Guardei o som na memória, sabendo que o repetiria na mente várias vezes. Sabendo que, mesmo que o meu pau nunca mais voltasse a funcionar, eu ainda o envolveria com a mão, lembrando-me do som que saía daqueles lábios entreabertos.

Ela roçou o quadril em mim e quase acabou comigo. Talvez. Talvez eu a tivesse arrastado para o chão e usado os dentes, a língua e os dedos nela até que ela estivesse nua e implorando por mim.

Mas essas possibilidades não faziam parte do destino.

— Mas que porra vocês estão fazendo? — resmungou Knox com raiva. Ele estava segurando uma vassoura na mão, uma cerveja na outra e parecia querer quebrar as duas na minha cabeça.

— Estamos em uma conversa particular — retruquei.

— O caralho que estão — grunhiu meu irmão.

— Na verdade, eu estava de saída — disse Lina, com as bochechas coradas em um rosa tentador. — Se quiser ter outro interrogatório, chefe, me certificarei de estar com o meu advogado presente.

— Juro por Deus, Nash, se você não recuar, vou partir esta garrafa na sua cabeça e depois te obrigar a limpá-la com esta maldita vassoura, cacete.

Estar em um noivado feliz estava sem sombra de dúvida afetando a capacidade do meu irmão idiota de elaborar ameaças.

Ainda assim, não era esperto da minha parte ficar de costas para ele. Tirei a mão da cintura da Lina e tentei recuar um passo. Mas ela ainda estava agarrada à minha camisa.

— É você que precisa me soltar, linda — sussurrei.

Ela olhou para as mãos presas na minha camisa e lentamente a soltou.

— Você está bem para dirigir? — perguntei.

— Ela só bebeu uma cerveja, porra. Vai fazer uma blitz na minha sala de jantar agora? — quis saber Knox.

— Eu não estava falando da cerveja — disse-lhe com os dentes cerrados.

— Eu estou bem. Valeu pelo jantar, Knox. Nos vemos por aí.

Ela passou por mim e saiu pela porta da frente.

— Que. Porra. Foi. Essa? — Knox pontuou cada palavra com um golpe do cabo da vassoura nas minhas costelas.

— Ai!

— Não.

— Não o quê?

Usando o cabo da vassoura, Knox apontou para a porta pela qual Lina havia passado, depois para mim.

— Isso. Não vai rolar.

Ignorei seu comentário.

— O quanto você sabe da Lina? — perguntei.

— Que diacho você quer dizer? Eu a conheço desde sempre.

— Sabe qual é a profissão dela?

— Ela trabalha com seguros.

— Errado. Ela é uma investigadora de seguros da Pritzger Insurance.

— Não vejo diferença.

— Ela é basicamente uma caçadora de recompensas de bens pessoais.

— E daí?

— E daí que ela aparece na cidade logo depois de eu ser baleado. Ela mente sobre a profissão e conhece o delegado federal que não para de encher o saco. Não acha que são coincidências interessantes?

— Por que todos na minha vida adoram falar que nem uma matraca? — murmurou Knox.

— Por que ela usa um relógio que monitora a frequência cardíaca?

— Como diabos eu vou saber? Não é o que todos os idiotas que correm por diversão fazem? Estou mais preocupado com o motivo do meu irmão prensar uma das minhas melhores amigas numa parede.

— Você tem algo contra isso?

— Sim. Bastante.

— Se importa de elaborar? — perguntei.

— De jeito nenhum, porra. Você e a Lina não vai rolar. Fim de papo. Nenhuma elaboração é necessária.

— Essa estratégia já funcionou com as suas garotas?

Cansado, Knox puxou uma das cadeiras e se sentou.

— Até agora não, mas espero que um dia elas me deixem ganhar. Prega sua bunda na cadeira.

Ele indicou a que Lina havia desocupado.

Assim que me sentei, Bica se agarrou às minhas canelas e eu a peguei. Ela se aconchegou em meu peito e suspirou. Como se eu a fizesse se sentir segura. Maldita cachorrinha.

— Você quer falar. Beleza. Cala a boca e escuta. Confia em mim quando digo que a Lina é o tipo de amiga que você quer ao lado. Não só porque ela vira o bicho quando você a irrita, mas porque ela é uma pessoa boa. Se ela não fala sobre o trabalho e relógios inteligentes estúpidos, ela tem um motivo para não compartilhar. Talvez seja porque ainda não ganhou sua confiança. Ou talvez porque essa merda não seja da sua conta.

Mas havia algo em mim que sabia que era da minha conta.

— Eu sei...

Knox me interrompeu.

— Calado. Ela é uma das melhores pessoas que conheço. Você também. Conserte as coisas com ela e depois a deixe em paz. Não vou deixar que fi-

quem de joguinhos. E pare de a prensar na porcaria das paredes. A mulher odeia ser tocada. Não acredito que ela não arrancou suas bolas enquanto saía.

Lina odiava ser tocada? Isso era novidade.

— Vamos sair amanhã à noite. Você, eu e Lucy — continuou meu irmão.

Fiz que não.

— Estou muito ocupado...

— Vamos sair amanhã à noite — repetiu. — Honky Tonk, às 21h. É o seu dia de folga, e, se tentar cancelar, Lucy e eu vamos aparecer na sua casa e tirá-lo de lá. Precisamos ter uma conversinha.

NOVE
UMA VIZINHA EMPATA

Nash

Mostrei o dedo do meio para o federal na minha cola no estacionamento, deixei Bica em casa e, em seguida, de má vontade, fui para a porta ao lado. A porta de Lina pairava à minha frente como o muro de um castelo. Música vinha de dentro. Algo agitado. Algo que dizia "Cuidado: Mulher Brava". Hesitei por um segundo, depois bati com força.

A porta se abriu quase imediatamente, e pisquei surpreso quando a Sra. Tweedy apareceu. Ela segurava seu copo de bourbon com gelo de todas as noites e usava o uniforme de sempre: leggings, bata e o batom rosa frio de sempre. Seu cabelo branco estava para cima e armado, adicionando mais uns dez centímetros ao seu corpo achatado de 1,52 metro.

Conferi o número do apartamento, perguntando-me como bati na porta errada.

— Ora, se não é o Sr. Certinho — disse ela com seu sotaque sulista. O gelo no copo tilintou alegremente.

2B. Bem ao lado da minha casa. Eu não estava na casa errada. A Sra. Tweedy que atendeu a porta errada.

— Lina está aqui? — perguntei.

— Não. Eu arrombei e invadi. Quer me algemar? — Ela ergueu as mãos com os pulsos juntos e balançou as sobrancelhas sugestivamente.

Aos 76 anos, January Tweedy tinha um gênio que me fazia estremecer ao pensar como ela tinha sido quando adolescente.

Lina apareceu atrás dela e eu suspirei de alívio.

— O que posso fazer por você, chefe? — perguntou Lina. Seu tom era gélido. — Quer saber o que eu comi no almoço hoje? Quer uma lista de todas as pessoas com quem falei desde que cheguei aqui?

— Eu estou nessa lista. Somos MQABF — disse a Sra. Tweedy.

— MQABF? — repeti.

— Mais que amigas, *best friends* — disse ela. — Você tem alguma desavença com a Lina aqui? Então tem uma desavença maior ainda comigo. Ah, também preciso que passe lá em casa e tire o meu relógio do triturador de lixo de novo.

Os lábios da Lina se curvaram. Mas toda a diversão desapareceu quando ela me pegou olhando para ela.

— Sra. Tweedy, se me deixar falar com a Lina em particular, passo lá depois para tirar seu relógio da pia.

— E pendurar a nova cortina do chuveiro.

— Outra cortina nova? Que diacho aconteceu com a última?

Ela tomou um gole de bourbon por rebeldia.

— Isso parece um não para mim, não é, Lina?

— Um “sim” não foi — concordou ela.

— Tá legal. Relógio e cortina do chuveiro. Agora vá embora — falei.

A Sra. Tweedy deu um tapinha na minha bochecha.

— Você é um bom menino, Nash. Tente não ficar olhando pro próprio umbigo por muito tempo. Mais cedo ou mais tarde, a condição vira permanente. — Ela se virou para Lina. — Nos vemos na academia amanhã de manhã. Bem cedinho!

— Foi um prazer conhecê-la — falou Lina após ela se afastar.

Toda a diversão desapareceu assim que a porta se fechou do outro lado do corredor.

— Se veio aqui para continuar seu interrogatório...

Descansei meu antebraço no batente da porta.

— Não, senhora.

— Não me venha com "senhora". Aqui é a Virgínia do Norte. "Cês" mal falam "cês" aqui. Você não pode ficar falando todo acanhado para se livrar disto.

A porta da Sra. Tweedy se abriu.

— Vim pedir desculpa — falei, ignorando o público mexeriqueiro.

Lina cruzou os braços.

— Não vai facilitar as coisas para mim, né?

— Por que eu faria isso?

Decidi abusar da sorte. Coloquei uma mão em seu ombro e gentil, mas firmemente, a levei para dentro e fechei a porta.

— Claro. Entre. Sinta-se em casa — disse ela num tom seco. Não parecia que ela tinha feito muita coisa nesta parte da casa.

Os únicos pertences pessoais que vi eram uma planta pendurada em uma das janelas da frente e aquela caixa de arquivos na mesa.

Eu a fiz dar mais um passo e, em seguida, tirei a mão.

— Abaixe a música. Por favor — acrescentei quando ela me encarou como se pudesse me matar.

Ela me fez esperar o suficiente para que eu pensasse que eu mesmo ia ter de o fazer, antes de finalmente se aproximar da mesa e pegar o celular. A música abaixou para um ruído quase inaudível.

Não me escapou que ela fez um desvio para tampar os arquivos.

— Você já teve uma experiência de quase morte? — perguntei.

Seu corpo congelou.

— Pra falar a verdade, já — disse ela sem modular o tom.

— Vou querer saber disso mais tarde — avisei-a após um instante. — Mas, por enquanto, presumo que você saiba bem como é acordar e perceber que ainda está aqui quando por pouco não esteve.

Ela não fez nada além de me encarar sem emoção com aqueles olhos cor de uísque.

Soltei um suspiro cansado.

— Angel, eu quase sangrei até a morte numa vala. A maior parte de mim ainda está aqui, mas a outra parte não sobreviveu. Se você está aqui por causa de alguma dessas partes, eu mereço saber.

Ela fechou os olhos por um instante, seus cílios longos emoldurando a pele bronzeada.

Quando ela abriu os olhos, sustentou meu olhar.

— Eu não estou aqui por você.

Parecia verdade.

— Isso é tudo o que está disposta a me dizer? — insisti.

Ela franziu os lábios.

— Vamos ver como vai a parte de desculpas da sua apresentação. E é melhor incluir um "desculpe, sou um imbecil e deixei um delegado federal achar que transamos".

— Sinto muito pelo interrogatório. Eu me sinto perdido, e estou fazendo o melhor que posso numa situação de merda. Parecia que você estava escondendo alguma coisa, especialmente quando vi o Bigodudo Mala Sem Alça dando em cima de você hoje pela manhã. Estou acostumado a confiar no meu instinto. Ainda estou me acostumando ao fato de não poder mais.

Seus olhos se estreitaram.

— Por que não pode?

— Porque eu andei até aquele carro.

Lina abaixou os braços e soltou um som de aborrecimento.

— Como alguém pode guardar rancor de um cara que não para de bancar o herói ferido e taciturno?

— Espero que não tenha como — admiti.

Ela respirou fundo e soltou o ar.

— Tá legal. Eu *estou* na cidade atrás de uma coisa. — Ela apontou um dedo na minha direção quando abri a boca. — Eu não vim aqui porque alguém meteu umas balas em você. Estou atrás de algo que alguém roubou de um cliente. Algumas pistas me trouxeram nesta direção. Meu caminho e o do Nolan se cruzaram anos atrás em um trabalho diferente. Não sabia que ele estava na cidade e vice-versa.

— Você planeja cruzar seu caminho com o dele enquanto os dois estão aqui?

Havia cerca de meio metro entre nós e eu jurava ter sentido o ar crepitar como se um raio estivesse prestes a nos atingir.

— Me pergunto por que você acharia que isso é da sua conta — disse ela.

— Eu te conto se você disser que aceita as minhas desculpas.

— Tá legal. Desculpas aceitas.

— Você é rápida — observei.

— Pare de enrolar — ordenou ela.

— Eu vou ser honesto aqui e você provavelmente não vai gostar.

— Há apenas uma forma de descobrir.

— Eu gosto de mexer com você. Provocar você e, por isso, lamento — admiti.

— Por quê?

— Por que lamento?

— Não. Por mais que tenha agido assim hoje pela manhã e à noite, você não é um idiota. Você sabe que eu poderia ser uma vizinha perigosa que não deveria irritar. Por que me provocou? — perguntou ela.

— Você me desperta sentimentos. E após passar tanto tempo sem sentir nada, sentir algo... mesmo que seja raiva ou adrenalina... é melhor do que o nada.

A centelha de luz em seus olhos se transformou em fogo latente.

Dei um passo lento em sua direção.

— Toda vez que estou perto de você, toda vez que você ri ou olha para mim como está olhando agora ou fica brava, eu sinto algo.

— Que tipo de algo?

Dei mais um passo e fechei a distância entre nós.

— Algo bom — eu disse, arriscando-me e colocando minhas mãos em seus bíceps sem apertar. Ela não se afastou. — Se bem que, para ser franco, praticamente qualquer coisa além do que eu tenho sentido é bom. E talvez eu esteja criando coragem para lutar pelo direito de me aproximar de você. Não posso fazer isso se outro homem estiver na sua cama.

Ela franziu os lábios e ponderou.

— Não há ninguém ocupando a vaga no momento — disse ela, enfim.

— Te incomoda quando toco em você? — perguntei.

Ela revirou os olhos.

— Knox deu com a língua nos dentes, não foi?

— Talvez ele tenha mencionado que você não gosta.

— Ainda assim, aqui está você com as mãos em mim — disse ela. — Muito corajoso da sua parte.

— Meu irmão se surpreendeu por você deixar eu chegar tão perto e ficar com as bolas intactas. Fiquei pensativo. Será?

— Será o quê?

— Será que você gosta que eu toque em você tanto quanto eu gosto?

Eu estava perto o bastante para beijá-la. Seria fácil me inclinar para baixo e acabar com a distância. Sentir aquela boca espertinha na minha e provar aqueles segredos. Havia algo nisso que parecia tão certo. Tão inevitável.

— Muito bem. Vou entrar no jogo. E se eu gostar?

Ela tinha manchas de ouro e topázio nos olhos castanhos que me avaliavam.

— E se você deixar eu me aproximar mais?

Ela arqueou uma sobrancelha.

— Mais perto quanto, exatamente?

Dei meio passo, deixando meu corpo rente ao seu. Cada nervo no meu corpo se incendiou com o contato como se ela fosse um cabo de ligação e eu uma bateria descarregada.

— O mais perto que permitir. Não é que eu queira isso, Angelina. É que eu preciso disso.

— Você está dizendo que quer que eu seja algum tipo de transa de apoio emocional?

— Estou dizendo que quero me aproximar o máximo possível de você. Quanto mais me aproximo de você, melhor me sinto. Como agora — falei mansinho. — Sinto que posso enfim respirar melhor.

Ela levou uma mão ao meu peito e a pressionou ali.

— Isso é... muita pressão.

— Eu sei — admiti. Eu não estava atrás de sexo casual. Estava em busca de uma âncora. Algo a que eu pudesse me agarrar na tempestade. — Cartas na mesa?

— Por que parar agora?

— Há muitas razões pelas quais você deve dizer não. Uma delas é que eu estou tão danificado que sei que há a chance de nunca mais voltar a ficar bem.

— Ninguém é perfeito — disse ela, curvando aqueles lábios macios e carnudos.

Deslizei minhas mãos por seus braços e, em seguida, abaixei só para poder sentir a maciez de seu suéter, o calor do seu corpo.

— Knox não quer que a gente fique perto um do outro.

— Que pena. Eu detesto que me digam o que fazer — disse ela, levando a outra mão ao meu peito.

Ela a pressionou ali e eu me inclinei para o toque.

— Odeio surpresas e não tolero mentiras. Nem mesmo as menores.

— Eu desprezo o tédio e a rotina. Há quem diga que atraio o drama.

— Até este verão, eu estava bastante determinado a encontrar uma esposa. Começar uma família — confessei.

Ela soltou uma risada nervosa.

— Tá. Essa me assustou um pouco. Qual é o seu propósito agora?

— Me sentir vivo.

O olhar dela se fixou no meu e pareceu o sol do meio-dia me aquecendo até o âmago.

— E você acha que eu posso ajudar com isso? — perguntou ela.

Meu coração batia forte contra meu esterno. Uma pulsação de resposta ecoou por todo o meu corpo, aquecendo meu sangue, estimulando meu pau.

— Angel, você já ajudou.

Seus olhos se arregalaram e eu me perguntei se tinha ido longe demais.

— Você não faz meu tipo — disse ela por fim.

— Eu sei.

— Não planejo ficar por aqui.

— Saquei isso também.

— Você acabou de dizer que estava procurando uma esposa, Nash.

— Eu estava. Agora estou apenas tentando chegar ao fim do dia.

Ela soprou um fôlego que deu para sentir.

Estávamos cada vez mais próximos. De pé no meio de seu apartamento quase vazio, enchemos o espaço à nossa volta com calor. Seus seios roçaram meu peito e os dedos dos pés descalços encostaram em minhas botas. Minha respiração agitou seu cabelo.

— Preciso lhe perguntar outra coisa — falei.

— Se for o nome de solteira da minha mãe e os últimos quatro dígitos do meu CPF, vou perceber que é um esquema muito bem elaborado.

Passei um dedo por sua mandíbula acentuada.

— Você gosta quando eu toco em você?

Um arrepio a atravessou.

— Por quê?

— Você sabe por quê. Mas quero que diga. Cartas na mesa.

Sua expressão se suavizou.

— Eu não me importo quando são suas mãos que me tocam, convencido.

— Se isso mudar, preciso saber. Imediatamente.

Ela hesitou antes de assentir.

— Tá? — insisti.

Ela assentiu mais uma vez.

— Tá.

Tirei uma das mãos dela do meu peito e deslizei-a pelo meu ombro. Depois fiz o mesmo com a outra. Eu a sentia quente, viva e macia pra caralho em mim. Joguei meu peso para um pé, balançando-nos.

— Não dá pra dançar devagar ao som de Struts — salientou ela enquanto a batida agitada de *Could Have Been Me* tocava.

— Parece que é exatamente isso que estamos fazendo.

Ela soltou uma respiração nervosa. Coloquei a ponta do dedo em seu pescoço. Apesar de seu exterior calmo, sua pulsação vibrava sob meu toque.

— Monitorar frequência cardíaca faz parte dessa história de quase morte? — perguntei.

Ela parou, depois mordeu o lábio, parecendo incerta pela primeira vez.

— Acho que é honestidade suficiente para uma noite só — disse ela.

Eu discordava. Mas eu era um homem paciente. Desvendaria todos os segredos que ela guardava até ficar tão nua quanto eu. Apoiei sua cabeça embaixo do meu queixo, depois deslizei as mãos sob a bainha do cardigã para tocar a pele das suas costas. Sentindo os aromas de xampu e amaciante, abracei-a como se ela fosse algo precioso e nos balancei.

Fiquei duro novamente. Uma coisa era certa, Lina Solavita sabia como fazer um homem se sentir vivo.

Eu estava tão focado em absorver toda a sua suavidade e calor que Lina reagiu à batida na porta primeiro.

— A cortina do chuveiro não vai se pendurar sozinha, chefe — gritou a Sra. Tweedy.

— Porra — murmurei.

— Acho que é melhor você ir — disse Lina, com os braços escorregando do meu pescoço.

— Acho que sim. Pensa no que eu disse?

— Acho que não vou conseguir pensar em mais nada — confessou ela com um sorriso irônico.

Delicadamente, segurei seu rosto e me aproximei. Mas, em vez de beijar aqueles lábios carnudos que se separaram quando eu estava a apenas um sopro de distância, dei um beijo na testa.

— Obrigado pela dança, Angel.

DEZ
SUANDO COM OS MAIS VELHOS

Lina

A Academia de Knockemout era como o resto da cidade: um pouco rústica e bem interessante. Era um edifício largo e baixo de metal com estacionamento de cascalho. Às 7h, sempre se enchia de motocicletas, minivans e SUVs de luxo.

Passei boa parte da noite me revirando e pensando na proposta de Nash. Eu não estava habituada a deixar um homem afetar minha mente e corpo tanto assim. Esperava que um bom treino me ajudasse a afastar a contemplação obsessiva sobre o quanto exatamente Nash queria se aproximar de mim. Ou o quanto eu estava disposta a permitir.

Fiquei tentada. *Muito* tentada. Esse era exatamente o tipo de ímpeto em que eu mergulharia de cabeça antes.

Mas já não era hora de quebrar padrões antigos? Aprender a fazer escolhas melhores?

Além disso, se dormir com ele, eu o incentivarei a se aproximar. E, estando próximo, eu corria o risco de Nash descobrir a minha omissão praticamente insignificante da verdade que ele sem sombra de dúvida veria como um ato de guerra. E era por isso que eu não chegava nem perto de coisas remotamente parecidas com relacionamentos.

E daí que as mãos dele faziam com que eu me sentisse toda derretida e irresistível como um queijo grelhado gourmet? Era um desafio que eu não precisava aceitar. Um mistério que não precisava ser resolvido. O mais inteligente seria evitá-lo. Ficar longe dele, concluir o trabalho e seguir meu rumo.

Dentro, a música era rock clássico pesado em vez do habitual pop mix animado que a maioria das academias preferia. Não havia cabines de bronzeamento ou cadeiras de massagem, apenas fileiras de máquinas, pesos livres e pessoas suadas.

— Você é nova? — A garota atrás da mesa de recepção de metal corrugado tinha um piercing no nariz, uma tatuagem no pescoço e o corpo de uma deusa do ioga.

— Sim. Vim me encontrar com a Sra. Tweedy e os amigos dela.

Ela deu um sorriso rápido.

— Divirta-se. E não se esqueça de assinar isso.

Ela deslizou uma prancheta com os termos de responsabilidade.

Imaginando até que ponto um treino com septuagenários poderia ser pesado, rabisquei meu nome embaixo e o devolvi.

— Tente não se machucar ao acompanhá-los — alertou ela. — Os vestiários ficam atrás de mim. O seu grupo está ali.

Ela apontou para a outra extremidade da academia.

— Obrigada — eu disse e fui naquela direção.

O centro do espaço estava ocupado por algumas dezenas de máquinas de aeróbica. Esteiras, elípticos, simulador de remo, bicicletas. Havia um estúdio grande na parte de trás, onde algum tipo de aula de CrossFit estava em andamento. Alguém estava vomitando em uma lata de lixo e outra pessoa estava deitada de costas com uma toalha sobre o rosto enquanto o instrutor conduzia o restante da turma em um número excessivo de *burpees*.

O grupo era uma mistura de hipistas com roupas de ginástica e relógios inteligentes de alta tecnologia, e motociclistas flexionando os braços tatuados vestindo regatas rasgadas e bandanas. Correndo rápido nas esteiras vizinhas estavam um cara branco e magro de vinte e poucos anos vestido dos pés à cabeça de roupas da Under Armour e uma mulher negra com tranças platinadas cuja regata da Harley Davidson parecia estar pronta para sair correndo sozinha. Seu rosto estava retorcido pelo esforço. Ela estava sorrindo.

Agatha e Blaze, lésbicas motoqueiras de meia-idade que frequentavam o Honky Tonk do Knox, acenaram para mim dos seus simuladores de escada.

— Lina! — A Sra. Tweedy acenou da seção de pesos livres. A meia dúzia de idosos com agasalhos de treino atrás dela me encarou conforme eu me aproximava.

— Bom dia — falei.

— Galera, esta é a minha nova vizinha e melhor amiga, Lina. Lina, esta é a galera — disse ela.

— Oi, Lina — disseram em uníssono.

— Olá, pessoal.

Era um grupo variado, talvez o mais variado que já vi. Meu palpite era que suas idades iam dos 60 aos 80 anos. Havia rugas e cabelos grisalhos, mas também músculos e calçados esportivos de primeira linha.

— Pronta para trabalhar? — falou a Sra. Tweedy com sotaque.

— Claro. — Foquei mais em correr desde que cheguei à cidade. Um treino agradável e fácil de levantamento de peso seria uma boa maneira de voltar ao treinamento de força.

— Não comecem sem mim! — Stef correu vestindo roupas de academia de marca.

— Nos encontramos de novo — eu disse a ele.

— Até que enfim, Steffy — disse a mulher à direita da Sra. Tweedy. Seu cabelo preto tinha mechas platinadas, e na sua camiseta estava a frase MEU AQUECIMENTO É O SEU TREINO.

— Eu estava incentivando a mim mesmo no estacionamento — falou. Ele olhou para mim. — Tem certeza de que está pronta para isso?

Bufei.

— Corro oito quilômetros por dia. Acho que consigo acompanhar.

A Sra. Tweedy bateu palmas.

— Vamos aquecer esses ossos velhos.

— AI, DEUS. Estou morrendo. Salve-se. Continue sem mim — implorei ao Stef.

Ele estendeu a mão e me puxou para fora da faixa longa de tapete que ficava ao lado de umas das paredes da academia. Os meus joelhos cederam. Eu era uma carcaça desidratada em forma de ser humano. Meus músculos estavam fracos demais para me segurarem em pé. Milagrosamente, meu coração tinha ficado seguro durante o treino dos infernos, mas o resto do meu corpo tinha desistido.

— Recomponha-se, mulher. Se você parar agora, eles nunca te deixarão esquecer — disse Stef. Suor escorria do queixo dele. Seu cabelo, em geral penteado com perfeição, virou tufos pretos molhados por toda a cabeça.

Respirei fundo.

— Eu não entendo como uma pessoa de 70 anos consegue ir com tanta força nas cordas navais. Será que o bigode lhe dá superpoderes?

Stef derramou água da garrafa no rosto.

— Vernon era fuzileiro naval. A aposentadoria o deixou entediado, então ele começou a treinar para os triatlos da IronMan. Ele não é humano.

Encostei-me à parede ao lado do bebedouro e usei a bainha da regata para limpar o suor dos olhos.

— E a Sra. Bannerjee? Ela acabou de levantar 90 quilos. *Oito* vezes.

— Aditi começou a levantar pesos aos 50 anos. Tem três décadas de experiência.

— Vamos! Vocês podem descansar quando estiverem mortos — gritou a Sra. Tweedy.

— Não aguento mais — gemi.

Stef apoiou as mãos nos meus ombros, mas o suor me deixou escorregadia demais. Ele desistiu e se encostou à parede ao meu lado.

— Escuta. A gente *aguenta* mais. A gente *aguenta*, sim. E, quando terminarmos, vamos ao Café Rev pedir *Lattes Red Line* e comer o nosso peso em doces e salgados.

— Preciso de mais motivação do que doces e salgados.

— Merda.

Ele se afastou da parede e me encarou, parecendo que ia passar mal.

— Merda o quê? Adicionaram mais *wall balls*? Bati uma bola na minha cara na última sequência.

As *wall balls* eram um tipo particular de inferno que envolvia se agachar com uma bola de exercício pesada e, em seguida, levantar-se com tudo do agachamento para lançar a bola vários metros acima da cabeça. Eram piores do que *burpees*.

Eu as odiava.

Stef passou as duas mãos no cabelo e, fazendo careta, enxugou as palmas das mãos no short.

— Como estou?

— Como se tivesse sido arrastado para o fundo da piscina por tritões.

— Droga!

— Mas de um jeito que te deixa bem gato, tipo o Henry Golding — emendei.

— Talvez seja melhor eu tirar a camisa?

— O que está acontecendo? — Eu quis saber, tirando a garrafa de suas mãos e a levando à minha boca.

— Jeremiah acabou de entrar com sua bela bunda para fazer rosca bíceps.

Não parei de sugar água, mas olhei por cima do ombro do Stef. Não foi difícil detectar o barbeiro belíssimo, levantando 20 quilos na frente do espelho... ao lado de Nash Morgan.

Engasguei-me e quase me afoguei.

— Merda!

Arranquei a faixa de cabelo e a molhei com água antes de colocá-la de novo.

Stef me deu uma cotovelada.

— Com licença! Não pode ficar de olho nele. Ele é meu. Se um dia eu tiver a coragem de convidá-lo para sair.

— Não estou me referindo ao Jeremiah, bocó. Estou me referindo ao Nash "Bundona" Morgan — sibilei. Uma vibração no peito me fez olhar para o meu relógio. Meu coração estava batendo de forma constante. Agora a vibração estava se movendo para o meu estômago. Aparentemente, não se tratava de um defeito estrutural. Era pior.

Stef olhou por cima do ombro. Em seguida, virou a cabeça com tudo na minha direção, espalhando suor para todo lado.

— Alguém tem uma paixonite — cantarolou ele.

— Em primeiro lugar, eca. Seu suor bateu nos meus olhos. Segundo, não é uma paixonite — argumentei. — É... uma apreciação.

Minha apreciação entrou em modo de descida na montanha-russa quando o olhar de Nash se fixou em mim enquanto ele se debruçava sobre uma barra cheia de pesos. Não havia nada de amigável na forma como seus olhos me percorreram. Era pura fome.

Desta vez, a fraqueza nos meus joelhos não tinha nada a ver com fadiga muscular.

— Sem ofensa, mas não era para você ser toda fodona e nervosinha? — perguntou Stef.

Arranquei os olhos do chefe de polícia delicioso.

— Hã?

— Admito, parece que o Sr. Certinho quer vir até aqui, deixá-la nua e te comer num banco de musculação.

Meu íntimo se contraiu involuntariamente.

— Mas achei que você era do tipo que bancava a de boa até eles implorarem.

Não havia nada de "de boa" na forma como eu reagia a Nash Morgan. Era uma necessidade quente e liquefeita cheia de pinceladas gélidas de medo.

— Não acredito que estou dizendo isso, mas aparentemente alguns homens tornam impossível agir de boa — admiti.

— Vocês vão ficar de papinho o dia todo ou vão terminar esta série? — berrou a Sra. Tweedy. — Não me façam adicionar mais *wall balls*!

— E agora todo mundo está olhando para a gente — murmurou Stef.

Todos, incluindo Jeremias e Nash.

Endireitei os ombros.

— Vamos ter de encarar o exercício.

— E de forma sexy.

— Você pode muito bem tirar a camisa então — eu disse.

— O mesmo vale para você. Talvez fiquem tão hipnotizados pelo meu peitoral e pelas suas tetas que não vão perceber quando tivermos uma parada cardíaca.

— Vamos tentar evitar essa parte — sugeri.

— Não prometo nada.

— Vamos, crianças! — chamou Vernon.

— Última série, a melhor série — gritou a Sra. Tweedy.

Stef cerrou os dentes.

— Venha. Vamos tirar a roupa e desfilar.

— BEBA.

Meus olhos se abriram e me vi encarando os olhos azuis surpreendentes do Nash. Uma garrafa de água balançava em frente à minha cara.

Eu estava cansada e sedenta demais para me ofender por ele ter ordenado.

Esforcei-me para sentar-me. Nash estava agachado ao meu lado, com a pele brilhando e a camiseta grudada no peito por causa do suor. Jeremias estava atrás dele, parecendo achar graça.

Chutei a perna do Stef.

— Me deixe morrer em paz, mulher — disse ele.

Ele estava de bruços no tapete ao meu lado. Desta vez, chutei-o com mais força.

— Não podemos morrer diante de *testemunhas*.

Ele levantou a parte superior do corpo da borracha e piscou para o nosso público.

— Precisa de uma mãozinha? — perguntou Jeremias ao Stef.

Sorri com todas as forças que me restavam enquanto a paixonite do meu parceiro de treino o ajudava a se levantar.

— Estou impressionado — disse Nash quando enfim engoli a água oferecida. — Ninguém sobrevive ao primeiro treino Suando com Os Mais Velhos.

— Eu não diria que sobrevivi — resmunguei.

— Você sobreviveu à última repetição — insistiu ele. — Conta.

— E botei os bofes para fora na lata de lixo.

Sua boca se suavizou com um daqueles quase sorrisos que alastravam o frio na minha barriga.

— Ainda conta.

— Eles não são humanos. Nenhum deles.

— Isso é — concordou.

Notei que alguns frequentadores da academia reparavam em nós.

— Ou estou sem top, ou você está sem calça para chamar tanta atenção assim.

Ele levantou a vista e olhou ao redor, depois fez uma careta.

— Cidade pequena. As fofocas andam escassas ultimamente.

— Além do chefe ter sido baleado, duas moradoras terem sido sequestradas e resgatadas e um delegado federal estar à espreita pela cidade. Cadê a sua sombra com distintivo?

Nash indicou com o polegar por cima do ombro na direção em que Nolan suava numa bicicleta ergométrica, parecendo bravo e entediado.

— Apenas mais um dia em Knockemout — disse Nash, oferecendo-me a mão. Peguei-a e deixei que ele me levantasse.

Meus músculos reclamaram com uma mistura de exaustão e euforia pós-treino.

— Se está atrás de uma resposta para a sua oferta... — comecei.

Mas ele me interrompeu, fazendo que não com a cabeça.

— Prefiro que pense nisso por um pouco mais do que uma noite. É uma proposta importante. Tenho uma pergunta mais simples a que preciso que diga sim primeiro.

— O que é?

— Se importa de cuidar da Bica para mim esta noite? Ainda não a deixei sozinha por mais do que alguns minutos.

— Tranquilo.

— Não chegarei muito tarde — prometeu.

Eu *não* iria perguntar quais eram os seus planos. E *com toda a certeza* não iria perguntar se era um encontro.

— Vou beber com Knox e Lucian — disse ele, lendo meus pensamentos.

As mulheres da cidade ficariam em polvorosa com esse tipo de sanduíche sexy de gostosura, adivinhei.

— Sim. Tranquilo — assegurei-lhe, fingindo não sentir uma onda estúpida de alívio por ser apenas uma noite dos caras.

Ele mergulhou a cabeça em minha direção daquele seu jeito sexy e íntimo. Meus batimentos dispararam. E a mulher na esteira atrás de nós tropeçou. Ela deu um sorriso pesaroso e deu de ombros quando se recuperou.

Nash Morgan era um perigo para as mulheres no mundo todo.

— Agradeço. Vou deixá-la um pouco antes das 21h — disse ele.

Prometi a mim mesma estar de banho tomado, maquiagem e vestindo algo que não estivesse encharcado de suor. Se eu pudesse fazer as pernas funcionarem até lá.

— Tá bem.

Ele verificou o relógio.

— Preciso ir. Prometi à Liza J que limparia as calhas hoje.

— Aqui. — Estendi o copo dele.

— Pode ficar. Eu sei onde você mora.

— Obrigada — falei como se estivesse engasgada.

— Até mais, Angelina. — Ele me deu uma olhada de alto a baixo que me deixou arrepiada antes de se virar e ir embora.

— Nash?

Ele parou e se virou.

Olhando em volta para o nosso público nada sutil, fechei a distância entre nós mancando da forma mais sexy que conseguia.

— Quanto de mim você quer exatamente?

Aqueles olhos azuis viraram fogo gélido.

— A resposta cavalheiresca seria tanto quanto estiver disposta a dar.

— E você é um cavalheiro?

— Eu costumava ser. — Então ele levantou o queixo. — Beba mais água e não se esqueça de se alongar ou vai se arrepender amanhã.

Ainda bem que a minha cara já estava toda vermelha por causa do esforço.

Ele deu uma piscadela e um sorrisinho discreto antes de ir para o vestiário. Observei-o se afastar. O mesmo aconteceu com o resto da população feminina da academia e alguns dos homens também.

Nolan se levantou e limpou a bicicleta. Ele fez uma pequena saudação para mim antes de seguir Nash. Stef apareceu ao meu lado.

— Ainda quer café e carboidratos?

Ele tinha um sorriso bobo no rosto.

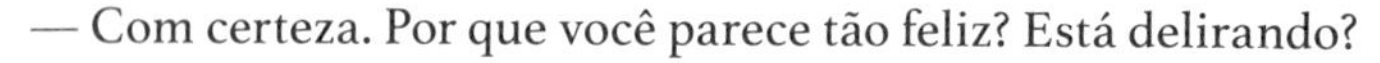

— Com certeza. Por que você parece tão feliz? Está delirando?

— Acho que sim. Jeremiah me deu uma toalha para enxugar o suor.

— Nash me deu a água dele. Somos tão patéticos quanto acho que somos?

— Ah, bem piores — insistiu Stef.

Vernon bateu no meu ombro a caminho das esteiras.

— Parabéns por não ter ido tão mal.

— Obrigada — falei.

— Você se saiu bem — disse Aditi.

— Se estiver disposta, amanhã é dia de peito e costas — ofereceu a Sra. Tweedy.

— Não se atreva a dizer que está ou eu também terei que vir. E preciso de três dias para me recuperar — sussurrou Stef.

Minha risada foi um chiado quase inaudível.

ONZE

ENTRAR EM PÂNICO NUNCA AJUDA

Nash

As minhas mãos se fecharam em punhos quando ouvi o barulho de música country do lado de fora da porta do Honky Tonk. Eu tinha dado uma volta no quarteirão só para me animar a entrar. Havia risos e vida do outro lado da porta. Esperavam que eu entrasse no clima quando tudo o que eu queria fazer era ficar em casa, no escuro. No silêncio.

O dia havia começado melhor do que de costume. Eu tinha ido à academia com o objetivo declarado de ver Lina. Entre vê-la mover aquele belo corpo e eu mover o meu, recebi uma injeção de ânimo. Mas enquanto realizava a lista de tarefas de Liza J, aquela onda fria e escura de repente caiu sobre mim novamente. Isso me arrastou para baixo, e nem mesmo o antidepressivo que eu lembrei de tomar naquela manhã pôde me ajudar a lutar para voltar à superfície.

Comecei a digitar meia dúzia de mensagens para o Knox inventando desculpas para não poder vir, mas sabia que ele seria fiel à sua palavra. Apareceria na minha porta e tentaria me tirar de lá.

Era mais fácil vir e deixar rolar.

Lá em cima, eu conseguira elaborar uma dúzia de palavras pomposas antes de enfiar Bica nos braços da Lina. Eu usaria a cachorrinha como desculpa para voltar dentro de uma hora.

Eu poderia fingir por 60 minutos. Cinquenta e seis agora, já que estava quatro minutos atrasado.

Endireitando-me, abri a porta e entrei no mundo dos vivos.

Era uma noite de segunda-feira, o que significava um público menor e clássicos do country no jukebox, em vez de uma banda ao vivo.

Por hábito, examinei a pequena clientela. Tallulah e Justice St. John dividiam uma mesa com o dono da loja de animais, Gael, e seu marido, Isaac, para o encontro duplo mensal. Sherry Fiasco, irmã de Jeremiah e braço direito do Knox, estava vestindo um casaco atrás do bar ao lado de Silver, a barman loira e nervosinha.

Meu irmão me localizou antes de eu dar dois passos para dentro. Ele estava com a calça jeans, as botas de motociclista surradas e a barba de sempre, e um ar de "faça merda e veja o que acontece".

Knox sempre parecia estar atrás de briga.

Ao lado dele estava Lucian Rollins usando um terno que devia ter custado mais do que o meu primeiro carro. Ele era alto, moreno e também perigoso, mas de uma maneira diferente.

Enquanto Knox era mais propenso a dar um soco na sua cara se o irritasse, Lucian era do tipo que destruía a sua vida de um jeito metódico e criativo.

Para minha sorte, eles mantinham seus poderes sob controle na maior parte do tempo.

Havia um banquinho vazio entre os dois, o que me dizia que eu estava prestes a ser o centro das atenções.

A porta se abriu atrás de mim e o delegado federal que não largava da minha cola entrou.

— Você sabe que seria bem mais fácil se você me dissesse aonde está indo e quanto tempo planeja ficar — disse ele.

— Sim, bom, minha vida seria bem mais fácil se você não estivesse me enchendo o saco o dia todo.

— Contanto que nós dois fiquemos infelizes — disse ele antes de se afastar para pegar uma mesa para dois de frente para a porta.

Knox se afastou do balcão.

Caralho.

Cinquenta e seis minutos. Beber uma cerveja. Bater um papo. Impedir o meu irmão de agredir um federal. E aí poderia ir para casa e me esconder do mundo.

Atravessei as mesas, acenando com a cabeça conforme as pessoas gritavam cumprimentos.

— Boa noite, rapazes — falei quando cheguei até eles.

Lucian estendeu a mão e me puxou para um abraço de um braço só.

— É bom te ver.

— Você também, Lucy.

Knox estava olhando para Nolan Graham por cima do meu ombro.

— Acho que vou chutar o traseiro da sua sombra — disse ele com a boca na borda do copo.

— Agradeço a intenção, mas não estou a fim de ajudar a enterrar um corpo esta noite — disse a ele.

A atenção do Knox foi do delegado para mim.

— Sua aparência está péssima. Se barbeou com uma faca de manteiga?

— É bom te ver também, imbecil — falei, sentando-me no banquinho entre eles. Eu não estava aguentando ficar de pé.

— Você anda evitando as minhas ligações — disse Lucian, sentando-se e me encarando com um daqueles olhares penetrantes que faziam as roupas íntimas das mulheres irem parar nos tornozelos há mais de duas décadas.

— Andei ocupado — falei, gesticulando para que Silver trouxesse uma bebida.

Ela piscou um olho esfumado para mim.

— Trago já, chefe.

Um benefício de ainda morar na cidadezinha em que você cresceu é que você nunca precisa dizer a ninguém o que quer beber. Todos lembram.

— É melhor não estar ocupado com a sua nova vizinha — disse Knox, sentando-se ao contrário no banquinho e se inclinando na minha direção.

— Se esse é o motivo de estarmos aqui, vou poupar seu tempo e dizer que o que Lina e eu fazemos não é da sua conta.

— Você é meu irmão. Ela é minha amiga. Isso faz com que seja da minha conta.

— Poupe o fôlego. Nada aconteceu... ainda — acrescentei com um sorriso.

— É? Bom, é melhor continuar assim. Vocês dois não dão certo. Ela é louca por viagens e adrenalina e você fica com urticária quando se aventura para fora do condado. Vocês não têm nada em comum.

— Disse o especialista que está noivo há o quê? Algumas semanas? De uma mulher que é boa demais para você, devo acrescentar. Valeu, Silver — agradeci quando ela entregou o chope.

— Senhores, sugiro que adiemos esta discussão — disse Lucian. — Temos outros assuntos a discutir.

Quanto mais rápido falassem, mais rápido eu poderia ir para casa.

Lucian colocou o uísque no balcão e assentiu para o meu irmão.

— Em que pé anda a investigação? Lucian acha que os federais estão ignorando Duncan Hugo porque estão mais interessados em pegar o pai cretino de merda — disse Knox.

Certo, talvez eu prefira bater boca sobre sair com a Lina se a alternativa for falar sobre Duncan Hugo.

— A investigação ainda está em andamento. Sem comentários — falei.

Knox bufou.

— Não me diga que não está conduzindo sua própria investigação. Se os federais estão focados no paizinho, vamos atrás do Júnior. O único problema é que, até agora, ninguém sabe onde o Júnior está.

— Nossa teoria mais provável é que Anthony ajudou o filho a deixar o país — disse Lucian.

Se o Hugo Júnior tiver fugido do país, as probabilidades de ele voltar para terminar o serviço eram pequenas.

O alívio que senti foi imediatamente substituído por uma onda de vergonha. Como oficial da lei, fui programado para lutar pela justiça. Como um Morgan, estava destinado a lutar. No entanto, aqui estava eu, deprimido demais para me instigar a agir.

— Eu apostaria o saldo da minha conta que o idiota não coloca nem o tico e o teco para funcionar. Mas Naomi e Way insistem que ele é mais esperto do que lhes dão crédito. Dizem que quando elas estavam... — Knox ficou mudo, os nós dos dedos embranquecendo.

Percebi que Hugo não tinha apenas tirado algo de mim, também tinha tirado algo da minha família. E isso ainda não era suficiente para me tirar das profundezas da escuridão.

Meu irmão limpou a garganta enquanto Lucian e eu agimos com educação e virilidade: nós o ignoramos.

— Way disse que ele era astuto como uma raposa com raiva — disse Knox, enfim.

Ergui o canto da boca. Waylay seria uma ótima policial um dia, mas duvido que Knox quisesse ouvir isso sobre a garotinha dele.

— É melhor ele rezar para estar na América do Sul sendo comido vivo por mosquitos — disse Knox.

— Não vejo que sentido faria para ele ficar pelas redondezas. É mais provável que ele esteja morando em algum lugar longe daqui.

— Mas caso ele não esteja — disse Lucian — você precisa estar alerta. Você é uma ponta solta, não importa onde ele esteja. É o único que pode identificá-lo como o atirador.

— E como é que você sabe? — questionei.

Lucian ergueu as palmas das mãos, o epítome da inocência.

— Não é minha culpa que a informação caia no meu colo.

— Que tipo de informação?

— Do tipo que resume o que estava nas imagens da câmera do carro.

Tensionei a mandíbula. Era mais um reflexo do que uma emoção real.

— É melhor que esse vazamento não tenha vindo do meu pessoal.

— Não veio — assegurou-me.

— Ainda não se lembra de nada? — quis saber Knox.

Olhei para as garrafas atrás do bar. As pessoas se afogavam nessas garrafas diariamente para entorpecer a dor, o medo e o desconforto que a vida difundia. Algumas se entorpeciam de formas ainda mais perigosas. Algumas nunca voltavam à superfície.

Mas eu já estava entorpecido. Eu precisava sentir. E nenhuma quantidade de álcool me ajudaria a sair desse vazio que consome tudo. Só havia uma coisa que conseguiria fazer isso. Uma mulher que conseguiria.

— Não — respondi, enfim. Eu podia sentir Knox e Lucian se comunicando em silêncio.

— Já pensou em falar com um daqueles, hã... terapeutas? — perguntou Knox com dificuldade.

Lucian e eu viramos a cabeça em sua direção e o encaramos.

— Ah, fodam-se os dois. Naomi que sugeriu. Sou homem o suficiente para admitir que não é uma ideia horrível... se não se importar em desabafar com um completo estranho. Não é como se o nosso pai tivesse dado algum exemplo saudável de como lidar com as emoções.

— Falei com uma psiquiatra. Exigência do departamento — lembrei-lhe.

"O trauma pode danificar a memória", disse ela. *"Em alguns casos, as vítimas nunca recuperam essas lembranças."*

Trauma. Vítima. Eram rótulos que eu tinha passado uma carreira inteira aplicando a outros. Meu próprio rótulo, "herói", tinha sido retirado e substituído por "vítima". E eu não sabia se conseguia suportar.

— Eu vou a um terapeuta — anunciou Lucian.

Knox se endireitou.

— Vai? No tempo presente?

— De vez em quando. Eu era bem mais jovem e tinha menos... interesse pelas normas quando comecei a ir para ter acesso aos registros dos pacientes dele.

Olhei por cima do ombro. Nolan levantou sua cerveja em um brinde silencioso.

— Será que dá para não falarmos sobre este ou quaisquer outros crimes hipotéticos com um delegado federal a 20 metros de distância? Vocês não podem bancar a porcaria do Scooby-Doo no meio de uma investigação federal.

— Estou ofendido — anunciou Lucian.

— Você fica ofendido. Eu fico puto — decidiu Knox.

Peguei minha cerveja, embora não quisesse.

— E o que você acha tão ofensivo?

— Você duvidar das minhas habilidades.

Para ser justo, Lucian era praticamente um 007 corporativo. Exceto pelo fato de ser americano, preferir bourbon a martínis e trabalhar no mundo cruel da consultoria política, que provavelmente tinha certas semelhanças com a espionagem internacional.

Ele mantinha o bico fechado quanto às especificidades do que sua empresa fazia pelos clientes, mas não era preciso ser um gênio para adivinhar que não era tudo dentro da lei.

— Não sei das suas habilidades. Mas sei que, de nós três, você é o único que já foi preso.

Foi um golpe baixo para cacete e todos nós sabíamos disso. Caramba, eu queria me dar um soco na cara por isso.

— Foi mal, cara — eu disse, enfiando o polegar entre as sobrancelhas. — Estou com o pavio curto ultimamente.

A minha paciência tinha provavelmente se esvaído de mim juntamente com a poça de O- ao lado da estrada. Era por isso que eu não queria ficar perto das pessoas.

Ele ergueu a mão com indiferença.

— Está tudo bem.

— Não. Não está. Você sempre esteve ao meu lado, Lucy, e estou sendo um babaca mesquinho te alfinetando. Desculpa.

— Se vocês dois começarem a se abraçar, eu pego o beco — ameaçou Knox.

Para irritá-lo, envolvi Lucian em um abraço de urso. Meu ombro reclamou, mas quase de um jeito bom.

Lucian deu dois tapinhas nas minhas costas. Eu sabia que estávamos apenas sacaneando meu irmão. Mas algo no perdão instantâneo do meu amigo mais antigo me trouxe uma certa calma. Fraca em comparação com o calor firme que o toque da Lina despertava em mim. Mas ainda assim significativa.

Viramo-nos para Knox, sorrindo.

— Vai pedir sua cerveja para viagem? — perguntei a ele.

— Babacas — murmurou Knox.

— Desculpa, Lucy — repeti.

— Está perdoado. Você passou por poucas e boas.

— É por isso que você está na cidade em uma noite de segunda-feira, em vez de administrando seu império corporativo maligno?

Os lábios do meu amigo se curvaram.

— Sério, cara, se só está na cidade para ficar de olho em mim, o bigodudo armado já assumiu o posto — indiquei com a cabeça na direção de Nolan. — Não precisa ficar aqui e perder todo o seu dinheiro.

— Administrar um império corporativo maligno significa ter uma equipe preparada para assumir quando eu estiver ocupado.

— Você não está vindo para cá de carro todos os dias, está? — O tráfego na Virgínia do Norte era um inferno.

Knox bufou.

— Não fique todo emocionado com o gesto. O império tem helicóptero. Luce está te usando como desculpa para usar o brinquedo dele.

— Só não o pouse no telhado da escola primária. A última coisa que quero é que os federais, os delegados federais *e* a Administração Federal de Aviação arranquem o meu couro.

— Como vão os planos de casamento? — perguntou Lucian, mudando de assunto.

— Dá para acreditar que a Daze estava pensando em colocar linho branco nas mesas? Pelo amor de Deus, é uma festa em Knockemout, as bebidas vão sujar a mesa a noite toda. Não quero que pareça que as mesas da recepção estão cobertas por lençóis cheios de mijo.

Meu irmão certamente sabia como descrever uma situação.

— Então, o que vocês decidiram? — perguntou Lucian.

— Azul-marinho — disse Knox com orgulho.

— Bacana — disse Lucian com um aceno de aprovação.

— Por falar nisso. Vocês dois são padrinhos. — Meu irmão me encarou. — Acho que você pode ser o meu padrinho e testemunha.

SOBREVIVI A UMA hora e quinze minutos e estava muito orgulhoso de mim mesmo. Fiquei na segunda cerveja, na maioria das vezes dei as respostas certas e me despedi quando Naomi ligou para Knox a fim de informar que Waylon havia perseguido o gambá por quem tinha uma paixonite e tinha sido pulverizado. Outra vez.

Nós nos despedimos e tentei fazer parecer que não estava correndo para a porta.

Até parei na mesa do Nolan enquanto ele colocava o casaco.

— Vou caminhar dez metros até a minha porta. Acho que sobrevivo sozinho — disse-lhe.

— Você é quem sabe, chefe. Tente não acabar na sarjeta cheio de buracos.

— Farei o possível — menti.

Escapei para a noite fria, a porta se fechando e deixando a luz e a música para trás. Alguma coisa estava estranha. De pé sob a luz da rua, a meros metros da minha porta da frente, senti-me exposto, vulnerável, no limite. Algo ou alguém estava lá fora.

Era ele? Será que Duncan Hugo tinha voltado para terminar o serviço? Ou era só minha imaginação? Olhei de cima a baixo na rua, procurando a fonte do sentimento de catástrofe que se instalou sobre mim. Minhas mãos começaram a formigar. Começou nas palmas e se espalhou para os dedos.

— Porra. Agora não — sussurrei. — Aqui não.

Não havia nenhum atirador à espreita no escuro. O único vilão aqui era o mau funcionamento do meu cérebro.

O formigamento se transformou em queimação. Fechei as mãos em punhos apertados, tentando afastar a sensação. Já a tinha parado antes. Mas eu sabia que já estava longe demais.

Um leve suor se espalhou pelo meu corpo, enquanto por dentro eu me sentia gelado até os ossos.

— Fala sério, cara. Controle-se — falei com os dentes cerrados.

Mas o aperto ao redor do meu peito estava se intensificando cada vez mais. Minha respiração presa começou a sair dos pulmões. O som desapareceu dos meus ouvidos, substituído pela batida abafada do meu próprio coração.

Minha respiração era um chiado fino.

Não havia como parar. Nem me convencer a me acalmar. O suor frio escorria pelas minhas costas.

— Caralho.

Fechei minhas mãos em punhos enquanto o aperto no meu peito ficava cada vez pior. Meu coração acelerou sob as costelas enquanto a dor se espalhava. Passei pela porta e cheguei perto da escada antes de as minhas pernas cederem. Bati as costas na parede e deslizei até o piso frio.

— Não é real. Essa porra não é real — repeti entre as respirações.

O pânico nunca era a solução. Nunca lhe serviria em tempos de crise. Como policial, eu tinha sido doutrinado com isso. Eu tinha sido treinado a

manter a calma, seguir o procedimento, operar por instinto. No entanto, nenhum procedimento, nenhuma formação tinham me preparado para este tipo de ataque.

Eu estava ardendo e congelando ao mesmo tempo. A dor irradiava pelo meu peito e a minha visão começou a escurecer nas bordas. Manchas de luz dançavam diante dos meus olhos.

Eu me odiava. Odiava a fraqueza. A falta de controle. Odiava a ideia de que tudo isto estava na minha cabeça. Que isto poderia acontecer em qualquer lugar. Eu não poderia fazer o meu trabalho se estivesse todo encolhido no chão. Não poderia proteger esta cidade se não pudesse me proteger dos monstros na porra da minha cabeça.

DOZE
BEM-VINDO À ZONA DE PERIGO

Lina

Parabéns! Fez cocô na grama e não na calçada — elogiei a Bica enquanto corríamos em direção à entrada dos apartamentos. Ela caminhou confiante em direção à porta como se aquela fosse sua casa há mais de três dias.

Era uma noite fria e tranquila em Knockemout. O ar estava fresco e parado.

Enfiei a chave na fechadura, abri a porta pesada e congelei.

— Nash? — Levei Bica para dentro rapidamente, deixei a porta bater e corri para o seu lado.

Ele estava sentado no chão, de costas para a parede e na base da escada, abraçando os joelhos na altura do peito e com as mãos em punhos.

— Você está bem? Está ferido?

Passei as mãos por seus ombros e braços. Ele pegou minha mão e apertou-a com força.

— Só... recuperando... o... fôlego — conseguiu dizer.

Segurei sua mão com firmeza e usei a minha livre para afastar seu cabelo da testa. Ele estava suando e tremendo ao mesmo tempo. Ou o cara estava gripado, ou estava no fim de um ataque de pânico.

— Você está bem? — perguntou ele.

— Eu estou bem. E você também — insisti. — Você tem ar suficiente.

Ele cerrou a mandíbula e assentiu com seriedade.

Com um gemido, Bica enfiou o rosto embaixo do braço de Nash e rastejou para o seu colo.

— Fomos passear. Pensei em levá-la para sair uma última vez para você não precisar fazer isso quando voltasse. Ela fez as necessidades e demos uma volta no quarteirão. Acho que ela está mancando menos. O veterinário disse alguma coisa sobre fisioterapia? Eu li um artigo sobre acupuntura para cães.

Eu estava tagarelando. Ele tinha me pregado um susto *outra vez*.

— Relaxa, Angel — falou ele com a voz rouca, o aperto da sua mão na minha começando a afrouxar. — Está tudo bem.

Sua outra mão acariciou as costas da Bica.

Ainda segurando sua mão, sentei-me ao lado dele no chão. Meu ombro e braço encostados aos dele. Os tremores finais do seu corpo passaram para mim e eu os absorvi.

— Vou relaxar quando você parar de me assustar. — Bati meu ombro no seu. — Está passando?

Ele assentiu lentamente.

— Sim.

— Então vamos levá-lo para cima antes que a ressaca venha — falei. Levantei, tirei a Bica do seu colo e a coloquei no chão. Então estendi a mão.

Ele a encarou com a cabeça inclinada e o polegar pressionado entre as sobrancelhas.

— Venha. Sabe tão bem quanto eu que a queda de energia é tão ruim quanto a crise em si. Pode se apoiar em mim ou chamarei seu irmão.

— Malvada — disse ele antes de pegar minha mão. Foi preciso esforço de ambos, mas consegui levantá-lo no pé da escada.

— Quando estava no ensino fundamental, as crianças costumavam me chamar de Malévola porque eu era muito mandona — confessei. Abaixei-me, passei por debaixo do braço dele e abracei sua cintura.

— Crianças são umas babacas — disse ele.

Enfrentamos juntos o primeiro degrau. Bica correu à nossa frente, abanando o rabo. Nash estava se segurando, tentando não colocar muito do peso em mim. Mas havia um lance de escada longo entre nós e o seu apartamento.

— Tudo começou com umas gêmeas na escola primária, Darla e Marla. Bonitas, populares e usavam roupas de marca combinando — eu disse a ele.

— Elas parecem horríveis — brincou Nash. — Quer que eu faça uma busca no nome delas? Ver quantas vezes foram presas?

Ri e o senti apoiar um pouquinho mais do peso.

Minhas pernas estavam tremendo do treino daquela manhã. Eu não estava ansiosa para o esforço de me sentar para fazer xixi amanhã.

— Então, quais são as chances de amanhã você magicamente esquecer que isso aconteceu? — perguntou Nash enquanto fazíamos uma pausa na metade da escada.

Bica voltou, cheirou ansiosamente os sapatos de Nash, depois os meus, antes de correr de volta para cima.

— Aceito suborno.

— Diga o seu preço — disse ele, dando o passo seguinte.

— Palitos de queijo — decidi.

— Com o queijo frio, se descascando, ou do tipo que entope as artérias?

Ele ainda parecia sem fôlego enquanto subíamos com esforço, mas não como se estivesse lutando por cada molécula de oxigênio.

— Não há comparação — zombei. — Quero a delícia frita.

— Vou te encher de muçarela frita pelo resto dos seus dias se você nunca contar sobre isso.

— Diferente de *certas* pessoas, eu respeito a privacidade dos outros — falei enfaticamente quando enfim chegamos ao último degrau. Bica se balançou à nossa frente como se estivesse orgulhosa do nosso feito.

Ele suspirou.

— Está fazendo de novo, Malévola. Está chutando cachorro morto.

Virei-nos na direção da porta.

— As chaves, convencido.

Ele não conseguiu esconder o estremecimento quando usou a mão esquerda para pegá-la no bolso.

Ferimentos não curados e ataques de pânico. Nash Morgan era um belo desastre. Ênfase no belo.

Peguei as chaves e destranquei a porta. Bica atravessou a soleira correndo e entrou no apartamento escuro.

Nash me levou consigo ao se inclinar para acender o interruptor de luz.

— Uau. Alguém arrumou o apartamento — comentei, observando a transformação interna. Até cheirava a limpeza.

— Sim. É — disse ele com os dentes cerrados.

— Vamos, grandalhão — falei, fechando a porta com um chute e o guiando até o sofá.

Ele desabou no sofá, de olhos fechados. Seu rosto estava pálido e o suor ainda pontilhava sua testa. Bica pulou ao lado dele e colocou uma patinha em sua coxa.

— É hora do Especial da Lina — decidi, deixando a coleira da cachorrinha na mesa de centro.

— Por favor, diga que é código para algo sexual — disse ele sem abrir os olhos.

— Muito engraçado. Volto num minuto.

— Não vá. — O humor descontraído desapareceu e aqueles olhos azuis me imploraram para ficar. — Me sinto melhor quando você está perto.

Agora foi a minha vez de ter dificuldade em recuperar o fôlego. Nunca estive com um homem que precisasse de mim. Que me queria? Sim. Que gostava de mim? É claro. Mas que precisava de mim? Isso era algo inédito e aterrorizante.

— Vou ali do lado e volto em menos de um minuto — prometi.

A contração sutil de sua mandíbula quase foi minha ruína. Mas ele enfim assentiu.

Voltei para o corredor, deixando a porta aberta, e fiz a viagem de dois segundos até o meu apartamento. Lá dentro, encontrei rapidamente o que precisava. Quando voltei, Nash ainda estava na mesma posição, observando a porta.

— Cinquenta e sete segundos — disse ele.

Fazendo malabarismos com as minhas coisas, fechei a porta de novo.

— Prepare-se para relaxar — eu disse, desligando as luzes do teto. Acendi o abajur ao lado de Nash, depois levei tudo para a cozinha e depositei no balcão. — Presumo que seu celular se conecte a este alto-falante viril aqui.

— Presumiu direitinho — disse ele, ainda me observando. — Bolso do casaco.

Ele ainda estava usando a jaqueta, um casaco militar na cor verde do exército.

— Dois coelhos com uma cajadada só — decidi. — Incline-se para a frente.

Com a minha ajuda, Nash soltou os braços da jaqueta. Ele usava uma daquelas blusas térmicas sensuais que delineavam bem os músculos. Era uma observação desnecessária, dadas as circunstâncias atuais. Desnecessária, mas de alguma forma inevitável. Eu poderia estar no meu leito de morte e ainda teria parado para apreciar o corpo dele.

Encontrei o celular e o levei ao seu rosto para desbloquear.

— Ah, fala sério! Você tem uma playlist chamada Country para Dançar Lento — reclamei, apertando para tocar.

— Tem algum problema com isso? — perguntou ele enquanto a voz de George Strait cantava baixo.

— Como você não é casado e tem um bando de filhos?

Ele acenou para o corpo com a mão direita.

— Querida, caso não tenha notado, sou uma carcaça frágil de homem.

Sentei-me na mesa de centro à sua frente.

— A questão da carcaça é temporária. Você é do tipo que se casa com a namoradinha do Ensino Médio. Como que uma líder de torcida de Knockemout não te fisgou?

— Eu quis provar os prazeres da juventude primeiro. Me diverti durante um tempo. Depois me apaixonei pelo trabalho. Eu tive muito que resolver antes de sentir que podia dar a alguém a atenção devida.

— Você achou que esse alguém poderia ser a Naomi — adivinhei. E por que não? Ela era bonita, gentil, leal e doce. Não era cheia de defeitos como eu.

— Por cerca de cinco segundos. Estava bem claro que ela era feita para o Knox.

Apontei para os seus pés.

— Botas — ordenei.

Ele olhou para baixo penosamente, como se a tarefa fosse difícil demais.

Coloquei um de seus pés no meu colo e desamarrei os cadarços.

— Sei que isso deveria ser humilhante e tal, mas é estranho que eu também esteja excitado? — perguntou ele, com a cabeça para trás e os olhos fechados.

— Você é um galanteador, convencido. Vou te dar esse crédito. — Tirei a outra bota e me levantei para substituir o meu bumbum por uma almofada. — Pés para cima.

— Mandona.

— Pés para cima, *por favor*. — Sorri quando ele obedeceu. — Bom menino.

Dei um tapinha na sua perna e voltei para a cozinha com a Bica no encalço.

Enquanto a cafeteira despejava uma caneca de água quente num saquinho de chá, abri o freezer do Nash e encontrei um saquinho de brócolis congelado.

Levei a caneca e os brócolis para o sofá.

— O chá é uma mistura hippie relaxante. Dá a impressão de que você está mastigando o buquê de uma noiva, mas funciona. O brócolis é para o peito.

— Para que estou usando florezinhas congeladas? — perguntou ele enquanto eu posicionava o saquinho. Bica não gostou do saco de vegetais e desceu para inspecionar sua cesta de brinquedos.

— Graças à ciência que aprendi com as redes sociais. A pressão fria aplicada ao esterno estimula o nervo vago.

— E queremos que o meu nervo vago seja estimulado?

Sentei-me na extremidade oposta do sofá.

— Ele diz ao cérebro para acalmar o corpo.

Ele inclinou a cabeça na almofada para me olhar.

— Se importa de se sentar um pouco mais perto? — perguntou ele.

Eu não conseguia pensar numa razão boa o bastante para não o fazer além do fato de que eu estava morrendo de medo de ele me deixar nas nuvens com sua vulnerabilidade sexy. Então relaxei e me aproximei dele e da zona de perigo até que nossos ombros se tocaram novamente.

Seu suspiro foi de alívio.

— Experimente o chá — eu disse.

Ele pegou a caneca, cheirou-a e depois empalideceu.

— Tem o cheio dos canteiros de flores da Liza J depois que ela os fertiliza.

— Beba. *Por favor*.

— As coisas que eu faço por você — murmurou ele, depois tomou um gole. — Ai, Deus. Parece que alguém pisou em pétalas de rosa com a porcaria dos pés. Por que não posso beber cerveja?

— Porque, como você provavelmente supôs, álcool não é bom para ataques de pânico.

Ouvi um ruído de borracha sendo apertada repetidamente.

Bica se aproximou do sofá com um brinquedo na boca. Tirei-o dela e o atirei para o outro lado da sala. Ela pareceu perplexa e depois voltou para a caixa de brinquedos.

— Ela ainda não entende o conceito de ir buscar. Como você entende tão bem deste assunto? Ataques de pânico, não ir buscar brinquedos — esclareceu Nash, arriscando outro gole de chá e estremecendo de novo.

— Eu costumava ter — falei simplesmente.

Ficamos sentados em silêncio, encarando a tela em branco da televisão. Eu sabia que ele estava esperando que eu falasse e preenchesse a lacuna com respostas. Mas eu não via problemas em silêncios desconfortáveis.

— Alguém já lhe disse que você fala demais? — brincou ele.

Sorri.

— De onde veio o nome Nash?

— Silêncio *e* mudança de assunto — observou.

Estendi a mão e virei o saco de brócolis.

— Me conta.

— Minha mãe era fã de música country. De tudo, desde Patsy Cline até Garth Brooks. Ela e meu pai passaram a lua de mel no Tennessee.

— E daí vieram Knoxville e Nashville — adivinhei.

— É isso aí. Agora é a minha vez de ter algumas respostas.

— Sabe, está ficando muito tarde. Acho melhor ir embora — falei. Mas antes que meus músculos doloridos pudessem se contrair para me colocar em pé, Nash agarrou minha coxa.

— Não. Não pode me deixar sozinho com os brócolis descongelados e este chá horrível. Vai ficar preocupada demais comigo para pegar no sono.

— Você está muito confiante para alguém que afirma ser a carcaça de um homem.

— Me diga por que você sabe todas as coisas certas a fazer.

Queria lhe dar uma resposta sarcástica, guardar os meus próprios segredos. Mas por alguma razão estranha, eu não queria que ele sentisse que era o único exposto.

Suspirei.

— Parece que é o começo de uma história longa — disse ele.

— Uma história longa e chata. Ainda dá tempo de me mandar para casa — lembrei-lhe, esperançosa.

Ele colocou o chá na mesinha e, em seguida, colocou cuidadosamente o braço em volta de mim.

— Este é o seu ombro ruim — lembrei-o quando ele usou a outra mão para pressionar minha cabeça contra o peito ao lado dos brócolis.

— Eu sei, querida. Você está me dando um lugar para apoiá-lo.

Não sabia o que fazer com o fato de não odiar a sensação do braço dele ao meu redor. Quente e sólido. Protetor. Como regra, eu não abraçava ou ficava agarradinha, ou quaisquer outros verbos que se aplicavam a carícias platônicas. Esse tipo de toque era desnecessário. Pior, dava aos homens ideias de um futuro.

No entanto, aqui estava eu, abraçadinha na zona de perigo com a cabeça no peito de um homem que queria esposa e filhos. Era evidente que eu não tinha aprendido nada.

Vamos, Lina "Eu Faço Escolhas Ruins" Solavita. Levante-se e vaze daqui, avisei a mim mesma.

Mas não mexi um músculo.

— Assim é melhor — disse ele, soando sério. — Agora fale.

— A versão curta é que tive uma parada cardíaca aos 15 anos no campo de futebol e tive que ser reanimada.

Ele ficou em silêncio por um instante e então disse:

— Tá, Angel. Vou precisar da versão estendida do diretor com comentários.

— Você é ridículo.

— Angelina — disse ele com apenas uma pitada de policial mal-humorado em seu tom.

— Urgh, tá. Eram as finais distritais numa noite fria de outono do meu segundo ano. O estádio estava lotado. Era a primeira vez que o time chegava tão longe no torneio. Faltavam dois minutos para o jogo acabar e estávamos empatados dois a dois. Eu tinha acabado de interceptar a bola e estava correndo com confiança e energia adolescente em direção ao gol.

Eu poderia praticamente estender a mão e tocar naquele momento. Sentir o ar frio cortante quando ele atingia meus pulmões, o calor relaxante nos meus músculos. Ouvir os gritos distantes da multidão.

O polegar de Nash roçou meu braço, para cima e para baixo, e pela primeira vez o toque foi reconfortante.

— E então não senti... mais nada. Foi como se eu piscasse e no instante seguinte estivesse deitada de costas em um quarto de hospital cercada por estranhos. Perguntei se tinha feito o gol, porque *aquilo* era a coisa mais importante para mim. Eu não sabia que meus pais estavam na sala de espera se perguntando se um dia eu acordaria. Eu não sabia que um estádio inteiro de pessoas, incluindo minhas colegas de time, me viu ter uma parada cardíaca.

— Jesus, linda — murmurou Nash, com o queixo roçando o topo da minha cabeça.

— Sim. Meu treinador começou a RCP até os paramédicos entrarem em campo. Os meus pais estavam nas arquibancadas. Meu pai saltou a cerca. As outras mães se agruparam em volta da minha e a seguraram.

Meus olhos arderam com lagrimas ao lembrar e limpei minha garganta para desalojar o nó irritante de emoção.

— Eles me reanimaram na ambulância a caminho do hospital. Mas as informações não chegavam tão rapidamente como hoje — falei com leveza.

— Então, todos que ficaram acharam que você não tinha sobrevivido — completou Nash o espaço em branco.

— Sim. Era um jogo importante. Havia câmeras e imprensa lá. Vi as imagens... depois. Não importa quanto tempo eu viva, nunca esquecerei o som que minha mãe fez quando o treinador se ajoelhou e começou a RCP. Foi... primitivo.

Eu levava comigo um eco daquele grito aonde quer que fosse. Junto estava a imagem do meu pai ajoelhado ao lado do meu corpo sem vida enquanto os paramédicos tentavam me trazer de volta.

Nash passou a boca no meu cabelo e murmurou:

— É oficial. Você ganhou o nosso concurso de quase morte.

— Agradeço a sua concessão.

— Qual foi a causa? — perguntou.

Soltei um suspiro cansado.

— Essa é outra história longa.

— Querida, você tirou minha bunda suada e patética do chão. Ainda não estamos nem perto de estarmos quites.

Não havia nada de patético na sua bunda, mas agora não era hora de discutir isso. Seu polegar estava acariciando meu braço novamente. O calor do seu peito aqueceu a lateral do meu rosto e os batimentos constantes do seu coração me acalmaram. Bica cansou de mastigar o brinquedo, pulou no sofá ao meu lado e se enrolou aos meus pés.

— Tá bem. Mas, assim como as suas travessuras de hoje à noite, nunca mais vamos falar disso. Combinado?

— Combinado.

— Prolapso da válvula mitral.

— Quer simplificar para mim ou vou ter que encontrar o meu dicionário?

Sorri colada ao peito dele.

— Eu tinha defeito em uma das válvulas do coração. Eles não têm certeza da causa, mas pode ter sido por causa de infecções na garganta que eu tive quando era criança. Basicamente, a válvula não fechava bem, então acontecia um refluxo do sangue. Alguma parte do sistema cardiovascular entrou em curto-circuito, o sangue foi na direção errada e, resumindo, morri na frente de algumas centenas de pessoas.

— Ainda é um problema? É por isso que monitora o seu ritmo cardíaco?

— Não é mais um problema. Passei por uma cirurgia de substituição valvular quando tinha 16 anos. Ainda vou ao cardiologista, ainda monitoro as coisas. Mas na maior parte é para me lembrar de ter cuidado ao lidar com o estresse. Ainda tenho palpitações. Contrações ventriculares prematuras. CVPs.

Levei a mão ao peito e esfreguei distraidamente as cicatrizes pequenas.

— A sensação é de que o coração está cambaleando ou fraco. Como se estivesse dessincronizado e não pudesse voltar ao ritmo. São inofensivas. São mais irritantes, na verdade. Mas...

— Mas elas te lembram do que aconteceu.

— Sim. Antes daquele jogo, eu estava estressada com a escola e os meninos e com as coisas hormonais normais. Acho que me forcei demais, sem dormir o bastante, vivendo de refrigerante e pãezinhos de pizza. Eu não tinha mencionado as palpitações ou o cansaço aos meus pais. Talvez, se tivesse mencionado, não teria desmaiado na frente de toda a escola.

— Quanto tempo ficou no hospital? — perguntou Nash.

O homem tinha um talento estranho de desenterrar o que eu queria manter enterrado.

— Entrei e saí por cerca de 18 meses. — Suprimi um estremecimento.

Foi quando o toque deixou de significar conforto. O meu corpo já não era meu. Tinha se tornado uma experiência científica.

— Muitos testes. Muitas agulhas. Muitas máquinas. — Dei um tapinha alegre na coxa do Nash. — E foi *assim* que me tornei especialista em ataques de pânico. Eu passei a tê-los. O bom de ter ataques perto da equipe médica é que ela pode dar conselhos bem decentes.

Nash não respondeu à minha tentativa de brincadeira. Em vez disso, continuou a acariciar meu braço.

— Seus pais ligam para você todos os dias — observou ele.

— Não deixa nada passar, né? — reclamei.

— Não quando importa.

Meu coração palpitou, e não por causa da CVP. Não. Era o tipo mais perigoso causado por homens bonitos e feridos com olhos taciturnos.

— Acho melhor eu ir. Melhor você dormir um pouco — eu disse.

— Foram muitos "melhor" numa só frase. Me fale dos seus pais.

— Não há muito a dizer. Eles são ótimos. São pessoas boas. Gentis, generosos, inteligentes, solidários.

Sufocantes, adicionei em silêncio.

— Do tipo que liga para a filha todos os dias — motivou ele.

— Eu segui em frente, mas meus pais não. Acho que ver a única filha quase morrer diante dos seus olhos muda um pai e uma mãe. Então eles se preocupam. Ainda. Adicione isso na coluna de Coisas que Nunca Superamos.

Eles nunca superaram me ver morrer diante deles. E eu nunca superei a sentença de prisão sufocante que foi o resto da minha adolescência.

Porque, após descobrir o problema, consertá-lo e se recuperar do conserto, meus pais não estavam dispostos a me deixar correr riscos.

Ainda não estavam. Era por isso que achavam que eu trabalhava com papeladas para uma companhia de seguros e ia a vários treinamentos. As mentiras inofensivas mantinham a paz e permitiam que eu vivesse a minha vida.

— Knox sabe disso? — perguntou Nash, sua voz uma vibração baixa no meu ouvido.

Franzi a testa.

— Não. Por que saberia?

— Como são amigos há duas décadas, achei que compartilhariam algumas histórias.

— Hã, você conhece seu irmão? Knox não é o tipo de pessoa que gosta de conversar sobre tudo. E, a julgar pela forma como você está fingindo estar bem neste momento, acho que você também não é um livro aberto.

— É o jeito Morgan. Para que enfatizar as coisas quando se pode fingir que elas não existem?

— Sou completamente a favor disso. Manter as coisas simples. Mas só para você saber, talvez seja melhor trabalhar nisso antes de arrumar uma esposa.

— Bom saber.

Sentei-me e saí do braço dele.

— É hora de conselhos não solicitados.

— Quem convidou a Sra. Tweedy? — brincou ele.

— Rá. É a sua vida e não é da minha conta, mas faça um favor a si mesmo. Em vez de usar sua energia tentando esconder isso de todos, tente resolver. As duas coisas consomem muita energia, mas apenas uma delas o faz sair dessa.

Ele assentiu, mas não disse nada.

Dei-lhe outro tapinha amigável na coxa.

— Eu vou para casa e você vai para a cama. E quando digo cama, quero dizer que vai dormir *na* sua cama *debaixo* das cobertas. Não aqui no sofá com a televisão ligada.

Senti o peso do seu olhar, a carícia quente da sua necessidade como se fossem sensações físicas.

— Farei tudo isso com uma condição — disse ele.

— Qual?

— Você passa a noite aqui.

TREZE
COLEGAS DE CAMA

Lina

Até a minha versão "dane-se a cautela" sabia que isso era uma ideia terrível. Eu sabia disso como sabia que os palitos de muçarela não me faziam bem. Mas, assim como os palitos de muçarela, a tentação era real.

— Nash, não é uma boa ideia.

— Escuta — disse ele, apertando minha mão. — Estou cansado demais para fazer alguma coisa.

— Já ouvi isso antes — falei secamente.

— Justo. Que tal assim? Sempre que você está por perto, tudo fica melhor. Quanto mais perto você está, mais fácil eu respiro e menos eu sinto que a vida é apenas um derramamento interminável de suco de limão em uma ferida aberta que não vai sarar. Você afasta a escuridão, o frio. E lembra como é querer estar vivo.

— Droga, Nash! Como serei responsável e direi não assim?

Aquele meio sorriso cansado foi a minha ruína. Acreditei nele. Porque ele era o tipo de homem que dizia a verdade. E, neste momento, era o que ele estava fazendo.

— Estou cansado pra cacete, Angel. Só quero fechar os olhos ao seu lado. Podemos nos preocupar com as consequências depois?

O cara sabia como me atingir da melhor maneira possível.

— Tá bem. Mas ninguém vai dormir pelado. *Nada de sexo* ou qualquer coisa parecida. Nada de ficar agarradinho, de conchinha ou carícias. E não vou preparar o seu café da manhã. Não que seja uma regra, mas é que não sei cozinhar e acabaria te envenenando.

— Se você ficar, o café da manhã é por minha conta.

Mastiguei meu lábio inferior, considerando.

— Mais uma coisa.

— Diga o seu preço.

— Isso fica entre nós dois.

A cabeça da Bica se ergueu aos meus pés. Nash se inclinou e mal coçou sua orelha, e juro que vi corações aparecerem nos olhinhos caninos.

— Perdão. Nós três — alterei.

— Concordo com os termos. Mas, se quiser autenticar, vamos ter de chamar Nancy Fetterheim, e ela não é conhecida por guardar segredos.

— Toca aqui? — Levantei a mão.

O sorriso que antes era só um fantasma agora ganhava vida.

— Você costuma fechar negócios com um "toca aqui"?

Era um cumprimento menos íntimo. Não havia um aperto prolongado das mãos, um aperto consciente dos dedos. Era fácil, casual e nada sexy.

— Não me deixe esperando, convencido.

Ele bateu na minha mão.

— Agora que isso está resolvido, você vai tomar banho e eu vou trocar de roupa.

— Não vá. Por favor. Eu te dou algo para dormir. Só... não vá.

Por um segundo, a fachada de confiança encantadora desapareceu e eu tive outro vislumbre do homem por trás de tudo.

Suspirei. Eu já tinha escovado os dentes e realizado a minha rotina de cinco passos de cuidados com a pele, por isso, tecnicamente, não precisava de nada da minha casa.

— Desculpa por colocar você nesta posição, Angelina. Entendo que não é justo. E quero que saiba que, em circunstâncias normais, estaria com toda a certeza tentando te levar para a minha cama. Mas seria com flores e jantar e um objetivo diferente.

— Você é honesto assim o tempo todo?

— Não vejo sentido em ser diferente — disse ele, apoiando as mãos na almofada e aos poucos se levantando. A exaustão era evidente na curvatura de seus ombros.

Levantei-me com ele e coloquei um braço em volta de sua cintura. Seu braço caiu pesadamente sobre meus ombros. Ele estava cansado demais para esconder o quanto precisava se apoiar em mim.

— Ah, então você conversou com seu irmão e a Liza J sobre o que está acontecendo? — intrometi-me enquanto nos dirigíamos para a Cidade das Ideias Ruins, também conhecida como seu quarto.

— Há uma diferença entre ser honesto e manter a privacidade nos assuntos privados.

Fiquei contente por ouvi-lo dizer isso. Por mim, é claro. Não por ele, porque obviamente *ele* deveria ser sincero com as pessoas que se preocupavam com ele. A *minha* situação era totalmente diferente.

— Não estou aqui para lhe dizer o que fazer. Você já é grandinho. Sabe o que é melhor para você.

Ele parou na cômoda e abriu uma gaveta. Estava cheia de camisas bem dobradas.

— Manga comprida ou curta?

— Curta.

Verdade seja dita, eu preferia dormir nua. Mas esta não era a melhor situação para divulgar essa informação.

Nash me entregou uma camiseta cinza macia que dizia LIVROS OU TRAVESSURAS KNOCKEMOUT 2015.

— Valeu — falei.

Era a segunda vez nos últimos três dias que eu vestia as roupas desse homem. Eu havia flertado com ele, brigado com ele. Feito-lhe um favor e o apoiado quando ele precisou de mim. Agora eu estava prestes a dormir com ele. As coisas pareciam terrivelmente aceleradas, mesmo para mim.

— Pode usar o banheiro primeiro — disse ele, solícito.

— Valeu, colega de cama.

— Colega de cama? — murmurei para o espelho após fechar a porta entre nós. Qual era o meu problema?

Fiz uma última pausa para usar o banheiro e depois me despi. A camiseta dele ia até a metade da minha coxa, mas, como eu estava sem calcinha, o visual se tornou menos modesto e mais ousado. Eu só teria de não me mexer na cama como de costume para manter a bainha no lugar. Se calhar, eu não iria dormir mesmo. Ser ferozmente independente era apenas uma das razões pelas quais eu não deixava os homens passarem a noite. Eu tinha um sono leve, o que significava que qualquer ruído ou movimento dentro de um raio de três metros me acordava.

Peguei minhas roupas e voltei para o quarto, quando fiquei temporariamente muda.

Nash estava sem camisa e descalço, e sua calça jeans estava desabotoada.

— Saio em cinco minutos — falou.

Assenti, ainda incapaz de formar palavras.

Observei que o quarto não tinha escapado ao frenesi de limpeza. A camada fina de pó havia desaparecido, assim como os frascos de medicação. As cortinas estavam fechadas e ele tinha virado as cobertas da cama. Bica estava enroladinha exatamente no meio dos travesseiros.

O chuveiro foi aberto e por um momento entretive a ideia de ir até a mesa na ponta dos pés para bisbilhotar seus arquivos. Mas imediatamente rejeitei o pensamento. Seria uma traição aproveitar a oportunidade para ganhos pessoais.

Em vez disso, eu me acomodei no lado direito da cama e verifiquei alguns e-mails de trabalho até a porta do banheiro se abrir novamente.

Meu Jesus Cristinho. O cabelo dele estava úmido, deixando-o mais escuro do que o normal. As cicatrizes, uma no ombro e outra no torso, eram uma lembrança rosada e enrugada do que ele havia passado. Ele vestia apenas uma cueca boxer. Azul-escura.

Suas coxas e panturrilhas eram musculosas. Uma fina camada de pelos no peito se afunilava em V e desaparecia sob o cós.

A cauda da Bica bateu feliz na colcha. Se eu tivesse uma cauda, teria feito o mesmo.

— Esse é o meu lado — disse Nash.

Tive de desviar o olhar para conseguir formar palavras.

— Você tem um lado da cama?

— Você não?

— Eu durmo sozinha.

Ele levantou uma sobrancelha em questionamento e contornou o pé da cama para se aproximar de mim.

Dei de ombros.

— Quê?

Nash deu um empurrão no meu quadril e sinalizou para eu ir mais para lá.

— Você não divide a cama? Nunca? — perguntou.

— Não sou virgem — zombei quando passei por Bica para chegar ao lado oposto do colchão. — Mas eu não costumo fazer festas do pijama. Gosto de dormir sozinha. E já que eu não sou *obrigada* a dividir a cama, durmo no meio e uso todos os travesseiros. Você sempre dorme à direita?

Ele fez que não.

— Eu durmo no lado mais próximo da porta.

Encostei-me às almofadas dele.

— Urgh. Você é herói até os ossos, não é?

— O que te faz dizer isso? — Aqueles olhos azuis frios revistaram os meus enquanto ele puxava as cobertas e subia na cama.

— Você dorme mais perto da porta, então se alguém entrar tem que passar por você para chegar à Sra. Convencida.

— Não há Sra. Convencida.

— Ainda. Mas parece que você pensou muito nela.

O colchão afundou sob o seu peso, fazendo algo engraçado ao meu coração. O mesmo aconteceu com o olhar cansado em seu belo rosto quando ele virou a cabeça para me olhar.

Bica se aconchegou coladinha a ele e descansou a cabeça no ombro ferido. Eu não era do tipo que desmaiava. Mas, se fosse, teria derretido e virado uma poça naquele colchão.

— Talvez antes — disse ele, enfim. — Mas, agora, tudo o que consigo pensar é em ir dormir e acordar ao seu lado.

— Não seja fofo. Este esquema é platônico — lembrei-lhe.

— Então não vou dizer o quanto gosto de vê-la vestindo minha camisa na minha cama.

— Cale a boca e vá dormir, Nash.

— Boa noite, Angel.

— Boa noite, convencido.

Bica soltou um pequeno ganido queixoso.

Sorri e dei um tapinha nela.

— Boa noite para você também, Bica.

Nash estendeu a mão e desligou o abajur da mesa de cabeceira, mergulhando a sala na escuridão.

De alguma forma, isso era pior. Agora, em vez de vê-lo quase pelado e adoravelmente agarradinho a uma cachorrinha, meus sentidos passaram a captar cada respiração, cada movimento de seu corpo.

No escuro, ele estendeu a mão e ficou de mãos dadas comigo por cima das cobertas. É. Nada de sono para mim hoje.

ALGO ME DESPERTOU de um sonho erótico absolutamente delicioso. Algo quente e duro.

Minhas pálpebras se abriram tão rápido que tive medo de as ter distendido. Descobri que um braço forte e masculino envolvia minha cintura, subindo até o torso, sob a camisa, onde a mão presa àquele braço agarrava meu seio nu.

Nash.

Eu estava prestes a exigir que ele me soltasse quando seu corpo ficou rígido contra o meu. Como se estivesse se preparando para enfrentar uma ameaça. Ele apertou o meu seio e percebi que não estava zangada. Eu estava excitada.

A tensão o deixou tão repentinamente quanto aparecera e quando os seus quadris se projetaram para a frente de forma involuntária, percebi porque me sentia A Grande Safada Entre os Safados do Norte da Virgínia.

Cada centímetro das minhas costas estava colado à frente do Nash. Os meus calcanhares estavam encostados nas canelas dele. A parte de trás das minhas coxas nivelada a seus quadríceps. A barreira inútil da camiseta estava na minha cintura, deixando-me exposta dali para baixo. Eu também tinha certeza de que seu rosto estava enterrado no meu cabelo.

Por último, mas sem dúvida não menos importante, havia outro membro quente, rígido e masculino se fazendo presente encostado no meu traseiro nu. Espera. Coloquei a pelve para frente rapidamente e percebi que a minha situação era bem mais perigosa. O membro tinha aberto passagem entre o alto das minhas coxas.

Minhas partes íntimas estavam em plena pulsação. A ereção extraordinária de Nash estava aconchegada *bem em mim*. Seu eixo tinha separado os lábios do meu sexo e a ponta repousava logo abaixo do meu clitóris muito necessitado. Um de nós dois estava muito, muito molhado.

Que raio tinha acontecido com a cueca dele? O seu pênis tinha simplesmente se libertado?

Eu precisava me mexer, mas não conseguia decidir entre me contorcer para sair ou rolar e montá-lo para acabar com meu sofrimento.

Nada de sexo. Nada de ficar agarradinho, lembrei-me. Ele tinha passado por muita coisa e, caramba, eu estava tentando mudar. Além disso, foi *Nash* quem quebrou o nosso acordo. Ele tinha invadido a linha que dividia o colchão e... merda.

Eu estava no lado *dele*. *Meus* braços estavam entrelaçados ao braço que estava no meu peito. Impossível ele ter me arrastado para esse lado da cama. O movimento teria me acordado e eu teria pelo menos dado uma cotovelada na cara dele.

Meu Deus.

Será que eu tinha vindo até aqui? Será que eu tinha colocado a minha *bunda* na *virilha* do Nash enquanto *dormia*?

Isso não era nada, nada, nada bom.

Certo. Eu precisava de um plano. Sempre tive um plano e um plano B, mais dois ou três reservas.

Eu só precisava deter esse desejo insano de que Nash inclinasse os quadris para cima. É. Apenas deter os latejamentos de necessidade e me concentrar numa forma de sair desta situação sem me humilhar.

Meu Senhor.

Lá embaixo estava um oceano de umidade. O que era pior: meu vizinho gostoso achar que eu tinha feito xixi na cama ou meu vizinho gostoso perceber que eu tinha nos colocado em uma posição comprometedora, ficado excitada e depois vazado fluido sexual na cama toda?

Talvez eu pudesse culpar a cachorrinha?

Estava pensando nas minhas opções e em como limpar nós dois sem acordá-lo quando Nash soltou um gemidinho atrás de mim.

Eu estava confiante de que poderia ter lidado com a sensualidade inerente àquele gemido rouco se ele não tivesse sido acompanhado pelo mais delicado dos movimentos de seu quadril. Aquela estocada pequenina desencadeou uma reação em cadeia explosiva.

A ponta de seu pênis deslizou para a frente e cutucou aquele feixe carente de nervos. Ao mesmo tempo, a mão no meu peito flexionou, roçando o mamilo duro na palma áspera.

Não foi preciso mais nada.

Gozei na cabeça quente da sua ereção, abafando um gemido com a mão. Rebolei meu quadril involuntariamente enquanto o orgasmo me atravessava, fazendo os dedos dos meus pés dobrarem e todos os músculos do meu corpo se contraírem.

Parabéns para mim. Cheguei a um nível mais baixo. Tive um orgasmo no pau de um homem adormecido. Era basicamente um assédio.

— Humm. Você está bem, Angel? — perguntou Nash, sonolento, o rosto enterrado no meu cabelo, os lábios roçando meu pescoço.

Droga. Ele estava acordado. Não tinha mais como limpar casualmente sua virilha agora.

— Sim — falei engasgada. — Melhor impossível. É só uma... cãibra.

Na minha vagina, adicionei em silêncio.

Demorou um tempinho, mas Nash ficou tenso atrás de mim mais uma vez. O que fez com que aquela ereção talentosa me cutucasse novamente no clítoris.

Um gemido conseguiu escapar da minha garganta.

— Caraca. Desculpa — disse Nash, afastando-se de mim debaixo das cobertas. — Não foi minha intenção...

— Sabe de uma coisa? Acho que vou deixar o café da manhã para a próxima — falei com uma voz esganiçada que lembrou o tom da minha mãe de "estou fingindo não estar chateada embora esteja óbvio que estou chateada". Rolei duas vezes para chegar à beira da cama e tentei me sentar.

Mas não fui muito longe.

Nash agarrou minha camiseta e me puxou para trás.

— Linda, você está bem?

Mortificada, enganchei meus dedos na borda do colchão e mantive-me ali.

— Melhor impossível. Preciso mesmo ir embora agora.

— Angel, por favor, olhe para mim — implorou Nash. — Me desculpa mesmo. Não foi minha intenção te tocar desse jeito.

Ele me rolou de costas e me prendeu com uma mão. Vi o momento em que ele percebeu que seu pau estava para fora. Seu pau espetacular, grossinho, nota 10.

— Meu Deus, que porra é essa? — A outra mão desceu entre nós e cobriu a ereção com o cós da cueca.

Minhas bochechas estavam tão quentes que eu poderia ter fritado ovos nelas se soubesse como.

— Ai, meu Deus. Por que está pedindo desculpa? — perguntei, batendo as mãos nas minhas bochechas flamejantes.

— Prometi que não faria... isso — falou ele. Estava tão zangado, tão horrorizado, que eu não podia deixá-lo assumir a culpa.

Sua boca estava se desculpando — desnecessariamente — comigo, mas eu estava prestando mais atenção ao seu pênis e ao fato de que parecia estar tendo dificuldade em querer ficar mole.

Movi as mãos das minhas bochechas para as dele.

— Nash. Fui eu que invadi o seu lado. Você foi um cavalheiro adormecido. Juro. Acordei há alguns minutos e fui eu que não removi imediatamente o meu corpo de perto do seu.

Seus músculos perderam parte da rigidez.

— Você me procurou? Enquanto dormia?

Eu também *gozei* nele enquanto ele dormia.

— Cadê a Bica? — perguntei, desesperada para mudar de assunto.

— Na caminha dela com uma das minhas meias — disse ele sem olhar. — Voltando ao assunto de você se transformar em alguém que gosta de ficar de conchinha na minha cama.

— Não me transformei em alguém que gosta de ficar de conchinha! Eu devia estar apenas tentando reivindicar meu lugar habitual no meio e talvez

tenhamos nos emaranhado ou sei lá o quê. Não sei. Não vamos pensar demais nisso. Ou abordar isso de novo. Só me deixe sair de fininho toda envergonhada e esqueceremos tudo o que aconteceu.

Ele apoiou o peso em mim, com o cuidado de evitar que a ereção matinal me tocasse. Se ele soubesse o que tinha acontecido há dois minutos, perceberia que era irrelevante.

Acariciou minha bochecha levemente com os nós dos dedos, forçando-me a questionar meu status de alguém que não desmaia.

— Tem certeza de que está bem?

Deus, Nash era um fofo de manhã. Seu cabelo estava uma bagunça e sua barba lhe dava uma pitada de charme jovial para compensar a *vibe* de bom rapaz. Havia uma marca de travesseiro sob seu olho esquerdo. Sem mencionar aquele olhar sonolento e sério em seu rosto lindo.

— Além de estar envergonhada por tê-lo profanado enquanto dormia, estou bem — assegurei-lhe.

— Você dormiu? — insistiu ele.

— Dormi. E você?

Ele assentiu.

— Dormi.

— Como está se sentindo? — perguntei.

A curva de seus lábios foi inegavelmente sexy.

— Bem pra caralho.

— Sério?

— Sim. Sério. Graças a você. — Em um movimento muito rápido, ele beijou minha testa, em seguida, pulou para fora da cama. — Omeletes em dez minutos — disse ele, indo em direção ao banheiro. — Ah, e, Angel?

Rolei e me apoiei no cotovelo.

— Sim?

— Se você der o fora, vou entregar pessoalmente. Fazendo uma barulheira.

QUATORZE
ASSALTO A BOLINHOS E MAÇÃS PODRES

Nash

Os ladrões davam mais dó que os itens roubados: bolinhos e salgadinhos destroçados.

Três garotos com menos de 14 anos, em diferentes fases penosas da puberdade, sentados em cadeiras de metal frias do lado de fora do escritório do gerente da loja, parecendo prestes a vomitar. Atrás deles, Nolan Graham pairava no corredor de biscoitos.

Após um acidente envolvendo três veículos na estrada naquela manhã, um aparador de grama "roubado" da vitrine da loja de ferragens que na verdade estava no depósito, e o Sr. e a Sra. Wheeler quase serem enganados pelo telefone por alguém que alegava ser o neto deles, meu dia já estava cheio pra cacete.

Ainda bem que tive a minha primeira noite de sono em semanas.

Graças à Lina.

Normalmente eu acordava com o som que assombrava o meu cérebro. E embora eu me lembrasse disso nos sonhos, esta manhã eu tinha acordado com Lina em meus braços. Ela tinha me procurado enquanto dormia. Esse fato — e a minha reação — me fez pensar que talvez eu ainda estivesse vivo, que era digno de confiança.

Tudo graças a ela, a mulher que preenchia todas as células cerebrais disponíveis que não estavam ocupadas com o trabalho e a respiração. Graças à conversa e ao sono, senti-me esperançoso como não me sentia havia muito tempo. Ela se abriu apenas um pouquinho, e o que eu tinha visto além de seu exterior sexy fez com que eu quisesse ver mais em abrangência e profundidade.

— Odeio chamá-lo aqui por causa de uns Bauducco, chefe, mas tenho que dar o exemplo — disse o Grande Nicky. Gerente da Grover's Groceries desde que eu nasci, o homem levava seu trabalho a sério.

— Entendo sua situação, Grande Nicky. Só estou dizendo que acho que há uma maneira de contornar isto sem apresentar queixas. Todo mundo faz coisas estúpidas. Especialmente nessa idade.

Ele respirou fundo e olhou para os garotos por cima do meu ombro.

— É, quando eu tinha essa idade, roubava os cigarros do meu pai e matava aula para ir pescar.

— E você conseguiu sair da infância sem antecedentes — ressaltei.

Ele assentiu, pensativo.

— Minha mãe me fez andar na linha. Acho que nem todo mundo tem a sorte de ter pais que se importam o suficiente para fazer isso.

Eu vivi isso na pele. Ainda podia sentir a mudança do eixo do meu mundo após minha mãe — a cola, a diversão, o amor da nossa família — deixar este mundo, e nós, para trás.

— Os pais do Toby e do Kyle os deixarão de castigo até terem idade para tirar carteira de habilitação — previ.

— Mas o Lonnie... — Grande Nicky deixou em suspenso.

Mas o Lonnie.

Knockemout não era boa em guardar segredos. Por isso eu sabia que Lonnie Potter era um garoto alto e durão cuja mãe o tinha abandonado junto com os irmãos havia dois anos. O pai trabalhava em três turnos, o que deixava pouco tempo para criar os filhos. Eu também sabia que Lonnie havia se juntado discretamente ao Clube de Teatro na escola. Primeiro, provavelmente para ter um lugar para ir quando ninguém estava em casa, e depois porque tomara gosto por viver a vida de outras pessoas. Ele era bom, de acordo com Waylay. Mas nenhum membro da família apareceu na plateia na noite de estreia.

— Notei que a tinta está descascando lá fora — refleti.

— Isso é o que eu ganho por contratar a equipe de brutamontes de Lawlerville. Fizeram um trabalho de merda com tinta de merda porque eles

estão pouco se lixando. Perdoe o linguajar. Nenhum deles mora aqui para ter vergonha na cara ao ver o serviço de meia tigela.

— Aposto que algum trabalhador jovem e motivado poderia fazer o trabalho para você pelo custo dos materiais.

Indiquei o corredor com a cabeça.

O sorriso do Grande Nicky foi vagaroso.

— Hum. Acho que tem razão, chefe. Nada como um pouco de trabalho manual para te manter longe de encrenca.

Enganchei os polegares no cinto.

— Se gostou dessa solução, vou conversar com os pais deles. Tenho a sensação de que serão receptivos.

— Eu mesmo estou me sentindo bem receptivo — disse ele.

— Então vou tirá-los do seu pé e resolveremos isso com os pais.

— Agradecido, chefe.

Encontrei Grave vigiando os rapazes, franzindo a testa como um espectro aterrorizante.

— Beleza, galera. Eu tenho uma oferta única que vai salvá-los de uma vida inteira de castigo e meio quilômetro de papelada...

GRAVE E EU tiramos os meninos pelos fundos e os levamos para o meu SUV a fim de evitar que as fofocas aumentassem na boca do povo. Bica cumprimentou os baderneiros com olhares nervosos entre os assentos.

Deixamos os pais de Toby e Kyle a par da situação. Punições foram aplicadas, serviço comunitário e desculpas oficiais foram acordadas.

— Meu pai não está em casa — disse Lonnie, o membro restante do trio criminoso no banco de trás. — Ele está trabalhando dobrado.

Bica abanou o rabo no colo do Grave.

— Ligo para o seu pai no trabalho — disse-lhe.

Logan olhou pela janela de trás, parecendo triste.

— Ele vai me matar.

Aquela camada de dureza não era tão espessa quanto ele pensava.

— Ele vai ficar bravo. Mas porque se importa com você — eu disse a ele.

— Eu fodi tudo. — O garoto fez careta. — Desculpa. Quis dizer que ferrei tudo.

Grave e eu trocamos olhares.

— Você já incendiou o galpão do seu pai com fogos de artifício que roubou do seu vizinho bêbado? — perguntou Grave.

— Não! Por quê? Alguém disse que fiz isso?

— Você já foi preso por brigar com quatro caras no parquinho só porque eles disseram que seu irmão era um babaca, sendo que eles estavam certos e seu irmão era um babaca? — perguntei.

— Não. Só tenho irmãs.

— A questão, garoto, é que todos nós fodemos tudo — disse Grave.

Encontrei o olhar do Logan no espelho retrovisor.

— O que importa é como lidamos com as coisas depois disso.

— Espera. *Vocês* fizeram tudo isso?

Grave abriu um sorrisinho.

— E mais.

— Mas aprendemos que pintar e bordar perde a graça e as consequências das más decisões duram muito tempo. — Lucian veio à mente. Ao longo dos anos, me perguntei que caminho ele teria seguido se alguém tivesse pegado mais leve com ele no começo. Uma coisa era certa: ele nunca teria acabado atrás das grades aos 17 anos se alguém tivesse lhe dado uma chance. — Isso vale para a vida, as mulheres e tudo mais.

— Você deveria anotar, garoto. Isso vale ouro — disse Grave ao nosso passageiro.

APÓS DEIXAR LOGAN em casa e ligar para o pai dele no trabalho, fui comprar refrigerantes na loja de conveniência. Estacionei na área escolar para assustar os apressadinhos... e irritar o Nolan, que ficou no meu pé que nem chulé no sapato Tahoe preto dele.

Grave tirou o boné com a abreviação de Polícia de Knockemout, KPD, e esfregou a mão na careca.

— Tem um minuto?

Isso nunca era um bom sinal.

— Algum problema?

Deduzi que havia um motivo para ele não querer ter essa conversa na delegacia.

— Dilton.

E aí estava o motivo. Tate Dilton era um policial de patrulha novato quando eu assumi o cargo que antes era de Wylie Ogden, o chefe de longa data, cujas décadas como "líder" de detetives da velha guarda haviam maculado o departamento.

Dilton era o que eu taxava de "valentão" na profissão. Ele queria a adrenalina, as perseguições, os confrontos. Adorava exibir sua autoridade. Suas batidas policiais eram mais agressivas que o necessário. Suas intimações eram tendenciosas, ele tomava medidas severas demais contra quem tinha um desentendimento pessoal. Ele também passava mais tempo na academia e no bar do que em casa com a esposa e os filhos.

Eu simplesmente não gostava dele.

Desocupar o departamento inteiro quando assumi não era uma opção, por isso o mantive, investi tempo tentando transformá-lo no tipo de policial de que precisávamos por trás do distintivo. Coloquei-o como parceiro de um policial sério e experiente, mas o treinamento, a supervisão e a disciplina não serviram para muita coisa.

— O que tem ele? — perguntei, pegando minha bebida para ocupar as mãos.

— Tive alguns problemas com ele quando você ficou internado.

— Por exemplo?

— Ele ficou descontrolado enquanto você estava de licença. Agrediu Jeremy Trent por embriaguez em público no estacionamento após o jogo de futebol do ensino médio há algumas semanas. Sem motivo. Na frente do filho do cara, que é jogador de defesa e começou a gritar com Dilton junto com metade do time. Com razão. As coisas teriam ficado sérias se Harvey e alguns dos amigos motoqueiros não tivessem intervindo.

Porra.

— Jeremy está bem? Ele prestou queixa?

— Riu de tudo. Pagou a multa. Ficou com os joelhos roxos e uma escoriação de lembrança. Não se lembrava de nada quando acordou. Mas teria muito mais para recordar se as coisas tivessem ido mais longe.

Jeremy Trent tinha sido capitão do time de beisebol e derrotado Dilton como rei do baile no último ano do ensino médio. Eles tiveram vários desentendimentos ao longo dos anos desde então. Jeremy era um cara simpático que trabalhava para a autoridade responsável pelo esgoto e bebia demais nos fins de semana. Ele acreditava que ele e Dilton eram amigos. Mas Dilton ainda parecia achar que estavam em algum tipo de competição.

A boca de Grave estava cerrada enquanto olhava pelo para-brisa.

— O que mais?

— Quase passou dos limites numa abordagem no trânsito. Uma SUV da Mercedes bem bacana que estava um pouquinho acima do limite de velocidade na estrada. Ele tinha acabado de passar por uma picape reformada, a cerca de 30 quilômetros por hora acima do limite. Dilton ignorou a caminhonete dirigida por seu parceiro de bebida Titus e mandou a Mercedes encostar. Motorista negro.

— Droga.

— A central me sinalizou assim que Dilton deu o alerta. Tive um mau pressentimento, por isso fui com a Bannerjee. Ainda bem. Ele tinha mandado o motorista sair do carro e o tinha algemado, estava gritando com a esposa que o gravava com o celular.

— Por que só estou ouvindo sobre isso agora?

— Como eu disse, você estava internado. E está ouvindo sobre isso agora porque ontem à noite o ouviram comentar naquele bar de merda, Hellhound, que está na briga pelo posto de chefe já que você não dá conta do recado.

Grave não poupava palavras.

— Vou cuidar disso — falei, engatando a marcha no carro e assustando Tausha Wood, de 17 anos, quando entrei na pista atrás de sua caminhonete.

— Agora? — perguntou Grave.

— Agora — falei, severo.

UM DIA ATRÁS, eu não teria tido disposição para esta merda, mas eu tinha acordado com uma Lina quase nua encostada em um eu quase nu. Isso era mais poderoso que qualquer remédio que eu já tivesse tentado.

Eu comandava um departamento pequeno e sério que servia a uma comunidade pequena e séria. Cerca de mil pessoas que tinham um passado mais interligado do que muitas famílias. Claro, éramos uma comunidade difícil, talvez um pouco mais propensa a resolver uma discussão com socos e álcool. Mas éramos unidos. Leais.

Isso não significava que não tínhamos problemas. Estar tão perto de Baltimore e D.C. significava que ocasionalmente eles adentravam os limites da cidade. Mas problemas advindos de um agente no meu departamento? Isso não dava para engolir.

Éramos pessoas boas dedicadas a servir e proteger. E estávamos melhorando a cada reação, a cada treino.

Uma chamada podia dar errado de mil maneiras que não estavam no nosso controle. Mil maneiras de cometermos um erro perigoso. Não havia espaço nem motivo para acrescentar mau comportamento e preconceito à lista.

Por isso, treinávamos, simulávamos, interrogávamos e analisávamos.

Mas a qualidade de um departamento se nivelava a partir do oficial mais fraco. E o Dilton era o nosso.

— Aí vem ele — avisou Grave.

Tate Dilton não se deu ao trabalho de bater. Entrou no meu escritório como se fosse o dono do pedaço. Ele era um cara razoavelmente bonito, apesar das entradas no cabelo e da barriga de cerveja. O bigode dele me irritava, provavelmente porque me lembrava o delegado Graham, que tinha se apropriado de uma mesa vazia e estava fazendo a porcaria de um sudoku.

— O que posso fazer por você, chefe? — disse Dilton enquanto se sentava, ignorando os outros ocupantes da sala.

Fechei a pasta do caso que estava lendo e adicionei-a à pilha na minha mesa.

— Feche a porta.

Dilton piscou os olhos antes de se levantar e fechar a porta.

— Sente-se — falei, indicando a cadeira que ele acabara de desocupar.

Ele voltou a se sentar, jogando o corpo para trás e entrelaçando os dedos sobre a barriga como se estivesse no sofá de um amigo assistindo a um jogo.

— Agente Dilton, esta é Laurie Farver — anunciei, apresentando a mulher que ele ainda não tinha notado perto da janela.

— Senhora — disse ele, dando-lhe um aceno com desprezo.

— Sabe, Tate, quando eu era criança, meu vizinho tinha um cachorro que ficava na coleira. De longe, aquele cachorro parecia bonzinho. Pelo macio e amarelo. Cauda grande e fofa. Contanto que estivesse na coleira, ele era legal. Mas, no segundo em que se soltava da coleira, já era. Não se podia confiar. Ele começou a se soltar. Perseguir crianças. Morder pessoas. O meu vizinho não consertou o buraco na cerca. Não reforçou a coleira. Até que, certo dia, aquele cão atacou duas crianças que andavam de bicicleta. O cão teve de ser abatido. E o dono foi processado.

Dilton zombou enquanto mastigava o chiclete.

— Sem ofensa, chefe, mas estou cagando pra esse vizinho e o cachorro dele.

Debaixo da mesa, Bica soltou um rosnado baixo da caminha.

— Esta é a questão, agente Dilton. *Você* é o cão. Nem sempre estarei aqui para manter a coleira bem apertada. Resumindo, se não posso confiar em você sozinho em campo, não posso confiar em você de jeito nenhum. Suas ações recentes deixaram claro que não está preparado para servir, muito menos proteger. E, se não posso confiar que fará o seu trabalho da melhor forma possível, então temos um problema sério.

Os olhos de Dilton se estreitaram e vi neles um brilho maldoso.

— Talvez você não entenda, já que está basicamente só lidando com papelada hoje em dia, mas eu tenho merdas pra fazer lá fora. Alguém tem de manter a ordem.

Absorvi isso por um segundo. Eu tinha andado distante. E isso vinha com consequências. Dilton tinha se aproveitado de estar à solta, o que significava que não só as suas ações eram contra mim, como também cabia a mim corrigi-las.

— Fico feliz que tenha mencionado isso. Vamos falar sobre essas merdas que você anda fazendo. Como tirar Jeremy Trent de um jogo de futebol aos tropeços, colocá-lo no chão e algemá-lo na frente do filho e metade do estádio quando tudo o que ele fez foi lembrá-lo de sua dívida de 20 dólares no jogo dos Ravens. Ou merdas como deixar o seu amigo Titus dirigir 30 quilômetros por hora acima do limite de velocidade enquanto manda um

engenheiro aeroespacial negro e a esposa advogada de direitos civis encostarem o Mercedes por estarem 8 quilômetros por hora acima do limite. Em seguida, retirou o motorista do carro com a justificativa de que ele... deixa eu verificar o seu relatório para ter certeza... — Olhei para a papelada à minha frente e li. — Se parecia com o fugitivo cuja foto está no cartaz pendurado no nosso quadro de avisos há três anos.

A expressão no rosto de Dilton se transformou em desagrado.

— Eu tinha a situação sob controle até seus lacaios aparecerem.

— O motorista estava algemado, machucado e deitado de bruços na estrada vestindo um smoking enquanto a esposa registrava as suas ações no celular quando o sargento Hopper e a agente Bannerjee chegaram ao local. De acordo com o relatório, eles notaram o cheiro de álcool no seu bafo.

— Que ridículo! Hop e aquela vaca estão contra mim. Vi o suspeito conduzir muito acima do limite de velocidade indicado e eu...

Parecia que alguém tinha ligado um interruptor dentro de mim. Foi-se o entorpecimento gélido, o vazio escuro. Em seu lugar, uma raiva fervilhante veio à tona, aquecendo-me por dentro.

— Você foi um escroto. Você coloca o ego e o preconceito à frente do trabalho e com isso coloca o seu trabalho em risco. Coloca este departamento em risco. Pior, você coloca *vidas* em risco.

— Que papinho — murmurou Dilton. — Aquela mulherzinha está esfregando o diploma de Direito na nossa cara, fazendo ameaças?

— Oficial Dilton, você está em suspensão remunerada, mas só porque esse é o procedimento. Enquanto aguardamos uma investigação completa da sua conduta como oficial. Eu não me acostumaria com esse salário.

— Você não pode fazer isso, porra.

— Estamos abrindo uma investigação oficial. Entraremos em contato com testemunhas, vítimas e suspeitos. E se eu encontrar *qualquer coisa* que pareça um padrão de abuso, confiscarei o seu distintivo permanentemente.

— Isso não estaria acontecendo se Wylie ainda estivesse aqui. Você roubou este escritório de um homem bom e...

— Estou neste escritório *porque mereci* e tenho trabalhado muito para garantir que homens como você não abusem dele.

— Você não pode fazer isso. Não tem representante sindical aqui. Você não pode meter uma suspensão em mim sem o meu representante.

— A Sra. Farver é a sua representante sindical. Mas imagino que ela não esteja tão entusiasmada assim em representá-lo após ouvir suas palhaçadas. Sr. Peters? Prefeita Swanson, ainda estão nos ouvindo? — perguntei.

— Ainda aqui, chefe Morgan.

— Sim. Ouvimos tudo — vieram as respostas do meu viva-voz.

— Agente Dilton, o Sr. Peters é o procurador de Knockemout. Ou seja, é o advogado que representa a cidade, caso precise da definição. Sr. Peters, Knockemout precisa que eu aborde mais alguma coisa com o agente suspenso Tate Dilton? — perguntei.

— Não, chefe. Creio que abordou tudo. Entraremos em contato, oficial Dilton — disse o advogado, ameaçador.

— Obrigado, Eddie. E a senhora, prefeita Swanson? Quer acrescentar algo?

— Quero acrescentar muitas coisas, mas meu linguajar não seria muito apropriado — disse ela. — A sorte de vocês é que meus netos estão no carro comigo. Basta dizer que mal posso esperar por uma investigação completa e caso, como diz o chefe Morgan, encontremos um padrão de a-b-u-s-o, não hesitarei em dar um pontapé no seu t-r-a-s-e-i-r-o.

— Obrigado, senhora. Mensagem recebida. — Olhei para Dilton, que estava ficando num tom de lagosta. — Confiscarei o distintivo e a arma de serviço agora.

Ele se levantou da cadeira como se ela tivesse molas. Fechou as mãos em punhos, fúria cintilando em seus olhos.

— Quer me dar um murro, dê. Mas entenda que isso tem suas próprias consequências e você já está de saco cheio de ouvi-las — avisei. — Pense nisso.

— Isso não vai durar — rosnou ele, jogando distintivo e arma na minha mesa, derrubando minha placa de identificação no processo. — Era para isso ser uma irmandade. Era para você me apoiar, não acreditar na palavra de um casal de intrusos idiotas ou de um bêbado patético cujo auge foi o ensino médio.

— Você pode falar sobre a irmandade o quanto quiser, mas o ponto principal é que você está neste trabalho por você mesmo. Pela sensação de poder que você acha que ele lhe dá. Isso não é irmandade. É uma criança patética tentando parecer um homem crescido. E você tem razão, pra mim, isso não vai durar. Nem pra nenhum deles.

Apontei para a janela onde estavam os demais oficiais de Knockemout — até os que tiveram o dia de folga. Braços cruzados, pernas apoiadas. Atrás de Dilton, Grave grunhiu de satisfação.

— Agora saia da minha delegacia.

Dilton abriu a porta com tanta força que ela ricocheteou na parede. Ele invadiu o escritório aberto e encarou o restante do departamento.

Concentrando-se em Tashi, ele a encarou, pairando sobre ela.

— Algum problema, garota?

Eu já tinha levantado da cadeira e Grave já estava na porta quando Tashi sorriu para ele.

— Não mais, babaca.

Bertle e Winslow se aproximaram dela, sorrindo.

Dilton levantou um dedo e enfiou-o na cara dela.

— Vá se foder. — Ele olhou para os outros oficiais e apontou para eles. — Vão se foder também.

Com isso, saiu da estação.

— "Não mais, babaca"? Bannerjee, isso foi tão *Até o limite da honra* — disse Winslow, dando um tapinha no ombro dela.

Ela sorriu como se tivesse acabado de ganhar uma estrela dourada de um professor. Nem eu pude deixar de sorrir.

— Acho que já vou indo — disse a representante do sindicato com uma falta de entusiasmo acentuada.

— Boa sorte — falei.

Ela revirou os olhos.

— Valeu.

— É bom tê-lo de volta, chefe — disse-me Grave antes de a seguir para fora do meu gabinete.

Bica arranhou minhas pernas. Inclinei-me e a coloquei no colo.

— Bom, correu tudo bem — falei à cachorrinha.

Ela me deu uma lambida entusiasmada antes de pular de volta para o chão. Peguei minha placa de identificação e passei os dedos sobre as letras. Nash Morgan, Chefe da Polícia. Eu não estava de volta. Não totalmente. Mas parecia que eu tinha enfim dado um passo na direção certa. Talvez fosse a hora de dar outro.

QUINZE
SATANÁS DE TERNO

Lina

Naomi: *Não se esqueça! Vamos comprar os vestidos das damas de honra na quarta-feira. Estou pensando em três palavrinhas. Outono, diversão e elogios!*

Sloane: *Lina, acho que isso significa que ela vai nos vestir de abóboras.*

Eu: *Abóbora não é uma cor que me favorece... nem formato.*

NÃO GOSTEI DE desperdiçar a manhã inteira verificando potenciais propriedades da minha lista sem sucesso. Não quando parecia haver uma bomba-relógio pendurada acima da minha cabeça. Eu precisava de um progresso. Precisava de uma pausa. Precisava parar de pensar em Nash Morgan.

Isso significava banir todos os pensamentos relacionados à sua oferta, suas confissões e seu pau quente e duro. Certo, esse último já tinha alugado um triplex na minha cabeça. Mas o resto precisava desocupar meu cérebro o mais rápido possível.

Eu estava mastigando mecanicamente uma salada Cobb em um restaurante a 40 minutos de Knockemout quando 1,95 metro de pecado vestindo terno sentou-se à minha frente.

Era como se o perigo tivesse sido feito sob medida para Lucian Rollins.

— Lucian.

— Lina. — Aquele timbre baixo, aqueles olhos penetrantes. Tudo nele era vagamente ameaçador... e, portanto, uma distração razoável da minha obsessão por tudo que tinha a ver com Nash.

— O que o traz à minha mesa?

Ele esticou um braço na parte de trás do sofazinho de vinil, ocupando ainda mais espaço.

— Você.

A garçonete alegre de 20 e poucos anos que trouxe minha comida e conversou sobre minha jaqueta de couro por cinco minutos seguidos se apressou para a mesa segurando uma cafeteira em um ângulo precário. Seus olhos e boca estavam arregalados.

— C-café?

— Sim. Obrigado — disse ele, passando um dedo pela alça da caneca à sua frente e a colocando de pé.

Os olhos dela ficaram ainda mais arregalados e me perguntei se eles estavam prestes a cair das órbitas. Por precaução, tirei a minha salada de onde poderiam cair.

— Pode trazer mais molho, por favor? — pedi quando ela enfim conseguiu servir o café.

— Mais creme. Pode deixar — sussurrou ela, sonhadora, e se afastou.

— Ótimo. Agora meu molho nunca será entregue.

O sorriso de Lucian foi um pouco frio.

— Eu esperava que essa conversa não fosse necessária.

— Adoro quando os homens vêm atrás de mim e começam com essa frase.

— Nash Morgan — disse ele.

Levantei uma sobrancelha, mas não disse nada.

— Ele está passando por um momento difícil. Detestaria ver alguém tirar proveito disso.

Apontei para mim.

— Eu?

— Qualquer um — repetiu Lucian.

— É bom saber.

Sem intenção de facilitar a conversa para ele, levei mais salada à boca. Mastiguei bem, sem quebrar o contato visual com Lucian, que não movia um músculo.

Nós nos encaramos, um querendo que o outro quebrasse o contato visual primeiro.

Eu me saía muito bem nesses tipos de situações sociais. Ficar de conversinha sobre coisas femininas normais? Não. Mas ficar frente a frente com um homem desconfiado quando havia informações importantes em jogo? Esse era o meu tipo de Olimpíada e eu era uma medalhista de ouro.

Tomei um gole teatral de chá gelado.

— Ahhhh.

Seus lábios se curvaram.

— Há outras declarações vagas que você gostaria de fazer ou só está passando de mesa em mesa dando alertas? — perguntei.

— Nós dois sabemos que você está aqui com segundas intenções. Sei quem é seu empregador, assim como sei que chegou à cidade em um momento interessante.

Fingi choque.

— Existe alguma lei municipal que torna ilegal trabalhar com seguros?

— Devo entrar no joguinho?

— Escuta só, parceiro. Foi você quem decidiu brincar de gato e rato, vindo atrás de mim fora da cidade só para provar que pode. Assim como você, eu não gosto brincadeiras. Então vá direto ao ponto, senão vai me irritar — falei com um sorriso maléfico.

Lucian se inclinou e entrelaçou os dedos sob a mesa.

— Está bem. Sei quem você é, para quem trabalha e o que aconteceu no seu último serviço.

Mantive minha expressão de tédio característica, embora essa última parte tenha me impressionado e alarmado.

— Apesar de ser discreta — continuou ele — você conquistou uma reputação impressionante por encontrar coisas que os outros não conseguiam. Você é conhecida por ser destemida ao ponto da imprudência, uma caracte-

rística valorizada pelo seu empregador. Não está na cidade para visitar seu amigo Knox por algumas semanas. Está aqui atrás de algo... ou de alguém.

Ele deixou a acusação pairar entre nós. Coloquei mais salada seca na boca.

— Por que estamos tendo essa conversa agora? Por que não a tivemos quando cheguei à cidade?

— Existe o dano que um tiro causa e o dano que um coração partido causa.

Apontei para ele com o garfo.

— Falando por experiência própria?

Ele ignorou a minha pergunta.

— Você não só chegou à cidade pouco antes de Naomi e Waylay serem sequestradas, como agora do nada se mudou para o apartamento ao lado de Nash.

— Você não parece ser o tipo de homem que já passou algum tempo significativo em pousadas baratas, então não vou perder tempo tentando explicar a mudança. Mas, já que você tem mais dinheiro que o próprio Estado, devia pensar seriamente em comprar a pousada e reformá-la... ou talvez apenas pôr fogo nela.

— Vou levar isso em consideração — disse ele num tom seco. — Agora, me garanta que Nash não sofrerá ainda mais por sua causa.

Sentindo-me estranhamente protetora do homem em questão, abaixei o garfo.

— Para sua informação, não tive nada a ver com o tiroteio do Nash ou com o sequestro da Naomi e da Waylay. Se eu *estou* na cidade atrás de algo, não é da sua conta nem de ninguém. E, por fim, Nash já está crescidinho. Ele sabe se virar.

— Foi isso que você disse a Lewis Levy?

Eu estava oficialmente puta da vida.

Sorri.

— Você parece uma criança mostrando a pintura a dedo horrenda que fez na escola na esperança de que eu fique impressionada. Se eu a pendurar na geladeira, você vai embora?

— Mais cedo ou mais tarde, alguém próximo a você vai se machucar e é melhor não ser Nash.

— O que você vai fazer? Arrumar um guarda-costas para cuidar dele junto com o delegado federal? — sugeri sem respeito algum.

— Se for preciso. Sei que passou a noite na casa dele.

— Não se preocupe, *pai*. Nós dois somos adultos. Vou levá-lo para casa antes do toque de recolher.

Lucian bateu a palma da mão na mesa, chacoalhando a colher no pires e derramando café.

— *Não* faça piada disso — disse ele, num tom frio.

— Até que enfim. Nossa, quão fundo você deixa enterrado seu lado humano? Achei que ia ter de abordar uma gravidez "acidental" para acabar com essa fachada.

Ele pegou meu guardanapo e limpou o que derramou antes de devolvê-lo para mim.

— Parabéns. Se a minha equipe estivesse aqui, você ganharia uma bolada.

— Uma aposta para saber quanto tempo leva para você ceder? Não me diga que Lucian Rollins tem senso de humor.

— Não tenho.

Recostei-me no sofazinho.

— A minha visão é a seguinte. Ou você acha que eu seria um alvo mais fácil de manipular, *ou* você tem medo de ter uma conversa aberta e honesta com seu amigo. De qualquer forma, o seu mau discernimento está à mostra, Lucian.

Ele soltou o que parecia um rosnado baixo. Mas sabia que eu tinha razão.

— Olha. Tem razão em se preocupar com o seu amigo. Ele não se abre totalmente com ninguém. O que me inclui, porque mal nos conhecemos. E o que ele *já* me contou fica entre mim e ele, porque, ao contrário de outros nesta mesa, eu sei respeitar a privacidade alheia. Sim, passei a noite na casa dele ontem. Não, não transamos. Não digo isso porque acho que é da sua conta. Porque não é.

— Por que está me contando?

— Porque eu sei o que é ter pessoas tão preocupadas com você que fazem coisas estúpidas pelas suas costas.

Os músculos de sua mandíbula flexionaram e eu me perguntei qual ferida eu tinha acabado de cutucar.

— Nash é um cara legal, o que automaticamente não faz dele o meu tipo. Mas isso não significa que não abrirei uma exceção.

— Só está piorando o seu caso.

— Não estou montando um caso — falei. — Eu não dou a mínima para o que você pensa de mim. Você acha que sou o problema da situação, mas não sou. É você.

— Não sou eu que estou me aproveitando...

— Vou parar você por aí antes que me deixe com raiva. Se acha que estou me aproveitando do seu amigo ou que ele está escondendo coisas de você, há duas opções.

— E quais seriam?

— Ou confie que seu amigo sabe cuidar de si mesmo ou tenha essa conversa com ele. No mínimo, tenha a decência de mostrar a ele que você cuida e se importa com ele.

A carranca de Lucian foi arrepiante, mas eu tinha o calor da raiva para me proteger.

— Você não entenderia nossa história — disse ele, frio.

— Ah, entenderia sim. Você é bom em conseguir informações? Eu sou boa em ler pessoas. Vocês três cresceram juntos, sem nunca terem crescido totalmente. Knox tentou se esconder do amor para nunca mais se magoar. Nash não tem confiança suficiente de que vocês cuidam e se importam com ele, por isso não vai se abrir com vocês sobre o que se passa em sua cabeça. E você... bem, vamos guardar isso para outro dia.

— Não vamos.

Dei de ombros.

— Está bem. Você pediu. Você é um consultor político misterioso que tem sido associado à queda de várias pessoas proeminentes da capital da nossa nação, para não mencionar a força por trás da ascensão de várias outras. “Maquiavélico” é a palavra mais frequentemente sussurrada em sua direção. E você gosta. Gosta que as pessoas te temam. Presumo que você já sentiu o

gostinho do medo e isso fez com que se sentisse impotente. Então agora você tem o poder de controlar tudo que quiser. Mas ainda não está feliz.

Ele estreitou os olhos.

— Você se permite um cigarro por dia, talvez só para provar que nada te controla. É leal aos seus amigos e tenho a sensação de que faria qualquer coisa por eles. E o "qualquer coisa" a qual me refiro sem dúvida não se limita a dentro da lei. Mas você gostaria que Knox ou Nash "lidassem" com as coisas pelas suas costas?

— Isto é diferente — insistiu ele.

— Bem que você gostaria que fosse, mas não é — falei. — Vou falar de um modo que eu acho que você vai gostar. O tempo e a energia que você desperdiçou agindo pelas costas do seu amigo tentando "consertar" as coisas para ele poderiam ter sido poupados com uma conversa de dez minutos. Imagine quantos políticos você poderia arruinar ou quarteirões poderia comprar se não tivesse que ir atrás de mulheres inocentes para ameaçá-las de forma vaga.

Sua expressão pétrea não mudou nem um pingo. Mas o lampejo do que parecia diversão em seus olhos gélidos não me passou despercebido.

— Eu nunca aplicaria o termo "inocente" a você, e minhas ameaças foram mais explícitas do que vagas — disse ele.

— Semântica — falei, despreocupada.

Ele ficou me encarando enquanto eu terminava a salada.

— Sugiro que mantenhamos esta conversa entre nós.

Guardar segredos. Era o que eu fazia. Só que eu já tinha estado no lugar do Nash. Meus pais não confiavam que eu saberia me virar se algo acontecesse. Eu odiava a sensação de ter pessoas discutindo o meu bem-estar pelas minhas costas como se eu não fosse forte o suficiente para participar da minha própria vida. Imaginei que Nash sentiria o mesmo.

— Quem de nós dois você está tentando proteger, Luce? Posso te chamar de Luce?

— Espero que não tente machucar meu amigo, Lina. Porque detestaria ter de destruir a sua vida.

— Ansiosa para ver você tentar. Agora vá irritar outra pessoa.

DEZESSEIS
ALGUNS AGRADECIMENTOS

Nash

Envolvi a coleira da Bica na minha mão e peguei um dos dois buquês do porta-copos do meu veículo.

— Bica, colabora. É jogo rápido.

Saímos do carro assim que Nolan estacionou atrás de mim. Fiz-lhe uma saudação sarcástica, a qual ele respondeu mostrando o dedo médio com indiferença.

Eu estava quase começando a gostar do cara.

Bica foi na frente até o duplex. Era um prédio de tijolo aparente e piso vinílico de dois andares. As duas casas tinham varandas pequenas com floreiras.

Subi os três degraus até a porta à esquerda. Havia uma gata cinza e branca encostada na tela da janela da frente. Música clássica chegou aos meus ouvidos. Acenei para a gata desconfiada, depois apertei a campainha.

Bica se sentou aos meus pés, o rabo abanando de entusiasmo. Não era tão irritante tê-la trabalhando comigo quanto pensei que seria. Suas exigências incansáveis de atenção impediam que eu me desconcentrasse da papelada. E embora não tenha se sentido confortável o bastante para deixar outros oficiais acariciá-la, havia começado a dar voltas pelo escritório de hora em hora quando descobriu que havia petiscos para ela nos bolsos deles.

Passos soaram do outro lado da porta, juntamente com um irritado:

— Já vai! Já vai! Segura as pontas aí.

A porta se abriu e lá estava ela. O meu anjo da guarda.

Xandra Rempalski tinha cabelos volumosos e encaracolados. Eram pretos com mechas violeta por toda parte. Metade estava preso em um coque torto, enquanto o resto estava solto passando de seus ombros. Tinha pele bronzeada e olhos castanhos que foram de irritação a curiosidade a reconhecimento.

Vestia um avental jeans com ferramentas manuais e fio de arame enfiados nos bolsos em vez do uniforme hospitalar. Seus longos brincos de prata eram compostos por dezenas de aros interligados pendurados nas orelhas. Seu colar era coberto de correntes pequenas que formavam um V entre suas clavículas e lembravam uma armadura de malha de aço.

— Oi — eu disse, de repente me sentindo um idiota por não ter feito isso há muito tempo.

— Olha só! — respondeu ela, encostando no batente da porta.

A gata se enfiou preguiçosamente entre os pés descalços dela. Bica se encolheu atrás das minhas botas e fingiu ser invisível.

— Não sei se você se lembra de mim...

— Chefe Nash Morgan, 41 anos, dois ferimentos de bala no ombro e no tronco, O- — citou ela.

— Acho que você se lembra de mim.

— Não é sempre que uma garota encontra o chefe de polícia sangrando na beira da estrada — disse ela, lançando-me um sorriso rápido.

Bica espiou por trás das minhas botas. A gata malhada sibilou, depois se sentou à porta e começou a lamber o próprio traseiro.

— Não ligue para Gertrude, a Rude — disse Xandra. — Ela tem malcriação para dar e vender e nenhum senso de decoro.

— São para você — falei, mostrando o buquê de girassóis. — Eu devia ter vindo mais cedo para agradecer. Mas as coisas andam...

Ela levantou a vista das flores, o sorriso substituído por uma careta compassiva.

— É difícil. Ver no trabalho não é fácil. Não tenho dúvida de que não é mole passar por isso.

— Sinto que deveria ser imune — confessei, olhando para Bica, que mais uma vez grudou na parte de trás das minhas pernas.

Xandra fez que não com a cabeça.

— Quando se começa a ser imune, é quando chega a hora de sair. É a dor e a preocupação que nos torna bons no nosso trabalho.

— Há quanto tempo você está no serviço de emergência?

— Desde que me formei em enfermagem. Oito anos. É emoção o tempo todo.

— Já se perguntou por quanto tempo você pode se dar ao luxo de se importar?

O sorriso dela voltou.

— Não me preocupo com coisas assim. É um dia de cada vez. Enquanto as coisas boas superarem as más, estou pronta para o dia seguinte. Nunca vai ser fácil. Mas não estamos nisso pela facilidade. Estamos nessa para fazer a diferença. Coisas assim? Um agradecimento de alguém que sobreviveu? Faz muita diferença.

Devia ter dado um cartão.

Ou algo que duraria mais do que um amontoado de girassóis.

Mas eu podia me expressar. Então foi o que fiz.

— Obrigado por salvar minha vida, Xandra. Estarei sempre em dívida com você.

Ela levou o buquê ao quadril. Seus brincos captaram a luz e brilharam.

— É isso que o faz seguir em frente, chefe. Um dia de cada vez. Continue fazendo o bem. Continue equilibrando as balanças.

Eu esperava que a suspensão do Dilton fosse um passo nessa direção. Porque neste momento, como tudo o mais que fiz, parecia que não era suficiente.

— Vou me esforçar.

— Sabe, ter algo além do trabalho ajuda. Algo bom. Eu? Eu namoro homens inadequados e faço joias — disse ela, passando a mão no avental cheio de ferramentas.

A sensação era de que eu não tinha nada além de uma cachorrinha adotada e carente e alguns buracos que nunca fechariam.

Houve um baque sonoro na casa ao lado, seguido de um gemido alto e longo. Levei um susto, minha mão se movendo automaticamente para a arma de serviço.

— Não — advertiu Xandra, rápido. Ela guardou as flores e colocou a gata para dentro e gesticulou para poder passar por mim.

— Você precisa entrar — insisti, quase tropeçando na Bica enquanto descia os degraus correndo. Nolan se aproximava depressa, com o coldre aberto.

— Espera! É o meu sobrinho. Ele é não verbal — explicou Xandra, seguindo-me para a casa ao lado.

Processei os pormenores da sua declaração. Ela estivera atrasada para o trabalho porque tinha ficado para ajudar a irmã a acalmar o sobrinho.

Fiz uma pausa e troquei um olhar com Nolan. Deixei-a me ultrapassar nos degraus.

— Ele é autista — disse ela, entrando na casa da irmã.

— Fique com a cachorrinha — eu disse, jogando a coleira de Bica para Nolan e seguindo-a.

Meu coração ainda estava acelerado e ainda estava concentrado. No meio do tapete cinza da sala estava um homem — não, um menino — todo curvado, com as mãos cobrindo as orelhas enquanto se balançava e gemia por causa de uma dor que só ele podia sentir. Ao lado dele estavam os restos fragmentados de um castelinho de tijolos de brinquedo.

— A polícia? Não acredito, Xan! — Uma mulher de uma semelhança impressionante com Xandra se ajoelhou longe do alcance dos chutes violentos das pernas longas e desengonçadas do menino.

— Muito engraçado — disse Xandra num tom seco. — Eu fecho as cortinas.

— Há algo que eu possa fazer? — perguntei com cautela enquanto Xandra fechava as cortinas das janelas da frente sem fazer barulho.

— Ainda não — disse a irmã de Xandra por cima dos gritos queixosos do filho. — Temos consulta médica em uma hora. Os fones de ouvido dele estão carregando.

Fiquei ao lado da porta me sentindo impotente enquanto as duas mulheres trabalhavam em conjunto para deixar o quarto mais escuro, mais silencioso. Um protocolo, percebi.

Os lamentos logo se acalmaram e a mãe do menino colocou uma espécie de capa pesada sobre seus ombros.

Em pouco tempo, ele se sentou. Era alto para sua idade, com pele escura e os membros compridos e magrelos da puberdade precoce.

Ele olhou para o castelo em ruínas e soltou um gemido baixo.

— Eu sei, amigão — disse a mãe, envolvendo cuidadosamente um braço em seus ombros. — Está tudo bem. Vamos consertá-lo.

— Amy, este é o chefe Morgan — disse Xandra. — Chefe, esta é a minha irmã Amy e o meu sobrinho Alex.

— Chefe — disse Amy enquanto balançava Alex nos braços.

— Oi. Só vim agradecer à Xandra por...

— Salvar a sua vida? — provocou ela com um sorriso leve.

— Sim. Isso.

— Desculpa o transtorno — disse ela, aceitando o livro que Xandra lhe entregou.

— Não precisa pedir desculpa.

— E você estava preocupada se a sua primeira interação com a polícia iria bem — brincou Xandra com a irmã.

Os lábios de Amy se curvaram novamente antes de ela dar um beijo no topo da cabeça do filho e começar a ler.

— Essa é outra estratégia. Rir mesmo quando as coisas não são engraçadas — disse Xandra, entregando-me uma sacola de tecido.

Com Alex lançando olhares de preocupação em minha direção, comecei a ajudar a restaurar a ordem, tijolo por tijolo.

Quando o cômodo ficou limpo e a história acabou, acenei com a cabeça para Amy e segui Xandra até a porta. Alex se levantou e veio devagar em nossa direção. Ele era alto e tinha ombros largos, e o aperto de sua mão no meu braço foi forte. Mas havia um sorriso doce e infantil no rosto enquanto olhava para o meu peito.

— Ele não sabe o que é espaço pessoal — advertiu Xandra, achando graça.

Alex estendeu a mão e traçou um dedo sobre o meu distintivo, ponto a ponto. Depois de ter traçado a estrela duas vezes, acenou com a cabeça e me soltou.

— Prazer em conhecê-lo também, Alex — disse-lhe baixinho.

COM OS BRAÇOS cheios, dei dois pontapés ligeiros na porta e esperei.

Ela se abriu segundos depois e tudo em mim aqueceu quando a vi. Lina usava uma calça legging roxa escura. Seu suéter era de lã marfim e ia até pouco acima da cintura da calça. Uma larga faixa de cabelo com estampa *tie-dye* mantinha o cabelo para trás. Ela estava descalça.

— Boa noite — cumprimentei, atravessando o limiar e dando um beijo em sua bochecha. Bica me seguiu e foi direto para o sofá.

— Olá! Hã, o que é isso tudo? — perguntou ela, fechando a porta.

Entrei na cozinha e coloquei as sacolas no balcão.

— Jantar — falei

Ela apareceu na porta.

— Não parece a comida tailandesa que eu ia pedir.

— Além de linda, é inteligente.

Tirei as flores silvestres de uma das sacolas de compras.

— Vaso?

Ela gesticulou para as bancadas sem nenhum objeto.

— Parece que tenho um vaso por aqui?

— A gente dá um jeito. — Comecei a abrir as portas dos armários até encontrar um jarro de plástico feio. Enchi-o com água e depois rasguei o plástico que envolvia as flores. — Flores exóticas porque me lembraram de você — expliquei. E lírios-do-vale porque lembravam a minha mãe.

Lina lançou um daqueles olhares complicados de mulher antes de ceder e enterrar o rosto nas flores.

— É muito meigo da sua parte. Meigo, mas desnecessário — disse ela.

Reparei que ela estava me evitando ao máximo no espaço minúsculo. Era fofo ela achar que poderia reconstruir as paredes que haviam caído na noite anterior.

— Você pega uma tigela de água para a Bica enquanto começo a preparação?

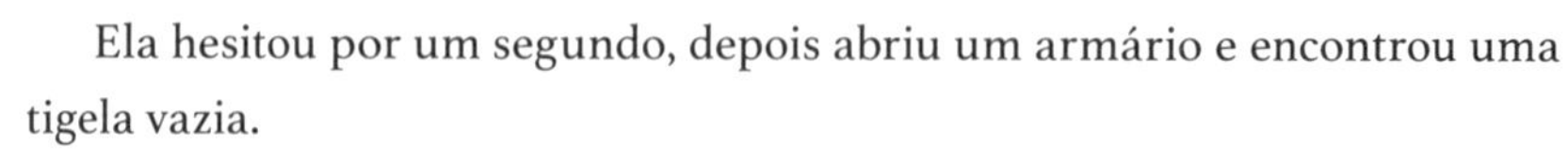

Ela hesitou por um segundo, depois abriu um armário e encontrou uma tigela vazia.

— Não precisa preparar o jantar para mim. Eu estava a um minuto de pedir comida — disse ela enquanto abria a água na pia.

— Tive um dia longo — falei de forma descontraída enquanto tirava uma garrafa de vinho, um saca-rolhas e dois copos de uma das sacolas. — E graças a você, pela primeira vez em muito tempo, tive energia para lidar com isso.

Abri o vinho e deixei a garrafa de lado.

— Ouvi dizer que algo aconteceu com um de seus oficiais — admitiu ela, colocando a água no chão. — A Sra. Tweedy disse que você flagrou um dos seus homens roubando notas falsas de uma evidência após as terem gastado num clube de strip.

— Bem que eu queria — falei.

Bica apareceu na porta com um sutiã esportivo na boca. Ela cuspiu o sutiã na tigela e bebeu no espaço que soprou.

— Bica, colabora. Para de comer roupa. — Peguei o sutiã. — Acredito que isso é seu.

Lina pegou o sutiã e o jogou no balcão ao lado dos brócolis.

— Então Neecey quase me atacou na calçada em frente à Dino's — disse Lina, pulando no balcão. — Ela me disse que você deu uma cabeçada naquele inútil do Tate Dilton no corredor de doces do supermercado.

— Às vezes eu me preocupo com a compreensão linguística desta cidade.

Ela sorriu.

— Neecey também disse que soube que vocês dois derrubaram uma pirâmide de sopas enlatadas e que o gerente da loja encontrou duas latas de *minestrone* na seção de congelados.

— Se você servir o vinho, contarei a história real e muito menos agitada.

— Feito.

Eu contei a ela sobre o meu dia. O dia inteiro. Foi bom. Compartilhar uma cozinha. Compartilhar o meu dia. Lina parecia genuinamente interessada. Ela se sentou no balcão e conversamos enquanto eu refogava frango, pimentas e cebolas. Bica se juntou a nós com um desfile interminável de brinquedos e roupas.

Tive que me impedir mais de uma dúzia de vezes de ficar entre as pernas de Lina, passar minhas mãos por suas coxas e beijar aqueles lindos lábios vermelhos.

Essa conexão que eu sentia era real, tangível e profunda, mas eu não sabia até onde ia para ela. E eu não ia assustá-la com o quanto eu necessitava dela.

— Por que tem calça de pijama na sacola? É uma sobremesa moderna que não conheço? — perguntou ela, bisbilhotando a última sacola.

— Ah, sobre isso — comecei.

— Nash. — O meu nome era um aviso suave naqueles lábios.

— Sei que a noite passada era para ser um caso isolado. Sei que teve pena de mim porque eu estava um caco. — Desliguei a boca do fogão onde estava o frango e coloquei a tampa na panela antes de me virar para ela. — Mas também sei que não durmo tão bem assim desde... nunca, eu acho.

— Não podemos continuar fazendo isso — disse ela baixinho.

Limpei a mão no pano de prato que tinha trazido e depois fiz o que estava morrendo de vontade de fazer. Fiquei entre os seus joelhos e deslizei minhas mãos até a parte de cima de suas coxas para apoiá-las no quadril.

As mãos dela pousaram nos meus ombros e ficaram lá. Sem me afastar. Sem me aproximar.

Era uma posição íntima. E eu queria *mais* conforme meu sangue ia de quente para fervendo em um piscar de olhos.

— Olha, sei que não é justo te pedir isso. Te tornar responsável por esta parte do meu bem-estar. Mas estou desesperado. Preciso de você, Angelina.

— Por que você me chama de Angelina?

Apertei seu quadril.

— É o seu nome.

— Eu sei disso. Mas ninguém me chama de Angelina.

— É um nome bonito que combina com uma mulher bonita e complicada.

— Que galã você é. Vou te dar esse crédito. Flores. Jantar. Meiguice. Mas por quanto tempo vamos fazer este jogo?

— Linda, não é um jogo para mim. Esta é a minha vida. Você é a única coisa em toda a minha existência que faz com que eu sinta que tenho chance de encontrar o caminho de volta. Eu não entendo. E, francamente, não preciso. Só sei que me sinto melhor quando te toco. Quando acordei esta manhã, não me senti um fantasma ou uma sombra. Eu me senti *bem*.

— Eu também me senti... hã... bem — confessou ela, sem me olhar nos olhos. — Mas estamos brincando com fogo aqui. Digo, mais cedo ou mais tarde, você vai ficar apegado demais e terei de destruir o seu frágil coração masculino. Sem mencionar o fato de que basicamente acordamos nos pegando.

Abri um sorriso.

— Foi por isso que eu trouxe uma calça. Com cordão.

— Esta não é a pressão para a qual os filmes de romance me prepararam. "Ei, Lina. Durma de conchinha comigo para que eu possa me sentir vivo outra vez" — disse ela, fingindo ter uma voz profunda e grossa.

Apertei seu quadril de novo e a puxei um pouco mais para perto de mim.

— "Não há nada que eu queira mais do que ir para a cama e não transar com você, Nash" — falei em uma imitação ofegante de Marilyn Monroe.

Ela soltou um suspiro aflito.

— Chega a ser irritante o quanto você é fofo.

— Irritante o bastante para me deixar dormir com você esta noite?

Ela apertou os meus ombros e encostou a testa na minha.

— Estou tentando tomar decisões melhores, mas você não está facilitando.

Cedi à tentação e beijei seu nariz.

— Urgh. Você é impossível! — reclamou ela.

— O que havia de errado com as suas decisões anteriores?

Ela mordeu o lábio.

— Preciso lembrá-la de que passei as últimas 48 horas sendo tão vulnerável com você que chega a ser repugnante? Passei 20 minutos te contando como foi o meu dia. É a sua vez. Toma-lá-dá-cá. Fala, Angel.

Ela franziu o nariz.

— Não gosto de compartilhar. Especialmente quando não saio bem-vista.

— Repito. Posição fetal perto das escadas.

— Eu estava liderando uma equipe numa operação. Tivemos de fazer uma saída rápida e não planejada de um telhado quando o ladrão chegou cedo em casa. Eu não sabia que o cara com quem estava tinha medo de altura. Fiz o salto e aterrissei no canal. Quando olhei para trás, ele ainda estava lá parado. Eu gritei, e ele entrou em pânico e aterrissou de bunda no capô de um carro.

— Ai — falei, decidindo que não precisava saber que tipo de perigo exigia uma fuga pelo telhado.

— Ele fraturou o cóccix, então teve sorte. Mas eu devia ter imaginado. No mínimo, eu não devia tê-lo forçado a correr o risco.

Os dedos dela traçavam círculos pequenos no meu peito.

— A questão é que há recompensas por fazer bem o meu trabalho. Bônus, status, a emoção da perseguição. Ser o herói e trazer a vitória para casa. Na minha empresa, tácticas agressivas são elogiadas. Eu recebi um bônus e o Lewis recebeu um traseiro rebentado. Percebi que, por melhor que eu seja, às vezes tudo se resume à sorte. E não quero contar com isso para sempre.

— Exceto pela parte do dinheiro, eu sei bem como é.

Acabava comigo que eu estivesse aqui nesta cozinha por causa da sorte.

— É mais heroico ser um herói por algo diferente de um belo salário — disse ela.

— De quão belo estamos falando? — provoquei.

Ela abriu um sorriso debochado.

— Por quê? Tem algo contra ganhar bem menos do que a sua colega de cama de apoio emocional?

— Não, senhora. Não tenho. Só estou curioso para saber quanto é "bem menos".

— Tenho uma conta de investimentos e um closet cheio de roupas de grife excelentes. Aquele Charger sexy lá fora, no estacionamento? Paguei à vista com o bônus do ano passado.

Soltei um assobio baixo.

— Mal posso esperar para ver o que vai me dar de aniversário.

— Caso tenha esquecido, você e seu irmão mal se falaram por anos porque ele te deu dinheiro.

— Agora essa é uma mentira deslavada — falei, pegando meu vinho. — Passamos anos mal nos falando porque ele me forçou a aceitar dinheiro, me disse o que fazer com ele e depois não gostou do que optei por fazer.

— Bem, nesse caso, Time Nash — disse ela.

— Imaginei que era questão de tempo.

— O que Knox queria que você fizesse com o dinheiro?

— Me aposentasse.

As sobrancelhas dela se ergueram.

— Se aposentasse? Por quê?

— Ele odeia que eu tenha crescido e me tornado policial. Tivemos uma boa dose de atritos com a lei enquanto crescíamos. Knox nunca superou sua desconfiança em relação às autoridades. Ele amadureceu um pouco. Mas ele ainda gosta de se envolver com atividades de caráter duvidoso. Como aqueles jogos ilegais de pôquer que eu nem devia saber que acontecem.

— E você? Por que você não continua envolvido em atividades de caráter duvidoso?

— Se perguntar ao meu irmão, isso foi um "vá se lascar" para ele e a nossa infância. Nós contra o sistema.

— Mas não é a verdade.

Fiz que não.

— Eu pensei: em vez de driblar o sistema, por que não fazer mudanças dentro dele? Os nossos problemas com a lei eram muito pequenos. Mas Lucian? Não havia ninguém que o protegesse ou ajudasse. Ele foi preso aos 17 anos e ficou lá por uma semana, o que nunca devia ter acontecido. Foi isso que mudou para mim. Nenhuma encrenca ou violação da lei o ajudaria a se safar da enrascada. Mas tudo teria se resolvido com um policial bom que fizesse a coisa certa.

— Então você anda por aí fazendo o seu trabalho por todos os futuros Lucian — disse ela.

Dei de ombros, sentindo-me um pouco envergonhado.

— Também tem o uniforme de graça. Há rumores de que a calça valoriza o meu bumbum.

Lina sorriu e senti aquele ardor quente de brasa no peito.

— Ah, Sr. Certinho, esse boato foi fundamentado. É um fato oficial.

— Sr. Certinho?

— Uma coisa na cidade que você ainda não sabe? — brincou ela.

Fechei os olhos.

— Diga que esse não é o meu apelido.

Ela agitou os cílios compridos.

— Mas, Nash, eu sei o quanto a honestidade é importante para você.

— Meu Deus.

DEZESSETE
CONVERSA ÍNTIMA

Lina

Então você saiu de uma missão perigosa de alto nível e com uma equipe e agora está aqui? — perguntou Nash.

Estávamos na minha cama encarando o teto. Nash estava do lado esquerdo, mais perto da porta do quarto. Bica estava roncando toda enrolada na axila dele. Eu tinha colocado um travesseiro entre nós para evitar qualquer repetição das performances de ontem à noite.

Hesitei, surpreendida pelo desejo de confessar toda a verdade, de lhe contar por que estávamos à procura do mesmo homem. Mas suprimi essa vontade. Já tinha me comprometido com o plano. Não precisava desperdiçar energia me questionando.

— Eu precisava de espaço para respirar e pensar bem nas coisas. Há uma nova vaga de emprego disponível. Mais viagens. Trabalhos mais longos. É o meu emprego dos sonhos. Mas... — parei de falar.

— Sua família sabe com o que trabalha?

— Eles acham que eu viajo pelo país dando treinamentos corporativos. Prefiro viver a minha vida sem carregar o peso da opinião dos outros. Especialmente opiniões de como eu deveria encontrar uma maneira mais segura e fácil de ganhar dinheiro.

— Justo. O que tem na caixa com arquivos?

— Nash, essa coisa de dormir juntos só funciona se você calar a boca e dormir.

— Só umas coisas que estão passando pela minha cabeça.

Não gostei do rumo dessa conversa. Parecia que ele estava me forçando a contar mentirinha após mentirinha. E eu estava ficando mais desconfortável a cada minuto. Então verifiquei meu arsenal e retirei minha arma favorita: despistar.

— Esbarrei com o Lucian hoje — anunciei, virando para ficar de cara com ele no escuro.

— Aqui?

Interessante. Então, aquele mala superprotetor não queria mesmo que Nash soubesse do nosso papo.

— Não. Em Lawlerville, num restaurante.

— Lucian estava comendo em um restaurante? Tem certeza de que foi ele e não um sósia?

— Na verdade, ele não comeu. Ele tomou café enquanto eu comia — respondi.

— Sobre o que vocês conversaram?

— Não me diga que o Sr. Certinho é ciumento — provoquei, estendendo a mão por cima do travesseiro para fazer cócegas nele. Nash segurou minha mão e a levou à sua boca.

— Claro que sou. — Ele mordeu a ponta do meu dedo indicador.

— Conversamos sobre você. Acho que ele está preocupado contigo.

Ele ficou em silêncio por um instante e eu senti sua preocupação crescer no escuro.

— Você não disse nada a ele, né?

— Claro que não. Você me pediu para não contar. Presumi que havia um motivo para você contar sobre os seus ataques de pânico à estranha do apartamento ao lado, em vez de ao seu amigo mais antigo ou ao seu irmão.

— Não somos estranhos — insistiu ele, colocando a minha mão sobre o seu peito e segurando-a ali.

— Então somos... amigos? — perguntei. Seu peito estava quente sob o meu toque.

Ele ficou quieto por um longo tempo.

— Parece mais do que isso — admitiu.

— Mas que *tipo* de mais?

Vamos ver se você gosta de perguntas irritantes e desconfortáveis, Senhor.

— O tipo de mais que, se eu estivesse em melhor forma, você estaria nua e com certeza não haveria um travesseiro entre nós.

— Ah.

— Ah? É tudo o que tem a dizer?

— Por enquanto.

UM ALARME TOCOU estridente, arrancando-me de um sonho gostoso que envolvia eu, Nash e uma certa nudez deliciosa que sem dúvida parecia levar a algo safado.

Um rosnado baixo veio de debaixo de mim e por um segundo temi ter rolado por cima da cachorrinha enquanto dormia.

Mas Bica era bem mais peluda e bem menor do que aquilo em que a minha cabeça estava apoiada. O alarme parou e o rosnado virou um bocejo. Uma mão quente acariciou a parte externa da minha coxa e foi até o quadril. Enquanto isso, a parte interna da minha coxa estava aconchegada a nada mais nada menos do que uma ereção.

— Só *pode* estar de brincadeira — gemi.

— Você invadiu o território, Angel — disse Nash, presunçoso e sonolento.

Eu estava deitada *em cima* do travesseiro que eu tinha colocado entre nós. Minha cabeça e mão repousavam no peito largo de Nash. A minha perna estava atirada na área... er... do pênis dele.

— Isso está começando a ficar completamente ridículo — murmurei.

Tentei me afastar, fazer o giro da vergonha de volta para o meu lado da cama. Mas seus braços me envolveram. Com um puxão rápido, eu estava esparramada em cima dele peito a peito, virilha a virilha.

Santa gostosura.

— Pelo menos minha calça está no lugar — disse ele, alegre.

— Não tem graça — resmunguei. Eu *não* era de ficar abraçadinha, e homem nenhum, especialmente um que dependia de mim para ser o seu apoio emocional, ia mudar isso.

— Ah, querida, concordo. O lugar onde você está sentada não é nada engraçado.

Seu pênis se contorceu encostado em mim, fazendo com que minha vagina tivesse um acesso de birra por não ter o que queria devido aos shorts que insisti em usar na cama.

Fiz uma tentativa respeitável de me livrar dele, mas a agitação e o atrito que se seguiram só me excitaram mais.

As mãos de Nash foram para o meu quadril.

— Quietinha, Angel. — Sua voz estava rouca, e ele soava bem menos sonolento e muito mais excitado quando aquelas mãos me mantiveram parada.

Enquanto isso, coloquei meus braços entre nós para obter o máximo de distância possível. Teria um orgasmo ao toque mais sútil, e se ele desse uma leve investida nessa direção, não haveria como escondê-lo.

— Deus, você é linda de manhã — disse ele, afastando uma mecha de cabelo da minha testa. — A melhor forma de acordar.

Era a segunda melhor forma para mim, sendo ontem a melhor. Mas com toda a certeza eu não ia compartilhar essa informação com ele.

— Pare de ser meigo — eu disse.

Mas aqueles olhos azuis, suaves e sonhadores, me atraíram. Eu já não queria mais me libertar. Eu estava pairando sobre ele, olhos fechados, bocas próximas demais para que boas decisões fossem tomadas.

Ele levantou a outra mão. Seus dedos percorreram meu queixo e passaram pelo meu cabelo.

— Vou te beijar agora, Angelina.

"De jeito nenhum." Era isso que eu devia ter dito. Ou *"Eu acho que isso é uma ideia péssima e deveríamos considerar melhor as consequências."* No mínimo, eu poderia ter dito que precisava escovar os dentes e, depois, poderia ter me trancado no banheiro até que minhas partes íntimas ganhassem juízo.

Em vez disso, assenti estupidamente e disse:

— Sim. Tá.

Mas assim que ele se levantou, quando tudo o que eu podia ver eram aqueles olhos azuis se aproximando de forma excitante, quando meus lábios se separaram, as batidas na minha porta da frente começaram.

Bica se assustou ao pé da cama e soltou vários latidos estridentes. Nash franziu a testa.

— Está esperando alguém às seis da manhã?

— Não. Acha que é a Sra. Tweedy me chamando para ir à academia?

Eu me esconderia tranquilamente debaixo da cama.

As batidas recomeçaram.

— Ela é baixa. Bate mais embaixo na porta.

Não vou mentir, senti uma pontada de alívio por provavelmente não ser minha vizinha idosa querendo arrastar minha bunda para a academia de novo.

— Fique aqui — ordenou Nash, tirando-me de cima dele e me colocando na cama.

— De jeito nenhum. A casa é minha. Quem quer que esteja batendo está me procurando.

— Então não será uma surpresa divertida quando me encontrarem? — disse ele, soando menos como um ficante sonolento e mais como um policial durão.

Peguei o meu robe e corri atrás dele.

— Nash! — sibilei. — Talvez eu não queira que quem está do outro lado da porta saiba que passamos a noite juntos outra vez.

— Tarde demais — disse o barítono grave e irritado do outro lado da porta.

Nash abriu a porta e Lucian, parecendo que já estava acordado há horas, entrou vestindo outro daqueles ternos sob medida.

— Só pode estar de brincadeira — murmurei.

— Você dorme de terno? — perguntou-lhe Nash.

— Eu não durmo — gracejou ele.

A minha vagina odiava Lucian Rollins.

— O que você está fazendo aqui? — exigi saber.

— Seguindo seu conselho — disse ele com um pouco de chiado no tom. — Venha, Nash. Vamos tomar o café da manhã.

— Sem querer ofender, Lucy, mas eu estava no meio de algo que eu quero fazer muito mais do que comer ovos com você.

Lucian me lançou um olhar que teria incinerado uma mulher mais fraca.

— Fique à vontade para voltar à atividade depois que eu disser o que tenho para dizer.

— Preciso de café — murmurei e fui para a cozinha.

— Eu te avisei — declarou Lucian depois que me afastei.

— É? Eu também te avisei. — Levantei o dedo do meio por cima do ombro.

— Avisou a ela? Que merda é essa, Lucy? — exigiu saber Nash.

— Precisamos conversar — disse Lucian. — Vá se vestir.

— Eu cuido da cachorrinha — gritei. — Você cuida do seu amigo chato.

DEZOITO
OVOS BENEDITINOS PARA IDIOTAS

Nash

Eu não estava com saco para café da manhã ou a música pop alegre que saía dos alto-falantes do restaurante. Pelo segundo dia consecutivo, eu não tinha acordado com aquele som horrível de esmagamento ecoando na cabeça.

Em vez disso, acordei com a Lina. E o meu amigo idiota arruinou tudo.

— Cadê aquele delegado que não larga do seu pé? — perguntou meu amigo idiota.

— Ainda deve estar na cama. Onde *eu* devia estar. Você interrompeu algo.

— Deveria me agradecer.

— Perdeu a porra do juízo? — falei assim que o garçom se aproximou.

— Posso voltar depois — disse ele, hesitante.

— Café. Preto. Por favor — acrescentei enquanto deslizava meu cardápio para a borda da mesa e encarava Lucian.

— Nós dois queremos os ovos beneditinos com salmão defumado e iogurte com frutas vermelhas — disse meu amigo empata-foda.

— Claro — disse o garoto antes de fugir.

Lucian sabia como intimidar e impressionar as pessoas. Muitas vezes ao mesmo tempo. Hoje, porém, ele estava apenas me irritando.

Esfreguei a mão na cara.

— O que diabos está acontecendo com você?

— Estou aqui para te fazer essa mesma pergunta — disse ele, franzindo a testa para o celular antes de enfiá-lo no paletó.

— Você é como um vampiro que fica acordado tramando como ser empata-foda dos melhores amigos.

— Você passou duas noites na cama com ela e...

— Como sabe que passei duas noites na cama com ela? — interrompi.

— Duas noites na cama com quem? — Meu irmão se sentou ao meu lado parecendo puto da vida e como se tivesse acabado de se levantar.

— O que você está fazendo aqui? — exigi saber.

Ele bocejou e sinalizou para pedir café.

— Lucy ligou. Disse que era importante. Duas noites na cama com quem?

— Não vou falar disso. E como caralho você sabe onde é que durmo e com quem? — perguntei, voltando-me para Lucian.

— As informações chegam até mim.

— Juro por Deus que se a Sra. Tweedy estiver ouvindo na minha porta com um copo...

— O que diabos está acontecendo entre vocês? — interrompeu meu irmão.

O garçom voltou com café para todos.

— Deseja algo para o café? — perguntou ele a Knox.

— Talvez depois de descobrir quem o meu irmão está levando para a cama.

— Jesus. Não é da conta de ninguém quem levo para a cama. O que eu quero saber é por que diabos Lucian apareceu na porta da Lina às seis da manhã e me arrastou para fora da cama para tomar café.

— Você estava na casa da Lina às seis da manhã? — Knox não parecia feliz com isso.

— Francamente, eu não teria que ter aparecido lá se meu almoço com sua colega de cama ontem tivesse funcionado — disse Lucian, parecendo irritado.

Eu estava considerando me lançar sobre a mesa e agarrá-lo pelas lapelas do terno chique quando o garçom sabiamente decidiu desaparecer.

— Por que você está aqui? Por que está almoçando com a Lina? E que porra isso tem a ver com, de repente, você ter vontade de comer ovos beneditinos?

— Por que caralho você estava na casa de Lina às seis da manhã? E a resposta é melhor não ser que é com ela que você anda transando — resmungou Knox.

Lucian ergueu uma sobrancelha para mim e pegou sua caneca.

— Ela contou que almoçamos, mas não disse o porquê? Interessante.

— Nada disso é interessante para mim. Vá direto ao ponto ou pare de se meter na minha vida — falei.

— Se ninguém começar a responder às perguntas, vou começar a distribuir socos — alertou Knox.

— Ele não tem estado bem — disse Lucian, apontando para mim. — Está assim desde o tiroteio.

— Ora, ora, parece que temos um Xeroque Rolmes aqui. Um idiota meteu dois tiros em mim. Demora um pouco para voltar a ser como era.

— Você diz isso como se estivesse tentando.

Uma raiva clara e quente emergiu sob a minha pele. Ao meu lado, meu irmão ficou tenso.

— Vá se foder, Lucy — eu disse. — Estou tentando. Faço fisioterapia. Vou à academia. Vou ao trabalho.

Ele fez que não.

— Fisicamente, você está se curando. Mas mentalmente? Você não é o mesmo. Você esconde isso. Mas as fissuras estão começando a aparecer.

— Vou precisar de algo mais forte do que café se vamos ter esta conversa — murmurou Knox.

Peguei meu café e pensei em atirá-lo nele.

— Vá direto ao ponto, Lucy.

— Você não precisa de distrações. Você precisa de um desfecho. Precisa se lembrar. Precisa encontrar o Hugo. E precisa colocá-lo atrás das grades.

— Colocar o Hugo atrás das grades não muda nada do que já aconteceu. E *como* lembrar o que aconteceu vai ajudar a juntar meus cacos de novo?

Será que aquele buraco na minha memória detinha a chave? Se eu finalmente me lembrasse de como era enfrentar a morte, estaria pronto para viver de novo? Isso não fazia parte do que eu estava passando? Eu podia pôr os criminosos atrás das grades, mas isso não desfazia o que já tinham feito. Eu poderia impedi-los de agir novamente, mas não poderia impedir o que já aconteceu.

Devo ter levantado a voz porque o casal à mesa ao nosso lado se virou para me encarar.

— Não acredito que você me tirou da cama com a Naomi por isso — reclamou Knox.

— Idem.

— Seu irmão estava na cama com a Lina — fofocou Lucian.

— O caralho que ele estava. O caralho que você estava — disse Knox, aproximando-se de mim.

— Não começa, porra — avisei.

— Eu mandei você ficar longe dela.

— Eu disse a ela o mesmo — disse Lucian.

— Quê? Por quê? — esbravejamos Knox e eu.

— Estamos do mesmo lado, Knox — lembrou Lucian.

— Você a ameaçou? — perguntei, minha voz baixa e perigosa.

— Pode crer que sim.

— Qual é o seu problema, porra? O dos dois — exigiu saber meu irmão.

— Ela está se aproveitando de você — insistiu Lucian.

— Você está começando a me tirar do sério, Lucy — avisei.

— Que bom. Já é um começo.

— Não se aproxime da Lina de novo — disse a ele. — Você não pode ameaçar as pessoas por minha causa, porra. Especialmente ela.

— Não acredito que você está dormindo com a Lina depois de eu ter falado para não dormir — grunhiu Knox.

— E você não pode enfiar a cara num buraco esperando que as coisas melhorem. O seu pai passou as últimas décadas se entorpecendo. O que você está fazendo não é muito diferente — afirmou Lucian.

Um silêncio impetuoso caiu sobre a nossa mesa enquanto olhávamos um para o outro.

— Estou deprimido. Está bem, seus idiotas do caralho? A minha vida tem sido um grande buraco negro desde que acordei naquela cama de hospital. Felizes agora?

Foi a primeira vez que admiti em voz alta. Não dei muita importância a isso.

— Pareço feliz?

Para crédito dele, Lucian parecia arrasado.

— Me diga o que isso tem a ver com a Lina — disse meu irmão, com o rosto nas mãos.

— Não acredito que ela esteja sendo verdadeira. Temo que ela possa se aproveitar de você nesse... estado. Ela apareceu na cidade um dia antes do

Hugo fazer o que fez com Naomi e Waylay. Não lhe contou qual era o trabalho dela de verdade. Ela se mudou para o apartamento ao lado. E do nada tem um passado com o delegado encarregado de você.

— Ela também tirou a minha bunda do chão, me levou até o andar de cima e me ajudou durante um maldito ataque de pânico duas noites atrás. Não sei o que diabos há nela, mas quanto mais perto ela está, melhor eu me sinto. Mais fácil é me levantar da cama e me obrigar a agir normalmente. Então, embora eu *agradeça* a sua preocupação, vou salientar que ela esteve ao meu lado de uma forma que ninguém mais esteve. Nem você. Nem Knox. Ninguém.

Lina fez com que eu me sentisse um homem, não os destroços de um.

Lucian apertou a mandíbula sob a barba bem aparada.

— Dois ovos beneditinos com salmão defumado. — O garçom apareceu com o nosso desjejum.

— Valeu — agradeci categoricamente quando ficou claro que Lucian não iria.

— Posso trazer mais alguma coisa? Mais café? Guardanapos para limpar qualquer derramamento de sangue futuro? Não? Então tá.

— Ela está mentindo para você — insistiu Lucian. — Está aqui por sua causa.

— Vocês dois precisam calar a boca agora, porra — ordenou Knox. — Lina é uma pessoa boa pra cacete.

— Você também não confia nela com seu irmão — salientou Lucian.

— Porque o coração idiota dele será partido, é por isso — disse meu irmão exasperado. — Não porque ela esteja se aproveitando, ou seja lá qual for a palhaçada que você tenha inventado nessa sua mente desconfiada. Ela não está a fim de se casar, ser esposa de um policial e correr atrás de um bando de crianças. Por isso, se você se apaixonar por ela e ela der um pontapé na sua bunda, sou eu que vou ter de lidar com a sua choradeira por causa disso.

Eu estava estranhamente tocado, mas ainda sobretudo chateado.

Encarei os dois. Meu irmão e meu melhor amigo achavam que eu era fraco demais para sobreviver a isso.

— Aproxime-se dela outra vez e farei você se arrepender — falei, meus dedos ficando brancos na asa da caneca.

— Digo o mesmo a você — disse-me Knox.

— Não cabe a você decidir — lembrei a ele.

— Eu não confio nela — disse Lucian, teimoso.

— É? E eu não confiava na higienista dental com quem você namorou por um mês, há três anos.

— Com toda a razão. Ela roubou meu relógio e meu roupão — admitiu meu amigo.

— Lina não está atrás do meu relógio e eu não tenho roupão.

— Não. Mas ela está atrás de alguma coisa. Um mentiroso sente o faro de uma mentira.

— Pare de investigá-la.

— Se você colocar a cabeça no lugar, eu paro de ficar de olho — disse Lucian.

Quando Lucian Rollins ficava de olho, isso significava que ele sabia o que tinha no seu lixo antes de ele ir parar no meio-fio. Significava que ele sabia o que você jantaria antes de você saber. O homem tinha um dom para conseguir informações, e eu não devia me surpreender por ele ter usado isso contra mim. Especialmente se ele achava que era para o meu próprio bem.

— Não preciso ouvir isso.

— Sim, precisa — insistiu. — Estou ouvindo mais rumores de que Duncan Hugo não fugiu com o rabo entre as pernas.

— E daí? — retruquei.

— Você é uma ponta solta. Uma ameaça direta a ele. Você não pode se esconder nos buracos da sua memória para sempre. Preciso que opere cem por cento. Porque, se ele voltar atrás de você, se conseguir acabar com você... isso me deixa apenas com o Knox como amigo.

— Hilário.

— Vá se ferrar — murmurou Knox.

— Você é bom demais para deixar isso te destruir. Você tem que sair dessa escuridão, se necessário, e acabar com ele. E não vai conseguir isso se distraindo com uma mulher em quem não pode confiar.

— Há uma solução simples para isso. Vocês dois ficam longe da Lina — disse Knox.

— Vão se lascar.

DEZENOVE
CAQUI NÃO COMBINA COM ELA

Lina

O de sempre, Lina querida? — falou Justice atrás do balcão do Café Rev quando entrei.

— Sim, por favor. Tudo bem se a minha amiga peluda se juntar a mim? — perguntei, levantando Bica com seu suéter cor de abóbora. A cachorrinha cheirou o ar com aroma de café e tremeu ante a animação da correria matinal.

Justice sorriu.

— Sem problema. Vou fazer algo especial para a senhorita Bica.

Claro que o querido barista já sabia o nome da cachorrinha. E claro que ele sabia qual era o meu pedido de sempre. Há dois anos eu ia ao mesmo café no quarteirão da minha casa, e eles ainda erravam o meu pedido e o meu nome.

— Está tudo bem? — perguntou-me ele por cima do burburinho do estabelecimento movimentado enquanto eu pagava o café. Pisquei os olhos. Isso *sem sombra de dúvida* nunca aconteceu na cafeteria que frequento.

— Sim. Claro. De vento em popa — falei.

Era uma grande mentira.

Mas de jeito nenhum eu explicaria ao Justice que estava surtando porque Nash Morgan era tão irresistível que eu ficava completamente fora de mim perto dele. Conchinha. Confidências. Apoio emocional. E eu certamente não expressaria minha preocupação com a possibilidade de Lucian arruinar tudo a qualquer momento, embora eu não tivesse certeza se "tudo" era o que eu queria para começo de conversa.

Eles eram amigos havia anos, e se Lucian dissesse que eu era um B.O., Nash daria ouvidos.

Eu devia estar feliz. A interferência de Lucian me libertaria de uma situação com a qual eu não sabia lidar e permitiria que eu me concentrasse no que vim fazer aqui. Eu devia estar em êxtase. Em vez disso, sentia-me como naquela vez em que eu tinha insistido em ir na montanha-russa após quatro doses de tequila na faculdade.

— Tem certeza? Porque seu rosto não diz que está de vento em popa — insistiu Justice.

— Meu rosto e eu estamos bem — prometi. — Só estou... tentando resolver algumas coisas na minha cabeça.

Ele pegou uma caneca e girou-a no dedo pela alça.

— Às vezes, a melhor coisa que você pode fazer é se distrair e deixar a resposta chegar até você.

Coloquei uma nota de 20 no frasco de gorjeta.

— Obrigada, Justice.

Ele deu uma piscadela.

— Sente-se. Eu te chamo quando estiver pronto.

Peguei a primeira mesa vazia que vi e me sentei na cadeira.

Justice tinha razão. Nash não era uma operação a ser planejada e executada. Ele era um homem adulto e podia tomar as próprias decisões. Mas ele provavelmente deveria decidir sabendo de todas as informações. Se eu lhe contasse a verdade e ele ainda quisesse acreditar que eu era um B.O., então problema dele. Não meu.

Então por que eu sentia que era? A vozinha me provocou internamente. Eu não estava me apaixonando de verdade pelo cara. Estava? Antes deste fim de semana, eu tinha bebido num bar com ele e cuidado dele após um tiroteio. Mal nos conhecíamos. Isso era apenas uma paixonite. Nada mais.

— Você parece estar a um milhão de quilômetros de distância — disse Naomi, aparecendo com várias bebidas.

— Quanto café você bebe de manhã? — perguntei quando ela se sentou ao meu lado.

— Dois são seus — disse ela. Ela me passou um café com leite e um copo de papel com chantili com o nome da Bica escrito. — Você não ouviu o Justice chamar.

Bica esqueceu de ficar apavorada e enfiou o focinho no chantili.

— Como soube que o Knox era a pessoa certa? — Deixei a pergunta escapar sem sequer realmente pensar nela.

Porém, se Naomi ficou surpresa com a pergunta, não demonstrou.

— Foi um sentimento. Algum tipo de magia. Uma certeza, eu acho. Definitivamente, não tinha nenhum sentido lógico. Na teoria, não podíamos ser mais inadequados para o outro. Mas havia algo tão *certo* na forma como eu me sentia em relação a ele.

Merda. Isso parecia... familiar.

Ocupei-me com uma dose de cafeína.

— Mas não dá para simplesmente se apaixonar por alguém no decorrer de alguns dias, dá?

— Claro que dá! — Ela riu.

Gostaria de ter ido a um bar em vez de a um café.

— Mas há camadas. Você pode se apaixonar loucamente por alguém à primeira vista. Você pode achar a pessoa atraente e fascinante ou, no caso de Knox, enfurecedora. E pode parar por aí. Mas, quanto mais próximo você fica, mais pedaços vê dessa pessoa e mais pode se apaixonar. Isso também pode acontecer rápido.

Pensei nas nossas confissões noturnas, na estranha e frágil intimidade que tínhamos construído entre nós ao confiar ao outro coisas que ninguém mais sabia. Perguntei-me se lhe contar toda a verdade o despedaçaria. Ou havia uma força invisível nesse tipo de honestidade?

— Ou, se você for como eu e o Knox, pode ser necessário um cinzel e um martelo antes de passar da camada "você é um gostoso. Vamos transar!" — acrescentou Naomi.

— Eu gosto dessa camada — admiti.

— Como não gostar dessa camada? — brincou ela.

— As camadas mais profundas chegam aos pés disso? — Eu estava apenas brincando em parte.

Ela me lançou um sorrisão.

— Ah, amiga. Só fica cada vez melhor. Quanto mais você conhece, ama e respeita seu parceiro, quanto mais vulneráveis vocês ficam juntos, melhor fica *tudo*. E eu digo *tudo*.

— Isso parece... aterrorizante — decidi.

— Você não está errada — concordou ela. — Já é o momento adequado para perguntar quem a está fazendo se sentir assim?

— Isso tudo é hipotético.

— Certo. Porque você não está aqui sentada com a cachorrinha do Nash. E você e o Nash quase não incendiaram a minha mesa com as faíscas que voavam entre vocês no jantar. E o Knox não fez um escândalo porque o Nash te prensou contra a parede depois.

— A comunicação de casal de vocês está em dia, hein!

Ela olhou para mim, querendo que eu cedesse, mas me mantive firme.

— Urgh. Tá — disse ela. — Mas saiba que, se precisar conversar, hipoteticamente ou seja lá como for, estou aqui. E estou torcendo por você.

— Obrigada — falei, acariciando o pelo ressecado da Bica. — Fico agradecida.

— É para isso que servem os amigos — disse ela antes de olhar para o relógio. — Se me der licença, está na hora de deixar Sloane me convencer a usar o dinheiro da venda da minha casa para o bem da comunidade, já que meu futuro marido se recusa a me deixar pagar o casamento, a lua de mel ou a faculdade da Waylay.

— Por que não guarda?

— Uma parte está guardada. Mas usei parte da herança da minha avó para pagar aquela casa, e me parece correto investir essa parte no futuro de algo com que me preocupo. A Sloane diz que tem a causa perfeita. — Ela pegou seu café do tamanho de um galão e se levantou. — Não esqueça que vamos comprar os vestidos!

Nós nos despedimos e vi Naomi sair pela porta em direção à manhã de outono fria.

Olhei para Bica. Tinha chantili em seu bigode.

— Acho que preciso contar a verdade ao seu pai.

A cachorrinha inclinou a cabeça e fez contato visual por um tempo desconfortável.

— Tem algum conselho para mim?

Sua língua rosada saiu da boca e tirou o chantili do focinho.

Se Lucian não tivesse conseguido convencer Nash de que eu era uma *femme fatale* manipuladora durante o café da manhã, talvez eu pudesse dizer a ele durante o almoço por que eu estava aqui e que eu *meio que* estava a fim dele.

— Sabe, mesmo que ele fique inicialmente bravo comigo, eu ainda tenho você — disse à cachorrinha. — Talvez eu possa te fazer de refém e pedir o perdão dele como resgate.

Bica espirrou chantili na mesa. Vi como um sinal afirmativo e, assim que terminei de limpar a bagunça, enviei uma mensagem de texto para ele.

Eu: Está livre para ir almoçar hoje? Quero te contar uma coisa.

Abaixei o celular e olhei para a tela, querendo que três pontos aparecessem. Mas nenhum surgiu.

Ele devia estar ocupado. Ou já havia decidido que eu era um B.O. e nenhuma honestidade tardia resolveria isso. O que eu estava fazendo? Estava aqui para fazer o meu trabalho e descobrir uma maneira de parar de tomar decisões arriscadas.

— Droga — murmurei baixinho.

Peguei meu celular de novo.

Eu: Acabei de perceber que não tenho tempo para almoçar, então esqueça que eu disse qualquer coisa. Preciso resolver algumas coisas, então vou deixar a Bica com a Sra. Tweedy.

Pronto. Ótimo.

Acabar com tudo agora era o melhor a fazer. Não importava o que Nash pensasse de mim. Eu não ficaria aqui por tempo suficiente para lidar com as consequências.

— Oi, flor. — Tallulah, esposa de Justice, apareceu segurando um copo de café grande e um saco de guloseimas. — Só queria dizer que se esse seu carro sexy precisar de uma troca de óleo, pode levar lá para a oficina. Adoro máquinas americanas.

— Eu não confiaria em mais ninguém — assegurei.

Ela piscou um olho e saiu.

Congelei com a caneca a meio caminho da boca.

Tallulah sabia que tipo de carro eu dirigia. Eu fazia parte de um grupo de mensagens com mulheres amigáveis e divertidas que pareciam estar decididas a me tornar parte do círculo de amizade. O proprietário do café local sabia o meu nome e minha preferência de bebida. Eu tinha colegas de academia, que com certeza já eram todos beneficiários do INSS, mas isso não os deixava para trás nos levantamentos de peso.

Olhei à minha volta e reconheci meia dúzia de rostos.

Eu sabia onde encontrar todas as minhas comidas favoritas na mercearia local e me lembrava de evitar a Fourth Street entre as 15h e as 15h30, quando as aulas terminavam na escola. Participaria do casamento de alguém. Estava de babá da cachorrinha de alguém. Tinha acordado duas manhãs seguidas na cama com Nash.

Sem eu perceber, Knockemout tinha me sugado para o seu campo gravitacional. E cabia a mim decidir se queria me libertar. Se eu era corajosa o suficiente para ver como eram essas outras camadas.

— Mas que coisa — murmurei e peguei meu celular outra vez.

Eu: Voltei. O almoço está valendo de novo. Digo, se estiver disponível. Nos falamos em breve.

— Ai, meu Deus. "Nos falamos em breve"? — Soltei o celular e passei as duas mãos no rosto. — O que deu em mim? O que esse cara está fazendo comigo?

Bica soltou um gemido. Olhei para ela.

— Obrigada pelo comentário. Vou deixá-la na casa da Sra. Tweedy para poder falar com uma pessoa horrível.

— OLHA SÓ quem voltou!

Tina Witt parecia presunçosa demais para uma mulher vestindo o macacão caqui da prisão.

A primeira vez que a conheci, estranhei a sua semelhança com a irmã gêmea, Naomi. Parecia que eu estava encontrando uma gêmea do mal de verdade. Só que em vez de um cavanhaque diabólico, Tina ostentava o comportamento autoritário de uma criminosa nada genial.

— Tina — disse eu, sentando-me em frente a ela na cadeira dobrável de metal.

Eu já tinha estado aqui duas vezes antes e das duas vezes saí com absolutamente nada. Ou a Tina mantinha uma estranha lealdade para com o Duncan Hugo ou ela não sabia nada de, bem... nada. Vendo como ela tinha entregado seu ex para os federais, eu chutava que era o último.

— Já disse a você e seus colegas tiras 50 milhões de vezes, não sei onde está o Dunc.

Era hora de tentar uma nova tática.

— Eu não trabalho para os tiras — eu disse a ela.

Seus olhos se estreitaram.

— Você disse...

— Eu disse que era uma investigadora.

— O que diabos você está investigando se não para onde aquele idiota caloteiro e desmiolado foi?

— Eu trabalho para uma agência de seguros — expliquei.

— Está tentando me vender uma merda de garantia de carro? Estou atrás das grades, vadia. Está me vendo dirigir?

Era óbvio quem tinha ficado com os cérebros no útero.

— Eu não *vendo* seguros, Tina. Eu encontro coisas asseguradas quando elas desaparecem.

— Hã?

— Sou como uma caçadora de recompensas, só que em vez de encontrar pessoas, encontro as coisas que roubaram. Acho que o Duncan roubou algo que é valioso para o meu cliente, e acho que o roubou enquanto planejava dominar o mundo do crime com você.

— Valioso quanto?

Tina nunca se importava com os detalhes, apenas com o resultado.

— Para o meu cliente? Inestimável. Para o mercado? Meio milhão.

Tina bufou.

— Inestimável tipo um saco de dentes de leite sentimental? Nunca entendi essas merdas. Fada dos dentes. Presente de Natal.

Senti uma pontada de tristeza pela Waylay e pela forma como ela foi criada. Pelo menos os meus pais tinham me sufocado de amor. Um desinteresse teria causado muito mais danos. Graças a Deus por Naomi e Knox e suas famílias gigantes. Waylay agora tinha um exército de entes queridos ao seu lado.

— Inestimável tipo um Porsche 356 conversível de 1948 que está na família há três gerações.

— Então você está dizendo que não só aquele troglodita me largou de mãos abanando para levar a culpa por tudo, como também me deixou de fora de alguns lucros?

— Basicamente isso.

— Aquele filho da puta!

— Não grite, Tina — frisou o guarda do lado de fora da porta.

— Vou gritar se eu quiser gritar, Irving!

— Você lembra se Duncan estava com você neste fim de semana de agosto? — perguntei, mostrando o calendário no meu celular.

A última vez que estive aqui e perguntei, ela sugeriu que eu perguntasse à "secretária social" dela e depois disse que eu podia ir me lascar.

— Foi quando o seu carro que vale os olhos da cara foi roubado?

Assenti.

— Me lembrei de algumas coisas desde a última vez. Dunc e os amigos fizeram uma farra naquele fim de semana. Voltaram com seis carros. Só que nenhum Porsche velho. Mas Dunc voltou mais tarde do que os outros. Lembro porque caí em cima dele porque os manés apareceram sem ele e beberam toda a porra da minha cerveja. Depois vem o Dunc, se exibindo como um daqueles pássaros com uma cauda grande e elegante.

— Um peru?

Ela revirou os olhos.

— Jesus. Não. Com penas azuis e que berra.

Ela inclinou a cabeça para trás e soltou um gorjeio bem alto.

Irving, o guarda, abriu a porta.

— Mais um aviso e vai voltar para sua cela, Tina.

— Um pavão! — interrompi.

Tina apontou para mim.

— Isso! Esse. De que estávamos falando mesmo?

Irving fechou a porta com um suspiro sofrido.

— Duncan voltou para casa tarde depois de roubar seis carros — perguntei. — Quão tarde ele chegou?

Ela deu de ombros.

— Tarde o bastante para aqueles abestalhados beberem um engradado inteiro de Natty Light. Uma ou duas horas?

Limitei-me ao meu crescente sentimento de triunfo. Sabia. Eu tinha razão. Ele havia escondido o Porsche em algum lugar a até uma hora do local original da loja. Talvez não estivesse mais lá, mas, se eu puder encontrar a primeira migalha de pão, poderia encontrar a segunda.

— E você nunca viu um Porsche antigo na loja? — perguntei.

Ela fez que não.

— Nenhumzinho. Ele ficou com o novo troço de *Velozes e Furiosos*.

— Duncan alguma vez a levou para conhecer o pai dele? — perguntei.

— Anthony? — Ela transformou o rosto em escárnio. — Eu e o Dunc estávamos mais na fase de transar no beco do que conhecer os pais um do outro antes de ele me sacanear.

— Mas ele falou do pai — insisti.

— Pode crer, ele falou, sim. O cara estava obcecado pela aprovação do paizinho. Pelo menos até o Dunc estragar aquela tramoia.

Meu corpo ficou tenso com a maneira como ela mencionou tão casualmente o incidente do Nash. Fiz o possível para manter a expressão neutra, mas, por dentro, o meu coração trovejava contra o esterno.

Algumas pessoas não entendiam que suas ações tinham consequências. Outras simplesmente não se importavam.

— Sabe, eu nem sabia que ele tentaria matar aquele tal Morgan. Eu teria o convencido a ficar de fora disso — disse Tina, acendendo um cigarro.

— Por quê?

— Bom, por um lado, a bunda dele fica uma delícia naquela calça de policial.

Tina Witt podia ser um ser humano horrível, mas ela não estava errada nesse quesito em particular.

— Por outro lado, ele era um cara decente. E não só de aparência. Ele nunca me tratou igual ao irmão de merda dele e todos os outros. Mesmo enquanto me prendia, colocou minha cabeça no carro com muita gentileza.

Seu rosto anguloso ficou sonhador.

— Ele é um bom rapaz. E gato também — comentei.

— Aham! Pelo tanto que evito a polícia em geral, você sabe que o cara tem que ser um pitel para eu não correr na direção oposta na mercearia, mesmo com peru fatiado enfiado no sutiã. Aposto que ele tem um pau enorme também — disse ela, melancólica.

Ótimo. Agora eu estava pensando em Nash e suas incríveis ereções matinais e como eu poderia nunca mais sentir uma.

— De volta a Duncan — falei, desesperada.

Tina dispensou o assunto com a mão.

— Ah, o dele tinha um tamanho médio. Não sabia muito bem como usar. Ele era uma espécie de cutucador em vez de estocador, se é que me entende.

Não entendi. Meu rosto deve ter demonstrado isso porque Tina se levantou e deu início a uma demonstração lasciva de estocadas com o cigarro pendurado na boca.

— Acha que Anthony Hugo ajudaria a esconder o filho? — perguntei, interrompendo o show.

Tina bufou e voltou a se sentar.

— Está de sacanagem? Depois do Dunc ferrar tudo daquele jeito?

— Pais perdoam todo tipo de erro — salientei. Os próprios pais da Tina eram um exemplo disso.

Tina balançou a cabeça.

— Não Anthony Hugo. Dunc voltou para casa todo puto da vida e se borrando de medo. Me disse que tentou matar um policial e que isso não correu como planejado. Eu estava descendo a lenha nele quando dois dos capangas do Anthony apareceram para levar o Dunc para uma "conversinha". E eu estava lá quando ele arrastou a bunda rebentada e ensanguentada dele de volta para casa.

— O que aconteceu durante essa conversa?

— Ah, o de sempre. Berros. Humilhação. Ameaças. Anthony estava puto porque Dunc tinha atraído "atenção indesejada" para o seu negócio. Dunc disse que o pai o xingou, deu uma pisa nele. O que foi um verdadeiro tapa na cara, trocadilho intencional. Dizem que o Anthony não suja as mãos há muito tempo. Ele tem homens para isso. Mas abriu uma exceção para Dunc.

— Como Duncan se sentiu em relação a isso?

Ela olhou para mim como se eu fosse burra.

— Ele sentiu que isso elevou o relacionamento deles para um lugar mais saudável. Como diabos você acha que ele se sentiu?

— Então você não acha que é possível o pai do Duncan tê-lo ajudado a sumir do mapa? — pressionei.

— Eu ficaria surpresa se o velho não estivesse procurando por ele para dar cabo antes que a polícia o encontre — disse ela.

Isso era novidade. Guardei a informação para mais tarde.

— Sério?

— Bem, Dunc era um idiota. Impulsivo além da conta. Mas o pai dele é assustador pra cacete. Depois do Anthony ter soltado o verbo sobre como ele tinha arruinado os seus planos e posto em perigo os negócios da família, eu sabia o que viria em seguida. O velho mandaria alguém para reparar os estragos. E por "reparar os estragos" me refiro a ele meter umas balas na cabeça do Dunc. Provavelmente na minha também.

— O que aconteceu então?

— Bom, vou te contar, não tem nada sexy num homem que está triste porque o papai não o ama o bastante. Disse a ele que era hora de seguir em frente. Fazer o próprio nome. Por isso, eu o convenci de que precisávamos nos esconder. Ele fez umas ligações e fomos para aquele armazém em Lawlerville e começamos a traçar um plano. Precisávamos de dinheiro e rápido. Dunc imaginou que a melhor maneira de fazer isso era revendendo uma cópia da lista. Muitas pessoas entre aqui e D.C. estariam interessadas numa lista de policiais durões e os seus dedos-duros.

— Foi aí que vocês raptaram a sua filha e a sua irmã.

As más decisões de Tina Witt faziam com que as minhas parecessem pequenos lapsos de julgamento em comparação. Eu tinha estado lá para ver as consequências imediatas. Um rastro de bandidos sangrando. Knox no chão com Naomi e Way. Nash, heroicamente encostado na parede, arma na

mão, ombro sangrando, parecendo exausto e zangado. O meu coração fez um tum-tum patético.

— Essa foi outra cagada em que o paspalho me meteu. Não era para ser um sequestro, sabe? Era só para ele as assustar um pouco. Fazê-las passar a lista para a gente. Depois mandar pegarem o beco. Mas nãooo, ele tinha que fazer as coisas do jeito *dele*. Dunc era idiota, mas não era burro. Ele podia ser esperto quando queria, mas era impulsivo. Num segundo, estava planejando um assalto e, no próximo, se distraía jogando videogames até as quatro da manhã.

— Então, uma vez que vocês bateram em retirada por conta própria, quem trabalhou com ele? Tinha homens no armazém na noite em que você foi presa. Eram do Anthony? Outros membros da família? Amigos?

É para isso que servem os amigos. As palavras de Naomi naquela manhã ressurgiram na minha cabeça. Ninguém estava verdadeiramente sozinho neste mundo. Sempre havia alguém a quem uma pessoa recorria quando precisava de ajuda.

— Ah. Tipo os cúmplices, né? Estou manjando do linguajar policial porque estou assistindo *NCIS* e tal, caso o chefe Morgan venha me fazer uma visita — disse ela com orgulho.

Eu me perguntei como Nash se sentiria sabendo que Tina Witt tinha um tesão incontrolável por ele. Também me perguntei se isso significava que ele nunca tinha vindo vê-la na prisão.

— Sim. Cúmplices — concordei.

— Ouvi dizer que a maioria foi pega pela polícia — disse Tina.

— A maioria, mas não todos. Alguém teve de o ajudar a fugir.

— Tinha uns capangas que trabalhavam para ele no desmanche. Depois, teve o Cara da Tatuagem no Rosto e o Gordinho de Cavanhaque. Aquele lá conseguia comer um sanduíche de trinta centímetros em menos de dez minutos. Eram amigos do Dunc do ensino médio antes de ele largar os estudos. Eles começaram a trabalhar para o velho na mesma época, mas eram amigos do Dunc acima de tudo.

Zelosamente, fiz anotações e esperava que as descrições fossem suficientes para me levar a uma direção.

— Há mais alguém de que você se lembre?

Ela franziu os lábios e apagou o cigarro.

— Tinha um cara que eu nunca conheci. O Do Celular Descartável. Acho que não eram amigos. Pelo menos não se falavam como se fossem. Mas foi para ele que o Dunc ligou quando precisamos vazar de Dodge depois que o tapado baleou o chefe Morgan.

— Como o Do Celular Descartável ajudou? — perguntei.

Tina deu de ombros.

— Sei lá. Eu estava ocupada demais gritando com o Dunc por ser burro para prestar atenção.

Fechei o caderninho e o guardei no bolso do casaco.

— Mais uma pergunta. O que fez Duncan começar pelo chefe Morgan?

Tina deu de ombros.

— Talvez tenha sido por eu ter mencionado certo dia como a bunda do chefe era bonita ou por ter dito que o chefe não tinha me maltratado pra cacete como todos os outros moradores de Knockemout. Ele nunca olhou para mim como se eu não fosse ninguém.

Ela girou uma mecha de cabelo com textura de palha em volta dos dedos. Ela cortara e tingira o cabelo a fim de se parecer mais com a irmã para o sequestro. Agora, raízes cinzentas eram visíveis e ela precisava urgentemente de uma hidratação profunda.

— Claro, também pode ter sido os asteriscos duplos ao lado do nome dele que chamaram a atenção do Dunc.

Lutei contra o desejo de bater os dedos na mesa.

— Ele disse para que serviam os asteriscos?

Tina deu de ombros.

— Sei lá. Teria de perguntar ao Dunc.

— Bom, obrigada pelo seu tempo, Tina — eu disse, ficando de pé.

— Eu não tenho nada além de tempo graças àquele babaca. Se o encontrar, diga que eu te enviei.

SAÍ PARA O sol brilhante do outono, sentindo-me como sempre me sentia após sair da prisão. Como se precisasse de uma ducha.

Mas, pelo menos desta vez, eu *enfim* tinha algumas pistas para seguir.

Prendi a respiração enquanto verificava o celular. Não tinha mensagens ou chamadas perdidas de Nash. Soltei um suspiro e liguei para o escritório enquanto atravessava o estacionamento, deixando arame farpado e cercas altas atrás de mim.

Minha investigadora favorita, Zelda, respondeu no segundo toque.

— Oiê?

— Oi, sou eu. Preciso que desenterre tudo o que puder sobre os cúmplices do Duncan Hugo. Concentre-se nos que ele conhece há mais tempo. Especificamente alguém com tatuagem no rosto e alguém mais robusto.

Ouvi o barulho de um saco de batatas fritas.

— Pesquisando — disse Zelda, mastigando ruidosamente no meu ouvido. — Como está a vida em Knockemup? Já está pronta para correr aos gritos para a área metropolitana mais próxima?

— Knockemout — corrigi, indo na direção do meu veículo.

— Tanto faz. Ei, soube do Lew?

Parei no meio do estacionamento.

— O que tem ele?

— Ele está de volta a partir de amanhã cuidando de papelada.

— Ele está bem? — perguntei.

— Ele está bem. Disse que seria preciso mais do que um traseiro rebentado para fazê-lo aquietar o facho. Além disso, Daley disse a ele que era melhor ele voltar para lá se quisesse continuar a receber.

Esperei que o alívio viesse, mas apenas a culpa se prolongou.

VINTE
CONFISSÕES NA CARONA

Nash

Eu ainda estava puto com a emboscada do café da manhã quando cheguei à delegacia. Eu não sabia com quem estava mais puto: Lucian por se meter onde não era chamado, Knox por ser um babaca teimoso ou Lina por ainda estar com um pé atrás quando eu não tinha sido nada além de honesto com ela.

Ela tinha mandado três mensagens dizendo que queria conversar.

Meu palpite era que estava preocupada com o que o Lucian me disse. Neste momento, eu estava com vontade de deixá-la preocupada.

Ou talvez essa raiva interior fosse dirigida a mim mesmo.

A esta altura, isso não importava de verdade. Todo mundo estava me deixando puto.

— Era para você me dizer aonde vai, Morgan.

Virei e encontrei um delegado federal igualmente irado subindo a calçada em direção à porta lateral da delegacia.

Eu não estava de bom humor.

— Já estou puto com dois babacas que me arrastaram para fora da cama esta manhã. Se eu fosse você, não teria pressa em acrescentar o seu nome a essa lista.

— Olha, idiota. Também não estou feliz com esta missão. Você acha que eu *gosto* de montar acampamento na terra da vegetação de *Amargo Pesadelo* te dando cobertura por causa de alguma ameaça que provavelmente nem sequer existe, seu ingrato? — esbravejou Nolan.

— Poxa, que pena que está entediado, Graham. Quer um livro para colorir e lápis de cor? Eu trago quando for comprar um cartão de agradecimento e balões.

Nolan balançou a cabeça.

— Jesus, você é um imbecil. Se não tivesse te visto lidar com aqueles garotos ontem e fazer aquele policial de merda se mijar nas calças, eu acharia que a lesão era permanente.

— Sim, bem, talvez seja.

Para deixar bem claro, não segurei a porta para ele.

Respondi à rodada de "Bom dia, chefe" com um aceno de cabeça breve enquanto ia direto para o meu escritório, onde eu poderia fechar a maldita porta para o mundo.

Ninguém disse nada ao Nolan quando ele entrou.

— Cadê a Bica? — perguntou Grave, segurando um saco de petiscos gourmet do pet shop.

Porra.

A cachorrinha estava com a Lina. Eu podia não querer a maldita cachorrinha, mas com certeza não ia deixar a Lina ficar com ela.

— Ela está com uma vizinha — eu disse.

O agente Will Bertle me parou à porta. Ele foi o primeiro oficial negro que contratei quando virei chefe. De fala mansa e imperturbável, era muito querido na comunidade e respeitado no departamento.

— Tem visita para o senhor, chefe. Ele está esperando no seu escritório — disse ele.

— Obrigado, Will — falei, tentando reprimir a exasperação. O mundo não parecia querer me deixar em paz hoje.

Fui ao meu escritório e parei quando vi meu visitante.

— Pai?

— Nash. Que bom te ver.

Duke Morgan já foi o homem mais forte e engraçado que conheci. Mas os anos tinham apagado aquele homem.

Não era preciso olhar além das roupas limpas e largas, do cabelo e da barba bem aparados, para ver a verdade na pessoa na minha cadeira de visitas.

Ele parecia ter mais de 65 anos. Sua pele estava envelhecida e enrugada por anos de negligência e exposição às intempéries. Ele era muito magro, uma sombra do homem que uma vez me carregou nos ombros e me jogou sem esforço no riacho. Seus olhos azuis, do mesmo tom dos meus, tinham bolsas, manchas roxas tão escuras que quase pareciam hematomas.

Seus dedos traçavam nervosamente a costura da calça repetidas vezes. Um sinal que aprendi a reconhecer quando era criança.

Apesar dos meus melhores esforços para o salvar, meu pai era um morador de rua viciado. Esse fracasso nunca ficava mais fácil de digerir.

Fiquei tentado a me virar e sair pela porta. Mas, assim como reconheci o sinal, também reconheci a necessidade de enfrentar o mal. Era parte do meu trabalho, parte de quem eu era.

Desatei o cinto e o pendurei junto com meu casaco no cabideiro atrás da mesa antes de me sentar. Nós, os Morgan, não éramos de abraçar e por boas razões. Anos de decepções e traumas tornaram o afeto físico uma língua estrangeira para nós. Sempre prometi a mim mesmo que, quando tivesse minha própria família, seria diferente.

— Como você está? — perguntei.

Duke esfregou o espaço entre as sobrancelhas distraidamente.

— Bem. É por isso que estou aqui.

Preparei-me para a pergunta. Para o não que eu teria de dar. Já tinha deixado de lhe dar dinheiro havia muito tempo. Roupas limpas, comida, quartos de hotel, tratamento, sim. Mas eu tinha aprendido desde cedo qual era o destino que o dinheiro teria assim que o colocasse nas mãos dele.

Já não me irritava. Havia muito tempo que não o fazia. O meu pai era quem ele era. Não havia nada que eu pudesse fazer para mudar isso. Nem conseguir melhores notas. Nem jogar no campo de futebol. Nem me formar com honras. E definitivamente nem lhe dar dinheiro.

— Vou passar um tempo fora — disse ele enfim, acariciando a barba.

Franzi a testa.

— Está metido em encrenca? — perguntei, já mexendo no mouse do computador. Eu tinha um alerta programado para se e quando o nome dele aparecesse no sistema.

Ele fez que não.

— Não. Nada disso, filho. Vou, hã, começar um programa de reabilitação no sul.

— Sério?

— Sim. — Ele passou as palmas das mãos sobre os joelhos e pelas coxas. — Penso nisso há algum tempo. Tem um tempinho que não uso e me sinto muito bem.

— Há quanto tempo exatamente? — perguntei.

— Três semanas, cinco dias e nove horas.

Pisquei os olhos.

— Por conta própria?

Ele assentiu.

— Sim. Senti que estava na hora de mudar.

— Bom para você.

Eu sabia que era melhor não me encher de esperança. Mas também sabia o esforço que um dependente precisava para chegar a esse lugar mentalmente.

— Obrigado. De qualquer forma, é um tipo de lugar diferente dos que eu frequentei antes. Tem terapia e planos de tratamento médico. Até mesmo um assistente social para ajudar depois. Também tem programas de atendimento ambulatorial, colocação no mercado de trabalho.

— Parece que tem potencial — falei.

Eu não estava otimista. Nem em relação a ele e nem em relação à reabilitação. Muitas decepções ao longo dos anos. Aprendi que ter expectativas no que diz respeito a ele apenas garantia a minha própria decepção. Então, fazia questão de encontrá-lo sempre onde ele estava, não onde eu queria que estivesse. Não onde já esteve.

Isso também me ajudava no trabalho. Tratar as vítimas e os suspeitos com respeito, não com julgamento. Apesar de ter se transformado numa figura paterna tóxica, Duke Morgan fez de mim um policial melhor. E, por isso, eu era grato.

— Precisa de alguma coisa antes de ir?

Ele fez que não devagar.

— Não. Já tenho tudo. Estou com a passagem de ônibus aqui — disse ele, dando tapinhas no bolso da frente. — Parto esta tarde.

— Espero que seja uma boa experiência para você — falei e fui sincero.

— Será. — Ele enfiou a mão no mesmo bolso e tirou de lá um cartão de visita. — Aqui está o número e o endereço do local. Vão limitar as chamadas telefônicas a emergências nas primeiras semanas, mas você pode enviar cartas... se quiser.

Ele colocou o cartão virado para cima na mesa e deslizou-o na minha direção.

Peguei o cartão, olhei e guardei-o no bolso.

— Obrigado, pai.

— Bom, é melhor eu ir — disse ele, levantando-se. — Tenho que ver o seu irmão antes de pegar a estrada.

Levantei.

— Vou te acompanhar.

— Não é necessário. Não quero te envergonhar na frente do seu departamento.

— O senhor não é uma vergonha, pai.

— Talvez daqui a alguns meses eu não seja.

Não sabia o que responder a isso. Então dei tapinhas no ombro dele e apertei.

— Está melhorando? — perguntou ele.

— Sim. É preciso mais do que algumas balas para me derrubar — falei com confiança fingida.

— Algumas coisas são mais difíceis de superar do que outras — insistiu ele, aqueles olhos azuis presos aos meus.

— Realmente — concordei.

Ferimentos não curados e corações partidos.

— Eu não fui o melhor para você e o seu irmão.

— Pai, não precisamos falar disso. Eu compreendo por que as coisas aconteceram da forma como aconteceram.

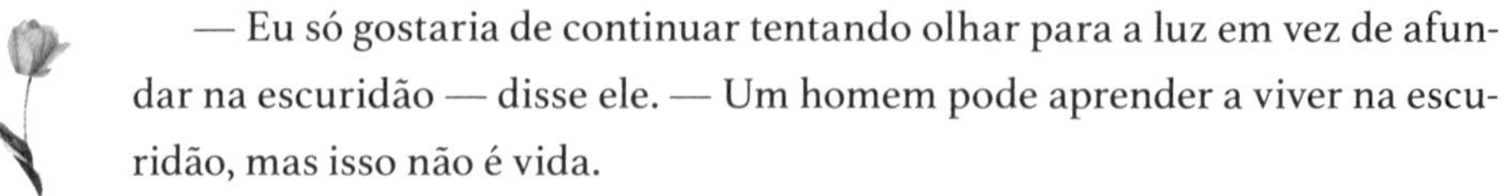

— Eu só gostaria de continuar tentando olhar para a luz em vez de afundar na escuridão — disse ele. — Um homem pode aprender a viver na escuridão, mas isso não é vida.

PASSEI A HORA seguinte analisando os relatórios de casos, os pedidos de folga e os orçamentos com as palavras do meu pai ecoando na cabeça.

Talvez a escuridão fosse uma existência vazia e sem sentido, mas era a luz que podia te queimar. Eu precisava de algo da Lina que ela não parecia disposta a dar. Algo que era tão essencial para mim quanto o oxigênio. *Honestidade.*

Claro, ela tinha compartilhado uma coisa aqui, outra ali. Mas o que compartilhara foi pintado e torcido para contar o tipo de história que queria. Ela fizera parecer que tinha esbarrado com Lucian e tido uma conversa inofensiva com ele. Não tinha me dito que o meu amigo mais antigo a tinha perseguido e ameaçado por conta do tempo que ela estivera passando comigo.

Eu estava quase tão puto com ela por ter decidido lidar com isso sozinha quanto estava com as ações superprotetoras e desaforadas de Lucian.

Mas, apesar de saber com toda certeza que Lina não dizia toda a verdade, senti algo que não conseguia identificar, algo muito parecido com necessidade. E a balança não estaria equilibrada a menos que ela necessitasse de mim também.

E isso era algo que Lina Solavita não estava programada para fazer.

Algo que eu não estava preparado para concretizar. Quem precisaria de mim neste estado? Eu estava uma bagunça do caralho.

Caramba, eu tinha acabado de assinar meu nome errado numa solicitação de folga.

— Porra — murmurei e me afastei da mesa.

Eu estava agitado demais para me esconder do mundo. Eu precisava fazer algo que parecesse produtivo.

Tirei meu casaco e cinto do gancho e fui para o escritório aberto.

— Estou saindo — falei à sala em geral. — Trarei almoço da Dino's se me mandarem seus pedidos. Por minha conta.

Houve uma agitação de entusiasmo com a ideia de comida grátis.

Parei na mesa do Nolan.

— Está a fim de dar uma volta?

— Depende. Vai me levar para a floresta e me largar no mato?

— Talvez hoje não. Estou pensando em visitar uma detenta.

— Vou pegar meu casaco.

— QUAL É a da mudança de atitude? — perguntou Nolan quando peguei a estrada.

— Talvez eu só queira salvar o meio ambiente por meio de caronas.

— Ou talvez esteja com vontade de conversar com Tina Witt e não queira que nenhum de seus oficiais tenha problemas com os federais.

— Você não é tão burro quanto o bigode faz parecer — disse.

— Minha mulher... ex-mulher... era mega fã de *Top Gun* — disse ele, passando o dedo e o polegar no bigode.

— As coisas que fazemos pelas mulheres.

— Por falar nisso...

— Se mencionar o nome de Lina, eu te largo no matagal — avisei.

— Avisado. E a amiga dela? A bibliotecária loira?

— Sloane? — perguntei.

— Ela é solteira?

Pensei no Lucian esta manhã no café da manhã. Um sorriso lento e vingativo se espalhou pelo meu rosto.

— Você deveria chamá-la para sair.

Rodamos em silêncio até que peguei a saída para a prisão.

— Aquelas crianças de ontem — disse Nolan. — Você convenceu o gerente a não apresentar queixa.

— Sim.

— Depois deu um pé na bunda do policial imbecil.

— Você quer chegar a algum lugar com essa conversa, Graham?

Ele deu de ombros.

— Só estou dizendo que você não é péssimo no seu trabalho. Alguns oficiais daqui teriam seguido a lei à risca com as crianças e deixado aquele policial escapar.

— Já deu da boa e velha liderança na minha cidade. Eles merecem mais.

— Acho que você é mais esperto do que os buracos de bala fazem parecer.

A PRISÃO FEMININA de Bannion era uma típica prisão de segurança média. No meio do nada, o perímetro era protegido por cercas altas, quilômetros de arame farpado e torres de segurança.

— Vai botar a boca no trombone e contar aos federais sobre isso? — perguntei, manobrando para uma vaga de estacionamento perto da entrada.

— Acho que vai depender do desenrolar das coisas. — Nolan soltou o cinto de segurança. — Vou entrar.

— Vai dar menos treta para você se não souber o que estou fazendo lá dentro.

— Não tenho nada a fazer, a não ser me perguntar quantos palermas estão fazendo fila para conquistar minha ex desde que ela se mudou para D.C. e esperar que alguma criminosa de baixo nível te chame para dançar de novo. Vou entrar.

— Como queira.

— Já arrancou alguma coisa útil dela? — perguntou ele.

— Sei lá. Esta é a minha primeira visita.

Ele me deu uma olhada.

— Pelo jeito o Sr. Certinho leva as ordens a sério.

— Estava torcendo para não tomarem gosto por esse apelido.

— Improvável. Mas, sério, a Idler fala para deixar que o pessoal crescidinho lide com isso e você fica de braços cruzados? Se eu estivesse no seu lugar, estaria conduzindo minha própria investigação. Caramba, todo mundo se conhece aqui. É mais provável que falem com você do que com um bando de federais.

— Por falar nisso — eu disse, encarando enfaticamente a farda do seu departamento. — Tire o casaco e a gravata.

Nolan tinha acabado de jogar a jaqueta entre os assentos e estava arregaçando as mangas quando uma morena de pernas compridas saiu da prisão e entrou no estacionamento.

— Só pode estar de brincadeira.

— Ora, ora, ora. Parece que a investigadora Solavita está tramando alguma coisa, afinal — refletiu meu passageiro. — Quais são as chances...

— Zero em um milhão — respondi enquanto olhava para o reflexo dela no meu espelho retrovisor. Eu a vi desligar o celular e entrar no carro.

Abri a última mensagem da Lina no meu celular.

— Não vai desmascarar ela? — perguntou Nolan.

— Não — falei enquanto meus polegares se moviam pela tela.

Eu: Topo um almoço. Nos vemos na Dino's em dez minutos?

Meu celular tocou alguns segundos depois. Lina.

— Alô — atendi, lutando para manter meu tom neutro.

— Oi — disse Lina.

— Fica bom para você na Dino's em dez minutos? — perguntei, sabendo muito bem que não. Nolan riu do banco do passageiro.

— Na verdade, estou resolvendo umas coisas. Posso te encontrar em uma hora?

Ela estava mentindo na cara dura... bom, no meu ouvido. A minha pressão arterial subiu.

— Não acho que vou estar livre a essa hora —menti. — Está resolvendo que coisas?

— Ah, você sabe, coisas típicas de se resolver. Mercearia. Farmácia.

Visita a uma prisão para mulheres.

— Como foi o café da manhã hoje? — perguntou ela, mudando de assunto.

— Foi bom — menti. — A Bica está com a Sra. Tweedy?

— Sim. Ela está tirando a sonequinha no sofá da Sra. Tweedy.

A mulher tinha levado a minha cachorrinha para dar uma volta e agora estava de lorota para cima de mim. Lina Solavita era enlouquecedora.

— Ei, ouça. Se já não tiver passado na farmácia, você compra um frasco de ibuprofeno para mim? — perguntei.

Nós dois precisaríamos dele mais tarde.

— Claro! Pode deixar. Sem problemas. Está tudo bem? — Ela parecia nervosa. *Ótimo.*

— Sim. Bem. Preciso ir fazer coisas de policial. Até mais. — Desliguei.

Trinta segundos depois, o Charger vermelho-cereja passou por nós antes de voar do estacionamento cantando pneu.

Saí e bati a porta com mais força do que o necessário. Nolan saiu e correu para acompanhar.

— Isso foi maldade, meu amigo — disse ele com apenas uma pitada de satisfação.

Resmunguei e apertei com força o interfone do lado de fora da entrada principal.

Quando a porta pesada se abriu, entramos em um saguão completamente limpo. Guardas nos revistaram com o detector de metais e nos guiaram para a recepção atrás de um vidro de proteção. Já estive aqui antes para audiências e depoimentos, mas, desta vez, era pessoal.

— Olá, senhores. O que os traz hoje ao meu excelente estabelecimento?

Minnie era secretária da prisão desde que eu me lembrava. Ela vinha ameaçando se aposentar nos últimos cinco anos, mas alegou que seu casamento não sobreviveria à aposentadoria.

A verdade é que a prisão provavelmente desmoronaria sem ela. Ela era uma figura avoenga para presos, visitantes e policiais.

Apresentei meu distintivo.

— É bom te ver de novo, Minnie. Preciso de uma lista de todos os visitantes da Tina Witt.

— A Sra. Witt está bem popular hoje — disse Minnie, fazendo olhinhos para nós. — Deixa eu falar com o chefe e verei o que posso fazer.

VINTE UM
VENTILADOR, CONHEÇA A MERDA

Nash

Dei uma batida enfática na porta da Lina e esperei.

Enfim, ela entreabriu a porta e olhou para mim, depois sorriu e abriu a porta um pouco mais.

— Oi! Estava tomando banho.

Passei por ela e entrei.

— Hã, entre — disse ela, parecendo perplexa. Não vestia nada além de toalha e chinelos felpudos. Sua pele brilhava com gotas de água. Tive de desviar o olhar porque não confiava em mim mesmo. Sentia-me como um vulcão pronto para entrar em erupção. Traição e necessidade. Essas duas forças opostas se misturavam no meu sangue, alimentando a necessidade de explodir.

Não devia ter vindo assim tão exaltado.

— Seu ibuprofeno está no balcão — disse Lina, com a voz mais hesitante agora.

A caixa de arquivos chamou minha atenção. Estava aberta e havia papéis bem alinhados em pilhas ao redor dela.

Fui em frente.

— Nash. Espera!

Ela me alcançou assim que peguei a primeira pasta. A frente do seu corpo encontrou minhas costas e ela estendeu um braço ao meu redor, mas a afastei e abri. Meu estômago revirou. Aceitei o sentimento como se fosse um golpe.

— Eu posso explicar — disse ela baixinho.

Bati a pasta na mesa com o rosto de Duncan Hugo virado para mim.

— Desembucha. Agora.

— Nash.

— Pode começar com o que estava fazendo visitando Tina Witt na prisão hoje. Ou talvez deva começar com o motivo de ter o cara que me alvejou nos seus arquivos. A decisão é sua.

Eu queria o frio, o escuro. Mas ela tinha desbloqueado algo em mim e, em vez do nada a que tinha me habituado, eu estava sendo queimado vivo de raiva.

Ela cruzou os braços desafiadoramente.

— Isso não tem nada a ver com você.

Resposta errada.

— Não minta pra mim, porra. Angelina, isso tem *tudo* a ver comigo. E não vou embora até me dizer o porquê.

— Isso é um interrogatório, chefe? Preciso de um advogado?

O meu olhar foi duro, inflexível.

— Me diga você — falei.

Eu estava caçando briga. Precisava disso mais do que a minha próxima respiração.

Ela encontrou meu olhar com a própria raiva.

Cedi à necessidade e envolvi meus dedos no cotovelo dela. Odiando a maneira como reagi à sensação de seu toque contra a palma da minha mão, puxei uma cadeira e a levei até ela.

— Sente-se. Desembucha.

Ela ergueu o queixo, desafiadora.

— Se as próximas palavras não forem uma explicação de por que diabos você está visitando Tina Witt e procurando Duncan Hugo, juro por Deus que a levarei até a delegacia agora e a deixarei numa cela sem nada além da toalha de banho pelo resto da noite.

— Você está fazendo um auê por...

— Eu *confiei* em você, Angelina. Eu me abri para você e você me enganou.

Eu a vi se entristecer antes de indignação e raiva substituírem a tristeza.

— Não te *enganei*. Lamento que tenha se magoado. Não era a intenção.

— Deus, você pede desculpas pior do que Knox — comentei.

— Só estou fazendo o meu trabalho! Não é crime.

Bati a mão na mesa.

— Caramba! Por que está atrás do Hugo?

Ela devia ter ficado assustada, mas não ficou. Ela parecia pronta para socar minha cara.

— Do que está atrás que te fez vir aqui? Que fez com que me perguntasse toda amigável sobre o tiroteio. Que a fez ir para a *minha* cama com o papo de ataques de pânico e perda de memória.

— Retire o que disse — disse ela com uma calma gélida.

— *Não* tente me dizer o que fazer e o que não fazer agora, Lina! Tive um dia longo pra caralho e você o está prolongando mais.

— Eu ia te contar.

Olhei-a da cabeça aos pés e me convenci a não ser afetado pela forma como o seu peito arfava a cada respiração.

— É assim que vai jogar?

— Eu não estou jogando. Foi por isso que te mandei mensagem hoje, seu idiota.

— Ah, então não estava preocupada que Lucian fosse fazer minha cabeça contra você contando a verdade?

— Ele não sabia a verdade. E eu, estupidamente, senti que devia ser eu a te contar.

Mostrei o papel com a cara do Duncan Hugo.

— Desembucha. Agora.

Ela ficou em silêncio e eu praticamente a ouvi calculando as opções.

— Como queira.

Eu me movi rápido de forma que fosse inesperado. Abaixei meu ombro, enrolei meu braço bom em volta de sua cintura e a coloquei em cima do meu ombro. Seus chinelos felpudos voaram em direções opostas.

— Nash!

— Te dei a chance de fazer isso aqui — falei enquanto me dirigia para a porta.

— Não *ouse*! — gritou. Ela lutou contra mim e eu escorei a palma da mão em sua bunda para fazê-la parar. Minha outra mão envolveu sua coxa nua.

Fiquei duro na hora, e isso me irritou ainda mais. Mas meu pau não parecia se importar com coisas como traição.

Cheguei até à porta antes de ouvir o que queria.

— Tá bom! Jesus. Você ganhou, seu grande imbecil.

— Como está a frequência cardíaca? — perguntei. Por pouco não me esquivei do pontapé que ela direcionou à minha virilha.

— Juro por *Deus* que vou fazer você cantar fino — ameaçou ela através do que soou como dentes cerrados.

Comecei a ir para a porta de novo.

— Você vai ter que ir atrás e eu com certeza vou ter que te algemar — falei com naturalidade. — Espero que a toalha dê conta. A notícia deve se espalhar bem rápido. Não posso prometer que a sua foto não vai parar nos jornais.

— Tá bom! Ai, meu Deus! — Ela amoleceu contra mim. — Me coloque no chão que vou te contar tudo.

— Isso era tudo que eu queria, Angel.

Eu me inclinei e a deixei deslizar do meu ombro até seus pés atingirem o chão.

Sua toalha mal se mantinha no lugar agora. Uma respiração bem dada ou um puxão leve meu e cairia nos tornozelos. Seus olhos em chamas não ajudaram em nada a aliviar a pressão nas minhas bolas.

— Porra. Vá vestir um robe — pedi, desviando o olhar.

Ela se virou e se apressou para o quarto.

— Se levar mais de 30 segundos, vou atrás de você — gritei.

Olhei para trás a tempo de ver o dedo do meio que ela levantou por cima do ombro.

Durante os 28 segundos que ela levou para reaparecer, fantasiei entrar naquele quarto, prendê-la à cama e jogar aquela toalha no chão.

O robe não melhorou muita coisa em relação à toalha. Cobria mais pele, mas o tecido sedoso não ajudava em nada a esconder aqueles mamilos insolentes que imploravam pela minha atenção.

Com os olhos piscando, ela voltou para a mesa e se sentou.

Sentei-me na cadeira próxima e peguei o arquivo do Hugo.

— Fala.

— Você está perguntando em caráter oficial?

— Com certeza não estou perguntando como amigo. Quantas vezes visitou Tina Witt? Tenha em mente que tenho a lista de visitantes dela, por isso nem tente mentir.

Ela soprou o ar pelos dentes.

— Três.

— Sobre o que conversaram?

— Eu estava tentando conseguir informações do paradeiro de Duncan Hugo — disse ela à parede de tijolos do outro lado da mesa.

Tirei outra pasta da pilha e a abri. Ela tentou pegá-la, mas afastei o documento.

— Você não pode olhar sem mandado — insistiu ela.

Levantei uma sobrancelha.

— Quer que arranje um? Porque eu arranjo. O seu velho amigo, o delegado Graham, pode até me ajudar. Ele também não ficou nem um pouco feliz em ver o seu nome na lista de visitas. Na verdade, por que nós três não nos encontramos na delegacia e esclarecemos tudo isso enquanto o juiz aprova um mandado?

— *Droga*, Nash!

— Por que está procurando o Hugo?

— Não estou o procurando. Estou procurando algo que ele pegou — disse ela.

Recostei-me na cadeira.

— Sou todo ouvidos.

O olhar que ela direcionou a mim teria incinerado alguém com pele mais fina.

— Nunca vou te perdoar por isso.

— O mesmo vale para você, linda. Agora fala.

Eu quase podia ver o vapor saindo de seus ouvidos.

— Você já sabe que minha empresa trabalha com seguro para clientes ricos. Quando os bens segurados são roubados, realizamos investigações paralelas às da polícia. Um dos nossos clientes mora num bairro nobre de D.C. O carro dele foi roubado alguns dias antes de você ser baleado. Fui designada para o caso e comecei a investigar.

— Um carro. Está caçando alguém que tentou me matar por causa de um carro.

— Você faria a mesma coisa como policial.

— Eu faria isso para proteger e servir. Você está fazendo para garantir à sua empresa um pagamento de seguro e ganhar um bônus.

— Acho que nem todo mundo pode ser herói, não é?

Havia fogo por baixo de todo o gelo que ela direcionava a mim.

— O que te faz pensar que o Hugo levou o carro?

— Por eliminação. Houve um aumento de casos de roubo de automóveis em um raio de 16 quilômetros do armazém do Hugo. Outros seis carros foram roubados no mesmo dia, dois no mesmo bairro do meu cliente. Todos esses carros, ou pelo menos pedaços deles, foram encontrados no armazém do Hugo depois que ele fugiu.

— Então você aparece em uma negociação de reféns desarmada com uma civil para encontrar a porra de um carro?

Ela tinha chegado ao local com a Sloane. Eu ainda podia vê-la entrando pela porta em câmera lenta. Ela veio diretamente na minha direção. E, no segundo em que ela me tocou, eu *soube* que queria manter suas mãos ali.

Não era uma merda?

Era oficial. Os meus instintos tinham desaparecido. Eu não conseguia ver nada além de uma sedutora de pernas longas com segredos nos olhos.

— Em primeiro lugar, eu não sabia que o imbecil do Duncan Hugo estava envolvido em sequestros, além de gerir desmanches. Mas já estive em situações de alto risco com e sem a polícia. E, se eu não tivesse entrado no carro da Sloane, ela teria ido até lá e provavelmente se colocado em perigo.

— Você não veio aqui e, por acaso, acabou no meio da onda de crimes do Hugo.

— Os roubos aconteceram a menos de uma hora daqui. O plano era atravessar a cidade e ver o meu velho amigo no caminho. Eu ia ficar aqui por tempo suficiente para colocar o papo em dia, e então tudo virou um inferno no dia seguinte, quando levaram Naomi e Way.

— Por que eu deveria acreditar nisso? — perguntei.

— Estou nem aí para o que você acredita — retrucou ela.

— Sim, também saquei isso, querida. Você consegue fazer com que todas as suas fontes te contem coisas como eu fiz? — perguntei.

— A sutileza não lhe cai bem, chefe.

Inclinei-me para a frente.

— Eu confiei em você, Lina.

Ela cruzou os braços, desafiadora.

— Você está agindo como um ficante desprezado quando tudo que somos é...

— O quê? O que somos, Angelina? Vizinhos? Conhecidos? — Dei um tapa no arquivo em cima da mesa, numa manifestação de fúria. — Você conhece o meu segredo mais sombrio. Você deixou eu me abrir.

Ela ergueu os braços para o ar.

— Acha que alguém além da minha família sabe da minha história? Você não foi o único a se abrir, Nash.

— Então ou você é uma pedra de gelo ou, no mínimo, isso fez com que fôssemos amigos.

— Fôssemos?

— Eu disse que não tolero mentirosos. Tudo o que tínhamos ou poderíamos ter já era.

Ela contraiu a mandíbula.

— Você mentiu para mim de propósito — eu disse.

— Eu não menti. Omiti parte da verdade.

— Você usou minha vulnerabilidade contra mim.

— Ah, fala sério — retrucou ela. — Eu tinha levado *sua* cachorrinha para passear quando te encontrei no chão. Não te fiz ter um ataque de pânico.

— Não, mas você com certeza se aproveitou disso.

— Como? — cuspiu ela. — Eu te fiz contar segredos policiais? Estou te chantageando com os seus segredos?

— Talvez não. Mas se certificou de ter acesso a mim, à minha casa. Você começou a me pressionar sobre o que aconteceu naquela noite — salientei, juntando as peças.

— Para o seu próprio bem, *babaca*. Se quiser ter um bloqueio para sempre, não é da minha conta. Mas vai continuar indo parar no chão se não conseguir sair dessa.

Fiz que não com a cabeça.

— Eu tenho um palpite. Acho que o único motivo pelo qual fingiu se importar foi porque achou que podia ganhar algo comigo. Algo que te levaria ao Hugo e àquele maldito carro. — Peguei outra pasta e a abri, mas o meu

olhar estava nela. — Aposto que não pôde evitar dar uma olhada nos arquivos que tenho na minha mesa, né?

Seu rosto se transformou em pedra, mas não antes de eu ver o lampejo de culpa.

— Sim. Foi por isso que concordou com as nossas festinhas do pijama. Quanto mais acesso tivesse a mim, mais tempo podia passar na minha casa.

Lina me encarou com fogo nos olhos. Ela riu amargamente.

— E eu achava que Knox era o irmão babaca.

— Acho que é de família. É melhor ficar longe dela a partir de agora — avisei-a.

— Isso vai ser um pouco complicado, já que Knox me pediu para estar na festa de casamento — respondeu ela.

— Não confio em você e não te quero perto da minha família. Você é imprudente e usa as pessoas para conseguir o que quer. Vai acabar machucando alguém.

Ela empalideceu, mas disfarçou de imediato.

— Meu irmão pode ser babaca — continuei quando ela não disse nada. — E podemos não nos dar bem o tempo todo. Mas quer mesmo me enfrentar quando se trata de testar a lealdade dele? Porque não hesitarei em garantir que você perca o seu amigo mais antigo.

— Saia daqui — sussurrou ela.

— Ainda não acabamos — avisei.

Ela bateu a palma da mão na mesa.

— Saia. Daqui. Agora.

Sentei-me por um instante e a observei com atenção.

— Se eu perceber que você está perseguindo minha família atrás de informações ou interferindo em uma investigação oficial, não hesitarei em jogar sua bunda atrás das grades.

Ela não disse nada, mas me encarou fixamente até que me levantei.

— Falo sério, Lina.

— Vá para casa, Nash. Me deixe em paz.

Eu fui, mas só porque olhar para ela fazia meu peito doer. Como se ela tivesse conseguido causar mais danos do que as duas balas que levei.

Quando abri a porta, Bica não estava à minha espera. Estava debaixo da mesa, olhando para mim como se, de algum modo, a culpa fosse toda minha.

VINTE E DOIS
CONFRONTO NO JOGO DE FUTEBOL

Lina

Naomi: *Reunião de emergência dos cérebros por trás do casamento. Podem ir ao jogo de futebol da Waylay amanhã de manhã?*

Stef: *Por que ela não pode praticar um esporte noturno? Essas atividades no sábado de manhã cedo estão afetando minha vida social de sexta-feira à noite.*

Naomi: *Que vida social? Ainda não convidou o Jer para sair. * emoji de galinha **

Stef: *Ninguém gosta de uma noivazilla, Witty.*

Sloane: *Eu posso, desde que a gente esconda Bloody Marys nos copos.*

Eu: *Foi mal, pessoal. Não vai dar.*

Naomi: ** cara carrancuda * Lina, você estava ocupada demais para almoçar e desistiu das compras dos vestidos das damas de honra esta semana. Receio ter de impor o meu reinado de noiva e insistir que se junte a nós... a menos que esteja mesmo fazendo algo mais importante do que discutir roupa de casamento e bolo de casamento tradicional versus uma mesa de doces e salgados. Aí eu compreendo perfeitamente e você deve esquecer que tentei fazer qualquer exigência.*

Stef: *Perdoe a Witty. Ela foi homenageada com um prêmio de carreira em Agrada-geral.*

Sloane: *Posso confirmar que a Lina não tinha planos para a manhã de sábado desde a noite passada, quando pegamos nossos pedidos na Dino's ao mesmo tempo.*

Naomi: *É oficial. Lina está nos evitando.*

Stef: *Vamos sequestrá-la e descobrir o motivo. Espera. Ainda é cedo para piadas de sequestro?*

Eu: *Ah, ESTE sábado. Achei que estava falando de algum outro sábado. Quem mais vai?*

Sloane: *Também quero saber. Estou cansada de aparecer em lugares e me deparar com o Altão, Sombrio e Mal-humorado.*

Stef: *Ela está falando do Gostosão de Terno Pecaminoso.*

Naomi: *Meus pais, Liza J e Knox estarão lá. Nenhum outro membro da família ou amigo constam na programação do dia.*

Eu: *Acho que consigo ir. Desde que os Bloody Marys não sejam brincadeira.*

— AS FOLHAS — A voz do meu pai saiu dos alto-falantes do meu SUV. — Nunca vi tantas cores antes. Você deveria vir passar o fim de semana e ver.

Manobrei para o estacionamento de cascalho dos campos de futebol e avancei através de multidões de jogadores e familiares.

— O outono também está a todo vapor aqui — falei a ele. — Você nunca vai adivinhar o que estou fazendo agora.

— Ganhando um prêmio no trabalho? Não, espera. Tendo aulas de dança de salão? Ah! Já sei, comendo sushi enquanto reserva passagem de avião para casa para fazer surpresa no meu aniversário?

Estremeci.

— Bons palpites, mas não. Vou a um jogo de futebol infantil.

— Não brinca!

— Aposto que você não sente falta dessas manhãs de sábado no frio — brinquei. Vi uma família de cinco pessoas, agasalhada em camadas de roupas, correr em direção aos campos.

Meu pai sempre gostou de futebol. Ele pressionou um bar de esportes local em nosso bairro para que transmitisse partidas de futebol do Reino Unido muito antes de David Beckham ter pisado com a chuteira de ouro na América. Seu amor pelo jogo foi a razão pela qual eu comecei a jogar quando criança. Treinávamos por horas no quintal. Ele sabia o nome de cada uma das minhas colegas de time e era o pai que garantia que todas chegassem em casa em segurança depois de jogos e treinos.

Após o "incidente", todos nós fomos afetados de maneiras diferentes.

Minha mãe ficava ao meu redor convencida de que eu estava a um piscar de olhos da morte.

O meu regresso ao "normal" demorou o suficiente para eu já não ter um lugar ao qual pertencer. Então, concentrei toda a minha energia em me recuperar academicamente com o objetivo de recomeçar em algum lugar novo.

Quanto ao meu pai, nunca o vi assistir a outro jogo de futebol.

— Aparentemente, os encontros sociais aqui frequentemente vêm junto aos eventos esportivos infantis. O meu amigo Knox pediu que eu estivesse no casamento dele, e vou me encontrar com a noiva para falar de bolo na lateral do campo.

— Um casamento? Planeja ficar aí por quanto tempo?

— Não tenho certeza. Este projeto está se arrastando.

— Se não pode vir até nós, sempre podemos ir até você.

— Tudo está em aberto no momento, mas posso voltar para casa em breve. Eu aviso.

— Você está bem? Parece um pouco tristinha.

— Eu estou bem — respondi, não querendo fazer uma análise profunda do motivo de eu ter passado os últimos dias oscilando entre brava e triste. — Preciso ir. Parece que o jogo está prestes a começar.

— Está bem, amorzinho. Ah, e mais uma coisa. A sua mãe me mataria se eu não perguntasse. Tudo bem com o coração?

— Está tudo bem — respondi, forçando minha exasperação para dentro junto com minha braveza e tristeza.

Apenas algumas faíscas emocionais por conta de um oficial da lei ferido e zangado.

— Eu te amo, pai.

— Também te amo, Leens.

Desliguei a chamada e me recostei no banco aquecido. Liguei para ele de forma preventiva para tirar isso do caminho por hoje. Assegurar aos meus pais que eu estava viva e capaz de cuidar de mim mesma, enquanto ainda me dava a verdadeira liberdade de ser uma adulta independente, era um ato de equilíbrio constante.

Ter pais excessivamente amorosos não era algo que eu travava com leviandade, mas também não era algo que me entusiasmasse.

Relutante, saí do carro e fui em direção ao campo, examinando a multidão à procura do homem que eu esperava nunca mais ver.

Eu tinha evitado Nash com sucesso desde que ele ameaçou me prender. A minha equipe estava investigando os cúmplices do Hugo e ficando de olho nos leilões de carros antigos. Eu ainda estava conferindo propriedades da minha lista. No meu tempo de inatividade, consegui sobreviver a outro treino com a Sra. Tweedy e consultei duas outras investigações no trabalho.

Algo precisava ceder e precisava ceder em breve ou então eu teria que fazer algo que nunca tinha feito antes: desistir.

Encontrei Naomi e Sloane em cadeiras dobráveis debaixo de cobertores na lateral do campo.

— Olha ela aí! — disse Naomi quando me aproximei. Ela estava segurando um café enorme em uma das mãos e um copo de aparência inocente na outra. — Trouxemos uma cadeira para você.

— E álcool — disse Sloane, estendendo um pequeno copo vermelho para mim.

— Obrigada. — Peguei a bebida e a cadeira. — Cadê o Stef?

— Ele está tomando, e cito, "todo o café do mundo". Ele teve uma teleconferência com investidores em Hong Kong sobre sabe-se lá o quê — disse Naomi.

— Com o que o Stef trabalha? — perguntei, observando a multidão. Knox e o pai de Naomi estavam ao lado de Wraith, motociclista assustador e escolha duvidosa para treinador de futebol feminino. As únicas tatuagens visíveis hoje no coroa estavam espreitando pela gola de sua jaqueta de couro. Ele estava na lateral do campo, com as pernas afastadas como se estivesse pronto para lutar contra um clube de motociclistas rival.

Knox, notei, não se preocupou em dizer oi. Ele apenas olhou para mim antes de desviar o olhar. Nash estúpido e sua boca grande e estúpida.

— Ninguém sabe. Ele é tipo o Chandler de *Friends* — disse Naomi.

Sloane me encarou atentamente debaixo do gorro com pompons. Era preto para combinar com as luvas.

— Você está sempre parecendo a heroína fodona de um videogame pronta para chutar uma porta ou dar uma coronhada num cara sexy e apagá-lo.

Naomi cuspiu uma fina névoa de café no ar frio enquanto eu ria.

— Hã, obrigada? Eu acho.

— Conta a ela sobre o vestido — insistiu Sloane.

— Escolhemos vermelho para você — disse-me Naomi. — É bem mulherão.

— Você sem dúvida vai transar no casamento — insistiu Sloane.

— Está tudo bem com você? — perguntei.

A bibliotecária gemeu dramaticamente e jogou a cabeça para trás. O que me deu uma visão desobstruída de Lucian Rollins se aproximando por trás dela. Seu casaco de caxemira flamulava ao vento como uma espécie de capa de vampiro. Seu olhar não era amigável. Especialmente quando recaiu sobre mim.

— Urgh. Eu preciso de sexo — anunciou Sloane, sem saber que seu inimigo estava quase ao alcance da voz. — A todo lugar que olho, vejo sexo em potencial. A Naomi tem um brilho orgástico permanente e irritante, e você parece que só precisa entrar num lugar para em menos de cinco minutos sair com um cara.

— Por que não transa com seu inimigo, então? — Apontei e todos nós nos viramos para Lucian, que parecia um modelo de jeans, suéter e boné.

— Droga! Naomi, você disse que ele não vinha! — sibilou Sloane.

— Ele não me disse que vinha. Não faço ideia do motivo de ele estar aqui — insistiu.

— Ele passa tanto tempo na cidade e ao lado da minha casa que estou começando a duvidar que ele tenha emprego — reclamou Sloane.

— Ao lado da sua casa? — perguntei.

— Parece que Sloane e Lucian cresceram um ao lado do outro. Sloane comprou a casa dos pais quando eles se mudaram, e Lucian ficou com a casa da mãe — explicou Naomi.

— Só Deus sabe o porquê — murmurou Sloane.

— Talvez ele esteja aqui para transar com você. Como algum tipo de fada sexy sombria que concede desejos safados — provoquei.

Notei que Knox não se incomodou em cumprimentar Lucian quando se juntou a ele. Parecia que a braveza era contagiosa.

— Prefiro ir ao ginecologista *e* ao dentista no mesmo dia — disse Sloane. — Além disso, tenho um encontro.

— Você tem um encontro? — Naomi gritou alto o suficiente para que todos os homens se virassem e olhassem para nós.

Lucian parecia que estava prestes a incendiar o mundo com seu ardor sombrio.

— Valeu, boca de trombone — murmurou Sloane. — Sim. Tenho um encontro.

— Um encontro ou uma ficada? — perguntei em volume normal.

A mão de Lucian se fechou em punho, esmagando seu copo de café e espalhando o líquido para todo canto.

Sorri quando ele fixou aquele olhar sombrio e perigoso em mim. *Opa*, esbocei com a boca, presunçosa.

— Nada para ver aqui — disse Naomi, fazendo movimentos de expulsão com as mãos. Pelo menos foi o que achei que ela tentava fazer. Era difícil dizer com uma bebida em cada mão dela.

— Vão cuidar da vida de vocês, senhores.

Knox deu uma piscadela para a noiva e, em seguida, lançou-me um olhar frio antes de voltar a atenção para o campo onde o time se aquecia.

— Hã, qual é a do tratamento de silêncio e os olhares duros? — perguntou Sloane.

— Você só está tentando mudar de assunto. Com quem vai ficar?

Sloane olhou por cima dos dois ombros e, em seguida, gesticulou para nos inclinarmos para mais perto. Quando formamos um amontoado de bafo de vodca, ela abriu um sorriso.

— Vou dar uma dica. Ele tem bigode e distintivo.

— Vai sair com o Nolan? Nolan Graham? O delegado federal Nolan Graham? — eu quis saber.

— Ele é muito fofo — disse Naomi.

— Ele é uma ótima pessoa — acrescentei.

— Vocês dois namoraram, né? Preciso saber de algum alerta antes de deixá-lo ir direto ao ponto após o terceiro encontro? — perguntou-me Sloane.

— Tivemos um casinho rápido há alguns anos. Ele é um cara muito bacana e um bom dançarino.

— Talvez ele vá ser o meu acompanhante para o casamento — ponderou Sloane.

Os homens voltaram a olhar para nós. Escancaradamente. Lucian parecia não decidir se odiava mais a mim ou à Sloane. A expressão de Knox era melhor descrita como rosto puto em repouso.

— Beleza, sei que Sloane e Lucian têm essa troca de ódio rolando, mas o que há entre você e Knox? — perguntou Naomi, franzindo a testa para o marido. — Ele não disse nada desagradável e ofensivo para você, né? Ele devia estar tentando melhorar nisso.

Olhei para a minha bebida.

— Até onde eu sei, está tudo bem.

— Ah, olha. Aí vem o Nash. Achei que ele tinha de trabalhar.

Quase caí da cadeira e derramei meu Bloody Mary virando a cabeça com tudo.

— Droga — murmurei e escorreguei mais para baixo na cadeira quando o vi. Ele estava usando o uniforme, puxando Bica com uma coleira rosa e parecendo ainda mais furioso do que Knox e Lucian juntos. Nolan caminhava alguns metros atrás dele, com o telefone no ouvido.

— Garotas — rosnou Nash. Seu olhar pousou em mim e não fiz nenhuma tentativa de disfarçar a fúria que ele despertou em mim.

— Bom dia, Nash — cantarolou Naomi.

— Oi, chefe — disse Sloane.

— Achei que tinha dito para não se aproximar da minha família — disse-me Nash.

Minha nossa senhora da bicicletinha. Iríamos voltar a esse assunto. Em público. Com testemunhas.

— Eu pensaria bem antes de começar essa conversa agora. A menos que queira lavar *toda* a roupa suja — falei, disparando adagas envenenadas com os olhos em sua direção.

Todo mundo nos encarou como se Nash e eu tivéssemos acabado de nos transformar numa telenovela ao vivo diante deles.

— Falei para deixá-la em paz, não para ser um escroto com ela — disse Knox.

— Não preciso que me defenda. Ainda mais quando você nem está falando comigo — lembrei a ele.

— É, vou precisar de uma explicação para ontem —disse Sloane.

— Fico feliz que tenha recobrado o juízo — disse Lucian ao Nash.

— Fica na sua, Lucy — rosnou Nash. — E fica na sua também, Knox.

Amanda se aproximou de fininho.

— Sinto o cheiro de drama. O que está acontecendo?

— Todo mundo está bravo com todo mundo — disse Sloane. — Será que alguém pode explicar *por favor* o que deu em vocês para que eu possa escolher um lado? Alerta de spoiler: não sou time Lucian.

Lucian voltou seu olhar de aço para ela.

— Não tenho energia para você hoje, Sloane.

Naomi estendeu a mão para evitar que Sloane se lançasse da cadeira.

— Olha, eu só posso lidar com uma dupla de amigos rivais de cada vez. — Ela se virou para mim. — O que está acontecendo com você e Nash? E você e Knox. E Lucian e, bem, todos.

Todo mundo se virou para me encarar. As mulheres me olharam com expectativa. Os homens olharam para mim com diferentes graus de carranca. Uma das mães do time apontava o celular na nossa direção, provavelmente gravando tudo.

Stef escolheu aquele momento para desfilar para perto com um copo de café do tamanho de um balde. Ele parou quando sentiu o confronto.

— O que é que eu perdi?

— Lina tem mentido para todos — anunciou Nash.

Era hora de um ajuste de contas. Eu me saía muito bem em ajustes de contas. Eu não era uma daquelas pessoas que pensa nas melhores respostas no chuveiro dias após um confronto. Eu era alguém que reagia com força.

O único problema era que não me sentia bem em revelar o segredo dele. Nash poderia estar agindo como um grande babaca, mas eu tinha visto a dor real sob as aparências, e eu não poderia, em sã consciência, quebrar essa confiança. A não ser, é claro, que ele fosse longe demais, e nesse caso o culpado

seria ele mesmo. Naomi colocou uma das bebidas no chão e estendeu a mão para apertar meu pulso.

— Se Lina foi menos do que verdadeira, então acho que é porque ela tem um bom motivo para isso.

Era a cara da Naomi dizer isso. E ela estava sendo sincera. Pelo menos agora, antes de ouvir a verdade. Mas, se a minha verdade ia ser divulgada, seria por mim.

— Estou aqui à procura de Duncan Hugo — falei.

A mãe da Naomi, Amanda, engasgou-se de forma teatral. As narinas de Knox se expandiram enquanto ele xingava baixinho.

Lucian, é claro, não esboçou nenhuma reação externa.

Sloane foi a primeira a se recuperar.

— Por quê? Com o que está envolvida, Lina?

— É trabalho. Não vendo seguros. Recupero bens roubados. Hugo roubou algo de um cliente e eu o segui até a região, sem saber que ele também estava envolvido noutras situações. Vim à cidade só para ver o Knox por um dia. Mas então tudo aconteceu.

— O que ele roubou? — perguntou Amanda. — Aposto que foram joias. Foram joias?

— Foi um carro — admiti.

— Que tipo de carro? — quis saber Knox.

— Um Porsche 356 conversível de 1948.

Ele soltou um assobio baixo.

— Carrão.

— Ela mentiu para todos nós — disse Nash, suas palavras me atingindo como um martelo. — Ela fez com que você a colocasse no apartamento ao meu lado para que pudesse ter acesso a mim e aos meus arquivos.

Eu podia sentir a adrenalina se espalhando no meu organismo. Meu coração palpitou imediatamente durante uma batida, depois outra. Levei a parte inferior da mão ao meu esterno e me obriguei a não abrir a boca para libertar a torrente de insultos que obstruíam a minha garganta.

— Mas que porra é essa? — disse Knox.

Preparei-me para o fim da minha amizade mais longa. Mas ele estava olhando para o irmão.

— Ela não *fez* com que eu a colocasse naquele apartamento. Eu passei pela pousada para buscá-la para o café da manhã e a encontrei tacando o spray de cabelo dela numa barata do tamanho de um castor — continuou ele. — Disse a ela para fazer as malas e ela recusou. Gritamos um com o outro por uma meia hora enquanto pisávamos em um festival multigeracional de baratas antes de ela concordar em se mudar.

— Pausa — disse Naomi a seu futuro marido. — Viking, se não é por isso que está bravo com Nash e Lina, o que te deixou virado no tempero?

Knox passou a mão pelo cabelo, o gesto gentil em desacordo com sua expressão tempestuosa.

— Estou puto da vida porque esses dois idiotas não tiveram o bom senso de dar ouvidos ao que falei.

Tomei três goles saudáveis do meu Bloody Mary e comecei a planejar minha fuga.

— Bom senso em relação a quê? — perguntou Stef, puxando uma cadeira e a colocando o mais próximo possível da batalha.

— Sério? Qual é! — Knox gesticulou entre mim e Nash.

— Você vai ter que ser mais comunicativo do que isso, querido — disse Amanda a ele.

— Puta que pariu. Eles não podem ficar juntos. — Ele apontou para Nash. — Esse idiota praticamente tem "coloque um maldito anel" tatuado na porra da bunda. — Então ele indicou com o queixo na minha direção. — E essa chata tem "amar e vazar" tatuado na dela.

Naomi se inclinou e sussurrou:

— Ele está sendo literal ou metafórico?

— Metafórico. Mas tenho um sol tatuado na omoplata.

Os olhos de Nash se estreitaram para mim.

— Eles ficam juntos e aí é hora de ela ir embora, ele vai ficar com o coração idiota partido e ela vai se sentir mal com isso. Aí os dois vão acabar descontando em mim. Então eu disse ao Nash para deixar as coisas como estão e descobri que ele está indo para a cama com ela.

— Todo mundo está transando, menos eu — murmurou Sloane baixinho.

— Agora as coisas estão ficando boas — disse Amanda. Ela estendeu a mão para Stef.

— Concordo — disse ele, entregando seu Bloody Mary.

— Nós não estávamos transando e com certeza nunca iremos. Você podia ter falado comigo sobre isso — falei a Knox.

Ele fez uma careta como se eu tivesse acabado de sugerir que ele arrancasse as unhas dos pés e as espalhasse como confetes.

— É, até parece, Lin — zombou ele. — Depois poderíamos ter uma conversa franca sobre nossos sentimentos e merdas do tipo.

Ele tinha razão.

— Péssima hora? — Nolan apareceu vestindo uma corta-vento, segurando um café de tamanho normal.

— Sim — dissemos Nash e eu ao mesmo tempo, o que resultou em outra troca de olhares.

Ele piscou para Sloane.

— Olá, fofinha. Ansioso para o jantar.

A bibliotecária deu um sorriso de flerte. Lucian grunhiu.

— Então, se Lina e Nash não estão — Naomi fez uma pausa conforme o time da Waylay passava correndo pela lateral do campo — de tchaca tchaca na butchaca, assunto que sem dúvida vamos retomar depois, por sinal, por que você ainda está bravo com eles?

— Porque *ele* está agindo como se não fosse da minha conta e *ela* não estava sendo honesta comigo. Você podia ter me contado por que estava aqui — disse Knox.

Assenti.

— Podia. Provavelmente devia. Mas não é fácil se abrir — admiti.

— Só não se importa, é claro, quando é você do outro lado — disse Nash.

— Continue abusando, chefe. Eles ainda não te cutucaram o suficiente — avisei.

Seu olhar teria me incinerado se eu tivesse passado mais spray de cabelo naquela manhã.

— O que diabos isso quer dizer? — sussurrou Sloane.

— Calminha aí. Ainda não terminamos. Não entendemos por que o Gostosão de Terno, digo Lucian, está envolvido em confusões tão imaturas e emocionais — apontou Stef.

— Vai, Lucian. O terreno está preparado — eu disse a ele.

— Agora vai ter que falar — disse Naomi, encorajadora.

— Eu sabia que havia algo de errado com a história da Lina. E quando Knox expressou suas preocupações em relação a ela, fiz umas investigações. Depois, fui atrás dela e ameacei.

Ele disse isso tão casualmente quanto alguém descreveria um encontro ao acaso divertido na Target.

— Inacreditável — murmurou Sloane baixinho.

— Lucian, não é assim que resolvemos as coisas — repreendeu Amanda como se ele fosse uma criança de seis anos fazendo birra.

— Então Lucian estava tecnicamente certo e você ainda está bravo com ele? — perguntou Naomi.

A resposta de Nash foi um dar de ombros irritado.

Ela se virou para Knox.

— E você estava certo em relação a Nash se machucar e agora vocês dois estão bravos um com o outro por isso.

— Bom, o café da manhã não ajudou — admitiu Knox.

Naomi fechou os olhos.

— É por isso que você deu uma de noivazilla com a florista ontem?

— Flores secas são ridículas. Pode discordar — disse ele.

— O que aconteceu no café da manhã? — perguntou Stef.

— Convidei Knox e Nash para o café da manhã para conversarmos sobre as coisas como adultos maduros — explicou Lucian.

— Você apareceu sem avisar e me arrastou para fora da cama às seis da manhã — corrigiu Nash.

— De nada — revidou ele.

— Espera — interrompeu Sloane. —Você, Lucian Rollins, tentou resolver as coisas na base da conversa de bom grado?

O olhar dele foi gélido quando se fixou nela.

— É o que faço quando é algo que importa.

Ela se levantou, tremendo tanto que o pompom em seu chapéu balançava.

— Você é a *pior* pessoa que já conheci — sibilou ela. Sloane costumava ser bem mais afiada em seus insultos.

Sentindo a violência iminente, pulei da cadeira e me coloquei entre eles antes que Sloane pudesse atacar.

— Ele tem muitos advogados — lembrei a ela. — E, por mais satisfatório que fosse dar um soco na cara dele, eu odiaria ver a equipe jurídica dele levá-la à falência.

Sloane rosnou. Lucian mostrou os dentes no que definitivamente não era um sorriso.

— Uma ajudinha aqui, delegado?

Nolan envolveu um braço na cintura da Sloane e puxou-a para trás.

— O que acha de ficar aqui? — perguntou a ela de forma descontraída.

Lucian soltou o que parecia um rosnado selvagem e acertou o peito na minha mão estendida. Mesmo depois de ter fincado meus pés, ele ainda conseguiu me mover para trás quase 30 centímetros antes de Nash se meter entre nós.

— Afaste-se agora, porra — esbravejou Nash, na cara de Lucian.

— Estamos prestes a ser expulsos de um jogo de futebol infantil — eu disse a ninguém em particular.

— Então, como foi o sexo? — perguntou-me Stef com um sorriso safado.

— Pelo amor de Deus! Nós *não transamos*. Nunca nem nos beijamos! — afirmei.

— Então vocês estavam apenas dormindo juntos? — perguntou Amanda. — Isso é algo novo da juventude de hoje? Amigos com benefícios parciais? Netflix e conchinha?

— Nós com certeza não somos amigos — eu disse, olhando fixo para Nash. — E, diferente de certas pessoas, respeito a privacidade dos outros, especialmente quando se trata de coisas que compartilharam em segredo.

Caramba, era bom sair por cima. Especialmente sabendo que a família de Nash estava prestes a arrancar a verdade dele com um pé de cabra. Isso tornou tudo ainda mais satisfatório.

Uma enxurrada de perguntas foi imediatamente dirigida a ele.

— Vocês só dormiram mesmo? Que negócio é esse?

— Isso tem algo a ver com você estar deprimido?

— Você está deprimido? Por que não disse nada?

— Estavam dormindo sem roupa ou tinha pijamas?

— Com licença, pessoal!

Todos se voltaram para encontrar Waylay de pé na lateral do campo, com as mãos nos quadris. Seu time estava alinhado atrás dela, tentando e na maior parte do tempo falhando em sufocar risos.

— Estamos tentando jogar aqui, mas estão distraindo todo mundo! — afirmou ela.

Conseguimos balbuciar um coro de desculpas.

— Se eu tiver que vir aqui de novo, vocês vão estar encrencados — disse Waylay, fazendo contato visual com cada um de nós.

— Caramba, quando ela ficou assustadora? — sussurrou Sloane quando Waylay e o restante do time voltaram ao campo.

— A culpa é sua — disseram Knox e Naomi ao mesmo tempo. Eles sorriram um para o outro.

Meu coração pulou de novo de forma irregular e respirei fundo, soprando o ar lentamente até que a palpitação no meu peito se dissipou.

— Você está bem? — perguntou Nash, não parecendo se importar muito. — Ou isso também era mentira?

— Não. Começa — avisei-o.

— O que está acontecendo agora? — sussurrou Naomi.

Eu precisava sair daqui. Precisava ir a algum lugar onde eu pudesse respirar e pensar e não querer dar socos nas caras sensuais e estúpidas de homens sensuais e estúpidos. Precisava ligar para a minha chefe e desistir desta investigação. Não só eu estava basicamente prejudicada, como a ideia de ficar em Knockemout, agora apenas outro lugar ao qual eu não pertencia, doía pra caramba.

— Sente-se, Angelina — ordenou Nash. Ele ainda estava chateado, mas seu tom estava um grau ou dois mais gentil.

— Qual é o problema? — exigiu saber Knox.

— Tenho certeza de que Nash ficará feliz em te informar — falei, depois me virei para Naomi e Sloane. — Vocês duas têm sido maravilhosas desde que cheguei aqui e sempre serei grata por isso. Merecem mais de mim e por isso lamento. Obrigada pela amizade e boa sorte com o casamento. Entreguei meu Bloody Mary à Sloane.

Meu coração palpitou de novo e de novo. Minha visão ficou turva pelo tempo que levou para ele retomar uma batida normal.

Chega de cafeína. Ou carne vermelha. Ou estresse induzido por homens, prometi a mim mesma. Eu abriria meu aplicativo de meditação e faria ioga após cada corrida. Praticaria exercícios respiratórios a cada hora e faria caminhadas na natureza. Desapareceria de Knockemout e nunca olharia para trás.

Eu não confiava em mim mesma para dar um adeus mais oficial, então comecei a caminhar em direção ao estacionamento.

— Lina — chamou Nash. Não Angelina. Não Angel. Agora era só Lina.

Ignorei-o. Quanto mais cedo esquecesse que Nash Morgan existia, melhor.

Aumentei minha velocidade e atravessei um campo de futebol agora vazio. Não consegui chegar ao meio-campo antes que uma mão se fechasse em volta do meu cotovelo.

— Lina, pare — ordenou Nash.

Eu me libertei.

— Não temos mais nada a dizer um ao outro e não temos mais motivos para nos preocuparmos um com o outro.

— Seu coração...

— *Não* é da sua conta — sibilei.

Uma série de palpitações fez com que minha visão escurecesse nas bordas e eu não quis deixar isso evidente.

— Tá. Estou me metendo aqui com grande relutância — disse Nolan, correndo.

— Sai fora, Graham — vociferou Nash.

Nolan tirou os óculos de sol.

— Meu trabalho é te proteger, idiota. E você está a um segundo e meio de ter a cara socada por uma mulher muito irritada.

— Não vou deixar você pegar o carro se não estiver bem — disse Nash, ignorando o delegado federal entre nós.

— Nunca estive melhor — menti.

Ele tentou dar mais um passo em minha direção, mas Nolan colocou a mão no seu peito.

Virei e me dirigi para o estacionamento. Eu estava a meio caminho do meu carro quando me senti observada. Vi um cara de bigode e boné com a sigla da Polícia de Knockemout, KPD, encostado na arquibancada, com braços cruzados e perversidade nos olhos.

VINTE E TRÊS
TIME LINA

Lina

Eu estava tentando enfiar o último suéter na minha mala abarrotada quando alguém bateu na porta. Eu teria ignorado, como fiz com todas as outras batidas na minha porta desde a revelação no jogo de futebol de ontem, mas esta veio acompanhada por uma enxurrada de mensagens de texto.

Sloane: *Somos nós. Deixa a gente entrar.*

Naomi: *Viemos em paz.*

Sloane: *Vem logo antes que a gente faça barulho suficiente para chamar a atenção do seu vizinho bravinho.*

Eu não estava com disposição para companhia, chantagem emocional ou outra rodada de desculpas.

Naomi: *Devo acrescentar que Knox me deu a chave mestra, então vamos entrar, doa a quem doer. Você pode muito bem escolher abrir.*

Droga.

Joguei o suéter na cama e fui para a porta.

— Oi! — disseram elas com alegria quando abri.

— Oi.

— Valeu, nós *vamos* entrar — anunciou Sloane, dando um empurrão na porta.

— Se vieram discutir, não estou no clima — avisei.

Passei metade da noite descongelando legumes congelados no peito enquanto ouvia meditações guiadas e tentava aliviar o estresse do meu corpo.

— Estamos aqui para dizer que escolhemos um lado — disse Naomi. Ela vestia calça jeans justa e uma bata de seda da cor de esmeraldas. Seu cabelo estava em ondas soltas que emolduravam o rosto lindo.

— Um lado de quê?

— Pensamos bastante e somos Time Lina — disse Sloane. Ela também estava bem vestida demais para uma tarde casual de domingo. Vestia calça jeans desgastada, usava saltos e tinha um esfumado nos olhos muito bem feito. — Eu queria fazer camisetas, mas Naomi achou que seria melhor se aparecêssemos e te tirássemos daqui.

— Me tirar daqui? — repeti. — Vocês vão me matar?

— Sem homicídios, prometo — disse Naomi, dirigindo-se ao meu quarto. — Por que tem uma mala feita aqui?

— Porque não consigo carregar todas as minhas roupas nas mãos.

— Você tinha razão em não esperar pelas camisetas — disse Sloane, seguindo Naomi até o meu quarto.

Naomi começou a vasculhar a minha mala.

— Essa é bonita. Ah, e com certeza essa calça jeans.

— Vocês estão me roubando? — Eu sabia que as pessoas de Knockemout passavam um pouco dos limites, mas isso parecia ir muito além da conta.

— Você vai se arrumar para irmos a uma tarde, possivelmente noite, dependendo da quantidade de álcool e frituras que vamos consumir, das meninas mais o Stef — disse Sloane, entregando-me uma calça jeans e um suéter vermelho com decote profundo.

— Ainda estamos trabalhando no nome — acrescentou Naomi.

— Mas não fui honesta com vocês. Escondi coisas — falei, perguntando-me se talvez tivessem esquecido a minha traição.

— Amigos dão o benefício da dúvida aos outros. Talvez você tivesse uma boa razão para não ser honesta. Ou talvez nunca tenha tido amigas incríveis como eu e Sloane — disse Naomi, jogando minha gigantesca necessaire na minha direção. — Seja como for, que tipo de amigas seríamos se te abandonássemos quando você mais precisa de nós?

— Então não estão bravas comigo? — perguntei devagar.

— Estamos preocupadas — corrigiu Naomi.

— E queremos mais detalhes das suas noites com o Nash — acrescentou Sloane levantando uma sobrancelha brincalhona.

— Ele está sofrendo, por sinal — disse Naomi, apontando na direção do banheiro.

— O sofrimento dele não é da minha conta — insisti.

Ele bateu à minha porta duas vezes ontem, após o desastre no jogo de futebol. Na terceira vez, ele ameaçou arrombá-la se eu não confirmasse que estava bem.

Para poupar as despesas de substituição da porta, mandei uma mensagem sucinta: *Estou bem. Vá catar coquinho.*

— Vá logo se arrumar. Só dá para beber o dia todo se começarmos agora — disse Sloane, examinando outro suéter. — Posso pegar emprestado para o meu encontro com o Nolan?

E FOI ASSIM que acabei no Hellhound, um bar lúgubre de motoqueiros, numa tarde de domingo com o Time Lina.

A música era alta. O chão estava pegajoso. As mesas de bilhar estavam todas ocupadas. E havia mais carteiras com correntes do que sem.

— Este lugar ainda me faz querer jogar um balde de Pinho Sol e tacar um monte de desinfetante antes de me sentar — reclamou Naomi enquanto nos aproximávamos do balcão.

Stef fez uma careta e arregaçou as mangas do suéter Alexander McQueen antes de descansar os antebraços cautelosamente na madeira.

— Olá, barman gatinho — disse ele baixinho.

Joel, o barman cavalheiresco, era alto, musculoso, barbudo e vestia roupas pretas da cabeça aos pés. Seu cabelo era uma juba grisalha jogada para longe do rosto bronzeado.

— Bem-vindas de volta, meninas — disse ele com um sorriso de reconhecimento. — Vejo que trouxeram um novo amigo.

Naomi apresentou Stef.

— O que vão querer? Tequila? Licor? Vinho?

— Tequila — disse Sloane.

— Vinho? — perguntou Naomi.

— Sem dúvida vinho — concordou Stef.

Os olhos cinzentos de Joel se voltaram para mim.

— Quero água.

— Uuuuuuuuh! — vaiaram Naomi e Sloane juntas.

Stef franziu a testa para mim.

— Sofreu lesão cerebral?

— Vou preparar as bebidas. Tentem não socar ninguém enquanto isso — advertiu Joel, principalmente a mim.

— Não está bebendo — disse Sloane.

— Água é bebida.

— O que a Sloane quer dizer é: por que você está se hidratando em vez de ser irresponsável e pedir bebidas para adultos? — falou Naomi.

— Uma de nós tem que dirigir — salientei.

— Uma de nós tem um noivo sexy pra caramba pronto e à espera para buscar certas garotas encantadoramente embriagadas — explicou Naomi.

— Knox não pegou no seu pé por voltar aqui? — perguntei.

A última e, bom, única vez que estivemos aqui foi no dia em que cheguei à cidade. Knox e Naomi estavam no meio de um término que nenhum dos dois cabeças-duras queria. Eu tinha tirado Naomi de seu turno no Honky Tonk e a trazido até aqui: o bar mais espelunca que há.

Sloane se juntou a nós e o dia quase terminou numa briga de bar quando uns clientes idiotas e bêbados acharam que tinham chance com a gente.

— É por isso que o Stef está aqui — explicou Naomi.

— Ele me fez prometer enviar uma atualização a cada 30 minutos — disse Stef, mostrando o celular.

— Ele ainda está bravo comigo? — perguntei, tentando soar como se não me importasse.

— Ele ficará se descobrir que você planejava deixar a cidade sem contar a ninguém — disse Naomi.

Era por isso que eu não tinha amigos. Relacionamentos de qualquer espécie eram complicados demais. Todos sentiam que tinham o direito de di-

zer que o que você fazia era errado e dar instruções sobre como corrigir o erro ao próprio agrado.

— Eu não estava deixando a cidade. Eu ia voltar para a pousada e *depois* ia sair da cidade.

— Como amiga, não posso, em sã consciência, deixá-la contrair uma doença transmitida por baratas quando há um apartamento perfeitamente agradável e limpo disponível para você — insistiu Naomi.

— Prefiro morar com baratas a morar ao lado do Nash.

Joel voltou com as nossas bebidas. Duas tequilas de sabe-se lá o quê para Sloane, duas taças de vinho cheias até a borda e uma água com fatia de limão.

Sloane estendeu as mãos na direção das tequilas.

— Obrigada, Joel — falei enquanto ele colocava a água na minha frente.

— Você está bem? — perguntou ele.

— Estou.

— Errrrr! — Sloane, já tendo tomado a primeira tequila, fez um barulho alto. — É contra a lei mentir durante a tarde das garotas mais o Stef.

Naomi assentiu.

— Concordo. Regra número um: não mentir. Não estamos aqui para fingir que está tudo bem. Estamos aqui para nos apoiar. Repeti "aqui" muitas vezes. Agora não parece mais uma palavra. Aqui. Aqui?

— Aqui — tentou Sloane, franzindo a testa.

— Elas já estavam bebendo? — perguntou-me Joel, arqueando uma sobrancelha grisalha sexy.

Balancei a cabeça.

— Não.

Ele sabiamente encheu mais dois copos de água e colocou na frente das minhas amigas antes de desaparecer no bar.

— Aquiiiiiii — enunciou Naomi.

— Ai, meu Deus. Tá! Eu *não* estou bem — admiti.

— Até que enfim. Eu estava com medo de que você nos fizesse continuar — disse Sloane, pegando sua segunda tequila e bebendo em um só gole.

— O primeiro passo é admitir que você está um desastre — disse Stef.

— Não estou bem. Sou um desastre. Nem a minha família sabe com o que trabalho, porque eles não sabem lidar com a ideia de me ver perto do

menor sinal de perigo. Se eles tivessem alguma ideia do PERIGO que é o meu trabalho, voariam para cá, formariam um escudo protetor à minha volta e me obrigariam a voltar para casa.

Minha pequena audiência me observou sobre as bordas de seus copos.

— E eu estou bebendo água por causa de um problema cardíaco que tive e quase me matou quando eu tinha 15 anos. Perdi todas as coisas normais da adolescência graças a cirurgias e por ser a garota estranha que morreu na frente de um estádio inteiro. Já não tenho mais o problema, mas ainda sinto CVPs quando fico estressada. E estou estressada pra caramba agora. Cada palpitação estúpida lembra como foi quase morrer e depois viver uma meia--vida sufocante de aulas em casa, consultas médicas e pais autoritários que eu não podia culpar por serem assim porque me viram basicamente morrer num campo de futebol.

— Uau — disse Sloane.

— Mais álcool, Joel — implorou Naomi, estendendo seu copo de vinho agora vazio.

— Então, desculpa se eu não conto a todos que conheço todos os detalhes da minha vida. Passei tempo demais sendo fiscalizada e lembrada que não sou e nunca serei normal. Até que cheguei aqui e conheci o Nashlerma.

— Essa é boa — disse Sloane com um aceno de aprovação.

— O que aconteceu quando você chegou aqui e conheceu Nash? Perdão. Digo, Nashlerma? — perguntou Naomi, prestando atenção a cada palavra minha.

— Bastou olhar para ele e todo o seu *lance* de ferido e taciturno...

— Por "lance", quer dizer pênis? — perguntou Stef.

— Não!

— Para de interrompê-la — sibilou Naomi. — Bastou olhar para ele e todo o seu lance de ferido e taciturno e o quê?

— *Gostei* dele — confessei. — Gostei pra valer. Ele me fez sentir como se eu fosse especial e não do jeito esquisito que me tratam por ter tido uma parada cardíaca na frente de todos. Fez com que eu sentisse que ele precisava de mim. Ninguém nunca precisou de mim. Sempre me protegeram ou me trataram como bebê ou me evitaram. Meu Deus, os meus pais estão tentando reservar passagens de avião só para ir à minha próxima consulta com o cardiologista para ouvir o médico dizer que ainda estou bem.

Mais bebidas apareceram na frente de Naomi e Sloane. Joel deslizou uma tigela de castanhas na minha direção.

— São recém-saídas da embalagem. Ninguém encostou os dedos ainda — assegurou-me.

— Obrigada pelas castanhas não tocadas — eu disse.

— Então, Nash abriu o jogo, após algumas repreensões, sobre os ataques de pânico que ele tem tido e como você o ajudou — disse Naomi.

— Não me aproveitei dele — insisti.

— Amiga, a gente sabe. Ninguém acha isso. Nem mesmo Nash. Ele é um Morgan. Eles dizem coisas estúpidas quando estão irritados. Mas vou te contar, é bom vê-lo bravo — confessou Naomi.

— Por quê?

— Antes de você, ele não estava bravo nem feliz nem nada. Ele parecia uma xérox de si mesmo. Raso, sem vida. E então você veio e deu a ele algo com que se importar o bastante a ponto de ficar bravo.

— Eu menti para ele. Menti para todos.

— E agora você fará o certo — disse Naomi, como se fosse tão simples.

— Farei?

— Se quiser que continuemos amigas, sim — disse Sloane. Três tequilas e ela já estava tombando para o lado como se estivesse no convés de um navio.

— Amigos tornam os amigos melhores. Aceitamos as partes ruins, celebramos as partes boas e não torturamos o outro por seus erros — disse Naomi.

— Desculpa não ter sido honesta com vocês — falei baixinho.

— Pelo menos faz sentido agora — salientou Sloane. — Se eu tivesse que mentir para meus pais sobre tudo só para levar uma vida um tanto normal, posso ver como isso facilmente se tornaria um hábito.

— Eu entendo — disse Naomi com simpatia. — Menti para meus pais em relação a tudo quando cheguei aqui porque estava tentando os proteger da confusão em que me menti e da confusão que a Tina armou.

— Sei bem como é. — Mexi o meu canudo na água. — Eu realmente me deixei começar a perguntar "será"?

— Será o quê? — perguntou Stef.

— Será que daria certo com ele? Será que eu ficaria aqui? Será que esse é o sinal que eu estava procurando para deixar meu emprego e tentar algo novo? Será que eu poderia mesmo ter uma vida normal?

Naomi e Sloane olhavam para mim com olhos lacrimejantes.

— Não — avisei.

— Ah, Lina — sussurrou Naomi.

— Sei que você não gosta de ser tocada, e eu respeito isso — disse Sloane. — Mas acho que você deve saber que estou te abraçando mentalmente.

— Tá. Chega de tequila para você — decidi.

As duas continuaram me olhando como personagens de desenhos animados com grandes olhos carentes.

— Faça isso parar — implorei ao Stef.

Ele fez que não.

— Só há uma maneira de fazê-las parar.

Revirei os olhos.

— Urgh, tá. Podem me abraçar. Mas não derramem nada em mim.

— Eba! — disse Sloane.

Cada uma me abraçou de um lado. Ali, entre uma bibliotecária bêbada e uma diretora de relações comunitárias embriagada, senti-me um pouco melhor. Stef deu tapinhas na minha cabeça.

— Você merece ser feliz e ter uma vida normal — disse Naomi, recuando.

— Não sei o que mereço. Nash mexeu com praticamente todos os meus pontos sensíveis de vergonha e culpa.

— Ele expôs a verdade em relação a mim em um dos jogos da Waylay no início desta temporada — comentou Naomi, empática.

— Ainda bem que a temporada está quase no fim — brincou Stef.

— Você sabe por que a honestidade é tão importante para ele, não é? — perguntou Naomi.

Dei de ombros.

— Acho que é importante para todos.

— O pai de Knox e Nash é um viciado. Duke começou a usar drogas, principalmente opioides, depois que a mãe deles morreu. Knox disse que todos os dias com o pai eram uma mentira. Ele jurava que estava sóbrio ou prometia que nunca mais usaria. Ele se comprometia a pegá-los depois da escola ou

dizia que estaria nos jogos de futebol. Mas continuava os decepcionando. Repetidas vezes. Uma mentira atrás da outra.

— Que merda — admiti. Minha criação teve os seus desafios, como morrer diante de todos os meus amigos e seus familiares. Mas isso não se compara à forma como Knox e Nash cresceram. — No entanto, opinião impopular aqui. Você não é responsável por como foi criado, mas *é* responsável por suas ações e reações quando vira adulto.

— Isso é verdade — admitiu Naomi antes de beber mais vinho.

— Essa bela mulher com pernas muito longas tem razão — disse Sloane. — Qual é a sua altura, hein? Vamos medir!

Empurrei o copo de água em sua direção.

— Talvez seja melhor dar uma paradinha nas tequilas.

— Vamos seguir esta linha de pensamento — anunciou Stef. — Você passou por maus bocados quando adolescente, o que, graças à puberdade, já é horrível.

— Justo.

— Presta atenção aqui — continuou ele. — Aí você cresceu, se mudou, se tornou ferozmente independente e aceitou um emprego perigoso. Por quê?

— Por quê? — repeti. — Acho que para provar que sou forte. Que não sou a mesma garota fraca e indefesa que costumava ser.

— Você é fodona — concordou Stef.

— Às fodonas — disse Naomi, levantando o copo de vinho quase vazio.

— Poupe o brinde, Witty. Estou prestes a explodir suas mentes — insistiu Stef.

— Exploda — disse Sloane, apoiando o queixo nas mãos.

— A quem você quer provar isso? — perguntou-me Stef.

Dei de ombros.

— Todos?

Stef apontou para Sloane.

— Faça o ruído da campainha outra vez.

— Errrrrrrr!

Metade do bar se virou para nos olhar.

— Pelo jeito discorda? — motivei o Stef.

— Aí vem o meu brilhantismo. Se a sua família não sabe com o que você trabalha, eles não têm conhecimento de como você é fodona profissionalmente. E se os seus colegas não conhecem o seu passado, não têm ideia do quanto é impressionante porque não sabem o que teve de superar para chegar até aqui.

— Aonde quer chegar?

— A única a quem resta provar alguma coisa é você. E, se você não percebe como é forte e capaz, não tem prestado atenção.

— Foi um pouco decepcionante. Mas ele não está errado — disse Naomi.

— Ainda não terminei — disse Stef. — Acho que você não está de fato tentando provar que é fodona. Acho que você gasta toda a sua energia tentando sufocar qualquer indício de vulnerabilidade.

— Aaaaaah! E Nash faz você se sentir vulnerável — adivinhou Sloane, alegre.

— Então você sabota qualquer chance de intimidade porque não quer ficar vulnerável de novo — acrescentou Naomi. — Tá. *Isso* foi épico.

Stef simulou uma reverência.

— Agradeço por apreciarem minha genialidade.

Já estive vulnerável antes. Deitada de costas naquele campo de futebol. Em todos aqueles leitos hospitalares. Naquela sala de cirurgia. Eu não pude me proteger nem me salvar. Estive à mercê de outras pessoas, minha vida em suas mãos.

Fiz que não com a cabeça.

— Segura a onda aí. Vulnerabilidade é *fraqueza*. Por que eu ia querer ficar fraca outra vez? Dá um apoio aqui, Joel.

O olhar do barman se dirigiu a mim quando ele deslizou dois copos pelo balcão para um cliente com moicano rosa.

— Ficar vulnerável não significa ser fraco. Significa que você confia em si mesmo para ser forte o suficiente para lidar com a dor. Na verdade, é a forma mais pura de força.

Sloane mexeu os dedos nas têmporas e fez um som explosivo.

— Mente oficialmente explodida — falou ela com voz arrastada.

— Foi lindo pra caralho, Joel — disse o motociclista com moicano. O homem secou os olhos com um guardanapo.

Passei toda a minha vida adulta provando que era invencível, capaz, independente. Morava sozinha, trabalhava sozinha, tirava férias sozinha. A única maneira de me tornar mais independente era se entrasse numa relação monogâmica com o meu vibrador. Não me agradou dizerem que eu estava sendo covarde.

— Olha, agradeço o jogo super divertido de "vamos analisar o que há de errado com a Lina". Mas o fato é que, toda vez que tenho que participar de um relacionamento, seja pessoal ou profissional, as pessoas se machucam.

— Isso não significa que você não possa estar num relacionamento. Significa apenas que você não é boa nisso — disse Naomi, gesticulando com seu vinho.

— Puxa, valeu — falei, num tom seco.

Naomi levantou um dedo e esvaziou o copo.

— *Ninguém* é bom logo de cara. Ninguém tem talento natural para estar num relacionamento. Todo mundo tem que aprender a ser bom nisso. É preciso muita prática, perdão e vulnerabilidade.

— Merda — murmurou Stef. Ele se levantou e endireitou os ombros. — Se me derem licença, preciso fazer uma ligação. Se importa de ficar de olho nelas, Joel?

O barman fez uma saudação para ele.

— Não é só que eu sou ruim em relacionamentos — falei, voltando à questão original. — Não quero ficar presa. Quero ser livre para fazer o que quero. Seguir uma vida que me convém.

— Não acho que essas coisas tenham que ser mutuamente exclusivas.

— *Boom!* — disse Sloane, batendo uma mão no bar. Quanto mais bebia, mais altos eram os efeitos sonoros da bibliotecária.

— Eu não vou encontrar um homem que se contentará em me seguir por aí, trabalhando remotamente em pousadas de merda, enquanto eu rastreio bens roubados. E, se encontrasse, provavelmente não o iria querer.

Naomi soluçou.

— Sério? Você também? Vocês fizeram um "esquenta" antes de irem me buscar? — perguntei.

Ela deu de ombros e sorriu.

— Fiz *um sanduíche* para o almoço e Waylon o roubou do meu prato quando eu não estava olhando. Fico bêbada rápido com o estômago vazio.

Empurrei a tigela de castanhas em sua direção.

— Absorva esse álcool.

Um motociclista alto com tapa-olho e bandana se aproximou.

— Não — falei quando ele abriu a boca.

— Você nem sabia o que eu ia dizer — reclamou ele.

— Não, não queremos dar um rolê, uma carona ou que nos conte o apelido do seu pênis — falei.

Sloane levantou a mão.

— Na verdade, eu gostaria de saber o apelido do pênis.

O motociclista inchou o peito e subiu as calças.

— É João Longo Prateado... porque tem piercing. Quem quer conhecê-lo pessoalmente?

— Está feliz agora? — perguntei à Sloane.

— Estou feliz e enojada.

Virei-me para o motoqueiro.

— Vá embora, a menos que queira fazer parte de uma sessão de terapia.

— Vaza, Spider — disse Joel detrás do balcão.

— A pessoa tenta se divertir um pouco e todo mundo fica irritado — murmurou Spider enquanto se afastava, chateado.

— Espera, acho que eu estava prestes a fazer uma observação superinteligente — disse Naomi. Ela enrugou o nariz e, perdida em pensamentos, bebeu o resto do vinho. — Ah rá!

— Ah rá! — ecoou Sloane.

Naomi se remexeu no banquinho e limpou a garganta.

— Como eu estava dizendo, você está comparando o que está fazendo agora com o que poderia estar fazendo no futuro.

— Hum, não é isso que *todo mundo* faz?

— Há uma diferença sutil — insistiu ela, prolongando um pouco a palavra *sutil*. — Mas eu esqueço qual é.

Sloane se inclinou para a frente no meu outro lado. Bom, estava mais para caiu no balcão.

— O que a minha estimada colega está tentando dizer é que só porque você quer a liberdade de fazer suas próprias escolhas não significa que você tem que ficar sozinha.

Naomi estalou os dedos na cara da Sloane.

— Sim! Isso! Foi o que esqueci. O que você faz ou tem e como se *sente* são dois conceitos distintos. Por exemplo, as pessoas dizem "Eu quero um milhão de dólares", mas o que elas querem mesmo é se sentirem financeiramente seguras.

— Táaaaaaaa. — Estiquei a palavra.

— Você quer sentir que tem o poder de tomar as próprias decisões. Isso não significa que você precisa ser uma caçadora de recompensas independente para sempre. Ou que não pode encontrar um cara legal para transar gostoso e comer delivery junto na cama. Significa apenas que você tem que encontrar um relacionamento em que possa ser você mesma e garantir que suas necessidades sejam atendidas.

— Fico feliz que você tenha se lembrado, porque essa é uma observação muito inteligente e você é muito bonita — disse Sloane à Naomi.

— Obrigada. Eu também te acho bonita e inteligente!

— Ownn! Abraço em grupo!

— Vocês estão abusando dos privilégios de abraço — reclamei quando as duas caíram em cima de mim outra vez.

— Não podemos evitar. Estamos muito orgulhosas de você — disse Naomi.

— Quer que eu borrife nelas? — ofereceu Joel, levantando a mangueira de refrigerante.

Suspirei.

— Deixa elas terem o momento delas.

VINTE E QUATRO

PONCHE DE TORTA DE NOZ-PECÃ E COTOVELOS PONTUDOS

Lina

— Não quero ir para casa — lamentou Sloane enquanto eu a conduzia para o meu carro no estacionamento.

— Estou com fome — cantarolou Naomi.

— Aonde você acha que vai? — perguntei ao Stef quando ele começou a se afastar de nós.

Ele parecia culpado e nervoso.

— Eu, hã, liguei para o Jeremiah e perguntei se ele queria jantar. E ele disse que sim. Então... vou jantar com um barbeiro gato.

Naomi se lançou nele.

— Estou. Tão. Orgulhosa. De. Você — disse ela, dando um tapa no peito dele a cada palavra.

Ele esfregou o peitoral.

— Ai!

— Mande mensagem a cada trinta segundos. Melhor, transmita o seu encontro ao vivo! — disse Sloane, saltando na ponta dos pés.

— Uuuh! Sim! A gente comenta e diz se está indo bem — disse Naomi.

— Tem certeza de que consegue lidar com as gêmeas embriagadas? — perguntou-me Stef.

— Não. Mas...

— Vou fingir que você disse sim — disse ele, recuando com um sorriso perverso.

— Divirta-se e tente não assustá-lo — gritei quando ele se afastou.

Talvez Stef estivesse pronto para ser esmagado como uma mosquinha, mas eu ainda não estava convencida de que a vulnerabilidade era a força suprema. Parecia-me mais como a forma mais fácil de ter o seu coração pisoteado.

Sloane agarrou o braço da Naomi e as duas quase caíram.

— Ai, meu Deus. Esquecemos de contar outra coisa a ela.

— Contar o que pra quem? Eu sou ela? — perguntei, estabilizando-as em pé.

Naomi ofegou, soltando uma nuvem de bafo de Chardonnay.

— Esqueci completamente! A gente teve uma ideia de com quem você poderia falar para saber onde Duncan Hugo poderia esconder um carro.

— Sério? Quem?

— Grim — disse Naomi.

— O que é um grim?

— Ele é líder... er, chefe? Talvez primeiro-ministro? De um motoclube... Enfim, ele sabe tudo o que acontece — disse Naomi.

— Ele sabia onde Naomi estava quando ela foi sequestrada porque estava observando Duncan Hugo — disse Sloane.

— Além disso, ele é supersimpático e me ensinou a jogar pôquer — acrescentou Naomi.

— Como entro em contato com esse tal de Grim, o primeiro-ministro do motoclube? — perguntei.

— Eu tenho o número dele. Ou um número. Nunca liguei, mas ele me deu — explicou Naomi.

Os olhos de Sloane brilharam como se uma ideia tivesse acabado de a atingir.

— Pessoal! Conheço um lugar com a melhor torta de noz-pecã do universo.

Naomi deu um gritinho.

— Eu *adoro* torta.

— Fica dentro da região metropolitana? — perguntei.

VOLTEI À MESA no momento em que o garçom entregou três fatias do que, eu tinha de admitir, parecia uma torta de noz-pecã muito boa.

— Você falou com o motociclista sexy e perigoso? — perguntou Sloane.

— Não. Liguei para o número que a Naomi deu, mas, após uns toques, caiu no bipe. Deixei uma mensagem vaga pedindo que ligasse de volta, sem saber se estava gravando o que eu disse.

— Aimeudeus — disse Naomi com o garfo ainda na boca. — Essa é a *melhor* torta de todas.

Sentei-me e estava pegando o garfo quando meu celular tocou. Olhei para a tela.

— Merda.

— É ele? — quiseram saber minhas amigas em uníssono agudo.

— Não é — assegurei-lhes e saí da minha cadeira mais uma vez.

— Oi, Lewis — respondi, passando pela recepção em direção ao vestíbulo. — Como vão as coisas?

— Ótimas. Bem. Tá bem. Meio que uma merda, na verdade — disse meu colega de trabalho.

A culpa se manifestou numa dor de cabeça tensional instantânea.

— Soube que você voltou ao trabalho.

— Serviço administrativo — esclareceu. — O que faz parte do problema. Tenho um caso aqui e preciso da sua ajuda.

Mais um motivo pelo qual eu não me relacionava.

— Do que você precisa, Lew?

— Então, lembra daquela vez que eu pulei de um telhado e quebrei a bunda?

Estremeci.

— Lembro.

Vividamente.

— E lembra que você disse que, se pudesse fazer alguma coisa para me ajudar, faria?

— Vagamente — falei com os dentes cerrados.

Atrás de mim, Naomi e Sloane tinham puxado conversa com um casal de idosos com agasalhos combinando.

— Hoje é o seu dia de sorte — anunciou Lewis.

Suspirei.

— Do que você precisa?

— Acabou de surgir um NC na sua área.

Na linguagem de caçadores de recompensa, NC significava "Não Comparecimento", um rótulo para pessoas que faltaram no dia da audiência no tribunal, pondo em risco as empresas de fiança que pagaram pela sua liberdade.

— Você sabe que pedi transferência para os ativos por um motivo — lembrei a ele.

Paguei os meus pecados durante um ano muito longo como agente de fiança antes de ser transferida para investigações de recuperação de ativos.

— Sim, mas você é tão boa nisso. E, além do mais, você está aí. Não tem como outra pessoa chegar aí até amanhã.

— Estou encarregada de duas mulheres embriagadas no momento. Não posso deixá-las sozinhas. Elas vão acabar com duas tatuagens combinando nos olhos.

— Leva junto. Esse cara não é perigoso. Ele é só tapado. Tecnicamente, ele é muito esperto, o que o torna tapado.

Eu estava familiarizada com o tipo.

— Mostre às suas amigas como as Pernas Solavita perseguem um bandido.

— Qual é o valor da fiança?

— Dois milhões de dólares.

— Dois milhões? Que diabos ele fez?

— Invadiu o DETRAN, criou um monte de CNHs falsas e depois as vendeu online.

Nerds de computador costumavam ser menos perigosos de se apreender do que, digamos, assassinos ou outros criminosos violentos. Tudo o que você tinha que fazer era pegar o notebook deles e usá-lo para atraí-los para o banco de trás do carro. Mas, ainda assim, eu não arriscaria minhas novíssimas e muito bêbadas amigas.

— Não acho que seja uma boa ideia, Lew.

— Olha. Detesto dar esta cartada, mas você me deve uma. Eu divido o pagamento com você.

— Odeio você e sua bunda rebentada. — Dei um gemido. — Vou ver isso amanhã.

— Na verdade, tem que ser na próxima hora. Ele está fugindo da cidade e não sei aonde vai em seguida. Preciso da prisão preventiva dele.

— Droga, Lew. — Olhei para Naomi e Sloane através da janela. — Jura que ele não é perigoso?

— Eu mandaria minha própria avó buscá-lo se ela morasse mais perto.

Suspirei.

— Está bem. Mas isso significa que estamos quites.

— Ficaremos quites — prometeu ele.

— E chega de piadas sobre eu rebentar sua bunda — acrescentei.

— Vou enviar o endereço e uma foto. Obrigado. Você é a melhor. Vou desligar agora, antes que você mude de ideia. Tchau! — disse ele rapidamente antes de encerrar a chamada.

Xingando baixinho, voltei para dentro, a dor de cabeça florescendo como uma maldita rosa.

— Ei, Lina Bo-Bina! Quer batatas fritas? — perguntou Sloane.

Olhei para a mesa. Naomi e Sloane tinham comido a torta delas, a minha torta e depois passado para as batatas fritas que o casal de idosos deixou.

Sinalizei para a garçonete.

— Posso te dar uma gorjeta de cem dólares para tomar conta dessas duas enquanto resolvo umas coisas?

Ela soprou a franja ruiva.

— Desculpa, querida. Não vou voltar a cair nessa.

Ela apontou para uma placa na parede. Lia-se: BÊBADOS DESACOMPANHADOS SERÃO PRESOS.

Merda.

— Qual é o problema, Lina Bobinha? — perguntou Naomi. — Você parece triste.

— Ou constipada — acrescentou Sloane. — Precisa de mais fibras na sua dieta?

— Preciso ir trabalhar por uma horinha ou duas e não sei o que fazer com vocês. O que acham de fazer check-in num hotel e ficarem sossegadas num quarto até eu voltar?

Sloane fez um "joinha", depois virou o dedo para baixo e fez barulho de pum com a boca.

— Vou considerar isso como um não.

— Encontrou Duncan Hugo? — perguntou ela. Seus óculos estavam tortos.

— Não. Tenho que encontrar outra pessoa para um colega de trabalho.

— Deixa a gente ajudar! Sou tão boa em encontrar coisas. Ontem, Knox procurou o ketchup por dez minutos na geladeira e eu encontrei em meio segundo! — anunciou Naomi.

— Valeu, mas não quero a sua ajuda. Quero que fiquem fora do caminho enquanto vou atrás de um caloteiro de fiança. Acham que podem fingir estar sóbrias pelo tempo que vai levar até o Knox vir buscá-las?

Elas trocaram olhares, depois balançaram a cabeça e se acabaram em risos.

— Vou considerar isso como um não.

— Vamos com você — disse Naomi com firmeza.

— Não, não vão — falei com a mesma firmeza e sem arrastar a voz.

— EU *MANDEI* ficarem no carro — falei enquanto usava meus músculos para manter meu NC deitado na calçada. Meu rosto doía, meu quadril doía, eu estava suando profusamente e meu suéter favorito estava arruinado.

— Desculpa — disse Naomi, tentando parecer arrependida.

— Nós te ajudamos a pegá-lo — disse Sloane, desafiadora. Naomi deu-lhe uma cotovelada. — Ah, digo, desculpa.

— Eu deveria ter deixado a cidade quando tive a oportunidade — murmurei enquanto virava a esquina mancando.

— Ai! Esses lacres doem!

Melvin Murtaugh, vulgo ShadowReaper, não era um criminoso violento. No segundo em que me viu estender a mão para as amarras, fugiu da festa organizada pelo primo. Segui-o pelos fundos, pela varanda frágil e pelo beco.

O garoto estava de tênis e eu de botas de salto alto, mas as minhas proezas atléticas e resistência cardiovascular eram muito mais eficazes numa corrida a pé do que as suas habilidades de computação.

Ele também cometeu o erro monumental de parar na entrada do beco, distraído por algo.

Esse "algo" acabou por ser Naomi e Sloane fingindo serem duas bêbadas ajudantes.

Isso tinha me dado tempo suficiente para o lançar no chão. Eu estava ficando enferrujada. Eu costumava saber exatamente como derrubar alguém enquanto usava a pessoa derrubada como almofada para amortecer a queda. Desta vez, meu quadril e meu ombro haviam feito um contato direto e doloroso com o asfalto, enquanto meu rosto ricocheteou no cotovelo pontudo de Melvin.

Foi por isso que pedi transferência de recompensas para recuperação de ativos. As pessoas eram um pé no saco... e na cara.

— Cadê os meus óculos? Não consigo ver nada sem os meus óculos!

— Devia ter pensado nisso antes de correr quando eu mandei fazer o contrário — falei a ele, soando como uma mãe irritada lidando com um filho adolescente que nunca se dava ao trabalho de pegar suas roupas íntimas do chão.

Enfiei a mão na parte de trás da camisa dele e levei todos de volta para o carro. Graças a Deus não era um bairro tomado por ladrões de carros, porque as duas bêbadas pelas quais era responsável tinham deixado as portas do Charger escancaradas.

— Opa — disse Naomi quando avistou o carro. — Acho que esquecemos de fechar as portas.

— Foi a emoção da perseguição — disse Sloane.

— Não era pra vocês participarem da perseguição. Deviam ter esperado no carro. E você — disse eu, apertando para trás os braços do hacker — devia ter comparecido à sua audiência no tribunal.

— Se eu for ao tribunal, vão me mandar para a prisão — lamentou ele.

— Hã, sim. É o que é se espera que aconteça quando alguém comete um crime.

Ele gemeu.

— Minha mãe vai me matar.

— A maneira como você o atacou foi tão fodona — disse Sloane, entrando na conversa. — Me ensina como fazer isso?

— Não — falei concisamente e empurrei Melvin para o banco de trás pela cabeça. — Fica.

Fechei a porta e me voltei para as minhas amigas, que não pareciam arrependidas o bastante.

— Este trabalho é perigoso. Vocês não são treinadas para lidar com esse tipo de situação. Então, quando mando vocês ficarem no carro, vocês *ficam no carro.*

— Amigas não deixam que as amigas corram perigo sozinhas — disse Naomi com severidade. — Quando Waylay e eu fomos sequestradas, você e Sloane apareceram por nós. Sloane e eu aparecemos por você.

— A diferença é que não fui raptada, Naomi. Eu estava fazendo o meu trabalho. Bom, estava fazendo o trabalho do Lewis. Mas fui treinada para isso. Tenho experiência nestas situações. Nenhuma de vocês tem.

Sloane fez beicinho.

— Você nem quer saber como o distraímos?

— Taquei nele um saco de cocô de cachorro que encontrei na calçada. — Falou Naomi, toda altiva.

Isso explicava o cheiro. Eu, sem sombra de dúvida, precisaria mandar limpar meu carro.

— E eu gritei e mostrei meus peitos para ele — anunciou Sloane com orgulho.

Se fossem outras duas civis, eu teria ficado impressionada. Mas tudo em que eu conseguia pensar era no fato de Naomi e Sloane se colocarem voluntariamente em perigo por mim. E que agora eu tinha que fazer uma ligação que eu não queria.

Suspirei.

— Preciso fazer uma ligação. Fiquem aqui e de olho no Melvin. Não entrem no carro. Não se afastem. Não façam amizade com nenhum maníaco homicida perambulando pelas ruas.

— Ela está brava porque não comeu torta — sussurrou Sloane para Naomi enquanto eu ligava. Knox atendeu no primeiro toque.

— O que aconteceu? Por que é que o Stef não está mandando mais atualizações e por que é que a minha noiva não responde às minhas mensagens?

— Não aconteceu nada. Stef teve que sair mais cedo e, quanto a Naomi — olhei por cima do ombro para onde Naomi e Sloane estavam posando para selfies —, ela não está respondendo às suas mensagens porque ela e Sloane estão ocupadas testando todos os filtros do Snapchat.

— Por que você está ligando? Não estamos putos da vida um com o outro?

— Sei lá. Não consigo acompanhar.

— Bom. Então, se estávamos brigados, vamos dar um basta.

É por isso que eu gostava de ser amiga de homens. Era mais fácil.

— De acordo. Preciso de um favor. Dois, na verdade. Preciso que não se irrite sem motivo, e preciso de carona para duas mulheres embriagadas que se recusam a me ouvir.

— O que houve com o seu carro?

— No momento está ocupado por um gênio do crime preso com lacres de plástico.

— Cacete.

— SE ME soltar, invado a Receita Federal para que você nunca mais tenha que pagar impostos — disse Melvin.

— Calado — grunhi.

Com as janelas abaixadas, o vento nos atingiu de todos os lados em alta velocidade. Isso ajudou a dissipar o cheiro de cocô de cachorro.

— Aquele cara tatuado e barbudo parecia que ia arrancar meus braços e me espancar até a morte com eles. Achei que ele ia quebrar o vidro só para vir atrás de mim.

Como previsto, Knox não ficou nada feliz. Primeiro comigo por permitir que Naomi e Sloane me convencessem a trazê-las, depois com Naomi e Sloane por deliberadamente se colocarem em perigo e, por fim, com Melvin por arrebentar meu rosto.

Eu não tinha dado uma boa olhada no espelho ainda, mas, a julgar pela reação de Knox e pela sensação de calor e inchaço sob meus olhos, imaginei que não estava nada bom.

— Essa é a cara de sempre dele — assegurei-lhe.

— Ele me culpou pelo seu rosto. Dá para acreditar nisso? Eu não bati em você — zombou Melvin.

— Seu cotovelo descontrolado, sim.

— Seu rosto bateu no meu cotovelo. É provável que eu também fique com hematoma.

Pisei no acelerador e esperei que o rugido do motor abafasse a voz do meu passageiro. Quanto mais cedo eu pudesse entregar esse cara, mais cedo eu poderia colocar gelo por todo o meu corpo.

— Vou mandar um médico para a sua cela — falei num tom seco.

— Aonde você está me levando?

— Ao Departamento de Polícia de Knockemout.

Não era o ideal, mas os NC precisavam ficar sob a custódia da polícia, e Knockemout era o departamento mais próximo com equipe completa. Além disso, talvez eu tenha ligado com antecedência para avisá-los... e para me certificar de que Nash estava de folga esta noite.

A última coisa de que precisava era me deparar com ele.

— Podemos pelo menos ouvir uma musiquinha? — resmungou Melvin.

— Sim, podemos. — Liguei o aparelho de som e peguei a saída para Knockemout.

Estávamos a uns três quilômetros dos limites da cidade quando luzes vermelhas e azuis iluminaram o meu espelho retrovisor. Olhei para o velocímetro e estremeci.

— Rá! Pega no flagra — debochou meu passageiro.

— Cala a matraca, Melvin.

Parei no acostamento, acendi o pisca-alerta e peguei minha CHN quando o agente chegou à minha janela.

Quando Nash Morgan iluminou meus olhos com a lanterna, eu sabia que esta não era a minha noite de sorte.

VINTE E CINCO
MULTA POR EXCESSO DE VELOCIDADE

Nash

Saia do carro.

— Não era para você estar trabalhando hoje à noite — murmurou ela, segurando o volante com firmeza.

— Saia. Do. Carro. Angelina — pedi com os dentes cerrados.

— Socorro! Essa mulher me sequestrou! — gritou o idiota no banco de trás.

— Cala a boca, Melvin — vociferou Lina.

Escancarei a porta dela.

— Porra! Não brinque comigo, Angel.

Ela soltou o cinto de segurança, saiu do carro e trombou em mim. Eu sabia. Sabia que não podia confiar em mim tão perto dela. Mas essa já não tinha sido uma conclusão previsível quando Grave me informou sobre a situação?

De alguma forma, eu sabia que acabaria assim.

— Vai me ajudar ou apenas ficar aqui me cercando a noite toda? — sibilou ela, fazendo o possível para se colocar na minha frente desafiadoramente e ainda evitar qualquer contato físico. Aquilo me matava.

A calça jeans dela estava rasgada num dos joelhos. Havia sujeira por todo o suéter e jaqueta. Achei ter visto um indício de que ela estava mancando. Mas foi o rosto dela que fez a minha pressão arterial disparar.

— Ele fez isso? — exigi saber, pegando seu queixo e inclinando sua cabeça para que eu pudesse ver os hematomas. A raiva era uma coisa viva debaixo da minha pele. Devorou-me e exigiu cada gota do meu controle a fim de não extravasar.

Ela estendeu o braço e agarrou o pulso da mão que segurava seu rosto, mas não o soltei.

— A única coisa de que ele é culpado, além de invadir bancos de dados estaduais, é ter cotovelos pontudos.

— Por que você está com um NC?

Ela revirou os olhos insolentemente.

— Podemos pular a parte em que você finge se importar para que eu possa seguir meu rumo? O dia foi longo.

— Não dê ouvidos a ela! Não faltei a uma audiência! Eu estava voltando de uma leitura para cães de abrigo todo inocente quando ela me atacou num beco e me ameaçou! — choramingou o passageiro.

— Cala a boca, Melvin — dissemos eu e Lina em uníssono.

Levei-a para perto do porta-malas e verifiquei seu estado sob os faróis do meu carro.

— Está ferida em mais algum lugar?

Os hematomas sob a bochecha estavam feios e inchados. Odiei-os com todas as fibras do meu ser. Ela afastou minhas mãos.

— Isso agora é parte de todas as abordagens de trânsito?

Tê-la tão perto não estava só fritando todo o meu sistema nervoso. Estava o destruindo.

A raiva que borbulhava por dentro queria sair da minha garganta e soltar-se no mundo. Eu não estava mais frio. Não estava mais vazio. Eu era um vulcão prestes a entrar em erupção.

— Foi um acidente. — O tom da Lina era calmo, quase entediado. A voz dela era um veneno belo em minhas veias.

— Você disse que recuperava bens, não que perseguia pessoas — lembrei-a.

— Sim. Por isso, antes que volte a me chamar de mentirosa, alguém pediu um favor. Não que seja da sua conta.

Ela não parava de dizer coisas assim. Coisas que eram tecnicamente verdadeiras.

Mas, apesar de estar furioso com ela, de ter insistido que não queria mais nada com ela, eu precisava saber que ela estava bem. Precisava saber o que tinha acontecido. Precisava cuidar disso, cacete.

Ela era da minha conta e eu ainda a queria. Eu estava apenas começando. Aceitei a verdade, fingindo que tinha escolha.

— Quem pediu um favor? Quem pediu que fizesse isso?

— Minha nossa, Nash. Relaxa. Nenhuma lei foi violada e a sua cunhada e a sua amiga, apesar de estarem bêbadas e se recusarem a seguir ordens, estão a salvo. Knox as buscou e as levou para casa.

— Percebi. — O fato de o meu irmão ter considerado sensato deixar Lina lidar sozinha com um criminoso era outra questão que teria de ser levantada. Provavelmente com socos.

Porra.

As emoções que ela suscitava em mim eram perigosas. Foi-se embora o homem da lei calmo com um distintivo. Foi-se a casca vazia de um homem. Em seu lugar estava um dragão cuspidor de fogo que queria destruir tudo.

Perguntei-me se era assim que Knox se sentia na maior parte do tempo.

Estendi a mão e segurei seu queixo novamente, inclinando seu belo rosto para que eu pudesse examinar os hematomas. Tocá-la, ainda que assim, acendeu algo dentro de mim.

— Você precisa de gelo.

— Eu arranjaria mais rápido se você não estivesse me atrasando.

Soltei o ar com mau-humor.

— Tire ele do carro.

— Quê?

— Tire ele do carro — falei, pronunciando devagar.

— Ah não. Não caio nessa. Vou levar o traseiro desse idiota para a delegacia e pegar um comprovante. Aí ele é todo seu.

— Não quero que você o transporte — falei. Uma onda de possessividade arrastou consigo qualquer pensamento racional. Não me importei. Só precisava dela a salvo e perto.

— Estou pouco me lixando para o que você quer — grunhiu ela.

— Vou me importar o suficiente por nós dois. Tire o traseiro dele do seu carro.

Lina cruzou os braços.

— Não.

— Tá bom. — Recuei e comecei a rodear o carro. — Eu tiro.

Ela agarrou meu braço e eu me deleitei com o toque.

— Dê mais um passo para perto do meu NC e eu vou...

— Vai o quê? — desafiei quando ela parou de falar. Eu queria que ela insistisse. Queria que me encontrasse em um emaranhado de raiva e luxúria.

— Por que está fazendo isso? — sibilou ela, enfiando os dedos nos cabelos.

— Quem me dera saber, meu bem.

Mas eu sabia. Ela podia mentir para mim. Podia se colocar em perigo. Podia me evitar ou odiar. Mas eu ainda não seria capaz de deixá-la sozinha. Porque eu ainda a queria.

Eu me odiava pelo tanto que a queria.

— Eu não pertenço a você. Não violei a lei. O único risco que corri foi o de ferir o meu ego derrubando esse idiota. Portanto, a menos que queira abusar da sua autoridade e me deter, sugiro que me deixe fazer o meu trabalho.

— Eu não quero me importar, sabe.

— Tadinho do Nash. Está sendo forçado a bancar o herói para a vilã?

Usei o quadril para prendê-la contra o carro. As pupilas dela se dilataram. Suas delicadas narinas se expandiram como uma corsa sentindo o cheiro de perigo. Mas suas mãos tinham vontade própria. Elas me agarraram pela camisa com firmeza.

— Você está fazendo um jogo perigoso, Angel.

— Do meu ponto de vista, parece que é você quem vai se machucar — revidou ela.

Eu estava de pé na beira da estrada cercando uma mulher furiosa contra um carro rápido. O meu batimento cardíaco martelava na minha cabeça, uma batida constante que combinava com o pulsar no meu pau. Ela não era a escolha segura, a escolha inteligente. Mas, por alguma razão eletrizante que chegava a ser estúpida, o meu corpo achou que esta mulher que vivia a vida na ambiguidade era a escolha certa.

Segurei sua mandíbula e passei meu polegar sobre seu lábio inferior. A luz em seus olhos mudou de fúria para algo igualmente perigoso. Eu estava vibrando com a necessidade. Não podia confiar em mim para estar tão perto dela.

Porém, quando quase me convenci a me afastar, ela beliscou a ponta do meu polegar com os dentes.

A faísca minúscula de dor disparou por mim, desceu pela minha espinha e se dirigiu para as minhas bolas.

Eu podia sentir o coração dela disparar contra o meu peito.

Nós nos movemos ao mesmo tempo. Flexionei os joelhos no mesmo instante em que ela abriu as pernas, abrindo espaço para mim.

Isso. Agora. Ela.

O meu sangue exigia mais. Qualquer medo de desempenho que eu tinha evaporou na noite, queimado pelo calor da luxúria. Eu precisava torná-la minha. Provar a ela que ela pertencia apenas a mim. Deslizando minhas mãos sob seus joelhos, eu os levantei e separei, abrindo suas pernas até minha ereção ficar aninhada na junção de suas coxas. Mesmo totalmente vestidos, a sensação do seu corpo no meu era quase demais para suportar.

— Eu preciso...

— Eu não quero precisar de você, mas preciso — falei, acariciando meu rosto na pele suave e sedosa de seu pescoço.

— Droga, Nash — falou ela, ofegante. — Preciso que você se afaste e me deixe respirar.

Parei encostado nela, mas não me afastei. Não consegui. A pulsação em sua garganta palpitava logo abaixo dos meus lábios.

— Nash. Por favor? Se afaste e me deixe respirar.

Foi o "por favor" que me arruinou. Eu daria tudo a ela, desde que ela me desse tudo. Segurei um palavrão e me afastei, deixando-a descer para o chão.

— Se eu não vou ser a sua transa de apoio emocional, com certeza não vou ser a porcaria da sua transa para extravasar raiva.

— Angel.

Ela levantou a mão.

— Já provamos que não podemos confiar no outro. E tenho certeza de que provamos que não podemos confiar em ficarmos perto um do outro.

— Não sei por quanto tempo posso lutar contra isso — confessei.

Ela me direcionou um olhar franco.

— Se esforce mais.

— Estou tentando. Estou furioso com você. Você traiu a minha confiança.

— Ah, fala sério — zombou ela. — Fui mais honesta com você do que com qualquer um. Você simplesmente se recusa a reconhecer que há um mundo inteiro lá fora além do preto e branco.

— Como eu estava dizendo, não consigo parar de pensar em como estou bravo com você. Mas tudo o que quero fazer é me ajoelhar e enterrar o meu rosto entre as suas...

Ela tampou minha boca.

— Não termine essa frase. Somos um perigo um para o outro. Não consigo manter a cabeça no lugar quando você me toca. Somos a pior decisão que podemos tomar. E se *eu* estou falando isso, quer dizer alguma coisa.

Mas, pela primeira vez na vida, eu não me preocupava com as consequências. Não pensava nos próximos passos. A única certeza que tinha era de que a queria. Mesmo que ela tivesse mentido. Mesmo que ela tivesse me magoado. Mesmo que ela quisesse brigar comigo por cada questãozinha.

Eu queria Angelina Solavita.

— Com licença? Sei que estão numa discussão, mas preciso fazer xixi.

— Cala a boca, Melvin!

DIRIGI ATRÁS DO Charger vermelho por todo o percurso até a delegacia, não dando um centímetro de espaço para ela respirar. Quando chegamos, saí do meu SUV e abri a porta do carro dela antes mesmo de ela desligar o motor.

— Cai fora, convencido — advertiu Lina.

Mas eu já estava arrastando o criminoso magricela para fora do banco de trás.

— Vamos, idiota — eu disse.

— Sinto que o xingamento é desnecessário — queixou-se ele.

— Desnecessários são os hematomas no rosto dela — falei, girando-o para encarar a Lina. Vê-la machucada desencadeou algo feio dentro de mim. Algo que queria varrer todas as suas infrações para debaixo do tapete. Algo que queria mantê-la perto para que ninguém mais pudesse chegar a se aproximar.

— Eu já disse, foi ela quem me atacou depois que a morena jogou cocô de cachorro em mim e a loira me mostrou os peitos. A culpa não é minha que ela levou uma pancada.

Voltei o meu olhar para a Lina. Ela deu de ombros.

— Naomi e Sloane — disse ela a título de explicação.

— Ouça, estou com muita fome — choramingou Melvin. — Eu vazei da casa do meu primo antes do jantar. Acha que pode arrumar uns *nuggets* crocantes ou talvez algumas daquelas coisas de purê de batata sorridentes para eu comer? Sabe, comida afetiva. Estou passando por muito estresse.

Senhor. Será que a mãe ainda tirava as cascas do pão para ele também?

— Se pedir desculpas à dama por agredi-la, te dou comida.

— Lamento que a sua cara tenha esbarrado no meu cotovelo, Lina. De verdade. Minha mãe daria cabo de mim se eu sequer pensasse em machucar uma dama.

— Desculpas aceitas — disse Lina. Ela se virou para mim. — Agora me dê o comprovante.

— Vamos lá — murmurei, empurrando Melvin à nossa frente.

— Caramba, lindinha. Que diabos aconteceu com você? — perguntou Grave à Lina quando entramos.

— Cotovelos pontudos — explicou ela.

— Herdei do meu pai. Quase todas as partes do corpo dele são acentuadas e pontudas — anunciou Melvin. — Então, aqueles *nuggets*...

Joguei Melvin na direção do Grave antes de me sentir tentado a enfiar um dos meus cotovelos na cara dele.

— Me faça um favor e cuide disso. Eu resolvo a papelada.

Lina parecia que estava prestes a me partir ao meio com um laser que sairia de seus olhos.

— Preciso fazer uma ligação — disse ela, seguindo para o corredor.

— Ela está mancando bastante — observou Grave, como se eu ainda não tivesse catalogado cada movimento dela. Quando Lina entrou, escondendo o melhor que pôde como estava mancando, a papelada dela já estava pronta.

— Isso é para o Murtaugh — falei, entregando-lhe a primeira folha. — E isso é para você.

Ela pegou a segunda folha de papel e, em seguida, lançou-me o olhar ardente da morte.

— Uma multa por excesso de velocidade? Está tirando onda com a minha cara?

— Te mandei encostar por estar a 14 quilômetros por hora acima do limite — lembrei-a.

Ela estava tão furiosa que gaguejou.

— Você... você...

— Você tem duas semanas para pagar ou contestar. Mas eu não recusaria se é isso o que pensa em fazer. Já que fui eu que te fiz parar e não teria escrúpulos em tirar um dia de folga para me sentar no tribunal de trânsito.

Ela respirou fundo e, quando isso não pareceu acalmá-la, expirou com força.

Irradiando fúria, ela apontou para mim e balançou a cabeça antes de sair novamente pela porta.

— Tem certeza de que sabe o que está fazendo, chefe? — perguntou-me Grave.

— Não faço a mínima ideia, Hopper.

EM VEZ DE ir para casa, onde eu não confiava que deixaria Lina em paz, levei meu mau-humor para fora da cidade. Meus pneus levantaram uma nuvem de poeira no céu noturno enquanto eu corria pela pista de terra. As luzes estavam acesas na grande casa, por isso pisei no freio e saí do veículo.

Subi na varanda e bati na porta da frente até que ela se abrisse.

— Senhor. Quem diabos está...?

Não dei ao meu irmão a oportunidade de terminar a frase. Meu punho entrou em contato com sua mandíbula, jogando sua cabeça para trás.

— Seu filho da mãe do caralho! — rosnou ele.

Um soco não parecia suficiente. Fiquei mais feliz que pinto no lixo quando ele meteu o ombro no meu estômago. Voamos, derrubando a grade da varanda e pousando num arbusto frondoso.

Dei uma joelhada perto da virilha e virei para ficar em cima dele.

Ele me deixou dar outro soco na cara antes de passar pelas minhas defesas. Senti o gosto de sangue, raiva e frustração em um coquetel delirante.

— O que tá pegando, porra? — exigiu saber ele, enquanto eu esmagava seu rosto nos arbustos.

— Você a deixou lidar sozinha com um criminoso.

— Meu Deus, seu idiota. Deu uma olhada nele? A Lina devora caras como ele no café da manhã.

— Ele a machucou, porra.

Acertei um soco nas costelas dele. Meu irmão grunhiu e, em seguida, tirou-me de cima de si com algum tipo de rasteira extravagante.

Ele me agarrou pelo cabelo e levantou meu rosto do adubo.

— Ele a *feriu*. Foi você quem a machucou, babaca.

Joguei um cotovelo por cima do ombro e senti-o entrar em contato com a sua mandíbula.

Knox grunhiu, depois cuspiu.

— Se alguém deveria estar chutando a bunda de alguém, deveria ser eu por você mexer com a cabeça dela. Ela é minha amiga.

— E eu sou seu irmão, caralho — lembrei-o.

— Então, o que estamos fazendo brigando?

— E como eu vou saber, porra? — A raiva ainda estava em mim. O desamparo. A necessidade de tocá-la quando sabia que já não tinha o direito.

— Knoxy? — cantarolou Naomi, bêbada, de algum lugar dentro da casa.

— Ele está lá fora brigando com o tio Nash no quintal. Eles quebraram o guarda-corpo da varanda — relatou Waylay.

— Ótimo. Agora você está me metendo em apuros — reclamou ele.

Nós dois caímos de costas em cima da vegetação esmagada. As estrelas eram pontos brilhantes no céu escuro.

— Você a deixou sozinha — falei novamente.

— Ela sabe se virar.

— Não significa que ela precisa.

— Olha, cara, o que você quer que eu diga? Ela precisava que eu levasse a Daisy e a Sloane, que estavam mais pra lá do que pra cá. Se eu nunca ouvir outra música de karaokê das Spice Girls na minha vida, será muito cedo.

Lina precisou do Knox. Deixei esse fato ressoar na minha cabeça.

Quando se meteu em apuros, ela ligou para o Knox e não para mim. Com razão. Eu não era burro o bastante para não ver isso. No entanto, aqui estava eu, deitado na terra, chateado por ter criado um mundo em que a Lina procurava outra pessoa quando precisava de ajuda.

— Como você fodeu com tudo? — perguntou Knox.

— O que te faz pensar que eu fodi com tudo?

— Você está aqui rolando no gramado comigo em vez de infernizando a vida dela. O que você fez?

— O que você acha que eu fiz? Eu a fiz parar o carro e a dei uma multa por excesso de velocidade e falei um monte de merda.

Ele ficou em silêncio por um longo tempo e depois disse:

— Você costuma se sair melhor com as mulheres.

— Vá se foder.

— Se quiser o meu conselho...

— Por que diabos eu ia querer? Você não conseguiu dizer à Naomi que a amava até ela ser raptada com algemas sexuais pela irmã e aquele imbecil.

— Eu precisava superar umas merdas, tá legal?

— Sim, bom, eu também.

— Meu conselho é que trabalhe nisso mais rápido se quiser ter uma chance com ela. Ela estava fazendo as malas hoje. Naomi disse que ela e Sloane tiveram que praticamente torcer o braço dela para que concordasse em ficar pelo tempo suficiente para que saíssem.

— Fazendo as malas?

— Ela disse que ia voltar para a pousada até que alguém pudesse substituí-la no caso. Depois ia para casa.

Ir embora?

Porra nenhuma.

A Lina não ia a lugar nenhum. Não até termos resolvido isto. Não até eu descobrir por que ela me afetava tanto. Não até eu encontrar uma maneira de fazê-la parar de me afetar ou mantê-la perto.

Mas essas não eram coisas que os homens Morgan diziam em voz alta.

Em vez disso, fiquei na nossa zona de conforto.

— Então agora você vai ficar de boa se eu ficar com sua amiga? Credo, cara, você é instável pra caralho.

— Não enche o saco, idiota. De acordo com a Naomi, a Lina sente algo sincero por você. Algo que você ainda não fodeu por completo. A menos que a multa por excesso de velocidade tenha sido a gota d'água. E já que está aqui fazendo papel de trouxa por ela, acho que talvez haja algo que valha a pena explorar.

Arranquei uma folha do meu rosto.

— Lina sente alguma coisa? O que é que ela disse?

— E eu lá sei, porra — disse Knox, irritado. — Daze e Sloane comentaram com sotaques britânicos entre versos de *Wannabe*. Pergunte a elas quando ficarem sóbrias e me deixe de fora.

Ficamos quietos por um tempo. Apenas dois homens adultos deitados num canteiro de flores arruinado olhando o céu noturno.

— Soube que a Naomi tacou merda de cachorro no cara que Lina estava perseguindo e então Sloane o distraiu mostrando os peitos — eu disse.

Knox bufou ao meu lado.

— Jesus. Chega de noites só das garotas. De agora em diante, se as três saem juntas, vai ser com uma maldita escolta.

— Concordo.

Ouvimos o rangido da porta de tela, mas não previmos o balde de água fria. Atingiu nós dois na cara.

Cuspindo e xingando, nos levantamos para enfrentar o inimigo e encontramos Naomi, Waylay e Waylon na varanda nos encarando.

— Chega de briga — disse Naomi, majestosa. Então soluçou. Waylay riu quando virou a mangueira em nossa direção.

VINTE E SEIS
QUEM É NASH MESMO?

Lina

Nash Morgan tinha deixado de existir para mim.

Esse era o mantra que eu repetia enquanto executava a última série de agachamento livre com barra. Eu me concentraria inteiramente no meu treino e não no chefe de polícia que, de acordo com o formigamento na base da minha coluna, não tinha parado de me encarar desde que chegou aqui.

A atração física por ele era esmagadora e francamente me irritava.

— Leva esse bumbum até embaixo — ladrou Vernon, trazendo-me de volta ao meu sofrimento atual.

— Leve... você... seu... bumbum — falei ofegante enquanto descia, preparando-me para tirar partido das últimas moléculas de energia remanescentes nas minhas pernas.

— Vai até o fim, Solavita — gritou Nolan do banco de levantar peso atrás de mim. Pelo que parecia, ele e Nash tinham chegado a algum tipo de acordo de paz e estavam trabalhando juntos agora.

Consegui levantar os dois dedos do meio na barra e depois voltar a ficar de pé.

Os gritos de aprovação dos meus amigos de treino idosos ecoaram em meus ouvidos enquanto eu depositava a barra de volta no suporte e apoiava as mãos na cintura para recuperar o fôlego.

Infelizmente, esqueci-me de fechar os olhos e vislumbrei o Homem Que Não Existia encarando o meu traseiro com avidez.

Knox, suado e mal-humorado por conta de seu treino matinal, caminhou até o irmão, notou a direção do olhar de Nash e deu uma cotovelada na barriga dele.

Ambos tinham hematomas no rosto, mas eu estava tão cansada do Nash que tinha zero interesse em descobrir o que aconteceu.

Está bem, talvez dez por cento de interesse. Tá. Quarenta por cento no máximo.

Não que eu fosse perguntar a qualquer um deles. A trégua provisória entre Knox e eu se mantinha contanto que não falássemos do Nash. E Nash parecia ter enfim recebido a mensagem de que ele não existia. Após três dias me recusando a atender a porta ou o celular, ele parou de bater e ligar.

Era melhor assim. Provamos em várias ocasiões que não podíamos confiar em qualquer tipo de proximidade nossa.

Não foi covarde da minha parte cronometrar as minhas idas e vindas para garantir que não nos encontrássemos nas escadas. Eu não era uma grande e gigantesca medrosa por passar na ponta dos pés pela porta dele. Pela primeira vez, *eu* estava tomando a decisão segura e inteligente.

Endireitei-me e tomei um gole longo da minha garrafa de água, fingindo que não conseguia sentir fisicamente a atenção de Nash em mim.

Assim como escolhia ignorar as pequenas faíscas de consciência que se alastravam pelas minhas veias quando eu sabia que ele estava ao lado, a apenas uma parede de distância.

Bom, eu ainda me pegava me inclinando para ouvir o som do chuveiro dele. Mas eu era humana, tá legal?

Eu estava comprometida com a Lina nova e melhorada, mais saudável, um pouco mais chata, mas definitivamente melhor da cabeça. Reduzi a cafeína e o álcool, aumentei o consumo de verduras e estava há quatro dias seguidos fazendo meditação. Meus CVPs haviam em grande parte parado. E agora não havia mais nada que me distraísse da investigação.

Eu tinha deixado mais três mensagens no estranho serviço de recados de Grim, mas ainda não tive retorno.

Felizmente, a minha equipe de investigação tinha conseguido me ajudar. Morgan conseguiu fazer sua magia nerd e identificou os dois capangas a

partir das descrições vagas de Tina. O Cara da Tatuagem era Stewie Crabb, um reincidente com uma adaga tatuada sob o olho esquerdo. O Gordinho de Cavanhaque era Wendell Baker, um cara branco corpulento com cabeça raspada e bigode Fu Manchu ligado a um cavanhaque. Ele só cumpriu pena uma vez por acusação de agressão.

Ambos estavam a serviço de Anthony Hugo desde a adolescência, graças à amizade com Duncan. Morgan ainda não tivera sorte em identificar o misterioso Cara Do Celular Descartável, mas pelo menos eu tinha pistas de Crabb e Baker.

Eu tinha deixado de lado a minha busca pela propriedade em favor da vigilância. Infelizmente para mim, observar capangas criminosos de baixo escalão que sabiam que os federais deviam estar de olho neles envolvia sobretudo ficar sentada em vários estacionamentos de clube de strip-tease.

— Mandou bem — disse Stef. Sua camiseta estava encharcada do pescoço à bainha e seu cabelo preto estava espetado no meio num moicano suado.

— Valeu — agradeci, sugando mais água. — Continuo esperando que fique mais fácil, mas sigo sentindo que vou morrer toda vez.

Stef grunhiu.

— E aí, vai me dizer como foi o seu encontro no domingo após me abandonar com as gêmeas bêbadas?

Ele fechou os olhos e se encharcou de água, mas ainda peguei a curva em seus lábios.

— Foi... ok.

— Ok? — repeti.

— Legal. — A curva estava se tornando mais pronunciada, apesar de seus esforços. — Até que foi uma noite divertida.

Dei-lhe uma cotovelada.

—Você gooooosta dele. Quer pegaaaaaar ele.

— Tá bom, quinta série.

— Vocês acabaram se b-e-i-j-a-n-d-o numa árvore? — provoquei.

— Ele fez aquela coisa de colocar a mão na parte inferior das minhas costas quando entramos no restaurante.

— Que sexy.

— Muito sexy — disse ele, tomando um gole d'água. O fantasma de um sorriso ainda se mostrava em sua boca.

— Vai sair com ele de novo?

— Talvez — disse ele com presunção.

— Então aquela pequena sessão de terapia no banquinho de bar era para você, não para mim.

Stef olhou para o chefe de polícia carrancudo.

— Imaginei que um de nós tinha de virar homem e dar o primeiro passo.

— Com licença, *imbecil*. O cara parou meu carro, gritou comigo e me deu uma multa por excesso de velocidade por *fazer meu trabalho*.

— Tenho certeza de que você estava dirigindo dentro do limite.

— Essa não é a questão.

Stef olhou para Nash outra vez, depois de volta para mim. Sorriu.

— Goste ou não, há algo vulcânico entre vocês dois. E mal posso esperar para ver qual de vocês vai explodir primeiro.

— Você foi a um encontro. Nem venha com essa presunçãozinha de quem está em um relacionamento sério.

— Dois encontros. Almoçamos ontem. Eu adoraria ficar aqui enquanto você finge que não está morrendo de vontade de ir para a cama com Nash Morgan, mas vou me encontrar com Jer para tomar café. Não fiquem brigados por muito tempo. Você pode perder algo muito bom.

— Não enche o saco, olhinhos de coração.

Ele foi para o vestiário e me deixou pensando sozinha.

— Psiu, amigona! — A Sra. Tweedy se aproximou, com uma toalha para suor pendurada no pescoço. — Sua cara parece melhor.

— Obrigada — falei num tom seco. Meu olho roxo estava lentamente desbotando para um verde amarelado que me deixava abatida. Mais alguns dias e eu não teria mais que cobri-lo com maquiagem.

— Você vai me levar às compras hoje — anunciou a Sra. Tweedy.

— Vou?

— Sim! Esteja pronta em dez minutos.

Ela tirou a toalha do pescoço e bateu no meu traseiro com ela.

Esfregando minha nádega agredida, juntei minhas coisas. Ainda bem que bandidos não se davam ao trabalho de sair da cama antes do meio-dia, pelo menos eu achava.

— Lina. — Nolan mexeu a cabeça, sinalizando para eu me aproximar.

Passei bem longe de Nash e me juntei a Nolan em frente ao espelho.

— E aí?

Nash passou por mim para guardar seus halteres, e senti a agitação provocada por sua proximidade.

Nossos olhos se encontraram no espelho e eu deliberadamente desviei os meus, não querendo ver o que aqueles olhos azuis perturbados carregavam.

— Quer beber hoje à noite após eu colocar a criança para dormir? — Ele indicou com o polegar na direção de Nash.

— Depende.

— Do quê?

— Se uma bebida é apenas uma bebida, já que você acabou de levar minha amiga para um encontro.

Ele revirou os olhos.

— Não estou tentando te levar para a cama, Solavita.

Beber com um amigo do sexo masculino parecia o único tipo de interação social que eu não dispensaria. Isso significava não falar de sentimentos. Não lidar com tensão sexual. E não tomar conta de amigas bêbadas.

— Então nos vemos à noite.

— Encontro marcado — disse ele, depois sorriu.

— Palhaço — falei com carinho.

A temperatura na academia caiu 20 graus do nada. Percebi que o problema não era a ventilação. Era o Nash ao meu lado. Não nos olhamos, não nos tocamos, mas meu cérebro estava mandando sinais de alerta como se eu tivesse acabado de tropeçar e cair na jaula de gorilas no zoológico.

— Vai movimentar algo além dessa boca hoje? — perguntou ele ao Nolan.

— Olha, parceiro. Não precisa ficar todo irritado porque acabei com você no desenvolvimento — disse Nolan.

Eu tinha coisas melhores para fazer com o meu tempo do que ver um *bromance* florescer. Como levar uma fisiculturista idosa ao supermercado.

— Te vejo por aí — falei ao Nolan, ignorando Nash de forma incisiva.

Cheguei ao bebedouro antes de sentir novamente a presença sombria do chefe Nashlerma.

— Não pode me ignorar para sempre — disse ele, entrando na minha frente. Parei pouco antes de esbarrar em seu peito suado. Não podia lidar com as fantasias.

— Não preciso te ignorar para sempre — respondi docemente. — Depois de encerrar esta investigação, nunca mais teremos que nos ver outra vez.

— E o casamento?

Merda. O casamento.

— Não posso falar por você, mas eu sou adulta. Só porque te ver me faz querer golpear sua cara com uma cadeira dobrável, não significa que não possa fingir que te tolero por um dia.

Ele mostrou os dentes e me perguntei se o rosnado baixo e perigoso era fruto da minha imaginação.

— Você continua me tirando do sério.

— E você continua me irritando. — As encaradas duraram uns bons 30 segundos antes de eu enfim perguntar: — O que aconteceu com o seu rosto?

— Bateu nos meus punhos. Várias vezes — disse Knox enquanto passava por nós a caminho do bebedouro.

— Sério? Quando é que vão superar isso?

— Nunca — disseram juntos.

Eu não sabia qual de nós tinha se aproximado, mas Nash e eu estávamos agora cara a cara. Eu estava perto o suficiente para estender a mão e passar os dedos sobre seu peitoral suado, um pensamento que deveria ter sido revoltante. Mas claro que não era. Eu estava começando a achar que havia algo muito, muito errado comigo.

— Precisamos conversar — disse Nash. Seu olhar estava me causando uma queimadura solar.

— Desculpa, chefe. Cansei de falar. Vai ter de encontrar outra pessoa para irritar.

— Mas que droga, Angelina!

Desta vez com certeza *não* imaginei o rosnado. Ou a mão quente e dura que se abriu em minha barriga e me fez ir de costas para o estúdio escuro e vazio. Cheirava a suor e desinfetante industrial.

— O que está fazendo? — sibilei quando ele fechou a porta e ficou em frente a ela.

Havia armas aqui: halteres de quatro quilos e bolas pesadas de exercício. Ambos podiam ser tacados em cabeças duras.

— Pare de me ignorar — ordenou ele.

Eu não tinha certeza do que esperava, mas com certeza não tinha sido *isso*. Eu iria sem dúvida usar os halteres.

A raiva ardia como fogo debaixo da minha pele.

— Existem duas opções. Posso te ignorar ou fazer da sua vida um inferno. E vou contar, chefe, eu ficaria *tão feliz* se escolhesse eu fazer da sua vida um inferno.

— O que eu devo fazer, porra? — exigiu saber ele. — Você se aproveita da minha confiança, me trai, e eu deveria estar de boa com isso?

Desta vez, fui eu quem fechou a distância entre nós.

— Você está se ouvindo? Eu me aproveitei de você? Te traí? Mal nos conhecemos. Com certeza não o suficiente para eu fazer qualquer uma dessas coisas. E por mais que me doa admitir, você não é burro a ponto de deixar alguém que acabou de conhecer se aproveitar de você. Você veio carregado de passado e estava ansioso para descarregá-lo em mim. Bom, adivinha, cuzão? Fui mais honesta com você do que com qualquer um e você fez com que eu me arrependesse imediatamente.

Dei um tapa em seu peito suado e um empurrão. Ele não se mexeu. Nem um centímetro sequer. Mas a mão dele agarrou meu pulso e depois me puxou de encontro a ele.

Ele era uma parede de calor, músculo e raiva. Minha própria fúria se fundiu com a dele e tudo derreteu dentro de mim.

— Eu *odeio* o quanto ainda quero estar perto de você. — Sua voz era uma rouquidão baixa e raivosa, como a fisgada de cascalho nos pés descalços. Exatamente o que toda garota sonhava em ouvir.

— E *eu* odeio que eu tenha me aberto com você — sibilei.

Era a verdade. Odiava ter partilhado qualquer parte de mim com ele. Agora ele possuía um pedaço da minha história. Um que eu não confiava a ninguém havia muito tempo. Eu odiava que, por mais zangada que estivesse, por mais magoada que estivesse, eu ainda quisesse que ele simplesmente me

tocasse. Era como a minha colega de quarto da faculdade intolerante à lactose que tinha uma relação tóxica com cheesecake.

Estávamos ofegantes, respirando o mesmo ar, inalando a mesma raiva, alimentando o mesmo fogo. A música e a cacofonia dos sons da academia pareciam tão distantes.

Eu queria dar um murro nele. Beijá-lo. Morder seu lábio até ele perder o controle.

Ele mergulhou a cabeça, depois parou um pouco antes de chegar à minha boca, o nariz roçando minha bochecha.

Suas mãos circundaram meu bíceps e deslizaram até meus pulsos.

— Então por que parece tão certo tocar em você? — perguntou ele com a voz rouca.

Quase me derreti de encontro a ele. Quase joguei todos os princípios pela janela e pulei em seus braços rancorosos. Eu também não entendia. Havia uma falha no meu DNA que fazia com que o toque dele parecesse correto.

O meu coração batia de encontro às minhas costelas. Lutar ou fugir. Eu queria escolher lutar. Queria me entregar à raiva e deixá-la irromper. Queria ver o que aconteceria se entrássemos em erupção juntos.

Mas já não era isso que eu queria ser.

Por mais que meu corpo quisesse o homem colérico e zangado diante de mim, minha cabeça sabia que era um erro.

— Fique longe de mim, Nash — falei, reunindo todo o gelo da Antártida no meu tom.

— Eu tentei. — A admissão foi como uma carícia ilícita.

— Se esforce mais.

Soltei minhas mãos. Em um momento de rancor mesquinho em que me senti muito bem, dei uma ombrada nele a caminho da porta.

— NÃO PUDE deixar de notar que você e Nash não têm desfrutado de nenhuma festa do pijama nos últimos dias — anunciou a Sra. Tweedy enquanto jogava uma caixa de vinho no carrinho ao lado da embalagem econômica de atum enlatado e da dúzia de rosquinhas quase vencidas da padaria.

O conteúdo do carrinho de compras de uma pessoa dizia muito sobre ela. O carrinho da Sra. Tweedy gritava "caos".

— Você vê muita coisa por aquele olho mágico, hein?! — falei. Eu ainda estava me sentindo excitada e irada por conta do meu encontro com Nash na academia. Eu não sabia se cinco minutos no refrigerador seriam suficientes para me refrescar.

— Não mude de assunto. Já meti completamente o meu nariz no que fazem. Vocês dois ficam um ao lado do outro num cômodo e de repente parece que algo está prestes a explodir. De um jeito sexy.

Ela acrescentou um engradado de cerveja light às compras.

— Sim, bem. Somos o tipo de pessoa que não deveria nem brincar de ficar juntas — falei. Não podíamos sequer ficar um ao lado do outro sem que as coisas ficassem fora de controle.

A atração física que eu sentia por Nash era como um campo gravitacional. Inevitável. Ele tinha o poder de superar todos os excelentes motivos pelos quais eu deveria ficar longe dele, o motivo número um sendo que ele era um idiota mandão e emocionalmente danificado.

— Do que não gosta? Ele tem um rostinho lindo, sabe atirar como um cowboy, resgata cães *e* tem um traseiro que faz milagres com aquelas calças do uniforme. Minha amiga Gladys derruba a bolsa toda vez que o vê só para ele se curvar para pegar.

— Ele também vê tudo em preto e branco, age como se tivesse o direito de me dizer o que fazer e me trata mal.

— Sei que isso não é politicamente correto, mas eu amo um bom maltrato consensual — disse a Sra. Tweedy com um movimento de sobrancelha sugestivo.

Beleza, eu também não odiava. Se alguém que não fosse o Nash tivesse me arrastado para aquela sala da academia, essa pessoa estaria fazendo exercício respiratório na sala de espera de um cirurgião plástico. Mas eu não queria pensar nisso. Em vez disso, peguei um pote de manteiga de amendoim e o joguei no carrinho.

— Ele também está todo ranzinza agora. Como se sua mente estivesse cheia de nuvens e ele estivesse à procura de um pouco de sol.

— Sim, bom, ele pode ir encontrar a excitação em outro lugar.

E eu também. Rá! Monólogo interior com piada de mau gosto.

A minha colega de compras idosa fez *tsc, tsc, tsc.*

— Duas pessoas que continuam se atraindo como ímãs não podem dar errado. É uma lei da natureza.

— A natureza cometeu um erro desta vez — assegurei-lhe e acrescentei uma embalagem de água com gás ao nosso carrinho.

A Sra. Tweedy balançou a cabeça.

— Você está vendo pelo lado errado. Às vezes, o corpo reconhece o que a cabeça e o coração são burros demais para ver. É verdade. O corpo não mente. Hum. Talvez eu devesse pôr isso num adesivo? — refletiu ela.

— Prefiro confiar na minha cabeça a confiar no meu corpo.

Especialmente porque meu corpo parecia estar em modo autodestrutivo. Nunca me senti tão atraída por um homem tão exasperante.

Era desorientador, frustrante e beirava o sadomasoquismo. Mais um sinal de que eu precisava me comprometer a mudar meus hábitos. Essa era a mensagem que o universo estava me enviando, não: *Psiu, olha só esse cara gostoso aqui. Fique pelada com ele e tudo vai dar certo.*

A Sra. Tweedy bufou indelicadamente.

— Se eu tivesse o seu corpo, estaria ouvindo a cada coisinha que ele diz.

— Se me lembro bem, seu corpo estava dando de dez a zero no meu na academia há meia hora — lembrei-a.

Ela afofou o cabelo quando viramos no corredor de cereais.

— Sou mesmo bem conservada para a minha idade.

Havia um homem na extremidade oposta do corredor empurrando um carrinho em nossa direção.

— Se está totalmente contra Nash, que tal eu desenrolar este aí para você? — ofereceu-se a Sra. Tweedy.

Ele era um cara bombado na casa dos trinta, com óculos e cabelo curto e escuro.

— Não se atreva — sussurrei pela lateral da boca.

Mas era tarde demais. A Sra. Tweedy parou em frente à seção de cereais de marshmallows e personagens de desenhos animados e se esticou para a prateleira de cima com toda uma encenação. Uma prateleira que eu poderia ter alcançado facilmente.

— Com licença, rapazinho. Pode pegar uma caixa de marshmallow para mim? — pediu a Sra. Tweedy, batendo os cílios para ele.

Fingi estar fascinada pela falta de valor nutricional numa caixa de Sucrilhos.

— Sem problema, senhora — disse ele.

— Que gentil da sua parte — disse ela. — Não é gentil, Lina?

— Muito — respondi com os dentes cerrados.

O homem pegou a caixa e me direcionou um sorriso cúmplice.

Ele era quase 45 centímetros mais alto que a Sra. Tweedy. De perto, parecia um contador que ia muito à academia. De acordo com o carrinho, o grandalhão parecia levar sua nutrição a sério. Tinha frango assado, ingredientes para várias saladas, um pacote de shakes de proteína e... um pacote grande de balas. Bom, ninguém era perfeito.

— Você é casado? — quis saber a Sra. Tweedy.

— Não, senhora — disse ele.

— Que coincidência. Nem a minha vizinha Lina — disse ela, dando-me um empurrão para a frente.

— Tá bom, Sra. Tweedy. Vamos deixar o homem simpático de braços longos em paz — falei.

— Desmancha-prazeres — murmurou ela.

— Desculpa — esbocei com a boca para ele enquanto arrastava minha vizinha intrometida e nosso carrinho pelo corredor.

— Acontece o tempo todo — disse ele com uma piscadela.

— Há algo de errado com a sua libido? — quis saber a Sra. Tweedy quando provavelmente ainda estávamos ao alcance da voz dele.

Lembrei-me de acordar com o pau do Nash entre as minhas pernas.

— Sem sombra de dúvida. Agora, vamos. Preciso enfiar a cabeça no refrigerador.

VINTE E SETE
SERPENTES E ABALOS

Nash

Vou incendiar esta casa — disse a prefeita Hilly Swanson enquanto eu esvaziava seu armário de botas e sapatos de jardinagem.

— Melhor não dizer isso na frente da polícia — comentei enquanto sacudia uma bota para neve e a jogava de lado.

Ela estava atrás de mim no saguão em cima de um banquinho, torcendo as mãos.

O agente Troy Winslow estava encostado na porta da frente, segurando a espingarda de calibre doze que tínhamos tirado da prefeita após a nossa chegada. Parecia que ele queria fugir.

— Eu deveria processar aquela maldita agente imobiliária. Se ela tivesse mencionado "migração de cobras" em algum momento durante o processo de compra, eu teria dito "nem pensar" — disse Hilly.

Ela morava naquela casa havia 20 anos, e a polícia de Knockemout passava por este ritual duas vezes por ano. Na primavera, as cobras saíam de debaixo dos penhascos de calcário em direção a uma área pantanosa próxima ao parque estadual para passar o verão. No outono, elas rastejavam de volta para os penhascos para esperar o longo inverno.

A casa de Hilly Swanson se situava bem no meio do trajeto de migração. Ao longo dos anos, ela gastou uma pequena fortuna para tornar o alicerce à prova de cobra, mas uma ou outra sempre conseguia entrar.

Empurrei a sapateira agora vazia para o lado e verifiquei atrás dela.

— É como esperar um balão estourar — disse Winslow. — Você sabe o que está por vir, mas isso não significa que está preparado.

Winslow não era fã de cobras. O cara não tinha problemas em perseguir ursos fora das áreas de acampamento, mas, se o animal rastejasse, ele não chegava nem perto.

Eu, por outro lado, tinha crescido no riacho, o que me deu muita experiência com cobras.

— Eu disse ao Mickey para não deixar a porta aberta quando fosse carregar as compras para dentro. Mas ele disse que eu era lelé da cuca. E depois se mandou para o campo de golfe e sobrou para *mim* ter de lidar com as consequências. Se eu fosse uma alma mais corajosa que não estava prestes a fazer xixi nas calças, teria colocado aquela maldita cobra no lado dele da cama para lhe ensinar uma lição.

Estendi a mão para o cinto do sobretudo no canto do armário e percebi que ele estava se movendo.

— Achei.

— Ai, meu Deus. Vou matar o Mickey.

Direcionei minha lanterna para o réptil e estendi a mão rápido para agarrá-lo bem atrás da cabeça. Ele era frio e assustadoramente escorregadio sob minha mão, como se, por mais que eu o apertasse, os músculos sob toda aquela suavidade simplesmente fossem deslizar para fora.

— É praticamente um bebê — falei, enfiando a irritada cobra de um metro e meio na fronha que eu já deixava na viatura para tais ocasiões.

Saí do armário e me levantei. Hilly recuou.

— Misericórdia.

Winslow parecia estar se esforçando muito para sair pela porta da frente sem a abrir.

— Acho que terminamos aqui — falei, com a fronha que se contorcia em uma das mãos.

— Obrigada, obrigada, obrigada — entoou Hilly. Ela nos seguiu até a varanda da frente, ainda torcendo as mãos. — Você tem um segundo para falar sobre outro assunto relacionado a cobras?

— Claro. Pode colocar a nossa nova amiga no carro, Winslow? — Entreguei-lhe a cobra no saco, em grande parte para brincar com ele. — Cuidado onde pisa. O terreno fica escorregadio nesta época do ano — avisei.

Ele engoliu com força, segurou a fronha com o braço estendido cautelosamente e foi na ponta dos pés em direção ao SUV.

— Quais são as novidades em relação ao Dilton? — perguntou Hilly, retornando ao seu habitual papel de durona agora que a cobra não estava mais por perto.

— A investigação está em curso — falei.

— Essa é a fala padrão — reclamou ela.

— É o que está registrado.

— Bom, então me informe o que há extraoficialmente para que eu possa começar a preparar o que diabos vou dizer ao conselho da cidade.

— Extraoficialmente, até agora só desenterramos alguns meses de casos dele, entrevistando vítimas e suspeitos.

— Mas?

— Mas há um padrão nos casos com que ele lidou sozinho desde que eu fui baleado. Eu estar ferido abriu uma janela e ele aproveitou. Não tem como ele se recuperar disso.

— Qual é a responsabilidade da cidade em tudo isso? Como podemos corrigir esse problema?

Esperava a primeira pergunta e respeitei-a pela segunda.

Respirei fundo.

— Estamos seguindo as regras, cruzando informações. Ele não vai se safar dessa por um pormenor técnico. Mas aí vem a parte de que você não vai gostar.

— Sabia que ia chegar.

— Entrei em contato com os Kennedy, o casal que Dilton assediou durante a abordagem de trânsito. Falei com os dois, sem o conselho.

Ela levantou as sobrancelhas ruivas.

— E como foi?

— Foi uma decisão pessoal. Vou dizer a mesma coisa que disse a eles. Dilton era minha responsabilidade. Aconteceu sob a minha supervisão. O marido foi mais compreensivo do que precisava ser. A esposa foi menos

compreensiva, com razão. Mas resolvemos. Pedi desculpas sinceras e assumi toda a responsabilidade.

— O procurador vai adorar isso — disse Hilly.

— É, bom. Às vezes, pedir desculpas é mais importante do que tirar o seu da reta. De qualquer forma, foi a coisa certa a fazer. A Sra. Kennedy me ligou ontem e me passou as informações de contato de uma organização que faz treinamentos com departamentos sobre como lidar com conflitos e também em relação à diversidade. Caro, mas, na minha opinião, necessário. E mais barato do que o processo com que teríamos de lidar.

— De quanto estamos falando?

Usei o queixo para apontar para o carro onde a cabeça da Bica estava pendurada na janela do lado do motorista.

— Vamos apenas dizer que esse será o único cão policial com que poderemos arcar por um tempo.

Ela balançou a cabeça.

— Maldito Dilton. Só é preciso um policial corrupto para ferrar tudo.

— Eu sei. É cem por cento minha culpa por não o desligar. Por pensar que podia mudá-lo.

Ela colocou as mãos nos quadris e olhou para a floresta.

— É, bom, agora você sabe como é ser uma mulher apaixonada por um idiota com potencial. Noventa e nove por cento das vezes, esse potencial nunca é atingido.

— Mickey tem potencial? — provoquei.

Seu sorriso foi rápido.

— Com certeza, ele tinha. E não dei opção quanto à parte de atingi-lo.

— Andei pensando — comecei.

— Sempre que um policial diz isso, as coisas estão prestes a ficar caras.

— Não necessariamente. Como já estamos adicionando alguns cursos, o que a senhoria acharia de trazer assistentes sociais para dar um treinamento para nós?

— Que tipo de treinamento?

— Sobre saúde mental. Conhece Xandra Rempalski?

Ela me direcionou um olhar que dizia que eu estava fazendo papel de burro.

— A enfermeira que salvou a vida do meu chefe de polícia? Não. Nunca ouvi falar. Também não tenho quatro colares e três pares de brincos feitos por ela.

— Tá. Joia. O sobrinho dela tem autismo.

— Claro, sim. Conheço o Alex.

— Ele é não verbal, tem 1,80 de altura e é negro — falei, balançando-me para trás.

Hilly soltou um suspiro.

— Estou entendendo aonde você quer chegar. Mães de filhos negros têm muitas conversas com esses filhos sobre como interagir com policiais.

— E eu quero ter certeza de que nós, policiais, conversemos sobre como interagir com segurança e respeito com esses filhos. Todos eles. Especialmente aqueles que não conseguem responder. Não me desce que alguns dos nossos ainda não se sintam seguros aqui. Foi exatamente por isso que aceitei este trabalho, e ainda tenho muito aprendizado e muito trabalho a fazer.

— Todos nós, não é, chefe? Então, como vamos fazer isso?

— Gostaria de conversar com Yolanda Suarez. Ela é assistente social há muito tempo e terá umas ideias. No momento, estou pensando em algum tipo de junção entre formação contínua do departamento e parceria sobre saúde mental com assistentes sociais. Outros departamentos das cidades grandes lançaram programas como esse e estão tendo bons resultados. Talvez pudéssemos trazer a Naomi Witt para o projeto, já que ela é coordenadora de auxílio comunitário.

— É uma boa ideia.

— Também acho.

— Por que não marca uma reunião com você, eu e Yolanda primeiro? Depois partimos daí.

— Agradeço. Acho melhor levar a sua colega de quarto para a nova casa.

Hilly estremeceu.

— Chefe, depois que eu terminar de queimar este lugar e assassinar meu marido, vou te dar um aumento.

Fiz uma pausa. Se havia uma coisa que a Hilly resguardava com todas as forças, eram as finanças de Knockemout.

— Eu não me sentiria bem com isso. Não com o que aconteceu nos últimos meses.

Ela estendeu a mão e deu um tapinha na minha bochecha.

— É exatamente por isso que você está recebendo um aumento, filho. Você se importa. Assume a responsabilidade. E cria soluções. Esta cidade tem sorte em tê-lo. Tenho muito orgulho do homem que se tornou.

Eu não era de ficar emocionado com elogios, mas crescer sem a mãe que me elogiava tão livremente durante a infância deixou um vazio. Um vazio profundo que eu estava apenas começando a reconhecer.

Fazia muito tempo que alguém que eu amava se orgulhava de mim.

Surpreendi nós dois ao me inclinar e dar um beijo em sua bochecha.

— Obrigado, prefeita.

Ela ficou vermelho-vivo.

— Vá lá. Tire a cobra da minha propriedade e volte ao trabalho. Temos pessoas para servir.

Fiz-lhe uma pequena saudação e me dirigi para o carro.

— Certifique-se de ter um álibi antes de se jogar na sua onda de incêndios criminosos.

— Pode deixar, chefe.

VINTE E OITO

GOLPE BAIXO DA SEMANA DO CÓDIGO-VERMELHO

Lina

Cheguei cedo ao bar onde me encontraria com Nolan, mais por um esforço de evitar Nash quando ele e Bica chegassem do trabalho do que por estar realmente animada. Porém, após um dia longo sentada num carro observando um capanga de baixo escalão ir à academia, ao self-service de comida chinesa e ao clube de strip-tease, eu estava ansiosa para conversar com o delegado.

A clientela no Honky Tonk era em maior parte feminina, e as mesas tinham plaquinhas que diziam ATENÇÃO: SEMANA DO CÓDIGO-VERMELHO. Abri um sorriso. Só o Nolan para escolher uma noite em que os ciclos menstruais das funcionárias do bar estavam sincronizados.

Conhecendo os procedimentos, peguei uma mesa para dois vazia e não tentei chamar Max, a garçonete, que estava ocupada ajustando o adesivo térmico no ventre com uma mão enquanto enfiava um bolinho de chocolate na boca com a outra.

Max viria anotar meu pedido quando estivesse se sentindo bem e disposta, e eu receberia minha bebida quando Silver, a barman, terminasse de dar choques no ventre do motociclista corpulento com a mini máquina de eletroterapia.

Era uma adição nova ao Golpe Baixo do Código-Vermelho. Os impulsos elétricos dos eletrodos simulavam a cólica menstrual. Os moradores de

Knockemout não recuavam de um desafio e, eu tinha que admitir, era divertido demais ver motociclistas tatuados e agricultores bombados formarem uma fila para aguardar sua vez de tentar andar com cólicas de nível 10.

Demorou uns cinco minutos, mas Max enfim se aproximou e se deixou sentar na cadeira em frente a mim. Havia cobertura em seu queixo.

— Lina.

— Max.

— Seu olho está melhor.

— Obrigada.

— Ouvi dizer que você conseguiu lutar contra dois assassinos que tentaram atacar Sloane e Naomi enquanto filmavam o piloto de uma série de caçadores de recompensas.

Lá se foi meu anonimato profissional... e coisas irritantes, como a verdade.

— Não foi nada tão emocionante — assegurei-lhe.

— O que vai querer? Está a fim de um especial do Golpe Baixo? Bloody Marys estão pela metade do preço e a Silver criou um coquetel chamado Morte Vermelha. O gosto é horroroso e vai te deixar bebaça.

— Acho que vou ficar com o bourbon.

Só um e pronto, até eu ter certeza de que tinha controlado meu nível de estresse.

— Como quiser. — Max suspirou e se levantou. — Voltarei depois que o Buscopan fizer efeito.

Ela se arrastou de volta para o bar e eu aproveitei a oportunidade para verificar alguns e-mails do trabalho no celular até que risos masculinos estridentes irromperam no canto.

Havia passado muito tempo em vários bares vendo pessoas interagirem. Eu sabia quando a atmosfera estava estranha. E não havia dúvida em minha mente de que algo nada agradável estava advindo dos quatro homens. A mesa deles estava cheia de garrafas de cerveja vazias e copos de doses. A linguagem corporal era desordeira e beirava a agressividade, como tubarões decidindo se atacariam.

Max chegou à mesa deles e começou a empilhar copos vazios na bandeja. Um dos homens, um mais velho com barriga de cerveja e bigode grisalho e cheio, nem de longe tão bonito quanto o de Vernon, disse algo de que Max não gostou. Isso fez com que a mesa voltasse a dar risada.

Max inclinou a bandeja, fazendo com que os copos vazios rolassem de volta para a mesa e — com um dedo do meio de despedida — voltou para a balcão.

Reconheci um dos encrenqueiros mais jovens como o homem que me encarara quando eu estava saindo do jogo de futebol da Waylay.

— Qual é, Max Noturno, não seja tão sensível. É só zoeira — gritou ele depois que ela se afastou.

O quarteto juntou as cabeças para contar o que provavelmente era uma piada de mau gosto e começou a rir novamente.

— Contenha-se, Tate — advertiu Tallulah na mesa ao lado. Ela estava sentada com outros três fregueses que não pareciam mais entretidos com as travessuras dos homens do que eu.

Era Tate Dilton, policial corrupto e das antigas.

— É muito *duro* me *conter* perto de você, gatinha — disse um dos amigos de Dilton, gesticulando com indecência para sua virilha.

Os homens em volta da mesa irromperam em risadas mais uma vez e a tensão na sala aumentou.

Encarei Dilton fixamente do outro lado do cômodo e esperei. Não demorou muito. Desde que estivessem sóbrias o bastante, as pessoas geralmente podiam pressentir uma ameaça.

Ele deu uma olhada longa para trás e depois disse algo aos companheiros. Todos se viraram para me olhar. Estendi as pernas e cruzei os tornozelos.

Ele se levantou e veio na minha direção, com seu melhor olhar de intimidação. Caminhou com a confiança de um homem que tinha atingido o ápice no ensino médio e não percebeu que os dias de glória tinham acabado.

Quando chegou à minha mesa, parou e me encarou um pouco mais.

— Algum problema, querida? Talvez uma coceira que eu possa aliviar para você?

Ele tinha um bigode curto, no estilo do Hitler, que se contorcia toda vez que sua mandíbula se abria e fechava ao mastigar um chiclete.

— Duvido que haja algo que você possa fazer por mim.

— Você é a piranha do Morgan, né?

Ele vestia uma camisa da polícia de Knockemout e isso me irritou ainda mais que o insulto.

— Não. Você é? — perguntei com uma voz doce.

Seus olhos se estreitaram, quase desaparecendo atrás de suas bochechas coradas quando ele puxou a cadeira em frente a mim. Ele a girou para trás num movimento que nunca deveria impressionar uma mulher, seja da idade que for, e se sentou sem ser convidado.

— Vi vocês discutindo no campo de futebol. Diga ao seu namorado policial que muitos por aqui não gostam das merdas que ele tem nos forçado a engolir. Talvez seja bom avisar que, se não for cuidadoso, talvez tenhamos de fazer com que ele baixe a bola.

— Já pensou em levar sua aversão à exigência social de tomar banho com frequência aos seus superiores?

— Hã? — Ele piscou, depois mastigou com fúria por alguns segundos.

— Ah. Talvez a sua causa esteja mais relacionada com assuntos públicos. Deixa eu adivinhar. Você acha que não deveria ter de usar calças dentro do supermercado quando vai comprar sua cerveja barata.

Ele se inclinou e eu pude sentir o bafo de álcool.

— Que língua afiada você tem.

— Está difícil de acompanhar todas essas palavras polissilábicas?

— Continue assim e vai sair daqui chorando, sua vadia. — Seu olhar se voltou para os meus olhos. — Parece que alguém já lhe ensinou boas maneiras.

— Tentaram. Agora, por que você e seus amigos não vão para casa antes que um de vocês faça algo mais estúpido do que de costume?

— Quer que eu te leve para a delegacia por desacatar um policial? — A boca dele formou um bico ao pronunciar o *l* no final de policial e eu quase revirei os olhos.

— O chefe Morgan sabe que você está zanzando por aí se passando por policial? Porque tenho certeza de que, para ser policial, tem que ter distintivo. E ouvi boatos de que o seu distintivo está trancado numa gaveta da mesa do Nash.

Ele se levantou e bateu com as palmas das mãos carnudas na mesa à minha frente. Não movi um músculo enquanto ele se inclinava para o meu espaço, enchendo minhas narinas com o cheiro de licor barato.

Fi, Max e Silver estavam vindo em nossa direção, parecendo prontas para ir à guerra. Mas elas não precisavam se tornar alvos. Não quando eu estava na cidade por apenas um curto prazo.

Levantei uma mão.

— Eu mesma resolvo — eu lhes assegurei e aos poucos me levantei para enfrentar o valentão barrigudo.

— Vá para casa, Tate — disse Fi, tirando o pirulito da boca para usar sua voz assustadora de mãe.

A mandíbula de Silver flexionou enquanto ela mantinha uma mão sobre o útero e a outra fechada em punho.

Max estava segurando a bandeja no ombro como se fosse um taco de basebol.

— Quer me dar um murro, Dilton? — sussurrei baixinho.

Ele mostrou os dentes... e o chiclete mastigado.

Abri um sorrisinho maldoso.

— Te desafio. Porque, se der, não vai sair daqui intacto. Não só estou ansiosa para adicionar "nariz quebrado" à sua aparência de "barriga de cerveja" e "entrada no cabelo", como toda a população feminina de Knockemout está passando pela maré vermelha agora, e aposto que não são poucas as mulheres daqui a quem você fez mal ao longo dos anos.

Ele bufou, o rosto ficando mais endurecido e horripilante com o esforço.

— Então vá em frente, babaca. Dê um murro, mas é o único que vai conseguir. Assim que acabarmos com você, não haverá mais nada em que colocar um distintivo — falei.

Ele se endireitou e encolheu as duas mãos em punhos ao lado do corpo. Eu podia vê-lo pesando as opções no cérebro minúsculo e embriagado. Mas, antes que ele pudesse fazer o meu dia com a escolha errada, uma mão grande pousou em seu ombro.

— Acho que é hora de você ir para casa, amigão.

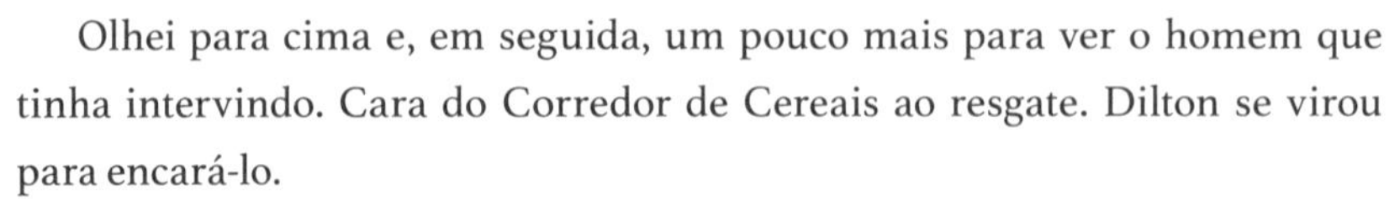

Olhei para cima e, em seguida, um pouco mais para ver o homem que tinha intervindo. Cara do Corredor de Cereais ao resgate. Dilton se virou para encará-lo.

— Por que não vai cuidar do seu próprio...

O restante de sua frase sumiu uma fração de segundo depois que Dilton percebeu que estava falando com o pomo de adão do homem, não com o rosto.

Dei um sorrisinho, e um monte de risos nervosos surgiu ao nosso redor.

— Quer terminar a frase? — perguntou o Cara do Corredor de Cereais.

Dilton o olhou de forma ameaçadora.

— Vá se foder — cuspiu ele.

— Se eu fosse você, não daria um showzinho. Chama atenção desnecessária — disse o Cara do Corredor de Cereais.

Dilton parecia querer dizer mais, mas foi interrompido pelo seu bando de idiotas.

— Vamos vazar para outro bar. Um com menos vadias — sugeriu um de seus amigos idiotas.

Juro de pés juntos, as mulheres nas mesas mais próximas começaram a sibilar.

Alguém arremessou batatas-fritas, atingindo Dilton bem no peito.

— Se liga, Tate — disse o homem mais velho de bigode. — Agora não é a hora.

Havia algo agourento na forma como ele falou.

— Se não o tirar daqui, Wylie, vou chamar a polícia. A verdadeira — rosnou Fi.

— Ela já chegou. — O bar inteiro se virou para ver o delegado federal Nolan Graham atrás de mim, o distintivo e a arma totalmente à mostra. — Temos algum problema aqui?

— Acho que essa é a sua deixa para ir embora, *querido* — falei ao Dilton, que estava coberto de ketchup.

— Por que não damos um pulinho lá fora? — sugeriu Nolan. Seu tom era quase amigável, mas seus olhos estavam firmes e frios.

— Nos veremos de novo — prometeu-me Dilton enquanto seus amigos o pegavam pelos braços e seguiam Nolan. O homem mais velho de bigode parou na minha frente, olhou-me da cabeça aos pés, bufou e depois saiu com um sorrisinho.

As mulheres que não estavam muito ocupadas pressionando as duas mãos no ventre com cólica explodiram em aplausos quando a porta se fechou atrás deles.

Peguei o meu cartão de crédito e mantive-o no ar.

— Fi, esta rodada é por minha conta.

O pandemônio atingiu níveis de histeria e então alguém colocou *Man! I Feel Like a Woman!* de Shania Twain no jukebox.

Voltei-me para o homem que havia me salvado como um cavaleiro duas vezes agora.

— Cara do Corredor de Cereais — eu disse. Seus lábios se curvaram em um quase sorriso.

— Amiga Solteira da Senhorinha.

— Seu apelido é melhor.

— Eu poderia te chamar de Encrenca.

— Você não seria o primeiro.

Ele usou a cabeça para indicar a porta.

— Não devia sair por aí hostilizando homens como aquele.

Até o Cara do Corredor de Cereais tinha uma opinião sobre minhas escolhas de vida.

— Ele que começou.

— Parecia que ele tinha problemas com a polícia local. O chefe da polícia não foi baleado umas semanas atrás? — perguntou ele.

— Foi.

O cara balançou a cabeça com tristeza.

— Achei que a vida na cidade pequena seria tranquila.

— Se quer tranquilidade, acho que Knockemout não é o lugar para encontrá-la.

— Pelo visto não. Encontraram o cara que atirou no policial? Porque o que acabaram de tirar daqui parece que não se importaria de meter umas balas em alguém — disse ele.

— O FBI está investigando, mas não prenderam ninguém. Tenho certeza de que o cara que fez isso já meteu o pé daqui há muito tempo. Pelo menos, foi o que fez se for inteligente.

— Ouvi dizer que o chefe nem se lembra do que aconteceu. Deve ser estranho.

Eu não gostava de falar do Nash com ninguém. Em especial um estranho, então simplesmente levantei a sobrancelha.

Ele deu um sorriso envergonhado.

— Desculpa. As fofocas aqui são rápidas e inteirinhas. Em casa, eu nem sabia os primeiros nomes dos meus vizinhos. Aqui todo mundo parece já saber o número do seu CPF e o nome de solteira da sua bisavó.

— Bem-vindo a Knockemout. Posso pagar uma bebida pelo seu heroísmo? — ofereci.

Ele fez que não com a cabeça.

— Tenho que ir.

— Bom, obrigada por intervir. Mesmo que a situação estivesse totalmente sob controle.

— Imagina. Mas é bom ser mais cuidadosa da próxima vez. Melhor não se tornar um alvo.

— Tenho certeza de que aquele canalha tem mais com o que se preocupar do que comigo. Por exemplo, ele provavelmente terá pesadelos contigo esta noite.

O sorriso estava de volta.

— A bebida fica para uma próxima.

— Combinado — falei e o observei sair.

— Por conta da casa — disse Max, aparecendo ao meu lado com o bourbon que pedi.

— Obrigada. E obrigada por não dizer que eu devia ter ficado na minha.

Max bufou.

— Fala sério. Você é a super-heroína de Honky Tonk. Tate não faz ideia da sorte que tem. A gente teria dado uma boa surra nele. Aí Knox ficaria chateado por conta de todos os danos materiais. E o Sr. Certinho ficaria zangado por conta do sangue e da papelada.

— Os irmãos Morgan nos devem uma — concordei.

Nolan voltou para dentro, acariciando o bigode com o indicador e o polegar e franzindo a testa.

— O que houve? — perguntei.

— Acho que preciso fazer a barba.

Os meus lábios estremeceram.

— Acho que devia manter. Reivindicar o bigode.

Ele assumiu a cadeira que Dilton havia desocupado e acenou para Fi.

— Eu não faria isso se fosse você — avisei, apontando para a placa em que estava escrito Semana do Código-Vermelho.

— Isso é algo tipo Halloween?

— Não. É muito mais aterrorizante.

Fi apareceu com outro pirulito. Ela jogou meu cartão de crédito na mesa à minha frente e depois apoiou a parte inferior das mãos na lombar.

— Deus. Parece que os meus rins estão tentando abrir um túnel para fora do corpo. Por que a natureza é tão escrota?

— Ah, *esse* código — disse Nolan, começando a entender.

— Sim. É melhor que o que está prestes a dizer valha a pena o meu tempo e o meu sofrimento de ter vindo aqui — disse Fi.

— Eu só queria educada e respeitosamente sugerir que você pegue as imagens de segurança desta noite e as guarde em algum lugar.

— Algum motivo em particular?

— Não sei o que é de conhecimento público e o que não é — disse Nolan.

— Fala do Nash ter demitido Tate por ser um policial corrupto e um ser humano de merda? — motivou Fi.

— As notícias circulam rápido por aqui. Às vezes é até a verdade — falei.

— No caso de as coisas tomarem proporções maiores, não faria mal ser capaz de provar um padrão — disse Nolan.

— Eu não ficaria surpreso se ele aumentasse as coisas — disse Fi com um gemido. — Ele se acha por causa daquele distintivo. Sem isso, quem sabe o que fará para se sentir como se tivesse o rei na barriga?

— Fique de olho — aconselhou Nolan.

— Vou ficar. Agora, se me dão licença, vou me deitar no banco de trás da minha minivan por dez minutos. Vou mandar a Max trazer uma bebida para você, delegado.

Nós a observamos se fastar toda capenga.

— Não consigo imaginar passar por algo assim todo mês — disse Nolan, balançando a cabeça.

— Você não acha que somos desse jeito em relação ao nosso emprego, né? — perguntei.

— Desse jeito como?

— Como se nosso valor pessoal, nosso propósito, viesse de nossas carreiras.

— Ah, você quer que eu minta para você. Tá. Não, não somos assim, Solavita.

— Fala sério.

— Querida, meu casamento acabou por causa desse emprego e nem gosto do que faço.

— Então por que não pede demissão?

— Para fazer o quê?

— Sei lá. Reconquistar a mulher?

— Certo. Porque a única coisa mais atraente do que um homem casado com o emprego é um ex-marido desempregado pedindo outra oportunidade — falou ele num tom seco. — Não. Alguns de nós estão apenas destinados a viver pelo trabalho.

— Você não acha que há algo melhor do que isso lá fora? — perguntei.

— Claro que há algo melhor por aí. Talvez só não seja para você e para mim. Pelo menos para mim. Se acha por um segundo que eu não largaria o meu emprego e passaria o resto da minha vida massageando os pés da minha ex e preparando almoços para ela levar ao trabalho se ela dissesse que me aceita de volta, está completamente enganada. Mas há um limite de vezes em que se pode afastar alguém antes que parem de tentar.

— Mas vale a pena? Permitir que alguém entre na sua vida quando você sabe que isso torna bem mais fácil te destruir? Tipo, sério, o que poderia ser tão bom a ponto de fazer esse tipo de risco valer a pena?

— Está perguntando ao cara errado. Não sei o que está do outro lado, mas eu estaria disposto a me arriscar descobrindo se tivesse outra oportunidade.

As palavras do Nolan fizeram com que eu me sentisse um pouco covarde. Não tive nenhuma dificuldade em confrontar um valentão bêbado, mas a ideia de me abrir para alguém fazia com que meus joelhos fraquejassem.

— E aí, como foi o jantar com a Sloane?

— Bom. Ela é uma garota ótima. Inteligente. Fofa pra caralho. Meio louquinha.

— Mas? — motivei, lendo seu rosto.

— Mas vou soar como uma menininha se eu disser que posso não ter superado a minha ex?

— Sim — brinquei. — Se te faz se sentir melhor, acho que nossa bibliotecária está apenas atrás de uma diversãozinha. Não de casamento.

— Não gosto de sair me gabando, mas, depois que contei a ela sobre minha ex, ela me disse que estava só atrás de sexo após o terceiro encontro.

Engasguei-me com o bourbon.

— Bom, contanto que vocês dois estejam na mesma página.

— Aqui está, delegado. É Morte Vermelha — disse Max, deixando na mesa um copo com gelo cheio de uma bebida vermelha turva.

— Na verdade, quero um...

Chutei-o por debaixo da mesa e fiz que não com a cabeça enquanto os olhos de Max se estreitavam de forma ameaçadora.

— Como é que é? — disse ela friamente.

— Digo, está ótimo. Muito obrigado. Toma aqui 20 dólares pelo transtorno — disse Nolan, empurrando depressa uma nota para ela.

Max assentiu com altivez e pegou o dinheiro.

— Foi o que achei que você quis dizer.

Nolan tomou um gole e logo estremeceu.

— Arre égua! Tem gosto de ressaca.

— Tá a fim de experimentar como são as cólicas menstruais? — perguntei.

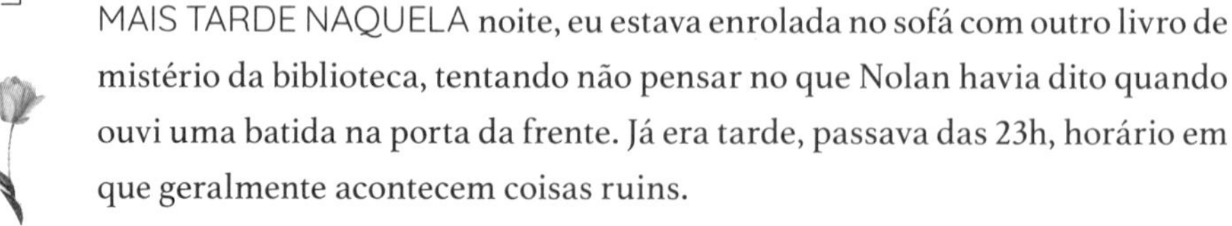

MAIS TARDE NAQUELA noite, eu estava enrolada no sofá com outro livro de mistério da biblioteca, tentando não pensar no que Nolan havia dito quando ouvi uma batida na porta da frente. Já era tarde, passava das 23h, horário em que geralmente acontecem coisas ruins.

Saí do sofá e fui em silêncio até a porta.

Era preciso ter uma chave para entrar no prédio, mas, no meu ramo de trabalho, eu sabia que até uma porta externa robusta e um apartamento ao lado do chefe da polícia não deteriam um idiota bêbado e determinado cujo ego fora ferido.

Prendi a respiração e olhei pelo olho mágico. Não havia ninguém lá. Do outro lado do corredor, a porta da Sra. Tweedy estava fechada. Eu estava debatendo se deveria pegar meu fiel taco de beisebol para ir investigar quando ouvi um leve som de arranhão vindo da parte de baixo da minha porta. Foi acompanhado por um tilintar familiar.

Abrindo a porta, encontrei Bica erguendo as patinhas da frente, parecendo ansiosa. Ao lado dela, caído contra a parede, estava Nash. Ele estava sem camisa, suando e tremendo.

O cara sabia bem como fazer uma garota passar por uma montanha-russa de emoção.

— Oi — disse ele, ofegante, inclinando a cabeça para me olhar. — Pode cuidar... da Bica... um pouquinho?

Não falei nada enquanto o ajudava a se levantar. Não havia nada a dizer. Tínhamos magoado um ao outro, mas ele me procurou quando precisou de ajuda. E eu não era cruel o bastante para o dispensar. Sem falar nada, ele passou um braço sobre meus ombros enquanto eu deslizava o meu pela cintura dele.

Era um sentimento familiar. Mas eu não deveria ter uma rotina com ninguém, muito menos com *ele*.

Tremores atormentavam seu corpo enquanto nos arrastávamos para dentro com Bica andando de um lado para o outro com nervosismo aos nossos pés.

— Cama ou sofá? — perguntei. Sua pele estava quente e pegajosa contra a minha.

— Cama.

Guiei-nos para o meu quarto e, conhecendo sua preferência, empurrei-o para o lado mais próximo da porta. Bica saltou heroicamente para o colchão e marchou para frente e para trás, observando Nash da cabeça aos pés descalços.

— Vou pegar um pouco de gelo — eu disse. Eu não tinha vegetais congelados, e não achava que comida para viagem fria fosse servir.

A mão do Nash agarrou meu pulso.

— Não. Fica. — Aqueles olhos azuis me prenderam. Não havia bloqueios nem feridas antigas. Havia apenas um apelo honesto, e diante dele eu era impotente. — Por favor.

— Tudo bem. Mas isso não significa que eu não estou mais furiosa com você.

— Idem.

— Não seja um babaca.

Tentei dar a volta ao pé da cama, mas ele me parou e me puxou. Ele se sentou, pegou-me em seus braços e me puxou para cima dele.

— Nash.

— Só preciso tê-la perto — sussurrou ele.

Quando caiu de costas nos travesseiros, me colocou ao seu lado, minha coxa esparramada por cima de seu quadril, minha cabeça apoiada em seu peito logo abaixo da cicatriz no ombro.

Eu podia ouvir as batidas de seu coração, e estendi a palma da mão sobre seu peito. Ele estremeceu uma vez e, em seguida, seus músculos pareceram perder um pouco da tensão rígida.

Ele soltou um suspiro trêmulo. Em seguida, passou os dois braços em volta de mim, enfiou o rosto no meu cabelo, e me abraçou firme.

Bica reivindicou seu espaço aos pés de Nash, apoiando a cabeça no tornozelo dele e lançando olhares tristes para nós.

Sem mais nada para fazer, respirei com ele.

Quatro. Sete. Oito.

Quatro. Sete. Oito.

Repetidas vezes até que a tensão deixou seu corpo.

— Melhor agora — sussurrou Nash em meu cabelo.

Ficamos ali deitados, respirando juntos, na companhia um do outro até que o sono chegou para nós dois.

VINTE E NOVE
VENCEDOR DO DIA DAS PROFISSÕES

Nash

Acordei com a luz melancólica do amanhecer e o som que me assombrava, o som persistente de algo frágil sendo esmagado que me levava à loucura durante o sono. Esta manhã, ele foi acompanhado pelo clique suave do fecho da porta frontal da Lina.

Os lençóis ao meu lado ainda estavam quentes, um fantasma da mulher que esteve lá a noite toda, abraçada à minha lateral, ancorando-me com o movimento de seu peito.

Ela ficou ao meu lado quando eu mais precisei dela. E então fez questão de deixar a própria cama para que eu acordasse sozinho.

Esfreguei as mãos no rosto. Algum de nós tinha que ceder e eu tinha a suspeita cada vez maior de que esse "alguém" seria eu.

Um peso atingiu o colchão e, um segundo depois, Bica se lançou no meu peito. Soltei um grunhido. Pozinho de ração sujava seu focinho branco, o que significava que Lina havia colocado seu café da manhã.

— Bom dia, amiguinha — cumprimentei com a voz rouca, esfregando meus olhos para afastar o sono.

Ela me cutucou até eu fazer um carinho sem muita vontade nela.

— Não me olhe assim. Estou bem — falei.

Bica não parecia acreditar em mim.

Mas a sensação era de que era verdade. Claro, eu estava com uma dor de cabeça persistente na base do pescoço e todos os músculos do meu corpo pareciam ter participado de alguns *rounds* no ringue. Mas havia dormido profundamente e acordei com a cabeça desanuviada.

Eu a peguei e a segurei bem acima da minha cabeça.

— Tá vendo? Está tudo bem. — Sua cauda pequena se agitou de entusiasmo enquanto ela se divertia com as patas no ar. — Tudo bem. Vamos começar a porcaria do dia.

A cachorrinha me acompanhou ao banheiro, onde encontrei um bilhete colado ao espelho.

N,

Alimentei e passeei com a Bica. Não esteja aí quando eu voltar.

L

Continuei achando graça do bilhete conciso de Lina até que voltei para o quarto e vi sua mala aberta no chão. Estava vazia, graças a Deus. Mas eu tinha a sensação de que o fato de ela a ter deixado à vista significava que ainda pensava em ir embora. Se ela achava que ia a algum lugar, Lina Solavita teria um brusco choque de realidade. Tínhamos negócios a resolver. Balanças a equilibrar. Acordos a fazer.

Qualquer dúvida que eu tivesse em relação aos meus sentimentos por ela tinha sido apagada ontem à noite. Ela não precisava ter aberto a porta. Não precisava ter me deixado entrar. E ela não precisava ter adormecido nos meus braços. Mas foi o que fez, porque, apesar de eu a irritar, se preocupava comigo.

E eu ia usar isso a meu favor.

— Vamos, Bicazinha. Vamos para casa. Temos que pensar um pouco — falei bocejando.

Eu ainda estava bocejando quando saímos da casa da Lina e demos de cara com Nolan levantando o punho para bater na minha porta.

— Trouxe café — disse ele, analisando minha aparência. Eu estava só de calça de moletom e precisava desesperadamente de um banho. — Deveria ter comprado o do tamanho de um balde — observou ele.

Peguei o café e abri a porta.

— Noite longa? — perguntou ele, seguindo-me para dentro enquanto eu bebia a cafeína.

Dei um grunhido.

— Por que está aqui? Além de para bancar a fada do café.

— Esbarrei com a sua futura cunhada no café, que pediu um do tamanho de um balde. Ela disse que o Knox está dando tudo de si para o Dia das Profissões.

— Caralho. É hoje?

— Hoje daqui a... — Ele fez uma pausa e verificou o relógio — duas horas e vinte e sete minutos. Achei que, já que vou ter que te acompanhar mesmo, poderíamos criar estratégias. A polícia não pode ficar em segundo plano em relação a um barbeiro vencedor da loteria e dono de bar. Sem ofensa.

— Ele é meu irmão — falei num tom seco. — Não ofendeu. Como é que ele vai tornar um trabalho burocrático interessante?

— Naomi não faz ideia de até onde vai a competição masculina. Ela me contou o plano todo. Ele vai deixar as crianças misturarem bebidas sem álcool e depois rasparem a cabeça do vice-diretor.

— Droga. Isso é bom.

— Podemos ser melhores — disse Nolan com confiança.

— LIGUE A sirene, Way — instruí, segurando o volante com força.

Waylay deu um sorrisinho e apertou o botão. A sirene disparou.

— Alguém aí sente enjoo no carro? — perguntei às passageiras no banco de trás.

— Não! — berrou o coro animado.

— Então se segurem firme.

Girei o volante com tudo, fazendo a parte de trás da viatura dar uma derrapagem suave na curva do último cone de trânsito. Em seguida, pisei no acelerador.

— Vai! Vai! Vai! — gritou Waylay.

Cruzei a linha de chegada improvisada centímetros à frente de Nolan e sua viatura cheia de crianças. O banco traseiro irrompeu em gritos calorosos.

Parei o carro e senti algo surgindo em meu rosto, exercitando músculos que eu já não usava há um tempo. Era um sorriso genuíno.

Era seguro dizer que demos um baile na apresentação estúpida do Knox.

— MEU DEUS! Essa foi a melhor! — disse a amiga da Waylay, Chloe, quando abri a porta traseira. Ela e outras duas alunas do sétimo ano se atropelaram ao sair, todas falando ao mesmo tempo.

— Eu teria te ultrapassado naquele último cone se o Vomitinho McGee não tivesse pedido que eu abrisse as janelas — disse Nolan, indicando com o polegar na direção de um menino ruivo com sardas, conforme vinha na minha direção.

— Saiba perder e não coloque a culpa no Kaden. O garoto pratica kartismo aos fins de semana.

— Acha que ganhamos? — perguntou ele.

Examinamos o estacionamento da escola primária.

As crianças estavam em alvoroço, implorando aos meus oficiais para andar de novo. Os professores sorriam de orelha a orelha. E Knox estava mostrando o dedo do meio para mim.

— Pode apostar que sim. Devo dizer que a pista de obstáculos não foi uma ideia ruim.

— Seu jogo de mistério de assassinato também não foi nada mau — disse ele.

— Eu não esperava que Way fosse tão dramática com a cena da morte dela.

— Falando da recém-falecida — disse Nolan, indicando minha sobrinha com a cabeça enquanto ela saltitava em nossa direção. Ela parou na minha frente e olhou para cima.

— Tio Nash?

— Sim, Way?

— Obrigada. — Ela não disse mais nada, apenas me abraçou na cintura e depois fugiu com as amigas, rindo.

Limpei a garganta, surpreendido pela emoção que senti. Um abraço de Waylay Witt era como um de Lina. Inesperado, duramente conquistado e muito significativo.

— Você ainda ama o que faz — observou Nolan.

— Sim. Acho que sim — admiti.

— Agarre-se a isso — aconselhou ele.

— Quê? Você não adora passar os dias na minha cola?

— Nem um pouco.

— Talvez deva fazer algo a respeito disso.

— Era sobre isso que Lina e eu estávamos falando ontem à noite.

— Esteve com a Lina ontem à noite?

Foi até onde deu para levar o interrogatório antes de sermos interrompidos pelo professor da Waylay.

— Parabéns, senhores. Sei de fonte segura que este foi de longe o nosso Dia das Profissões mais memorável, chefe — disse o Sr. Michaels, entregando-me a coleira da Bica.

Descobrimos que, ao passo que Bica era tímida perto de adultos, ela amava crianças; quanto mais barulhentas e louquinhas, melhor. Nunca tinha visto a maldita cachorrinha tão feliz.

— Fico feliz em ajudar — eu disse.

— Tenho a sensação de que você acabou de inspirar a próxima geração de policiais de Knockemout — disse ele, estendendo o braço para indicar o frenesi que era o sétimo ano.

Michaels partiu para falar com alguns dos outros perdedores do Dia das Profissões e Knox tomou o seu lugar.

— Bela forma de me humilhar na frente da minha própria filha, idiota.

Abri um sorriso.

— Não posso fazer nada se meu trabalho é mais legal que o seu.

— Seu trabalho é noventa por cento papelada.

— Olha quem fala, Sr. Inventário e Folha de Pagamento dos Infernos.

Meu irmão bufou e se virou para Nolan.

— Agradeço a ajuda com Dilton e a galera dele na noite passada. Talvez você não seja tão terrível assim.

— Lina fez a maior parte do trabalho sujo. Cheguei bem a tempo de ajudar na limpeza.

— Do que diabos vocês dois estão falando? — exigi saber.

Nolan olhou para mim.

— Você saiu do apartamento dela esta manhã seminu e com a cara amassada e não sabe?

— Desembucha. Agora — vociferei.

— Resolveu as burradas com ela? — perguntou Knox.

— O que aconteceu com Dilton? — repeti, ignorando meu irmão.

— Ele e os colegas estavam armando confusão no Honky Tonk. Irritaram Max, a garçonete, o que, pelo período do mês, foi muito estúpido. Então Lina chamou a atenção dele — explicou Nolan.

Claro que sim. Ela chamaria a atenção de qualquer homem.

— O que aconteceu?

Peguei meu celular. Eu localizaria Dilton e daria uma surra nele.

Depois descobriria onde Lina estava e gritaria com ela por uma hora ou mais por não me dizer que estava se envolvendo com os meus problemas.

— Calminha aí, Romeu. Fi disse que a Lina soltou o verbo nele. Agora, de volta ao porquê de você estar se esgueirando da casa dela. Ela não disse bulhufas sobre você esta manhã quando pegou minha caminhonete emprestada — disse Knox.

— Mas que droga. Por que é que ela precisava da sua caminhonete?

— Lina estava se virando bem sozinha — continuou Nolan. — Mas outro cliente, grandalhão, interveio quando pareceu que Dilton podia estar bêbado demais para fazer escolhas sensatas. A sua gerente estava ameaçando chamar a polícia quando entrei. Aí escoltei o cuzão para fora.

— O que ele disse a ela?

— Não sei. Ela apenas disse que ele estava sendo um escroto — disse Nolan. —Depois da minha conversinha com ele, presumi que era misoginia proveniente da bebida. Ei, acham que devo tirar o bigode?

— Sim — disse Knox. — Ele me dá vontade de dar um soco na sua cara.

— Droga. Era para ser o meu bigodinho da independência. Sabe, divórcio, deixar o cabelo crescer um pouco, transformar-se magicamente numa nova pessoa.

— Tenho uma barbearia e uma navalha. Só avisar.

Deixei os dois e seus pelos faciais e me afastei já fazendo a chamada.

TRINTA
VIGILÂNCIA COM UMA PITADA DE DRAMA

Lina

O cheiro de pizza atravessou as janelas abertas da caminhonete de Knox. Eu estava acampada no estacionamento de um shopping em Arlington. Do outro lado da rua havia um bloco de casas geminadas que já haviam visto dias melhores.

Eu estava à espera de Wendell Baker, vulgo Gordinho de Cavanhaque. Ele era corpulento, branquelo, careca, e um capanga da família Hugo que usava várias correntes de ouro e sempre tinha um palito na boca. De acordo com as informações questionáveis de Tina, Baker era funcionário de Anthony Hugo, mas também amiguíssimo o bastante de Duncan para que sua lealdade estivesse dividida.

As autoridades não conseguiram ligar Baker ao sequestro e tiroteio, o que significava que ele estava livre para fazer o que lhe desse na telha. E eu estava livre para segui-lo... Se Deus quiser, em direção a um Porsche 356 conversível de 1948.

Até agora, no entanto, Baker tinha saído da cama às 11h, comprado um burrito grande na Burritos to Go e, em seguida, feito uma visita à namorada do irmão, que envolvia abrir o zíper da calça na varanda da frente antes mesmo de ela atender a porta.

Um cara classudo.

Meu telefone tocou outra vez.

— Sério, gente? Quando é que me tornei tão popular?

Eu já tinha recebido ligações da minha mãe em relação ao presente de aniversário do meu pai, do Stef perguntando se eu planejava treinar com os idosos na academia esta semana, e da Sloane, que tinha me forçado a me voluntariar para algo chamado Livros ou Travessuras amanhã à noite na biblioteca. Sem mencionar a mensagem de texto da Naomi dizendo que tinha dado o meu número para Fi e esperava que estivesse tudo bem em ter feito isso. A mensagem foi seguida por uma em grupo de Fi, Max e Silver do Honky Tonk recapitulando todas as melhores versões fictícias do ocorrido com Tate Dilton.

Aparentemente eu tinha quebrado uma garrafa na cabeça dele e, em seguida, o empurrado numa cuba de óleo de fritadeira. Ninguém sabia ao certo de onde vinha a cuba de óleo, mas todos concordaram que foi hilário vê-lo sair do bar como um escargot humano.

Foi quando vi o identificador de chamadas.

Quase deixei cair no correio de voz antes de decidir que seria uma atitude covarde.

— Espero que tenha saído do meu apartamento — falei em vez de cumprimentar.

— Por que diabos soube sobre você e Dilton por um delegado federal e meu irmão idiota em vez de por você? — exigiu saber Nash.

— Em primeiro lugar, gostaria de confirmar se você deixou minha casa. Em segundo lugar, quando é que tivemos tempo para conversar ontem à noite? Terceiro, e mais importante, por isso preste bem atenção, qual parte disso é da sua conta?

— Passamos a noite juntos, Angelina. — Sua voz ficou grave ao pronunciar meu nome e eu ignorei incisivamente o arrepio delicioso que desceu pela minha espinha. — Teve tempo de sobra para você dizer "Ô, Nash. Fui abordada em público pelo desgraçado que você suspendeu."

Ele me imitava muito mal.

— E depois? Você teria dito: "Não se preocupe, mocinha. Garantirei que nunca esteja sozinha para que o lobo grande e bêbado não seja um babaca com você"? Além disso, não me lembro do clima ter sido de muita conversa quando você apareceu à minha porta no meio de um ataque de pânico.

— Dilton é problema meu, não seu. Se ele está tentando tornar você parte do problema, preciso saber.

Isso, pelo menos, fazia sentido.

— Tá bom.

O meu consentimento o calou temporariamente.

— Bom, beleza então. Ouvi dizer que ele a abordou, e você o jogou por uma janela de vidro — disse ele, parecendo achar graça.

Bufei com essa.

— Sério? Porque ouvi dizer que o mergulhei numa cuba de óleo de fritadeira.

— Mas o que mais me interessa é que ele a abordou e deitou o verbo. Por que e sobre o quê?

— Fiz contato visual com ele. Ele estava bêbado e desordeiro e ficando abusado, então o encarei até que ele olhou para mim.

— Devo lembrá-la de que com grande poder feminino vem uma grande responsabilidade feminina?

Revirei os olhos.

— Eu não estava tentando virar alvo ou armar confusão, chefe. Estava apenas tentando distraí-lo de irritar o pessoal. Max com certeza teria detonado ele ontem à noite.

— Ainda não gosto disso, mas faz sentido.

— Que generoso da sua parte.

— Me conte o que ele te disse.

— Ele perguntou se eu era sua piranha e depois falou para eu repassar uma mensagem para você. Disse que estava na hora de fazer você baixar a bola. Eu, é claro, insultei a inteligência dele.

— Claro — disse Nash num tom seco.

— Então ele tentou fingir que era um policial que poderia me dar uma surra até que eu aprendesse a ter modos. Posso ter mencionado que sabia que ele não tinha mais distintivo e questionei como você se sentiria em relação a ele se passar por oficial. Depois ele insultou a mim e às mulheres de Knockemout, e justamente quando as coisas estavam ficando interessantes, tipo batatinhas sendo atiradas, um espectador e o Nolan intervieram.

Houve um silêncio sepulcral por parte de Nash.

— Ainda está aí, convencido?

— Sim — disse ele, enfim.

Não sabia que era possível juntar tanta raiva numa sílaba minúscula.

Joguei minha cabeça contra o assento.

— Estava tudo sob controle, Nash. Ele nunca partiria para um ataque físico. Não lá dentro. Não comigo. Ele estava bêbado e foi um imbecil, mas não bêbado e imbecil o suficiente para esquecer que um confronto físico com uma mulher num lugar público seria o fim dele.

Houve mais silêncio.

— Nash? Está cutucando aquele espaço entre as sobrancelhas?

— Não — mentiu ele, parecendo um pouco envergonhado.

— É o que te denuncia. Devia fazer algo em relação a isso.

— Angelina?

— Sim?

— Falei sério. Dilton é problema meu. Se ele tentar voltar a entrar em contato com você, preciso que me avise.

— Entendido — falei baixinho.

— Ótimo.

— Como está se sentindo? Não que eu me importe — acrescentei, rápido.

— Melhor. Firme e forte. Acabei com Knox no Dia das Profissões — disse ele com presunção.

— Literal ou metaforicamente? Porque, com vocês, os dois são possíveis.

— Um pouco dos dois. Dormiu bem? — perguntou Nash.

Dormi como uma pedra. Como sempre dormia quando estava na cama com Nash.

— Sim — eu disse, não querendo compartilhar mais.

— O que a psicologia diz de uma garota que não gosta de ser tocada, exceto pelo cara que não para de a irritar?

— Que ela tem sérios problemas emocionais que precisam ser abordados.

Sua risada foi leve.

— Almoça comigo, Angel.

Suspirei.

— Não posso.

— Não pode ou não quer?

— Mais para não posso. Não estou na cidade.

— Onde você está?

— Arlington.

— Por quê?

Eu não ia cair no tom de "qual é, pode me contar qualquer coisa". Mas eu também não tinha nada a esconder.

— Estou aguardando Wendell Baker — contei a ele.

— Você está fazendo o quê? — Ele voltou a usar a voz de policial.

— Não seja dramático. Você sabe o que quero dizer e quem ele é.

— Você está de butuca numa família do crime organizado? — exigiu saber ele.

E lá estava ele, meu vizinho chato, irritado e superprotetor sem razão nenhuma.

— Não estou pedindo permissão, Nash.

— Que bom. Porque eu com certeza não daria — disse ele.

— Você é irritante, e eu quero parar de ficar dando voltas.

— Me convença de que é uma boa ideia.

— Não preciso. É o meu trabalho. A minha vida — insisti.

— Tá. Já chego aí com luzes e sirenes.

— Jesus, Nash. Dou treinamentos sobre estratégias de vigilância. Sou muito boa nisso. Não preciso defender meu trabalho a você.

— É perigoso — respondeu ele.

— Preciso lembrar que foi *você* quem levou bala em serviço.

Houve um ruído do outro lado da chamada.

— Você acabou de *rosnar* para mim?

— Merda — murmurou ele. — Sei lá. Todos os dias com você é uma surpresa nova.

Tive um pouquinho de pena dele.

— Olha, com a atenção que os federais trouxeram para as atividades de Anthony Hugo, ninguém está fazendo nada. Estou de olho em dois desses caras há dias. Tudo o que fazem é comer, ir à academia e transar com mulheres que deveriam pensar duas vezes. Às vezes vão a um clube de strip-tease. Minha intenção não é pegá-los cometendo um crime. Só preciso que um de-

les me leve a um esconderijo. Mesmo que o Duncan tenha sumido há muito tempo, o carro ainda pode estar aqui.

— Ainda não acredito que você está fazendo tudo isso por um maldito carro.

— Não é um carro qualquer. É um Porsche 356 conversível de 1948.

— Tá. Tudo isso por um carro pequeno e velho.

— Esse carro pequeno e velho vale mais de meio milhão de dólares. E, tal como tudo o mais que asseguramos, o valor monetário é uma coisa. O valor sentimental é outra completamente diferente. Esse carro faz parte da história de uma família. As últimas três gerações se casaram e partiram nesse carro. Tem um frasco com as cinzas do avô no porta-malas.

— Merda. Tá. Que droga. Quero que me mande notícias a cada meia hora. Se entrar em contato um minuto atrasada, irei aí e acabarei com o seu disfarce tão depressa que te deixará zonza.

— Não tenho que concordar com nada disso — salientei. — Você continua agindo como se estivéssemos em algum tipo de relacionamento, quando claramente não estamos.

— Linda, você e eu sabemos que há algo aqui, mesmo que você esteja com muito medo de reconhecer.

— *Com medo*? Você acha que *eu* estou com medo?

— Acho que te faço tremer nessas suas botas sensuais de salto alto.

Ele não estava errado, o que me irritou mais.

— Sim. Tremendo de raiva. Obrigada por fazer eu me arrepender de atender o celular.

— A cada meia hora, quero uma mensagem.

— O que eu ganho com esse acordo?

— Vou verificar todos os arquivos que conseguir da cena do crime no armazém. Ver se há alguma coisa nos arquivos que podem te levar ao seu maldito carro.

— Sério?

— Sim, sério. Vou te passar tudo o que descobrir durante o jantar hoje à noite.

Era como se estivéssemos presos num número de dança. Dois passos para frente, dois passos para atrás. Se aproximar. Se irritar. Superar. Repetir. Mais cedo ou mais tarde, um de nós tinha de pôr um fim à dança.

— Não gosto que pense que não sei fazer o meu trabalho.

— Angel, sei que você é muito boa no que faz. Sei que sabe se virar mais do que a maioria das pessoas. Mas, eventualmente, alguém vai se infiltrar nessas defesas. E, no seu ramo, as consequências são muito mais graves.

Ele falava por experiência própria.

— Preciso desligar.

— A cada meia hora. Jantar esta noite — disse ele.

— Tá. Mas é melhor trazer algo útil e a comida ser boa.

— Não se envolva. Não faça nada que chame atenção para si — alertou ele.

— Não sou amadora, Nash. Agora me deixa em paz.

— NÃO FAÇA nada que chame atenção para si mesma — repeti, imitando Nash. Eu estava no mesmo lugar, só que uma hora mais entediada e mais desconfortável. Mandei mensagem para ele duas vezes com as *selfies* idiotas que ele havia exigido, com o dedo do meio levantado, para provar que estava viva. Ele respondeu com fotos da Bica. Baker ainda não tinha voltado a dar as caras. E o meu traseiro estava dormente.

Eu estava começando a me perguntar se a caça só era emocionante porque o resto do trabalho era chato pra dedéu em comparação. Valia mesmo a pena?

Pensei na vaga que abriria no departamento de Patrimônios Líquidos Elevados da empresa. Maiores riscos, maiores recompensas, maiores emoções. Mas eu *realmente* queria dedicar o resto da minha vida profissional a perseguir a emoção? Por outro lado, a ideia de trabalhar com supervisão me dava calafrios. Todas aquelas pessoas que precisam ser geridas? Urgh.

Mas o que mais eu poderia fazer? Em que mais eu seria boa?

Essas perguntas teriam que esperar mais um dia, porque um homem de casaco de couro e calça jeans carregando um buquê de flores da mercearia caminhou até as casas germinadas como se fosse dono do lugar.

Parecia que ele era mesmo, porque tirou uma chave do bolso e abriu a porta da frente.

Endireitei-me e peguei os binóculos no instante em que o irmão de Wendell Baker entrou.

— Merda! Isso não é bom.

Os gritos começaram pouco depois.

Tá. Isso não era nada bom. Mas desde que só ficassem nos gritos...

O irmão saiu da própria casa... pela janela da frente... que estava fechada.

— Cacete.

Soltei um gemido e peguei meu celular enquanto o vidro se estilhaçava.

Wendell Baker, nu, saiu tempestuosamente pela porta da frente. Uma mulher vestindo uma camiseta de banda de rock e nada mais apareceu atrás dele e começou a gritar. O irmão com roupas de couro e jeans se levantou a tempo de dar um gancho de direita na mandíbula do outro.

— 190. Qual é a sua emergência?

— Aqui é Lina Solavita. Sou investigadora da Pritzger Insurance. Tem um homem nu agredindo alguém na calçada.

Dei o endereço à atendente e, enquanto ela o repetia para mim, a mulher saltou sobre o corrimão nas costas de Baker e colocou um braço em volta de sua garganta. Ele se jogou para a frente, tentando derrubar a atacante, o que infelizmente me deu uma visão livre da bunda dos dois.

— Agora tem uma mulher agredindo o homem nu.

— Duas unidades na área estão respondendo — disse a atendente. — A mulher também está nua?

— Ela está vestindo uma camiseta dos Whitesnake e nada mais.

— Hum. A banda é boa.

O irmão se levantou outra vez e bateu o ombro na barriga de Baker, levando o homem de volta aos degraus de concreto. Pensei na mandíbula machucada de Nash e no olho roxo de Knox e me perguntei se todos os irmãos brigavam assim.

— Alguém está armado? — perguntou a atendente.

— Não que eu possa ver. O cara pelado não veio armado.

Os irmãos se separaram e a mulher com a camisa dos Whitesnake saiu das costas de Baker. O irmão levou a mão às costas e pegou uma faca grande.

— Merda — murmurei. — Agora tem uma faca em jogo.

Naquele momento, duas crianças saíram da casa ao lado e ficaram paralisadas com a cena diante delas.

— E agora tem duas crianças assistindo.

— A polícia está a caminho. Faltam dois minutos.

Alguém pode fazer muitos buracos em dois minutos.

O irmão saltou para a frente e cortou o ar em um gesto amador e desenfreado.

As palavras de Nash ressoaram na minha mente outra vez. Mas era ou não fazer nada, ou deixar que dois idiotas se matassem na frente de crianças.

Joguei meu telefone no assento, abri a porta e apertei a buzina.

Quando tive a atenção deles, subi no estribo e berrei:

— A polícia está a caminho!

Os dois irmãos começaram a vir em minha direção.

— Sério? — murmurei. — Por que criminosos são tão burros?

Eu estava apertando a buzina de novo conforme eles atravessavam a rua quando enfim ouvi o som de sirenes distantes.

Eles pararam no meio da rua, debatendo se tinham tempo suficiente para chegar até mim. Ouvi o cantar de pneus atrás de mim. Uma van branca surgiu atrás da caminhonete do Knox e a porta se abriu.

Um homem com máscara de esqui saltou, agarrou-me pelo pulso e me arrastou em direção à van. Os irmãos estavam correndo em nossa direção agora.

— Entra — disse o Máscara de Esqui, tirando uma arma do cós da calça. Mas ele não a apontou para mim. Apontou na direção dos irmãos que avançavam.

— Hum. Tá bem.

TRINTA E UM

VAI ANÉIS DE CEBOLA AÍ?

Lina

Vocês não me pegaram só para me matar, né? — perguntei aos ocupantes da van. — Porque poderiam muito bem ter deixado aqueles caras fazerem o trabalho sujo.

O motorista e o passageiro que me pegou trocaram um olhar através dos buracos dos olhos da máscara de esqui.

— Ninguém vai ser assassinado — assegurou-me a motorista. As sirenes estavam ficando mais altas atrás de nós. — Melhor se segurar — sugeriu o passageiro. Só então a motorista virou à esquerda com força, me fazendo atingir chão.

— Ai!

— Desculpa.

Para sequestradores, até que eles eram muito educados.

— Ouvi dizer que você está tentando se encontrar com Grim — disse a motorista.

— Isso é um problema ou você é o comitê de boas-vindas? — perguntei, me sentando e me encostando na parede.

A van desviou com tudo para a direita quando a motorista trocou de faixa duas vezes para pegar uma rampa de entrada.

— A barra está limpa — relatou o passageiro.

Ambos tiraram as máscaras de esqui.

— Espera. Não querem ficar com a máscara para que eu não possa identificá-los? Ou estavam mentindo antes quando disseram que não iam me matar?

A motorista era uma mulher com cabelos grossos e naturais que formavam cachos volumosos em volta da cabeça.

— Relaxa — disse ela pelo espelho retrovisor. — Eram para as câmeras de vigilância, não para você.

O passageiro, um cara magro e tatuado, com cabeça raspada e barba loira, pegou o celular e discou.

— Aê. Chegamos em 15 minutos. — Ele desligou, colocou os pés no painel e ligou o rádio.

Coldplay ressoou no veículo.

Eles não me levaram a um armazém frio e abandonado ou a um clube de motociclistas decadente. Não. Meus sequestradores amigáveis me levaram a um Burger King.

A motorista parou em uma vaga de estacionamento e os dois saíram. Um segundo depois, a porta se abriu e o cara fez uma reverência simulada para indicar que eu saísse.

Segui-os para dentro e senti um desejo instantâneo de comer anéis de cebola.

Passamos pelos caixas em direção aos banheiros.

Ali, na última cabine, estava o inigualável Grim. Ele tinha tatuagem dos nós dos dedos ao pescoço. A camiseta cinza que ele usava parecia ter sido selada a vácuo em seu tronco. O cabelo grisalho estava penteado para trás e duro com gel, e ele usava óculos escuros, apesar do dia estar nublado e ele não estar do lado de fora. Ele estava espetando uma salada com um garfo de plástico.

Ele apontou com o garfo para o assento à sua frente e eu me sentei. Com um gesto da cabeça, os meus amigos sequestradores foram dispensados.

— O que posso fazer por você, Investigadora Solavita? — A voz dele era um daqueles barítonos ásperos.

— Em primeiro lugar, você pode me dizer como me encontrou.

Seus lábios se curvaram, achando graça.

— O meu pessoal apenas trouxe a ponta final.

— Que ponta?

— Estávamos observando você e os federais estavam observando o capanga do Hugo. Preciso ficar a par do que se passa no meu território.

— Onde estavam os federais?

— Numa emboscada na loja vazia uma quadra abaixo.

— E eles iam deixar os Baker se esfaquearem na rua?

Ele encolheu os ombros enormes.

— Não perco meu tempo tentando entender por que a polícia faz o que faz. Estou mais interessado no *seu* interesse no assunto.

— Estou procurando algo que Duncan Hugo roubou e deve ter escondido na cidade antes de vazar daqui.

— O Porsche. Um carrão.

— Você é bem-informado, hein?!

— Vale a pena saber o que anda acontecendo nas redondezas.

— Pode me dizer onde encontro esse carro? — aventurei-me.

Grim espetou um tomate com o garfo e o comeu.

— Nunca chegou à loja dele antes das coisas desandarem, e também não apareceu no armazém antes do sequestro. Não sei onde ele o enfiou.

Soltei um suspiro irritado.

— Bom, obrigada pelo seu tempo. Só para que saiba, para fins futuros, o sequestro poderia ter sido uma mensagem de texto ou um e-mail.

Ele empurrou o resto da salada para a borda da mesa. Em segundos, um motociclista apareceu e a tirou de lá.

— Qual é a diversão nisso? — perguntou Grim. — Além disso, tenho algo mais importante do que informações sobre um carro.

— O quê?

— Rumores. Mexericos.

— Eu não mergulhei aquele cara em óleo. Não sei o que há de errado com o telefone sem fio da cidade, mas as fofocas realmente são distorcidas — insisti.

Seus lábios se curvaram de novo.

— Não estou falando disso. Me refiro ao Duncan Hugo que continua andando por aí, planejando grandes jogadas.

Pisquei os olhos.

— O Hugo ainda está aqui? Mas isso seria...

— Burrice? — completou Grim. — Não necessariamente. Não se todos, incluindo o pai, pensarem que ele fugiu do país. Não se ele está tão entocado que ninguém o viu desde que saiu daquele armazém com o rabo entre as pernas.

— Mas por que ele ficaria? Todos, desde o pai ao FBI, estão à procura dele.

— Se você fosse ele, por que ficaria por aqui?

Mordisquei o lábio e pensei nas possibilidades.

— Ou eu sou uma idiota e acho que tudo isso vai passar logo ou...

— Ou — repetiu Grim.

— Merda. Ou vejo isso como a minha oportunidade de assumir o controle da empresa da família. Se eu conseguir me livrar do paizinho, tomo o seu lugar no trono.

Grim assentiu com aprovação.

— Garota esperta. Ele nem sequer precisa entrar em guerra por isso. Pode simplesmente se sentar e esperar que os federais ajam. Tudo o que tem que fazer é amarrar uma ponta solta aqui e ali.

Senti algo estranho na boca do meu estômago.

— Que tipo de pontas soltas?

— Nash Morgan.

Ai, que droga!

Olhei para o meu relógio e depois estremeci.

— Me empresta o seu celular?

TRINTA E DOIS
UM AVISO DE CORTESIA

Nash

Eu queria dar um soco em algo. Qualquer coisa.

Olhei para a direita. Knox ainda estava com os resquícios do olho roxo que dei a ele. Lucian estava à minha esquerda, pernas apoiadas, braços cruzados. Em todos os nossos anos de amizade, nunca lhe dei um murro. Eu também nunca tinha visto ele usar força física. Sabia que ele era capaz. Tinha visto as consequências disso. Mas nunca o tinha visto em ação.

Hoje em dia, ele preferia desencadear essa fúria reprimida da infância de outras maneiras.

Quanto a mim, eu sabia que só havia uma maneira de tirar isso de dentro.

— Aí vêm eles — disse Knox.

O semicírculo de motociclistas grisalhos à nossa frente se separou quando uma moto entrou no estacionamento. Reconheci Grim imediatamente, mas foi a passageira dele que me fez fechar as mãos em punhos.

A moto parou bem à minha frente. Lina soltou os braços da cintura do motociclista e retirou uma perna comprida, desmontando com graciosidade.

Ela mal tinha tirado o capacete antes de eu a puxar para o meu lado e depois empurrá-la para trás do meu corpo.

— Nash...

— Não começa — pedi.

Knox, Lucian e Nolan se aproximaram, e juntos formamos uma barreira entre ela e Grim.

Segundos se passaram enquanto eu o encarava de cima a baixo.

— Me dê um motivo para não te prender agora — rosnei.

— Para começar, salvei sua garota de levar uma sova — disse Grim com presunção.

Assim que ela deixou de dar notícias, eu e o Nolan fomos para o meu carro. Sequer tínhamos saído do estacionamento quando Grave me alertou da ligação para o 190 em Arlington. Eu estava na estrada quando Lina me ligou... do celular do Grim.

Knox e Lucian apareceram na sede dos motoqueiros cerca de cinco minutos depois de mim.

— Senhores, odeio acabar com esta competição emocionante de quem encara melhor — disse Lina. — Mas preciso *muito* fazer xixi e Grim tem informações que está disposto a compartilhar com prazer.

— Vamos resolver isso lá dentro — disse Grim. — Mas sem ele.

Todos os olhos se voltaram para Nolan.

— Um policial já é ruim o bastante. Não preciso de dois empesteando o lugar.

Nolan não parecia gostar dessa ideia.

— Está tudo bem — assegurei-lhe.

— Não faça nenhuma burrice lá dentro — murmurou ele. Assenti.

— E aí, pessoal, o que fazemos enquanto esperamos? Atiramos aros? Jogamos caça-palavras? — perguntou Nolan aos motociclistas restantes enquanto seguíamos Grim para dentro.

Knox agarrou meu braço.

— Tente não ser um idiota cumpridor da lei, está bem? Não quer ter o Grim como inimigo.

Soltei-me de suas garras.

— Tente não dar uma de imbecil lá dentro.

— Vocês dois se comportem — sibilou Lina.

Peguei sua mão e a conduzi para mim. Ninguém se aproximaria dela.

Tinha de admitir, isso não era o que eu esperava da sede de um clube de motociclistas. Em vez de *drywall* manchado de fumaça e piso molhado

com cerveja, o interior do prédio de um andar parecia mais um clube e uma galeria. Os pisos eram de concreto manchado. As paredes alternavam entre branco e cinza-escuro, com telas grandes e caóticas que adicionavam toques brilhantes de cor.

Grim indicou para Lina a direção do banheiro e eu fiquei de guarda do lado de fora enquanto os outros entravam no que parecia ser uma espécie de sala de reuniões.

Quando a porta do banheiro se abriu e Lina saiu, afastei-me da parede.

— Você está bem?

— Estou bem. Juro. Grim e seus lacaios motoqueiros na verdade são muito legais. E, antes que diga alguma coisa, nada disso foi culpa minha.

Toda vez que eu olhava para ela, sua beleza me atingia como um raio. Toda vez que meus olhos a encontravam, algo dentro de mim se iluminava. Eu queria tocá-la, encostá-la na parede, prendê-la e passar minhas mãos por cada centímetro de seu corpo. Porém, se eu fizesse isso, não sabia se teria forças para parar. Por isso, mantive as mãos ao lado do corpo.

— Nash? — pressionou ela.

— Eu sei — falei.

Ela ficou quieta, depois balançou a cabeça em descrença.

— Você *sabe*? O que é que você sabe?

Cerrei os dentes.

— Que não foi culpa sua.

— Vou ser honesta. Não esperava por essa.

— Não significa que eu esteja feliz por você estar nessa situação, para começo de conversa. Mesmo que eu possa dizer que avisei. Porque, porra, eu avisei. E com certeza não significa que eu tenha gostado de não ter ideia do que aconteceu com você depois que você ligou para o 190. E pode apostar cada par de sapato caro que você tem que eu não fiquei nada extasiado ao descobrir que você foi retirada daquela situação por homens com máscaras de esqui.

— Na verdade, a motorista era uma mulher — ressaltou ela.

Mas eu não tinha terminado.

— E eu *sem sombra de dúvida* não gosto nadinha de vê-la pegar carona para um maldito clube de motociclistas na traseira da porcaria da moto de um criminoso conhecido.

— Veja o lado positivo, convencido. Lembra como você odiava não sentir nada? Veja só a gama de emoções variadas que está sentindo agora.

Comecei a esfregar o polegar entre as sobrancelhas e depois parei.

— Acho que quero voltar para o nada.

— Não quer, não. — Seu sorriso suave desapareceu e seus olhos ficaram sérios. — Você precisa ouvir o que Grim tem a dizer. Eu te liguei por um motivo.

Ela tinha me ligado desta vez. E isso mostrava certa importância.

— Vou ouvi-lo, mas não posso garantir que não vou dar um murro nele ou algemá-lo.

— Certeza que o presidente de um clube de motociclismo convidar voluntariamente um oficial da lei para o seu covil é algo importante. Melhor deixar as algemas fora disso — sugeriu ela.

Encontramos os outros numa sala de reuniões sentados a uma longa mesa de madeira com bordas sem acabamento e pernas de metal preto.

Grim estava sentado na ponta com dois de sua equipe atrás de si, um homem branco baixinho e tatuado com peito largo e uma mulher negra alta e esbelta com unhas vermelho-sangue.

Lina acenou para a mulher e ela acenou de volta.

Knox e Lucian estavam sentados do outro lado da mesa à esquerda de Grim. Reivindiquei o assento à sua direita e puxei a cadeira ao meu lado para Lina.

— Vamos acabar com isto. Não me agrada muito ter policiais em minha casa — anunciou Grim.

— Não é moleza para mim também — falei.

Knox revirou os olhos e Lina me chutou debaixo da mesa.

Apertei sua coxa como aviso.

— O que Nash quer dizer é que ele agradece por você compartilhar essa informação — disse Lina.

Grim resmungou.

— O que você sabe? — perguntei num tom ligeiramente mais educado.

— Meu clube tem interesse nas operações de Duncan Hugo desde a sua separação dos negócios da família. Mantemos nossos ouvidos ligados e nossos olhos atentos em incógnitas como aquele idiotinha — começou Grim.

— Especialmente depois que ele decidiu criar uma loja de desmanche no seu território — comentou Knox.

A loja original de Hugo tinha sofrido uma batida policial. Ele montou outra no armazém para onde Naomi e Waylay tinham sido levadas e atormentadas. Foi Grim quem alertou a Knox onde elas estavam sendo mantidas.

Isso, combinado com o fato de Lina estar ilesa, foram os dois únicos motivos pelos quais o meu punho não acertou a cara dele.

— Isso foi um fator — admitiu Grim. — Nosso interesse permaneceu mesmo depois que ele desapareceu. E quando uma certa investigadora de seguros persistente deixou claro que queria falar sobre Hugo, nosso interesse se aprofundou e começamos a ouvir os mexericos.

Não tive paciência para aquele sapateado.

— Que mexericos?

Grim colocou os cotovelos sobre a mesa e uniu as pontas dos dedos.

— A versão oficial por aí é que Duncan Hugo deixou a cidade logo após as coisas darem errado e comprou uma passagem só de ida para o México.

— Qual é a versão não oficial? — falou Lucian pela primeira vez.

— Ele nunca foi embora. Ele se entocou e começou a traçar planos.

— Isso seria muita estupidez da parte dele — disse Knox.

— Os federais continuam atrás dele, tem um delegado federal na minha cola e o Hugo decide ficar por aqui? — questionei. — Não faz nenhum sentido.

— Faz se ele estiver planejando tomar os negócios da família — disse Grim.

Lucian e Knox trocaram olhares.

A mão de Lina encontrou a minha em sua perna e a apertou.

— Estamos falando de uma guerra do crime organizado. Não dá para formar um exército sem que alguém dê com a língua nos dentes. Ninguém age tão silenciosamente assim — falei.

— Não necessariamente — disse Lina. Todos os olhos se dirigiram a ela. — Tudo o que Duncan precisa fazer é ficar quieto até que os federais derru-

bem o pai. Ele não precisa de um exército para isso. Apenas alguns soldados leais para facilitar a organização na transição de poder.

Caralho.

— Os federais sabem disso? — perguntei.

— De acordo com minhas fontes, eles estão recebendo informações anônimas que estão ajudando a construir o caso contra Anthony Hugo — disse Lucian.

Não queria pensar em como o Lucian tinha fontes no FBI.

— Essas informações podem estar vindo diretamente de Duncan — salientou Lina.

— Cacete. — Meu irmão passou a mão pela barba. — Então ele dá informações aos federais sobre a operação do paizinho e, quando o prenderem, Duncan assume o lugar do pai?

— É o que parece.

— Por que os federais não prendem os dois imbecis? — perguntou Knox.

— Anthony Hugo gere um império criminoso há décadas. Seu filho é peixe pequeno em comparação — apontou Grim.

— Ele tentou matar meu irmão — ladrou Knox.

— Os federais fazem acordos o tempo todo para conseguir o que querem. Eles estão loucos para prender o Hugo Pai há anos. Não vão desperdiçar recursos com um reles ladrão de carros, especialmente se ele for um ativo valioso o bastante para eles — disse Grim.

— Então, o que diabos devo fazer com essa informação? — exigi saber.

— Você deve abrir a porra dos olhos — disse Grim. — Se Duncan Hugo decidiu virar chefe da família, tudo o que tem de fazer é se livrar de algumas pontas soltas.

A perna da Lina ficou tensa sob as minhas mãos.

— Que seriam? — perguntei, já sabendo a resposta.

Grim olhou para mim.

— Você. — Então ele voltou o olhar para o meu irmão. — E as suas garotas.

Knox rosnou.

— É bem difícil montar um caso se nenhuma das testemunhas puder falar — disse Grim de forma nefasta.

TRINTA E TRÊS

LIVROS OU TRAVESSURAS

Lina

Eu: *como está minha pesquisadora favorita do mundo inteiro?*

Zelda: *Me deixe em paz, a menos que você tenha mais alguma informação sobre o Cara do Celular Descartável.*

Eu: *Pelo jeito você ainda não o encontrou?*

Zelda: *Até os meus superpoderes têm limites. Sem os registros telefônicos do Hugo ou um nome, ou pelo menos uma descrição, não tenho nada.*

Eu: *Defina nada.*

Zelda: *Tenho uma lista de 1.217 pessoas (856 delas são homens) afiliadas a esse cara, seja por meio de família, escola, esportes ou outros. Isso inclui vizinhos de todos os endereços que encontrei relacionados a ele, balconistas de lojas de bebidas da vizinhança, funcionários do pai (encarcerados ou não), carteiros etc. A não ser que você tenha uma maneira de reduzir a lista, estamos sem sorte.*

Zelda: *Conseguiu pôr as mãos no relatório da cena do crime? Talvez tenha algo lá que ajude.*

Eu: *Não. Nash sumiu do mapa desde a visita de ontem a Motoqueirolândia. E agora tenho de me fantasiar de Nancy Drew.*

Zelda: *Tenho tantas perguntas.*

O EVENTO ANUAL Livros ou Travessuras da biblioteca acabava sendo uma desculpa para Knockemout se reunir para beber e comer no clima do Halloween sem o caos dos doces ou travessuras, que chegaria em breve.

Todo mês de outubro, a rua em frente à biblioteca era fechada por uma noite para dar lugar a uma banda, pista de dança, *food trucks* e, claro, um bar móvel. Os clientes da biblioteca compravam ingressos para a festa, os patrocinadores donos de negócios atormentados por Sloane doavam alimentos e bebidas, e a biblioteca ficava com os lucros.

Infelizmente, os aromas de pipoca com especiarias recém-estourada e cidra não estavam me ajudando a esquecer como eu estava irritada. Nash não só tinha me dado um bolo no jantar da noite passada, como também não me entregou nenhum relatório da cena do crime.

Ele também não tinha ligado, mandado mensagem, ou sequer batido na minha porta para exigir outra festa do pijama. A que eu absolutamente teria dito não.

Segundo os boatos de Knockemout, ele, Knox, Nolan e Lucian estavam enfurnados no escritório secreto de Knox.

Isso era grandioso porque, até o momento, Naomi tinha sido a única pessoa a quem Knox permitira entrar em tal terreno sagrado.

Claro, os boatos também vinham com teorias sobre por que os quatro amigos improváveis estavam confinados. Eles incluíam a eliminação secreta de um corpo, um jogo de pôquer de apostas altas com duração de vinte e quatro horas ou — o meu favorito — Knox tinha enfim irritado Naomi com os arranjos florais e agora estava aguardando a ira da noiva passar.

Mas eu estava certa de que sabia a verdade. Os homens estavam montando estratégias e me deixaram de fora.

Tá bem, sim. Eu preferia fazer as coisas sozinha. E, sim, não gostava de trabalhar em equipe. Mas eu já estava envolvida. Eu era a responsável por uma investigação ativa. E aqueles quatro machos patetas *ainda assim* não pensaram em me incluir.

Percebi que tinha amassado o papel na minha mão.

— Hã, aqui está o seu recibo. Desculpa ter amassado. Obrigada por sua doação — eu disse, entregando o papel amarrotado para Stasia. A cabeleireira do Whiskey Clipper tinha acabado de doar uma sacola enorme de livros de capa dura para a arrecadação de livros da biblioteca.

— Você está bem, Lina? — perguntou ela, enfiando o recibo na bolsa. Droga. Eu precisava melhorar minha cara de paisagem.

— Estou bem — insisti.

— Se estiver preocupada com Knox e companhia, não fique — disse ela. — Ouvi dizer que eles estão tendo aulas secretas de dança de salão para surpreender Naomi no casamento.

Abri um sorriso.

— Sabe o que ouvi? — Fiz uma pausa e olhei para os dois lados antes de me debruçar sobre a mesa.

Stasia também se debruçou.

— O quê? — sussurrou ela.

— Ouvi dizer que eles estão coreografando um *flash mob*. Algo que envolve calças que dá para rasgar.

— Ai. Meu. Deus. Mal posso *esperar* por este casamento!

Alguns minutos depois, fui liberada dos meus deveres na seção de doação de livros por Doris Bacon da Bacon Stables, que viera fantasiada de Encantadora de Cavalos.

Decidi que merecia um copo de vinho aromatizado pelo meu serviço comunitário. E, uma vez que o bebesse, iria ao escritório de Knox e bateria na porta até que os Quatro Idiotas do Apocalipse me deixassem entrar.

Eu tinha acabado de pegar o vinho quando uma loira bonita vagamente familiar parou na minha frente.

— Lina? Lina Solavita? É a Angie do ensino médio.

Angie Levy, a segunda maior artilheira do meu time de futebol e a razão pela qual comecei a ser chamada de Lina no ensino médio, porque era confuso ter duas Angies no time. Ela era um gênio da biologia que levava metade do time para tomar sorvete no Ford Excursion de segunda mão do pai. Ela vivia de Coca-Cola *diet* e biscoitos de manteiga de amendoim.

Ela estava mais velha agora, mais bonita também. Seu cabelo loiro, antes longo, agora estava cortado em um chanel bem mais curto na parte de trás. Ela usava jeans, caxemira e um diamante robusto na mão esquerda.

— Angie? O que faz aqui? — perguntei, estupefata.

— Meu marido e eu trabalhamos em D.C. O que você faz aqui?

— Estou apenas... de passagem — enrolei.

— Você está incrível! — disse ela, abrindo os braços como se estivesse prestes a me abraçar.

— Obrigada — falei, afastando-me do abraço e gesticulando com minha taça de vinho. — Você também.

— Não. Sério. Está maravilhosa. Deslumbrante mesmo.

Isso vindo da garota que cancelou meu convite permanente para as festas do pijama na casa dela.

— Obrigada — repeti.

Ela balançou a cabeça e sorriu, mostrando aquela covinha há muito esquecida.

— Estou eufórica. Desculpa. É que pensei em você tantas vezes ao longo dos anos.

Eu não conseguia pensar em um único motivo para isso. Ela e o resto do time, minhas outras amigas, tinham basicamente me abandonado.

Não era como se válvulas cardíacas defeituosas fossem contagiosas, mas estar ligado a mim era aparentemente mortal para a reputação de adolescentes.

— Mãe! — Um garoto com cabelo bem ruivo e milkshake manchando o casaco se lançou no meio da nossa conversa. — Mãe!

Angie revirou os olhos, mas de alguma forma o fez com carinho.

— Ei. Lembra aquela conversa sobre boas maneiras que tivemos ontem e no dia anterior e no dia anterior a esse? — perguntou ela.

O revirar dos olhos do menino era uma cópia exata do de sua mãe. Ele deu um suspiro como se estivessem cansando a beleza dele antes de se virar para mim.

— Oi. Me chamo Austin. Desculpa interromper.

— É um prazer conhecê-lo, Austin — falei, sem conseguir conter um sorriso.

— Massa. — Ele se voltou para a mãe. — *Agora* posso fazer a minha pergunta tão importante que vale a pena interromper?

— Manda — disse Angie.

Ele respirou fundo.

— Tá, o Davy disse que não tinha como eu vencê-lo no jogo de dardos com balões. O que é uma grande estupidez, porque eu atiro coisas melhor do que ele. Só que eu não fui tão bom na primeira rodada porque ele me enganou e fez cócegas em mim. O que *não* é justo. E preciso de uma revanche.

— Então você precisa de mais do que os dez dólares que eu lhe dei no carro que vieram com um aviso explícito de não pedir mais, porque você não ia tirar outro dólar de mim — resumiu Angie, lançando-me um olhar divertido.

Ele assentiu com entusiasmo.

— Sim!

— Por que não pediu ao seu pai?

— Ele está num desempate com Brayden no Acerte a Toupeira.

Angie fechou os olhos e depois olhou para o céu noturno.

— É demais ter pedido um pouco de estrogênio em minha casa? — perguntou ela ao universo.

— Mãe — disse Austin com um gemido desesperado.

— Você tirou o lixo ontem à noite?

— Sim.

— Fez toda a lição de casa para segunda-feira?

— Aham.

— E está disposto a arrancar as ervas daninhas do canteiro da frente sem reclamar ou pedir mais dinheiro?

Ele assentiu com ainda mais vigor.

— Vou até dobrar minha própria roupa durante a semana.

— Cinco dólares — disse Angie, pegando a carteira na bolsa.

— Isso! — Austin jogou o punho no ar, vitorioso.

Ela estendeu a nota, mas a puxou de volta quando o filho fez menção de pegar.

— Espera, espertinho. Quando Davy for lançar o dardo, acene e diga "Oi, Erika!".

Austin franziu a testa.

— Por quê?

— Porque seu irmão tem uma quedinha por ela e vai se distrair.

Ela estendeu a nota de cinco dólares outra vez.

O menino a arrancou da mão da mãe, seu rosto sardento se iluminando.

— Valeu, mãe! A senhora é a melhor.

Vi-o correr para a multidão, segurando o dinheiro triunfante sobre a cabeça.

— Desculpa por isso. A minha vida inteira na última década não passou de interrupções — disse Angie. — Três meninos que vão para a cama todas as noites e acordam com os bons modos apagados da mente, então você tem que ensinar os bebês selvagens das cavernas todas as manhãs de novo. Enfim. O que é que eu estava dizendo?

— É melhor eu ir andando — falei, procurando uma fuga.

— Ah! Já sei. Estava dizendo que andei pensando muito em você.

E voltamos à torta de climão.

— Ah. Sim. Isso — eu disse.

— Sempre me arrependi de não me esforçar mais para me aproximar após... Você sabe.

— Minha parada cardíaca na frente de metade da cidade? — completei de forma leviana.

A covinha surgiu de novo.

— Sim, isso. De qualquer forma, mesmo em meio ao meu narcisismo adolescente, eu sabia que deveria ter me esforçado mais. Devia ter feito você me deixar ficar ao seu lado.

— Te deixar? — Os meus ombros ficaram tensos. — Olha, isso foi há muito tempo, e eu superei. Não vou culpar um bando de adolescentes por não quererem sair com a "garota morta".

— Urgh. Se eu fosse a mãe do Wayne Schlocker, teria deixado aquele garoto de castigo até ir à faculdade.

Wayne era atlético, um presente de Deus para as meninas e o futebol. Não me surpreendeu que tivesse sido ele a inventar o apelido.

— Você sabe que a Cindy deu um soco nele no meio do refeitório por isso, né? E aí a Regina esguichou uma garrafa inteira de ketchup nele. O time inteiro passou a chamá-lo de Wayne Titica de Galinha depois disso.

— Sério?

— Claro que sim. Você era nossa amiga e estava no hospital. O que aconteceu nunca foi motivo de piada para nós.

Eu tinha que perguntar. Eu precisava da resposta para o meu primeiro mistério não resolvido.

— Então por que vocês simplesmente desapareceram?

Angie inclinou a cabeça e me deu um olhar de mãe.

— Não desaparecemos. Pelo menos não a princípio. Não lembra? Fomos lá todos os dias enquanto você se recuperava. No hospital, depois na sua casa.

Lembrei-me vagamente de hordas de garotas adolescentes chorando, depois rindo no meu quarto de hospital e depois no meu quarto em casa. Mas as hordas ficaram cada vez menores até que não houve mais nenhuma visita.

— Sabe de uma coisa? Não é importante. Aconteceu há muito tempo.

— A culpa é minha. A Angie adolescente esperava que a Lina adolescente desse a volta por cima. Voltasse ao normal — admitiu ela.

Mas o normal não foi o que o futuro reservou para mim. Não por anos depois disso.

— Eu meio que também esperava isso — admiti.

— Em vez do "normal" que eu esperava, você se fechou. O que agora, depois de Austin, compreendo. Eu não compreendia na época. Nem as outras garotas. E, por não termos entendido, nós deixamos você nos afastar.

Outra memória veio à tona. Angie e nossa amiga Cindy deitadas na minha cama, folheando revistas, debatendo quanto decote era demais para um baile da escola. Eu sentada na janela com ataduras no peito sabendo que não só não mostraria a pele, como também não iria ao baile.

Em vez disso, viajaria para ver um especialista.

Pior ainda, ninguém tinha me convidado para o baile.

"*Jesus, é só com isso que vocês idiotas se preocupam?*" Eu tinha esbravejado para elas. "*Encontros e fita adesiva para os seios? Será que não veem como isso é fútil?*"

Estremeci diante da memória há muito escondida.

Eu me sentira abandonada, mas não aceitara a responsabilidade pelo meu papel nisso. Praticamente expulsara minhas amigas da minha vida.

— O que aconteceu com Austin? — perguntei.

— Leucemia — disse ela. — Ele tinha quatro anos. Está com sete agora, ainda faz quimioterapia de manutenção. Mas o garoto é incrível, exceto por ser um babaca com os gêmeos. Eu tive esse momento de revelação durante um dia que forçamos Austin a ir brincar com um coleguinha. Meu marido e eu estávamos tentando levar a vida do jeito mais "normal" possível.

— Meus pais seguiram o caminho oposto — falei com sarcasmo.

— Me lembro disso. A pobrezinha da sua mãe espiava o seu quarto a cada 15 minutos quando estávamos lá. Achei sufocante demais na época. Mas agora? — Ela expirou pela boca. — Não sei como ela conseguia se conter. Achei que o perderíamos. E, por alguns minutos, a sua mãe realmente te perdeu.

— Bom, fico feliz que seu filho esteja melhor — falei, sentindo-me desconfortável em vários sentidos.

— Com a ajuda dos amigos dele. Ele e seus dois melhores amigos estavam do lado de fora jogando pedras no riacho. Algo o chateou e Austin deu um chilique memorável. Chamou os meninos de tudo que é nome. Disse que não queria mais brincar com eles. E sabe o que fizeram?

— Começaram a atirar pedras uns nos outros?

Angie sorriu e fez que não. Seus olhos brilharam.

— Aqueles bobalhões o abraçaram. — Uma lágrima escorregou por sua bochecha. Ela a limpou apressadamente. — Eles disseram que estava tudo bem ele se sentir mal e que eles seriam seus amigos, não importa o quanto ele se sentisse mal.

Senti meus olhos arderem.

— Caramba.

— Urgh. Pois é. Ninguém imaginaria que os meninos teriam mais maturidade emocional do que meninas adolescentes, mas eles tiveram. — Angie enxugou outra lágrima. — Seja como for, essa foi uma virada de chave para Austin. Ele parou de resistir tanto aos tratamentos. Suas birras ficaram cada vez mais espaçadas. E ele começou a curtir o "normal" de novo. Foi quando percebi o quanto havíamos estragado esse momento crucial para você. Não nos esforçamos. Não aceitamos as partes ruins e não fomos pacientes o suficiente para esperar que as coisas voltassem a ficar boas. E, por isso, lamento

imensamente. O que aconteceu a você não foi justo e a forma como lidamos com isso também não. Mas, por sua causa, pude ser uma mãe melhor para o meu filho quando ele mais precisou de mim.

Eu não podia piscar, porque, se o fizesse, as lágrimas escapariam e causariam estragos ao delineado nos meus olhos.

— Uau — consegui dizer.

Angie tirou lenços da bolsa de mãe.

— Aqui — disse ela, oferecendo-me metade.

— Obrigada. — Peguei e enxuguei com batidinhas nos olhos.

— Bom, eu não esperava fazer isso esta noite — disse ela com uma gargalhada.

— Eu também não. — Assoei o nariz e tomei um gole de vinho.

Um belo ruivo de boné se aproximou.

— Querida, os meninos me enganaram... Ai, merda. — Ele olhou para Angie, depois para mim e depois para Angie. — Este é um momento "preciso de um abraço e uma bebida agora mesmo" ou um momento "bolinho de chuva resolve"?

Angie soltou uma risada chorosa.

— Sem dúvida bolinho de chuva.

— Pode deixar — disse ele, apontando para ela com as duas mãos. — Te amo. Você é linda. E eu e os meninos temos muita sorte em tê-la.

— Açúcar de confeiteiro extra — gritou Angie depois que ele se afastou. Ela se voltou para mim. — Era o meu marido. Ele é ótimo.

Imaginei.

— Posso te dar um abraço agora? Ou, acho que, mais precisamente, você pode me dar um abraço? — perguntou ela. Hesitei por alguns segundos e depois decidi.

— Sim.

Abri meus braços e ela foi direto neles. Era estranho como não era estranho abraçar uma velha amiga que eu pensava ter perdido. Surgiram dezenas de recordações de tempos melhores e percebi o quanto eu as devia ter escondido bem lá no fundo da mente.

— Ei, Lina! Chega aqui. Precisamos de você na cabine de fotos — gritou Sloane na calçada. Ela estava fantasiada de Robin Hood, e a pena comprida em seu boné de feltro verde já estava quebrada.

— Rápido antes que meus dedos fiquem congelados — chamou Naomi, sacudindo um milkshake batizado para mim.

Ela estava fantasiada de Elizabeth Bennet de *Orgulho e Preconceito* num vestido de cintura imperial com decote impressionante.

— Ou antes de a gente começar a seduzir os rapazes — acrescentou Sloane. Com a deixa, Harvey, o motociclista, correu até elas e começou a dançar.

Ri e soltei a Angie.

— Preciso ir.

— Sim, eu também. Quem sabe o que os gêmeos fizeram o meu marido fazer.

— Gêmeos? Tadinha — provoquei.

— Ninguém merece. Nunca faça isso — brincou ela. — Enfim, moramos a 45 minutos daqui. Acha que posso te dar o meu número e a gente se encontrar em algum lugar que não permita crianças?

— Gostei da ideia.

— Foi muito bom te rever. Fico feliz que encontrou amigas de verdade — disse Angie com aquele sorriso de mãe orgulhosa.

Trocamos nossos números e seguimos caminhos separados.

Submeti-me a duas rodadas de fotos na cabine fotográfica e experimentei o milkshake da Naomi. Sloane me entregou uma cópia das fotos e rimos das palhaçadas registradas.

Amigas de verdade. Foi assim que Angie se referiu a elas. Naomi e Sloane aceitavam todas as minhas partes, incluindo as menos perfeitas.

Será que eu ainda mantinha as pessoas à distância? E será que era hora de mudar?

— A gente deveria dançar — anunciou Sloane.

— Não sei se consigo. Este forro reforçado dificulta a respiração — disse Naomi, mexendo nos reforços sob os seios.

Tive uma sensação de formigamento entre as omoplatas. Apenas duas coisas criavam essa sensibilidade: encrenca e Nash Morgan.

Virei-me e encontrei Nash com Knox, Nolan e Lucian ao seu lado, aproximando-se como uma equipe de sentinelas estoicos imunes à alegria à sua volta. Quanto mais perto eles chegavam, mais rápido meu coração batia.

Naomi se atirou nos braços do Knox. Seus olhos se fecharam quando ele enfiou o nariz e a boca no cabelo dela e suspirou. Sloane olhou para Lucian como se ele fosse o xerife de Nottingham antes de sorrir e acenar para Nolan.

Enquanto isso, fingi não notar o olhar de Nash me perfurando.

— Estava com saudades — disse Naomi quando Knox a soltou. — Está tudo bem?

— Apenas resolvendo uns negócios. Não queria te preocupar, Daze — disse Knox quase com ternura.

— Vocês não estavam escondendo um corpo de verdade, estavam? — brincou ela.

— Angelina — disse Nash baixinho. Seu olhar percorreu meu corpo. — Está fantasiada de quê?

— Estou de Nancy Drew e você está atrasado. — Coloquei as mãos no quadril e tentei decidir se ia gritar com ele ou ignorá-lo quando o universo me deu a resposta. A banda começou a tocar *That's My Kind of Night*, de Luke Bryan, e de repente eu não queria nada mais do que me afastar dali.

— Vamos dançar. — Puxei Sloane, que puxou Naomi, e nos afastamos, com os homens nos encarando.

— Não sei os passos — disse Naomi.

— É fácil — prometi, arrastando minhas amigas para o centro da multidão de dançarinos que formavam uma fila. — Além disso, com esses peitos, ninguém vai ligar se você errar um passo. Basta acompanhar.

Ficamos entre Justice e Tallulah St. John à esquerda e Fi e seu marido à direita.

Imprensando a Naomi entre nós, Sloane e eu entramos em sintonia com os demais dançarinos.

Eu me apaixonei por dança country aos vinte e poucos anos, graças a um bar caipira perto da faculdade. A música country ainda me lembrava dos primeiros anos de liberdade em que eu pude ser apenas uma garota na pista de dança e não um milagre médico.

Estávamos rodeadas de calças jeans, couro e um desfile de fantasias de Halloween. O som de botas ecoava no asfalto. As cores desfocavam à medida

que rodopiávamos. Esqueci Duncan Hugo. Nash Morgan. O trabalho e o que vinha depois. Concentrei-me no riso da Naomi, no brilho platinado do rabo de cavalo da Sloane enquanto dançávamos.

Mas havia um limite de tempo em que eu poderia me esquecer do mundo real. Especialmente com aqueles olhos azuis fixos em mim.

Toda vez que eu girava, meu olhar era atraído para Nash e companhia em pé à beira da multidão, com pernas abertas e braços cruzados. Juntos, eles formavam uma barreira de masculinidade tão atraente que chegava a ser injusto. Deveria ser contra as leis da natureza permitir que tantos espécimes perfeitos de macho alfa ocupassem o mesmo território.

Todos estavam franzindo a testa.

— Por que eles estão nos encarando? — reclamei entre os passos das botas.

— Ah, aquela é a expressão de felicidade do Knox — insistiu Naomi, errando o passo antes de ir para o lado certo.

Sloane bateu palmas com a multidão no momento certo

— Aquela é a cara de idiota do Lucian.

Os dançarinos gritaram quando a música chegou ao fim. Mas assim que a fila se desfez, a próxima música começou e Justice me tirou para dançar, fazendo-me girar para longe e depois me trazendo de volta. Rindo, dançamos dois para lá, dois para cá, até Tallulah aparecer. Justice me girou para longe de novo e começou a dançar com a mulher. Ri com gosto quando outros braços me encontraram. Era Blaze, metade do meu casal de motoqueiras lésbicas favorito.

Juntas, dançamos com entusiasmo, cantando junto com a multidão. Mal ouvi o grito indignado por cima do coro. Mas não havia como não ouvir o estridente:

— Tire as mãos de cima de mim, seu canalha.

Blaze e eu paramos na pista de dança, e vi Sloane mostrando os dentes e tentando se desvencilhar de um dos amigos de Tate Dilton.

TRINTA E QUATRO
INEVITÁVEL

Lina

Ele era um cara grande e suado que claramente tinha bebido mais cerveja do que deveria. Também não parecia alguém que gostasse de ler, e eu chutaria que tinha entrado de penetra na festa.

Abri caminho na multidão.

— Mandei você se afastar — rosnou Sloane quando cheguei ao seu lado.

— Aonde vai, querida? — disse o grandalhão, mostrando com o sorriso um dente canino dourado. Ele tentou executar algum tipo de passo de dança, mas só conseguiu torcer o braço de Sloane e derrubar os óculos do rosto dela.

— Chega! Se toca, micropênis — vociferei, inserindo-me entre eles e soltando sua mão do braço da Sloane.

A atenção dele se concentrou em mim.

— Por que você mesma não toca, querida? — sugeriu ele com a voz arrastada. Ele agarrou meu pulso com um aperto pungente e estupidamente o puxou em direção à sua virilha.

— Eu não faria isso a menos que você tenha licença médica suficiente para uma operação de recuperação de testículos — falei, lutando contra o puxão para baixo.

— Olha só! Gosto quando elas são esquentadinhas — disse o Senhor Escolha Estúpida Bebum, torcendo meu pulso dolorosamente e deixando-se desprotegido. — Está fantasiada de quem?

Fechei a mão livre.

— Advinha — falei, dando corda. Mas, em vez da conexão satisfatória da junta dos meus dedos com a cara dele que eu esperava, eu me vi livre de suas garras e no ar graças ao braço forte que envolveu minha cintura.

— Ei! — gritei.

— Segura ela. — Ouvi o comando conciso quando o chefe Nash Morgan me entregou ao irmão.

— Me solta! — exigi, lutando para me soltar de Knox.

Em meio à minha fúria, notei que Lucian segurava Sloane de forma semelhante. O homem estava lançando um olhar mortal em direção ao Motociclista Grande Tapado.

— Você resolve? — perguntou Knox ao Nash enquanto prendia meus braços ao lado do meu corpo antes que eu pudesse voltar à briga. Os Morgan eram teimosos *e* fortes.

— Resolvo.

A frieza na voz de Nash e o gelo em seus olhos azuis me fizeram ficar quieta. Nunca o tinha visto tão furioso.

Ferido? Sim.

Entretido? Claro.

Encantador? Sem dúvida.

Estupidamente teimoso? Mil vezes sim.

Mas a máscara gélida de raiva de agora era algo novo.

Sem dúvida tinha algo errado comigo, porque aquele olhar em seu rosto me deu tesão. Um tesão do tipo "deem uma calcinha nova a ela".

Eu me debati uma última vez, mas era impossível me livrar de Knox.

— *Eu* queria dar um soco nele — choraminguei.

— Entre na fila, Leens — disse Knox.

Havia uma fila, percebi. Nash estava na frente, Nolan logo atrás, seguido por Lucian, que ainda segurava Sloane. Knox e eu éramos os últimos.

— Você está preso. — A voz de Nash entoou com autoridade.

— Preso? Um soco nele teria sido bem mais satisfatório — reclamei.

— Seja paciente — disse Knox.

Sloane lutou contra as garras de Lucian.

— Se não tirar as mãos de mim, eu vou...

—Vai o quê? — interrompeu-a Lucian. — Chutar meu tornozelo e me xingar?

Ela rosnou em resposta.

— Não é melhor entregar a Sloane ao Graham? — sugeriu Knox tardiamente.

— Não — disse Lucian, com a voz mais fria que um iceberg.

— Você não pode me prender! Eu não fiz nada — choramingou o Bafo de Pinga.

Naomi apareceu ao nosso lado com um saco de pipocas na mão.

— Acho que você pode soltá-la agora, viking — disse ela.

— Daisy, sei que é o que você acha. Mas esta não é primeira vez que lido com a Lina Barraqueira. Se a soltar, ela vai começar a quebrar caras.

— Ah, fala sério! Só aconteceu uma vez — cuspi, renovando as tentativas de me soltar.

— Duas vezes — argumentou ele, apertando mais os braços ao meu redor. — Você está esquecendo o nariz daquele idiota em Pittsburgh.

Consegui espaço suficiente para dar uma cotovelada no estômago dele. Infelizmente, seu abdômen firme causou mais danos ao meu cotovelo do que o contrário. Qual era a dos homens desta cidade e seus músculos?

— Ai! Droga! Foi você que o atirou pela janela.

— Porra, Lina! Acalme-se — rosnou ele.

— Querido, você sabe que isso não funciona com mulheres, né? — disse Naomi, pegando um punhado de pipoca.

— Knox, se não me soltar, vou começar pela *sua* cara — avisei.

— Você encostou em duas mulheres que deixaram claro que não consentiam — disse Nash ao rosto impune do motociclista. — Está preso.

— Qual é o problema aqui?

— Cacete — murmurou Knox enquanto Tate Dilton se metia na situação.

— É, melhor me soltar agora — sibilei.

— Eu resolvo — disse Nolan por cima do ombro.

— Isso não tem nada a ver com você, Dilton — disse Nash, com a voz repleta de autoridade.

Dilton zombou.

— Me parece que você está abusando do seu poder. Alguém tem que defender o que é certo.

— E você sequer sabe o que é certo? — perguntou Nash.

— Aqui vamos nós — murmurou Knox. Ele me levantou e me entregou ao Harvey, o motoqueiro gigante com braços da largura da minha cabeça. — Segura isso.

— Claro, Knox. Como vai, Lina? — perguntou Harvey enquanto envolvia aquelas sucuris tatuadas ao meu redor. Consegui chutar a bunda do Knox quando ele se afastou, mas apenas de raspão, o que fez pouco para acalmar meu temperamento.

Lucian depositou Sloane ao lado de Naomi.

— Saia daqui e vai se ver comigo — advertiu ele, pairando sobre ela com um dedo levantado.

— Não enche, Lúcifer.

Knox e Lucian tomaram suas posições ao lado de Nash e Nolan.

— Tenho certeza de que é você quem está sendo investigado por abuso de poder, otário — disse alguém da multidão para Dilton.

— Cale essa sua boca suja e mentirosa ou eu calo por você — grunhiu ele.

Ele estava bêbado, o que o tornava bem mais perigoso. Notei que o sargento Hopper e outro oficial se aproximavam por trás da primeira linha de defesa, prontos para intervir, se necessário. Percebendo que eu não teria a oportunidade de vingar Sloane ou a mim mesma, amoleci o corpo de encontro ao Harvey.

Ele me soltou, depois deu um tapinha na minha cabeça antes de ir ficar ao lado de Hopper.

Irritada, juntei-me a Naomi e Sloane. Nossa vista estava restringida pelo círculo de moradores de Knockemout que apoiavam Nash.

— Vamos — eu disse, avistando uma mesa de piquenique abandonada.

— Mas Lucian disse à Sloane para não sair daqui — disse Naomi, levantando a bainha do vestido.

— Lucian que se foda — disse Sloane, e me seguiu.

Nós três subimos na mesa.

— Certeza que ele quer é fazer isso com você — presumi.

Ela ignorou meu comentário e olhou para a multidão.

— Só consigo ver borrões irritados.

— Vamos pegar seus óculos assim que Nash terminar de falar com esses idiotas até os ouvidos caírem — prometi.

Naomi balançou a cabeça.

— Ah, ele não está falando com eles até os ouvidos caírem. Está os despistando com uma falsa sensação de complacência. Vê só.

— Tate? — Uma loira linda à beira da multidão torceu as mãos.

— Volte para o carro, Melissa — disse Dilton.

— A mãe ligou. Ricky está com febre...

— Volte para a porra do carro!

A mulher se afastou, desaparecendo na multidão.

— Você está preso, Williams — disse Nash ao cara que agarrou Sloane. — Tem direito a um advogado.

Mas Nash não pegou algemas e também não assumiu uma posição defensiva. De onde eu estava, podia ver Williams se preparando para fazer algo muito burro. Ele esperou até Nash quase terminar de ler seus direitos antes de agir.

Assisti em câmera lenta o punho do homem se chocar com o rosto de Nash. Um suspiro bem feminino escapou de mim quando a sua cabeça foi para trás com a força do golpe. Mas ele não cambaleou e não levantou as mãos para se defender.

Fiz menção de saltar da mesa, mas Naomi me impediu. Ninguém mais na multidão tinha movido um músculo.

— O que diabos ele está fazendo? — sibilei. — Nash simplesmente deixou aquele cara bater nele.

— Tem todo um motivo — disse Naomi. — Se ele for atingido primeiro, é autodefesa e, de acordo com Lucian, as despesas legais são menores.

— Além disso, conta como resistência à prisão — acrescentou Sloane.

— Ora, acredito que Bronte Williams acabou de agredir um policial enquanto resistia à prisão — gritou Harvey com as mãos em concha.

— Foi o que vi — concordou uma mulher com camisa de flanela.

— Eu também.

— Não me sinto seguro com esta atividade criminosa se desenrolando diante de mim. Talvez tenha de me defender.

Um coro de concordância ecoou da multidão.

— Perdeu sua chance. Agora dê meia volta e coloque as mãos atrás das costas ou tente essa gracinha de novo — disse Nash a Williams.

Williams e Dilton trocaram um olhar e depois atacaram ao mesmo tempo. Williams se voltou para bater em Nash e viu sua cara ser acertada em cheio pelo punho do chefe da polícia irritado. Ele caiu como uma bigorna. Sem oscilações. Sem tropeços. Um soco e ele cambaleou para trás, inconsciente antes de cair na pista. Foi lindo.

— Isso! — comemorei, jogando meu braço no ar em vitória.

O punho de Dilton atingiu a mandíbula do Nolan. Nolan cuspiu, então sorriu enquanto erguia os próprios punhos.

— O que está acontecendo? O borrão rechonchudo deu um murro no Nash? Quem são os outros dois borrões? — quis saber Sloane.

Naomi narrou tudo para Sloane conforme Nolan dava dois socos na cara de Dilton que fizeram com que o homem cambaleasse para trás e tropeçasse nos próprios pés. Ele caiu com tudo de bunda, fazendo a multidão rir.

Acabou rápido assim.

— Belo soco, Nolan — gritou Sloane.

— Violência te dá vontade de quebrar sua regra de três encontros? — brincou Naomi.

Em pouco tempo, Hopper e o outro oficial estavam carregando os dois idiotas ensanguentados e algemados para a cela da viatura. Williams estava um pouco grogue com sua recente viagem à terra dos sonhos, e me senti vingada quando Dilton uivou de dor ao encostar o traseiro no assento.

Notei Lucian parar no meio da rua para pegar algo do chão. Ele olhou o objeto com atenção, depois o enfiou no bolso. Seus olhos examinaram a multidão, depois se estreitaram quando nos viu na mesa de piquenique.

— Uh-oh — sussurrou Naomi.

— Uh-oh o quê? — quis saber Sloane. — Não vejo nada!

— Lucian está vindo na nossa direção — falei.

— E ele parece *bravo* — acrescentou Naomi.

Sloane bufou.

— Fala sério. Ele está sempre com essa cara. É um caso permanente de TPM.

— Hã, não. Tenho de concordar com a Naomi. Parece que ele quer matar alguém e esse alguém pode ser...

— Mandei não sair do lugar — vociferou Lucian para Sloane.

— E mandei você ir se foder. Acho que nem eu nem você somos obedientes — disse ela, aproveitando a vantagem de estar acima dele.

— Ih, caramba — sussurrou Naomi, inclinando seu saco de pipoca na minha direção.

Peguei um punhado.

Lucian pegou os braços da Sloane e a tirou da mesa. Ela gritou, depois se debateu quando ele a segurou ao nível dos olhos por apenas um instante antes de colocá-la no chão.

— Adoro quando um cara consegue fazer isso — comentei.

— Tenha mais cuidado — rosnou Lucian. O homem era 30 centímetros mais alto do que ela e usou essa altura para pairar sobre a mulher.

Sloane, no entanto, tinha zero intenção de ser intimidada.

Fogo ardeu em seus olhos quando ela se aproximou até a ponta dos sapatos dos dois se encostarem.

— Certo. Porque dançar é uma provocação. Eu estava basicamente *pedindo* para um idiota bêbado pôr as mãos em mim.

Naomi mastigou alto ao meu lado.

— Se não quer que eu me envolva, pare de tornar isso impossível — grunhiu ele.

— Que fique claro, Lucian. Não quero que chegue nem perto de mim. Então, pode parar de fingir que se importa. Nós dois sabemos a verdade.

— Caraca — sussurrei, pegando mais pipoca. — Os olhos dele mudaram de cor e ficaram mais perigosos?

— Ah, com certeza — concordou Naomi.

— Ele parece querer tirar um pedaço dela — observei. Era um milagre nenhum deles estar se contorcendo no chão depois de ser eletrocutado pelas faíscas que disparavam um contra o outro.

— Pois é, né? Não acredito que eles ainda não rasgaram a roupa um do outro e treparam para extravasar a raiva.

— Quando chegarem a esse ponto, aposto que o eixo da Terra vai mudar e nos mandar para o espaço — previ.

Nash roubou nossa atenção do impasse na mesa de piquenique, batendo palmas no meio do que tinha sido a pista de dança.

— Beleza, pessoal. Ainda é uma festa. O que estão fazendo parados?

Ele deu à banda um sinal impaciente e eles imediatamente começaram *Die A Happy Man* de Thomas Rhett.

Knox apareceu à nossa frente. Com um puxão na mão de Naomi, ele a fez cair por cima do seu ombro.

— Vamos, Daisy. — Ele colocou a mão na bunda dela e a carregou rindo para a pista de dança.

Outros casais se juntaram a eles. Eu estava sozinha na mesa de piquenique, pensando que precisava de outra bebida, quando alguém segurou meu pulso. Nash Morgan olhou para mim.

— Desça — ordenou. Seu olho estava inchado do soco do Williams e havia uma gota de sangue seco no canto de sua boca. Duas de suas juntas estavam cortadas e sangrando. Ele parecia tão heroico que eu teria desmaiado... se o restante dele não fosse tão irritante.

— Estou bem aqui...

Ele se movimentou rápido para um cara que ainda estava melhorando de ferimentos de bala. Antes que eu pudesse impedir, ele me tirou da mesa e me colocou no chão em frente a ele.

— Não vou dançar com você — eu disse enquanto suas mãos se assentavam na minha cintura.

— É o mínimo que pode fazer depois dessa confusão — disse ele enquanto juntava meu quadril ao seu. Aqueles olhos azuis estavam em chamas e eu me perguntava se minha calcinha corria o risco de pegar fogo.

— Você não parece querer dançar comigo — comentei quando meus braços envolveram o pescoço dele.

— O que parece que eu quero?

— Me estrangular.

— Ah não, Angel. Estava pensando numa coisa bem pior.

Pela primeira vez na minha vida, eu não tinha intenção de cutucar a onça com vara curta. Eu tinha visto muito dele, sentido muita coisa por ele também. Eu estava à beira de um precipício do qual não queria me jogar.

Nós nos balançamos de um lado para o outro conforme a batida da música, sem quebrar o contato visual. Ele me puxou para mais perto enquanto eu usava os cotovelos para afastá-lo, cada um aplicando cada vez mais força.

— Como está seu rosto? — perguntei quando meus braços começaram a tremer.

— Dói.

— Eu estava dando conta, sabe. Eu mesma poderia ter dado o soco — falei quando meus cotovelos perderam a batalha e ele me encostou no peito. Mais uma vez, Nash Morgan tinha se aproximado demais para o meu gosto.

Ele traçou a ponta do nariz no contorno da minha orelha.

— Sei que poderia, linda. Mas eu estava em posição de causar mais danos.

— Claramente você nunca levou um soco meu.

Estávamos nos balançando bem encostadinhos. Meus cotovelos estavam em seus ombros, minhas mãos atrás de seu pescoço.

— Williams tem uma mandíbula frágil. Todo mundo sabe disso. Só precisa acertar o lugar certo e ele cai no chão como uma maria-mole. Acerte lá após ele agredir um oficial quando já teve duas acusações semelhantes e a situação se resolve bem rápido.

Recuei para olhar para a cara dele.

— Tá. Talvez eu esteja um pouco impressionada.

— Com o quê?

— Com você. Eu estava brava. Só queria fazê-lo sangrar. Mas você estava tomado pela raiva e ainda assim teve a capacidade de pensar milimetricamente.

— Eu tinha bons motivos para fazer do jeito certo.

— Quais?

— Ele te tocou.

Ele disse isso de forma tão simples, como se não estivesse entregando a verdade com o golpe de um martelo. Como se eu não sentisse isso dentro de mim como mil pequenos choques elétricos. Como se o meu coração estúpido não tivesse saído do meu peito estúpido e caído aos seus malditos pés.

Ele te tocou.

E, assim, caí do precipício em queda livre.

Um Robin Hood baixo e loiro aparececeu ao nosso lado.

— Ei, Lina? Estamos ficando sem rifas e não sei onde tem. Você sabe...

— Vou buscar — voluntariei-me, quase saltando dos braços do Nash... do seu campo gravitacional.

Sem esperar uma resposta, corri para a biblioteca. Lá dentro, levei a mão ao peito e fui para as escadas. Eu *gostava* das minhas barreiras. Gostava de ficar segura atrás delas. Mas Nash estava as destruindo, e isso me assustava.

Subi as escadas correndo e encontrei o segundo andar escuro, mas eu não queria a luz. Não queria ver a verdade do que estava acontecendo. Não podia estar me apaixonando pelo Nash. Mal o conhecia. Tínhamos tido mais brigas do que conversas civilizadas. Dois passos para frente. Dois passos para trás.

Não tínhamos sequer *transado.*

Estava indo para o escritório quando ouvi passos nas escadas atrás de mim e eu *soube.*

Era inevitável.

Nós éramos inevitáveis.

Mas isso não significava que eu estivesse pronta para encarar esse fato.

Tão silenciosamente quanto pude, corri em direção ao escritório. Nos fundos, havia um grande armário de suprimentos onde as rifas estavam guardadas. Onde eu seria encurralada.

Ele estava se aproximando rápido e eu tinha que decidir, mas o pânico me fez de tola. Desviei para a pequena sala de descanso dos funcionários.

Mal dei dois passos para dentro da sala quando Nash me alcançou. Aquelas mãos grandes e ásperas se assentaram no meu quadril como se estivessem me reivindicando.

Minhas costas estavam alinhadas com a frente de seu corpo, cada centímetro glorioso dele. E parecia tão certo que me fez questionar por que me preocupei em tentar escapar, para começo de conversa.

— Eu vou te virar, Angel. E, quando o fizer, você vai parar de fugir e eu vou parar de resistir. — A voz dele era uma rouquidão comovente contra o meu ouvido. — Entendeu? — insistiu ele.

Um arrepio percorreu minha espinha. Eu o entendi *muito* bem. Eu o entendi tão, mas tão bem.

Assenti e, sem hesitar, ele me girou para que minha frente encontrasse a dele. Meus seios se esmagaram contra o peito dele. Sua ereção pressionou minha barriga. As coxas dele eram firmes contra as minhas. A única separação era o centímetro infinitesimal entre as nossas bocas.

O meu mundo só tinha Nash. Seu cheiro limpo, o calor e a dureza de seu corpo. O campo magnético de sua atenção.

— Você vai abrir a boca para mim.

— Como é que é? — A intenção era ser arrogante, mas saiu ofegante.

Ele aproximou a cabeça ainda mais.

— E eu vou te beijar.

— Você não pode simplesmente esperar que...

Mas ele esperava. E raios me partam se eu não abri a boca assim que os lábios dele encostaram nos meus.

Inevitável.

TRINTA E CINCO
LEVADO AO LIMITE

Nash

Não havia frio dentro de mim. Agora não. Talvez nunca mais. Eu era uma labareda de raiva, frustração, necessidade.

Ela tinha a chave para acessar tudo o que eu queria, e eu tinha passado toda a minha vida esperando que isso fosse liberado.

Esmaguei a minha boca na dela. Quente. Molhada. Firme. Não foi um beijo, foi um ato de desespero. Aqueles lábios macios que me provocaram por semanas já estavam separados e eu absorvi o suspiro sexy que ela deu quando a encostei na parede.

Beijei-a com tudo. Puni-a com a língua. E quando ela se rendeu a mim, senti poder ondular por minhas veias.

Consegui afastar a boca da dela por uma fração de segundo.

— Estou te machucando?

— Não me trate como se eu fosse frágil — disse ela com a voz rouca, um segundo antes de afundar os dentes no meu lábio inferior.

Meu sangue ferveu. Meu corpo ganhou vida com uma necessidade diferente de qualquer outra. Eu não sabia se sobreviveria a isso e não me importava.

Pelo menos desta vez sobreviver era uma escolha.

Nós nos devoramos, respiramos um ao outro e fomos além repetidas vezes.

Minhas mãos passaram por seu quadril e por sua cintura antes de encontrar a terra prometida.

Meu pau latejou dolorosamente quando as palmas das minhas mãos cobriram os seios dela. Pele macia e convidativa. Seus mamilos enrijeceram contra minhas mãos ásperas que a tocavam através da blusa.

Seu gemido ficou fraco com o contato. O som, o estremecimento que a atravessou, a sensação daqueles bicos querendo mais acabaram com minha sanidade. Eram as *minhas* mãos que ela queria sentir. De mais ninguém. Havia poder nisso. E gratidão.

Lina puxou a fivela do meu cinto com força. O som de couro contra metal me deixou desesperado por mais e me lembrou o que "mais" significava.

— Espera. — Segurei seus dedos no meu zíper.

— Quê? — sussurrou ela, com o peito arfando na minha outra mão.

— Preciso que isso seja bom. Preciso que se sinta bem.

— Acho que não precisa se preocupar com isso.

Fiz que não com a cabeça e tentei me expressar melhor.

— Eu não... desde que. Não sei se consigo... e eu preciso *muito* fazer com que seja bom para você.

Aquele rosto encantador se suavizou nas sombras. Não com piedade, mas com ternura. Ela colocou uma das mãos na minha bochecha.

— Convencido, acredite. Você já fez com que fosse bom para mim.

— Angelina, estou falando sério.

— Eu também. — Ela olhou para mim com sinceridade. Então estremeceu. — Droga. Vai me obrigar a dizer, não vai?

— Dizer o quê? — Eu estava tendo dificuldade em me concentrar com os dedos dela a poucos centímetros do meu pau dolorido.

— Minha nossa. Você já me fez gozar. Tá legal?

Ela fechou os olhos quando as palavras saíram com pressa. Quando eu não disse nada, ela abriu um olho.

— Linda, tenho certeza de que me lembraria disso.

— Não se você estivesse num sono profundo. A primeira vez que dormimos juntos? Quando acordamos praticamente nos pegando?

Agarrei-me ao seu olhar, às suas palavras, como se fossem salva-vidas.

Ela revirou os olhos.

— Por Júpiter! Eu gozei. Tá? Foi um acidente. Minha camisa estava toda enrolada e você estava duro e no lugar certo. Foi só você mover os quadris uma vez e...

— E o quê?

— E-Eu gozei.

Caralho.

Não precisava ouvir mais nada. Apoiei as mãos debaixo dos braços dela e a levantei. Ela soltou um risinho nervoso quando eu a coloquei no balcão e depois envolvi aquelas pernas longas e esbeltas na minha cintura, prendendo os tornozelos nas minhas costas.

Abri os botões de sua blusa conforme ela enfim abria o zíper da minha calça.

O mundo parou quando aqueles dedos fortes e magros encontraram o meu membro.

— Caramba. Faz tanto tempo que espero por isso — disse ela com um gemido.

Eu também. Minha vida inteira.

Minha mandíbula se contraiu e minha respiração ficou presa no peito. A subida e descida de seus seios empinados e cheios era hipnotizante. Eu queria provar, chupar. Queria esquecer tudo o que eu era e aceitar o que ela me oferecia.

Ela intensificou o aperto no meu pau e os cantos da minha visão começaram a borrar.

Desejo. Avidez. Necessidade. Meu membro pulsou na mão dela em ritmo frenético. Algo arranhava meu peito, implorando para ser liberado, e percebi que era o ar que eu estava segurando.

Ela me transformou em algo primitivo, rudimentar, um animal movido pela necessidade de acasalar. Após tanto entorpecimento, a onda de emoção me assustou. Ao mesmo tempo, eu não queria nada mais do que mergulhar de cabeça. Mas eu precisava ter cuidado com ela.

Ela segurou meu rosto com a mão livre.

— Nash, olhe para mim. — Seus olhos estavam turvos pelo desejo. Seus lábios estavam inchados e separados enquanto ela ofegava em respirações curtas e pesadas. — Não quero o mocinho gentil agora. Quero o que você tem dentro de si.

Ah, e eu queria dar a ela. Queria me abrir e deixar a dor, o frio, se esvair para que ela pudesse me encher de fogo e me recompor.

— Não é bonito — avisei, mordiscando a base de sua garganta.

Ela apertou as coxas nos meus quadris.

— Não tenho medo de quebrar você, convencido. Me faça o mesmo favor.

Com isso, avancei, abocanhando um mamilo escuro e subindo minha mão por baixo de sua saia curta e xadrez.

Céus. Ela não usava meia-calça. Usava meia 7/8. Não havia nada entre meus dedos e seu sexo molhado além de uma lingerie de seda. Recompensei nós dois com uma chupada longa e firme, e o mamilo dela inchou na minha boca.

Ela soltou um gemido que fez umidade jorrar do meu pau, cobrindo seus dedos. Eu ia perder o controle. Minha primeira vez de volta à ativa e eu ia gozar antes mesmo de começarmos.

Soltei seu peito e me afastei para poder olhá-la, admirá-la.

Ela vestia uma calcinha branca e lisa. A inocência disso me enlouqueceu. Passei meus dedos sobre o local transparente e úmido, fascinado.

— Isso — sibilou Lina, usando os calcanhares para me puxar para mais perto até que a ponta do meu pau se alinhasse com a mancha molhada em sua calcinha.

Nós dois estremecemos. Uma camada de seda branca era a única barreira entre nós. Impulsionado pela necessidade, afastei sua lingerie para que aqueles lábios macios e molhados se separassem. Então passei a junta dos meus dedos entre eles.

Suas pernas tiveram um espasmo ao meu redor conforme sua cabeça caía para trás, batendo no armário.

Repeti o movimento várias vezes enquanto abaixava a cabeça para desfrutar de seu outro mamilo excitado.

Eu não conseguia me cansar da curva suave e convidativa do seu seio encostado na minha bochecha e mandíbula.

Mas estávamos em público.

Qualquer um podia entrar e nos encontrar assim.

Tínhamos coisas para resolver.

Mas nada disso importava neste momento. A única coisa que importava era transar com ela até perdermos a cabeça. De alguma forma, eu sabia que, uma vez que isso acontecesse, as coisas fariam sentido.

Arrastei a cabeça do meu pau entre os lábios de seu sexo. Subindo e descendo pela seda da sua calcinha.

— Ai, minha nossa — entoou ela. — Minha nossa.

Meus quadris deram uma investida curta e firme para a frente e nós dois olhamos para baixo, paralisados ao ver minha ponta desaparecer entre suas dobras. A única coisa que me impediu de entrar mais foi a tira de seda branca.

— Nash, preciso de você — sussurrou Lina antes de me agarrar pelos ombros e me apertar com as unhas.

Fui para a frente repetidas vezes, cutucando seu clitóris com a ponta do meu pau. Seus seios balançavam a cada estocada curta dos meus quadris, provocando outro jato de pré-gozo.

— Não goze até eu estar dentro de você — ordenei.

— Então é melhor se apressar — disse ela entredentes.

Não foi preciso mandar duas vezes. Eu estava mais duro do que nunca quando puxei sua calcinha de seda para o lado. Nunca quis tanto algo assim. Minha mão tremia enquanto guiava meu pau dolorido por suas dobras sedosas e encharcadas.

Eu queria ir devagar, pegar leve com ela, dar a oportunidade de nos habituarmos ao encaixe. Porém, no segundo em que senti o calor dela me sugar, todas as boas intenções se incineraram.

Segurando-a pela nuca e pelo quadril, entrei fundo.

Seu choramingo e meu urro foram triunfantes. E altos o suficiente para ela tapar minha boca. Nossos olhos se encontraram e se prenderam. E nos dela vi o meu futuro.

Apertado. Tão apertado que mal conseguia enxergar, mal conseguia respirar. Suas paredes internas me deram um aperto mortal que parecia agonia e êxtase entrelaçados. E me dava vontade de nunca sair dali.

— Cacete! Camisinha — gritei contra a mão dela.

Nunca tinha me esquecido do preservativo. Os garotos da Liza J foram bem-criados. Podíamos ter sido imprudentes e levianos com as regras, mas sempre fomos cuidadosos com o que mais importava.

Os músculos da Lina me apertaram como se ela tivesse medo de que eu me retirasse, mas eu não poderia nem se a minha vida dependesse disso.

— Acha que eu deixaria você chegar tão longe sem camisinha se eu não estivesse tomando anticoncepcional? — ofegou ela.

— Tem certeza? Você está bem? Estou te machucando?

A pulsação no meu pau estava ficando mais insistente a cada segundo. Se ela me dissesse para retirar, eu gozaria naquela calcinha molhada.

Fechei os olhos para afastar a imagem mental. As minhas bolas estavam tão contraídas que doíam. Mas havia outra coisa aqui. Algo mágico pra caralho.

Eu estava rodeado de calor. Um fogo escorregadio e molhado que me prendia. Estava enfim acolhido. Completamente. Era disso que eu precisava. Ser trazido de volta à vida, reanimado. Ela foi o raio que invadiu o frio e a escuridão. Que dissipou aquela névoa gelada que se agarrara a mim.

Lina pulsou ao meu redor, um lembrete inegável de que eu estava vivo. De que eu era um homem.

— Nash, por favor. Me dê mais. — O sussurro frágil saído daqueles lábios inchados era música para meus ouvidos. Todos os meus sentidos foram ativados e entusiasmados de uma só vez. O manto de entorpecimento desapareceu como se nunca tivesse existido.

Por causa dela. Perto. Eu estava mais perto da Lina do que jamais estivera de outro ser humano. Não apenas porque eu estava nela até a base, mas porque ela me provocou até me fazer ceder e, de alguma forma, conseguiu juntar todas as peças danificadas novamente.

— Se agarre a mim. — Foi uma ordem e um apelo.

Quando ela intensificou o aperto, eu me deleitei. Ela era uma âncora, impedindo-me de flutuar para o abismo. Norte verdadeiro. O caminho para casa. E eu a amava por isso. Não tive escolha.

Testando nós dois, lentamente retirei alguns poucos centímetros, depois mais um pouco, apenas para penetrar de volta.

Céu e inferno entrelaçados, transformando prazer em tortura requintada. Eu não sobreviveria a isto.

Mas eu já sabia que não poderia sobreviver sem ela.

Seus olhos castanhos estavam vidrados de luxúria, mas havia algo mais neles. Nervosismo.

— Angel.

Ela fez que não, lendo minha mente.

— Não se atreva a parar.

— Estou te machucando? — perguntei outra vez.

— Está mais para me assustando pra caralho — admitiu ela, com os dedos cravados nos meus ombros. — Isso não... nunca senti isso.

— Linda, se servir de consolo, no momento estou morrendo de medo de não poder respirar sem estar dentro de você.

Eu precisava de alguém que não precisava de mim. Alguém que não tinha nenhuma intenção de permanecer. Alguém que eu com certeza perderia. E ainda assim não conseguia me conter.

Ela elevou mais os joelhos no meu quadril e eu grunhi.

— Continua me assustando, Nash — sussurrou ela. Seu corpo tremeu contra o meu e então voltei a me mexer.

Eu queria ir devagar. Eu queria me controlar. Mas essas não eram opções com o meu pau dentro de Lina Solavita pela primeira vez. Imaginei que seriam necessárias cinquenta ou sessenta tentativas antes de conseguir ir devagar.

Os olhos dela estavam fixos nos meus, aquelas pernas longas me apertando com força. Os dedos dela cravaram minha pele. E comecei a entrar e sair. Forte e rápido. Fora de mim enquanto me aquecia no calor escorregadio que ela me oferecia.

Foi demais. Meus músculos gritavam enquanto meus quadris moviam-se impiedosamente. Suor pontilhava minha pele.

Eu precisava mudar sua posição. Precisava ir mais fundo. Então, tirei-a do balcão e, ainda dentro dela, levei-a para a mesa. Eu me debrucei sobre ela, fazendo-a ir para trás o suficiente para mudar o ângulo.

Então senti. Estava ao máximo dentro dela. Prendendo-a à mesa, me desprendi de mim mesmo e arremeti como um animal selvagem. A mesa batia na parede.

Mas seu olhar não vacilou diante do meu.

Um prazer tão intenso ao qual eu sabia que não sobreviveria tomou conta de mim e não me importei. A única coisa que importava era que Lina tinha

permitido que eu me aproximasse dela. Ela se rendeu a mim. Se entregou. Confiou a mim seu corpo.

A mesa batia no *drywall* a cada impulso forte que eu dava.

Seu sexo me apertava cada vez mais, os músculos resistindo toda vez que eu saía e lutando contra mim a cada vez que eu penetrava. Eu me sentia *poderoso.*

— Angelina. — O nome dela foi um rosnado que rasgou minha garganta.

— Agora, Nash. Agora!

Por instinto, cobri a boca dela com a mão enquanto entrava com força.

— Caralho. Caralho. Caralho. Angel!

Não consegui parar. A contração nas minhas bolas tinha vencido. Calor escorreu pela minha espinha, depois subiu pelo meu membro e entrou em erupção.

Assim que ejaculei, ela prendeu as pernas, apertando-me. Nossos orgasmos — ainda bem — começaram juntos.

O seu grito foi abafado pela minha mão, mas o senti no fundo da minha alma.

Lina não gozou delicadamente. Todo o seu corpo se comprimiu, tirando mais sêmen de mim. Repetidas vezes. Ela exigiu tudo, mesmo quando seus braços e pernas perderam as forças.

Continuei gozando, continuei jorrando nela enquanto ela me apertava, mantendo-me nela, dentro dela. Sem fim. Quente. Glorioso. Lindo pra caralho.

Nunca tinha sentido isso. Nunca me perdi desse jeito dentro de uma mulher.

Angelina era o meu maldito milagre. E eu sem dúvida ultrapassaria o limite do preto e branco para o cinza a fim de protegê-la.

TRINTA E SEIS

TOCA AQUI E ORGASMOS

Lina

Bom dia. — A voz de Nash soou rouca atrás de mim.

Meus olhos se abriram e a noite de ontem, tudo o que aconteceu, me atingiu em alta definição com som *surround*.

Cinco orgasmos.

"Você vai parar de fugir e eu vou parar de resistir."

Nash ajoelhado entre as minhas pernas. Sua língua fazendo milagres.

"Eu preciso de você."

Inevitável.

E, em seguida, relembrei os cinco orgasmos.

Não apenas orgasmos banais que eu poderia ter conseguido com um vibrador. Não. Nash Morgan tinha elevado o ápice das minhas experiências sexuais a outro patamar. Caramba, a outra estratosfera.

Era como se, no momento em que visse o pênis dele, meu corpo estivesse programado para explodir.

O que é que eu deveria fazer em relação a isso?

Ah, e tinha aquele lance de eu o am...

É, o meu cérebro não estava nem disposto a pensar na palavra. Não podia ser real. Tinha de ser uma espécie de ilusão. Talvez a cidade inteira sofresse de radioatividade? Ou havia algum tipo de alucinógeno na água?

Um risinho retumbou em seu peito, que estava encostado em minhas costas nuas. Meu corpo estúpido adorou a sensação.

— Posso sentir que está pirando.

— Não estou pirando — menti.

— Angel, seu corpo está tão tenso que talvez meu pau ache um diamante da próxima vez — disse ele, traçando um dedo nos contornos da minha tatuagem.

— Não vai ter próxima vez — decidi, tentando ir para a beirada da cama dele. Os lençóis ficaram amarrotados por nossa maratona de sexo antes de desmaiarmos de desidratação e supersaturação de orgasmos.

Seu braço envolveu minha barriga e ele me arrastou de volta para si em uma deliciosa demonstração de força. Eu estava tramando manobras defensivas quando ele acariciou o rosto no meu cabelo e suspirou.

— Eu tinha razão.

Fiz uma pausa nos planos.

— Em relação a quê?

— De longe o melhor jeito de acordar de manhã.

Fiquei inerte.

Ótimo. Após uma noite com Nash, o Deus do Sexo, agora eu tinha de lidar com Nash, o Amorzinho. Eu não tinha armamento para me defender de nenhum dos dois, muito menos de ambos.

— Você não pode me prender aqui — avisei-o, esticando minha perna até que meu pé encontrasse a beirada do colchão. — Em algum momento, alguém virá à procura de um de nós, e eu serei forçada a contar que você me fez cativa.

Uma perna pesada e peluda deslizou sobre a minha. Ele enganchou o meu tornozelo com o calcanhar e o arrastou para trás.

Um segundo depois, eu estava deitada de costas e um Nash Morgan entretido estava sobre mim. Seu quadril prendeu o meu ao colchão com a ajuda do que identifiquei ser sua ereção matinal impressionante de sempre.

— Angel, qualquer homem que entrasse e visse como você está não me culparia.

Meu plano de fuga se escafedeu.

Aqueles olhos azuis estavam sonolentos e satisfeitos. Seu cabelo estava despenteado. Os hematomas recentes em seu rosto manchavam sua beleza de mocinho americano, dando-lhe um encanto ainda mais sexy. Havia um sorriso de satisfação nos lábios que me transformaram em uma poça de necessidade que não parava de se contorcer.

Sem pensar, tracei meus dedos em seus peitorais, onde uma camada de pelos claros me causou cócegas. Nossa, eu adorava pelos no peito.

Aquelas duas marcas cor-de-rosa chamativas se destacavam na pele lisa, lembrando-me de que o homem em cima de mim era nada menos que um herói. Ele tinha um corpo tão bonito.

— O que se passa nessa sua cabecinha, linda? — perguntou ele.

— Como está o seu ombro? — perguntei. — Não tive cuidado ontem à noite.

— O ombro está bem — disse ele. — Eu também não tive cuidado com você.

Sorri contra a minha vontade. Não, ele não tinha me tratado como se eu fosse uma flor delicada em perigo de ser pisoteada. Não me senti como uma estatueta de vidro. Ele tinha me usado. *Com força.* E eu adorei.

— Acho que não me importei nem um pouco.

Nash desceu pelo meu corpo e deu um beijo leve em cada uma das três cicatrizes cirúrgicas que cercavam meu peito. Foi dolorosamente meigo. Meus dedos dos pés se enroscaram no pelo de suas pernas.

— Diga do que você precisa — disse ele, pouco antes de usar a boca para provocar meu mamilo.

— Café. Um café da manhã gigante. Ibuprofeno.

A cabeça dele se ergueu e aqueles olhos azuis ficaram sérios.

— Diga do que você precisa para se sentir segura com isso. Com a gente.

Se eu não já o am... gostasse dele, teria me apaixonado agorinha por isso. Nunca ninguém tinha me feito essa pergunta. Eu não sabia se tinha uma resposta.

— Eu... não sei.

— Vou dizer do que eu preciso — ofereceu ele.

— O quê?

Nash saiu de cima de mim, deitou-se de lado e apoiou a cabeça na mão. Os dedos da mão livre percorriam meus seios e barriga. Seu pênis inchado descansava contra meu quadril, mexendo com meu cérebro.

— Preciso saber que você está bem com o que aconteceu ontem à noite e que quer que aconteça outra vez.

— Feito e feito. Uau. Foi fácil. Agora sobre aquele café...

— Preciso saber que você está nessa comigo pelo tempo que durar — continuou ele. — Que está disposta a admitir que há algo entre nós que leva a muito mais do que apenas química.

— Tenho certeza de que tivemos uma reação muito química na noite passada — lembrei-lhe.

Ele arrastou aqueles dedos talentosos pelo meu pescoço até o cabelo, afastando-o do meu rosto.

— Preciso de mais partes de você. Quantas estiver disposta a dar. E preciso que fale comigo, honestamente. Mesmo que ache que não vou gostar do que tem a dizer.

Mudei de posição, desconfortável.

— Nash, não sabemos onde isso vai dar ou o que o futuro reserva.

— Angel, estou feliz por simplesmente estar de volta ao mundo dos vivos. Prefiro desfrutar dele direito agora a me preocupar com o amanhã. Mas preciso que estejamos falando a mesma língua.

Não era um pedido absurdo.

Passei a ponta do dedo sobre a cicatriz do ombro dele.

— Parece que você está tentando transformar isso num relacionamento.

Seu sorriso era como o primeiro raio do sol nascente.

— Linda, já estamos em um, quer você goste ou não.

— Nunca fui de ter relacionamento. Pelo menos não como adulta.

— E eu nunca transei numa biblioteca pública antes. Primeira vez para tudo.

Contemplei as minhas opções e, pela primeira vez, dizer a verdade parecia ser o caminho mais direto para o que eu queria.

Eu precisava que Nash entendesse no que ele estava se metendo. Reconhecesse as armadilhas que teria pela frente.

— Eu moro sozinha e gosto disso. Detesto dividir o controle remoto. Gosto de não ter que consultar alguém antes de pedir o jantar. Não quero ter que mover o banco do meu carro toda vez que dirijo. A ideia de pensar em um "nós" antes de tomar minhas decisões me deixa ligeiramente enjoada. Eu amo os meus pais, mas a necessidade constante que eles têm de me controlar me deixa louca, e esse problema pode se tornar seu se isso for para frente. Gosto de ostentar com roupas, bolsas e sapatos, e não estou disposta a me desculpar por isso. Levanto cedo e trabalho muito. Não quero ter que mudar isso para acomodar outra pessoa.

Nash aguardou um instante.

— Beleza, então. Só assisto TV para ver um jogo de futebol de vez em quando. O controle remoto pode ser seu o resto do tempo. Não me importo de cozinhar, mas, se me disser que quer pedir sanduíche, eu peço sanduíche. Prometo voltar sempre o seu banco para a posição original após dirigir. Não ligo que certos pais intrometidos se preocupem comigo, para variar. Gosto de como você se veste bem, então não tenho nada contra seus hábitos de compra. Desde que me deixe te mimar de vez em quando. Quanto à questão do horário, acho que está exagerando, Angel, sou policial. Fim de papo. E em relação a tomar decisões em conjunto, preciso ter voz em relação à sua segurança. Espero que queira ter voz em relação à minha. Todas as decisões que nos afetam em conjunto, tomamos em conjunto.

Ele estava dizendo as coisas certas e estava me assustando.

— Viajo muito a trabalho — lembrei-lhe.

— E pode ser que eu passe a manhã de Natal no local de um acidente. Linda, nos dê a chance de lidar com isso. Pelo menos concorde por enquanto. Podemos rever isso depois que o Hugo estiver atrás das grades.

Ele queria mesmo isso. E fiquei completamente chocada ao perceber que eu também. Eu sem dúvida faria com que a água desta cidade fosse analisada.

— Tem mais uma coisa — eu disse.

— Diga.

— Preciso saber o que você, Knox, Nolan e Lucian andam aprontando desde a nossa conversa com Grim.

Ele não hesitou.

— Estamos traçando um plano para desentocar o Hugo.

Eu me sentei.

— Que tipo de plano?

— O tipo de plano que me usa como isca.

— *Como é*?

Fiquei de joelhos, pronta para a batalha, quando Nash me derrubou de volta ao colchão. Suas mãos mantiveram meus ombros deitados. O quadril dele prendeu o meu à cama. E a sua ereção se posicionou no lugar certo. Como uma chave encaixada numa fechadura.

Nós dois congelamos.

Minha mente podia estar na defensiva, mas meu corpo estava pronto para o orgasmo número seis.

Ele sorriu para mim.

— Sei que isso me faz parecer um babaca, mas gosto que se preocupe comigo.

Tentei levantá-lo de cima de mim, mas minha movimentação só fez com que os cinco primeiros centímetros provocantes do seu pênis entrassem em mim. Parei de lutar e tentei me concentrar no problema em questão e não no quanto queria os centímetros restantes.

— Nash! Você ficou todo preocupado quando eu estava de tocaia, mas espera que eu fique de boa com você ficar de isca para um homem *que tentou te matar*?

— Eu ficaria desapontado se você ficasse de boa com isso. E gostaria de salientar que você foi raptada enquanto ficava de tocaia.

Mostrei os dentes.

— Se acha que não vou brigar com você enquanto seu pau está em mim, está prestes a se enganar.

— Vamos tentar algo novo — sugeriu ele. — Em vez de brigar e atacar e fingir que nós dois não existimos, vamos pôr os pingos nos Is agora.

Minhas coxas estavam começando a tremer agarradas ao quadril dele. A essa altura, eu não sabia se estava tentando impedi-lo de entrar mais ou evitando que ele o retirasse.

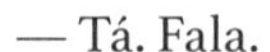

— Tá. Fala.

— Se Hugo estiver fornecendo informações ao FBI para ajudar a montar o caso contra o pai, tem uma boa chance de que eles fiquem bem amiguinhos dele. Talvez amiguinhos o bastante para oferecer imunidade. Mas, seja como for, eu sou uma ponta solta para ele. Assim como Naomi e Waylay. Neste momento, ele está apenas esperando que os federais tomem uma atitude. Mas, mais cedo ou mais tarde, vai ter que cortar as pontas soltas.

— E você quer que ele tente mais cedo?

— Isso mesmo. E quero que ele se concentre em mim.

— Você acha que, se ele tentar algo contra você, o acordo dele, se ele tiver um, vai por água abaixo.

— Essa é a ideia.

Juro que eu estava ouvindo, mas o meu corpo era multitarefa. Eu estava ficando mais úmida a cada segundo e meu sexo não parava de se contrair na cabeça do seu membro.

Os olhos de Nash se fecharam e ele gemeu baixo.

— Angel, se quiser continuar conversando, vai ter que parar de implorar por mais.

Só para ser do contra, contraí os músculos internos o mais forte que pude.

— Como vai fazer com que ele aja?

Ele cerrou os dentes.

— Merda, querida. Eu diria qualquer coisa a você só para sentir você apertar meu pau assim.

— Então me diga — exigi.

— Vou recuperar a memória.

Paralisei abaixo dele, compreensão e apreço despontando.

— Você vai fingir.

— Esse é o plano — disse ele, acariciando meu seio. — A conversa acabou?

Passei minhas mãos pelas costas dele e afundei as unhas naquela bunda perfeita.

— Ainda não. Desembucha os detalhes.

Seus olhos estavam meio fechados, seu queixo com barba curta cerrado.

— Vamos espalhar a notícia de que minha memória voltou e que temos uma pista do paradeiro do suspeito.

Meus batimentos aceleraram. Ele estava abrindo mais espaço entre minhas coxas. Eu não conseguiria aguentar muito mais tempo. Especialmente porque não queria.

— Quais precauções está tomando?

— Angelina, gozei em você três vezes na noite passada. Então zero.

Belisquei seu traseiro.

— Me referi ao que está fazendo para garantir que Duncan Hugo não tenha outra oportunidade?

Ele estava começando a suar. E havia um calor ardente naqueles olhos azul-claros.

— Ainda estou trabalhando nisso.

— Dentro.

— Quê? — perguntou ele com os dentes cerrados.

Minhas coxas tremeram e ele penetrou mais um centímetro.

Eu estava em chamas. Minha visão estava começando a desfocar. Eu o queria todo. Precisava dele todo. Mas eu precisava disso primeiro.

— Quero estar por dentro.

— Você quer estar por dentro porque quer encontrar aquele maldito carro ou porque está preocupada comigo?

— Os dois — admiti.

— Tá de bom tamanho pra mim. Vou te manter a par. Combinado? — disse ele.

— Combinado — repeti e deixei meus joelhos se abrirem. Ele penetrou o que faltava, enchendo-me com um gemido longo e baixo.

Eu estava deliciosamente dolorida da noite anterior. Mas isso não impedia que fosse gostoso.

— Quando vai me deixar ficar por cima? — exigi saber conforme ele retirava tudo e, em seguida, entrava de volta.

— Quando eu tiver certeza de que ver seus seios perfeitos saltarem na minha frente não me fará gozar antes de fazê-la gozar. Estou fora de forma.

Não havia nada fora de forma no jeito como ele metia aquele pau em mim.

— A prática leva à perfeição — falei, empurrando-o para o lado.

Ele rolou, levando-me junto até que eu estivesse montada nele, empalada nele, com meus joelhos nos lençóis e minhas mãos em seus ombros.

O seu olhar se fixou nos meus seios. Sua ereção pulsou dentro de mim e seus dedos apertaram meu quadril.

— É. Não vai durar assim. A não ser que você vá devagar.

Eu me inclinei, roçando meus mamilos naqueles pelos gloriosos em seu peito.

— Não vai rolar. — Mordisquei seu lábio inferior e comecei a rebolar.

— Ah. Caralho. Droga — xingou ele, erguendo o quadril debaixo de mim.

Mas, mesmo comigo por cima, ele ainda deu um jeito de retomar o controle. Suas mãos agarraram meu quadril enquanto ele estabelecia um ritmo novo. Ele erguia o quadril e me puxava para baixo para encontrar suas investidas. Com força. Rápido. Meu coração estava na garganta, todos os músculos do meu corpo preparados para o orgasmo que crescia.

Agarrei a cabeceira da cama e me segurei com força enquanto Nash me penetrava, atingindo aquele ponto íntimo com precisão brutal repetidas vezes. Meu sexo começou a se contrair, friccionando naquele membro grosso e quente.

— Tão apertadinha — murmurou ele contra o meu peito. — É um sufoco para entrar toda vez.

— Nash. — Foi um gemido frágil quando meu sexo o prendeu enquanto ele entrava até o fim.

— Desista, linda. Se renda a mim.

As veias em seu pescoço saltaram. Sua mandíbula estava travada, as narinas dilatadas enquanto ele se esforçava para se segurar durante meu orgasmo.

Eu não conseguia respirar, não conseguia enxergar. Não conseguia fazer nada além de *sentir.*

Eu precisava ganhar. Precisava levá-lo ao limite. Com os ecos do meu próprio êxtase ainda fazendo meu sexo estremecer, subi e desci nele.

— Droga, Angelina — grunhiu ele.

Suor escorria por nossas peles. Seus olhos se abriram bem quando minhas coxas o prenderam com mais força, seus dedos apertando meu quadril. Ele sabia o que eu estava fazendo e me deu a liberdade de fazer o que queria. Rebolei com força, fazendo meus músculos arderem. Então, de repente, Nash ergueu o tronco e, com um olhar de êxtase agonizante, ficou rígido sob mim.

Senti-o gozar, senti o primeiro jorro quente do seu orgasmo dentro de mim. Era interminável. Inevitável. Perfeito.

Nós dois desmoronamos, minha cabeça apoiada em seu ombro, seus dedos agora gentis enquanto acariciavam meu cabelo.

Não era disso que eu estava atrás. Não era disso que eu achava que precisava. Mas o corpo não mente. Eu não era capaz de sentir esse tipo de conexão com um homem se não houvesse algo essencial, elementar como base.

— Vamos brigar sempre assim — disse Nash.

— Nenhum dos dois vai conseguir andar depois de uma semana — previ.

— Obrigado — disse ele após um longo momento de silêncio.

— Pelo quê? — perguntei, mudando de posição a fim de olhar para ele.

— Por me dar uma chance. Por estar comigo agora. Podemos nos preocupar depois.

— Depois? — repeti, acariciando seu peito.

— Combinado? — atiçou ele. Ainda dentro de mim.

— Tá. Combinado.

— Toca aqui? — ofereceu ele, sorrindo.

TRINTA E SETE
UM BURACO NA PAREDE

Nash

Entrei na delegacia feliz da vida com uma dúzia de bombas de chocolate. Bica trotou ao meu lado, com seu novo brinquedo favorito — uma das meias da Lina — preso nos dentes.

Eu tinha as minhas próprias lembrancinhas. Arranhões superficiais marcavam minhas costas como as listras de um tigre. E havia o pequeno chupão em grande parte escondido pela gola da minha camisa.

— Bom di... Chefe? — O cumprimento de Bertle pareceu mais uma pergunta.

— Bom dia — respondi. Coloquei a caixa de doces no balcão ao lado da cafeteira. Bica começou a farejar pelo escritório como sempre.

— O senhor fez algo no... rosto? — perguntou Tashi, parecendo preocupada. Passei a mão na minha mandíbula agora lisa.

— Fiz a barba. Por quê?

— Está diferente.

— Diferente bom ou diferente "Misericórdia, pelo amor, deixa o pelo crescer para esconder a feiura"? — Ela olhou para mim como se eu tivesse entrado montado num unicórnio apresentado por uma banda de duendes. — Você não está fazendo com que eu me sinta bem com minha aparência, Bannerjee.

— Diferente bom — disse ela, rápido.

Grave não perdeu tempo e abriu a caixa de doces.

— Como foi com os nossos hóspedes durante a noite? — perguntei-lhe.

— Eles reclamaram e resmungaram até que a esposa do Dilton apareceu e pagou a fiança — relatou Grave. — Vai prestar queixa?

— Se Dilton não sossegar o facho, vou.

Grave assentiu.

— Temos provas contra ele em três casos e só voltamos oito semanas. Os depoimentos estão na sua mesa. Se ele não sossegar o facho, é mais idiota do que pensávamos.

Fiquei feliz por ter a prova de que precisávamos para montar nosso caso e irritado por ter dado a ele a oportunidade de abusar de seu poder. Não havia como dizer que tipo de dano ele já havia causado com o distintivo. Mas isso acabava aqui. Grave me olhou mais de perto.

— Por que está com cara de quem transou? Isso no seu pescoço é um chupão?

— Cala a boca e coma o doce.

PASSEI UMA HORA vasculhando papelada, incluindo o relatório do incidente da noite anterior e os três depoimentos das vítimas de Dilton. Sua presença na polícia era apenas uma formalidade neste momento. Ele nunca mais usaria um distintivo. Eu me certificaria disso.

Reabasteci minha xícara de café, dei uma volta no escritório aberto e, em seguida, rabisquei uma carta rápida para o meu pai.

Quando voltei para o meu escritório, encontrei Bica adormecida na caminha debaixo da minha mesa. Peguei meu celular e tirei uma foto dela, depois abri minhas mensagens de texto.

Não havia nada da Lina, o que já era esperado.

Eu tinha aproveitado o seu estado saciado e vulnerável para conseguir o que queria. Um compromisso. Pelo menos temporário. Agora que a tinha, ela toda, não a largaria. Eu só tinha que aguentar firme e esperar até que ela acompanhasse o ritmo.

Enviei a foto da Bica seguida por uma mensagem.

Eu: Ainda está pirando? Ou ainda está na cama, exausta demais dos orgasmos para se mover?

Prendi a respiração e depois a soltei quando aqueles três pontos reveladores apareceram abaixo da minha mensagem.

> ***Lina:*** *O que você fez comigo? Tentei correr e as minhas pernas não funcionavam.*

Abri um sorriso, meu ego ansioso imediatamente acalmado.

> ***Eu:*** *Hopper acabou de me dizer que estou com cara de quem transou.*
>
> ***Lina:*** *Justice disse que eu estava radiante e Stef perguntou se eu tinha feito um daqueles tratamentos faciais com placenta.*
>
> ***Eu:*** *Espero que não estivesse planejando manter isso em segredo.*
>
> ***Lina:*** *Isso é possível nesta cidade?*
>
> ***Eu:*** *Não. É por isso que vou te levar para jantar fora esta noite.*

Se eu perguntasse, daria a ela tempo demais para pensar. Quanto mais ela sentisse e menos pensasse, melhor.

> ***Lina:*** *"Sair para jantar" no sentido de sem nudez e orgasmos?*
>
> ***Eu:*** *Sim. A menos que planeje fazer com que sejamos presos no nosso primeiro encontro.*
>
> ***Lina:*** **suspiro* Como a emoção desaparece rápido. O que vem depois? Noite de jogos?*

Meu pau exaurido se mexeu atrás do zíper. Há 12 horas, minha principal preocupação tinha sido se sequer conseguiria fazê-lo funcionar. Agora eu tinha que me preocupar com seu uso excessivo.

> ***Eu:*** *Posso pensar em alguns jogos que eu gostaria de fazer com você.*
>
> ***Lina:*** *Já que está me levando para jantar em vez de me comer sem dó, só posso supor que se refere a charadas ou damas.*
>
> ***Eu:*** *Esteja pronta às 19h. Use algo que dificulte parar de pensar no que você tem por baixo.*

Com esse assunto resolvido, passei para o próximo ponto da minha lista.

— EU SABIA!

Pego no flagra. Sloane estava na porta da sala de descanso da biblioteca, com os braços cruzados e um sorriso triunfante no rosto bonito. Ela estava usando óculos diferentes hoje. Estes tinham armações de casca de tartaruga azul brilhante.

Bica recuou atrás de mim, sem saber o que fazer com a mulher cheia de si que bloqueava a saída.

— Sabia o quê? — perguntei, misturando a tinta verde-sálvia. O amassado na parede precisaria de mais do que uma camada de tinta, mas, até eu remendar o *drywall*, a tinta pelo menos o tornaria menos perceptível.

— Você, chefe Morgan, marcou minha parede com sexo na mesa!

Lancei a ela um olhar irritado.

— Minha nossa, Sloane. Fala baixo. É uma biblioteca.

Ela fechou a porta e depois retomou sua pose de vitoriosa.

— Eu *sabia* que tinha rolado algo entre vocês dois ontem à noite. O meu radar sexual nunca falha!

— Lina não... mencionou nada? — perguntei como quem não quer nada.

Sloane se apiedou de mim.

— Não foi preciso. Ela saiu daqui andando esquisito, parecendo estar nas nuvens e apressadinha. Mesmo sem os óculos, pude perceber.

Voltei minha atenção para a cavidade na parede para que ela não visse meu orgulho viril em exibição.

— Talvez ela estivesse com intoxicação alimentar.

— Acha que não sei a diferença entre uma mulher que teve um orgasmo e uma tentando segurar o jantar? Sei o que vi. Aí você saiu daqui, nem trinta segundos depois, todo suado e faminto... e não por comida, se quer saber. Parecia que estava preste a devorar algo... ou alguém.

— Talvez eu também estivesse com intoxicação alimentar.

— Digo isso com amor: mentira.

— Eu tinha assuntos oficiais da polícia.

Sloane bateu um dedo no queixo.

— Hum. Desde quando ficar nu é considerado assunto oficial da polícia?

Enfiei o pincel na tinta e depois o passei na parede. Talvez, se eu a ignorasse, ela fosse embora.

— Você a abala — disse Sloane atrás de mim.

Parei de pintar e virei-me para encará-la.

— Quê?

— Lina. Você a deixa abalada. Não é nada fácil fazer isso.

— É, bom, o sentimento é mútuo.

Seu sorriso era radiante e presunçoso.

— Dá pra ver.

Torcendo para que a conversa tivesse terminado, voltei minha atenção para a parede.

— É bom ter você de volta, Nash — disse Sloane baixinho.

Com um suspiro, soltei o pincel.

— O que é que isso quer dizer?

— Você sabe o que isso quer dizer. Fico feliz em te ver regressar ao mundo dos vivos. Estava preocupada. Acho que todos nós estávamos.

— É, acho que alguns de nós demoram mais para se recuperar. E aí, o que é que tá pegando entre você e o Lucian? — perguntei, mudando de assunto e passando o pincel na parte mais profunda da marca.

— Não quer dizer Nolan? Que, a propósito, está no momento sentado no meu escritório comendo todos os meus doces.

— Não, quero dizer Lucian. Você e o Nolan podem estar se divertindo, mas ele não é o Lucian.

Ela ficou muito quieta. Levantei a vista e vi que ela tinha feito questão de transformar o rosto numa máscara.

— Não sei do que você está falando — disse ela.

— Não se deve mentir para um policial — eu a lembrei.

— É um interrogatório oficial? Devo arranjar um advogado?

— Você sabe o meu segredo — eu disse, indicando a parede com a cabeça.

A tensão saiu de seus ombros e ela revirou os olhos.

— Aconteceu há muito tempo. Águas passadas — insistiu ela.

Bica deu a volta em mim para cheirar os tênis da Sloane. A bibliotecária se agachou e ofereceu a mão à cachorrinha.

Voltei para a parede.

— Sabe o que lembro daquela época?

— O quê?

— Me lembro de você e Lucy trocando aqueles olhares longos e intensos no corredor entre as aulas. Me lembro dele arrancando o capacete de Jonah Bluth e fazendo ele cair de bunda no chão durante o treino de futebol porque Jonah disse algo sobre o seu corpo que eu, como um homem adulto que tem grande respeito pelas mulheres, não vou repetir.

— Era sobre os meus peitos, não era? — brincou Sloane. — O preço que se paga pelo desenvolvimento precoce.

Lancei um olhar longo e firme até que ela se encolheu.

— Lucian fez mesmo isso? — perguntou ela enfim.

Assenti.

— Sim. Me lembro também de ter voltado para casa, depois do horário combinado, de um encontro particularmente intenso com Millie Washington e de ter visto alguém que se parecia muito com o Lucian subindo na árvore do lado de fora da janela do seu quarto.

Sloane estava no segundo ano e o vizinho Lucian, no último. Eles eram tão opostos na época quanto são agora. O *bad boy* taciturno e a nerd bonita e animada. E, pelo que eu sabia, nenhum dos dois jamais reconheceu oficialmente a presença do outro com mais do que "Oi" nos corredores sagrados da Knockemout High School.

Mas fora desses corredores era outra história. Uma que nenhum dos dois jamais compartilhou.

Sloane se concentrou em persuadir Bica a se aproximar mais de sua mão.

— Você nunca disse nada.

— Nenhum dos dois parecia querer falar sobre isso, então deixei para lá. Imaginei que só dizia respeito a vocês — falei sem rodeios.

Ela limpou a garganta. O barulho fez a cachorrinha correr de volta para a minha segurança.

— É, bom, como eu disse, foi há muito tempo — disse ela, ficando de pé.

— Não é bom ter pessoas metendo o nariz onde não foram chamadas, né?

Ela me lançou um olhar frio de bibliotecária e cruzou os braços.

— Se eu meto o *meu* nariz em algum lugar, é porque *alguém* não está fazendo o que deveria.

— É? Bom, para mim, essa animosidade entre você e o Luce não é saudável. Por isso, talvez eu devesse começar a me meter na situação. Ajudar os dois a chegarem a um acordo.

Ela expirou pelas narinas como um touro enfrentando uma bandeira vermelha. O piercing em seu nariz cintilou. O impasse durou trinta segundos.

— Urgh, tá. Vou parar de me meter na sua vida e você para de se meter na minha — disse ela.

— Que tal assim? — respondi. — Eu respeito a sua privacidade e você respeita a minha.

— Mesma coisa.

— Pode parecer assim, Sloaninha, Cara de Fuinha. Mas somos amigos. Há anos. Pelo que sei, as nossas vidas vão se manter entrelaçadas. Então talvez, em vez de nos intrometermos e sermos enxeridos, vamos nos concentrar mais em apoiar um ao outro quando necessário.

— Não preciso que alguém me apoie — disse ela, teimosa.

— Beleza. Mas talvez eu precise de um amigo se não conseguir convencer Lina a dar uma chance ao que temos. — Ela abriu a boca, mas eu levantei a mão. — Eu provavelmente não vou querer falar muito sobre isso se eu a perder, mas com certeza vou precisar que um amigo me ajude a evitar que eu desapareça outra vez.

O rosto da Sloane suavizou.

— Vou te apoiar.

— E eu te apoiarei se e quando você precisar de mim.

— Obrigada por consertar minha parede, Nash.

— Obrigado por ser você, Sloaney.

Eu estava fechando a lata de tinta quando a central ligou pelo rádio.

— Está por aí, chefe?

— Estou.

— Tem um cavalo da Bacon Stables solto de novo. Tive relatos de um garanhão preto grande galopando para o sul na Route 317.

— A caminho — falei com um suspiro.

— NÃO ACREDITO que você o conquistou com uma maldita cenoura — falei enquanto Tashi Bannerjee entregava as rédeas do grande Heathcliff a Doris Bacon, que estava colocando uma bolsa de gelo na bunda.

Estávamos com ervas daninhas até a cintura no pasto leste da fazenda Red Dog, uma propriedade de cavalos de 20 hectares que estava vazia havia dois anos, desde que o negócio de cuidados com a pele de marketing multinível de seu proprietário faliu.

Heathcliff, o garanhão, decidiu que não estava a fim de dar voltas na arena hoje e derrubou Doris de bunda antes de seguir para o sul.

O filho da mãe de 771 quilos chutou a porta do passageiro do meu SUV e tentou dar uma mordida no meu ombro até que Tashi o distraiu com uma cenoura e pegou suas rédeas.

— Você lida com as cobras, chefe, e eu cuido dos cavalos.

— Se me lembro bem, te vi passar por um drive-thru montada em um parente do Heathcliff no seu último ano — provoquei.

Ela sorriu.

— E veja como valeu a pena.

Mantive distância enquanto Tashi e Doris persuadiam o cavalo enorme a subir a rampa do reboque. Senti um arrepio entre as minhas omoplatas e me virei. Dois cervos se assustaram, e aí desapareceram na floresta. Não havia mais nada lá fora. Apenas ervas daninhas e árvores e cercas quebradas, mas eu ainda não conseguia me livrar da sensação de que algo ou alguém estava nos observando.

Doris fechou o portão do reboque. O som de cascos no metal ressoou.

— Pare de se comportar mal, seu bobão.

— Talvez seja hora de vender Heathcliff para uma fazenda com cercas mais altas — sugeri.

Ela balançou a cabeça enquanto mancava até a porta do lado do motorista.

— Vou pensar. Obrigada pela ajuda, chefe, agente Bannerjee.

Nós acenamos enquanto ela manobrava a caminhonete e o reboque para a entrada da propriedade e se dirigia para a estrada.

O garanhão soltou um relincho estridente.

— Acho que ele acabou de te amaldiçoar — brincou Tashi enquanto nos dirigíamos para o meu veículo amassado.

— Quero ver ele tentar.

Meu celular tocou no bolso e eu o peguei.

Lina: *Você não vai acreditar em qual é fofoca da cidade agora. Um passarinho não tão confiável me disse que você passou a tarde pastoreando um cavalo pela cidade com seu SUV.*

Eu: *Não era um cavalo qualquer. Era Heathcliff, o terrível.*

Anexei uma foto do cavalo em questão e outra da minha porta amassada.

Lina: *É melhor não estar cheirando a cavalo quando for me buscar para jantar.*

Eu: *Vou ver se consigo tomar um banho até lá. Escolheu com que vestido vai me torturar?*

TRINTA E OITO
PRIMEIRO ENCONTRO

Nash

Isso é tão clichê — disse Lina quando abriu a porta.

— Um primeiro encontro não é um clichê. — Fiquei feliz por conseguir fazer as palavras saírem, porque, no segundo em que registrei o que ela estava vestindo, minha capacidade de falar foi pelos ares.

Seus lábios vermelhos franziram num beicinho sedutor.

— É, sim, quando os dois já transaram.

Eu precisava de um minuto para recuperar o fôlego.

Ela estava com um vestido preto curto. As mangas eram compridas, mas a saia exibia tanta perna que eu queria virá-la e deitá-la na primeira superfície plana que encontrasse só para ver que cor de calcinha ela estava usando. Seus sapatos de salto alto tinham uma estampa de crocodilo que anunciava "devoradora de homens" com orgulho. A maquiagem estava mais pesada, com algum tipo de esfumado nas pálpebras na cor bronze que fazia seus olhos parecerem ainda maiores e mais pecaminosos.

Ela estava linda. Confiante. E levemente irritada por eu estar a levando para jantar em vez de transar.

Eu era o filho da mãe mais sortudo do mundo.

— Você fez a barba — disse ela quando fiquei em silêncio.

Passei a mão pela mandíbula e sorri.

— Achei que arranharia menos entre as pernas.

Seus olhos brilharam com malícia e um tom rosado aqueceu suas bochechas.

— Gosto sem delicadeza também — lembrou-me ela.

— Tenho os arranhões para provar, Angel — brinquei.

— Por que não pulamos todo esse negócio de encontro e seguimos direto para testar esse rostinho com pele de bebê? — sugeriu ela.

Meu pau reagiu como um fantoche controlado por seu mestre.

— Valeu a tentativa, linda. Mas vai ter a experiência completa do primeiro encontro.

— Urgh, tá, mas gostaria de salientar que a sociedade diz que eu não deveria dormir com você no primeiro encontro — lembrou ela.

— Desde quando você segue as regras? — provoquei.

— Só quando me convém.

Era exatamente por isso que eu não podia me dar ao luxo de jogar limpo.

Mostrei a caixinha de presente que eu estava escondendo atrás das costas.

— Comprei algo para você.

Ela encarou a caixa como se fosse uma bomba.

— Pode pegar. Não tenha medo.

— Medo? — zombou ela, arrancando a caixinha da minha mão.

Seu rosto ficou mais brando por um segundo quando ela abriu a tampa. Então sua máscara cuidadosa voltou. Ela estava se abrindo comigo, mas questão de apenas centímetros, e eu não estava disposto a perder nem um espaçozinho.

— Eu não deveria dormir com você no primeiro encontro e você *com certeza* não devia me dar joias.

Eu tinha visitado Xandra para falar sobre a iniciativa que eu estava implementando e para entregar um distintivo de brinquedo ao Alex.

Olhei para os brincos dentro da caixa. As correntes de ouro delicadas terminavam em raios de sol finos e brilhantes.

— Eu os vi e pensei em você. Feitos pela mulher que salvou a minha vida, usados pela mulher que me lembrou que vale a pena viver.

A máscara escapou de novo e não vi nada além de puro prazer feminino.

— Bom, como posso dizer não a *isso*?

— São apenas brincos, Angel. Não é uma aliança. Além disso, uma parte das vendas vai para uma fundação local de apoio a autistas.

Ela respirou fundo e me entregou a caixa.

— Por que tenho a sensação de que está me manipulando? — perguntou ela enquanto removia a argola da orelha direita e depois tirava um brinco da caixa.

Ela encontrou o buraco com facilidade e colocou o brinco, então fez o mesmo com a orelha esquerda.

— Como ficou? — perguntou ela, sacudindo a cabeça.

— Linda pra caralho.

ESCOLHI UM RESTAURANTE italiano requintado em Lawlerville. Não porque tivessem o melhor pão caseiro dos três condados ou porque eu esperava manter o "nós" em segredo. Eu só queria um jantar tranquilo, sem distrações. Se eu tivesse levado Lina para um restaurante em Knockemout, estaríamos lidando com uma cidade inteira de fofoqueiros, e, se eu tivesse feito o jantar na minha casa, não teríamos passado dos aperitivos antes de a ter despido.

Infelizmente, isso significava que eu tive que subornar Nolan com seu próprio jantar no balcão, já que o delegado não estava disposto a tirar a noite de folga.

Mas pelo menos ele estava longe o bastante da nossa mesa para que eu pudesse fingir que ele não estava lá. Ficamos com uma mesa circular escondida em um canto tranquilo do salão, o que significava que, em vez de nos sentarmos um em frente ao outro, estávamos lado a lado no sofazinho. Sob a toalha de mesa impecável, minha coxa estava intimamente pressionada contra a dela. Seu pé estava enganchado no meu tornozelo.

— Você não se importa com o fato de que todos os homens neste restaurante acompanharam você entrar e se sentar? — perguntei enquanto passava um pedaço de pão no prato de azeite.

Ela levantou a vista, com brilho nos belos olhos.

— Se está se perguntando se eu noto a atenção, eu noto. Se está se perguntando se eu gosto, depende da situação. Hoje, não odiei.

Eu gostava que ela não fingia. Estava começando a entender sua honestidade. Ela não mentia nem dizia a verdade. Ela ou se abria ou se fechava para você. E eu estava começando a perceber a diferença.

— Você é tão linda que às vezes não consigo olhar diretamente pra você — confessei.

A fatia de pão caiu no prato dela com o azeite virado para baixo.

— Caramba, Nash. Para de vir com essas de mansinho.

Abri um sorriso e estendi a mão para também pegar uma fatia, surpreso quando não senti a pontada familiar no ombro. Também não a notei na noite passada. Parecia que os milagres da Lina não se limitavam à saúde mental.

— Pensei em outra coisa que eu preciso de você — anunciou ela.

— Diga.

— Não quero ficar de lado enquanto você e os rapazes se divertem. Quero fazer parte da equipe. Quero ajudar a encontrar o Hugo.

— Angel, você vai conseguir o carro — insisti.

Seus olhos se estreitaram enquanto ela pegava o copo e dava um gole.

— Eu *sei* que vou conseguir o carro. O que eu quero é garantir que você prenda o cara. Que não tenha que viver com o medo de que, a qualquer momento, Duncan Hugo possa acordar e decidir que aquele é o dia em que vai se livrar das testemunhas.

Eu não disse nada. Principalmente porque eu tinha medo de assustá-la. Talvez ela não tivesse percebido o que estava dizendo. Mas eu sim. Ela queria a minha segurança. E queria o suficiente para trabalhar em equipe para que isso acontecesse.

Quer tenha percebido ou não, ela se importava comigo e eu não hesitaria em me aproveitar disso para conseguir o que queria.

— Já prometi te manter informada — lembrei-a.

— E agora quero que me prometa mais. Já planejei mais de duas dúzias de operações de recuperação de ativos — continuou ela. — Eu me disponibilizei para executar metade dessas operações. Tenho experiência em trabalhar em conjunto com as forças policiais. E nunca desisto.

— Você fez as malas — eu disse.

Ela me dirigiu um olhar fixo.

— Que foi? — perguntei.

— Estou debatendo.

— Debatendo o quê?

— Se te conto a verdade.

— Não desperdice energia decidindo, Angel. Sempre conte a verdade.

— Tá — disse ela com um encolher de ombros delicado. — Fiz as malas porque doía muito estar tão perto de você quando você me odiava. Eu ia voltar para a pousada, esperar até que o trabalho pudesse enviar um substituto, e aí deixaria a cidade.

Era como uma facada no estômago, saber quão perto eu estive de perdê-la para sempre. Se Naomi e Sloane não a tivessem impedido, a noite passada não teria acontecido. E essa conversa não seria possível. Eu devia a elas flores ou talvez um ingresso para um spa.

— Desculpa, Angel — eu disse. — Eu estava me apaixonando depressa e me agarrei a qualquer desculpa que pudesse para dar fim ao sentimento. Lamento ter feito você sentir que não podia confiar em mim. Não vou cometer o mesmo erro duas vezes.

Seus cílios eram volumosos e escuros em contraste com a pele e, quando as pálpebras pesadas se ergueram e ela olhou para mim, fiquei sem ar.

— Quando diz se apaixonar... — disse ela baixinho.

— Perdidamente, Angel. E estou muito arrependido de ter te trazido para jantar fora em vez de ter te levado de novo para a cama.

Sua risada saiu rouca e, quando ela se inclinou, seu peito encostado no meu braço estava macio e tentador.

— Missão cumprida. Agora diga que vai me usar, Nash.

Apertei a haste da taça de vinho. Eu sabia o que ela queria dizer, mas era impossível o meu pau ignorar o duplo sentido. Estava na hora de retomar o controle.

— Antes de mais nada, quero ouvir essas palavras saírem da sua boca outra vez quando eu estiver dentro de você. E quero que seja sincera.

Seus lábios se separaram quando sua respiração acelerou.

— Combinado.

— Segundo, se quiser se juntar a nós, preciso que tome todas as precauções que *eu* considerar necessárias para que fique segura. É inegociável.

— Combinado — repetiu ela.

Dirigi a ela um olhar voraz.

— Sabe, da última vez que fizemos um trato, eu estava dentro de você.

— E, em vez de ficarmos nus na cama, saímos para jantar no nosso primeiro encontro. Acho que terá que se contentar com o "toca aqui" — disse ela, presunçosa.

FOI UM PRIMEIRO encontro insuperável. Eu sabia disso no meu âmago. Havia algo em Lina Solavita que me atraía, me cativava. Eu queria todos os seus segredos, toda a sua confiança. E queria que ela os entregasse de bom grado a mim. Para sempre.

Não era só uma atração. Era algo mais.

Nós conversamos, rimos, flertamos, provamos as entradas um do outro. Quanto mais demorava a refeição, mais nos aproximávamos.

No momento em que o garçom estava descrevendo as sobremesas, minha mão direita estava em sua coxa logo abaixo da barra curta do vestido. Meus dedos traçavam círculos pequenos em sua pele quente.

Lina parecia fascinada pela descrição do pudim de pão com uísque, mas, debaixo da mesa, minha menina má separou mais os joelhos para mim.

Convidando, testando, *provocando.*

Eu queria dar uma conferida. Sabia que, se o fizesse, enfim veria a cor da roupa íntima dela e passaria por um novo nível de tortura. No entanto, já era hora de eu mesmo torturar um pouquinho.

Ela achou que eu não faria isso. Mas havia muitas coisas que Angelina Solavita podia me tentar a fazer.

Conforme o garçom se entusiasmava ao falar do cheesecake de avelã, arrastei as pontas dos dedos até a terra prometida. Lina deu um salto e tentou fechar os joelhos, mas já era tarde demais. Eu tinha encontrado o que procurava. Aquela mancha úmida na calcinha de seda que eu ainda não vira. Mas que podia *sentir.*

Suas coxas tremiam coladas na minha mão.

— O que você prefere, Angel — perguntei a ela.

O olhar que ela direcionou a mim foi uma bela combinação de choque e desejo escancarado.

— Q-Quê?

— Sobremesa — falei, pressionando dois dedos naquela mancha molhada deliciosa. — Me diga o que quer.

Ela piscou duas vezes, depois balançou a cabeça. O sorriso que direcionou ao garçom não era o de "devoradora de homens" de sempre.

— Hã, quero uma fatia de cheesecake de avelã. Para viagem.

— E o senhor? — perguntou-me o garçom.

Usei meus dedos indicador e médio para apertar os lábios do sexo dela por cima da calcinha.

— Só a conta.

Despedindo-se com a cabeça, ele se afastou e Lina cerrou as mãos na toalha de mesa.

— Abra as pernas. — Minha ordem foi um sussurro rouco.

Ela não hesitou em separar as coxas.

— Mais — ordenei. — Eu quero ver.

Ela obedeceu, levando a bunda até a borda do sofazinho, dando-me permissão e liberdade para brincar. Meu pau estava duro como pedra e implorava para ficar livre.

Vermelha. A calcinha dela era vermelha. Passei meus dedos sob a faixa que cobria seu sexo.

— Nash — sussurrou ela, com a voz trêmula.

Adorava a forma como ela dizia o meu nome quando precisava de mim.

— Acha que pode ficar me provocando em um restaurante chique sem eu fazer nada?

— Bom... sim — admitiu ela com uma risada trêmula. Debaixo da mesa, ela levou os quadris para a frente, implorando por mais pressão.

Eu queria incliná-la sobre a mesa e levantar seu vestido até a cintura.

Circulei seu botãozinho molhado com as pontas dos dedos.

— Se eu te fizer gozar aqui, agora, me prometa...

— Qualquer coisa — choramingou ela, contorcendo-se contra a minha mão.

Nossa, adorei o som da sua rendição. Fez meu pau doer.

Aproximei-me ainda mais para que meu braço colasse em seus seios, meus lábios roçando sua orelha.

— Prometa que ainda vai me deixar entrar o mais fundo possível em você quando chegarmos em casa.

— Sim — sibilou ela no mesmo instante. Então sorriu com malícia. — Se conseguir me fazer gozar antes da sobremesa chegar, vou retribuir o favor.

Desafio aceito.

— Abra o máximo que puder, Angel.

Ela apoiou o joelho na minha coxa para conseguir, mas, assim que suas pernas se espalharam, enfiei dois dedos em seu canal escorregadio e molhado.

Seu gemido baixo fez meu pau se contorcer dolorosamente. Então adicionei um terceiro dedo.

— Ai, minha nossa — gemeu ela.

— Não rebole — avisei, dando o que parecia ser um beijo inocente no ombro dela. — Fique quieta ou todos no restaurante vão saber o que está acontecendo embaixo desta mesa.

Ela mordeu o lábio e parou de se mexer.

— Essa é a minha garota — sussurrei, depois passei o polegar no clitóris.

— Ai, caramba — choramingou ela.

Os tremores que provocavam meus dedos disseram tudo o que eu precisava saber.

— Você já está pronta para gozar. Não é, Angelina?

— A culpa é sua — sibilou ela. — Você com esse maldito terno de mocinho. Com o seu maldito primeiro encontro e os seus malditos brincos "eu os vi e pensei em você".

Ela estava sutilmente indo de encontro às estocadas da minha mão, suas coxas se esforçando para ficarem abertas. Meus dedos estavam molhados. Acrescentei um pouco mais de pressão com o polegar e foi como acionar um gatilho.

Ela fechou os olhos e eu tive o privilégio de sentir tudo dentro dela se contrair com força antes do êxtase. O orgasmo da Lina foi como fogos de artifício nos meus dedos, fazendo com que me sentisse um herói. Continuei pene-

trando, passando o polegar naquele botão sensível. Suas pernas tremiam e ela apoiou todo o seu peso em mim enquanto gozava e gozava e gozava.

Encravei minha outra palma na ereção, rezando para não estar tão perto do clímax quanto sentia estar.

— Ai, cacete — disse Lina, ainda ofegante, ainda apertando meus dedos dentro dela.

— Seu cheesecake e sua conta — disse o garçom.

— É IMPRESSÃO minha ou está irritado? — perguntou-me Lina enquanto eu subia atrás do volante do seu carro.

Tive praticamente que arrastá-la para o estacionamento porque suas pernas ainda tremiam por causa da masturbação. Felizmente, Nolan estava no banheiro e perdeu nossa fuga.

— Não estou bravo — retruquei. Minha mão ainda estava úmida dela, um fato que não ajudava minha situação.

— Era apenas provocação. Não queria que fosse tão longe. Mas caramba, convencido. Você não para de me surpreender.

— Linda, só tem uma coisa chateada agora e é o meu pau com o quanto estamos longe de casa.

Eu podia sentir o pulsar dele martelando na minha cabeça. Como é que eu ia durar a viagem de trinta minutos de carro para casa?

— Ahhhhhh. — Ela prolongou a palavra enquanto eu trocava a marcha e pisava no acelerador. O carro derrapou quando saí do estacionamento e peguei a estrada.

— Não era para a gente esperar o Nolan? — perguntou ela.

A minha resposta foi um grunhido. Se eu não me aliviasse em breve, corria o risco de perder a porra da cabeça.

Ela tinha aberto tanto os joelhos para mim. Gozado com tanta força. Num restaurante cheio de gente. Agora meu membro tinha um zíper tatuado.

— Acho que posso ajudar com isso — disse ela, soltando o cinto de segurança.

— O que você está fazendo? — exigi saber, severo. — Coloque o cinto de volta.

— Mas, se eu colocar, não vou poder fazer *isso*.

Ela estendeu a mão e, quando seus dedos se fecharam no meu cinto, eu sabia que estava em sérios apuros.

Respirei fundo enquanto o meu pau virava a porra de um granito.

— Angelina — avisei.

Aqueles dedos ágeis soltaram o cinto da minha calça e abriram a braguilha em segundos.

— Você não vai obedecer a *todas* as leis hoje à noite, vai? — provocou ela.

— Tira o sutiã — retruquei enquanto diminuía a velocidade.

— Estou sem. — Ela transmitiu a informação ao mesmo tempo que envolveu minha ereção latejante com a mão.

— Puta que pariu!

— Mantenha os olhos na estrada, convencido.

Isso seria impossível. Especialmente depois que enganchei minha mão direita no decote do vestido dela e o puxei para baixo para poder ver aqueles seios perfeitos.

Com um sorrisinho safado, ela abaixou a cabeça para o meu colo. No segundo em que aqueles lábios quentes envolveram a cabeça, eu estava perdido. Aquela língua quente, aquela boca molhada, o jeito como ela me segurou com firmeza. Angelina Solavita estava prestes a me proporcionar uma experiência religiosa.

Soltei um gemido, longo e grave, enquanto ela me dava prazer com a boca e a mão. Confinado pela calça, pelo cinto de segurança, pelo volante, não pude fazer nada a não ser me deleitar. A estrada solitária e iluminada pela lua se estendia à nossa frente, mas eu mal a via.

Minha atenção foi roubada pela boca quente no meu pau.

Passei uma mão por baixo dela para agarrar um seio. Seu gemido vibrou pelo meu membro. A parte de trás da minha cabeça estava perfurando o assento. Um dos meus joelhos pressionou a porta e o outro o console do câmbio.

Ela tinha atingido o ritmo perfeito e eu sabia que estava prestes a perder minha sanidade e ejacular. O gozo estava se agitando perigosamente nas bolas, fazendo-as se contraírem.

— Cacete.

Eu queria dar investidas. Queria me mexer. Mas não conseguia.

Sem aviso, a boca da Lina saiu da minha ereção. Ela olhou para mim com uma sobrancelha arqueada e lábios vermelhos e molhados.

— Sério, convencido? Cinquenta e cinco por hora numa pista de noventa?

Segurei seus cabelos com pouca delicadeza e a empurrei de volta para o meu colo.

— Cala a boquinha e chupa, linda.

No segundo em que sua boca encostou no meu pau, girei o volante para a direita e encostei o carro. Foram necessárias algumas manobras para reduzir a marcha, mas consegui nos fazer parar. Colocando o carro em ponto morto, puxei o freio de mão. A poeira ainda subia ao nosso redor quando mexi na alavanca do meu assento para reclinar.

Com minhas duas mãos na cabeça dela, defini o ritmo. Ela se espalhou mais pelo console do câmbio, seus peitos saltando à luz interna do carro, sua boca sempre no meu membro.

Estava perto.

Eu queria avisá-la, mas não consegui pronunciar as palavras. Eu não conseguia nem respirar o necessário para formá-las. De certa forma, o pânico era do mesmo jeito. Mas isso estava a um mundo de distância. Isso era algo pelo qual eu desistiria de tudo. Lina era alguém por quem eu desistiria de tudo.

Com esse pensamento aterrorizante, ejaculei *com força*. O líquido subiu pelo meu membro como fogo e explodiu em sua boca à espera. Devo ter gritado. Devo ter pisado no acelerador porque o motor foi parar na linha vermelha. Eu estava segurando seu cabelo com muita força, mas não conseguia parar. Não enquanto estivesse gozando.

Era interminável. Sua boca me sugou, capturando cada jorro do meu orgasmo como se ela não pudesse viver sem ele.

— Linda — ofeguei, caindo de costas no assento.

Sua boca se manteve na ponta sensível até que eu a puxei para cima. Seu cabelo estava uma bagunça. Seus olhos estavam arregalados e vidrados. Seus seios cheios balançavam hipnoticamente a cada respiração. A boca dela, aquela maldita boca, estava inchada, rosada e molhada.

Nunca tinha visto nada tão bonito em toda a minha vida.

Segurando-a debaixo dos braços, trouxe-a para o meu colo e apoiei sua cabeça no meu peito. Ela se aninhou a mim, nós dois respirando como se tivéssemos acabado de percorrer uma maratona.

— Caramba, linda. Você deveria cadastrar sua boca no sistema de armas — falei.

Ela soltou uma risada baixa e sensual.

— É vingança por me fazer gozar no meio de um restaurante.

Acariciei o cabelo dela.

— Não sei você, mas eu diria que este primeiro encontro foi um sucesso.

— Eu não rejeitaria um segundo.

Apalpei o peito dela e o apertei.

— A gente pede comida — decidi.

Foi então que notei as luzes piscando no espelho retrovisor.

— Porra.

TRINTA E NOVE
A GALERA REUNIDA

Lina

Você é uma má influência — reclamou Nash, atrapalhando-se com as chaves.

— Pelo menos era o Nolan — lembrei-o enquanto esperava que ele destrancasse a porta do seu apartamento.

A babá delegado federal do Nash não ficou nada satisfeita em voltar do banheiro do restaurante e descobrir que havíamos desaparecido. Ele só achou a situação levemente mais cômica quando caminhou até a janela do motorista. Não foi preciso quebrar a cabeça para entender o que tínhamos aprontado.

Nash abriu a porta e gesticulou para que eu entrasse primeiro. Bica me recebeu na porta, orgulhosamente carregando um cãozinho policial de pelúcia na boca.

— Esse é novo — observei, inclinando-me para acariciar seu pelo malcuidado.

— Comprei na Amazon — disse Nash, fechando a porta e pendurando as chaves no gancho.

— Você está sempre duro? — perguntei, observando a situação óbvia em suas calças.

Seu sorrisinho estava completamente malicioso quando ele me alcançou.

— Você tem duas opções.

— Diz.

— Ou eu te chupo aqui encostada na porta ou no quarto.

Suas mãos já estavam indo para a barra do meu vestido.

— Espera. Espera. Espera.

Para seu crédito, ele parou imediatamente.

— O que foi?

— Por mais que eu queira muito, *muito* testar seu rostinho com pele de bebê... — Balancei a cabeça. — Não acredito que vou dizer isso. Mas acho que precisamos conversar.

Nash deu um sorrisinho.

— O que diabos colocaram naquele vinho?

Enfiei as mãos no cabelo.

— Fui abduzida por alienígenas e substituída por um clone não muito convincente, é óbvio. Mas andamos ocupados demais com orgasmos para conversar.

— Sobre o quê?

— Sobre o plano de derrotar o Hugo. Falei sério quando disse que queria participar. E por mais que eu queira ir para a cama várias vezes com você, isso é importante. O bastante para não deixar que me distraia com o seu pênis mágico.

Seus olhos passaram de uma intensidade ardente para entretidos.

— Você é única, Angel.

— Hã-hã, Sr. Certinho. Não me distraia com elogios. Reúna a tropa enquanto levo a Bica para passear.

— Agora?

Peguei a coleira da Bica no gancho.

— Sim. Agora — falei com firmeza.

VOLTEI DA CAMINHADA pelo quarteirão com a Bica e uma consciência pesada incômoda.

— Nash? Antes que todo mundo chegue, preciso contar algo.

Nash estava pendurando a foto do Duncan Hugo no quadro branco que ele tinha montado ao lado da mesa.

— O que foi?

Eu tinha quase certeza de que tinha feito a coisa certa, mas tinha a sensação de que ele podia não ver dessa forma.

— Tá legal. É o seguinte, na escola, depois de todo aquele lance de parada cardíaca, eu virei um peixe fora d'água. E, além do trabalho, nunca me encaixei socialmente.

Ele estava me observando atentamente agora.

— Acho que o que estou tentando dizer é que sou nova nisso. Sou nova no que rola entre nós. Sou nova em ter amigas como a Naomi e a Sloane.

Os olhos de Nash se fecharam lentamente e depois reabriram. Ele esfregou o espaço entre as sobrancelhas.

— O que você fez, Angelina?

— Escuta o que tenho pra dizer — comecei. Mas fui interrompida por uma batida alta. Bica correu toda atrapalhada para Nash.

— São nove horas da noite no meio da semana — queixou-se Knox quando o deixei entrar.

— Vou emoldurar as Palavras do Knox Morgan Domesticado — brinquei. Eu estava fechando a porta quando Lucian apareceu.

— Como diabos chegou aqui tão rápido? — perguntei.

— Trabalhei remotamente daqui hoje.

— Você trabalhou remotamente vestindo terno?

— Belos brincos — disse ele.

Estreitei os olhos, desconfiada.

— Por que está sendo gentil comigo?

— Por causa disso. — Ele indicou Nash com a cabeça por cima do meu ombro, que estava oferecendo uma cerveja ao irmão com um sorriso no rosto. — Não estrague tudo.

Ele foi na direção dos amigos e eu fechei a porta me sentindo culpada.

— Então, pessoal. Antes de começarmos, acho que eu deveria contar a vocês...

Fui interrompida por outra batida.

Lucian parou de tentar persuadir Bica a sair de trás das pernas de Nash e franziu a testa.

— É o Graham?

— A gente sabe que você está aí. — Soou a voz da Sloane do outro lado da porta.

Nash se dirigiu a mim e à porta.

— Era isso que eu queria contar — falei, segurando seu braço.

Ele olhou pelo olho mágico e, em seguida, lançou-me uma expressão de "não acredito que fez isso".

— Fiz — confessei.

— Fez o quê? — perguntou Knox, cruzando os braços.

— Isso — disse Nash, abrindo a porta para Naomi, Sloane e a Sra. Tweedy.

— Tá legal. Só para esclarecer, eu não chamei a Sra. Tweedy — falei.

Knox parecia preocupado. Lucian parecia pronto para cometer um assassinato. E Nash, bom, Nash olhou para mim e revirou os olhos.

— Daisy, linda, o que diabos faz aqui? — quis saber Knox, fechando a distância entre eles.

Ela cruzou os braços sobre o lindo suéter violeta.

— Lina chamou a gente.

Sloane, vestida com calça de pijama de moletom xadrez e blusa combinando, colocou as mãos nos quadris.

— Não vamos permitir que os machos nos deixem de fora do que quer que isso seja.

— Só estou aqui porque parecia uma festa pelo meu olho mágico. Trouxe bebida — anunciou a Sra. Tweedy, mostrando uma garrafa de bourbon.

Estremeci quando três pares de olhos mal-humorados e masculinos pousaram em mim.

— Angelina — começou Nash.

Levantei as mãos.

— Escuta o que tenho pra dizer. Isso envolve todas nós, de uma forma ou de outra, exceto a Sra. Tweedy. E a Naomi e a Sloane merecem saber o que está rolando. Quanto mais pessoas conseguirmos juntar, mais olhos e ouvidos teremos pela cidade, mais bem preparados estaremos.

Os homens continuaram me encarando.

— Ninguém conhece esta cidade e o que se passa nela melhor do que Sloane. E a Naomi conquistou seu lugar aqui por ser alvo. Ela não devia ficar desinformada. Quanto mais ela souber, mais segura pode ficar e melhor pode proteger a Waylay — insisti.

— Não vai me deixar de fora do que quer que isso seja. Se tem alguma coisa a ver com minha irmã ou aquele ex escroto dela, eu mereço saber o que está acontecendo — insistiu Naomi para Knox.

— Não precisa se preocupar com isso, Daze — assegurou ele, segurando-a pelos bíceps com a maior delicadeza. — Eu cuido disso. Cuido de você e da Way. Precisa confiar que eu cuidarei disso.

O rosto da Naomi ficou calmo por um momento antes de ficar mal-humorado de novo.

— E *você* precisa confiar em *mim*. Não sou criança. Mereço transparência total e comunicação aberta e honesta.

Sloane apontou na direção da Naomi com o polegar.

— É. Isso aí que ela disse.

— Isso não tem nada a ver com você. Quando vai aprender a cuidar da própria vida? — disse Lucian, dirigindo-se a Sloane num tom tão frio que quase estremeci.

Bom, pelo menos o grandalhão estava possesso com alguém além de mim pela primeira vez.

Sloane, no entanto, parecia imune à frieza de Rollins.

— Cala a boca, Satanás. Se envolve a minha cidade e as pessoas com quem me preocupo, então me envolve. Não espero que entenda.

Eles começaram a se encarar e eu me perguntei quem cansaria o pescoço primeiro, dada a diferença de altura.

Nash se aproximou e me segurou pelo pulso.

— Nos deem licença por um segundo — ele anunciou e me arrastou para o quarto. Ele fechou a porta, encostou-me nela e, em seguida, prendeu-me com as palmas das mãos ao lado da minha cabeça.

— Explique.

— Você parece bravo. Não é melhor conversar mais tarde?

— Vamos conversar agora, Angel.

— Elas tinham o direito de saber.

— Explique por que falou com elas antes de falar comigo.

— Com sinceridade?

— Vamos tentar isso para variar — falou ele num tom seco.

— Não sei bem qual é a hierarquia de lealdade nesta situação. Naomi e Sloane são minhas primeiras amigas verdadeiras em muito tempo e estou enferrujada. Mas sei o quanto te magoou quando escondi coisas de você. Tive um gostinho disso quando você estava conspirando sem mim. E...

Ele prendeu meus quadris na porta com os dele, provocando um baque.

— Eles estão transando? — Ouvi Knox perguntar do outro cômodo.

— E o quê? — perguntou-me Nash.

— E elas deveriam saber. E entendo que esteja bravo e sinto muito por não ter falado disso com você primeiro.

— Agradeço e está coberta de razão — disse ele, afastando meu cabelo para trás da minha testa em um gesto tão gentil que meus joelhos ficaram fracos.

— Estou?

Um sorriso surgiu no canto da sua boca.

— Sim. Mas, da próxima vez, vamos conversar primeiro.

Ele era tão lindo e tão... *bom*. Não era de se admirar que eu tivesse me "ap..." por ele.

Consegui assentir.

— Tá. Ok.

Ele envolveu meu rosto com a mão.

— Você e eu estamos juntos nessa. Quando nossas decisões afetam o outro, nós as *tomamos juntos*. Entendido?

Fiz que sim com a cabeça de forma enérgica.

— Ótimo — disse ele, afastando-me da porta. Ele deu um tapa no meu bumbum. — Considere isso um bate aqui.

— Ai!

— Ou ela deu na cara dele ou ele bateu na bunda dela — disse Sloane no outro cômodo.

— Agora, vamos voltar lá e resolver essa merda. *Juntos* — disse Nash com firmeza.

— Tá bem.

Ele fez uma pausa.

— Tem mais alguma coisa que queira me dizer antes de voltarmos?

Abri a boca no mesmo momento em que soou outra batida na porta da frente.

— Juro que esse aí não fui eu que chamei — insisti.

Ele sorriu e abriu a porta do quarto.

Nolan entrou e Knox fechou a porta. O delegado parou e encarou a reunião, o quadro branco e a Sra. Tweedy preparando um coquetel de bebidas antigas.

— Vou odiar isso, né?

— Não tanto quanto já odeio — disse Knox a ele.

— Oi, Nolan — disse Sloane com um sorriso bonito.

— Olá, fofinha.

Lucian permaneceu em silêncio, mas o astral de "vou perder a linha" era uma presença tangível no cômodo.

— Vou pegar mais cervejas — falei, entrando de propósito no meio de Lucian e Nolan, que parecia alheio ao risco que a sua vida estava correndo.

— Você já sabe. Esta é a sua última chance de cair fora antes que as coisas fiquem sérias — disse Nash a Nolan enquanto eu me dirigia para a cozinha. — Dentro ou fora?

— Dentro — disse ele sem hesitação.

— Nolan, isso pode lhe causar sérios problemas — avisei, tirando um engradado de seis cervejas da geladeira. — Seus chefes não vão gostar do seu envolvimento nisso.

Nolan abriu os braços.

— Não sei se repararam, mas o meu trabalho é uma porcaria. Custou o meu casamento. Arruinou qualquer esperança que tenho no mundo em geral. E dormir em pousadas vagabundas acabou com as minhas costas. Já tenho a minha carta de demissão redigida. Só preciso estar bêbado o suficiente ou de saco cheio o bastante para enviá-la aos superiores. Além disso, estou farto de ser babá.

Nash e eu trocamos um olhar e ele assentiu. Entreguei uma cerveja ao Nolan.

— Bem-vindo à equipe.

— Não sei do que diabos estão falando, mas também estou na equipe — anunciou a Sra. Tweedy.

Dei de ombros para Nash e ele revirou os olhos. Nós dois sabíamos que não tinha uma forma fácil de se livrar dela.

— Tá bom — disse Nash a ela. — Mas você não pode passar pra frente nada do que ouvir hoje à noite. Nem para os amigos da academia. Nem para os amigos do pôquer. Ninguém.

— Pufff. Já entendi. Vamos ao que interessa.

— Vamos acabar com isso — murmurou Knox, puxando uma cadeira para Naomi.

Nós nos sentamos à mesa com bourbon e cervejas e ouvimos enquanto Nash nos repassava todos os acontecimentos dos últimos dias, depois delineava o plano básico que tinham elaborado.

— Odiei — anunciou Sloane quando ele terminou.

Naomi estava com os olhos arregalados e agarrada à mão de Knox.

— Não pode estar falando sério, Nash. Você não pode simplesmente se jogar como isca. Ele já quase te matou.

— E, desta vez, estarei pronto para ele — disse Nash com calma.

— Todos nós estaremos — prometi.

Naomi se voltou para Knox.

— Mas, se Nash é um alvo, uma ponta solta, a Way também.

— Você também — disse Lucian.

Knox a puxou para o lado dele.

— Olha para mim, Daze. Ninguém vai se aproximar de nenhuma de vocês. Prometo. Teriam que passar por mim primeiro, e ninguém vai passar por mim, porra.

— Ele atirou no Nash — disse ela, com os olhos cheios de lágrimas.

— Ele também não vai ter outra oportunidade — prometeu Knox. Seu olhar foi para o irmão e eles compartilharam uma longa troca de olhares.

Naomi fechou os olhos e se encostou no peito de Knox.

— Não acredito que tudo isso está acontecendo por causa da minha irmã. Sinto que fui eu que causei isso a vocês.

— Você não pode se responsabilizar pelas más decisões de outra pessoa — disse Nash. Seu olhar se voltou para mim. — Tudo o que pode fazer é tomar boas decisões para si mesma.

— Vou deixar uma coisa bem clara — disse Knox. — Nada disso vai rolar antes do casamento no sábado. Nada vai estragar o dia da Daisy.

— É o seu dia também, Knox — disse Naomi, inclinando-se para ele.

— Claro que é. E nada nem ninguém vai arruiná-lo. Estamos de acordo?

Ele encarou todos à mesa, certificando-se de que cada um de nós concordasse.

— Vamos dar início a tudo na segunda-feira — disse Nash.

— Tá legal. Então vamos falar sobre a preparação — sugeri.

Nash assentiu.

— Somos todos parte da equipe. Todos nós temos um trabalho a fazer. Caso contrário, por que estamos aqui?

— Porque Lina deu com a língua nos dentes e as arrastou para cá — disse Knox.

— A Lina te poupou de passar uma semana dormindo no sofá, que é o que você mereceria se tivesse me mantido desinformada. Então deveria estar agradecendo a ela — salientou Naomi.

Knox olhou para mim e usou o dedo do meio para esfregar o canto do olho.

— Valeu, Lin — disse ele.

— Imagina — falei docemente, levantando meu copo com o dedo do meio estendido.

— Vamos voltar às tarefas — sugeriu Nolan.

— Continue — disse-me Nash.

Pisquei os olhos.

— Eu não... eu não estou muito confortável...

— Mas você sabe o que precisa ser feito — insistiu ele.

— Certo — disse. — Beleza, então. Nash, você vai obter acesso ao processo que a polícia de Lawlerville começou antes dos federais se meterem. Talvez haja algo lá que aponte para o paradeiro do Hugo.

Ele assentiu e eu respirei fundo.

— Continue — pediu ele.

Virei-me para Nolan.

— Nolan, use seu charme e conexões para ver quais informações consegue obter sobre o caso que os federais estão montando contra Anthony Hugo. Quem está lhes dando informações e por onde elas estão vindo.

— Pode deixar — disse ele, acariciando o bigode.

— Sloane?

— Manda ver — disse ela, segurando uma caneta sobre o caderno que tinha tirado da bolsa.

— Precisamos de pessoas na cidade que fiquem atentas a Duncan Hugo e seus capangas. Quanto mais cedo formos avisados, mais tempo teremos para nos preparar. Grim já concordou em continuar a vigiar os capangas dos Hugo. Se algum deles se aproximar, vamos saber. Mas precisamos de pessoas que possam manter os olhos e os ouvidos abertos e a boca fechada.

— Uuuuh! Me escolhe! Me escolhe! — disse a Sra. Tweedy, erguendo-se um pouco da cadeira, com a mão levantada como uma estudante ansiosa.

— Tá bem. A Sra. Tweedy é a nossa primeira espiã oficial — concordou Sloane.

— Isso significa que não pode abrir o bico sobre isso com ninguém — lembrou Knox a sua inquilina idosa.

— Eu sei quando abrir o bico e quando mantê-lo fechado — retrucou ela.

— Escolha pessoas de confiança que não vão sair falando por aí. A última coisa de que precisamos é uma cidade inteira procurando briga — advertiu Nash a Sloane.

— Talvez possamos contar umas baboseiras para que alguns fofoqueiros de língua solta fiquem de olho sem saber exatamente o porquê — sugeriu a Sra. Tweedy.

— Como isso funcionaria? — perguntei.

— O Cara da Tatuagem na Cara, por exemplo. Posso mencionar casualmente à Neecey da Dino's que ouvi por aí que um cara com tatuagens no rosto está querendo comprar hectares de terras agrícolas para construir um monte de condomínios modernos e lojas de *vape*.

— Não é uma má ideia — disseram Lucian e Sloane ao mesmo tempo. Eles trocaram um olhar longo e ardente.

— Knox — continuei.

Naomi ainda estava colada à lateral dele, com um dos braços tatuados do noivo por cima dos próprios ombros.

— Diga aí, chefia.

— Segurança local. Reforce o sistema na sua casa e aqui na do Nash. Lucian, consegue encontrar um jeito de rastrear Nash, Naomi e Waylay no caso de eles ficarem sem celulares?

Os olhos de Nash se voltaram para mim.

— Espera um minuto aí. Eu já tenho uma sombra federal...

— Não adianta discutir — disse Naomi a ele. — Se é uma precaução que Waylay e eu temos que tomar, você tem que tomar também.

— Tenho acesso a uma tecnologia interessante que pode ajudar — disse Lucian.

— Maravilha. Knox, trabalhe com Lucian nisso — eu disse.

— O que quer que eu faça? — perguntou-me Naomi. — E nem pense em me deixar de fora.

Olhei para Nash, pedindo ajuda.

— Autodefesa — disse ele. — Você e Waylay vão se inscrever nas aulas particulares de jiu-jitsu com o instrutor da Fi. — Knox abriu a boca para discutir, mas Nash fez que não. — Hugo não vai se aproximar de nenhuma de vocês. Mas não vamos dar brecha.

— Estou ansiosa para dar continuidade ao meu repertório de joelho-bolas-nariz — disse Naomi.

Sloane bocejou e olhou para o relógio.

— Joia. Temos as nossas atribuições. Vamos caçar aquele idiota.

Houve um murmúrio de concordância pela mesa.

A Sra. Tweedy engoliu ruidosamente o resto do seu bourbon.

— Venha, Daze. Vamos para a cama — disse Knox.

O jeito como ele disse e o jeito como ela olhou para ele me fez pensar que dormir era a última coisa que tinham em mente.

Sloane guardou o caderno na bolsa.

— Vou criar um grupo no WhatsApp para todo mundo se manter atualizado.

— Bem pensado — disse Nash.

— Graham — disse Nash chamando Nolan, apontando com a cabeça em direção à cozinha.

— Uma palavrinha — disse Lucian, aparecendo ao meu lado.

— E aí?

— Qual é a minha verdadeira missão?

Meu sorriso foi lento e presunçoso.

— Eu não queria fazer a pergunta na frente de um delegado federal, mesmo que ele esteja do nosso lado.

— Imaginei.

— Será que sua rede de informações assustadora poderia encontrar um homem sem nome e sem foto? — Expliquei sobre o amigo sem rosto do Duncan, o dos celulares descartáveis. — Foi o único que não consegui localizar, e isso me faz pensar que é ele quem precisamos encontrar.

— Mande tudo o que tiver para mim, e vou fazer minha equipe começar para ontem.

— Bom. Ah, e o que acha de ficar de olho na Sloane? O restante de nós ou são treinados para lidar com isso ou moram com alguém que é. A Sloane está sozinha e, já que fica ao lado dela quando está na cidade, é o candidato mais conveniente.

Fogo gélido dançou nos olhos de Lucian.

— Ninguém vai chegar perto dela — prometeu ele.

— É provável que ela implique por conta da atenção — avisei.

Algo que quase parecia um sorriso pairou em seu rosto bonito, mas depois desapareceu.

— Desta vez não vou fugir tão facilmente.

Eu estava morrendo de vontade de saber em que outra vez ele estava pensando e como uma mulher de um metro e meio tinha fugido de Lucian "Lúcifer" Rollins. Mas não parecia o momento para perguntas.

Nós nos despedimos enquanto todos, exceto Nolan, saíam pela porta, um burburinho de propósito e antecipação entre eles.

Sloane parou na porta aberta.

— Ainda disposto a ser meu acompanhante do casamento no sábado? — perguntou ela a Nolan, que estava apoiado na ilha da cozinha.

— Não perderia por nada neste mundo, fofinha.

— Me busque às...

Lucian bateu a porta, interrompendo Sloane no meio da frase.

— Esses dois vão implodir um dia. Não é, Bicazinha? — perguntei à cachorrinha que sapateava aos meus pés.

— Angel, preciso da sua chave — gritou Nash.

— A porta está destrancada — falei, encontrando-me com ele e Nolan na cozinha.

— Ótimo. Vá buscar as suas coisas e traga a sua chave de volta — disse ele.

— Minhas coisas?

— Graham vai ficar com o seu apartamento até que isso acabe. Vai ser melhor se ele ficar mais perto do que na pousada.

— Não vou mentir. Mal posso esperar para ter uma cama de verdade e não ter que pisar em meia dúzia de baratas antes de tomar banho — disse Nolan com alegria.

— Hã, você vai ficar com o sofá, meu amigo — eu disse a ele.

— Não. Ele fica com o seu apartamento — respondeu Nash. — Você vai ficar comigo.

— Você quer que eu *more com você*? — Aumentei o tom de voz. Comecei imediatamente a suar.

— Com esta deixa, vou buscar as minhas tralhas. Volto daqui a sei lá quanto tempo que vai levar para tirar os ratos da minha mala — anunciou Nolan e correu para a porta.

— Conteste — desafiou-me Nash.

— Não posso simplesmente morar com você, Nash. Isso é loucura. Mal conseguimos passar o dia sem brigar, e quer dividir o banheiro comigo? *Não* sorria para mim como se *eu* fosse a louca! — Eu podia ouvir o tom histérico nas minhas palavras, mas não havia como mudá-lo.

Ele ainda estava sorrindo, mas agora estava vindo na minha direção.

Levantei as mãos e comecei a recuar.

— Uma coisa é adormecer acidentalmente após o sexo, mas trazer minhas roupas para cá e... Você tem espaço no armário por acaso? Não posso deixar as minhas coisas numa mala. Elas precisam respirar.

Eu precisava respirar.

Nash me alcançou, assentando as mãos em meus quadris e me puxando para mais perto. Odiei o fato de que imediatamente me senti mais calma.

— Respire fundo — insistiu ele.

Dei uma respirada curta e inútil.

— Você fica uma gracinha quando surta.

— Eu não estou surtando. Estou... processando a sua sugestão absurda.

— Se servir de consolo, é apenas temporário — disse ele, com a voz tão calma que irritava.

Temporário. Temporário. Temporário. Assim como a nossa relação. Um dia de cada vez até... *depois*.

Nash colocou minhas mãos na sua nuca e então começou a nos balançar.

— Por que fica dançando lento comigo?

— Porque gosto de estar perto de você, mesmo quando estamos completamente vestidos.

— Não é possível que essa seja a melhor solução — insisti. — Por que todo mundo não se muda para a pousada?

— Os ratos não eram piada — salientou Nash.

— Tá, tudo bem. Todo mundo vai morar com a Naomi e o Knox. Têm espaço.

— Acha que isso não vai fazer com que toda a cidade comente? O objetivo disso é fazer com que as coisas pareçam tão normais quanto possível para quem olha de fora.

— O que tem de *normal* nisto? — exigi saber. — Além disso, as pessoas não vão passar a comentar sobre o Nolan ficar no meu apartamento? Vão achar que estou dormindo com os dois. Ou que somos um trisal bizarro.

— Ou vão achar que meu protetor designado pelo governo federal está morando comigo para me proteger. Ou que nossa relação é séria e que o Nolan queria sair da pousada vagabunda.

Droga. Ele tinha pensado em tudo. Filho da mãe sorrateiro e calculista. Fiquei impressionada.

E aterrorizada.

— Não vou bancar a dona de casa e de repente aprender a cozinhar — avisei.

— Anotado.

— E é melhor você não fazer o chão do banheiro de cesto. Vi o Monte São Roupa Suja no dia em que trouxemos a Bica para casa.

— Preciso tirar os brócolis do freezer? — perguntou ele, esfregando a bochecha no topo da minha cabeça.

— Não. Talvez.

QUARENTA

OLHA O PASSARINHO!

Lina

Não acredito que está me obrigando a fazer isso — disse Nash enquanto uma maquiadora passava pó na sua testa. Sem paciência, ele se esquivou da mão dela. — Já está bom, não? Por favor?

Eu estava em cima da mesinha do escritório dele, deleitando-me com seu desconforto com o calor das luzes do fotógrafo.

Nos últimos dias, fui eu quem estive desconfortável, forçada a morar com ele... por uns tempos, lembrei-me. Mas isso significava que eu, minhas roupas, minha maquiagem, até minha planta, morávamos agora no apartamento do Nash.

Durante as últimas 48 horas, dormi na cama do Nash, escovei os dentes na pia dele e me vesti no banheiro dele. Depois me sentei à sua mesa e comi os cafés da manhã e os jantares que ele preparou para mim.

Meu limite foi não fazer cocô enquanto ele estava em casa. Por precaução, eu reduziria as fibras por uns tempos.

Para falar a verdade, exceto pelo meu medo de dividir banheiro, morar juntos não estava sendo *tão* estranho como eu esperava. Mas isso provavelmente era porque a gente passava a maior parte do nosso tempo de qualidade pelados e o resto pensando nos detalhes do plano do Nash de "fingir recuperar a memória para desentocar Duncan Hugo".

A maquiadora arrumou o material e saiu correndo da sala. Desci da mesinha e me aproximei de Nash. Ele estava de uniforme e carrancudo, uma combinação que eu achava altamente atraente.

— Preciso te lembrar? Essa ideia foi sua — falei, passando as mãos em seu peito largo. Ele estava recuperando o peso, aos poucos adicionando músculo ao corpo. Notei que ele fazia menos caretas quando usava o ombro ruim. Meu coração havia em grande parte desistido de suas CVPs nervosas, e eu me perguntava se o sexo devastador era algum tipo de cura milagrosa.

— Minha ideia era espalhar a notícia de que tinha recuperado a memória. Não anunciar numa revista on-line nacional com uma maldita sessão de fotos — reclamou ele.

— Tadinho. Mas precisamos garantir que as notícias se espalhem pra todo canto, caso Duncan esteja escondido em algum lugar do país.

— Como Stef conseguiu isso? — quis saber Nash, puxando o colarinho com irritação.

— Ele tem uma empresa de Relações Públicas à disposição. Naomi ligou para ele, que ligou para cá, e aqui estamos.

— Me lembre de derrubar uma anilha no pé dele na próxima vez que o vir na academia.

Abri um sorriso.

— Quê?

— Até que eu gosto quando você fica todo azedo. É fofo — confessei.

— Eu não fico azedo e não é fofo, caralho.

— Tá. Você fica taciturno e isso é sexy.

A mandíbula tensionou enquanto ele ponderava.

— Dá para o gasto.

— Está preocupado? — perguntei, abraçando-o.

Nash enfiou os dedos nos bolsos de trás da minha calça.

— Ele é imprevisível. Capaz de eu me expor como isca e ele ainda me ignorar e ir atrás de outra pessoa.

— Knox não vai perder Naomi ou Waylay de vista tão cedo. Você que vai atrair a atenção do Duncan. Você é a maior ameaça. Ele não vai resistir a tentar terminar o serviço.

Fiz que não com a cabeça e fechei os olhos.

— Quê? — perguntou Nash.

— Não acredito que estou confortando meu parceiro com o fato de que o homem que tentou assassiná-lo vai tentar outra vez — eu disse. — Nada nesta situação é normal.

— Parceiro? — repetiu ele.

— Brinquedinho? Amigo? Transa de apoio emocional?

— Namorado — decidiu Nash. Ele sorriu quando eu estremeci. — Para uma pessoa durona, você se assusta fácil.

— Não estou *assustada* — menti.

— Acha que não sei quando minha namorada entra em pânico?

— Agora você está sendo um Nashlerma — reclamei, afastando-me. — Vamos deixar para dar nome ao que quer que isso seja depois.

Ele me encostou na mesa, ainda sorrindo.

— Gosto de saber que te afeto.

— É? Pois gosto mais quando você surta por causa de cosméticos e uma sessão de fotos para uma revista nacional.

Ele estremeceu.

— Agora quem está sendo cruel, Malévola?

— Toma, balinha de hortelã — falei, entregando um dos doces embrulhados que peguei na recepção do restaurante no nosso primeiro encontro.

— Não quero balinha de menta. Eu quero... — Ele parou de falar quando a embalagem fez barulho em sua mão. Franziu a testa, perdido em pensamentos.

— Quê? — perguntei.

Ele estremeceu.

— Nada. Tive a sensação de que estava me lembrando de algo.

— Do tiroteio? — insisti.

— Talvez. Já passou.

— Se você se comportar, te levo pra tomar sorvete — ofereci, mudando de assunto.

Ele prendeu os dedos no cós da minha calça e me puxou.

— Seu spray de pimenta está cutucando meu estômago — avisei-o.

— Que tal, no lugar de sessão de fotos e sorvete, eu te colocar na mesa e abrir suas pernas longas e sensuais? Vou ficar de joelhos e traçar beijos nas suas coxas.

Um arrepio delicioso subiu pela minha espinha enquanto ele deslizava uma mão para agarrar meu traseiro. Sua mão estava quente, a pegada possessiva.

— Você imploraria até que eu usasse a língua para...

— Prontinho! Desculpem o atraso. Estou em ponto de bala. — O fotógrafo não pareceu notar que meus joelhos haviam parado de funcionar ou que Nash estava o encarando com a intensidade de mil sóis.

— Outro dia? — sussurrei.

— O que é que vou fazer com o pau duro? — grunhiu ele no meu ouvido.

Olhei para baixo e sorri.

— Esconda atrás do spray de pimenta. E da lanterna. E da arma de choque. Mas, o que quer que faça, não pense em mim, gritando o seu nome quando você fica de joelhos para mim.

— Cacete.

NASH TEVE QUE aguentar doze minutos certinhos de fotos — na maior parte do tempo com uma ereção mal disfarçada — antes de dar um basta como um urso mal-humorado. Foram seis minutos a mais do que eu achava que ele aguentaria.

Mudei Bica de posição nos meus braços e peguei o celular.

> ***Eu:*** *Me deve 20 dólares. Nash acabou de enxotar o fotógrafo.*
>
> ***Stef:*** *Droga! Achei que ele iria segurar as pontas por uns 15 minutos.*
>
> ***Eu:*** *Otário. Faz o Pix. E obrigada por mexer os pauzinhos mesmo ocupado fazendo seja lá o que faz em Nova York. Te devo essa.*
>
> ***Stef:*** *Pode pagar a dívida me pondo em dia em relação ao Jeremiah.*
>
> ***Eu:*** *Não estão em contato?*
>
> ***Stef:*** *Claro que sim. Só quero saber se ele está levantando pesos como um panda triste e sexy enquanto estou longe.*

— Psiu. Quer sair daqui? — disse Nash, colocando a cabeça na porta do escritório. Seu rosto estava limpo da maquiagem profissional. Estava igualzinho a um herói americano. Considerando o abanar do rabo, Bica achava o mesmo.

— Aonde vamos? — perguntei, guardando o celular na bolsa e colocando a cachorrinha no chão.

— Ver uma admiradora de bundas — disse ele, enigmático.

— Você primeiro — falei, gesticulando para que caminhasse à minha frente. Admirei seu traseiro no uniforme sexy enquanto ele ia à frente para o escritório aberto.

— Tiraram alguma foto do rosto ou foi só da bunda? — perguntou Nolan, colocando o casaco e nos acompanhando na saída.

— Não enche — disse Nash.

Estava um belo dia de outono para dar uma volta. Nash colocou uma playlist de música country e nós três — mais Bica — partimos na SUV do departamento. Concentrei minha atenção nas atualizações do grupo do WhatsApp. Naomi e Sloane estavam levando suas missões a sério.

Sloane tinha recrutado uma rede de espiões para procurar Hugo e seus capangas.

A primeira aula de jiu-jitsu de Naomi e Waylay estava marcada para hoje à noite. Knox e Lucian tinham encomendado toneladas de equipamentos de segurança que instalariam esta semana.

— Viagem de campo divertida, chefe — disse Nolan do banco de trás.

Levantei a vista e vi a prisão feminina à nossa frente.

— Estava mais do que na hora de trocar umas ideias com ela — disse Nash, olhando a prisão pelo para-brisa. — Alguma coisa que eu precise saber antes de entrarmos?

— Ela não vai falar se Nolan estiver presente e ela tem uma quedinha por você.

— Tina? Por mim?

Parecia que eu tinha acabado de pegar uma raquete de badminton e usado para dar um tapa na cara dele.

— É a bunda, né? — perguntou Nolan.

— A minha ou a dela?

— Nem vem, chefe — provoquei. — Você sabe que todas as mulheres de Knockemout só faltam te comer com os olhos.

As orelhas de Nash estavam ficando um adorável tom de rosa.

— Será que podemos não falar da minha bunda?

— A gente pode parar, mas acho que você vai ter que calar a cidade toda, Sr. Certinho — advertiu Nolan.

Murmurando baixinho, Nash saiu do SUV e jogou as chaves para Nolan.

— Fique aqui e entretenha a Bica. Voltamos já.

— Tente não ser esfaqueado — gritou Nolan.

Enrijeci quando Nash colocou o braço em volta dos meus ombros enquanto atravessávamos o estacionamento.

— O que foi? — perguntou ele.

— Estamos trabalhando — salientei.

— E?

— Não é profissional da nossa parte ficarmos de chamego, nos beijando.

— Acho que vamos ter que rever sua definição de beijo.

— Você sabe o que quero dizer — falei, odiando como eu soava chata.

Nash me fez parar um pouco antes da entrada.

— Você passou o dia todo me enchendo a paciência e, quando dá um tempo, me provoca. Quando não está fazendo nenhuma dessas coisas, está trancafiada nessa sua cabeça refletindo. Vou arriscar um palpite: você ainda está às avessas com esse negócio de festa do pijama estendida.

— *Não* estou às avessas.

— Sabia que você enfatiza demais as palavras quando está pirando?

— De jeito *nenhum*.

Tá bem. Nessa ele me pegou. Nunca tinha passado tempo suficiente perto de um homem para ele detectar meus sinais antes. Era *irritante*.

E agora eu estava fazendo isso na minha cabeça. *Ótimo*.

— Olha só, linda. Pode surtar o quanto quiser. Ainda estarei aqui quando você terminar. É uma festa do pijama estendida. Só isso. Não está trancada numa masmorra. Não está detida contra a sua vontade. Está apenas guardando as roupas num armário diferente. A gente lida com as decisões concretas depois. Tá bom?

Eu estava assentindo com ênfase excessiva agora. Passos de formiga.

— Tá. É. Tá.

— Boa menina. Agora me ajuda a fazer a Tina abrir a matraca.

Balancei a cabeça para ajudar a pensar.

— Certo. Deixa eu ver. Ela gosta que sempre tenha sido simpático com ela. Disse que você nunca a tratou mal, mesmo quando a prendeu.

— Então por que ela deixou o namorado atirar em mim?

— Ela diz que só soube depois do ocorrido. E me pergunto se o Hugo não decidiu começar por você porque a Tina estava hipnotizada pela sua bunda.

Nash olhou por cima do ombro.

— É tão bonita assim?

— Sim. É, sim.

TINA ENTROU NA sala com a arrogância de sempre, mas parou quando viu Nash ao meu lado. Apressadamente, afastou o cabelo do rosto e depois se aproximou da mesa com os ombros para trás e peitos para frente.

Nash não deu uma conferida no busto sob o traje cáqui da prisão, mas sorriu.

— Oi, Tina.

— Chefe.

O pé com tênis *slipper* da Tina bateu na perna da cadeira e ela tropeçou, segurando-se na mesa.

— Você está bem? — perguntou Nash.

— Bem pra caralho. Digo, sim. Estou bem. — A garota durona tentando ser forte o bastante para resistir à paixão pelo cara bonito. Fiz-me de desentendida com os paralelos óbvios.

— Nash quer fazer algumas perguntinhas — eu disse.

Tina voltou os olhos para mim enquanto se sentava. Ela pareceu surpresa, como se não tivesse me notado na sala.

— Ah, hã, oi, Lona.

— É Lina — falei, olhando para Nash com cara de "eu te disse".

Ele limpou a garganta.

— Tina...

— Olha, eu não sabia bulhufas dessa historinha de ele atirar em você — disse Tina. — Pelo menos não antes. E eu disse poucas e boas depois. Ele disse que fez aquilo para que o pai começasse a levá-lo a sério. Nunca vou entender por que as pessoas ligam para as opiniões dos pais. Pra mim, é perda de tempo.

Isso vindo de uma mulher com pais encantadores cujo maior desejo era que Tina fosse feliz... e parasse de agir como uma criminosa.

— Muito obrigado — disse Nash.

Ela inclinou a cabeça como que dizendo "de nada".

— Como falei, não tive nada a ver com isso.

— Por quê? — perguntei.

Ela deu de ombros.

— Sei lá.

Nash se inclinou e Tina o espelhou.

— Tem alguma ideia de aonde ele iria se precisasse se esconder, mas ainda quisesse ficar perto?

— Já disse a ela que nunca conheci o cara, mas quando ele precisava de um lugar novo, sempre ligava para o Cara do Celular Descartável — disse Tina, apontando para mim com a cabeça sem tirar os olhos de Nash. — Ele arranjava um lugar pra gente ficar ou arrumava um lugar para Dunc esconder os carros que roubava.

— Como ele pagava o Cara do Celular Descartável? — perguntou Nash.

— Grana. Ele colocava numa daquelas caixas de encomenda dos Correios e enviava.

— Você foi de grande ajuda, Tina — disse Nash, fazendo algumas anotações no bloquinho antes de colocar a caneta de lado.

— Se tiver alguma dúvida sobre aquela noite no armazém, pergunte à Waylay. A garota tem uma memória de elefante. Nunca mencione ir tomar sorvete, a menos que esteja falando sério, porque é só o que vai ouvir pelos dois anos seguintes da sua vida se mudar de ideia.

E, assim, voltei a não gostar da Tina. Nash e eu nos levantamos.

— Agradecemos o seu tempo — disse Nash.

Tina pareceu em pânico por um segundo e então um olhar astuto cruzou seu rosto. Ela bateu na caneta do Nash como um gato para atirá-la da mesa.

— Opa. Derrubei sua caneta.

Nash ficou pálido e olhou para mim em busca de ajuda.

— Você está mais perto — falei.

Mal consegui conter uma risada quando ele se agachou, mantendo a extremidade traseira longe de Tina.

— Tenha um bom dia — disse ele, colocando a caneta no bolso.

— Até mais, Tina — despedi-me, então segui Nash enquanto ele mantinha o traseiro virado para a parede e contornava em direção à porta.

ENCONTRAMOS NOLAN E Bica sentados ao sol numa faixa de grama, brincando de cabo-de-guerra com o policial canino de pelúcia.

— Falo o que consegui se me contarem o que conseguiram — ofertou Nolan.

Nash estendeu a mão para acariciar os pelos da Bica.

— O capanga não identificado de Hugo pode estar mais para um administrador de imóveis ou agente imobiliário do que capanga. Ele era pago com dinheiro enviado pelo correio.

— Fraude postal. Ótimo.

— Vou solicitar ao meu investigador que restrinja a busca dos comparsas conhecidos para os que têm ligação com o setor imobiliário — eu disse.

— Sua vez — disse Nash a Nolan.

— Falei com um velho amigo do FBI. E não, não vou dizer o nome. Mas ele se dispôs a compartilhar umas informações internas. Disse que a informação anônima chega pelo correio, dirigida à agente especial Idler. São bilhetes manuscritos sobre as operações de Anthony Hugo. Nada de mais ainda, mas até agora tudo está correto. O remetente não tão anônimo deu a entender que vai dar mais informações em troca de um acordo de imunidade.

— Isso se alinha com as informações de Grim. Parece que Duncan Hugo quer trabalhar com os federais se isso implicar tirar o pai do caminho e assumir os negócios da família — disse Nash.

— Devo me preocupar com a segurança nacional com tantos vazamentos no FBI? — questionei.

— Que nada. Deve estar tudo bem — disse Nolan com uma piscadela.

Abri o bate-papo do WhatsApp para informar a todos do nosso progresso.

— Ah, ótimo. Knox e Lucian instalaram mais câmeras no exterior do prédio e adicionaram outras ao interior. Vão adicionar sensores às janelas e portas amanhã e Lucian deixou um rastreador para você na delegacia que parece uma camisinha — eu li.

— Não sei vocês, mas todo esse avanço está me dando fome — anunciou Nash.

— Eu não rejeitaria um sanduíche de peru com pimenta — disse Nolan.

— Ô, Nolan. Tina derrubou uma caneta só para ver o Nash pegar — fofoquei enquanto entrávamos no carro.

QUARENTA E UM
SÁBIAS PALAVRAS

Lina

Noventa e seis horas. Nash e eu sobrevivemos oficialmente a quatro dias inteiros morando juntos *e* à intensa fiscalização do começo da nossa relação pelos fofoqueiros de plantão. Eu não tinha nem engolido meu *latte* ontem de manhã quando Justice me perguntou como estava o meu "namorado".

O casamento estava marcado para daqui a quatro dias — meu vestido de dama de honra era um arraso — e o artigo do Nash seria publicado na segunda-feira seguinte.

Se tudo corresse como planejado, a notícia da recuperação da memória de Nash tiraria Duncan Hugo do esconderijo, fazendo-o cair na armadilha.

Eu só não sabia ao certo quanto do "tudo" eu queria que acabasse.

O ambíguo "depois" tomou proporções preocupantes, o que significava que decisões teriam de ser tomadas. Se encontrássemos o carro junto com Duncan, o trabalho estaria terminado e eu voltaria para Atlanta para aguardar a próxima missão.

Ou...

Reduzi a velocidade das pernas para uma corrida leve antes de parar no estacionamento do Honky Tonk.

Curvando-me, tentei recuperar o fôlego no frio da manhã. Meu rosto suado fumegava.

Tudo estava acontecendo tão rápido. Havia um ímpeto, um sentido de urgência que todos nós sentíamos à medida que os dias passavam. Isso me deixava nervosa e um pouco fora de controle.

— Nunca entendi por que as pessoas correm por diversão — disse uma voz atrás de mim.

Endireitei-me e encontrei Knox com uma bolsa de ginástica pendurada no ombro.

— O que está fazendo de pé tão cedo? — perguntei, a respiração ainda ofegante.

— Deixei Way na escola. Recebi ontem à noite e pensei em dar um pulo na academia depois de passar no banco.

— Não conseguiu dormir? — adivinhei.

— Não preguei os olhos.

— Casamento ou o Hugo? — perguntei, tirando a faixa da cabeça e usando a bainha da camisa para enxugar o rosto.

— Foda-se o Hugo. Aquele cuzão vai acabar atrás das grades ou a sete palmos do chão.

— É o casamento então.

Ele passou a mão no cabelo.

— Ela vai ser minha. Oficialmente. Ela pode cair em si a qualquer momento.

— Você está com medo — eu disse, surpresa.

— Um puta medo. Estou tremendo que nem vara verde. Preciso colocar uma aliança nela pra ontem, antes que ela perceba que poderia arranjar alguém melhor.

— Impossível — eu disse. — Ninguém neste mundo poderia amá-la mais do que você. E não que ela não seja cativante. É que você a ama nessa intensidade.

— Sim — disse ele com voz rouca.

— E ela te ama nessa intensidade.

Seus lábios se curvaram.

— Ela ama mesmo, né?

Assenti.

Ele jogou a bolsa de ginástica na parte de trás da sua caminhonete e eu me encostei no para-lama.

— Diga que vale a pena — deixei escapar.

— O que vale a pena?

— Abrir o coração. Deixar alguém se aproximar a ponto de poder te destruir se quiser.

— Posso soar como um maldito cartão de felicitações, mas vale tudo — disse ele. Arrepios se espalharam por minha pele que esfriava rapidamente.

— Não estou brincando. O que eu tinha antes comparado ao que tenho agora? — Ele balançou a cabeça. — Nem se compara.

— Como assim?

— Não sei explicar. Só sei que não há nada de ousado ou corajoso em viver a vida inteira atrás de barreiras. As coisas só ficam boas de verdade quando as barreiras caem e você abre o coração. Se não estiver se borrando de medo, está fazendo errado.

— Mas e se eu gostar de barreiras? — perguntei, chutando uma pedra com o bico do tênis.

— Não gosta.

— Tenho certeza de que gosto.

Ele fez que não.

— Se gostasse tanto das suas barreiras, não estaria se borrando de medo agora.

Revirei os olhos.

— Então, como isso funciona? É só contar meus segredos mais profundos e sombrios, expôr as partes mais feias de mim para todos e então esperar que não dê merda?

Ele me lançou um daqueles sorrisos de *bad boy*.

— Não seja idiota. Não deve se abrir para todo mundo. Só para os que importam. Aqueles em quem quer confiar. Os que quer que se abram com *você*. Esse lance de vulnerabilidade é como respeito. Deve ser merecido.

Eu me perguntava se talvez fosse por isso que eu tinha falhado como membro de equipe antes. Eu não confiava em ter o apoio de ninguém e não dava nenhum motivo para confiarem em mim.

— Acho que estar com Naomi quadruplicou sua contagem diária de palavras — brinquei.

— Estar com Naomi me fez perceber como eu era infeliz antes. Tudo que eu achava que queria era apenas uma tentativa de me proteger de realmente viver. Como afastar as pessoas — disse ele.

Encarei os dedos dos pés e deixei suas palavras circularem pelo meu cérebro. Será que eu queria continuar vivendo como sempre vivi? Ou estava pronta para mais? Estava pronta para parar de afastar as pessoas?

Respirei fundo.

— Estou muito orgulhosa de você, Knox.

— É, é — resmungou ele. — Agora já chega dessas merdas de perguntas sobre relacionamento.

Bati no ombro dele com o meu.

— Você será um ótimo marido e pai. Um mal-humorado de boca suja, mas um ótimo marido e pai.

Ele grunhiu e me dirigi para a porta que levava às escadas.

— Lina?

Eu me virei.

— Sim?

— Nunca o vi assim com nenhuma outra mulher. Ele está apaixonadaço e espera que você também esteja.

Tive vontade de sorrir e vomitar ao mesmo tempo. Por precaução, apoiei as mãos nos joelhos novamente. Knox abriu um sorriso.

— Tá vendo? Se borrando de medo. Pelo menos sabe que está fazendo o certo.

Levantei o dedo do meio para ele de forma amigável.

PASSEI O DIA todo ponderando as coisas. No meio da tarde, eu estava tão farta dos meus próprios pensamentos que fui à mercearia e comprei ingredientes para fazer sanduíches de peru.

Sanduíches não contavam como cozinhar, assegurei-me.

De volta à casa de Nash, reguei minha planta, conferi como andava o trabalho e — após uma breve pesquisa na internet — consegui assar o bacon no forno sem transformá-lo em carvão.

Montei dois sanduíches como se fossem obras de arte e depois me sentei e encarei o relógio.

Nash só voltaria para casa dali a cerca de uma hora. Eu tinha seriamente calculado mal a preparação dos alimentos.

Por impulso, peguei o celular e liguei para minha mãe.

— Que surpresa boa! — disse ela ao aparecer na tela. A alegria estampada em seu rosto por eu ter ligado espontaneamente parecia um bilhão de pequenos dardos de culpa penetrando minha pele.

Apoiei o celular no pote de petiscos para cães que Nash deixava no balcão.

— Oi, mãe.

— O que houve? Você parece... espera aí. Você parece feliz.

— Pareço?

— Você está com um brilho. Ou é filtro?

— Sem filtro. Na verdade... estou saindo com alguém — falei. Minha mãe não mexeu um músculo na tela. — Mãe? A conexão caiu? Acho que você travou.

Ela se inclinou para mais perto.

— Não travei. Só estou tentando não te assustar com movimentos bruscos.

— Então, tem esse cara — falei, decidindo contar tudo. — Ele é... — Como é que vou explicar Nash Morgan? — Especial. Acho. Digo, ele é mesmo e eu gosto dele. Muito. Muito mesmo. Mas a gente *acabou* de se conhecer e eu tenho toda uma vida em Atlanta e um emprego que exige muitas viagens e estou louca, lelé da cuca, por pensar que talvez valha a pena mudar tudo isso?

Esperei por um instante e depois outro. A boca da minha mãe estava aberta na tela.

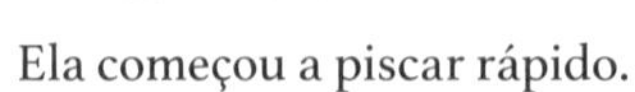

— Mãe? — chamei.

Ela começou a piscar rápido.

— Desculpa, querida. Estou processando o fato de você ter me ligado de bom grado para falar sobre a sua vida amorosa.

— Eu não disse amor. Você disse amor — falei, sentindo o pânico rastejar pela minha garganta.

— Desculpa. Sua vida de curtição — alterou minha mãe.

— Eu gosto *muito* dele, mãe. Ele é tão... bom. E real. E ele me conhece, mesmo que eu tenha tentado impedi-lo de me conhecer. Mesmo com tudo o que sabe sobre mim, ele ainda gosta de mim.

— Parece sério.

— Acho que sim. Mas não sei se consigo me relacionar a sério. E se ele me conhecer por completo e decidir que sou demais ou insuficiente? E se eu não confiar nele o bastante e ele se cansar disso? O que eu faria da vida se me demitissem do emprego e eu me mudasse para cá por ele? Ele não tem muito espaço no closet.

— Arrisque-se.

— O quê?

Pisquei, certa de ter ouvido mal minha mãe.

— Lina, a única maneira de você saber se ele é a pessoa certa é tratando-o como se fosse a pessoa certa. Ele pode merecer o título ou não. Aí é com ele, mas é você que tem que dar a ele a chance de *te* merecer.

— Estou confusa. A senhora sempre me pareceu tão... avessa a riscos.

— Querida, fui uma lástima por anos por conta do que aconteceu com você.

— Hã, não me diga, mãe.

— Eu me culpei. Culpei o seu pai. O pediatra. O futebol. O estresse do ensino médio. Por isso, me dediquei a tentar te proteger de tudo. E acho que colocá-la numa bolha causou danos piores a longo prazo do que o seu problema cardíaco.

— A senhora não me causou danos.

Eu não tinha me tornado uma medrosa avessa a riscos. Meu trabalho envolvia perigo de verdade.

—Você passou a ver todos os relacionamentos como uma prisão em potencial desde então.

Tá, isso soou um pouco verdadeiro.

— Se gosta mesmo desse cara, então precisa dar a ele uma chance sincera. E, se isso significa se mudar para Knockemunder...

— Knockemout — corrigi.

— O que foi? Vamos interromper o jogo? — gritou meu pai ao fundo.

— Lina está namorando, Hector.

— Ah, maravilha. Vamos espalhar para os quatro ventos — falei num tom seco.

Meu pai se espremeu para aparecer na tela.

— Oi, filhota. Que história é essa de namorado?

— Oi, pai — falei sem entusiasmo.

— Onde você está? Essa não é sua cozinha — disse meu pai, inclinando-se para olhar para a tela, ocupando praticamente toda a câmera.

— Ah, eu... hã...

Ouvi a chave na fechadura.

— Quer saber, preciso ir — falei rapidamente.

Mas já era tarde. A porta da frente se abriu atrás de mim e Nash, um colírio para os olhos com o uniforme, e Bica, com o suéter laranja novo, entraram.

Virei para encará-lo.

— Oi, Angel — disse ele de forma calorosa. — Puta merda. Você cozinhou?

— Hã... — Virei o corpo e olhei para os dois adultos de queixo caído na tela. — Ah, merda.

— ACHO QUE deu tudo certo — disse Nash com a boca cheia de sanduíche de peru.

Apoiei a testa no balcão e gemi.

— Tinha que ser tão charmoso?

— Angel, está no meu DNA. É como pedir à Oprah que pare de amar livros.

— Tinha que dar o número do seu celular? Eles me ligam todos os dias!

— Não encontrei uma maneira educada de contornar — confessou Nash. — Que mal poderia fazer?

Endireitei-me e cobri o rosto com as mãos.

— Você não entende. Eles vão entrar num avião e vir direto para cá.

— Estou ansioso para conhecê-los.

— Não sabe o que está dizendo. Está delirando. Claramente cozinhei mal o bacon e as amebas de porco estão comendo seu cérebro enquanto falamos.

— Se eles são importantes para você, são importantes para mim. Se aparecerem, vamos lidar com isso juntos. Você, eu e as amebas.

— Não tem ideia de em que está se metendo — avisei-o.

— Por que não nos preocupamos com isso depois? — ofereceu ele, os olhos azuis brilhando com diversão irritante.

— Porque temos que nos preocupar com isso *agora*.

— Lá vem você enfatizando as palavras de novo.

Estreitei os olhos.

— Não me faça te dar uns tabefes com bacon malcozido.

Nash tinha acabado de comer o sanduíche e pegado metade do meu.

— Sabe, algo me ocorreu quando você disse aos seus pais que estava apenas me visitando.

— Cãibras por causa das amebas de porco?

— Engraçado. Não. Estava pensando em honestidade.

— Tá. Faz um tempinho que quero contar que tenho usado a sua escova de dentes para escovar os dentes da Bica — brinquei.

— Isso explica os pelos na pasta de dentes. Agora é a minha vez. Você tem que parar de mentir para os seus pais.

Enrijeci-me no banquinho.

— Mais fácil falar do que fazer. E estou sem disposição para explicar por quê.

— Não. Não vai rolar, linda. Não vou deixar que volte a insistir nisso. Preste atenção ao que vou dizer. Você precisa confiar o suficiente nos seus pais para ser honesta com eles.

Revirei os olhos.

— Ah, claro. Vai ser mais ou menos assim: "Oi, mãe. Há anos que minto para você. É, na verdade, sou uma espécie de caçadora de recompensas, o que envolve investigações perigosas enquanto fico em pousadas decadentes cheias de baratas e com portas frágeis. Sou ótima nisso e a adrenalina faz com que eu me sinta viva após tantos anos me sentindo sufocada. Além dis-

so, não parei de comer carne vermelha como disse. Quê? Está tão arrasada que acabou de ter um ataque cardíaco? A úlcera do meu pai agora está se agravando e ele está com sangramento interno? Joia".

Ele sorriu para mim.

— Angel.

Dei um empurrão no ladrão de sanduíches.

— Vá embora. Estou zangada com você.

— Isso é você me afastando e este sou ficando — salientou ele.

— Mudei de ideia — decidi. — Gosto de manter todo mundo distante.

— Não, não mudou. Não, não gosta. E entendo que o que estou sugerindo deva ser completamente assustador. Mas, Angel, precisa confiar que seus pais vão aguentar o tranco, o que inclui, mas não se limita, às reações deles a você e suas merdas.

— Foram muitas merdas. Vai feder demais.

— Rá. Não estou dizendo que vai ser fácil. E não estou dizendo que vão ter a reação correta. Mas tem que agir da melhor forma e confiar que farão o mesmo.

— Quer que eu confesse tudo que escondi deles?

— Claro que não. Nenhum pai precisa ouvir sobre saídas de fininho à noite e bebidas subtraídas do armário. Comece pelo agora. Fale do trabalho. Fale de nós.

— Eu *falei* da gente. Foi *por isso* que liguei para eles.

Ele ficou parado, com o sanduíche a meio caminho da boca, os olhos cravados em mim com o tipo de calor que dava a sensação de que meu estômago estava atado a um par de chinelos.

— Quê? — desafiei.

— Você contou à sua mãe sobre mim.

— E daí?

Ele largou o sanduíche e me atacou. Gritei e Bica latiu alegremente.

— Então isso merece uma recompensa — disse ele, pegando-me no colo..

QUARENTA E DOIS

CHOCOLATE COM GOTINHAS DE CHOCOLATE

Lina

Quando disse sorvete, achei que se referia a um encontro — provoquei Nash enquanto ele baixava a porta traseira da caminhonete no estacionamento da Knockemout Cold, a principal sorveteria da cidade.

Passei o dia analisando os relatórios da cena do crime, tanto do tiroteio quanto do armazém. Também respondi a algumas perguntas do detetive da polícia de Arlington, que estava concluindo seu relatório sobre a briga com facas dos irmãos Baker. Além disso, assisti às imagens do tiroteio gravadas pela câmera de segurança do carro de Nash, à procura de pistas.

Fiquei arrasada na primeira vez que assisti e, lá pela terceira vez, estava tão mal que o prendi num abraço assim que ele chegou.

— Olha só quem está aprendendo a gostar de encontros — disse ele com presunção antes de colocar Bica, vestindo um suéter, na carroceria da caminhonete com a tacinha de sorvete de baunilha para cãezinhos. — Pense nisso como um encontro duplo com vela.

Devolvi seu sorvete de casquinha.

— Difícil avançar na pegação quando temos audiência.

Garanti que ele estava olhando na minha direção antes de dar uma lambida lenta no meu sorvete de caramelo salgado.

— Não deveria ter comprado casquinha para você — queixou-se ele.

Abri um sorriso provocativo e subi na porta traseira da caminhonete. Ele se colocou entre minhas pernas e plantou um beijo gelado e com sabor de chocolate na minha boca.

— Eca. Vocês são iguaizinhos ao Knox e à tia Naomi — reclamou Waylay. Ela estava acompanhada de Nolan e Sloane, que estavam no segundo encontro, e carregava um sorvete de casquinha gigantesco.

— Quantas bolas tem aí, Way? — perguntou Nash.

— Três — disse ela.

— Naomi vai nos matar — sussurrei.

— Você está em apuros — cantarolou Sloane enquanto ela e Nolan caminhavam até o SUV dele.

Waylay se dirigiu à porta da carroceria ao meu lado.

— Tá. Vocês me tiraram do treino de futebol e me deram sorvete antes do jantar. Não sou burra. O que querem? O notebook pegou vírus? Porque meu serviço subiu de preço — disse a garota antes de lamber com entusiasmo seu sorvete de chocolate com gotinhas de chocolate.

— Queremos falar com você sobre a noite em que sua mãe e Duncan Hugo te levaram — disse Nash.

— Por que ele ainda está à solta e vocês querem pegá-lo? — perguntou ela.

— Sim, basicamente — disse ele.

Eu gostava que Nash não adoçava as coisas, confiando que Waylay conseguiria lidar com a verdade, mesmo que fosse feia e assustadora. Meus pais tentaram esconder tanto de mim porque temiam que eu não fosse forte o bastante para lidar com as coisas ruins. Mas, toda vez que a verdade era revelada, parecia outra pequena traição.

Eu odiava isso... e, puta merda, estava fazendo o mesmo com eles agora. Eu não confiava que eles saberiam lidar com a verdade, então menti para protegê-los.

O que significava que Nash tinha razão. De novo.

— Droga — murmurei.

Nash e Waylay olharam para mim com cara de preocupação por cima do sorvete.

— Me ignorem. Congelei o cérebro — eu disse.

Congelamento cerebral, epifania transformadora... mesma coisa, certo?

— Conversamos com sua tia e o Knox e eles disseram que podíamos fazer algumas perguntas sobre aquela noite — continuou Nash. — Tudo bem pra você?

Waylay deu de ombros sem se importar e usou a língua para pegar uma gota que escorria.

— Claro. Por que não?

— O que você lembra? — perguntei.

Ela me lançou um olhar de "dã".

— Hã, tudo? Não é todo dia que se é raptada pela mãe e pelo namorado maluco dela. Está meio que gravado no meu cérebro.

— Vamos nos concentrar em quando você estava no armazém sozinha com Duncan — sugeriu Nash. — O que ele disse ou fez antes de sua mãe voltar com sua tia?

— Bom, ele me deu uma pizza *nojenta* para comer. Estava ao mesmo tempo queimada e fria. Então, quando tentei sair por uma janela com o Waylon, ele amarrou nós dois.

Sempre o herói, os ombros de Nash ficaram tensos, quase que imperceptivelmente. Estendi o braço atrás de Waylay e esfreguei suas costas com a mão sem o sorvete.

— O que ele fez enquanto você estava amarrada? — perguntei.

— Só jogou videogames, praticamente. Se empanturrou. Principalmente da pizza de bosta... digo, de baixa qualidade, e doces. Acho que ele é daqueles que comem sem parar quando estão nervosos. Tia Naomi *surtaria* se visse como é a alimentação dele.

— Ele falou ao telefone enquanto você estava lá? — perguntou Nash.

Waylay franziu o nariz.

— Acho que não. Ele praticamente só gritou enquanto jogava *Dragon Dungeon Quest*. — Ela olhou entre nós e acrescentou: — É um videogame em que você atira nas pessoas com flechas e explode coisas.

— Mais alguém entrou enquanto você estava lá?

— Acho que dois... Como se chamam os bandidos que trabalham para o bandido no comando?

— Capangas? — sugeri.

— É. Entraram uns capangas. Toda vez que Duncan tinha que tirar o fone de ouvido, ele ficava bravo e gritava com eles por interromper.

Waylay repassou tudo o que se lembrava daquela noite, incluindo Naomi se jogando no ar para salvá-la e Knox as esmagando "feito panquecas" até que o tio Nash salvou o dia.

— Minha mãe tem um gosto péssimo para homens. — Waylay terminou sua recapitulação negando com a cabeça em sarcasmo. — Diferente de você e tia Naomi — acrescentou ela, olhando para mim.

— Ah, hã, somos só... — olhei para Nash. — Ajuda?

— É, eu e o Knox somos espetaculares. Bom, principalmente eu. Knox dá para o gasto. Se gosta de ranzinzas resmungões que fazem beicinho o tempo todo — disse Nash, cutucando Waylay com o cotovelo.

Era tão bonitinho vê-lo com a garota reservada. Ele se dava bem com crianças. E por que diabos eu estava pensando nisso? "Se dar bem com crianças" nunca foi um critério para mim.

— Valeu de novo pelo Dia das Profissões. Não conte ao Knox, porque ele vai mesmo fazer beicinho, mas você e o bigodudo sem dúvida venceram.

— Isso! Sabia! — Nolan, que estava claramente ouvindo, desencostou do para-choque dianteiro do SUV e comemorou sua vitória oficial flexionando o braço.

— Tem sorvete no seu bigode — gritei.

Sloane: *Pergunta: acompanhar Nash e Lina no interrogatório com sorvete à Waylay conta como segundo encontro para mim e o Nolan? Perguntando para uma amiga que só libera depois do terceiro encontro.*

Naomi: *Com certeza conta. Você está a um encontro da Sexolândia!*

Eu: *Quando vão se encontrar de novo?*

Sloane: *Só após uma depilação a cera, uma camada grossa de autobronzeador, a pele acalmar da cera, trocar os lençóis e comprar calcinha.*

Naomi: *O que quer dizer com comprar calcinha? Não quer dizer comprar calcinha sexy?*

Eu: *Meu Deus. A nossa bibliotecária excêntrica anda livre, leve e solta??*

Sloane: *Revelei demais.*

QUANDO VOLTAMOS PARA a casa do Nash, coloquei água na tigela da Bica e dei para ela o petisco gourmet de antes de dormir. Então fui para o quarto e coloquei uma lingerie de seda sexy que mostrava mais do que escondia.

Encontrei Nash na sala de jantar analisando uma foto do interior do armazém.

— Está olhando o quê? — perguntei, aproximando-me dele.

— Algo que a Waylay disse me fez pensar... Puta merda — disse ele, notando minha roupa.

— Pensar em quê?

— Nos seus peitos. — Ele balançou a cabeça. — Não. Não era nisso que estava pensando. Quero dizer, estou sempre pensando neles. Mas não de uma forma pervertida. Mais como uma forma de adoração.

Peguei a foto de sua mão e dei uma olhada.

— É um controle de jogo.

Nash não disse nada, e percebi que ele ainda estava encarando meus peitos. Cobri meus seios com a foto.

— Concentração, convencido. Fala comigo.

— O controle do jogo do Hugo — disse Nash, aos poucos saindo da fuga dissociativa provocada pelos peitos.

— Parece que está em péssimas condições. Acha que ainda presta para alguma coisa?

— Pode ser que não seja preciso.

Encontrei o seu olhar e entendi.

— Porque ele não estava gritando com a TV. E sim com outros jogadores.

— Porque estava jogando online — disse Nash, abrindo um sorriso lento.

— Quem é Nancy Drew na fila do pão? — provoquei. — Isso é bom. Muito bom. Podemos rastrear a localização dele, né?

Nash pegou o celular e fez uma ligação.

— Oi. Preciso de um favor.

Ele ouviu brevemente e revirou os olhos.

— Não era para estar se guardando para a noite de núpcias?

Houve outra breve pausa e Nash piscou para mim.

— Então vista as calças de novo e vá perguntar qual era o nome de usuário do Hugo no *Dragon Dungeon Quest.* — Nash aguardou um instante. — Sim, as três bolas de sorvete foram minha culpa.

Nash estendeu a mão para mim e me puxou. Mas, em vez de apalpar meus peitos como eu esperava, segurou minha mão e beijou cada um dos dedos enquanto aguardava o irmão mal-humorado.

— Sim, estou aqui — disse Nash ao telefone. — Ela lembra?

Seu olhar se prendeu ao meu. Eu me perguntei se já tinha visto olhos tão azuis antes.

— É. Entendido. Valeu... Não. Pode tirar a calça de novo. Estou quase.

— Ela lembrou, não foi? — perguntei quando desligou.

— Uhum. ReiPiroca21.

— Eca.

Nash abriu as mensagens de texto.

— Se estiver usando o mesmo nome de usuário, a equipe secreta assustadora do Lucian deve conseguir rastrear um endereço de IP.

— Nossa, você fica gostoso quando entra no modo detetive.

— E você fica sexy pra caralho quando está investigando de lingerie.

Ele jogou o celular no balcão e deu um passo em minha direção, um brilho perigoso e determinado nos olhos.

Levantei as mãos e comecei a recuar.

— Espera aí. Conseguimos uma pista. Não devíamos esperar para ver o que o Lucian diz?

— Ninguém disse que temos que esperar vestidos — disse ele enquanto continuou se aproximando.

Puxei uma cadeira da mesa e coloquei-a entre nós.

— Mas temos trabalho a fazer — lembrei-o.

— E ainda teremos trabalho a fazer quando eu tirar essa roupa de você — disse ele com malícia.

Com um grito, me virei para correr, mas ele foi mais rápido. E aceitei de bom grado quando ele me jogou por cima do ombro e nos levou para o quarto.

A BATIDA NOS acordou de um sono profundo. Em algum momento após cair num coma pós-sexo, deitei-me em cima do Nash, o que foi no mínimo constrangedor. Mas não havia tempo para me centrar nisso com as pancadas extremamente insistentes no meio da noite.

Nash reagiu mais depressa do que eu. Colocou uma calça de moletom e se arrastou até a porta enquanto eu ainda estava esfregando os olhos para afastar o sono e torcendo para que não tivesse babado em seu peito.

Fui aos tropeços atrás dele, por pouco não pisando numa Bica ansiosa, que rosnava e tremia ao mesmo tempo.

— São três da manhã, porra. É melhor alguém estar sangrando — disse Nash, abrindo a porta.

Nolan entrou usando calça de pijama, tênis de corrida e, bom, só.

— Acho que isso era para você — disse Nolan, entregando-me um saco plástico com uma pedra grande e um pedaço de papel dentro.

— Para mim?

Nash tirou o saco da mão dele, mas não antes de eu ler o bilhete.

Cai fora, vadia.

— Onde diabos encontrou isto? — exigiu saber Nash.

— Em meio a cacos de vidro no chão da sala de jantar — relatou Nolan.

— Quê? — Encarei-o com os olhos semicerrados, processando.

Nolan olhou para o teto quando não entendi logo de cara o que ele estava transmitindo.

— Atiraram pela janela há uns dois minutos.

Nash entrou em ação e correu descalço pela porta.

— Droga — murmurei.

— Bela camisola — disse Nolan, dando um sorrisinho e fazendo uma saudação antes de correr. — Não tem ninguém lá fora. Vazaram cerca de cinco segundos após quebrarem a janela — exclamou, indo atrás do Nash.

Corri de volta para o quarto, calcei os sapatos, vesti um top esportivo e o moletom do Nash por cima da camisola, depois corri atrás deles.

O ar da noite estava úmido e frio. Os postes banhavam a rua assustadoramente silenciosa numa luz amarelo-dourada que se acumulava na névoa espessa. Vi marcas de pneus em frente ao prédio.

— Volte para dentro — grunhiu Nash para mim quando os alcancei no meio da rua.

— Era para mim...

— O que te torna a porcaria do alvo. Então saia da rua, *agora* — ladrou ele.

— Quem é que está enfatizando as palavras agora? — murmurei baixinho enquanto marchava de volta para dentro.

Irritada, esperei tremendo no hall de entrada enquanto Nash e Nolan examinavam os dois lados da rua.

— E aí? — indaguei quando enfim voltaram.

— Já tinham desaparecido — disse Nash, com a voz firme enquanto passava por mim e se dirigia às escadas.

— Pelo jeito o chefe não gostou da namorada ter sido ameaçada — disse-me Nolan enquanto caminhávamos atrás dele.

— Não sou namorada dele. Eu... somos... tanto faz.

— Vocês estão morando juntos e usando roupas como essa na cama. Certeza de que em algumas partes do país você seria considerada casada.

Chegamos ao topo da escada quando a porta da Sra. Tweedy se abriu.

— Parece que uma manada de elefantes escapou do circo para cá. Pra que toda essa barulheira com os pés? Estão interrompendo meu sono de beleza — disse a Sra. Tweedy. Ela estava de roupão e segurava o que parecia ser um martíni.

— Dorme com martíni na mão? — perguntou Nolan.

— É a saideira da noite antes de ir me deitar.

QUARENTA E TRÊS

DIA RUIM, CONSELHO RUIM

Nash

Após a pedra arremessada pela janela de Lina e a chegada de Grave para registrar nossos depoimentos, fiquei acordado encarando o teto por uma hora, ouvindo o ritmo constante da respiração da Lina ao meu lado. Mas, em vez do conforto que normalmente encontrava na proximidade dela, senti uma ansiedade persistente.

Alguém a tinha ameaçado.

Se alguma coisa acontecesse a ela... Se eu não pudesse protegê-la...

Eu tinha enfim conseguido adormecer e acabei sonhando com pavimento escuro, o som de esmagamento ameaçador e o eco de tiros.

Quando acordei com os batimentos cardíacos acelerados e uma dor de cabeça latejante, desisti da ideia de tentar pegar no sono e me levantei.

Era uma manhã sombria e cinzenta com uma chuva lenta e gelada que de alguma forma se instalava nos ossos.

Tomei o primeiro cafezinho em frente ao quadro do caso na sala de jantar e afastei a ansiedade que ameaçava me sufocar.

Ou Tate Dilton tinha decidido fazer o circo pegar fogo, ou, de alguma forma, esse caos do Duncan Hugo repercutiu na Lina. Seja o que for, eu não ia ficar de braços cruzados esperando algo acontecer.

Peguei meu celular e abri as mensagens.

Eu: *Me encontrem na delegacia.* URGENTE.

Knox: Não dorme nunca? Lucian precisa de pelo menos uma hora para vestir o terno de metido a besta e pegar um helicóptero para vir para cá.

Lucian: *Já estou arrumado e até agora já fiz duas teleconferências na sala dos fundos do Café Rev.*

Knox: *Baba-ovo.*

Lucian: *Chorão brega.*

CHEGUEI À DELEGACIA antes dos dois e cumprimentei com uma saudação breve o turno da noite.

Eu tinha deixado o apartamento sem me despedir só para provar a mim mesmo que meu dia não *precisava* começar com ela.

Minha cabeça estava confusa e meu estômago ardia por conta do café e do nervosismo. Inquietação rastejou pelas minhas veias como mil aranhas.

Para me distrair enquanto aguardava Knox e Lucian, abri as correspondências na mesa. Só percebi que um dos envelopes continha uma carta do meu pai quando já o tinha aberto e desdobrado.

Só de ver a assinatura dele embaixo, minha ansiedade aumentou.

Quantas vezes quis algo dele, precisei de algo dele? Quantas vezes ele tinha me decepcionado porque seu vício era maior que seu amor por mim? Duke Morgan precisava de comprimidos só para chegar ao fim do dia. Para sobreviver. Para se entorpecer antes que o mundo e suas realidades o matassem.

Apesar do frio da manhã, comecei a suar levemente.

Era isso que eu estava fazendo?

Passei a mão na boca e olhei sem foco a letra do meu pai.

Mesmo após todo este tempo, era tão familiar para mim quanto a minha própria. Traçávamos a letra *e* com o mesmo ângulo. Tínhamos os mesmos olhos, a mesma forma de desenhar a letra *e*. O que mais era igual?

Meu coração martelou mais alto na cabeça. Mas desta vez não foi o medo que ameaçou me sufocar. Foi a raiva.

Raiva de mim mesmo por seguir seus passos.

Eu sabia o que não devia fazer. Eu sabia que me apoiar numa muleta só para chegar ao fim do dia era o prenúncio do fim.

E não era exatamente isso que eu estava fazendo com a Lina? Usando-a? Voltando-me para ela para ajudar a afastar a dor e o medo? Não tinha que ser drogas ou álcool, ou qualquer outra coisa que as pessoas usassem para aliviar a dor da existência. Poderia ser qualquer coisa, qualquer um de que você precisasse apenas para sobreviver, para acordar e começar todo o ciclo horrível de novo.

— Está tudo bem?

Lucian entrou e eu enfiei a carta do meu pai, não lida, na gaveta da mesa.

— Não, não está. Mas prefiro esperar o Knox chegar antes de começar.

— Ele chegou, cacete — disse Knox com um bocejo mal-humorado.

— Alguém jogou isso pela janela da Lina ontem à noite.

Joguei o saco com a pedra e o bilhete na minha mesa.

— Caralho — disse meu irmão.

— Acho que as câmeras externas são uma prioridade agora — disse Knox a Lucian depois que terminei de atualizá-los.

— Presumo que Lina deva ser equipada com o próprio rastreador — sugeriu nosso amigo.

Knox sorriu.

— Ela vai adorar.

— Ótimo. Então você pode entregar a ela — falei.

— Por que você não faz isso, porra? É você que dorme com ela. Ou, de acordo com a Way, "está bobinho" por ela.

— Estou ocupado hoje. Apenas deixe com ela e berre à vontade até que ela concorde em ficar com um — eu disse.

Knox estreitou os olhos.

— Alguém mijou no seu farelo de trigo esta manhã, coraçãozinho?

— Sem tempo para isso. Apenas resolva.

Knox felizmente não era tão briguento de manhã cedo, então deixou meu escritório xingando baixo.

Lucian, no entanto, permaneceu sentado.

— Não está todo empipocado a esta altura? — perguntei-lhe. Ele não era fã de policiais ou delegacias e por boas razões.

— Você está excepcionalmente irritado esta manhã. Qual é o problema?

— Além de uma pedra tacada pela janela às 3h da manhã?

Lucian olhou fixamente para mim. Decidi aguardar e voltei minha atenção para os e-mails. Nosso impasse durou três mensagens e meia.

— Acha que todo mundo está condenado a repetir os pecados dos pais? — perguntei enfim.

— Sim.

Pisquei os olhos.

— Não quer pensar nisso por um instante?

Ele cruzou os braços com irritação.

— Não penso em mais nada nas últimas décadas. É impossível escapar dos genes. Fomos feitos por homens falhos. Essas falhas não somem da linhagem do nada.

Chuva atingiu as janelas, garantindo que eu não pudesse esquecer o sofrimento lá fora.

— Então, qual é o sentido das coisas? — perguntei.

— E eu lá vou saber? — Ele deu um tapinha distraído no bolso do paletó onde guardava seu único cigarro diário. — Minha única esperança é que, se eu continuar saindo da cama todas as manhãs, algum dia tudo fará sentido.

— Sabe, já estava me sentindo um merda antes de você trazer sua nuvem de desgraça para cá — falei a ele.

Lucian fez uma careta.

— Desculpa. Não dormi muito ontem à noite.

— Não precisa trazer toda a sua vida para cá por isso, sabe.

A casa dos pais dele detinha fantasmas que o assombravam.

— Vou ficar onde quero ficar e trabalhar onde quero trabalhar.

— Alguém deve ter mijado no farelo de trigo da cidade toda — brinquei.

Foi então que a porta do meu escritório se abriu.

— Por que diabos estou encontrando você aqui em vez de na porcaria da sua porta? Juro por Deus, Morgan. Dá mais trabalho tomar conta de você do que daquela senhorinha devota no Alabama, porra — anunciou um Nolan desgrenhado, invadindo a sala e chutando a lata de lixo para dar ênfase. —

São dois passos à frente e trinta e sete mil para trás com você, e não me pagam o suficiente para suportar essa merda.

— Por que não se demite, então? — vociferei, sentindo pena de mim mesmo a ponto de descontar nos outros.

— Eu me demito e você acaba cheio de buracos. É para eu viver com a culpa disso? Que plano do caralho.

— Pode ser que eu tenha um cargo para você — anunciou Lucian. Ele estava com aquele olhar de malandro que deixaria qualquer alvo muito, muito nervoso.

— Ah, é mesmo? — disse Nolan, ainda puto da vida.

— Sim.

— Qual é a pegadinha?

— Pegadinha é uma palavra tão feia. Vamos chamar de adendo.

Nolan não parecia impressionado.

— Pare de sair com Sloane e o trabalho é seu.

— Só pode estar de brincadeira, porra — disse Nolan.

— É sério isso? Você a odeia com todas as forças, mas não quer que ela saia com mais ninguém? Até você deve enxergar como isso não é saudável — falei.

— Nunca afirmei ser saudável — disse Lucian com voz assustadora.

— Então, por que é que estou dando ouvidos aos seus conselhos? — indaguei.

— Como diabos vou saber?

— Bando de idiotas — murmurou Nolan, saindo do meu escritório.

Lina: Oi. Está tudo bem? Acordei e você não estava em casa. Não que eu precise saber de todos os seus passos. Nada assim.

A CHUVA DEIXOU as estradas escorregadias e estradas escorregadias acarretavam acidentes. A primeira chamada não foi algo tão ruim. Uma batida leve de uma mãe de primeira viagem ansiosa e seu bebê a caminho do pediatra.

Bannerjee acalmou a mãe e o bebê enquanto o caminhão de reboque era chamado. Enquanto isso, lidei com o trânsito e a remoção, forçando-me a não pensar na mulher que deixei na cama.

Não tínhamos sequer terminado de atender à primeira chamada quando recebemos a segunda.

Há um modo de operação que os socorristas aprendem a adotar para que o trauma que testemunham não os assombre. Funciona. Na maior parte.

Mas, dado que o humor em que eu estava não passava por nada, as circunstâncias, a coincidência cruel... Eu sabia que já estava indo de mal a pior antes de as coisas piorarem.

Estava escuro e eu estava morrendo de frio quando subi as escadas que levavam ao meu apartamento. Meu ombro e minha cabeça disputavam qual doía mais.

Eu só queria um banho quente para poder ficar debaixo d'água até minha alma descongelar. E aí ir dormir e afundar na escuridão até que pudesse esquecer a dor da qual eu não tinha sido capaz de salvar ninguém.

Havia um marido e dois garotinhos aguardando na sala de espera da UTI, esperando que a esposa e mãe acordasse.

Eu tinha chegado depois do acontecido. Em geral, era como as coisas funcionavam. Algo ruim acontecia e depois os policiais chegavam. Ajudei os bombeiros e os paramédicos a puxá-la da armadilha desfigurada de metal retorcido, colocado um poncho sobre o corpo imóvel enquanto a prendiam na maca e eu me sentia impotente.

Eu deveria salvar as pessoas, mas nem sequer conseguia salvar a mim mesmo. Era pura sorte eu ainda estar aqui. Uma feliz coincidência que Xandra tenha aparecido lá na hora certa.

Destranquei a porta com os dedos congelados, ansiando pelo escuro, pelo silêncio.

Em vez disso, fui recebido com luz e calor e o cheiro de algo cozinhando no fogão.

Havia música, um country clássico animado tocando alto. Lembranças dela puxando a mim ou Knox ou meu pai para uma dança na cozinha vieram à tona, e meu peito doeu.

Jayla Morgan era a luz e a alegria da nossa pequena família.

Quando não voltou para casa naquele dia, parte de mim morreu. Parte de todos nós morreu. Nunca fomos os mesmos.

Bica trotou até mim, rosnando de brincadeira com uma cobra de pelúcia na boca.

— Oi! — cumprimentou Lina alegremente da cozinha. — Antes que entre em pânico, não cozinhei. A Sra. Tweedy fez o triplo de chili e encontrei uma mistura para pão de milho na sua despensa, que tive a proeza de não queimar. Achei que era o dia perfeitamente triste para isso.

Ela estava de legging e uma blusa branca *cropped* de manga comprida, aberta com tiras cruzadas nas costas. Sua pele estava úmida e seu cabelo curto e escuro despenteado. Os brincos que dei para ela pendurados nas orelhas.

Naquele momento, deparei-me com uma saudade tão intensa que senti meus joelhos cederem.

Naquele momento, compreendi meu pai.

Naquele momento, percebi que eu era meu pai.

— Gostou do novo brinquedo da Bica? A prefeita que deu. Disse que você entenderia a piada — continuou ela.

Eu queria tirar os sapatos, tirar as roupas molhadas do corpo e ficar debaixo do chuveiro até me sentir humano novamente. Mas eu estava petrificado. Porque não merecia me sentir aquecido. Não até que eu renunciasse a ela.

— Nash? Você está bem? — A voz dela parecia estar longe. Como se estivesse flutuando para mim por cima da música country e do cheiro de pão de milho fresco.

Algo surgiu em mim. Algo obscuro e determinado. Não podia fazer isso.

Se eu ficasse, se a mantivesse, continuasse a me apoiar nela, não seria melhor do que o meu pai.

E, se a amasse demais, eu a perderia.

— Acho que é melhor você ir. — Minha voz soou seca e trêmula, como a do meu pai quando ele precisava de uma dose.

A concha caiu de sua mão e aterrissou no chão.

— Acha que eu deveria fazer o quê? — indagou ela, rebatendo minha dormência gelada com seu fogo.

Era por isso que brigávamos? Para que eu pudesse provocá-la e roubar seu calor? Seria tudo apenas uma busca por novas formas de usá-la?

— Não está dando certo — insisti. — Acho que é melhor você ir.

Aqueles olhos cor de uísque me examinaram da cabeça aos pés como se procurassem ferimentos. Mas ela nunca os veria. Estavam muito abaixo da superfície. A ferida que nunca cicatrizou.

Ela jogou a concha na pia e cruzou os braços.

— O que houve? — perguntou ela outra vez.

Balancei a cabeça.

— Nada. Só... preciso que vá embora.

— Teve outro ataque de pânico?

Ela estava vindo em minha direção, e eu sabia que, se ela me tocasse, seria o meu fim. Eu cederia. Eu me enterraria no corpo dela e tiraria o que precisava dele.

— Não tive a porra de um ataque de pânico. Tá legal? — explodi.

Ela se encolheu, mas continuou vindo em minha direção.

— O que aconteceu? Está bem?

— Eu simplesmente não quero mais você aqui. Não posso deixar mais claro do que isso. Já deu. Você tinha razão. Foi uma ideia burra pra caralho. Mal nos conhecemos.

Ela parou e o olhar em seu rosto quase me destruiu. O choque. A dor. Eu tinha os colocado ali. Mas era melhor assim. Melhor do que arrastá-la comigo. Melhor do que ela me deixar.

— Está falando sério, não é? — sussurrou ela.

Bica choramingou, soltando a cobra de pelúcia aos meus pés. Chutei a pelúcia para longe.

— Agora não, Bica — falei baixinho. — Você ia embora mesmo. Pode muito bem ser agora — eu disse.

Ela levantou o queixo e puxou o ar pelo nariz, trêmula.

— Tá.

— Isso é tudo?

Por que eu não conseguia deixar para lá? Estava conseguindo o que queria. Lina iria embora. Ela estaria a salvo das coisas das quais eu não podia protegê-la. E eu poderia voltar para o que diabos fosse que eu tinha antes dela. No entanto, estava a atiçando, tentando fazê-la dividir a responsabilidade por este fracasso espetacular.

Ela não disse uma palavra, não mordeu a isca. Simplesmente foi embora.

Segui-a até o quarto e a vi tirar a mala do closet.

— Lamento que tenha terminado assim. Provavelmente está aliviada.

Sua mandíbula estava tensionada, tornando as cavidades sob as maçãs do rosto ainda mais acentuadas. Ainda assim, ela não disse nada ao abrir a mala com eficiência e a colocar na cama.

Bica pulou no banco, depois no colchão, onde cheirou a mala da Lina.

— Melhor levá-la também. Não vou saber lidar com ela agora — falei, gesticulando para a cachorrinha.

Os dois pares de olhos femininos se voltaram para mim e fizeram com que eu me sentisse o Rei Babaca do planeta Babaca. Lina colocou as mãos nos quadris.

— Certo. Quase me pegou. Eu estava acreditando até falar isso.

— Até o quê?

Ela apontou para a Bica.

— Você a ama, seu idiota.

— Não amo.

Lina abriu a gaveta da mesa de cabeceira e retirou uma pequena pilha de papéis.

— Você comprou um banco para ajudá-la a subir na cama. Tem um cesto cheio de brinquedos para entretê-la. Veste suéteres nela para que fique aquecida lá fora. Você a ama.

— Isso não é amor. É cuidado e para mim já deu. Não tenho estrutura para cuidar de nada nem de ninguém. — *Inclusive de mim*, adicionei silenciosamente.

— Mentira.

— Será que não entende? — Minha voz disparou como chicote. — Não posso cuidar dela. Não posso te proteger. Caramba, não consegui nem me proteger.

Ela jogou os papéis na cama e deu um passo desafiador na minha direção.

— Para que fique claro, isso é você me afastando e esta sou eu ficando.

— Não quero que fique. — As palavras queimaram como ácido na minha boca.

— Quem você não protegeu, Nash? — perguntou ela baixinho.

Bica se enrolou todinha na mala e encostou o rabo no nariz.

— Está esquecendo a pedra que alguém atirou pela sua janela ontem à noite?

— Ninguém se machucou.

— Não posso dizer o mesmo da mulher na porra de um respirador na UTI. Ela tem um marido e dois filhinhos se perguntando o que vão fazer se ela não acordar.

Lina deu mais um passo à frente. Ela estava muito próxima. Tive que cerrar as mãos na lateral do corpo para me impedir de agarrá-la e abraçá-la.

— Isso faz com que se lembre da sua mãe? — perguntou ela baixinho.

— Como não, porra? Aconteceu no mesmo trecho de estrada a menos de duzentos metros de distância.

— Querido — sussurrou ela, aproximando-se como se eu fosse uma espécie de cavalo arisco.

— Não — sibilei.

— Não dá para chegar a tempo de salvar todos — disse ela.

— Não consigo salvar ninguém. Preciso mesmo que vá embora, Lina. Por favor.

Seus olhos pareciam vidrados e, quando ela assentiu, seus brincos brilharam, os raios de sol dourados captando a luz.

— Certo. Você está exausto. Teve um dia horrível. Vou te dar um pouco de espaço. Vou ficar aqui ao lado com o Nolan esta noite. A gente conversa amanhã, depois que tiver dormido um pouco.

— Tá — falei com a voz rouca. Eu a prometeria qualquer coisa só para fazê-la ir embora antes que eu desmoronasse e a abraçasse.

Fiquei parado, enraizado enquanto ela colocava algumas coisas na mala e depois me contornava ao puxá-la. Ouvi-a entrar na cozinha e desligar a boca do fogão. Depois ouvi a porta da frente se abrir e fechar suavemente.

Ela foi embora.

E eu estava sozinho.

Mas, em vez de alívio, uma onda de pânico caiu sobre mim, cobrindo-me, forçando-me para baixo.

Ela foi embora.

Eu tinha feito a mulher de que eu precisava, a mulher que eu amava, dar o fora.

Saí do quarto, a visão da cama que tínhamos partilhado me deixando enjoado. Eu a *amava*. Eu já sabia havia algum tempo. Talvez desde o momento em que a encontrei nas escadas. Eu a quisera. Precisara dela. E agora a tinha dispensado.

Mas era a coisa certa, não era? Ela merecia mais do que ser a muleta de alguém, a transa de apoio emocional de alguém. Ela merecia algo real e bom. E eu não poderia oferecer isso. Não assim.

Bica se sentou ao lado da porta da frente e choramingou de dar dó.

Coloquei as mãos na cabeça e fui para o quarto enquanto o aperto no meu peito se intensificava a ponto de doer. Vi os papéis que a Lina tinha deixado e os peguei. Eram do resgate de cães. Era uma solicitação de adoção. O *post-it* em cima dizia, na letra ousada da Lina: "Ela é sua. Torne oficial."

Pareceu um soco no estômago. Soltei os papéis e voltei para a sala de estar. A planta na janela chamou minha atenção. A planta da Lina. Não passava de um vaso de folhas brilhantes quando ela se mudou, mas agora estava coberta de flores brancas delicadas em forma de sino.

Lírios-do-vale, percebi.

A favorita da minha mãe.

— Caralho.

QUARENTA E QUATRO
LÁGRIMAS

Lina

Empurrei a porta externa e saí para a noite chuvosa da via principal. Pingos de chuva bombardeavam minha cabeça, encharcando a camisa. Mas não me importei. Eu estava com raiva e magoada e triste e confusa. Além de faminta. Era por isso que as mulheres nos filmes sempre comiam sorvete direto do pote após terem o coração partido?

Sentir o frio de cada colherada era melhor do que sentir os pedaços do meu estúpido coração se fragmentarem.

Isso. Era *isso* o que eu ganhava por ser vulnerável. Eu me coloquei nesta posição. Eu me abri. E fui atingida bem no coração. Foi *exatamente* o que eu tinha previsto. A culpa era da Naomi. Mulheres presunçosas prestes a se casar não eram confiáveis. Nem vizinhos sensuais e taciturnos, com bundas grandes e cicatrizes heroicas.

Eu sabia disso. No entanto, aqui estava eu, dando uma volta na chuva gelada depois *de fazer a porra de um pão de milho.*

Nash estava sofrendo, e isso me devastou de uma maneira que não estava preparada para lidar. Mas eu não podia consertá-lo. Não podia abrir suas feridas e forçá-las a cicatrizar.

Eu só podia dar uma volta patética na chuva patética para que minhas lágrimas patéticas pudessem se misturar com a água patética que caía do céu.

Um soluço trêmulo escapou da minha garganta.

Se ele não mudasse de ideia, se não conseguisse se aventurar para além do seu pensamento preto e branco e se encontrar comigo no cinza, eu o perderia para sempre. Só de pensar nessa realidade me sentia aterrorizada. E idiota. Mal nos conhecíamos, e eu estava chorando na chuva por causa de um homem que me expulsara do seu apartamento.

Ou nos conhecíamos melhor do que ninguém?, interveio uma voz interior irritante.

— *Odeio* ter sentimentos por alguém — murmurei para a rua vazia e encharcada.

Todo mundo estava em casa ou fora da rua, aquecendo-se, sendo feliz, comendo algo quente. E, mais uma vez, fui deixada de fora.

Comecei a andar, cruzando os braços sobre o peito e curvando os ombros contra o frio.

Mal tinha passado do letreiro berrante do Whiskey Clipper quando ouvi a porta do prédio se abrir.

— Angelina.

Ah, não. Não, obrigada. Não. Não vou permitir que o homem que me levou às lágrimas me veja aos prantos. Eu estava muito vulnerável naquele momento. Eu não sobreviveria.

Passando as mangas no rosto molhado, comecei a correr.

Ele não me seguiria. Tinha acabado de tentar me largar. Não era como se fosse me perseguir...

Passos rápidos soaram atrás de mim.

Peguei velocidade, meus pés atingindo as poças na calçada, e agradeci aos céus por ser uma noite escura e triste, o que significava que não havia mais ninguém para testemunhar minha humilhação em meio a lágrimas.

Ele estava cansado, com frio e indo de mal a pior. A qualquer momento, ele decidiria que não valia a pena me perseguir.

Meu coração batia forte no peito enquanto meus braços me impulsionavam mais. Eu era mais rápida do que ele. Poderia durar mais do que ele, distanciar-me. Se eu pudesse chegar à esquina, não teria que testemunhá-lo desistir de mim. De nós.

Uma mão se fechou na minha camisa, puxando-me para trás. Em seguida, braços fortes me envolveram com força, unindo-me a ele.

— Pare — ofegou Nash no meu ouvido enquanto me levava ao seu encontro. Ele enterrou o rosto na minha nuca. — Pare.

Um novo pânico se instalou.

— Me solta!

— Tentei. Não consigo.

Continuei em seus braços, enquanto mais lágrimas escorriam pelo meu rosto.

— Estou... confusa.

— Sou um idiota. Um babaca. Um idiota babaca que não te merece, Angel.

Tentei soltar suas mãos, mas ele não cedia um centímetro. Ele estava me deixando sem fôlego.

— Se está atrás de discussão, ficará desapontado.

— Tudo em que consegui pensar o dia inteiro foi na possibilidade de algo acontecer a você.

— Nada aconteceu comigo. Nada vai acontecer comigo — sussurrei, aos soluços.

Quantas conversas tive com meus pais que começaram da mesma maneira e terminaram com promessas que sabíamos que eu não poderia cumprir?

— Lucian disse que estamos condenados a repetir os erros que nossos pais cometeram.

Lutei para me soltar e ele enfim me permitiu virar em seus braços. Quando fitei seu rosto, desejei não o ter feito. Tanta dor. Tanta tristeza. Sofri por ele.

— Pediu conselhos ao Lucian? Aquele cara está a uma máquina de escrever de *O Iluminado*. Quer dizer, bom pra ele admitir a própria maluquice, mas ele é o cara que você procura para pedir gorjetas ou fazer alguém desaparecer. Não a quem vai pedir conselhos amorosos.

Os lábios de Nash se curvaram enquanto a chuva caía sobre as nossas cabeças.

— Repito. Sou um idiota babaca. Acho que estava atrás de alguém que confirmasse os meus medos mais sombrios.

— Bom, foi ao lugar certo.

— Minha mãe pediu que eu a acompanhasse à loja naquele dia. Eu não estava com vontade. Estava muito ocupado fazendo o que quer que as crianças fazem. Eu podia ter estado lá. Mas não estava. Então ela morreu sozinha naquele carro. Eu poderia ter ajudado se estivesse lá. Talvez pudesse ter evitado. Mas eu não estava lá.

Meu coração doeu por ele quando sua voz falhou.

— Depois, me certifiquei de estar presente todo santo dia e ainda assim não consegui salvar meu pai.

Lágrimas queimaram ao escorrerem pelas minhas bochechas. Ao vê-las, Nash colocou a mão na nuca e levou meu rosto ao seu peito. Envolvi meus braços nele e o abracei apertado.

— Também o perdemos — continuou ele. — Por melhores que fossem as minhas notas, por mais que me matasse no campo de futebol, nada foi suficiente para o fazer nos escolher. Ele queria algo a mais do que nós.

Soltei um soluço trêmulo, meu coração se estilhaçando pelo menino que queria salvar todos.

Seus braços se apertaram ao meu redor até que eu mal conseguia respirar.

— Eu não estava presente quando Lucian foi preso. Descobrimos depois do ocorrido. Ele não merecia ser punido por se defender da porra do próprio pai. Achei que virar policial significaria enfim resolver tudo. Eu poderia proteger aqueles que precisavam de proteção.

— É isso que você está fazendo. Todos os dias, Nash — murmurei encostada no seu uniforme úmido.

O distintivo estava gelado na minha bochecha.

Ele deu uma risada amarga.

— Quem estou protegendo? Não consegui nem me salvar. Se não fosse por pura sorte, porra, eu nem estaria aqui.

Libertei meus braços para poder segurar seu rosto.

— Nos seus dias mais sombrios, você se arrasta para fora da cama e escolhe ir proteger sua cidade, seu povo. É isso que um herói faz, seu idiota. O que você faz é nada menos que heroico.

Com os olhos fechados, ele inclinou a cabeça para a minha.

Lágrimas continuaram a correr livremente nas minhas bochechas, escaldantes em comparação com as gotas de chuva geladas.

— Tenho tanto orgulho de você, Nash. Você enfrenta seus próprios demônios todos os dias para poder dar as caras e estar presente para os outros. Você, sozinho, tornou toda a sua cidade mais segura. Até a Tina te respeita.

— Minha família não.

Meu coração doeu por ele.

— Querido. O seu irmão e a sua avó estão entre os piores do mundo em comunicação. Talvez Knox não entenda por que você faz o que faz, mas ele tem orgulho pra caralho de você por fazer isso. Assim como você tem orgulho dele por usar o dinheiro que ganhou para ajudar a apoiar as mesmas pessoas que você protege. Não que um dia você vá dizer isso a ele. Mas é você que se coloca entre o seu povo e o perigo. É você que está presente logo após para restaurar a ordem. É você que faz tudo o que pode para garantir que não volte a acontecer.

Ele me esmagou de novo quando a chuva nos atingiu.

— Sinto saudade dela — sussurrou ele. — A-Acho que talvez ela estivesse orgulhosa.

Agarrei-me a ele como se estivesse pendurada num penhasco.

— Ela *está* orgulhosa de você.

Ele deu uma respirada entrecortada, com o peito estufando contra o meu.

— Eles costumavam dançar na cozinha. Meus pais. Costumavam ser felizes. Ele a amava tanto. E, quando ela se foi, ele não nos amou o suficiente. Escolheu bebidas e medicamentos várias vezes. *Precisava* deles.

— O que é uma pena, mas nunca foi por sua causa. Nunca foi por causa de algo que você fez ou deixou de fazer.

— Eu *quero* você desse jeito. Eu *necessito* de você desse jeito.

— Você *não* é o seu pai, convencido. E eu não sou um hábito prejudicial que precisa ser largado. Somos pessoas bem diferentes das que nos criaram. Você não se voltou para mim para se entorpecer da dor. Você se voltou para mim para lembrar o que era bom. Para se dar uma razão para lutar contra a dor.

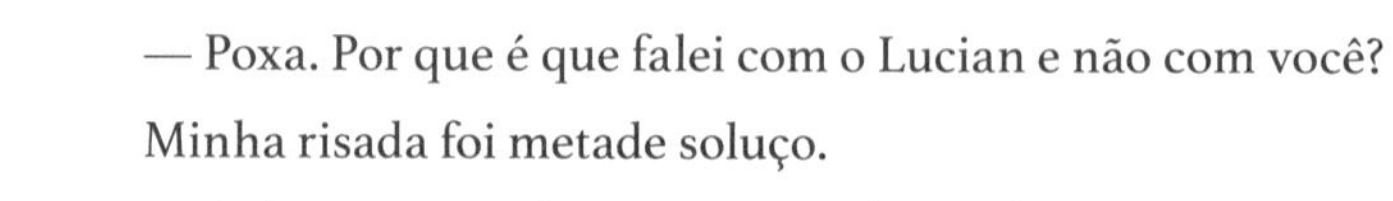

— Poxa. Por que é que falei com o Lucian e não com você?

Minha risada foi metade soluço.

— Acho que tem algo a ver com o lance de ser um idiota babaca.

Ele começou a nos balançar de um lado para outro na chuva enquanto o reflexo das luzes dos postes dançava sobre a água que escorria pelas sarjetas.

— Sabe que isso é loucura, né? É por *isto* que devíamos estar pirando e não por toda a nossa bagagem estúpida. Eu te conheço há poucas semanas — lembrei-o.

Nash descansou o queixo na minha cabeça.

— Não significa que não seja real. Meus pais se conheceram, se apaixonaram e noivaram em três meses.

— Eles eram felizes? Antes? — perguntei.

Ele mudou as mãos de lugar nas minhas costas, colando-me a ele.

— Sim. Todos nós. Antes de se casarem, meu pai tatuou 2205 no braço. Dia 22 de maio. A data do casamento. Ele disse que sabia, mesmo antes de acontecer, que seria o dia mais feliz da vida dele.

— Uau.

— Antes, quando éramos crianças, a gente celebrava esse dia como se fosse feriado nacional. Caramba, a data do casamento deles é meu número PIN. Nunca mudei. Pareceu o único jeito de me agarrar a esses bons tempos.

— Talvez... — comecei, mas a emoção fez as palavras travarem. Limpei a garganta e tentei de novo. — Talvez seus bons tempos ainda estejam por vir.

— Se já não ferrei minhas chances.

— Nash...

— Não. Me escuta, Angel. Me desculpa mesmo. Deixei você sair por aquela porta, mas é até onde estou disposto a te deixar ir. Por favor, não dê mais um passo para longe de mim. Por favor, seja paciente comigo.

— Nash, não estava tentando te deixar. Estava tentando nos dar um pouco de espaço.

— Você saiu correndo — salientou ele.

— Eu estava tentando nos dar muito espaço bem rápido — alterei.

— Você está com frio — disse ele, notando minha pele arrepiada. — Venha para casa comigo.

Eu podia sentir a troca de marcha de alma ferida para herói responsável.

— Tá bem.

— Graças a Deus — murmurou ele. — Estava com medo de ter que dar uma de Knox e te carregar.

ELE ME LEVOU diretamente para o chuveiro. Após me despir cuidadosamente e a si mesmo em seguida, Nash me guiou para debaixo da água quente. Ele me seguiu e nós ficamos lá, eu de costas para a frente dele, deixando a água quente afastar o frio do nosso corpo.

Suas mãos foram gentis ao pentear meu cabelo molhado e percorrer meu corpo. Reconfortantes. Tranquilizadoras.

Senti-me à flor da pele, vulnerável. E, quando senti sua ereção roçar em mim, um novo tipo de calor se espalhou pelo meu corpo. Eu queria tocá-lo, fazê-lo se sentir tão bem quanto ele me fazia sentir. Mas entendi que precisava ser ele a proporcionar a sensação. Então me rendi ao seu toque.

Ele acariciou e beijou meu corpo de cima a baixo. E, quando me virou para encará-lo, encontrei-o de joelhos à minha frente.

Aquelas mãos calejadas me pressionaram contra a parede de azulejos.

Ele me observou com olhos solenes enquanto deslizava uma mão do meu tornozelo até a coxa. Nossa troca de olhares foi tão íntima que cheguei a tremer. Envolvendo uma mão atrás do joelho, ele colocou minha perna por cima do seu ombro, mostrando-me para ele.

Minha cabeça encostou na parede, interrompendo nosso contato visual.

Vapor subia ao nosso redor, mas mal notei, porque Nash usou dois dedos para separar os lábios do meu sexo.

— Toda molhadinha, Angel — disse ele, com a voz quase inaudível acima da água.

Putz. Quem diria que o cumpridor da lei com distintivo reluzente gosta de falar safadezas?

Foi o último pensamento coerente que tive antes de sua língua traçar tudo o que seus dedos tinham acabado de desnudar. Meu joelho enfraqueceu e quase cedeu ao primeiro toque da língua. Todos os músculos do meu corpo pareceram se contrair ao mesmo tempo que toda a minha consciência se coligou aos nervos no meio das minhas coxas.

Ele lambeu tudo, enlouquecendo-me com a boca, terna e amorosa, mas determinada a conquistar. Quando minha perna de apoio tremeu novamente, ele simplesmente encaixou o ombro atrás do meu joelho para que me sentasse nele, com as costas nos azulejos.

Soltei um gemido longo e baixo enquanto ele me devorava.

Minhas coxas tremiam enquanto sua língua alternava entre me penetrar e idolatrar meu clitóris numa adoração fervorosa. Ele era mágico. *Nós* éramos mágicos. E eu sabia, no fundo, que algo tão bom não podia ser errado.

— Nash — sussurrei de forma fraca quando as coisas dentro de mim começaram a ceder.

Ele gemeu no meu sexo como se ouvir seu nome sair da minha boca fosse demais.

Despreocupada, rebolei, depois arfei quando ele enfiou os dedos dentro de mim de novo. Sua língua se concentrava na necessidade desesperada que crescia cada vez mais.

Sem qualquer aviso, gozei. Meu sexo apertou seus dedos enquanto ele lambia e sugava meu clitóris inchado durante o orgasmo.

Rebolei em seu rosto descaradamente, saboreando como sua língua obrigava o prazer a aumentar sem parar. Eu ainda estava saboreando a sensação quando ele tirou os dedos e me girou de cara para a parede.

Ele encostou as palmas das mãos nos azulejos, prendendo-me com seus braços. Senti sua ereção quente e dura nas minhas costas.

Senti-me impotente e poderosa com a necessidade de Nash.

Ele abaixou a cabeça e senti seus lábios roçarem minha tatuagem.

— Preciso de você — murmurou antes de mordiscar minha pele. Eu também precisava disso.

— Depressa — sussurrei. — Por favor.

Ele não me fez esperar. Aquelas mãos grandes e ásperas deslizaram pelos meus quadris, inclinando-os no ângulo certo. Ele guiou a cabeça grossa do pênis entre as minhas nádegas. Fiquei parada e tensa quando ele deteve a cabeça na entrada do meu ânus, lembrando-me como essa posição era intimamente vulnerável. Ele soltou um gemido gutural e então arrastou a ponta ainda mais para baixo, entre minhas coxas abertas, deslizando pelos lábios do meu sexo.

Podia senti-lo pulsar, e uma nova onda de desejo ardente me atingiu.

— Fico louco quando te vejo nessa posição — murmurou ele, subindo uma mão pelo meu estômago para agarrar um seio.

Encostei a cabeça no ombro dele. Não era o único enlouquecendo. Minhas coxas estremeceram. Minhas mãos se espalmaram nos azulejos. Meus quadris tiveram vontade própria, esfregando-se nele, implorando por mais como se eu não tivesse gozado poucos instantes atrás.

Ele apalpou meu peito, apertando e massageando.

— Não posso abrir mão de você, Angel.

— Por que teria que abrir mão de mim?

Meus joelhos tremiam agora. De excitação. Da necessidade. Do peso do seu corpo me esmagando.

— Só estou avisando que não é mais uma opção. Ou se muda para cá ou eu vou com você. Talvez encontremos um lugar para recomeçar. Mas não posso. Abrir. Mão. De. Você.

— Nash — sussurrei enquanto uma lágrima escorria pelo meu nariz.

— Você me devolveu à vida. Me trouxe de volta à luz. Me deixou ficar com você. Me deixou torná-la minha. Diga que é minha — exigiu.

Ele esfregou a ereção pelo meu sexo escorregadio.

— S-Sim. — Consegui dizer. Depois eu me preocuparia com as consequências da promessa. Eu precisava disso, *dele* agora.

— Graças a Deus — falou, dando um beijo de boca aberta no meu ombro. A mudança de peso me fez empinar os quadris pedindo mais.

— Nash! — ofeguei.

Ele reforçou a pegada na parte de trás do meu pescoço enquanto recuava a ereção e depois avançava novamente, tocando meu clitóris com a cabeça do pênis.

Ele precisava disto. E eu precisava proporcionar isso a ele.

— Nunca sei em que posição te quero — falou ele com a voz rouca, sem interromper as estocadas curtas e medidas. — Amo pra caralho ver você gozar. Ver seus seios balançarem enquanto me movo dentro de você. Mas também amo você assim. Quando renuncia a tudo e apenas se rende.

Amo você assim.

Não posso abrir mão de você.

Suas palavras ecoaram na minha cabeça como um mantra. Um mantra que eu não tinha o direito de repetir. Não foi nesse sentido que ele falou, disse a mim mesma. Então parei de dizer qualquer coisa a mim mesma porque Nash alinhou a cabeça do pênis com minha abertura ávida e entrou em mim.

Nossos gritos reverberaram.

Cheia. Tão cheia. Ele envolveu um braço na minha barriga. A outra mão se fechou no meu cabelo, agarrando-me a ele. E então começou as estocadas.

Água quente me atingia de cima. Mas foi o calor do Nash que me aqueceu de dentro para fora. Ele entrava em mim, deixando-me na ponta dos pés a cada impulso dos quadris até que nós dois gozamos, trêmulos e ofegantes conforme nos perdíamos no prazer que se prolongava. Cada jorro quente de seu gozo me marcava, acalmando-me por dentro.

QUARENTA E CINCO
PARAQUEDAS EM PERFEITAS CONDIÇÕES

Nash

Acordei com um corpo quente e feminino encostado em mim.

— Acorda, convencido. Hora de se divertir — murmurou Lina no meu ouvido.

Eu e meu pau lhe demos toda a nossa atenção.

Ela me beijou com força, mordiscando meu lábio inferior.

— Desculpa, gatinho. Não temos tempo para esse tipo de diversão esta manhã. Hora de se levantar.

Guiei a mão dela até minha ereção por baixo das cobertas.

— Já está em pé.

Senti sua risada rouca na minha garganta.

— Depois — prometeu. — Vamos. Tira essa bunda linda da cama.

Ela fugiu de mim antes que eu pudesse pegá-la e convencê-la a ficar. Meu pau armou uma tenda de respeito debaixo do lençol.

— Nenhuma diversão vai superar ficar comigo na cama — avisei, esfregando os olhos para afastar o sono.

Uma calça de exercício atingiu meu rosto.

— É o que vamos ver — disse ela, presunçosa. — Se vista. Temos hora marcada.

— NEM FODENDO, Lina.

Ela abriu um sorriso no banco do motorista e não disse nada quando entrou com o Charger na pista após a placa que dizia JUST JUMP: AVIAÇÃO E PARAQUEDISMO.

A pista pavimentada corria paralela a uma pequena pista de pouso entre hectares de campos de milho ao sul da fronteira Virgínia–Maryland. Diferente da chuvarada de ontem, o sol da manhã brilhava no céu sem nuvens sobre as folhas laranjas e douradas do outono.

Lina parou o carro num estacionamento de frente para o galpão vermelho cavernoso com logotipo pintado de branco e azul.

Ainda sorrindo, ela baixou os óculos de sol para me olhar. Com aqueles lábios vermelhos, parecia uma sedutora, uma sereia tentando me atrair para a morte.

— Aviões foram feitos para pousar — insisti.

— E ele *vai* pousar. Só que a gente não vai estar nele quando isso acontecer — disse ela, desligando o motor e desprendendo o cinto de segurança.

Recusei-me a sair. Nada ia me tirar deste carro e me levar para perto de um maldito paraquedas.

— É irresponsável saltar de um veículo em movimento. Especialmente um que está a milhares de metros acima da terra, porra.

Lina estendeu a mão entre as pernas e deslizou o assento para trás.

Antes que entendesse sua intenção, ela passou por cima do console do câmbio e subiu no meu colo.

— Não vou obrigá-lo a fazer nada que não queira, Nash.

— Ótimo. Vamos tomar café da manhã e depois comprar selante para consertar o azulejo solto do chuveiro.

Ela fez que não, ainda com o sorriso de sereia.

— Eu vou pular. E adoraria que fosse comigo.

Cacete.

— Você não vai se jogar da porcaria de um avião.

Suor frio irrompeu nas minhas axilas. Ela colocou meus óculos de sol em minha cabeça e segurou meu rosto.

— Nash, já fiz isso tantas vezes. É uma das coisas de que mais gosto e quero compartilhar com você.

Cacete duplo.

Como diabos vou dizer não a isso?

— Vamos, convencido. Se divirta comigo — persuadiu ela.

Eu a tinha feito passar por poucas e boas ontem e este era o meu castigo. Morte por gravidade.

Menos de um minuto depois, eu estava — relutantemente — seguindo-a em direção à enorme porta aberta da garagem na lateral do prédio. A mão dela agarrou a minha de uma forma que sugeria que não aceitaria não como resposta.

— Isso não requer uma licença ou alguma papelada complicada que leva semanas para ser aprovada? — perguntei, desesperado.

Ela olhou para mim por cima do ombro, sorrindo.

— Não para um salto duplo.

— Que diacho é um salto duplo?

Minhas costas estavam se transformando numa poça de suor.

— Novatos saltam presos aos profissionais — disse Lina, apontando para um pôster gigante perto da porta aberta do galpão. Na foto, um cara burro demais para estar com medo sorria feito um lunático. Ele parecia estar atrelado a outro homem por trás.

— De jeito nenhum que vou morrer com outro homem amarrado às minhas costas.

— Claro que não. Vai saltar comigo.

Parei e travei os calcanhares, freando Lina repentinamente. Ela ricocheteou no meu peito.

— Sou certificada — disse ela.

Claro que sim.

— Nash. — Havia risos em seu tom.

— Angel.

— Me conta o que está sentindo agora — insistiu ela.

Pânico extremo. Um pouco delirante.

— Assista ao vídeo de treinamento e depois decida. Tá bem?

Um vídeo de treinamento. Se fosse longo o bastante, poderia rezar para que uma tempestade se aproximasse. Ou uma nuvem de gafanhotos. Ou que alguma falha mecânica fosse descoberta enquanto ainda estávamos em se-

gurança no solo. *Dois pneus furados e um furo na hélice? Poxa, que pena. Vamos tomar café da manhã.*

— Por favor?

Me. Ferrei.

Eu tinha duas opções. Poderia bater o pé e dar para trás, e neste caso teria que ficar plantado aqui sozinho e em pânico até que Lina flutuasse de volta ao chão, ou poderia declarar minha sentença de morte, desafiar a gravidade numa lata minúscula e depois me atirar de lá com ela. *Por* ela.

Eu estava levemente nauseado e extremamente suado. Mas aqueles olhos castanhos fixaram-se no meu rosto. Suas mãos frias pressionaram-se no meu peito.

Ela queria isso de mim. E eu tinha o poder de dar isso a ela.

— Tá legal. Mas, se despencarmos no chão e criarmos uma cratera dupla num milharal, nunca vou te perdoar.

Ela deu um gritinho e se jogou nos meus braços. Pode ser que tenha me empurrado um passo para trás, mas ainda assim consegui pegá-la, levantando-a para que seus pés balançassem no chão.

Sua boca esmagou minha bochecha e ela me deu um beijo estalado.

— Não vai se arrepender. Prometo.

EU ESTAVA OCUPADO me arrependendo de cada coisinha do dia, começando pela decisão de sair da cama, quando um cara de bermuda cargo levantou casualmente a porta frágil da fuselagem do avião.

— É agora — disse Lina ao pé do meu ouvido. Estávamos sentados num banco parafusado ao piso. Eu estava amarrado a ela com uma série de tiras de nylon que não pareciam aguentar Bica, quanto mais um homem adulto.

Todas as células do meu corpo gritavam para me agarrar ao banco. Mas estupidamente me forcei a andar que nem caranguejo em direção à abertura na lateral do avião. Esta era de longe a coisa mais estúpida que já tinha feito por uma mulher.

— Tem certeza? — gritei para ela por cima da rajada de vento.

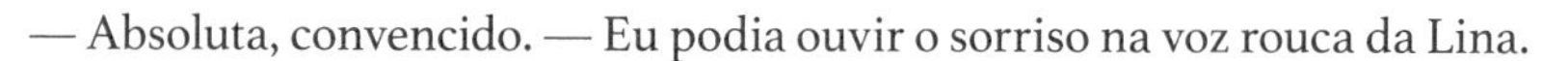
— Absoluta, convencido. — Eu podia ouvir o sorriso na voz rouca da Lina.

Nós nos equilibramos na abertura, cada um segurando uma barra de apoio na porta, e cometi o erro de olhar lá para baixo.

Os nós dos meus dedos ficaram brancos na barra.

— Já pode soltar agora. Confie em mim, Nash — disse ela.

Foi o que fiz. Um dedo de cada vez. Esperava que Knox não colocasse algo estúpido na minha lápide.

Em seguida, Lina nos inclinou para a direita e caímos no nada.

Fechei os olhos e esperei pelo pânico, mas já era tarde para arrependimentos. O vento batendo no meu rosto e o frio na barriga digno de uma descida interminável numa montanha-russa me passaram o recado.

— Abre os olhos, convencido.

Não fazia ideia de como ela sabia que meus olhos estavam fechados. Fazia parte da sua magia.

— Não quero me ver morrer — gritei de volta.

Senti-a rir, e sua diversão me fez abrir um olho e depois o outro.

Meu coração fez uma manobra lenta no peito.

Estávamos suspensos acima da terra. O outono formava um tapete infinito de vermelhos, laranjas e dourados abaixo de nós. Faixas de rio, quadriculados de estradas e subidas e descidas suaves de montanhas formavam uma colcha de retalhos de natureza e civilização milhares de metros abaixo.

Não parecia que estávamos a caminho da morte. Parecia que estávamos suspensos no tempo. Como deuses examinando o mundo que criaram. Acima dele. À parte dele.

Uma visão panorâmica. O quadro geral. Não havia nada entre mim e o resto do mundo, e era de tirar o fôlego.

O mundo não era sombrio e aterrorizante. Era uma beleza que se desdobrava à nossa volta.

— E aí? — perguntou Lina no meu ouvido, as mãos apertando meus braços.

Dei a única resposta que pude.

— Caraca. — Minha risada estrondosa foi instantaneamente engolida pelo vento.

— *Sabia* que ia adorar!

Envolvi minhas mãos nas dela, que estavam nas alças, e apertei.

— Isso é incrível pra caralho. *Você* é incrível pra caralho!

Lina gritou triunfante ao vento.

Segui o exemplo, deleitando-me quando o som foi arrancado da minha garganta.

— Pronto para a melhor parte? — perguntou.

— Qual é a melhor parte? — gritei de volta.

Mal tinha pronunciado as palavras quando a queda livre parou abruptamente e fomos puxados para cima e para trás. Num segundo, estávamos voando, de barriga para baixo; no outro, estávamos suspensos como marionetes, enquanto um paraquedas vermelho-brilhante se abria acima de nós.

A rajada de vento nos meus ouvidos parou instantaneamente, deixando apenas um silêncio sobrenatural.

Estávamos tão longe de tudo que parecia tão importante na terra. Aqui em cima, estávamos afastados das minúcias da vida cotidiana. Aqui havia apenas o silêncio, a paz e a beleza.

Emoções que achava estarem mortas há muito tempo dentro de mim brotaram, obstruindo a garganta, fazendo meus olhos arderem atrás dos óculos.

— Eu queria que visse isso. Que sentisse isso — falou Lina.

Eu poderia ter perdido isso. Poderia ter morrido naquela noite. Poderia ter optado por desistir dela, de nós. Poderia ter dito não no chão. Mas tudo me trouxe a este momento. À Lina Solavita.

Fiquei extasiado.

— Isso é... não acredito que estou dizendo isso, mas estou feliz que não transou comigo esta manhã.

Sua risada era música no silêncio.

— Quer saber um segredo? — perguntou ela.

— Tem mais? — gracejei.

— Não salto pela adrenalina. Salto por isso. Tudo faz sentido aqui em cima. Tudo é sempre bonito e tranquilo. E me lembro disso, mesmo quando meus pés tocam o chão.

Foi aí que percebi. Realmente percebi.

Eu a amava. Eu não a usava como muleta para evitar o mundo. Ela o reintroduzia para mim uma experiência de cada vez. O meu coração pertencia a esta mulher e eu lhe compraria o maior anel que pudesse encontrar.

QUARENTA E SEIS

A CULPA É DOS DOCES EM FORMATO DE PÊNIS

Lina

Não deu um pontapé nas bolas dele por fazer isso? — indagou Sloane. Ela estava sentada de pernas cruzadas no chão da sala da Naomi, enfiando pacotinhos com sementes de flores em mini sacos de linho.

Na tentativa de ser uma amiga melhor e mais vulnerável, eu estava recapitulando os problemas do meu relacionamento para Naomi, Sloane, Liza J e Amanda durante o que parecia ser a despedida de solteira mais sem graça da história.

O ensaio e o jantar que se seguiu já tinham passado. Em menos de 24 horas, Naomi seria a Sra. Knox Morgan e, se tudo desse certo, Nash e eu estaríamos bêbados e transando num closet durante a recepção.

Mas, por enquanto, estávamos dando os retoques finais nas lembrancinhas e vendo a noiva entrar em pânico com as confirmações de presença. Bica e os demais cães estavam do lado de fora com a Waylay, fugindo da loucura.

— Não consegui — confessei. — Ele já estava sofrendo e isso também me fez sofrer. Foi horrível. Por que as pessoas entram em relacionamentos sérios está além da minha compreensão. Sem ofensa — disse à Naomi.

Ela abriu um sorriso.

— Não ofendeu. Foi assim com o Knox. Eu sabia que ele estava passando por algo que eu não conseguiria consertar. Nem mesmo com um pontapé nos testículos.

— O que você fez? — perguntei, fechando um dos sacos de linho com uma fita cor de ferrugem. Eu tinha chegado à cidade após a separação, no meio das desavenças, e não sabia os detalhes.

— Ele terminou as coisas tão abruptamente que fiquei desorientada. Eu já sabia que o amava, mas ele tinha coisas para resolver sozinho. Eu não podia forçar. E também não podia esperar que ele caísse em si. — Ela encarou o anel de noivado e sorriu com delicadeza. — Felizmente, ele mudou de ideia antes que fosse tarde demais.

Sloane soprou o ar, embaçando os óculos.

— Acho que não tenho esse gene em mim.

— Que gene? — perguntei.

Ela deu de ombros.

— Sei lá. A capacidade de levar uma lapada dessa sem devolver. Não posso simplesmente perdoar alguém pelo passado que carrega. Ainda mais depois de me magoarem assim de sopapo.

— Um dia, com a pessoa certa, você chegará lá — garantiu Amanda à Sloane.

— Aham. Dispenso — disse Sloane.

— Meus meninos são teimosos até a raiz dos cabelos — disse Liza J. — Knox sempre tentou se distanciar de todos os problemas enquanto Nash se envolvia e tentava consertar tudo. Ele sempre quis consertar as coisas, mesmo quando não tinha nada que pudesse fazer a respeito.

Ela olhou para mim e depois para Naomi.

— Vocês duas têm sido boas com meus netos. Talvez até mais do que eles merecem. E falo como uma mulher que adora aqueles garotos.

— Estou pensando em largar meu emprego — deixei escapar.

Todos os olhos se voltaram para mim.

— Sério? — perguntou Naomi, esperançosa.

Sloane franziu a testa.

— Você não ganha rios de dinheiro?

— Sim. Ganho rios de dinheiro. Mas... — parei de falar. Nash usou um momento de fraqueza pré-orgasmo para me fazer admitir que queria mais com ele. Mas eu estava mesmo pensando em largar meu emprego e estilo de vida "escolha sua aventura" para criar raízes?

Pensei em Nash parado na chuva, me segurando firme.

A queda livre antes da abertura do paraquedas.

O barulhinho das unhas da Bica no piso enquanto se exibia com algum brinquedo novo.

Os olhos mais azuis.

O coração mais grandioso.

Respirei fundo. Sim. Estava mesmo pensando nisso.

— Isso significa que se mudaria oficialmente para cá? — incitou Naomi.

Fui salva de responder quando Waylay entrou na sala calçando botas impermeáveis e com uma Bica trêmula no colo.

— Os cães entraram no riacho e a Bica tentou ir atrás — anunciou. — Ela pareceu não ligar muito até que a correnteza a pegou.

— Menina corajosa — cantarolei, tirando a cachorrinha dela. Apesar de seus arrepios, a cauda pequena e encharcada da Bica abanou com vontade. — Obrigada por tirá-la de lá.

Waylay deu de ombros.

— De nada. O que vocês estão fazendo?

— Estamos terminando de organizar os lugares, finalizando as lembrancinhas e escolhendo entre esses três arranjos de mesa aprovados pelo Knox — falou Naomi, apontando para as fotos que ela tinha colado com fita na parede ao lado do mapa de assentos. — O que acha do arranjo azul-escuro com margaridas?

— É assim que é uma despedida de solteira? — perguntou Waylay com desdém. — Sabia que Jenny Cavalleri estava mentindo quando disse que a tia foi presa em Nashville durante a despedida de solteira!

— Isso foi verdade mesmo — disse Sloane. — Ela bebeu um pouquinho demais, mostrou o que não devia a um bar inteiro na parte de trás de um touro mecânico e depois foi pega fazendo xixi na sarjeta.

— Acho que vocês estão fazendo essa coisa de despedida de solteira errado — observou Waylay.

— Não é de fato uma despedida de solteira — explicou Naomi. — Knox e eu não queríamos despedidas de solteiro.

— Mas os caras saíram juntos — disse Waylay.

— Estão só bebendo e comendo frituras — falei a ela.

— A garota tem razão — anunciou Liza J, batendo a mão na coxa. — Isso é uma chatice.

Naomi fez beicinho.

— Mas e a organização dos lugares?

Amanda arrancou os *post-its* restantes da mesa de centro e os colou na parede em todos os assentos vazios.

— *Voilà*! Todo mundo tem lugar marcado.

Naomi mordiscou o lábio inferior.

— Mas você nem leu os nomes. E se alguém precisa se sentar mais perto do banheiro ou se não se dá bem com os colegas de mesa? Não podemos tomar grandes decisões como esta por impulso.

Dei um aperto gentil em sua mão.

— Podemos, sim.

— E os arranjos de mesa? — perguntou ela.

— Naomi, margaridas sempre foram a única opção — disse a ela.

Ela mordeu o lábio e encarou a foto por um longo instante. Então seus olhos começaram a brilhar.

— A única, não é mesmo?

Fiz que sim.

— Às vezes, você não tem que pesar todos os prós e contras. Às vezes, a resposta é aquela que parece certa.

Não tinha certeza se estava dizendo isso a ela ou a mim mesma.

Ela franziu os lábios, depois sorriu.

— Vamos de margaridas.

A mãe da Naomi bateu palmas.

— Ok, pessoal. Precisamos de vinho, aperitivos, máscaras faciais e uma a duas comédias românticas.

— Cuido dos aperitivos e do vinho — ofereci.

— Se está com os aperitivos, vou com você — insistiu Waylay.

— Se está com o vinho, eu vou — anunciou Liza J.

— Equipe de compras às ordens — falei.

— Perfeito — disse a mãe da Naomi. — Sloane, você pode me ajudar a transformar a sala numa central de festa do pijama. Precisamos de todos os travesseiros e cobertores que não forem dos cães.

— O que eu faço? — perguntou Naomi.

— Beba uma taça grande de vinho e reveja a lista do que vai levar para a lua de mel. — Empurrei o caderno rosa intitulado Lua de Mel que estava na mesinha em sua direção.

— ACHO QUE a Grover's não vende doces em formato de pênis, Liza J — falei, pegando um carrinho de compras enquanto entrávamos na mercearia recém-pintada. Já estava tarde, a loja a poucos minutos de fechar, e o estacionamento quase vazio.

— Eca! Achei que a gente tinha vindo comprar lanches — reclamou Waylay.

— Balinhas de goma em formato de pênis *são* lanches — disse a avó do Nash.

— Ei, pelo menos eu não disse brócolis — falei à garota.

— Tia Naomi me fez comer beterraba no jantar de ontem — disse Waylay com um estremecimento. — Beterraba!

— Bom, não vai ter beterraba esta noite — prometi, dirigindo-me ao corredor de doces. — Atacar.

O rosto da Waylay se iluminou e ela começou a jogar sacos de doces no carrinho.

— Vamos comprar bolinhos para a vó, e a Sloane gosta de Sour Patch Kids.

— Vou perguntar onde ficam os pênis — disse Liza J.

— Aaah! Gosto desses. Já provou?

Ela me entregou um saco de jujubas coloridas embaladas individualmente.

— Sunkist Fruit Gems — li em voz alta. Nunca provei, mas pareciam vagamente familiares.

— Aham. Ser sequestrada não foi tão ruim assim. O tal Hugo era obcecado por essas jujubas. Deve ter comido meio saco antes de a minha mãe voltar com a tia Naomi. Tinha embalagens por todo lado. Ele me deixou comer algumas. A amarela é a minha favorita.

Num instante, todas as peças se juntaram na minha cabeça. Eu sabia onde tinha visto o doce antes e sabia quem o comprou.

Dei um tapinha nos bolsos e peguei o celular.

— O que foi? Está toda animada. Não vai ligar pra tia Naomi e perguntar quantos sacos podemos comprar, né?

Fiz que não e liguei para Nash.

— Não. Vou ligar pro seu tio para contar que você acabou de identificar o nosso capanga.

— Identifiquei?

O celular do Nash estava chamando.

— Atende. Atende. Merda — murmurei quando caiu no correio de voz. — Nash. Sou eu. O Cara do Celular Descartável é o do Corredor de Cereais. A Sra. Tweedy estava comigo quando o conhecemos na mercearia. Ele estava comprando o mesmo tipo de doce que Waylay disse ser o favorito do Duncan Hugo. Tinha embalagens de doces por todo o chão do armazém nas fotos da cena do crime. Eu o vi de novo no Honky Tonk na noite em que Tate Dilton armou um barraco. Sei que não é muito para continuar, mas é o que a minha intuição diz. Me liga de volta!

— Uau — disse Waylay quando desliguei. — Foram *muitas* palavras em pouco tempo. Parece minha amiga Chloe.

Coloquei as mãos nos ombros dela.

— Pequena, vou comprar um carrinho só de doces pra você.

— Legal. E aí, quem é o Cara do Corredor de Cereais?

— Espero que não estejam falando de mim. — O bramido de uma voz masculina grave atrás de mim fez pavor se cravar na boca do meu estômago.

Apertei os ombros da menina.

— Waylay, encontre a Liza J e deem o fora — falei tão baixinho quanto podia.

— Mas...

— Vai. Agora — falei, e então me virei e pus um sorriso paquerador no rosto.

O Cara do Corredor de Cereais estava com uma calça com listras nas laterais e uma camiseta de manga comprida. Seu carrinho estava mais uma vez cheio de produtos saudáveis e proteínas magras. A única coisa que faltava era o doce.

— Então nos encontramos outra vez — falei, toda tímida. — Estava só contando à minha amiguinha como conheci um cara fofo no corredor de cereais.

— Estava? Porque me pareceu que descobriu algo que não deveria.

Ai que merda. Então era assim que iríamos agir? Beleza.

— Não sei do que está falando. Agora, se me der licença, tenho que desapontar o dentista de uma criança de 12 anos — falei.

Uma mão grande e carnuda se fechou no meu bíceps.

— O dentista terá que esperar, Lina Solavita.

Meu coração não estava apenas dando piruetas, estava tentando sair pela boca.

— Não curto toques não consensuais — avisei.

— E meu amigo não curte que você siga os amigos dele e prenda um deles.

— Epa, não fui *eu* quem decidiu que era uma boa ideia trepar com a mulher do meu irmão. Talvez seja melhor você ter esta conversa com ele.

— Eu gostaria, mas ele está na prisão porque *você* chamou a polícia.

— Em minha defesa, todo o lance de nudez me assustou.

— Vamos — grunhiu.

Ele estava prendendo minha circulação com o aperto.

— Vou te dar uma chance de tirar suas patas de urso de mim e ir embora. A chance de ganhar tempo antes de eu te dar um pontapé na bunda e depois o meu namorado, o chefe de polícia, aparecer para terminar o serviço. Você está limpo. Pelo menos parcialmente. Se me arrastar para fora desta loja, lá se vai essa vida. Será um criminoso em tempo integral.

— Só se me pegarem. Você causou problemas demais e agora está na hora de enfrentar as consequências. Nada pessoal. São só negócios.

— Deixa ela em paz, seu grande imbecil! — Waylay apareceu na entrada do corredor e arremessou violentamente uma lata de feijão no meu sequestrador.

A lata o atingiu na testa com um *tum* satisfatório. Usei a surpresa enlatada de feijãozinho a meu favor e dei uma joelhada em sua virilha. Ele soltou meu braço para agarrar as bolas com uma mão e a testa com a outra.

— Caralho! — chiou ele.

— Corra, Way! — Não olhei para me certificar de que ela ouviu. Em vez disso, acertei um golpe na mandíbula dele.

Meus dedos gritaram de dor.

— Droga! Sua cara é de concreto?

— Vai pagar por isso, querida.

Ele ainda estava desequilibrado, então plantei as duas mãos em seu peito e o empurrei o máximo que pude. Ele tropeçou para trás na gôndola de Coca-Cola Diet que estava no canto, espalhando latas de refrigerante por todo lado. Uma cliente segurando uma caixa de cereais em cada mão gritou, jogou as duas caixas no próprio carrinho e depois fugiu.

Liza J apareceu do nada em uma das *scooters* de mobilidade da loja. Ela o atingiu por trás a toda velocidade. Ele caiu perto o suficiente de mim para que eu pudesse dar o próximo passo. Desci meu calcanhar em sua coxa dando um chute machado de taekwondo, certificando-me de acertar com o salto fino.

Ele uivou de dor.

— Toma essa, filho da mãe! — comemorou Liza J.

O próprio gerente da loja, o Grande Nicky, apareceu, segurando um esfregão como se fosse uma lança medieval.

— Deixe a moça em paz, senhor.

— Puta que pariu — murmurou o bandido. Ele estendeu a mão para o cós das calças e pegou uma arma.

Levantei as mãos.

— Calma aí, grandalhão. Vamos resolver na base da conversa.

Aparentemente, ele tinha cansado de conversar. Porque ele apontou para o teto e disparou dois tiros.

A loja ficou em silêncio por um segundo e então os gritos começaram. Foram seguidos pelo som de debandada e o sinal sonoro incessante da abertura automática da porta.

— Vamos — disse o Cara do Corredor de Cereais, inflexível. Ele pegou o saco de jujubas e me agarrou pelo braço.

— Humm. — O gerente ainda estava parado empunhando o esfregão, embora parecesse significativamente menos confiante agora que armas de fogo estavam envolvidas.

— Está tudo bem. Vou ficar bem. Vá verificar se todos os outros saíram — assegurei-lhe.

O Cara do Corredor de Cereais me arrastou para a entrada, nós dois mancando, ele da lesão que infligi com minha bota e eu porque sua coxa dura quebrou o salto.

Fiz um inventário mental da situação. Ser levada para outro local era quase sempre algo muito ruim. Mas, neste caso, eu ia enfim ver o esconderijo do Duncan Hugo. Meu celular estava na calça e o rastreador ridículo em formato de camisinha que o Lucian me dera estava no bolso do casaco. Tinha deixado um correio de voz para o Nash e perdido uma chamada da minha mãe durante o jantar de ensaio.

A ajuda logo estaria a caminho.

Saímos para o estacionamento escuro, e ele encostou a arma no meu pescoço.

— Que arma pequena! — observei.

— É difícil carregar escondida. Canos maiores ficam entrando entre minhas nádegas. É desconfortável.

— Os sufocos da bandidagem, né não? — gracejei.

QUARENTA E SETE
SEM CALÇA E DE BUNDA PARA CIMA

Nash

Caro Nash,

É estranho. Escrever uma carta para você. Mas eu diria que a maioria das coisas andam estranhas entre nós há um bom tempo. Por que parar agora?

As coisas são ótimas aqui. Três refeições diárias, o que significa que estou ganhando peso. Tenho o meu próprio quarto pela primeira vez em duas décadas.

O terapeuta do grupo parece ter 12 anos, mas nos garantiu que se formou em medicina.

Enfim, foi ele quem sugeriu que escrevêssemos cartas às nossas famílias ou às pessoas que mais decepcionamos. Parece que você e o seu irmão se encaixam nos dois. Para a sorte de vocês. Trata-se de um exercício de se desculpar e assumir responsabilidades. Sabe como é, encontrar as palavras e colocá-las no papel. Não precisamos enviar. Provavelmente não vou enviar.

E, como não vou, posso ser franco pra caralho para variar.

Não sei se consigo largar esse hábito, vício ou doença. Não sei se posso sobreviver no mundo sem algo que entorpeça a dor da existência. Mesmo após todos esses anos, ainda não sei como "estar" neste mundo sem a sua mãe.

Mas ainda estou aqui. E você também. E acho que devo a nós dois meu esforço para dar certo. Talvez haja algo mais do outro lado de toda essa dor. Talvez eu consiga encontrar. Quer consiga ou não, quero que saiba que nunca coube a você consertar este homem seriamente danificado. Assim como não era dever da sua mãe me manter são enquanto estava aqui.

Cada um de nós é responsável pelas próprias confusões. E cada um de nós é responsável por fazer o que for preciso para ser melhor. Estou começando a entender que talvez a vida não seja algo que devamos tolerar com o mínimo de desconforto possível. Talvez a vida seja vivenciar tudo. O bom, o ruim e tudo o mais.

Espero que esteja bem. Não que isto deva significar alguma coisa para você, nem que caiba a mim dizer. Mas tenho orgulho pra caramba do homem que se tornou. Ao longo dos anos, foi uma preocupação minha que você e seu irmão fossem seguir o péssimo exemplo que dei. Guardando em segredo as coisas boas que têm. Mas você não é assim. Você defende o que é certo todos os dias e as pessoas o respeitam por isso. Eu o respeito por isso.

Continue sendo mais corajoso do que eu.

É. Com certeza não vou enviar isto. Pareço aquele tal Dr. Phil que a sua mãe adorava ver na TV.

Com amor,

Papai

— ISSO ESTÁ uma droga — anunciou Stef, sentado na banqueta.

— Preferia estar em casa com a Daze e a Way — resmungou meu irmão.

— Você não vai se casar sem uma despedida de solteiro — disse Lucian. — Mesmo que não tenha me deixado contratar strippers ou *flash mobs*.

— Ou *flash mobs* de strippers — acrescentou Nolan.

Estávamos apoiados no balcão do Honky Tonk, bebendo cerveja e bourbon no que era a despedida de solteiro mais sem graça na história de Knockemout. Certa vez, tive de prender metade da congregação presbiteriana quando a pancadaria no clube de luta da despedida de solteiro de Henry Veedle ficou pesada e se espalhou pelas ruas.

Lou, o futuro sogro do Knox, limpou a garganta.

— Na minha época, não tinha essa de despedida de solteiro, esculturas de gelo ou brunches de noivado. A gente aparecia na igreja num sábado, dizia "sim", alguém distribuía uns sanduíches de salada de presunto e depois ia para casa. O que diabos aconteceu?

— As mulheres — disse Lucian num tom seco.

Levantamos os copos num brinde silencioso.

Tive um dia longo, e ir para casa encontrar Lina parecia bem melhor que qualquer outra coisa. Pela manhã, eu demitira formalmente Dilton após me certificar de ter colocado todos os pingos nos Is. Como previsto, tinha sido feio, mas não houve tempo de comemorar a vitória graças a uma carreta que derrubou a carga de molho Alfredo na Route 317.

Passei a tarde ajudando na remoção e só tive tempo de tomar banho antes de aparecer no ensaio com alguns minutinhos de atraso. Mal deu tempo de puxar Lina para a sala de jantar do meu irmão e beijá-la com intensidade antes de termos que sair para tomar uns drinques.

Eu queria estar com ela. Queria fazer coisas normais com ela. Queria compensar o quase desastre que tinha causado. Mas o casamento era amanhã. Ainda não sabia quem tinha atirado aquela pedra pela janela da Lina. E o tempo estava se esgotando, com o artigo "herói local" prestes a ser publicado na segunda-feira.

O "depois" era iminente. A única coisa entre nós e o "depois" era Duncan Hugo. Eu poria um fim nisso. Eu o colocaria atrás das grades. E faria o que fosse preciso para convencer Lina de que merecia um lugar em seu futuro.

Pensei na carta do meu pai que li após a demissão oficial do Dilton.

— Recebeu uma carta do pai? — perguntei ao Knox.

— Sim. Você?

— Sim.

— Essa comunicação honesta entre irmãos é tão tocante — brincou Stef, fingindo limpar lágrimas falsas.

— Pode ser que ele venha amanhã — disse Knox.

Pisquei os olhos.

— Sério?

— Sim.

— E você está de boa com isso?

Ao longo dos anos, cada um de nós teve a própria versão de relacionamento conturbado com nosso pai. Knox cortava o cabelo dele a cada poucos meses e lhe dava dinheiro. Eu dava uma passada para verificar como ele estava e providenciava suprimentos básicos que ele não poderia trocar por oxicodona.

Ele deu de ombros.

— Ele nunca apareceu para nada antes, não vai ser diferente.

Silver surgiu com outra rodada de bebidas. Ela franziu a testa e enrugou o nariz.

— Alguém mais está sentindo esse cheiro de alho e queijo?

— Deve ser eu — falei.

Todos se aproximaram para me cheirar.

— Bateu uma vontade de comer comida italiana — refletiu Lucian.

— É o molho Alfredo. Um caminhão cheio derrubou tudo na estrada.

— Desculpa o atraso. — Jeremiah se aproximou sem pressa, passando a mão no cabelo escuro e ondulado. — Por que estamos cheirando o Nash?

— Ele está com cheiro de molho Alfredo — disse Stef.

Jeremiah deu um beijo na bochecha de Stef e os dois sorriram timidamente.

— Opa. Quando foi que isso aconteceu? — quis saber Knox, apontando de um lado para o outro entre os dois.

— Por quê? Vai pegar no pé deles também? — perguntei ao meu irmão.

Knox deu de ombros.

— Talvez.

— Por que você não quer que ninguém seja feliz? — brincou Stef.

— Não estou nem aí se você está feliz. Só não quero ter que te aguentar se estiver todo borocoxô, porra — esclareceu Knox. — Veja esse trouxa. Olha pra Lina com alianças de casamento nos olhos, e ela vai destroçar e acidentalmente pisotear o coração dele com aqueles saltos agulha quando se mandar.

— Eu poderia me mandar com ela. Desde que ela não guarde rancor pela minha idiotice.

O silêncio foi ensurdecedor quando sete pares de olhos pousaram em mim.

— Como é que é? — perguntou Jeremiah, recuperando-se primeiro.

Peguei minha cerveja.

— Ferrei tudo depois de um dia de merda.

— Como você ferrou tudo? — exigiu saber Knox.

— Tentei terminar — admiti.

— Você é um idiota — disse Nolan, prestativo.

— Não. Ele é um idiota do caralho — falou Knox.

Lucian apenas fechou os olhos e balançou a cabeça.

— É uma forma interessante de lidar com as coisas — tentou ajudar Jeremiah.

— Achei que *ele* era o idiota da família — falou Silver, colocando uma bebida na frente de Jeremiah e indicando Knox com a cabeça.

— Preciso lembrar quem é que assina seus contracheques?

— Pelo visto, o idiota número um de dois — brincou ela.

— Mas você estava com a língua na garganta da Lina depois do jantar de ensaio — salientou Stef.

— Ela não me deixou afastá-la. Não permitiu. E depois me fez saltar de um avião.

— Credo. Por que diabos você pularia de um avião em perfeitas condições? — perguntou Knox, perplexo.

— Porque quando a mulher com quem vai se casar pede que faça algo, você faz.

Lucian estava esfregando as têmporas agora.

— Você mal a conhece.

— *Eu* a conheço. Ela é boa demais para você — disse Nolan.

— Concordo com o bigodudo — disse meu irmão.

— A Lina é uma peça rara. Planeja ter mais dias de merda? — exigiu saber Lou.

— Não, senhor — assegurei.

Ele assentiu.

— Ótimo. Na minha época, quando a gente tinha dias ruins, não tentávamos dar um pé na bunda das nossas mulheres. A gente só bebia muito, desmaiava no sofá assistindo *Jeopardy* e acordava no dia seguinte tentando ser menos imprestável.

— Como é bom ser americano — disse Stef, encarando sua bebida.

— Ela é a mulher certa — falei a ninguém em particular.

— Não tem como você saber disso — argumentou Lucian. — Admito, ela é de encher os olhos. Mas homens melhores do que nós são enganados por beldades todos os dias.

— Não fale da minha garota a menos que esteja preparado para enfrentar as consequências, Rollins — avisei. — Além disso, Knox é quem vai se casar. Por que não está enchendo o saco dele?

Meu irmão franziu a testa.

— Espera aí. Por que não?

— Fora o fato de que a Naomi é perfeita em todos os sentidos e você é o cara mais sortudo do mundo por tê-la encontrado — disse Stef.

— Apoiado, apoiado — concordou Lou.

Lucian revirou os olhos.

— Não é a Lina. É você.

— Qual é o problema com ele, caralho? — exigiu saber Knox com uma lealdade fraternal irada.

— Ele está passando por uma fase difícil. Quando um homem está assim, não pode confiar em si mesmo, muito menos em alguém que mal conhece. Deposite sua confiança no lugar errado, e é quase impossível se recuperar das traições.

— Sem ofensa, Lucy, mas meio que parece que você está projetando seu passado problemático no presente feliz do seu amigo — disse Jeremiah.

— Ouça o barbeiro gato. Ele é praticamente um psicólogo — disse Stef.

— Você não sabe nada do meu passado — disse Lucian, soturno.

— Talvez seja melhor mudar de assunto antes que isso se transforme na despedida de solteiro do Henry Veedle — sugeri.

— Ela realmente ficou? — perguntou-me Knox.

Fiz que sim.

— Uhum. E assim que conseguir entusiasmá-la com a ideia de ficarmos juntos para sempre, vou precisar do contato daquele joalheiro.

— Senhor — murmurou Lucian baixinho, gesticulando para pedir outro bourbon.

— O que te impede de conseguir? — perguntou Jeremiah.

— Além de mal se conhecerem e terem traumas emocionais? — comentou Lucian, encarando seu novo copo de bourbon.

— Vacilei há menos de 48 horas. Preciso pensar num gesto grandioso que a faça acreditar em mim. Em nós.

Ela é sua. Torne oficial. As palavras da Lina ecoaram na minha cabeça.

— Está falando sério mesmo? — questionou Stef.

— Sério o bastante para fazer Bannerjee me ensinar a usar o Pinterest para que eu pudesse salvar alguns modelos de anéis.

Lucian passou as mãos no rosto horrorizado, mas não disse nada.

— Parece sério para mim — decidiu Lou.

— O que se qualifica como gesto grandioso? — perguntou Jeremiah.

— Flores? — sugeriu Knox.

Stef bufou.

— Isso é o oposto de grandioso. É um gesto pequeno. Gesto grandioso foi irromper no armazém do Duncan Hugo para salvar as donzelas em perigo.

Meu irmão assentiu presunçosamente.

— Isso foi bem memorável.

— A surpresa que fiz para a Mandy com um cruzeiro de três semanas foi um gesto grandioso — disse Lou.

— Essa é boa. Tirar umas férias com ela — sugeriu Nolan. — Minha esposa adorou quando escapamos sozinhos.

— Sua esposa não se divorciou de você? — salientou Lucian.

— Primeiro, vá se lascar. Segundo, talvez ela não tivesse feito isso se eu tivesse tirado mais férias com ela em vez de trabalhado a porra do tempo todo.

— É uma ideia boa, mas preciso de algo que possa fazer agora. Antes mesmo de resolvermos essa situação com o Hugo.

— Trocar o óleo do carro dela? — sugeriu Jeremiah.

— Muito pequeno — falei.

— Comprar passagens para a família dela surpreendê-la?

— Passa dos limites.

— Comprar uma daquelas bolsas que custam os olhos da cara — sugeriu Knox.

— Nem todo mundo tem ganhos de loteria para esbanjar.

— Você teria se tivesse guardado o que dei em vez de ter colocado meu nome em uma maldita delegacia, tapado.

— Argumento válido.

— Por que não faz uma tatuagem com o nome dela na bunda? — disse Lucian num tom seco.

Knox e eu trocamos um olhar.

— Bem, é uma tradição familiar — refletiu meu irmão.

E FOI ASSIM que acabei sem calça e de bunda para cima na cadeira da Spark Plug Tattoo. Knox estava na cadeira ao meu lado sem camisa, tatuando a data do casamento no peito.

— Sabem que eu estava sendo sarcástico, né? — murmurou Lucian do canto onde se escondia feito um vampiro puto da vida.

— Não me passou despercebido. Mas não deixou de ser uma ótima ideia.

— Vai fazer papel de trouxa quando ela te deixar e você tiver um lembrete permanente na bunda.

Nem o pessimismo de Lucian poderia murchar meu ânimo.

Nolan estava folheando um álbum de artes com Lou no balcão enquanto Stef e Jeremiah abriam outra rodada de cerveja para todos.

— Faz anos que espero pôr as mãos nessa bunda — disse a tatuadora, animada. O nome dela era Sally. Tinha tatuagens do pescoço aos joelhos e fora campeã equestre a nível nacional em seus vinte e poucos anos.

— Ah, querida, você e todas as outras mulheres nesta cidade — disse Stef.

— Seja gentil comigo. É a minha primeira vez — falei.

Ela tinha acabado de começar quando ouvi o clique de uma câmera e me deparei com Nolan ao me virar.

— Quê? Estou só registrando a noite.

— Talvez seja melhor trocar o bigode horroroso por uma tatuagem — sugeriu Knox.

— Você acha? — perguntou Nolan. Eu praticamente podia ouvi-lo acariciando o bigode como se fosse um gatinho de estimação.

— Acho que algo descolado lhe cairia bem. Quem sabe um lobo? Ou que tal um machado? — sugeriu Lou.

— Todo mundo ganha desconto se decidirem que querem uma — disse Sally por cima do burburinho e da agulha do aparelho de tatuagem.

Eu estava prestando atenção ao zumbido da máquina quando Stef soltou um grito.

— Merda. Ai, merda — disse ele.

— Quê? — indaguei.

— Pare de se contrair — instruiu Sally.

Fiz o possível para relaxar as nádegas.

— Sabe aquele artigo que ficou de sair segunda-feira? — disse Stef, ainda encarando o celular.

— Que artigo? — perguntaram Jeremiah e Lou ao mesmo tempo.

Medo penetrou meu âmago.

— O que é que tem?

Stef virou o telefone para que eu pudesse ver a tela. Lá estava eu ao lado da bandeira dos Estados Unidos no meu escritório, com cara de poucos amigos, sob a manchete *A Volta Triunfal do Herói da Cidade Pequena*.

— Foi ao ar mais cedo — disse ele. — Ao que tudo indica, eles perderam a matéria que deveria ser publicada hoje e acabaram postando essa.

— Me dá meu celular. Agora — vociferei. — Sal, a gente termina depois.

— Entendido, chefe. Não vou me queixar de voltar a ver esta obra-prima.

Aguardei impacientemente enquanto ela cobria o trabalho em andamento com curativo filme adesivo.

— Puta merda. Já tem cinquenta mil curtidas — comentou Stef. Ele olhou para mim. — Você é o queridinho da América.

Meu telefone já estava tocando quando Lucian o tirou do bolso da minha calça. Era a agente especial Idler.

— Não foi a isso que me referi com passar despercebido — retrucou ela quando atendi.

— Não sei do que você está falando, agente especial — falei de modo incisivo enquanto me levantava da cadeira e pegava a calça.

Nolan fez o movimento universal de "Não estou aqui" passando a mão pelo pescoço.

— "Chefe de polícia se recupera de ferimentos de bala e amnésia para livrar sua equipe de um policial corrupto" — leu ela em voz alta. — Lembro claramente de dizer que queria saber se e quando recuperasse a memória. E onde diabos está seu protetor?

Vesti uma perna da calça.

— Sabe do que não me lembro? Não me lembro de você me informar que ia negociar com o criminoso que tentou matar a mim, minha sobrinha e minha cunhada.

— Quem falou alguma coisa sobre negociação? — esquivou-se ela.

— O FBI tem mais vazamentos do que a porcaria do *Titanic*. Você está disposta a fazer vista grossa para as acusações de tentativa de homicídio e sequestro para pegar o peixe maior. Pois sabe de uma coisa, agente especial? Não vou expor minha família ao perigo porque você não consegue montar um caso do jeito antigo.

— Olha aqui, Morgan. Se fizer alguma coisa que comprometa este caso, vou me certificar de que acabe atrás das grades.

Fechei o zíper.

— Boa sorte nisso. Sou o queridinho da América no momento.

Desliguei antes que ela pudesse falar mais e liguei para Lina. A chamada foi para o correio de voz.

Knox pegou o celular, ao que tudo indica fazendo uma ligação para Naomi.

— Ela não está atendendo — falou ele, a voz tensa.

— Vou ligar para Mandy — ofereceu-se Lou.

Lucian estava encarando o celular.

— De acordo com os rastreadores, Naomi está em casa. Waylay e Lina estão no estacionamento da mercearia.

Eu tinha uma chamada perdida e um novo correio de voz da Lina.

Apertei o botão de reproduzir e fui em direção à porta, o resto dos convidados do casamento atrás de mim. A voz da Lina saiu do alto-falante.

— Nash. Sou eu. O Cara do Celular Descartável é o do Corredor de Cereais. A Sra. Tweedy estava comigo quando o conhecemos na mercearia. Ele estava comprando o mesmo tipo de doce que Waylay disse ser o favorito do Duncan Hugo. Tinha embalagens de doces por todo o chão do armazém nas

fotos da cena do crime. Eu o vi de novo no Honky Tonk na noite em que Tate Dilton armou um barraco. Sei que não é muito para continuar, mas é o que a minha intuição diz. Me liga de volta!

Embalagens de doces.

E, como se alguém tivesse estalado os dedos, fui transportado de volta para a beira da estrada naquela noite quente de agosto.

Bang.

Bang.

Dois tiros ecoaram em meus ouvidos à medida que uma estranha sensação de ardor começou em meu ombro e torso.

Eu estava caindo... ou o chão estava se aproximando em alta velocidade.

Eu estava esparramado no asfalto quando a porta do motorista se abriu. Algo fino e transparente esvoaçou ao chão, brilhando à luz dos faróis da viatura, e depois desapareceu. O barulhinho de embalagem de plástico soou na minha cabeça à medida que uma bota preta a esmagava.

"Faz tempo que espero por isso", disse o homem de capuz. Ele debochou, o bigode se mexendo.

A porra de uma embalagem de doces. Era isso que vinha assombrando meus sonhos há semanas. Não Duncan Hugo. Uma embalagem de doces e o dedo de Tate Dilton no gatilho.

— Retorna a ligação, caralho — rosnou Knox, despertando-me do transe.

— O que diabos acha que estou fazendo?

Liguei novamente.

— Preciso da atualização do status, agora — ladrou Lucian ao telefone.

— Alguém quer me dizer o que diabos está acontecendo? — perguntou Lou.

O celular da Lina estava chamando.

— Atende. Atende, Angel — murmurei. Algo estava muito errado e eu precisava ouvir sua voz.

O toque parou, mas em vez da mensagem de saudação dela, alguém atendeu.

— Nash?

Mas não era Lina. Era a Liza J.

— Ele a levou, Nash. Ele a levou.

QUARENTA E OITO
SEQUESTRARAM A GAROTA ERRADA

Lina

Meu trabalho já me colocou em algumas situações bem interessantes, mas essa era inédita. Ele não apenas tinha amarrado minhas mãos atrás das costas, como também jogado meu celular, relógio e casaco — com o dispositivo de rastreamento do Lucian — no estacionamento da mercearia.

Em seguida, tinha me jogado no porta-malas de um sedan de última geração.

Lá se vai a equipe de espiões do Lucian seguindo o meu sinal. Fechei bem os olhos e pensei em Nash. Ele moveria os céus e a terra para me encontrar. Knox e Nolan também. Até Lucian daria uma força. E, se não conseguissem, minha mãe iria até o fim do mundo para me achar.

Eu só precisava manter a calma e encontrar uma maneira de escapar. Esse panaca tinha sequestrado a mulher errada.

Incentivo dado, passei os primeiros minutos do confinamento no porta-malas tentando encontrar a alavanca de emergência só para no fim descobrir que estava desabilitada.

— Droga — murmurei. O carro fez uma curva brusca à direita. Bati a cabeça e rolei desajeitadamente de costas, sentindo desconforto com a amarração nos pulsos. — Ai! Aprenda a dirigir, palhaço!

Dei um chute no porta-malas.

Por cima do barulho da estrada, eu podia ouvi-lo conversar com alguém, mas não conseguia entender o que estava dizendo.

— Plano B — decidi.

Eu poderia chutar até tirar uma luz traseira e sinalizar para outros motoristas que o idiota dirigindo o veículo tinha uma refém no porta-malas.

A estrada mudou. Em vez do deslize suave do asfalto, eu conseguia ouvir cascalhos sendo esmagados sob os pneus conforme seguíamos aos solavancos. Isso não era bom. Ou Duncan Hugo estava mais perto do que pensávamos ou o Cara do Corredor de Cereais estava me levando para o meio do mato para me mostrar o interior de uma cova rasa recém-aberta.

Eu estava tentando me guiar até a borda do tapete sem lesionar o pescoço quando o carro parou bruscamente.

Voltei a ficar de barriga para baixo. Isso sem dúvida não era bom.

A tampa do porta-malas se abriu e, antes que eu pudesse ficar em posição de ataque, fui arrastada sem cerimônia.

— Caramba. Onde aprendeu a dirigir? Com carrinhos de bate-bate? — queixei-me, tentando afastá-lo.

— Pare de choramingar e se mexa — disse ele, dando-me um empurrão para a frente.

Estávamos no que antes era uma estrada de cascalho, mas que agora estava tomada pela natureza. À nossa frente havia uma enorme construção semelhante a um celeiro rodeada de ervas daninhas altas. Adiante, eu conseguia distinguir o contorno de uma cerca.

— Ainda estamos em Knockemout? — perguntei, lutando contra um arrepio. Sem casaco e com uma dose saudável de medo, o ar noturno parecia ainda mais frio.

O capanga não se deu ao trabalho de responder. Em vez disso, empurrou-me para a frente outra vez.

— Se me deixar ir agora, talvez não tenha que cumprir pena na prisão — falei enquanto mancava ao lado do celeiro.

— Estou comprometido agora, querida. Havia testemunhas. Não tenho mais como voltar atrás.

Na noite sombria, o meu sequestrador já não parecia um belo contabilista que ia à academia. Parecia um homem que gostava de fazer bebês chorarem.

— Pelo visto, você me culpa por isso.

Ele fez que não.

— Eu avisei no bar. Falei: "Melhor não se tornar um alvo".

— Lembro de algo assim — falei enquanto ele destrancava a pesada porta externa do celeiro. Era a única chance que eu tinha, por isso aproveitei.

Eu me virei e fugi em disparada na escuridão, mas meu salto quebrado e o cascalho irregular tornaram a corrida impossível. Senti-me como se estivesse em um daqueles pesadelos em que tenta você correr, mas esquece como fazer isso.

Uma mão grande e robusta segurou meu ombro e eu fui puxada para trás.

— Você é um porre, sabia? — disse ele conforme me jogava por cima do ombro.

— Falam muito isso. E aí, está no mercado imobiliário, né?

— Cala a boca.

Ele me levou de volta para a porta, depois me jogou no chão lá dentro.

Estava escuro como breu e eu congelei, tentando me orientar.

— Sabia que pessoas do setor imobiliário não vão para a prisão com frequência? Diferente de quem sequestra mulheres em mercearias — falei quando me levantei.

— Quanto maior o risco, maior a recompensa — disse ele no escuro.

Esse era o lema não oficial da Pritzger Insurance.

Ouvi um *clique* e então uma lâmpada no teto iluminou o ambiente. Para um celeiro, até que era um hall de entrada elegante. O chão era de concreto estampado e as paredes revestidas de madeira eram mais bonitas do que as da minha casa em Atlanta.

Eletricidade. Isso era bom. Talvez significasse que também haveria um telefone em algum lugar lá dentro.

Na parede em frente a mim, havia uma placa grande de metal com a inscrição "Red Dog Farm".

A ficha caiu. Este era o imóvel hipotecado em que Nash encontrou o cavalo que tinha escapado.

O Hugo esteve tão perto assim o tempo todo?

Eu estava a poucos quilômetros da cidade. Poderia correr essa distância facilmente em circunstâncias normais, mas precisaria de um calçado diferente e teria que ficar fora da estrada.

Não era o ideal, mas sem dúvida uma possibilidade. Avaliei minhas alternativas.

Havia três portas que levavam a direções diferentes e uma escadinha que dava para o que parecia ser um sótão escuro. Cheguei à conclusão de que era uma alternativa nem um pouco viável.

O capanga agarrou meu ombro e me levou até uma das portas pesadas de madeira.

— Vamos — falou, abrindo-a.

Era uma escada de madeira que levava a um andar abaixo.

— Sério? Um esconderijo no porão? Que clichê. — Na verdade, até que era genial. Encontrar uma propriedade abandonada longe o bastante da cidade para que ninguém notasse qualquer movimentação? Talvez o meu sequestrador não fosse um completo idiota no fim das contas.

— Anda — disse ele.

Desci os quinze degraus remanchando.

Eu precisava me manter controlada. Precisava ganhar tempo. Quanto mais tempo os mantivesse distraídos, mais tempo Nash teria para me encontrar.

O Cara do Corredor de Cereais me conduziu para a esquerda ao pé da escada e por uma porta aberta.

Lá, sentado com botas lamacentas apoiadas desleixadamente em cima de uma bela escrivaninha de carvalho, estava ninguém mais ninguém menos do que Tate Dilton.

Merda.

— Ora, ora, ora. Olha só quem temos aqui. Se não é a piranha pernuda do bar.

Eu estava preparada para enfrentar um chefe do crime organizado iniciante, não um policial corrupto e desonrado.

Dilton jogou o celular na mesa e mastigou o chiclete com presunção.

— Qual é o problema, querida? Não é quem esperava?

— Espera. Deixa eu ver se entendi. *Você* é o cérebro por trás disso? — perguntei ao Dilton, imaginando o quanto seria difícil separá-lo do celular.

— Claro que sou.

O meu sequestrador limpou a garganta atrás de mim.

O olhar de Dilton se dirigiu a ele.

— Tem algo a dizer, Nikos?

Nikos, o sequestrador da mercearia.

— Cadê ele? — retrucou Nikos.

— Não é da sua conta, filho — disse Dilton.

Opa. Os bandidos estavam brigando entre si. Isso poderia resultar em algo muito bom para mim ou em algo nada, *nada* bom. Seja como for, eu precisava de um plano.

Havia um monitor com cara de antigo no balcão atrás da escrivaninha. Infelizmente, não havia nenhum celular, notebook ou arma de fogo numa posição conveniente.

Na parede oposta, havia uma enorme televisão de tela plana de frente a um sofá.

— Sabiam que fica mais ameaçador quando fingem estar tão em sintonia que conseguem ler a mente um do outro? Nunca viram um filme do James Bond?

— Vá chamar ele — disse Nikos, ignorando-me.

— Vá se foder — respondeu Dilton. — Eu que estou no comando aqui. Vá você chamar ele.

— Não podem me prender aqui — falei, atraindo a atenção deles de volta para mim.

Dilton mastigou o chiclete com deboche.

— Parece que posso fazer o que quiser com você e sua boquinha de piranha.

— Encantador. Por que estou aqui? É isso que faz com todas as mulheres que mandam você crescer e virar homem? Quer dizer, isso explicaria por que você precisa de um local tão grande.

— Você está aqui porque você e a porra dos seus amigos já me deixaram de saco cheio.

A julgar pelo revirar de olhos de Nikos, não era exatamente por isso que eu estava aqui.

— Espera aí. Mandou *me* sequestrar porque *você* foi demitido por ser um misógino racista? Você é um daqueles eternos vitimistas que joga a culpa em todo mundo pelo ser humano escroto que se tornou?

— Falei que jogar uma pedra pela janela dela não ia dar em nada — murmurou Nikos.

— Você está aqui porque abriu o bico no lugar errado, na hora errada, porra — esbravejou Dilton. — O plano era pegar as outras duas cadelas primeiro. A filha da Tina e a gêmea toda certinha dela. Mas você tinha que se tornar um alvo mais chamativo, fazendo compras sozinha e pondo as peças no lugar.

Olhei para o Nikos. Ele tinha visto a Waylay comigo. Poderia facilmente ter pegado nós duas. Bom, não facilmente. Eu ainda tinha outro salto agulha e ele ainda tinha outra perna. Mas decidiu não sequestrar uma criança. Talvez ele não fosse o pior bandido aqui presente.

Nikos evitou meu olhar e decidi que talvez fosse melhor para nós dois se eu não mencionasse isso.

— Então, vamos começar por você e depois cuidar dos outros três problemas — continuou Dilton. Ele apontou para mim como se o dedo fosse uma arma e fingiu apertar o gatilho.

— Não precisamos discutir o plano com ela.

Dilton bufou.

— Por que não? Não é como se ela fosse sair daqui viva.

Ele olhou para mim com uma euforia doentia nos olhos.

— Ô, idiota, como vai motivá-la a atrair o namorado policial até aqui, quando acabou de dizer que vai matá-la de qualquer jeito? — indagou Nikos. — Jesus, você ao menos sabe como funciona a motivação?

— Você realmente trabalha para ele? — perguntei ao Nikos, indicando Dilton com a cabeça. — Eu teria continuado no mercado imobiliário.

— Eu não trabalho para ele — disse Nikos.

Dilton desdenhou.

— É o que vamos ver. — Ele voltou a atenção para mim. — No que desrespeito a você, melhor não se meter comigo. O seu namorado devia ter sacado isso.

— Diz respeito — corrigiu Nikos. — Desrespeito é o antônimo de respeito, seu idiota do caralho.

— Vá se catar, imbecil.

Dilton tirou as botas da escrivaninha e caminhou até a frente de modo teatral. Ele se apoiou casualmente nela, com as pernas esticadas na minha direção.

— E agora? O que vai fazer comigo?

Ele se inclinou de forma ameaçadora para a frente até que eu pudesse sentir o bafo de cerveja. Enganchou um dedo roliço no decote da minha camisa e a puxou.

— Qualquer coisa que eu queira.

Raiva subiu pela minha espinha, fazendo-me tremer. Dar uma cabeçada, uma joelhada nas bolas, romper as amarras, correr.

— Ora, ora, ora...

Todos nós nos viramos quando um Duncan Hugo de banho tomado entrou no cômodo. Ele estava vestindo uma camiseta preta e calça jeans com uma arma enfiada no cós. Seu cabelo, originalmente um ruivo intenso, estava agora tingido de castanho escuro. Mas as sardas, as tatuagens, tudo o mais que eu tinha memorizado das fotos, era exatamente o mesmo.

— Seu capanga aqui já usou essa fala de bandido — informei.

Não me passou despercebido como os olhos do Hugo se estreitaram para o policial corrupto sentado na escrivaninha, a lama seca espalhada pela superfície. Ele entrou sem pressa e pegou o pacote de doces que Nikos jogou para ele.

— Tira o rabo da escrivaninha, Dilton.

Dilton levou uma eternidade para acatar.

— Você me causou umas dores de cabeça recentemente — disse-me Hugo enquanto se sentava atrás da escrivaninha.

— Eu? — perguntei toda inocente. Comecei a sentir dor nos pulsos por estarem amarrados atrás das minhas costas. Eu precisava me soltar, mas seria impossível chegar à porta com três deles no cômodo.

— Você não só seguiu os meus homens, como fez com que um deles fosse preso. Não precisamos desse tipo de atenção agora. Mas você não deu ouvidos ao aviso.

— Como falei ao seu amigo no corredor de doces, essa prisão não foi culpa minha. Foi o seu capanga que tentou assassinar o próprio irmão em plena luz do dia. Do jeito que veio ao mundo.

— É difícil encontrar bons ajudantes — disse Hugo dando de ombros, despreocupado.

— Pois é, não faço ideia do quanto você está pagando pra esse aí, mas devia exigir reembolso — falei, apontando com a cabeça na direção de Dilton.

Percebi o tapa vindo e me preparei. Os nós dos dedos de Dilton acertaram o osso da minha bochecha, jogando minha cabeça para trás. Meu rosto parecia estar pegando fogo, mas me recusei a dar um pio.

Em vez disso, foquei em incluir corretivo à minha lista mental de compras e imaginar o que Nash faria com o rosto de Dilton em breve.

— Já era hora de você aprender a se comportar — bramiu ele na minha cara, seus olhos selvagens e os lábios curvados sob o bigode. Um louco imprevisível com algo a provar sempre era pior do que um bandido calculista.

— Isso faz com que se sinta um homem de verdade? — sibilei entre os dentes cerrados.

— Chega — disse Hugo. Ele abriu uma jujuba e colocou na boca. — Temos trabalho a fazer. Nikos, verifique se estamos prontos para a chegada do nosso amigo, o chefe Morgan.

Assentindo sinistramente, Nikos saiu da sala.

Eu estava com apenas dois bandidos agora, mas as probabilidades ainda não eram boas.

— Você está encarregado da faxina — falou Hugo ao Dilton.

— Eu sei, cacete.

— Ponha as ideias no lugar. Quando estiver posicionado, me ligue e aguarde o meu sinal. Não estrague essa porra desta vez.

— Pelo menos tive coragem de apertar o gatilho — falou Dilton com desprezo.

— Você fez cagada, foi isso que você fez. Tem sorte por ter outra oportunidade.

— Pode ser que um dia tenha que apertar o gatilho por conta própria — avisou Dilton.

— E quando eu apertar, vou garantir que terminei a porra do serviço — disse Hugo, ameaçador.

Eles se encararam por um longo instante antes de Dilton recuar. Ele me lançou um último olhar lascivo antes de sair do cômodo.

— Jujuba? — ofereceu Hugo, inclinando o pacote aberto na minha direção.

— Foi o Dilton, não foi? — perguntei baixinho.

— O que foi ele?

— Contratou Dilton para atirar no Nash.

A filmagem da câmera do carro estava granulada e o atirador usava capuz e luvas. Mas Tate Dilton e Duncan Hugo tinham biotipo e alturas semelhantes.

Hugo deu de ombros.

— Líderes delegam. E é isso que pretendo ser.

— É difícil encontrar bons ajudantes — repeti suas palavras.

— Roubei o carro, dei a arma a ele e disse quando e onde agir. Era para ele atrair o seu namoradinho da polícia para fora da cidade, matá-lo num local calmo.

— Em vez disso, ele atirou a sangue-frio na estrada — completei.

— Não tem o que fazer agora. Ele tem uma chance de redenção e, se não acertar, já era — disse Hugo, desembrulhando outra jujuba.

Ele é daqueles que comem sem parar quando estão nervosos.

— Você está planejando me usar para atrair Nash para cá. E depois?

Ele olhou para mim e não disse nada. Não precisava.

Balancei a cabeça quando uma onda de náusea me atingiu.

— Naomi vai se casar amanhã e a Waylay é uma *criança*. Não precisa fazer isso.

Ele deu de ombros.

— Olha, não é nada pessoal. Bom, a fixação do Dilton pelo seu namorado é bem pessoal. Pelo visto, ele não curtia o jeito do seu amado de fazer justiça e manter a ordem. Acho que teria atirado de graça. Mas todo o resto? Não é pessoal. Vocês são apenas danos colaterais.

Naomi, Waylay, Liza J, Amanda... mesmo que o Hugo conseguisse atrair o Nash para cá, os outros estariam naquela casa. Na linha de fogo.

O pânico estava crescendo na minha garganta.

— Tudo isso para que você possa fazer o quê? Tirar seu pai do caminho e assumir o negócio da família? Por que não começa o seu próprio? Constrói algo você mesmo?

Ele bateu o punho na mesa.

— Porque vou tomar tudo o que meu pai me deve e o verei apodrecer atrás das grades enquanto me deleito com tudo. Quero que ele saiba que o "filho frouxo e sensível", o "desperdício de DNA", foi quem teve coragem de roubar tudo dele.

Meu cérebro estava procurando por formas de escapar.

— Não pode confiar no Dilton. Ele é cabeça quente e pensa que é ele quem deveria estar no comando. Tentou arrumar confusão em um bar cheio de mulheres e Nikos teve que impedi-lo. Precisa tirar ele da jogada.

Hugo se levantou de atrás da escrivaninha.

— O que eu *preciso* é que você se sente e cale a boca até que seja hora de ser útil.

Eu ia vomitar. E em seguida morrer.

— Por que o Nash? Por que o nome dele estava na lista? Ele não tinha nada a ver com os negócios do seu pai.

Hugo deu de ombros.

— Talvez ele tenha irritado a pessoa errada.

— Ou seja, seu pai ou a pessoa que fez a lista?

— Acho que você nunca saberá ao certo. — Ele atravessou o cômodo até o sofá surrado em frente à TV e colocou um fone de ouvido *gamer* em volta do pescoço. — Melhor aproveitar e ficar à vontade enquanto pode.

A tela da TV banhava a sala em um verde nuclear.

Encostei-me na escrivaninha, com os joelhos tremendo e o estômago se revirando.

Tinha de ser agora. Tinha de encontrar uma maneira de avisar o Nash antes do Dilton sair. Antes que ele chegasse perto da Naomi e da Waylay.

— Boa sexta-feira, porra. Vamos meter bala em alguns cowboys — disse Hugo.

Pisquei os olhos e encarei atentamente a tela. Ele estava jogando *online*... o que significava que estava falando com outros jogadores.

Meu coração batia violentamente dentro do peito. Ele estava usando o fone de ouvido, mas ainda assim eu não podia fazer nenhum barulho. Eu só tinha uma chance de fazer dar certo.

Soprei o ar lentamente e observei a tela, aguardando a minha deixa.

— À sua esquerda. Não! Sua *esquerda*, idiota. Não aprendeu isso no jardim de infância? — falou Hugo, desviando e se movimentando no sofá com o controle na mão.

Os personagens na tela estavam lutando contra um ogro que atirava muco e um dragão que cuspia fogo. Não haveria oportunidade melhor do que essa. Eu não poderia arruiná-la.

Levantei as mãos atrás das costas o mais alto que conseguia e me inclinei para a frente. A adrenalina disparou e baixei os pulsos com toda a força e rapidez que pude. A abraçadeira de plástico se rompeu, soltando as minhas mãos.

— Caralho. Para de perder tempo, Brecklin, apunhala a porra do pé dele — disse Hugo enquanto eu me aproximava para o atacar por trás.

QUARENTA E NOVE
UM ACERTO DE CONTAS

Nash

Vinte e sete minutos.

Foi o tempo que se passou desde que um homem empurrara Lina para dentro do porta-malas do carro e a levara embora.

Grave estava conferindo o número parcial da placa que Waylay tinha decorado.

Knox levou Waylay e Liza J até a casa de Naomi.

E eu estava disparando pela rua de Tate Dilton enquanto uma chuva leve e fina começava a cair. Girei o volante e dei uma parada brusca na entrada de concreto da casa dele. Em frente à garagem havia um barco de pesca vermelho e reluzente numa carretinha reboque novinha em folha.

Não me dei ao trabalho de fechar a porta, simplesmente corri até a frente do Cape Cod branco banhado pelas luzes azuis e vermelhas da minha viatura.

A porta se abriu antes de eu passar pelos fardos de feno e abóboras na varanda da frente.

Atrás de mim, outro veículo cantou pneu na rua, até que parou abruptamente.

Melissa Dilton, a linda esposa loira de Tate, estava na porta, com uma mão fechando o colarinho do roupão azul.

Suas bochechas estavam manchadas de lágrimas e os lábios estavam inchados.

Cacete.

— Cadê ele, moça?

Ela balançou a cabeça, os olhos se enchendo de lágrimas.

— Não sei, mas juro que diria se soubesse.

Eu queria forçar a entrada para procurar de cima a baixo na casa, mas sabia que ela não estava mentindo.

Nolan e Lucian subiram os degraus da varanda com ar sério.

— Há quanto tempo ele está ausente? — perguntei, ignorando-os.

— Algumas horas. Ele fez as malas como se fosse ficar fora por um tempo. E-Eu o vi pegar uma pilha de dinheiro no buraco no chão do quarto da Sophia.

— O que você está fazendo, Morgan? — perguntou baixinho Nolan.

— Onde ele estava na noite em que fui baleado?

Melissa engoliu com força enquanto duas lágrimas escorriam pelo rosto.

— E-Ele disse que estava trabalhando.

— Não estava. Ele não foi trabalhar porque disse que estava doente.

Eu tinha verificado no caminho para cá.

— Ele disse que estava trabalhando. Só voltou para casa tarde e eu... percebi que ele tinha bebido. Perguntei por você. Meus pais tinham comentado sobre o tiroteio. Perguntei se você ia ficar bem e ele... — Ela encarou os pés descalços com vergonha. — Ele me bateu — sussurrou.

Ouvi Lucian xingar de forma sombria atrás de mim.

— Está tudo bem, Melissa. Você não está em maus lençóis. Mas preciso encontrar o Tate.

Ela olhou para mim com lágrimas nos olhos.

— Não sei onde ele está. Desculpa, Nash.

— Não é culpa sua — disse a ela. — Nada disso é culpa sua. Mas preciso que pegue as crianças e vá para a casa dos seus pais esta noite. Preciso que fique lá até eu dizer que é seguro voltar para casa. Entendeu?

Ela hesitou, depois assentiu.

— Acorde as crianças. Diga que vão dormir com a vovó e o vovô. Lucian vai levar vocês. Vou mandar policiais vigiarem a casa dos seus pais.

— Está tudo acabado, não está? — sussurrou ela.

— Esta noite estará — prometi.

Ela ergueu os ombros e assentiu. E, pela primeira vez, vi uma centelha de determinação nos seus lindos olhos verdes.

— Boa sorte, Nash.

Virei-me e apontei com o polegar por cima do ombro. Lucian assentiu e seguiu Melissa para dentro.

— Quer me dizer o que diabos está acontecendo? — exigiu saber Nolan enquanto descia a varanda, acompanhando-me.

— Não foi o Hugo que apertou o gatilho. Foi o Dilton — falei, sentando-me ao volante do meu SUV. — Ai! Caramba.

Tinha me esquecido da minha nova arte no bumbum.

Xingando, Nolan contornou o capô e entrou no lado do passageiro.

— O que isso significa?

— Isso significa que ou Dilton fez isso sozinho ou está metido com o Hugo. Seja como for, ele vai se dar mal.

Coloquei o veículo em movimento e fiz o retorno, os faróis cortando a camada de névoa.

— Aonde iremos agora? — perguntou Nolan.

— Delegacia.

— ESTAMOS TRABALHANDO em conjunto com a polícia estadual e organizando blitz de trânsito aqui, aqui e aqui — disse a policial Bannerjee, apontando para o mapa conforme entrávamos na delegacia. Parecia que todos os socorristas de Knockemout já estavam aqui. — Todas as unidades foram aconselhadas a procurar Lina Solavita, o suspeito e um Ford Fusion marrom do ano 2020.

Lina estava lá fora em algum lugar, no escuro, no frio. E eu não ia descansar até a encontrar.

Abri a pasta na escrivaninha do Grave e peguei o primeiro papel, depois fui até o quadro. Tashi se afastou quando coloquei a foto de Tate Dilton ao lado da foto da Lina.

Uma sequência de sussurros percorreu o grupo.

— Todos os policiais estarão à procura de Tate Dilton, ex-policial. Ele é procurado por tentativa de homicídio contra um agente da lei, violência doméstica e agressão. Qualquer pessoa com informações sobre o paradeiro do Dilton deve falar comigo.

Não aguardei perguntas. Fui direto ao arsenal. Nolan ainda estava na minha cola.

— Qual é o plano? — perguntou ele quando lhe entreguei uma espingarda.

— Batemos na porta de cada um dos amigos do Dilton até encontrarmos alguém que saiba onde diabos ele está. Se o encontrarmos, encontraremos a Lina.

— E o Hugo?

Balancei a cabeça e joguei duas revistas e algumas caixas de balas numa mala de lona.

— Não sei se ele faz parte disso ou se foi só o Dilton desde o início. Mas o meu instinto diz que estão juntos nessa merda.

Nolan calmamente carregou a espingarda e jogou outra caixa de balas numa mala.

— Acha que ela já fez com que se arrependessem? — perguntou.

Meus lábios se curvaram conforme eu jogava mais duas caixas de munição dentro.

— Garanto que sim.

— As cirurgias de recuperação de saco estarão em alta no estado depois desta noite — previu.

Fechei a mala e olhei para ele.

— Você não tem que vir — falei.

— Sai fora.

— Não vou seguir as regras. Não vou seguir a porra do protocolo. Farei o que for preciso para recuperá-la.

— Você quem manda.

Atravessamos o escritório aberto e estávamos quase na porta quando ela se abriu. Wylie Ogden entrou vestindo uma das velhas capas de chuva do departamento.

— Nash. Digo, chefe — disse ele. Parecia mais velho do que nunca. Seu rosto estava abatido e pálido. — Acabei de falar com Melissa e ela me disse o que está acontecendo. — Ele balançou a cabeça. — Eu não sabia. Não fazia ideia. Éramos amigos, mas... acho que a gente nunca conhece de verdade as pessoas. Não é certo. O que ele fez a você, à mulher dele.

— Não, não é — falei, impassível.

— Estou aqui para ajudar no que puder — falou ele. — Fazer a coisa certa.

— Procure a Bannerjee e peça uma designação — eu disse, em seguida o contornei e me dirigi ao estacionamento.

Abri a porta traseira do SUV e, enquanto Nolan jogava as malas dentro do carro, carreguei uma segunda espingarda. Em seguida, prendi dois carregadores cheios ao meu cinto.

Meu celular tocou.

Lucian.

— Surgiu algum problema enquanto levava Melissa e os filhos para a casa dos pais dela? — perguntei.

— Não. Estão a salvo e já tem um carro-patrulha na entrada. Mas achei que seria bom você saber que o ReiPiroca21 acabou de logar no *Dragon Dungeon Quest* — avisou Lucian. — Minha equipe está rastreando o endereço IP. Reduziram a busca a oito quilômetros daqui.

Cacete. Se Duncan Hugo estava perto, isso não poderia ser coincidência.

Coloquei uma bala na arma e a guardei no coldre.

— Me avise quando o encontrar.

— O tribunal não vai aceitar se o encontrarmos desta forma — alertou Lucian.

— Não estou nem aí. Não estou montando um caso. Estou acertando as contas. Encontre ele.

CINQUENTA
BRECKLIN É O CÚMULO

Lina

Minha primeira tentativa de estrangular alguém não deu muito certo. No entanto, consegui roubar o fone de ouvido, causar algum dano à traqueia e sair do quarto antes que ele pudesse sacar uma arma contra mim, então não foi um completo fracasso.

Ouvi-o gritar quando cheguei às escadas que levavam ao segundo andar e torci para que ele estivesse chamando Nikos e Dilton. Se os três estivessem ocupados à minha procura, não poderiam sair cometendo uma onda de assassinatos.

Irrompi com tudo no hall de entrada por onde Nikos e eu tínhamos entrado e olhei em volta. Eu poderia meter o pé daqui, mas, mais do que uma rota de fuga, eu precisava de um celular ou algum meio de entrar em contato com Nash. Abri a porta externa para que pensassem que eu tinha escapado, depois escolhi uma porta ao acaso. Ela levou a um corredor longo e escuro.

Eu estava usando minhas mãos para me guiar pelo corredor o mais rápido possível quando ouvi algo. Uma voz distante advinda... da minha mão.

Puta.

Merda.

O fone de ouvido *gamer* do Duncan ainda estava conectado ao sinal Wi-Fi.

Coloquei-o na cabeça e abri a porta mais próxima do escritório no andar abaixo. Se eu o mantivesse escondido e conectado ao Wi-Fi, poderia pedir ajuda.

— Olá? Consegue me ouvir? — sussurrei ao microfone.

— Qual é a da respiração pesada? Alguém deixou um pervertido entrar na missão? — perguntou uma voz estranha e infantil no meu ouvido.

Ouvi a porta pela qual tinha entrado se abrir com um estrondo.

— Merda — murmurei.

Minhas mãos encontraram outra porta de madeira assim que as luzes do corredor se acenderam.

Tive um vislumbre de um Hugo furioso correndo em minha direção antes de eu forçar a porta.

A porta — graças aos céus — tinha um ferrolho interno. Isso não o impediria por muito tempo, mas pelo menos o atrasaria. Encaixei-o no lugar no momento exato em que a maçaneta da porta se mexeu.

— Quanto mais me fizer perseguir você, mais deixarei que Dilton te machuque — rosnou ele do outro lado da porta.

Corri para longe da porta, segurando o microfone perto da boca.

— Olá? Tem alguém aí? — perguntei tão alto quanto me atrevi.

O piso aqui era diferente. Tinha textura de tijolo e havia janelas no alto das paredes. Era um ambiente escuro e cavernoso com o que percebi serem uma dúzia de baias de cavalos separadas por um amplo corredor de tijolos.

— Ô, ReiPiroca, vai parar de enrolação e nos ajudar a matar esses ogros, ou vou precisar usar meu feitiço paralisante em você de novo?

Era uma voz de criança. Pelo som, uma criança irritante.

— Me chamo Lina Solavita e estou sendo feita de refém por Tate Dilton e Duncan Hugo na Red Dog Farm em Knockemout, Virgínia — sussurrei no microfone enquanto corria pelo corredor entre as baias.

A maçaneta da porta se mexeu atrás de mim e em seguida houve um estrondo alto.

Disparei até o fim do cômodo escuro e acabei esbarrando numa parede de madeira que chegava à altura do peito, deixando-me sem ar.

— Ai! Cacete — chiei.

— Esse papo é sério? — indagou uma voz pré-adolescente fanha.

— Deve ser só o ReiPiroca zoando com a nossa cara, Brecklin — disse outro jovenzinho.

— Olha aqui, *Brecklin*, seus pais sabem que você está jogando videogame online com um criminoso? — sibilei quando voltei a ficar de pé.

Outro estrondo alto veio da extremidade oposta do cômodo, acompanhado pelo ruído de madeira se partindo.

Parecia bastante que alguém estava tentando arrombar uma porta.

Ele estava se aproximando e não daria tempo de eu encontrar uma saída. A única opção que me restava era me esconder pelo máximo de tempo possível antes de tomar uma atitude.

— Infiltrada — murmurou um garoto no meu ouvido.

— Ai, meu Deus. Juro pelo Justin Bieber ou pela Billie Eilish ou por seja lá quem for que vocês gostem que estou falando a verdade. Preciso que um de vocês chame a polícia *agora*.

Houve outro estrondo alto e mais madeira cedeu. Um *bing-bong* alto no fone de ouvido me assustou.

— Jesus. Que diacho foi isso? — sussurrei.

— Relaxa aí, moça. WittyDeRosa acabou de se juntar à nossa missão — disse Brecklin.

— Eu vou relaxar *depois que chamarem a polícia*!

— Lina?

A voz familiar quase me fez chorar.

— Waylay?

— Onde você está?

— Estou perto. Está segura? A Naomi está segura? Que diabos está fazendo aqui?

— Depois que o tio Nash me ligou e perguntou qual era o nome do usuário do Duncan Hugo, achei que poderia ajudar a te encontrar usando o jogo.

— Waylay, sua linda, você é genial! Estou muito, muito orgulhosa e você provavelmente está numa baita enrascada.

— É. Imaginei — disse ela, parecendo entediada com a ideia.

— Olha, precisa ligar para o seu tio Nash e contar que Duncan Hugo mandou Tate Dilton ir até sua casa para...

Como é que eu ia dizer a uma criança de 12 anos que alguém queria matá-la?

— Para matar a mim e à tia Naomi? — adivinhou ela.

— Uau — arfou um dos jovenzinhos.

Desta vez, quando Hugo bateu na porta, pedaços de madeira partida caíram no chão.

— Merda, sim. Estou tentando distrair eles, mas Nash não pode vir para cá porque estão armando uma emboscada. Ele precisa ir até a sua casa e garantir que vocês fiquem em segurança.

— Onde você está? — indagou Waylay.

— Não importa. Diga a ele que o amo.

— Ela está na Red Dog Farm — anunciou a voz fanha da Brecklin.

— Cala a boca, Brecklin! — sibilei.

Dois tiros soaram.

— Pronta ou não, aqui vou eu — cantarolou Hugo quando a porta se abriu.

Escolhi uma baia ao acaso e fechei a parte de baixo da porta o mais silenciosamente possível.

— Olha, preciso desligar. Duncan está se aproximando. Tate Dilton está com ele — sussurrei, entrando mais na baia para me esconder atrás de uma pilha de caixas de plástico. — Diga ao Nash que o amo.

— O qu...

— Termi... nem...

Merda. O sinal de Wi-Fi estava ficando mais fraco. Eu me arrastei engatinhando em direção à porta da baia.

— Tem que digitar que está AFK — crepitou a voz fanha da Brecklin no meu ouvido. — Significa que está ausente.

— Não estou usando a porcaria de um teclado, *Brecklin*! — sibilei.

Mas havia apenas silêncio no meu ouvido conforme o sinal caía mais uma vez.

Maravilha. Desperdicei minhas últimas palavras gritando com uma pirralha. Mas bem que ela tinha merecido.

— Não pode se esconder aqui para sempre — ecoou a voz do Hugo de forma assustadora. Colei na parede e percebi que era fria e lisa. Como azulejo.

Surgiram lembranças da minha experiência breve na colônia de férias de equitação. Eu estava na baia de limpeza, basicamente um chuveiro para cavalos.

À medida que as solas dos sapatos do Hugo se arrastavam no piso, os meus dedos encontraram o que procuravam. Os cavalos eram banhados com uma mangueira, mas algumas baias tinham lavadoras de alta pressão instaladas para limpar o próprio espaço.

Um barulho forte me deu um baita susto. Era o som de madeira e metal se chocando contra pedra. Deixei a mangueira escorregar e bati o cotovelo na torneira. Dor irradiou pelo meu braço.

Um feixe de luz de lanterna iluminou a escuridão.

— Não está neste — cantarolou Hugo para si mesmo.

Houve outro estrondo, este um pouco mais perto.

Ele abriria as portas das baias uma por uma até encontrar o que procurava. Meu coração estava fazendo o possível para fugir do meu peito.

Eu me agachei, tentando acalmar a respiração. Precisava me manter viva e escondida. Nessa ordem.

Silenciosamente, tirei o fone de ouvido e joguei em frente à baia, esperando que ele se reconectasse ao sinal Wi-Fi. Eu não queria traumatizar um bando de crianças fazendo com que ouvissem a minha morte. Exceto Brecklin. Não gostei nadinha dela. Mas a minha esperança era que um deles tivesse sido inteligente o bastante para gravar o áudio, e assim Duncan não se safaria dessa.

Fechei a mão na torneira e prendi a respiração. A porta da baia ao meu lado bateu na parede, e aproveitei o ruído para abrir bem a torneira.

Por favor, que tenha água. Por favor, que tenha água.

Ele estava tão perto que eu podia ouvir sua respiração pesada.

Agora ou nunca. Tinha que cronometrar perfeitamente ou nunca teria a chance de dizer na cara estupidamente bonita do Nash que eu o amava.

A porta do meu esconderijo se abriu e fragmentou na parede. Não hesitei.

Quando a luz da lanterna me atingiu, agarrei o esguicho e apertei.

Um tiro soou.

CINQUENTA E UM

QUANDO O ESFAQUEOU COM UM FORCADO?

Nash

Os pneus de uma caminhonete familiar cantaram no estacionamento da delegacia, fazendo com que água se espalhasse para todo lado enquanto os faróis nos iluminavam. Knox saiu e bateu a porta com tudo. Caminhou até mim, com o queixo cerrado.

— O que está fazendo aqui? Precisa ficar com a Naomi e a Way — falei.

Ele fez que não com a cabeça.

— Vou te acompanhar.

— Agradeço muito, mas você precisa garantir a segurança delas. Hugo pode decidir atacar esta noite.

Knox cruzou os braços.

— Lou tem duas espingardas. Liza J tirou o pó do fuzil que era do vô. Stef está misturando bebidas e distribuindo spray de pimenta. Jeremiah e Waylay estão fazendo rondas com os nossos tacos de beisebol da Liga Infantil.

— Você vai se casar amanhã.

— Não sem você e a Lina. Ligue para a Naomi se não acredita em mim. Esse casamento só acontece com todo mundo presente.

— Chefe? — Grave apareceu na porta. — O Ford Fusion pertence a Mark Nikos. Ele aluga propriedades comerciais entre aqui e D.C. Tem uma residência local. Desde o começo do verão. Duas patrulhas vão fazer ronda lá.

Assenti.

— Valeu, Grave.

Ele não estaria lá e nem Lina, por isso não perderia meu tempo pontuando pormenores.

Voltei-me para o meu irmão.

— É a sua oportunidade de ter algo bom. Não estrague tudo bancando o irmão mais velho. Hoje não.

Ele agarrou meu ombro.

— Você me apoiou da última vez. Não vai nessa sem mim.

— Parece que vamos para a cadeia juntos — disse Nolan.

— Pelo amor de Deus — murmurei. Peguei meu celular e fiz uma ligação.

— Quê? — indagou Lucian.

— Preciso que vá na casa do Knox e mantenha todo mundo vivo.

— Já mandei uma equipe de segurança, está a caminho.

— Ótimo. E agora preciso que esteja presente, já que o meu irmão idiota está aqui no estacionamento comigo.

Lucian soltou um palavrão criativo e ouvi o inconfundível estalido do seu isqueiro.

— Chego em cinco minutos.

Ouvi um sinal sonoro e olhei para a tela do meu celular. *Naomi.*

— Preciso desligar. Tenho outra ligação — falei ao Lucian e desconectei. — Naomi, não tenho nenhuma atualização, mas estamos fazendo de tudo...

— Tio Nash? Sei onde a Lina está.

— VEJO UMA picape de caipira com escapamento para cima e um Ford Fusion dourado estacionado ao lado do celeiro — relatou Nolan. Ele estava de barriga para baixo na extremidade do bosque, espiando pelos binóculos.

Graças ao aviso da Waylay, tínhamos entrado na propriedade pelo bosque, chegando por trás da casa e do celeiro. A chuva trouxe consigo uma névoa espessa que parecia um manto, fazendo com que a propriedade parecesse fantasmagórica.

— Dilton e o carro que levou Lina — falei, tentando conter as emoções que efervesciam dentro de mim.

Knox e eu trocamos olhares. Para o bem ou para o mal, os homens que procurávamos estavam aqui. E nenhum deles teria outra oportunidade de machucar alguém que amávamos.

— Registrei movimento — disse Nolan baixinho.

Ficamos imóveis e olhamos através da chuva e da escuridão.

— Um cara grande. Acabou de sair correndo pela porta lateral aberta. Segurando uma arma. Está olhando os arredores.

— Na nossa direção? — perguntou Knox.

Estávamos a 200 metros de distância, mas os meus ouvidos ainda captaram um som fraco. Parecia que alguém gritava. Vimos o homem correr de volta para dentro.

— Lina — falei.

Nolan sorriu. Até a boca do Knox chegou a se curvar.

— Aposto que ela está infernizando a vida deles — previu ele.

— Avise ao Lucian que o Dilton ainda está aqui — falei ao meu irmão. — Vou pedir reforços.

Estava digitando o número para falar com o Grave quando o tiro disparou.

Meu coração parou. Minha mente esvaziou. A única coisa que restou foi o instinto. Eu me pus em movimento, correndo pelo matagal que chegava à cintura.

Ouvi Knox e Nolan atrás de mim, mas não ia esperar. Não com Lina lá dentro.

Percorri a distância até o celeiro com facilidade, pulei a cerca e me lembrei de usar o ombro bom ao arrombar a porta.

Ela cedeu facilmente e parei só para verificar o hall de entrada antes de prosseguir. Duas portas estavam abertas. Uma levava para o andar abaixo, a outra para um corredor longo.

Lina não se deixaria ficar presa num porão sem escapatória fácil; por isso, segui para o corredor que dava para um beco sem saída. Algo me inquietou. Eu me abaixei assim que uma porta à minha direita se abriu e um punho enorme veio em minha direção.

Joguei-me contra Mark Nikos, o homem que tinha arrastado a minha mulher para fora de uma mercearia e a jogado no porta-malas de um carro, usando meu ombro não tão bom, atingindo-o nas costelas e fazendo com que batesse no batente da porta.

— Deixa comigo. Vá — disse meu irmão atrás de mim. Nem me dei ao trabalho de olhar para trás. Se Knox disse que eu podia deixar com ele, então eu podia.

Continuei pelo corredor até chegar a uma porta aberta. A porta em si estava toda quebrada e danificada, as ferragens inúteis no chão.

Procurei interruptores de luz usando a mão e encontrei uma fileira deles. Acendi todos e corri para o estábulo iluminado. Os portões de cada baia do lado esquerdo estavam abertos.

Fiz uma inspeção rápida em cada baia, caminhando apressadamente ao longo do corredor. Ela esteve aqui. Ela estava perto. Tinha que estar. Eu podia sentir.

— O que é isso? — indagou Nolan, alcançando-me. Nós dois olhamos para baixo, onde um líquido se espalhava na parede ao lado da penúltima baia. No meio, havia uma única cápsula de bala.

Por uma fração de segundo, meu coração parou. Em seguida, ouvi um ruído suave e avistei o esguicho e a mangueira, ainda espirrando uma névoa fina de água.

— Água — falei, a voz embargada.

— Quatro pegadas — observou Nolan.

Nós as seguimos até onde elas pareciam se misturar e se fundir contra o muro de pedra.

Descartado no meio das pegadas molhadas estava um forcado. Os dentes estavam manchados de vermelho. Havia gotas vermelho-ferrugem no chão.

— Aposto 100 dólares que Lina o esfaqueou com o forcado — previu Nolan.

— Não vou entrar nessa aposta.

Algo parecido com orgulho afastou a bolha de medo no meu peito. Lina podia e iria se cuidar até eu a encontrar.

Seguimos o rastro de sangue e água até a extremidade do ambiente. Uma cerca alta de madeira com um portão aberto dava para outro ambiente escuro.

A luz do estábulo se espalhava no breu, e pude ver que o chão estava coberto por uma espessa camada de serragem.

— Acho que é uma pista de equitação coberta — disse Nolan. — Tem que ter um interruptor por aqui...

Houve um barulho no escuro. Uma espécie de grito estrangulado, seguido de um baque e um grunhido. Não importava que eu não pudesse ver. Eu sabia que ela estava lá e iria encontrá-la.

— Você me esfaqueou com a porra de um forcado! — uivou a voz de um homem incorpóreo.

— Você mereceu, seu idiota estúpido — respondeu Lina.

Ela estava bem. Pelo menos bem o suficiente para xingar.

— Angelina! — Minha voz cortou a escuridão como um dardo.

— Nash! Saia daqui! Ai! Seu filho da mãe...

Eu estava me aproximando. Pude perceber pelos ruídos da briga que ficavam mais altos. Desviei de um objeto grande e indistinto. Percebi que era um veículo ou implemento agrícola sob uma lona. Havia outros alinhados entre mim e ela, criando uma pista de obstáculos.

Estava quase os alcançando. Podia senti-la perto. E meu estômago se revirou ao som de um punho acertando alguém. Mas o uivo de dor que se seguiu não era dela.

As luzes se acenderam, iluminando a pista. Eu estava a cerca de 2 metros dela. Hugo estava de joelhos a sua frente, com sangue jorrando da perna, mais saindo de seu nariz.

— Sua puta — gritou ele, levantando a mão que segurava a arma.

Não pensei. Não planejei. Não calculei. Eu agi.

— Nash! — O grito de Lina ecoou na minha cabeça enquanto eu me lançava no ar.

A cabeça do Hugo se virou para mim em câmera lenta, seguida pelo braço. Mas era tarde demais para ele. Eu o atingi com a força de um trem de carga, avançando com a espingarda que carregava. O revólver dele disparou e rolamos para a serragem. Eu o virei de costas, prendi-o com o corpo e acertei um soco na cara dele. Uma vez. Duas vezes. Três vezes.

— Tá bom, convencido. — A voz de Lina estava suave e calma ao meu lado. — Acho que você o pegou.

Mas não foi suficiente. Nada menos que acabar com ele seria. Afastei o braço outra vez para desferir outro soco, mas ela me segurou.

— Morgan! — O grito de advertência de Nolan fez com que nós dois olhássemos para cima a tempo de ver Tate Dilton mirando a arma para nós a 10 metros de distância.

Dilton se virou para o Nolan, que se aproximava correndo, e os dois homens dispararam quase que simultaneamente.

Eu estava ciente do Nolan caindo de joelhos, do grito horrorizado da Lina enquanto eu a segurava pelos braços e a arrastava para trás de um trator azul grande.

Empurrei-a para trás do pneu e disparei dois tiros por cima para chamar a atenção de Dilton. Lina me agarrou e me puxou de volta. Seu toque me trouxe de volta ao meu corpo.

Minha respiração estava ofegante e intensa. Suor escorria pelas minhas costas. Meu punho latejava. Meu coração batia freneticamente no peito.

— Nash — disse ela, encostando-se em mim. — Consegue ver o Nolan?

Examinei a pista e fiz que não.

— Ele deve ter encontrado cobertura. — Olhei para baixo, verificando se ela estava ferida. — Você está sangrando, linda.

Ela ergueu o braço esquerdo, onde faltava uma parte da manga. O material ao redor estava encharcado de vermelho.

— Usei a mangueira de alta pressão para bater no rosto de Hugo e dei uma de Nash Morgan quando ele disparou a arma.

Rasguei a manga da minha camisa e amarrei o tecido no seu bíceps.

— O que é dar uma de Nash Morgan?

Ela abriu um sorriso e, naquele momento, senti um amor como nunca havia sentido antes.

— Fiz exatamente o que você fez quando caminhou até aquele carro. Vi a arma e virei de lado. A bala mal me atingiu. Acho que nem se qualifica como um ferimento, mas arde pra caramba.

— Jesus, Angel.

— É um arranhão — garantiu.

— Quando você o esfaqueou com um forcado?

— Depois que ele atirou na minha direção.

— Ele não atirou *na sua direção*. Ele atirou em você. — Eu estava ficando possesso. — Acho que preciso atirar nele.

— Se você atirar no Hugo, eu atiro no Dilton. Foi ele quem atirou em você.

— Eu sei.

Dei uma espiada por trás da roda do trator e vi Dilton desaparecer atrás de uma pilha de caixas plásticas. Nolan não estava em lugar nenhum.

— Sabe? — sibilou ela.

— A memória voltou quando recebi o seu correio de voz.

— Espera um instantinho. Por que está aqui? Devia estar protegendo a Naomi e a Waylay.

— Lucian e uma equipe de segurança privada estão de vigia.

— Vão ficar de conversinha o dia todo ou vão sair para que eu possa atirar na cabeça de vocês? — berrou Dilton.

Uma bala atingiu o corpo metálico do trator.

Empurrei Lina para baixo e apontei para o veículo com capa protetora perto do trator. Era menos comprido e mais baixo.

— Vá — falei.

Ela balançou a cabeça vigorosamente.

— Não.

— Saia daqui, Angel.

— Não vou te deixar — sibilou ela, me desequilibrando.

Estremeci quando minha bunda bateu na banda de rodagem do pneu.

— O que foi? — sibilou ela. — Foi atingido? Se aquele cara deu um tiro no seu traseiro perfeito, eu o mato.

— Não fui baleado. Explico mais tarde.

Uma bala zuniu sobre nossas cabeças, agitando a borda da capa. Vislumbrei um reflexo azul enquanto disparava de volta sem olhar.

— Não vou te deixar — repetiu ela.

— Angel.

— Quê?

Segurei seu queixo e virei sua cabeça.

— Encontrei o seu Porsche.

Ela abriu a boca e soltou um gritinho.

— Tire o carro daqui. Tenho contas a acertar.

Ela olhou para o carro e depois de volta para mim.

— Droga. Não posso. Não vou te deixar aqui.

— Você me ama.

Lina piscou os olhos.

— Como é?

— Você me ama pra caralho — falei a ela.

— É? E você *não* me ama, é isso?

— Eu também te amo pra caralho. Tanto que não vamos deixar para depois.

— Quê?

— Vamos nos casar.

— Estão atirando na gente e você quer *me pedir em casamento*?

Outro tiro soou. Rolei no chão e atirei na direção do Dilton.

— Algum problema? — perguntei, puxando outro pente de bala e o colocando na minha arma.

— É a sua cara fazer isso. Esperar até estarmos no meio de uma situação acalorada para me obrigar a fazer o que quer. Tem umas mil decisões que precisamos discutir. Onde vamos morar? De quem é o trabalho mais importante? Quem tira o lixo?

— E todas começam com a primeira. Quer casar comigo, Angel?

— Urgh, tá legal. Sim. Mas, quando a adrenalina passar e se der conta de que está comprometido comigo até o fim, a culpa é sua. Não quero ouvir choramingo.

Meu coração pulou e eu sorri para a minha linda garota.

— Vou te beijar tanto depois.

— Pode ter certeza — disse ela.

Ouvi um sopro e uma pancada. Empurrei Lina para o chão enquanto Duncan Hugo tombava de cara na serragem aos nossos pés. Knox veio da frente do trator, uma pá na mão. Tinha um corte na testa dele e os nós dos dedos estavam ensanguentados.

— Agora estamos quites — disse ele.

— Dunc! Está aí? — chamou Dilton.

Knox se ajoelhou ao lado da Lina.

— Nolan está sangrando feio. Escondi ele debaixo de uma carroça de feno, mas precisamos tirar ele daqui o mais rápido possível.

Olhei entre o meu irmão e a minha garota.

— Tirem ele daqui. Eu cuido do Dilton — falei, sério.

— Nash, não. — Lina agarrou meu braço.

— Linda, estarei logo atrás de você — prometi a ela. — Tenho muito pelo que viver.

— E um anel para comprar — salientou ela.

— Sério que você a pediu em casamento no dia do meu casamento, porra? — exigiu saber Knox.

Lina deu um tapa no peito do Knox e ele se encolheu.

— Ai!

— Caramba, qual é o problema de vocês dois, hein? — indagou ela.

Meu irmão sorriu.

— Não contou a ela?

— Andei um pouco ocupado — falei num tom seco. — Tire ela e o Nolan daqui. Preciso colocar um fim nisso.

Knox assentiu e pegou a arma do Hugo, que estava inconsciente.

— Nos vemos lá fora.

— Droga, Nash. Não posso te deixar aqui — afirmou Lina com a voz embargada.

— Angel, esta briga é minha. Tenho que acabar com isso e conto com você para que o meu irmão e o meu amigo saiam daqui inteiros. Confie que vou fazer meu trabalho como estou confiando que vai fazer o seu.

Ela esfregou as mãos no rosto e soltou um palavrão baixinho.

— Tá. Mas não se atreva a levar um tiro — disse Lina, enfim.

— Não vou — prometi.

Knox a pegou pelo braço e começou a afastá-la.

Seus olhos castanhos se fixaram nos meus e ali se mantiveram.

— Eu te amo.

— Eu também te amo. Agora saia daqui para que eu possa ser um herói.

— Vou me mudar pra cá — disse Lina ao Knox enquanto eles se abaixavam.

— Ótimo. O que aconteceu com o seu braço? — perguntou Knox.

— O cara que você acertou nas fuças com a pá me deu um tiro.

— Tá de sacanagem? — Ouvi meu irmão rosnar.

Esperei até que Lina tirasse a capa do Porsche e Knox colocasse um Nolan pálido no banco do passageiro.

Meu irmão se despediu com uma saudação. Em seguida, virou-se e correu em direção à porta do celeiro na extremidade da pista.

Nolan levantou um dedo do meio fraco para mim enquanto Lina se sentava atrás do volante do Porsche. Devolvi o gesto, sério.

— A gente se vê depois — esboçou ela com a boca.

Mandei um beijo e depois mirei enquanto o motor do Porsche ganhava vida.

Dilton saiu do esconderijo e apontou a arma na direção de Lina. Disparei uma fração de segundo antes de ele puxar o gatilho. Ele desapareceu atrás das caixas, segurando o braço.

Ele era um atirador de respeito. Mas eu era melhor e conhecia seu ponto fraco.

— Nikos? Cadê você, porra? — gritou Dilton quando Lina pisou no acelerador e o Porsche saltou para a frente. O triunfante "uhul" da minha garota chegou até mim pela nuvem de poeira deixada pelo carro. Sorri e aproveitei a deixa.

Ainda agachado, deixei a segurança do trator e me movi em direção à localização de Dilton. Precisava avistá-lo.

Abaixei-me atrás de um trator menor com escavador e espiei por baixo.

Dilton estava suando e mastigando o chiclete como se sua mandíbula fosse um pistão de motor. Ele estava de joelhos com a barriga encostada numa pilha pequena de fardos de feno. Seus braços — um sangrando — estavam estendidos em cima do feno. Em suas mãos, estava seu premiado revólver da Smith & Wesson.

Eu o tinha na porra da mira.

Apontei e atirei, levantando uma nuvem de feno podre a centímetros dele.

Ele disparou um tiro de resposta na direção do trator.

— Dilton.

Ele rastejou de joelhos na serragem enquanto eu me levantava.

Encarei os olhos do homem que tentou tirar minha vida uma vez e, olhando atentamente para eles, soube que ele não teria uma segunda oportunidade.

— Sabe que agora eu tenho que matá-lo — disse ele, mastigando o chiclete com tensão.

— Sei que já tentou uma vez.

— Pelo visto recuperou mesmo a memória, hein? — falou ele, ficando de pé.

— Só não entendo o motivo.

— O motivo? — zombou. — Você roubou esse trabalho de um homem de verdade e transformou todo o departamento em um bando de fracotes. Eu devia ter sido chefe. Fiz mais por esta merda de cidade do que você.

— Então, por que esperar todos esses anos antes de fazer sua jogada?

Aproximei-me mais um passo. Ele estava suando como a minha tia-avó Marleen num churrasco de Dia da Independência.

— E eu lá sei. Fique parado bem aí, porra — disse ele, segurando a arma com as duas mãos.

O cano longo e brilhante entregou o tremor em suas mãos.

— Talvez não tenha pensado em fazer nada até que Duncan Hugo apareceu e colocou lenha na fogueira.

— O que te faz pensar que não foi o contrário?

— Porque você nunca teve um pensamento original nesse seu cérebro do tamanho de uma ervilha. Sei que nada disso se originou de você.

Dilton curvou os lábios, levantando o bigode.

— Você não faz ideia, não é mesmo?

— Por que não me esclarece?

Ele estava apontando para baixo, o peso da arma abaixando o cano.

— Merda. Você espera que eu confesse tudo antes de dar cabo de você.

— Por que não? Me diga como você é inteligente antes de puxar o gatilho de novo.

— Vou dizer enquanto você estiver sangrando, já que posso ficar para ver desta vez.

Eu estava pronto. Notei a contração e vi seu dedo puxar o gatilho em câmera lenta. Houve um clique seguido pelo olhar estúpido e perplexo do Dilton quando percebeu que já tinha disparado sua última bala.

O filho da mãe nunca conseguia acompanhar o número de suas munições.

Uma fração de segundo depois, três manchas vermelhas floresceram no tronco do Dilton. Os três disparos rápidos ecoaram no ambiente cavernoso e dentro da minha cabeça.

O rosto suado do Dilton ficou brando enquanto ele olhava para mim, depois para os buracos no peito. Seus lábios se mexeram, mas nenhum som saiu. O sangue ainda estava se espalhando quando ele ficou de joelhos e depois caiu de cara.

Atrás dele estava um pálido Wylie Ogden. Suas mãos tremiam enquanto mantinham a arma mirada no Dilton.

— E-Ele ia te matar — disse Wylie, num volume pouco acima de um sussurro.

— Ele estava sem balas — falei. Não sei se me ouviu, porque estava encarando Dilton como se tivesse medo de que o homem voltasse a se levantar.

Lembrei então que, na carreira de duas décadas de Wylie, ele nunca tinha precisado disparar no cumprimento do dever.

— Baixa a arma, Wylie. Somos todos amigos aqui — falei, movendo-me lentamente em direção a ele.

— Ele ia atirar — repetiu.

Foi então que ouvi as sirenes, o longo e urgente zunido se aproximando cada vez mais.

— Acabou agora — falei.

— Acabou — sussurrou. Ele me deixou tirar a arma das suas mãos e depois desabou de joelhos na poeira encharcada de sangue ao lado do corpo de Tate Dilton.

O AMANHECER ESTAVA começando a despontar sobre as árvores quando saí do celeiro. A noite longa e escura tinha acabado. Um novo dia tinha começado.

A propriedade estava cheia de policiais, federais e outros socorristas.

Fiquei surpreso ao ver meu irmão se afastar da parede do celeiro e seguir em minha direção. Tinha um curativo sobre o corte em sua testa e outros nos nós dos dedos.

Paramos lado a lado na porta aberta, absorvendo tudo.

— Se saiu bem lá — disse ele, enfim.

— Quê?

— Você me ouviu. Você parece se sair muito bem no seu trabalho. Quando não está com as regras enfiadas no traseiro.

Foi o elogio mais gentil que o meu irmão tinha me feito desde que compareceu ao meu jogo de futebol no último ano da escola e disse que eu não tinha "jogado tão mal assim" no campo.

— Valeu — agradeci. — E valeu por me ajudar.

Ele deu outro sorriso característico de Knox Morgan.

— Quando esses palhaços vão aprender que não se mexe com os irmãos Morgan?

— Ei, hoje é o dia do casório.

— Vai ser o melhor dia da minha vida.

Bem na hora, o motivo para isso apareceu.

— Knox! — Naomi e Waylay romperam um círculo de policiais estaduais e começaram a correr.

— Não se atrase, porra — disse-me Knox com um tapa de despedida nas costas. E então se deslocou a passos largos pelo cascalho até elas. Vi meu irmão levantar as duas mulheres mais importantes de sua vida em um abraço e girá-las.

— Pelo visto, você não sabe o significado da frase "passar despercebido" — disse a agente especial Idler num tom seco ao se aproximar. Folhas congeladas estalaram sob seus pés enquanto ela se afastava de Nolan.

Ele estava amarrado a uma maca com uma atadura encharcada de sangue presa ao peito e o celular colado ao ouvido.

Ele me pegou olhando e apontou para o celular.

— Esposa — falou, parecendo delirantemente feliz.

Meus lábios se curvaram e fiz uma saudação. Ele sorriu e levantou um dedo do meio amigável.

— Ele vai ficar bem? — perguntei.

— Ele vai ficar bem. A bala não atingiu os órgãos vitais. Mas sabe o que aquele filho da mãe acabou de fazer? Se demitiu.

— Não me diga?

— Não sei por que me contou, já que não sou chefe dele. Mas parece que ele foi fisgado pelo setor privado — comentou ela, dirigindo um olhar penetrante para onde Lucian estava, de braços cruzados, envolvido numa conversa com um grupo de agentes.

— Não parece muito arrasada por ter que me mandar embora — observei.

— Talvez seja porque às vezes o bem maior tem um preço muito alto — disse ela, observando meu irmão beijar a futura noiva enquanto ela se agarrava a ele. — Claro, talvez também seja porque Duncan Hugo estava menos inteirado das operações do pai do que um funcionário de pouca importância — continuou ela. — Ou talvez seja porque seu amigo Lucian concordou em colocar seus recursos extensos à nossa disposição para ajudar a derrubar Anthony Hugo de uma vez por todas. Então, como pode ver, estou ocupada demais pra me preocupar se o chefe de polícia de uma pequena cidade vai manter o emprego.

— Afaste-se do meu chefe, agente especial — disse a prefeita Swanson. Teria sido mais ameaçador se ela não estivesse usando calça de pijama estampada com abóboras de Halloween e segurando um copo de café quente do Snoopy.

— Estamos só batendo um papo, prefeita — disse Idler.

— Certifique-se de manter o papo amistoso. Detestaria que as setenta e duas mil pessoas que curtiram o artigo sobre o herói da nossa cidade descobrissem que o FBI o abandonou à própria sorte.

Ela levantou uma pilha de cópias impressas e as balançou no ar.

Peguei-as da mão dela e me arrependi na mesma hora quando vi os primeiros comentários.

Ele pode me proteger e me servir todos os dias.

Pensando em cometer uma contravenção no norte da Virgínia. Volto já.

— Misericórdia — murmurei.

— Se acha que o FBI tem tempo e dinheiro para lidar com imagem pública negativa, então fiquem à vontade. Mas vou me empenhar a ir pessoalmente a todos os programas matinais entre D.C. e Nova York...

— Prefeita Swanson, o trabalho do chefe Morgan não corre perigo. Pelo menos não da minha parte.

A ambulância do Nolan se afastou e fui recompensado com o tipo de visão que um homem não esqueceria tão cedo.

Angelina Solavita.

Ela estava encostada na lateral daquele maldito Porsche azul-marinho, as longas pernas esticadas, as mãos enfiadas nos bolsos. Seu rosto estava machucado, sua roupa estava enlameada e ela usava botas de bombeiro emprestadas.

Ela estava com ar de mulher linda e destemida. Minha linda e destemida.

Ela me viu e aqueles lábios carnudos se curvaram com ar de quem sabia de tudo.

Passei entre a prefeita Swanson e a agente especial Idler sem notá-las.

— Até que enfim ele acordou para a vida — ouvi a prefeita falar enquanto me afastava delas.

Lina desencostou do carro e se jogou em mim.

Eu a segurei e a levantei. Ela envolveu as pernas na minha cintura.

— Olá, conven...

Não a deixei terminar. Colei sua boca na minha e a beijei como se fosse a primeira vez. Como se fosse a última vez. Como se fosse a única vez.

Ela amoleceu em meus braços e eu fiquei duro. O gosto dela, a sensação dela, a existência dela eram demais para mim. Nunca me saciaria por completo.

Afastei-me do beijo.

— O depois chegou.

— Sim, e você ainda vai me dar um anel.

— Não mudou de ideia?

— Já falei. Está comprometido comigo até o fim. Redigi minha carta de demissão no celular enquanto esperava você acabar com o Dilton.

— Como está seu braço? — perguntei.

Ela revirou os olhos.

— Está bem. Nem preciso de pontos.

— Eu disse que seria bom dar uns pontos — gritou um dos paramédicos da janela aberta do veículo.

Lina deu de ombros e sorriu para mim.

— É. Dá no mesmo.

— Eu te amo pra caralho, Angel.

Seu rosto se suavizou.

— Eu também te amo, convencido.

— Vai casar comigo?

Havia tanto amor nos olhos dela que o ar parecia me faltar.

— Sim — sussurrou ela.

— Boa menina.

Puxei sua boca para outro beijo, depois estremeci quando ela encostou o salto na minha nádega.

— Tem certeza de que não levou um tiro nessa bunda perfeita?

— Tiro? Não.

— O que aconteceu?

— Mostro mais tarde. Por que não me dá uma carona para casa primeiro?

Ela soltou um gritinho e desenrolou as pernas da minha cintura.

— Achei que nunca iria pedir.

Meu celular vibrou no bolso e o peguei.

Abri um sorriso e virei a tela em direção a Lina.

— Por que minha mãe está te ligando?

— Aposto que perdeu umas chamadas.

— Pensei em contarmos juntos para eles sobre o acontecido — disse ela, com cara de culpada.

— Sua medrosa — provoquei.

Peguei as chaves e joguei meu celular para ela.

— Eu dirijo. Você fala.

— Tá, mas, como meu noivo, esteja mentalmente preparado para pais sem senso de limites pessoais ou privacidade vindo a todo vapor para Knockemout para te conhecer.

— Mal posso esperar, Angel.

EPÍLOGO

Nash

Era um milagre que ainda estivéssemos vivos... ainda mais *aqui*. Tate Dilton estava morto. Duncan Hugo estava detido. Meu emprego estava a salvo. E todos a quem eu amava estavam seguros e aqui. Alguns de nós saíram um pouco machucados. Mas estávamos aqui e era o que importava.

O quintal do meu irmão foi decorado para a ocasião com uma pequena ajuda da mãe natureza. O sol estava brilhando. O céu estava azul. As folhas do outono caíam sobre os convidados em cores chamativas enquanto o riacho borbulhava sobre rochas e serpenteava pelas margens, adicionando uma melodia familiar à música animada do violão.

As fileiras de bancos rústicos cheios de convidados animados estavam de frente para o pergolado de madeira que Knox e Lou haviam feito juntos.

Meu irmão estava de frente para o corredor decorado com abóboras, parecendo prestes a vomitar no terno e na gravata. Havia um corte em sua testa, um hematoma sob um olho e bandagens em vários nós dos dedos. Eu mesmo estava com hematomas novos e um ombro que doía pra caramba.

Sob o pergolado, encarregado de oficializar o casamento, estava Justice St. John, que havia se arrumado todo para a ocasião, vestindo um terno cinza-carvão em vez do macacão de sempre.

Lucian, com um sorriso no rosto, e Jeremiah tomaram seus lugares ao meu lado. Juntos, estávamos apoiando meu irmão.

A mãe da Naomi, linda de dourado, fez um joinha entusiasmado na fileira da frente. Do lado oposto ao dela, Liza J tirou uma garrafinha do cardigã marrom e tomou um gole. Ao seu lado, fiquei surpreso ao ver nosso pai. Ele parecia... bem. Saudável. Presente. Estava elegante de terno e gravata, nos quais ele não parava de mexer. Ao lado, estava um homem que não reconheci.

Não tive tempo de chegar a nenhuma conclusão porque a música mudou e lá estava ela.

Lina apareceu no fim do corredor com um vestido vermelho-escarlate que caía nela como tinta do pincel de um artista encantado. Um olho estava com um hematoma não muito bem escondido pela maquiagem, os lábios estavam vermelho-rubi, um braço estava enfaixado e o cabelo estava com uma guirlanda de flores.

Nunca tinha visto nada mais bonito em toda a minha vida.

Minha garganta se fechou à medida que ela se aproximava. E eu tinha certeza absoluta de que mal podia esperar que ela caminhasse até um altar diferente na minha direção. O nosso altar.

Queria ir até ela. Tocá-la. Arrastá-la até Justice e tornar a relação oficial. Mas haveria tempo para isso. *Depois.* Tínhamos todo o tempo do mundo agora.

Seus olhos estavam em mim, e aquele sorriso astuto e cúmplice aqueceu todos os cantos da minha alma.

Minha.

Ela desviou o olhar e parou em frente ao Knox.

— Parabéns, Knox — sussurrou. Ele estendeu a mão e a puxou para um abraço apertado, fazendo grande esforço para engolir o choro.

A multidão fez um "awn" quando o meu irmão conseguiu sussurrar, com a voz embargada:

— Obrigado, Leens.

Ela desfez o abraço.

— As duas estão tão lindas — acrescentou ela. E então estava diante de mim.

— Está de parar o trânsito, convencido — disse ela. Eram lírios-do-vale em seu cabelo. Pela primeira vez em muito tempo, senti a presença tanto do meu pai quanto da minha mãe.

Peguei ela e todo mundo de surpresa ao agarrar a parte de trás do seu pescoço e puxá-la para um beijo rápido e intenso. A multidão entoou suspiros e risos.

— Digo o mesmo, Angel — falei após interromper o beijo.

Ela sorriu para mim com mil promessas nos olhos antes de trocar um "toca aqui!" com Lucian e Jeremiah. Lucian abriu espaço para ela entre nós dois e senti a mão dela acariciar minhas costas.

Em seguida, Fi atravessou o corredor com um vestido dourado justo como se fosse uma passarela. Seu cabelo volumoso e escuro estava solto em cachos despojados e domados por uma tiara de flores. Ela mandou um beijo para Knox antes de se afastar para o lado oposto do pergolado. Stef e Sloane foram os próximos a entrar. Stef, usando terno, deu uma piscadela para Jeremiah antes de apontar dois dedos para os próprios olhos e em seguida para os de Knox.

Sloane, usando vestido cor de ferrugem com saia rodada, flutuou em nossa direção parecendo uma fada da floresta. Seu cabelo loiro estava penteado para trás. Havia uma tiara de flores brancas em sua cabeça. Ela manteve os olhos fixos à frente até nos alcançar.

Em sequência ela deu a Knox um sorriso afetuoso cheio de amor e esperança. Ouvi Lucian puxar o ar de forma nítida atrás de mim e me perguntei se ver aquele sorriso havia perfurado sua armadura de alguma forma.

E então Waylay apareceu. Aquela menina corajosa e bonita estava mais feliz do que nunca quando entrou praticamente saltitando pelo corredor com seu vestido de tule amarelo. Seu cabelo estava em cachos de princesa com margaridas entrelaçadas.

Na minha frente, os ombros de Knox deram uma estremecida enquanto ele lutava contra uma onda de emoções. Ele resistiu o máximo que pôde, saindo do posto quando a filha chegou à fileira da frente. Knox a prendeu num abraço esmagador. Os braços da Waylay envolveram seu pescoço e o apertaram com força. Duas lágrimas escorreram pelas bochechas dela antes de esconder o rosto no ombro do Knox.

Depois de tudo pelo que a criança passou, era a primeira vez que a via chorar. Amanda soltou um soluço e começou a distribuir lencinhos como se fossem doces.

— Te amo, pequena — murmurou Knox, com a voz falhando.

Ele a colocou no chão e ela afastou as lágrimas.

— Sim. Acho que meio que também te amo e tal.

Fi assoou o nariz ruidosamente enquanto Sloane olhava para as árvores e tentava não piscar.

— Você e sua tia são as duas melhores coisas que já me aconteceram — falou Knox, inclinando o queixo dela para que pudesse olhar para ele.

Por um segundo, pensei que ela ia começar a chorar, mas Waylay reuniu uma força interior teimosa e sufocou a emoção. Ela seria uma ótima Morgan.

— Não fique todo meloso. Se ficar todo meloso, isso vai demorar uma eternidade, e eu quero comer bolo — instruiu ela.

— Entendido — disse Knox com a voz embargada.

Ela começou a se afastar e então, cedendo a algum impulso, passou os braços em volta da cintura dele.

Não tinha certeza se havia ouvido direito, mas pareceu que ela disse:

— Obrigada por me amar.

Lucian, Jeremiah e eu nos revezamos ao pigarrear, numa tentativa viril de reprimir qualquer emoção.

— Merda. — Lina fungou atrás de mim. Tirei um lencinho do bolso do casaco e o entreguei a ela. Seus olhos estavam marejados de lágrimas contidas.

— Obrigada — esboçou.

A minha garota chorava em casamentos.

Lina Solavita era cheia de surpresas.

Quando Waylay finalmente soltou Knox e tomou seu lugar, meu irmão olhou para cima, tentando se controlar. Nosso pai se levantou timidamente do assento. Ele hesitou — duas vezes —, então fez a curta viagem até o pergolado e pressionou algo na mão do Knox antes de retornar ao assento.

Era um lenço. Pela primeira vez na vida, Duke Morgan se mostrou presente quando precisaram dele.

Knox olhou para ele e agradeceu em um gesto com a cabeça.

O alívio cômico veio em seguida na forma do Waylon usando um smoking para cachorro e trotando pelo corredor como pajem.

Assim que o cachorro se sentou aos meus pés, graças ao petisco chique com o qual o subornei, a música mudou outra vez. Enquanto o guitarrista

dedilhava os primeiros acordes de *Free Fallin'* de Tom Petty, a multidão pôs-se de pé.

Ouvi o suspiro percorrer os convidados quando Naomi, deslumbrante em um vestido branco de renda, apareceu de braço dado com Lou.

Knox olhou para ela e se agachou imediatamente, com as mãos tremendo enquanto segurava o lenço no rosto.

Dali em diante, não havia um único olho seco na porra do jardim.

Até Liza J teve que limpar o nariz na manga entre os goles na garrafinha. Quando Knox quase arrancou Naomi do pai, quando ele a abraçou como se ela fosse a coisa mais preciosa do mundo, tive que me virar para afastar uma lágrima inesperada com o polegar.

Lina balançava as mãos diante dos olhos como se a brisa ajudasse a secar as lágrimas.

Lucian estava com os olhos vermelhos, e sua expressão indicava que o coração tinha sido despedaçado. Mas ele não estava olhando para os noivos. Estava olhando para Sloane, que chorava abertamente.

— Não se atreva a chorar, Daisy — ordenou Knox à noiva.

Naomi sorriu em meio às lágrimas de alegria.

— Tarde demais, viking. Eu te amo tanto.

Os músculos da mandíbula e da garganta de Knox se tensionaram.

— Você é tudo o que eu sempre quis e nunca achei que merecia.

O soluço entrecortado de Naomi foi acompanhado pelos de Lina e Sloane. Não dava mais para aguentar. Coloquei meu braço em volta da Lina, puxando-a para o meu lado. As flores delicadas em seu cabelo roçaram meu rosto como uma carícia.

Naomi olhou para Justice, que estava afastando uma ou duas lágrimas, e sorriu.

— Sempre soube que de algum jeito eu te levaria ao altar, Justice.

COM OS "SIM" proferidos, as lágrimas secadas e as bebidas servidas, não havia mais nada a fazer a não ser aproveitar o dia.

Waylay era o centro das atenções ao lado do riacho com um pedaço de bolo enorme, acompanhada das amigas do time de futebol e dos cães.

Lina estava na cabine de fotos novamente com Sloane e Fi. O fotógrafo ainda procurava Naomi e Knox, que tinham estado suspeitosamente ausentes pelos últimos 20 minutos. Ninguém teve coragem de dizer que a noiva e o noivo deviam estar mandando ver em algum lugar da casa.

— Quer sacudir os esqueletos com uma velha senhora na pista de dança? — perguntou Liza J, aparecendo do meu lado quando a banda começou a tocar *All My Ex's Live in Texas*, de George Strait. Era uma das músicas favoritas da minha mãe, o que fazia com que fosse uma das minhas.

— Seria uma honra — falei, oferecendo meu braço.

Encontramos um lugar cercado de amigos e familiares na pista de dança. Eu conhecia todos os rostos e sabia o milagre que isso representava. Que privilégio era não apenas fazer parte desta cidade, mas servi-la.

— Vou desabafar logo de uma vez — anunciou minha avó. — Eu estava pensando nisso durante a cerimônia, quando todo mundo estava chorando como um bando de bebês. Se as coisas tivessem corrido de forma diferente, não teria havido um casamento hoje sem você. Se aquele idiota do Dilton tivesse uma pontaria melhor, não estaríamos aqui vendo seu irmão se casar com uma mulher que é tanta areia pro caminhãozinho dele que é melhor ele nunca parar de tentar conquistá-la. Você ensinou Knox a ser corajoso. A fazer o que for preciso. E estou muito orgulhosa dos dois.

Fiquei tão surpreso que até errei um passo. A família Morgan não falava de sentimentos, ainda mais com outros membros da família.

— Caramba, Liza J.

— Caladinho. Ainda não terminei. Não cabia a você salvar sua mãe, Nash. A hora dela tinha chegado. Não havia nada que você ou qualquer outra pessoa pudesse ter feito para impedir. Ela curtiu a vida da forma mais intensa, barulhenta e animada que pôde no curto espaço de tempo em que a tivemos. Tivemos uma sorte danada em passar todos aqueles anos com ela. E tenho uma sorte danada por ter os netos nascidos dela. Não sei se sabe, mas, quando era pequena, sua mãe queria ser policial. Com o tempo, a vida real se tornou um obstáculo. Mas sei com certeza que a Jayla está lá em cima radiante ao te ver servir e proteger seu povo aqui embaixo.

Pela segunda vez naquele dia, meus olhos ficaram embaçados.

— Posso interromper? — Wraith, trajando roupas formais de motociclista, estendeu a mão para Liza J.

— Sim, com certeza terminamos aqui — anunciou minha avó. Ela se afastou numa dança com o motociclista corpulento antes que eu pudesse abrir a boca.

— Está com cara de que precisa de uma bebida. — Lina entrou no meu campo de visão.

— Que tal uma dança? — Estendi a mão e a puxei para os meus braços. — Está com carinha de feliz — observei, movendo-nos para um canto tranquilo da pista de dança.

— Teria que ser um monstro sem coração para não estar feliz hoje — disse ela, balançando comigo ao ritmo da música. — Acabei de falar ao telefone com a ex-mulher do Nolan.

— Sério? — Fiz ela girar para longe e depois a trouxe de volta.

Ela deu risada.

— Está como acompanhante no hospital. Ele vai ficar bem. E acho que é possível que os dois fiquem bem. Ainda mais agora que ele disse que vai passar para o setor privado.

— Lucian ofereceu um emprego. Só não sei ainda se foi apenas para impedir o Nolan de namorar a Sloane.

Lina respirou fundo antes de confessar:

— Ele também me ofereceu.

— Ofereceu?

— É com a equipe de investigação dele. O que implicaria um salário maior. Sem trabalho em campo. A única viagem seria entre onde eu moro e D.C. uma ou duas vezes por semana.

— Parece uma grande oportunidade — comentei.

Seus olhos brilharam.

— Naomi e Sloane também perguntaram se eu tinha interesse em ajudar no novo empreendimento delas.

— E aí? O que vai fazer? — perguntei.

— Acho que vou tirar um tempo para descansar primeiro. Tenho um namorado que gostaria de conhecer melhor antes de me comprometer com outro emprego.

— Noivo — corrigi.

— Ainda não mudou de ideia?

Fiz que não.

— Se está pensando em ficar, acho melhor começarmos a procurar uma casa — falei.

Lina empalideceu e deu uma pisada no meu pé. Abri um sorriso para ela e torci para nunca perder o poder de desestabilizá-la.

— Quer comprar uma casa para morarmos juntos? — chiou ela.

— Não tem como o seu guarda-roupa todo caber no meu closet. Melhor procurarmos um lugar em que todas aquelas bolsas e sapatos caros caibam.

Seus olhos se estreitaram à medida que ela aceitava o desafio.

— Sabe, já que vamos comprar uma casa juntos, acho que um casamento seria bacana — gracejou.

— Acho que sim — concordei num tom cordial.

— E depois de ver Knox e Waylay juntos... talvez ter um filho não seja a pior coisa do mundo.

— Ter um filho não seria nada ruim.

Ela revirou os olhos para o alto.

— Como consegue ficar despreocupado em relação a tudo isso? Estamos falando de todo o seu futuro. Imóvel e casamento e *bebês*.

—Angel, enquanto você estiver ao meu lado, nada disso me assusta.

Ela balançou a cabeça e olhou para a copa das árvores e o céu acima de nós.

— Já eu estou com um medo danado. E se você mudar de ideia?

Eu a curvei de forma dramática e me deleitei com a maneira como seus braços me apertaram.

— Tarde demais para isso.

— Não é, não. Na verdade, agora é a hora ideal para mudar de ideia antes de fazermos qualquer coisa permanente.

Endireitei-nos e coloquei o rosto dela nas minhas mãos.

— Permita que eu te mostre agora mesmo como isso é permanente.

— Vá na frente — disse ela.

Estava a afastando da festa quando alguém chamou meu nome.

— Droga — murmurei.

Eu me virei e encontrei meu pai. O homem que passou a cerimônia sentado ao lado dele estava atrás.

— Só queria me despedir — falou, alternando o peso de um pé para outro. O paletó estava pendurado no braço e as mangas da camisa estavam enroladas até os cotovelos. O 2205 ainda era visível, embora tivesse desbotado para um azul acinzentado em sua pele.

— Por sinal, este é o Clark. Ele é meu padrinho — disse meu pai, fazendo as apresentações.

Surpreso, estendi a mão.

— Prazer em conhecê-lo, Clark.

— Igualmente. Seu pai tem feito progressos positivos — disse ele.

— Fico feliz em ouvir.

Meu pai olhou além de mim e deu um sorriso leve para Lina.

— Pai, esta é a Lina. Minha noiva. — Mal podia esperar para passar a usar a palavra esposa. *Minha esposa.*

— Deduzi durante a cerimônia — brincou meu pai. — Parabéns aos dois.

— É um prazer conhecê-lo, Sr. Morgan. Seus filhos se tornaram homens maravilhosos — disse Lina, trocando um aperto de mão. Ela olhou para o braço dele, para o número pintado na pele, depois olhou para mim, suavizando o olhar.

— Me chame de Duke. E não posso levar o crédito pelos meus filhos. Tudo de bom neles veio de Jayla.

Há anos que não ouvia meu pai mencionar o nome da minha mãe. Talvez houvesse mesmo esperança.

— Nem *tudo* — respondeu Lina.

Ele dirigiu a ela um sorriso leve de gratidão.

— Bom, parece que está na hora de pegar a estrada. Acho que não estou pronto para encarar um open bar — disse ele.

— Foi bom te ver, pai.

— Bom te ver também, Nash. Prazer em conhecê-la, Lina. — Ele começou a se afastar, depois parou. — Estou orgulhoso demais de você, filho. Orgulhoso demais. Sei que isso provavelmente não significa muito. Mas também sei que a sua mãe estaria radiante.

Fiquei sem palavras, então me contentei com um gesto de gratidão com a cabeça.

Observamos os dois partirem.

— Está bem? — perguntou Lina, passando as unhas nas minhas costas.

— Sim. Estou. Vem. — Levei-a para dentro de casa e subi as escadas. Houve uma comemoração no quintal, e imaginei que Knox e Naomi tinham acabado de fazer sua entrada depois do sexo-pós-casamento.

— Aonde vamos? — perguntou Lina.

— Preciso te mostrar uma coisa — falei, abrindo uma porta e a levando para dentro.

— Ai, meu Deus. É o seu quarto? — perguntou, olhando atentamente a cama pequena sob o edredom xadrez, as prateleiras de troféus e outras bugigangas de infância.

— Era. Disse à Naomi que podia redecorar, mas acho que ela ainda não teve tempo.

Fechei a porta e a tranquei.

— Sexo no casamento do seu irmão? — questionou ela, fingindo timidez. — Ora, ora, convencido. Estou impressionada.

Desabotoei meu cinto e ela molhou os lábios. Ver a ponta da língua rosada e os lábios molhados foi o que bastou para ficar duro.

— Andei refletindo bastante ultimamente.

— Quando teve tempo para refletir? A gente passou a maior parte das últimas 24 horas se esquivando de balas — brincou.

— A todo instante desde que te encontrei na minha escada.

Eu a cutuquei até que ela se sentou na minha antiga cama.

— Puxa, é muita reflexão.

— Você é uma mulher complicada. É preciso muita reflexão e planejamento quando se trata de descobrir como te convencer a construir uma vida ao meu lado.

Abaixei a calça até as coxas.

Seus olhos se voltaram para a minha virilha e senti meu membro pulsar e latejar com sua atenção. Coloquei meus polegares no elástico da cueca boxer.

— Se acha que seu pau, por mais esplendoroso que seja, vai contar como um gesto grandioso que prova que está nessa pra valer, é melhor repensar seus planos.

Ela já estava abrindo os joelhos na ponta do colchão. Eu desejava ardentemente levantar toda aquela seda até sua cintura e possuí-la. Mostrar o quanto precisava dela. Lembrá-la do quanto ela me queria.

Mas, primeiro, tinha outra coisa para fazer. Virei de costas.

— Talvez esteja disposta a aceitar o seu traseiro como um gesto...

Interrompi suas palavras ao abaixar minha cueca.

— Nash! — arfou ela.

Tentei olhar por cima do ombro para ter uma noção de como ela estava se sentindo.

— Droga, que estupidez a minha. Devia ter feito em outro lugar. Um em que eu pudesse ver sua reação.

No que estava pensando? Uma mulher como a Lina merecia um pedido de casamento num safári à meia-noite com fogos de artifício e leões, cacete. Não...

— Asas de anjo — sussurrou ela, acariciando a arte relacionada à forma como a chamava: Angel.

Estremeci.

— Pobrezinho — provocou. E então senti seus lábios roçarem minha nádega.

Meu pau respondeu.

— Não dá pra acreditar que você fez uma tatuagem em minha homenagem. Na bunda. Sabe que isso torna oficial, né? O seu traseiro é meu. As mulheres da cidade vão ficar devastadas. Porque sem dúvida vou sair espalhando. Na verdade, preciso do meu celular. Quero tirar uma foto.

— Angel.

— Quê?

— Ainda não está pronta.

— Estou vendo.

— Alguém se deixou ser sequestrada no meio da arte final. Mas não foi isso que quis dizer.

— O que falta? — perguntou.

— Nossa data de casamento. O dia mais feliz da minha vida.

Ela ficou em silêncio por tanto tempo que me virei para encará-la com a calça ainda nas coxas.

— Knox fez a data de hoje no peito. Tradição familiar — eu disse.

Aqueles lindos olhos castanhos se encheram de lágrimas. Seus lábios cheios e vermelhos tremeram.

— Construa uma vida ao meu lado, Angelina. Pode sentir o medo que quiser, porque eu não sinto. Serei forte o suficiente por nós dois.

Ela assentiu e uma lágrima solitária escorreu. Eu me agachei na frente dela e a sequei, em seguida me aproximei para beijá-la.

Mas ela impediu.

— Ainda vou ganhar um anel, né? — Havia alegria e travessura brilhando em seus olhos, misturando-se com as lágrimas.

Sorri de orelha a orelha.

— Já marquei com o joalheiro para amanhã.

Ela se inclinou até que nossas bocas estavam apenas a um sopro de distância.

— Então acho melhor marcar o *meu* horário.

— Horário para o quê?

— Minha tatuagem para você. Estava pensando que talvez o seu distintivo fosse cair bem.

Eu me ergui rapidamente, prendendo-a ao colchão.

— Te amo pra caralho, Angel.

— Eu te amo, Sr. Certinho — sussurrou ela, acariciando meu rosto.

Uma batida forte sacudiu a porta e, por um segundo, voltei à minha adolescência.

— Toc-toc! Lina? Estão aí? — chamou uma voz.

Lina sentou-se rapidamente.

— É a minha *mãe*? — sibilou ela.

— Merda.

Fiquei de pé, tentando freneticamente levantar a calça.

— Lina? Está aí? Aquele tal Knock disse que devia estar aqui em cima.

— Pai? — chiou ela, parecendo chocada.

— Talvez estejam transando — sugeriu a mãe dela no corredor.

— Por que tem que dizer coisas assim, Bonnie? — reclamou o pai.

— Por que meus pais estão aqui? — exigiu saber Lina enquanto endireitava freneticamente o vestido.

— Esqueci de contar. Pode ser que eu tenha convidado eles... depois de ter pedido permissão para me casar com você... depois de já ter te pedido em casamento.

Ela colocou as mãos no meu peito e me olhou nos olhos.

— Prepare-se para ser sufocado pelo resto da vida.

Estava contando os minutos para isso.

EPÍLOGO BÔNUS: ALGUNS ANOS DEPOIS

Lina

Retirar! — anunciou Stef com entusiasmo.

— Vá se ferrar — grunhiu Knox enquanto estendia a mão para comprar mais uma peça na mesa da sala de jogos.

Sim, eu, Lina Solavita Morgan, tinha uma sala de jogos. Eu também tinha uma seção inteira no closet dedicada a lingerie cara.

Meu marido gatinho me direcionou um sorriso cúmplice como se pudesse ler minha mente e moveu uma peça na própria direção. Bica estava sentada em seu colo, curtindo a agitação na mesa.

— Como pode ser tão bom nisso? — indagou Lucian. Era seu primeiro contato com o jogo de palavras-cruzadas Bananagrams, e ele o estava levando mais a sério do que Sloane, que tinha desistido. Ela estava com os pés no colo dele enquanto examinava um artigo sobre a última história de sucesso do seu programa no iPad.

O tablet iluminava a cicatriz fina e esbranquiçada em sua mandíbula. Uma prova de bravura. Uma prova que nos lembrava como nossa querida bibliotecária era corajosa.

Lucian, notei, estava jogando com uma das mãos para que pudesse esfregar os pés da esposa debaixo da mesa.

— Ele trapaceia — disse Jeremiah, dando uma piscadela para Stef.

— Isso é ciúmes, Sr. Palavras de Três Letras.

— Alguém quer bebida? — perguntei à medida que começava a recolher as garrafas vazias.

— Sente-se, Angel — mandou Nash. Ele estendeu a mão e levou meu pulso aos lábios. — Eu limpo.

— Me sinto melhor quando estou ocupada — declarei. Em seguida me inclinei, apesar da fisgada de dor na lombar, para roçar meus lábios nos dele.

— Está bem? — perguntou baixinho. Sua mão desceu pelas minhas costas e cobriu minha bunda. Com destreza, ele encontrou minha tatuagem e a apertou com carinho.

Eu estava enorme e desconfortável. Minhas costas doíam. Meus pés estavam inchados. Nas últimas horas, eu vinha sentindo uma contração forte e esporádica que me lembrava do que estava por vir.

— Estou bem — prometi.

— Retirar, desgraçados! — ladrou Knox, triunfante. A mesa rangeu.

— Noite de jogo — murmurei, dando uma piscadela para Nash antes de levar as garrafas de cerveja vazias para a cozinha. Waylon, o basset hound, levantou a cabeça, constatou que eu não estava com nenhum petisco e logo voltou a dormir no piso cerâmico.

De alguma forma, esta era a minha vida.

Claro que a minha vida também tinha incluído a construção desta bela casa no terreno da Liza J, do outro lado do riacho, bem em frente ao meu cunhado e à minha cunhada. Eu tinha um trabalho empolgante, uma cachorrinha excêntrica e um marido que eu amava mais a cada santo dia. Meus pais e eu estávamos numa fase boa. Eles ainda ligavam. *Bastante.* Mas eu não mentia mais sobre a minha vida e eles tinham aprendido a lidar com a minha liberdade. Minha suspeita era que isso se devesse principalmente ao fato de que tinham passado a tocha da preocupação para Nash e agora contavam com ele para me manter segura. Mas eu ainda assim considerava uma vitória.

A cereja do bolo era que a nossa maior aventura estava prestes a começar.

Descartei as garrafas vazias na lixeira de coleta seletiva. Naomi apareceu atrás de mim e envolveu minha cintura expandida em um abraço.

— A máquina de lavar louça está ligada e as sobras estão guardadas.

— Obrigada. Prometo que, quando não estiver pesando uns 300 quilos e parecendo uma bola inflável, retribuirei o favor.

— Está se sentindo bem?

Confirmei com a cabeça, em seguida fiz uma careta. Minha barriga de grávida parecia estar mais baixa do que o normal.

Minhas costas protestavam contra tudo, quer fosse para me sentar, ficar em pé ou me deitar. Pela primeira vez desde a minha adolescência, senti-me desconfortável no meu próprio corpo.

Mas não queria me queixar a uma amiga. Não quando ela e Knox estavam tentando ter filhos biológicos.

— Estou bem — assegurei.

Naomi me direcionou um olhar cúmplice.

— Mentirosa — replicou com carinho.

— Sério. Estou bem. — À medida que eu falava, outra dor me atravessou.

O olhar de Nash se voltou para mim como se também sentisse. O homem me observava com olhos atentos desde que aquela bendita linha rosa aparecera havia tantos meses. Abri um sorriso fraco.

— Andar ou sentar? — perguntou Naomi.

As duas opções pareciam horríveis agora.

— Andar — decidi e comecei a dar voltas pela ilha da cozinha, com as mãos na lombar.

Naomi pegou um pano de prato e começou a torcê-lo, algo parecido com sorriso pairando em seus lábios.

— Quê? — perguntei.

— Só quero que saiba que vou amar tanto essas crianças. Estou tão feliz por você e pelo Nash que às vezes me falta ar — disse ela, com a voz trêmula. — Não quero que pense que, só porque estou triste por mim e pelo Knox, não estou feliz por você e pelo Nash.

Parei de andar e fiquei diante dela.

— Claro que sei. E saiba que gostaria que os bebês fossem seus ou que você parecesse uma bola inflável de 300 quilos também.

Ela deu uma risadinha chorosa.

— Eu também. Isso faz com que eu me sinta um pouco egoísta.

— Não há nada de errado em querer trazer mais amor para sua casa. Não é egoísta. — Eu a soltei quando outra dor lancinante me atingiu.

Soprei o ar devagar.

— Knox e eu andamos conversando — disse Naomi, sentando-se em uma das banquetas que foram um tormento para escolher. Porque, aparentemente, eu não era apenas uma diva da moda e da maquiagem, mas também de mobílias para a casa. — E tomamos uma decisão.

— O que decidiram? — perguntei, tentando evitar que minhas palavras soassem como se estivesse sendo estrangulada, pois a contração se recusava a amenizar.

— Não vamos mais fazer tratamentos de fertilidade.

— Ah, Naomi — falei.

Ela fez que não com a cabeça e, além das lágrimas nos olhos, vi algo bonito. Algo feliz e esperançoso.

— Vamos adotar.

Eu a abracei. A gravidez me deixou mais solta em relação ao contato físico. Talvez isso tivesse a ver com o fato de eu dividir fisicamente meu corpo não apenas com uma, mas *duas* outras pessoas.

— Temos um longo caminho pela frente, mas sentimos ser o certo. Como uma peça de quebra-cabeça encaixada no lugar — disse ela. — Estou tão feliz.

Eu a abracei tão apertado quanto minha barriga permitia.

— Que lindo, Witty. Estou tão feliz por você. Você, Knox e Way vão encontrar o restante da família — prometi a ela.

— Sinto isso no meu coração. Assim como sei que você não é minha irmã de nascença, mas é a irmã que eu escolho ter, Lina — sussurrou.

Lágrimas inundaram meus olhos e eu a abracei mais apertado.

— Droga. Isso lá é jeito de fazer uma mulher grávida chorar?!

Naomi deu uma risada chorosa encostada no meu ombro.

— É uma honra tê-la como irmã — sussurrei.

— Isso foi um chute? — perguntou Naomi, levando a mão para a minha barriga.

— Sim, um deles quer seguir os passos da Waylay no futebol.

A contração seguinte me pegou desprevenida e soltei a Naomi para me inclinar para a frente.

— Ah! — arfei.

— Nash! — chamou Naomi, com a voz estridente.

Houve um estrondo na sala principal e meu marido apareceu ao meu lado num piscar de olhos.

— Está bem, Angel? — perguntou, passando as mãos pelos meus braços.

— Sim — expressei com dificuldade enquanto o restante de nossos amigos e familiares tentavam entrar na cozinha ao mesmo tempo e ficavam presos na porta.

— Acho que ela entrou em trabalho de parto — anunciou Naomi.

— Antes do previsto — observou Jeremiah.

— Gêmeos geralmente são assim — disse Sloane, aparecendo ao meu lado e colocando a mão fria no meu ombro. Lucian a seguiu. Apesar de todo esse tempo, mesmo com a sensação de que minhas entranhas ameaçavam sair do corpo, eu ainda achava cativante como ele sempre se colocava na órbita dela.

Tão fofinho que dava aflição.

— O que a gente faz? Precisa de toalhas e merdas do tipo? — perguntou Knox, parecendo em pânico.

— Stef, pega a mala no chão do nosso quarto — disse Nash. — Naomi, liga para os nossos pais. Jeremiah, tira as minhas chaves do gancho e liga o Tahoe.

Balancei a cabeça em negativa.

— O Tahoe não.

— Quê? — Nash se inclinou para mais perto.

— Meu carro. Uma última volta só nós dois — falei com os dentes cerrados.

Ele se inclinou mais e me olhou nos olhos.

— Caralho, eu te amo, Angel. Mesmo que seja uma chata teimosa.

— Eu também te amo. Agora, por favor, me tira daqui antes que eu passe vergonha e comece a chorar e gritar.

— NÃO ESTOU pronta. Não consigo. *Dois*? *Dois bebês*? Onde a gente estava com a cabeça? — questionei, segurando o braço de Nash com as duas mãos.

A cama e a bata hospitalar foram suficientes para me assustar. Acrescente a isso o fato de dois seres humanos estarem prestes a explodir para fora da minha vagina, e o meu nível de desespero chegava a outro patamar.

— Sinto muito mesmo, linda. Nunca mais farei isso com você — prometeu meu marido com fervor. — Arrumem outra epidural, analgésicos ou tranquilizantes para cavalos agora! O que for preciso para passar — ralhou.

Abaixei a cabeça no colchão inclinado e fechei os olhos. Nash colocou a mão fria na minha testa. Senti os lábios dele no meu ouvido.

— Estou bem aqui, Angel. Não vou te deixar. Você consegue, não tenho dúvida. Você que tem que fazer o trabalho pesado, e lamento pra cacete por isso. Faria qualquer coisa para fazer essa dor passar. Qualquer coisa. Mas juro que nunca terá que fazer nada sozinha depois disso. Tá?

Assenti e abri os olhos.

— Tá.

— Se prepara. Precisamos de um empurrão forte, Lina — disse a enfermeira.

— Você consegue, linda. Você me trouxe de volta à vida. Tem o poder de trazer mais duas vidas ao mundo. Porque você é mágica, porra.

Segurei sua mão na minha com firmeza. Seus olhos azuis brilharam.

— Preciso de você, Nash.

— Finalmente.

Balancei a cabeça em discordância.

— Eu sempre precisei de você.

— Estou bem aqui. Vamos começar esta aventura.

— Mal posso esperar pelo depois — falei com os dentes cerrados.

SEGUNDO MINHA PERCEPÇÃO, o rostinho amassado sob o gorro azul não se parecia nem comigo nem com Nash.

Ele parecia um velho ranzinza com dedos minúsculos. Apoiei minha cabeça no ombro do Nash. Ele subiu na cama comigo e nos sentamos com nos-

so filho e nossa filha nos braços, aproveitando os primeiros minutos como uma família de quatro pessoas.

Nash estava fitando a nossa menina com um olhar de pura admiração no rosto. Senti meu coração se abrir no meio para acomodar essa nova quantidade de amor.

Meu marido heroico se manteve firme por nós dois. Ele se manteve firme até que os gêmeos foram agasalhados, declarados saudáveis, e eu estava segura. Então, com um olhar de amor voltado somente para mim no rosto bonito, Nash Morgan desmaiou.

— Acontece o tempo todo — disse a enfermeira quando foi buscar a amônia e curativos em ponto falso.

Consegui tirar uma selfie trêmula com Nash deitado no chão ao lado da minha cama. A maior parte dos nossos melhores momentos em família envolvia sangue e hematomas.

— Tem umas vinte pessoas enchendo a sala de espera com mais balões do que uma festa de aniversário — anunciou a enfermeira.

— Acho melhor permitir que entrem antes que sejam expulsos — falei. Senti como se meu corpo tivesse sido cortado ao meio e costurado novamente, e eu daria meu braço esquerdo para passar corretivo e rímel. Mas eu tinha descoberto certa alegria especial em compartilhar momentos imperfeitos. Uma força inspiradora que sentia quando permitia que as pessoas que eu mais amava me vissem na minha versão mais vulnerável.

Fomos abençoados com esta bela vida.

Esses bebês minúsculos e perfeitos seriam amados e cuidados por toda a nossa família, mesmo quando suas imperfeições humanas começassem a aparecer.

Nash discordou com a cabeça.

— Quero mais alguns minutos só nós dois — disse ele.

— Tá bem — concordei, sabendo que ele estava dizendo isso para meu benefício. Sempre o protetor. Estendi a mão e passei um dedo pela bochecha cor-de-rosa da nossa filha.

— Estava pensando em chamá-la de Jayla em homenagem à sua mãe.

Nash olhou para mim com lágrimas nos lindos olhos azuis. Ele assentiu em silêncio por um tempo enquanto sua garganta se movimentava.

— Nossa, eu adoraria — disse ele enfim, com rouquidão.

— É?

— Sim. — Ele olhou para o nosso filho e depois de volta para mim. — Que tal Memphis?

— Memphis Morgan — falei com voz branda. Nosso filho se contorceu em meus braços e eu sorri. — Acho que ele gostou.

— Você está linda, sabia?

Olhei para cima e encontrei Nash me fitando com um olhar intenso de amor. Eu estava totalmente desarrumada e meu marido era um mentiroso descarado.

— Até parece — bufei.

— Estou feliz que tenha ficado para o depois — disse ele.

— Mesmo depois *disso*? — perguntei, gesticulando com o queixo para os dois recém-nascidos pelos quais agora éramos responsáveis.

— Não há mais ninguém neste mundo com quem eu faria isso — disse ele, com a voz cheia de emoção.

Suspirei e me encostei no ombro dele.

— Eu também não.

Não tivemos pressa, aproveitamos nosso momento juntos.

MINHA MÃE FOI a primeira a dar uma olhada pela porta. Eu me perguntei quantas pessoas ela teve que atropelar para ter essa honra. Acompanhei com os olhos à medida que ela dava um abraço prolongado e apertado em Nash, balançando-o de um lado para o outro.

— Estou tão orgulhosa de você — disse ela, soltando-o do abraço para segurar o rosto dele.

Nash sorriu e a puxou para outro abraço.

Acabou que todo o amor que meus pais tinham focado em mim não era tão sufocante quando dividido entre nós dois. Agora entre nós quatro.

Meu pai estava na porta, segurando timidamente um buquê de flores do campo. Mesmo do outro lado do cômodo, pude notar os lírios-do-vale. As flores favoritas da Jayla. Tínhamos plantado um canteiro inteiro na lateral da casa e, toda vez que florescia, eu sussurrava um "obrigada" para a mulher que tinha trazido o amor para a minha vida.

— Ele é igualzinho a você — sussurrou minha mãe, com os olhos cheios de lágrimas quando lhe entreguei seu neto.

— Olhe só essa anjinha — disse meu pai, trocando com Nash as flores e o charuto pela neta.

Houve uma batida na porta e os outros começaram a entrar. Knox e Waylay entraram acompanhados da Naomi, com lágrimas nos olhos, entre eles.

— Ai, meu Deus! Eles são tão perfeitos — entoou Naomi, agitando as mãos na frente dos olhos. — Tem quatro caçarolas no seu freezer, aspiramos e limpamos o quartinho de bebê e Duke está cuidando da Bica e ficando de olho em todos os cães até voltarmos e aí ele vem visitar. Agora quero segurar um desses bebês.

Lucian tinha um braço protetor no ombro de Sloane e carregava uma sacola de presente da Prada na mão livre.

— Bolsa maternidade — disse-me Sloane.

Stef e Jeremiah chegaram por último com o maior ursinho de pelúcia que eu já tinha visto e Liza J.

— Ótimo trabalho, garoto — disse a avó de Nash enquanto olhava sua bisneta.

— O nome dela é Jayla — disse Nash.

Liza J assentiu, depois continuou assentindo.

— É um bom nome — disse ela enfim, depois assoou o nariz ruidosamente em uma bandana.

Meu marido voltou a subir na cama ao meu lado. Apoiei a cabeça debaixo do queixo dele e suspirei alegremente enquanto ele brincava com os anéis no meu dedo. O meu anel de noivado era um diamante grande e reluzente, e a aliança pertencia à mãe dele.

— Não sei como tive tanta sorte — murmurou ele, encostado na minha cabeça.

Inclinei o rosto para cima e o encarei.

— Talvez porque tem um anjo ou dois cuidando de você.

Seu rosto se suavizou, os olhos azuis demonstrando ternura.

— Acho que pode ter razão.

Ele me beijou com doçura nos lábios e depois na testa.

— Sabe — ponderei —, ainda bem que você tem um traseiro tão bonito e redondo. Acho que vai precisar acrescentar outra data.

NOTA AO LEITOR

Caro Leitor,

Quanto mais romances escrevo, mais convencida fico de que amar alguém é a coisa mais corajosa que podemos fazer neste mundo.

Não é apenas se apaixonar pelo chefe de polícia taciturno da casa ao lado. São os amigos que aparecem com vinho nos seus melhores e piores dias. O sobrinho que ainda não sabe falar, mas derrete o coração com um sorriso cheio de dentes.

O irmão que sempre consegue fazer você rir. O vizinho que o surpreende com legumes frescos do próprio jardim. O suspiro feliz de um bom cachorro. As trocas de olhares de cumplicidade que se tornam uma linguagem própria entre amantes de longa data.

E às vezes é mesmo o herói de cidade pequena que faz você querer arriscar ter seu coração partido.

A lição mais importante que Lina e Nash me ensinaram é que o melhor tipo de amor é aquele que você tem coragem suficiente para ofertar livremente. Mesmo sabendo que podem machucar, decepcionar ou partir seu coração, o maior presente que você pode dar é amar alguém exatamente como esse alguém é.

Agora, se me dá licença, preciso ir abraçar o Sr. Lucy e pedir que me leve para comer tacos de apoio emocional.

Beijos e abraços,

Lucy

P.S.: O livro do Lucian? *limpa o suor da testa* *coloca o computador no freezer para evitar o superaquecimento*

AGRADECIMENTOS

Kristy Rempalski por sua generosidade ao apoiar o Lift 4 Autism e por sua criatividade incrível ao ajudar a desenvolver a personagem Xandra.

Carol e Cora por viajar de Connecticut para me ver em Enola, na Pensilvânia.

Kari March Designs por mais uma vez criar uma capa que desperta emoções.

Korrie's Korner pelos comentários incríveis e pelos serviços de edição com foco em diversidade.

Kennedy Ryan por sempre ser um farol de talento e me informar se eu estava no caminho certo.

Todos os leitores na minha página de autora no Facebook que sugeriram que eu desse à cachorrinha o nome Bica.

Meu parceiro incrível, Tim, que celebrou neste ano o seu quinquagésimo aniversário. Como um bom uísque, fica cada vez melhor com o tempo, amor!

Joyce e Tammy por apoiarem o Nash, mesmo quando levei uma eternidade para escrevê-lo.

Equipe Lucy por manter o navio em funcionamento enquanto eu me perdia de novo em Knockemout.

Equipes da Bloom Books e Hodder por levar esta série a um público mais amplo.

Flavia da Bookcase Literary Agency por me orientar durante o Ano Caótico.

Todo leitor que dá uma chance a um dos meus livros e não o odeia.

Por fim, aos meus amigos autores que fizeram sessões de escrita comigo, me disseram para parar de reclamar e me encorajaram. Vocês transformam um trabalho solitário numa comunidade peculiar e bonita à qual me orgulho de pertencer!

SOBRE A AUTORA

LUCY SCORE É autora best-seller do *USA Today* e do *Wall Street Journal* e nº 1 da Amazon. Ela cresceu em uma família de escritores que insistia que a mesa de jantar servia para ler e se formou em jornalismo. Escreve em tempo integral em sua casa da Pensilvânia, que ela e o marido dividem com sua gata irritante, Cleo.

Quando não passa horas criando heróis destruidores de corações e heroínas incríveis, Lucy pode ser encontrada no sofá, na cozinha ou na academia. Ela espera um dia escrever de um veleiro, condomínio à beira-mar ou ilha tropical com Wi-Fi confiável.

Assine a newsletter e fique por dentro de todas as últimas novidades dos livros da Lucy. Você também pode segui-la aqui:

Website: lucyscore.net

Facebook: lucyscorewrites

Instagram: scorelucy

TikTok: @lucyferscore

Binge Books: bingebooks.com/author/lucy-score

Grupo de Leitores: facebook.com/groups/BingeReadersAnonymous

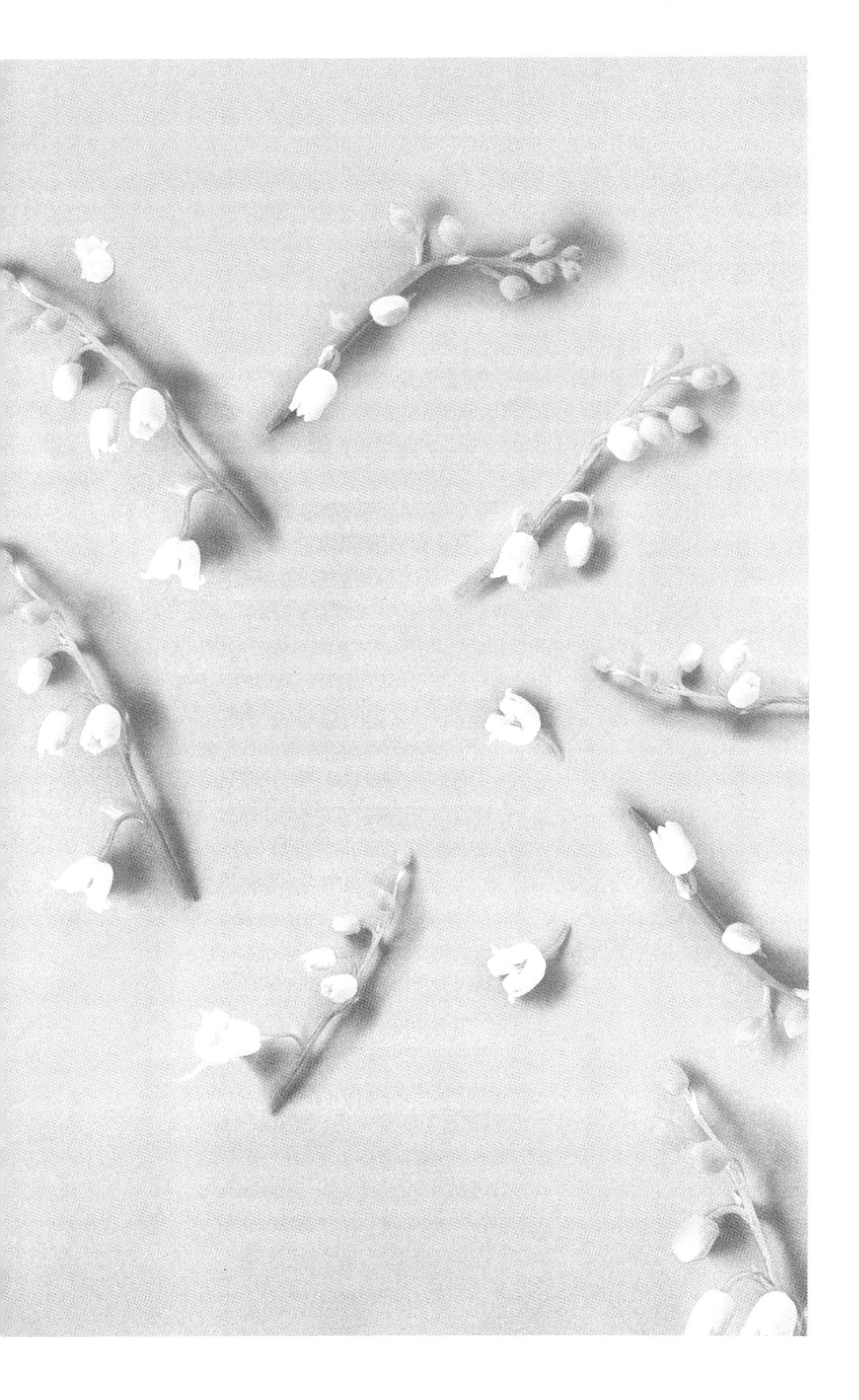